भारत का इतिहास

रोमिला थापर

रोमिला थापर का जन्म 1931 में एक सुप्रसिद्ध पंजाबी परिवार में हुआ और बचपन में उन्हें भारत के विभिन्न प्रान्तों में रहने का अवसर मिला क्योंकि उनके पिता उन दिनों सेना में थे। उन्होंने अपनी पहली डिग्री पंजाब विश्वविद्यालय से ली और डॉक्टरेट 1958 में लंदन विश्वविद्यालय के स्कूल ऑफ ओरिएंटल एंड अफ्रीकन स्टडीज़ में दक्षिण एशिया के प्राचीन इतिहास का प्राध्यापन किया। बाद में दिल्ली विश्वविद्यालय में इतिहास विभाग में रीडर के पद पर कार्य किया और 1968 में एक वर्ष उन्होंने लेडी मार्ग्रेट हॉल, ऑक्सफोर्ड में व्यतीत किया। वे जवाहरलाल नेहरू विश्वविद्यालय में प्रोफेसर रहीं।

डॉ. थापर ने यूरोप और एशिया का व्यापक भ्रमण किया है। 1957 में वे चीन के बौद्ध गुफास्थलों का अध्ययन करने गईं और गोबी मरुभूमि में तुन-हुआँग तक यात्रा की। उनकी अन्य कृतियों में 'अशोक एंड दॅ डिक्लाइन' ऑफ दॅ मौयाज़' उल्लेखनीय है।

भारत
का
इतिहास

रोमिला थापर

राजकमल प्रकाशन

ISBN : 978-81-267-1555-8

मूल्य : ₹195

पहला हिंदी संस्करण : 1975
बारहवाँ संशोधित संस्करण : 1989
इकत्तीसवाँ संस्करण : 2021

प्रकाशक : राजकमल प्रकाशन प्रा. लि.
1-बी, नेताजी सुभाष मार्ग, दरियागंज
नई दिल्ली-110 002

शाखाएँ : अशोक राजपथ, साइंस कॉलेज के सामने, पटना-800 006
पहली मंजिल, दरबारी बिल्डिंग, महात्मा गांधी मार्ग, प्रयागराज-211 001
36-ए, शेक्सपियर सरणी, कोलकाता-700 017

वेबसाइट : www.rajkamalprakashan.com
ई-मेल : info@rajkamalprakashan.com

मुद्रक : बी.के. ऑफसेट
नवीन शाहदरा, दिल्ली-110 032

BHARAT KA ITIHAS
by Prof. Romila Thapar

प्रकाशकीय

समाज, संस्कृति, इतिहास, दर्शन और राजनीतिशास्त्र के प्रख्यात विद्वानों की कलम से लिखी गई पुस्तकों से हिंदी जगत को समृद्ध करने और एक ऐतिहासिक आवश्यकता की पूर्ति करने के लिए **राजकमल** ने जो विस्तृत योजना बनाई है, यह पुस्तक उसी की एक महत्वपूर्ण कड़ी है।

यह एक तथ्य है कि हिंदी में सामाजिक विज्ञान विषयक स्तरीय पाठ्य-पुस्तकों तथा संदर्भग्रंथों का अभाव है। यों इस अभाव को दूर करने के प्रयास भी हुए हैं, पर बहुत आगे वे नहीं बढ़ पाए। लेकिन अब, जबकि प्रायः सभी हिंदीभाषी राज्यों में हिंदी को उच्च शिक्षा का माध्यम स्वीकार कर लिया गया है, यह और जरूरी है कि हिंदी में ऐसी पुस्तकें उपलब्ध कराई जाएँ। इससे हिंदी की उपयोगी भूमिका में तो व्यापकता आएगी ही, उच्चाध्ययन और शोध के क्षेत्र में आनेवाली व्यावहारिक कठिनाइयाँ भी दूर होंगी।

उल्लेखनीय है कि इस योजना के अंतर्गत प्रकाशित की जा रही प्रायः सभी पुस्तकें अनूदित हैं, लेकिन ये अनुवाद मूल कृति के विषय और संबंधित भाषाओं पर गहरी पकड़ रखनेवाले विद्वान लेखकों द्वारा ही किए गए हैं। इसलिए विषयगत गंभीरता के बावजूद प्रत्येक अनुवाद सहज ग्राह्य है और प्रेरक भी, क्योंकि स्तरीय पुस्तकों के अच्छे अनुवाद संबद्ध विषय में अक्सर ही मूल लेखन की जमीन तैयार करते हैं।

राजकमल की यह प्रकाशन-योजना भारतीय इतिहास के विविध कालखंडों और पक्षों से जुड़ी पुस्तकों से आरंभ हुई है। योजना के पहले चरण में प्रो. राधाकुमुद मुखर्जी, प्रो. दामोदर धर्मानंद कोसंबी, प्रो. रोमिला थापर, प्रो. रामशरण शर्मा सरीखे इतिहासकारों के इतिहास-ग्रंथ और प्रो. इरफान हबीब द्वारा संपादित वार्षिकी *मध्यकालीन भारत* के तीन अंक एक साथ प्रकाशित किए जा रहे हैं। इनमें कुछ ग्रंथ एकदम नए हैं, और जो नए नहीं हैं उन्हें भी पूर्णतया संशोधित-परिवर्धित किया गया है।

प्रो. रोमिला थापर की इस पुस्तक में लगभग 1000 ई. पू. में आर्य संस्कृति की स्थापना से लेकर 1526 ई. में मुगलों के आगमन और यूरोप की व्यापारिक कंपनियों के प्रथम साक्षात्कार तक प्रायः 2500 वर्षों के दौरान भारत के आर्थिक और सामाजिक ढाँचे का विकास प्रमुख राजनीतिक एवं राजवंशीय घटनाओं के प्रकाश में दर्शाया गया है। मुख्य रूप से प्रो. थापर ने धर्म, कला और साहित्य में, विचारधाराओं और संस्थाओं में व्यक्त होनेवाले भारतीय संस्कृति के विविध रूपों का रोचक वर्णन किया है।

प्राक्कथन

इस पुस्तक के हिंदी-अनुवाद की पूर्ति पर मैं विशेष रूप से प्रसन्न हूँ। हिंदी-पाठकों को यह पुस्तक जल्दी उपलब्ध हो सके, मेरी इस इच्छा के बावजूद कई समस्याएँ ऐसी थीं जिनके कारण यह संभव नहीं हो सका। यह पुस्तक भारतीय इतिहास के विशेषज्ञ के लिए नहीं है; यही कारण है कि पाद-टिप्पणी संदर्भ इसमें नहीं हैं और उनके स्थान पर एक विस्तृत ग्रंथ-सूची दी गई है जो भारतीय इतिहास के किसी पक्ष-विशेष का अध्ययन करने को उत्सुक व्यक्ति के लिए सहायक हो सके। यह पुस्तक उन लोगों के लिए है जिनकी इतिहास में सामान्य रुचि है और जो भारत के प्रारंभिक इतिहास की प्रमुख घटनाओं से परिचित होना चाहते हैं।

यह इतिहास वैदिक संस्कृति के साथ प्रारंभ होता है, इसलिए नहीं कि यह भारतीय सभ्यता का प्रारंभ-बिंदु है वरन् इसलिए कि भारतीय सभ्यता के प्रारंभिक चरणों पर, जो आदिम-ऐतिहासिक और हड़प्पा-काल में दृष्टिगोचर होने लगे थे, सामान्य पाठकों को उपलब्ध अनेक पुस्तकों में पहले ही काफी-कुछ लिखा जा चुका है। (उदाहरणार्थ, बी. आर. ऑड्रिन कृत *दॅ बर्थ ऑफ इंडियन सिविलेज़ेशन*)। इस प्रारंभिक चरण का संक्षिप्त उल्लेख 'पूर्वपीठिका' वाले अध्याय में है। यूरोपवासियों के आगमन से भारत के इतिहास में एक नवीन युग का सूत्रपात होता है, और प्रस्तुत पुस्तक में इस उपमहाद्वीप में उनके आगमन के समय तक का इतिहास दिया गया है। समाप्ति के रूप में 1526 ई. इसीलिए रखी गई है। उपमहाद्वीप के भीतर ऐतिहासिक विकास के परिप्रेक्ष्य में, पुस्तक समाप्त करने के लिए यह संभवतः एक अरुचिकर तिथि है, क्योंकि पूर्ववर्ती युग में जो सिलसिला शुरू हुआ था वह परवर्ती शताब्दियों में जारी रहा। लेकिन 1526 उत्तरी भारत में मुगलों के आगमन का सूचक-वर्ष है और वे (अन्य बातों के साथ-साथ) भारत में यूरोप के भविष्य से सक्रियतापूर्वक संपृक्त थे।

मैं विशेष रूप से विषय-प्रवेश वाले अध्याय की ओर पाठकों का ध्यान आकर्षित करना चाहती हूँ जिसमें उस प्रवृत्ति के जन्म का उल्लेख है जो आज भारतीय इतिहास की व्याख्या के अध्ययन में बढ़ती हुई रुचि का रूप ले चुकी है। अब इस तथ्य को मान्यता मिल गई है कि अतीत में जो घटनाएँ हुई हैं उनसे संबंधित सिद्धांतों पर वर्तमान के बौद्धिक परिवेश का प्रभाव होता है। मैंने भारतीय अतीत के विषय में लिखनेवाले इतिहासकारों पर प्रमुख बौद्धिक प्रभावों को स्पष्ट करने की चेष्टा की है। इससे अनिवार्यतया नवीन पद्धतियों एवं रीतियों का परिचय मिल जाता है जिन्हें इतिहास के अध्ययन में प्रयुक्त किया जा रहा है और जो इस पुस्तक में भी परिलक्षित हैं।

मूलतः अंग्रेजी में यह पुस्तक अब से लगभग दस वर्ष पहले (1966 में) प्रकाशित हुई थी। स्वभावतः पिछले दस वर्षों में मैंने प्राचीन भारतीय इतिहास की जो गवेषणा की है उसके फलस्वरूप ऐसे निष्कर्ष सामने आए हैं जिनसे या तो इस पुस्तक में प्रस्तुत कई मान्यताओं में परिवर्तन हो जाता है या फिर वे और अधिक पुष्ट होती है। किंतु उनमें से कोई भी निष्कर्ष उस कोटि का नहीं जिसके लिए मूल पुस्तक के किसी अंश को दोबारा लिखना आवश्यक होता। अतः मैंने इसे जैसी थी वैसी ही रहने दिया है।

जिन लोगों ने मूल पांडुलिपि को पढ़ने और अपनी सम्मतियाँ देने का कष्ट उठाया था उनकी मैं अतीव आभारी हूँ। मैं विशेष रूप से प्रोफेसर ए. एल. बाशम, श्री अमलानंद घोष, श्री शाहिद महदी के प्रति अपनी कृतज्ञता ज्ञापित करती हूँ, और इस संबंध में अपने स्वर्गीय पिता के प्रति भी अपना आभार प्रकट करती हूँ। मानचित्रों के लिए मैं 'भारतीय पुरातत्त्व सर्वेक्षण' की आभारी हूँ। हिंदी अनुवाद को सुपाठ्य बनाने में श्री एस. सी. सहगल और श्री मोहन गुप्त ने जो समय और श्रम लगाया है उसके लिए मैं उन दोनों की आभारी हूँ। किंतु श्री मोहन गुप्त ने जो परिश्रम इसमें किया है वह न किया होता तो पहले की कई समस्याएँ अनसुलझी रह जातीं।

नई दिल्ली, 1975

रोमिला थापर

विषय क्रम

1. पूर्वपीठिका

अनेक यूरोपवासियों के मन में भारत के नाम से महाराजाओं, सँपेरों और नटों की तसवीर उभरती रही है। इस प्रवृत्ति ने उन चीजों में आकर्षण तथा रोमानियत का संचार किया, जो भारतीय थीं। लेकिन पिछले कुछ दशकों में भारत की चर्चा आर्थिक दृष्टि से अल्पविकसित देश के रूप में इतनी अधिक हुई है कि महाराजाओं, सँपेरों और नटों के कुहासे में से उसका चित्र एक शक्तिशाली, स्पंदनशील देश के रूप में उभरने लगा है। महाराजा अब तेजी से विलुप्त हो रहे हैं और नटों के करतब दृष्टिभ्रम से ज्यादा कभी कुछ नहीं रहे। बाकी है तो एक सँपेरा : सामान्यतया एक अर्ध-पोषण का शिकार प्राणी, जो अपनी जान जोखिम में डालकर साँप को पकड़ता है, उसके जहरीले दाँतों को उखाड़ता है और अपनी बीन के इशारों पर उसे नचाता है। और यह सब वह अपना, अपने परिवार का और साँप का पेट भरने के लिए, कभी-कभी कुछ सिक्के मिल जाने की आशा में करता है।

यूरोप की कल्पना में भारत सदा से बेहिसाब संपत्ति और अलौकिक घटनाओं का एक अविश्वसनीय देश रहा है, जहाँ बुद्धिमान व्यक्तियों की संख्या सामान्य से कुछ अधिक थी। जमीन खोदकर सोना निकालनेवाली चींटियों से लेकर वनों में नग्न रहनेवाले दार्शनिकों तक सब उस चित्र के अंग थे जो भारतीयों को लेकर प्राचीन यूनानियों के मन में बसा हुआ था और यह चित्र कई शताब्दियों तक ऐसा ही बना रहा। इसे नष्ट न करना सदाशयतापूर्ण प्रतीत हो सकता था, किंतु इसे बनाए रखने का मतलब एक मिथ्या धारणा को बनाए रखना होता।

दूसरी सभी प्राचीन संस्कृतियों की तरह भारत में संपत्ति कुछ लोगों तक सीमित रही। आध्यात्मिक क्रियाकलापों में भी थोड़े-से लोग ही संलग्न थे। पर यह सत्य है कि इन क्रियाकलापों में आस्था रखना अधिकांश लोगों का स्वभाव बन गया था। दूसरी कुछ संस्कृतियों में जहाँ रस्सी के करतब को शैतान की प्रेरणाओं का परिणाम कहा जाता और इसलिए इसकी हर चर्चा को दबाया जाता, भारत में इसे मनोरंजन के साधन के रूप में उदार दृष्टि से देखा जाता था। भारतीय सभ्यता की बुनियादी विवेकशीलता का कारण यही रहा है कि इसमें कोई शैतान नहीं रहा।

संपत्ति, जादू और ज्ञान के साथ भारत का नाम अनेक शताब्दियों तक जुड़ा रहा। लेकिन उन्नीसवीं शताब्दी में, जब यूरोप ने आधुनिक युग में प्रवेश किया तो यह रवैया बदलना शुरू हो गया, और कई क्षेत्रों में भारतीय संस्कृति के प्रति उत्साह

प्रायः उसी अनुपात में कम हो गया जितना पहले उत्साह का अतिरेक था। अब यह पाया गया कि भारत में कोई ऐसी विशेषता नहीं थी जिसकी नवीन यूरोप सराहना करता। विवेकयुक्त विचार और व्यक्तिवाद के मूल्यों पर स्पष्टतः यहाँ कोई बल नहीं था। भारत की संस्कृति गत्यवरुद्ध संस्कृति थी और इसे अतीव तिरस्कार की दृष्टि से देखा जाने लगा। यह प्रवृत्ति भारतीय वस्तुओं के प्रति मैकाले के तिरस्कार में शायद सर्वोत्तम ढंग से मूर्तिमान हुई है। भारत की राजनीतिक संस्थाओं को, जिनकी कल्पना अधिकांशतया महाराजाओं और सुलतानों के शासन के रूप में की गई थी, निरंकुश और जनमत के प्रतिनिधित्व से सर्वथा विच्छिन्न कहकर तिरस्कृत किया गया। और, एक लोकतांत्रिक क्रांतियों के युग में, यह शायद सबसे बड़ा पाप था।

किंतु यूरोपीय विद्वानों के एक छोटे वर्ग के बीच से, एक विरोधी प्रवृत्ति का जन्म हुआ। इन विद्वानों ने भारत की खोज अधिकांशतया उसके प्राचीन दर्शन और संस्कृत भाषा में सुरक्षित साहित्य के माध्यम से की थी। इस प्रवृत्ति ने जान-बूझकर भारतीय संस्कृति के अनाधुनिक और अनुपयोगितावादी पक्षों पर बल दिया, जिनमें तीन हजार से भी अधिक वर्षों से अक्षुण्ण रहनेवाले धर्म के अस्तित्व का जयगान था और यह समझा गया था कि भारतीय जीवन-पद्धति आध्यात्मिकता और धार्मिक विश्वास की सूक्ष्मताओं से इतनी अधिक संपृक्त है कि जीवन की पार्थिव चीजों के लिए वहाँ कोई अवकाश ही नहीं है। जर्मन रोमैंटिकवाद भारत के इस स्वरूप के समर्थन में अत्यधिक आग्रहशील था और यह आग्रहशीलता भारत के लिए उतनी ही क्षतिकारक थी जितनी मैकाले द्वारा भारतीय संस्कृति की अवहेलना। भारत अब अनेक यूरोपवासियों के लिए एक रहस्यात्मक प्रदेश हो गया, जहाँ अत्यंत साधारण क्रियाकलापों में भी प्रतीकात्मकता का समावेश किया जाता था। वह पूर्व की आध्यात्मिकता का जनक था, और संयोगवश, उन यूरोपीय बुद्धिजीवियों का शरण-स्थल भी जो अपनी स्वयं की जीवन-पद्धति से पलायन करना चाह रहे थे। मूल्यों का एक द्वैध स्थापित किया गया, जिसमें भारतीय मूल्यों को 'आध्यात्मिक' और यूरोपीय मूल्यों को 'भौतिकवादी' कहा गया, किंतु इन कथित आध्यात्मिक मूल्यों को भारतीय समाज के संदर्भ में देखने का प्रयास बहुत कम हुआ (जिसके कुछ विक्षुब्ध करनेवाले परिणाम हो सकते थे)। पिछले सौ वर्षों में कुछ भारतीय विचारकों ने इस विचारधारा को स्वीकार कर लिया और भारतीय बुद्धिजीवियों के लिए यह ब्रिटेन की तकनीकी श्रेष्ठता के साथ प्रतियोगिता कर पाने में अपनी असमर्थता को छुपाने का एक बहाना बन गया।

अठारहवीं शताब्दी में भारत के अतीत की खोज और यूरोप के सामने उसे प्रस्तुत करने का काम अधिकांशतया भारत में जेसुइट संप्रदाय के लोगों और सर विलियम जोन्स तथा चार्ल्स विल्किन्स जैसे ईस्ट इंडिया कंपनी के यूरोपीय कर्मचारियों ने किया। जल्दी ही भारत की प्राचीन भाषाओं और उनके साहित्य के अध्ययन में दिलचस्पी लेनेवालों की संख्या बढ़ गई और उन्नीसवीं शताब्दी के

प्रारंभ में भाषा-विज्ञान, नृशास्त्र तथा भारत-विद्या के अन्य क्षेत्रों में उल्लेखनीय प्रगति दिखाई दी। यूरोप में विद्वानों ने अध्ययन के इस नए क्षेत्र में गहरी दिलचस्पी दिखाई, जिसका प्रमाण उन लोगों की संख्या है जिन्होंने भारत-विद्या को अपने अध्ययन का क्षेत्र बनाया, और जिनमें से कम-से-कम एक व्यक्ति का उल्लेख यहाँ आवश्यक है—वह है एफ. मैक्समूलर।

उन्नीसवीं सदी में भारत के साथ सबसे ज्यादा सीधा सरोकार जिन लोगों का था वे ब्रिटिश प्रशासक थे और शुरू में भारत के गैर-भारतीय इतिहासकार अधिकांशतया इसी वर्ग के लोग थे। फलस्वरूप, शुरू के इतिहास 'प्रशासकों के इतिहास' थे, जिनमें मुख्यतया राजवंशों और साम्राज्यों के उत्थान और पतन का विवरण होता था। भारतीय इतिहास के नायक राजा थे और घटनाओं का विवरण उन्हीं से जुड़ा हुआ होता था। अशोक, चंद्रगुप्त द्वितीय, या अकबर जैसे अपवादों को छोड़कर, भारतीय शासक का आदर्श रूप निरंकुश राजा था जो अत्याचारी था और अपनी प्रजा की भलाई में जिसकी कोई दिलचस्पी नहीं थी। जहाँ तक वास्तविक शासन का सवाल है, अंतर्निहित विचार यह था कि इस उपमहाद्वीप के इतिहास में जितने शासक आज तक हुए हैं, ब्रिटिश प्रशासन उन सबकी तुलना में श्रेष्ठ था।

भारतीय इतिहास की इस व्याख्या ने उन्नीसवीं सदी के अंतिम वर्षों और बीसवीं सदी के प्रारंभ में लिखनेवाले भारतीय इतिहासकारों पर अपना प्रभाव डाला। आदर्श इतिहास-ग्रंथों का मुख्य विषय राजवंशों का इतिवृत्त था जिसमें शासकों की जीवनी को अधिक महत्त्व दिया जाता था। लेकिन व्याख्या के दूसरे पक्ष की प्रतिक्रिया भिन्न प्रकार की हुई। अधिकांश भारतीय इतिहासकारों ने या तो स्वाधीनता के राष्ट्रीय आंदोलन में स्वयं भाग लिया था, या वे उससे प्रभावित थे। उनकी मान्यता थी कि भारतीय इतिहास का स्वर्ण-युग इस देश में अंग्रेजों के आगमन से पूर्व अस्तित्व में था और भारत का सुदूर अतीत विशेष रूप से उसके इतिहास का वैभवशाली युग था। यह दृष्टिकोण बीसवीं सदी के प्रारंभ में भारतीय जनता की राष्ट्रीय आकांक्षाओं का स्वाभाविक और अनिवार्य अंग था।

इस संदर्भ में एक और तिरस्कारपूर्ण धारणा थी जिसने प्राचीन भारत संबंधी अधिकांश प्रारंभिक लेखन को प्रभावित किया। इस काल का अध्ययन करनेवाले यूरोपीय इतिहासकारों की शिक्षा-दीक्षा यूरोप की क्लासिकी परंपरा में हुई थी, जहाँ लोगों का यह दृढ़ विश्वास था कि यूनान की प्राचीन सभ्यता—यूनान का चमत्कार—मानव-जाति की महानतम उपलब्धि थी। फलस्वरूप, जब भी किसी नई संस्कृति का पता चलता, तो उसकी तुलना प्राचीन यूनान से की जाती, और इस तुलना में उसे निरपवाद रूप से हीन पाया जाता। या अगर उसमें कोई प्रशंसनीय बात होती भी तो सहज भाव से उसे यूनानी संस्कृति के साथ जोड़ने की चेष्टा की जाती। विंसेंट स्मिथ, जो कई दशाब्दियों तक प्राचीन भारत का अग्रगण्य इतिहासकार समझा जाता रहा, इस प्रवृत्ति का शिकार था। अजंता स्थित सुप्रसिद्ध

बौद्ध-स्थल के भित्ति-चित्रों पर, और विशेष रूप से एक ऐसे चित्र पर लिखते समय, जिसके विषय में माना जाता है कि यह ईसा की सातवीं शताब्दी में फारस के एक सासानी राजा के किसी दूत के आगमन का चित्र है और जिसका कला और इतिहास, किसी भी दृष्टि से यूनान के साथ कतई कोई संबंध नहीं है, वह कहता है :

> भारत और फारस के असामान्य राजनीतिक संबंधों के एक समकालीन अभिलेख के रूप में दिलचस्प होने के अतिरिक्त यह चित्रकला के इतिहास में अपने विशिष्ट स्थान के कारण बहुत अधिक मूल्यवान है। इससे न केवल अजंता के कुछ सर्वाधिक महत्त्वपूर्ण चित्रों का काल-निर्धारण होता है बल्कि एक ऐसा प्रतिमान भी स्थापित होता है जिससे दूसरे चित्रों का काल-निर्धारण किया जा सके, बल्कि इस संभावना की ओर भी संकेत मिलता है कि अजंता शैली की चित्रकला फारस से, और अंतोगत्वा यूनान से ग्रहण की गई होगी।[1]

भारतीय इतिहासकारों पर ऐसे वक्तव्यों की तीव्र प्रतिक्रिया हुई, तो इसमें आश्चर्य की कोई बात नहीं है। यह सिद्ध करने के प्रयत्न किए गए कि भारत ने अपनी संस्कृति का कोई भी अंश यूनान से ग्रहण नहीं किया था, अथवा यह कि भारत की संस्कृति यूनानी संस्कृति के बिलकुल समानांतर थी, जिसमें उन सब गुणों के दर्शन होते थे जो यूनानी संस्कृति में वर्तमान थे। हर सभ्यता अपने-आपमें एक अलग चमत्कार होती है, इसे तब तक न यूरोपीय इतिहासकारों ने समझा था और न भारतीय इतिहासकारों ने। किसी सभ्यता को स्वयं उसके गुणों के आधार पर परखने का विचार बाद में उत्पन्न हुआ।

अठारहवीं सदी में जब यूरोपीय विद्वानों का पहले-पहल भारत से संबंध स्थापित हुआ और उसके अतीत के बारे में जिज्ञासा उत्पन्न हुई, तो उनकी सूचनाओं के स्रोत ब्राह्मण पुरोहित थे, जिन्हें प्राचीन परंपरा का संरक्षक माना जाता था। उनका कहना था कि यह परंपरा संस्कृत-ग्रंथों में सुरक्षित है और उन ग्रंथों से केवल वे ही भलीभाँति परिचित हैं। इस प्रकार भारत के अधिकांश प्राचीन इतिहास की पुनर्रचना लगभग संपूर्णतया संस्कृत-स्रोतों, अर्थात् प्राचीन शास्त्रीय भाषा में सुरक्षित सामग्री के आधार पर की गई। इनमें बहुतेरे ग्रंथ धार्मिक प्रकृति के थे और अतीत की व्याख्या स्वभावतः इनके रंग से बच नहीं सकी। **धर्मशास्त्र** (सामाजिक विधान की पुस्तकों) जैसे अपेक्षया इहलौकिक साहित्य के लेखक और टीकाकार भी ब्राह्मण ही थे। फलस्वरूप उनका झुकाव सत्ता के समर्थन की ओर था तथा आमतौर पर वे अतीत की ब्राह्मणों द्वारा की गई व्याख्या को मानते थे, भले ही उस व्याख्या में ऐतिहासिक प्रामाणिकता का अभाव हो। उदाहरण के लिए, वर्ण-व्यवस्था का जैसा वर्णन इन ग्रंथों में किया गया है उससे प्रतीत होता है कि अत्यंत प्राचीनकाल में ही समाज का विभिन्न स्तरों में कठोरता से बँटवारा कर दिया गया था और उसके बाद शताब्दियों तक यह व्यवस्था प्रायः ज्यों-की-त्यों बनी रही। तो भी भारतीय समाज में वस्तुतः वर्ण-व्यवस्था का रूप कुछ ऐसा था कि उसमें परिवर्तन की काफी गुंजाइश थी, जिसे धर्मशास्त्रों के प्रणेता स्वभावतः स्वीकार नहीं करना चाहते थे।

बाद में दूसरे कई प्रकार के स्रोतों से उपलब्ध साक्ष्यों के प्रयोग ने ब्राह्मणों द्वारा

प्रस्तुत कुछ साक्ष्यों को चुनौती दी और कुछ का समर्थन किया, और इस प्रकार अतीत का ज्यादा सही चित्र सामने आया। समकालीन अभिलेखों और सिक्कों से उपलब्ध साक्ष्यों का महत्त्व तेजी से बढ़ता गया। विदेशी यात्रियों द्वारा गैर-भारतीय भाषाओं—यूनानी, लातिन, चीनी और अरबी—में लिखे गए विवरणों का उपयोग करने पर अतीत को नए दृष्टिकोण से देखना संभव हुआ। विभिन्न स्थानों पर की गई खुदाई से अतीत के जो अधिक निर्भ्रांत अवशेष प्राप्त हुए हैं उनसे भी ऐसा ही लाभ हुआ। उदाहरण के लिए, चीनी स्रोतों से और श्रीलंका में अभिलिखित पालि धर्मग्रंथों के उपलब्ध होने पर बौद्ध धर्म संबंधी साक्ष्यों का संग्रह काफी बड़ा हो गया। तेरहवीं सदी के बाद के भारतीय इतिहास से संबंधित अरबी और फारसी की सामग्री का अध्ययन अब स्वतंत्र रूप से किया जाने लगा और उसे पश्चिम एशिया में इस्लामी संस्कृति का पूरक मानने की प्रवृत्ति समाप्त हो गई।

प्रारंभ के अध्ययनों में राजवंशों के इतिहास पर अधिक ध्यान केंद्रित करने के पीछे यह धारणा भी थी कि 'प्राच्य' समाजों में राजा की सत्ता शासन के दैनंदिन कार्यों में भी सर्वोपरि थी। लेकिन भारतीय राजनीतिक प्रणालियों में दैनन्दिन कार्यों का प्राधिकार शायद ही कभी केंद्र के हाथों में होता था। भारतीय समाज की अद्वितीय विशेषता—वर्ण व्यवस्था—क्योंकि राजनीति और व्यावसायिक कार्य-कलाप दोनों से जुड़ी हुई थी, इसलिए उसके अंतर्गत बहुत-से ऐसे कार्य भी होते थे, जिन्हें सामान्यतया, 'पूर्व की निरंकुश व्यवस्था' जैसी कोई चीज यदि सचमुच होती, तो उसके साथ संबद्ध किया जाता। भारत में सत्ता किस प्रकार कार्य करती रही है, यह वर्णों तथा जातियों के संबंधों और व्यापारिक श्रेणियों तथा ग्राम परिषदों जैसी संस्थाओं का विश्लेषण करके समझा जा सकता है, राजवंशों का सर्वेक्षण करने मात्र से नहीं। दुर्भाग्यवश, ऐसे अध्ययनों का महत्त्व अभी हाल में ही समझा गया है, और संभवतः ऐतिहासिक दृष्टि से प्रामाणिक स्थापनाएँ प्रस्तुत करने के लिए एक-दो दशाब्दियों तक अभी और गंभीर अध्ययन करना पड़ेगा। फिलहाल तो हम अधिक-से अधिक उन स्रोतों की ओर ही संकेत कर सकते हैं जिनसे शक्ति का प्रादुर्भाव हुआ होगा।

संस्थाओं के अध्ययन की ओर विशेष ध्यान नहीं दिया गया, अंशतः जिसका कारण यह विश्वास था कि उनमें कोई बड़ा परिवर्तन नहीं हुआ। यह ऐसा विचार था जिसने इस सिद्धांत का भी पोषण किया कि भारतीय संस्कृति, मुख्य रूप से भारतवासियों के आलस्य और जीवन के प्रति उनके निराशापूर्ण तथा भाग्यवादी दृष्टिकोण के कारण, अनेक शताब्दियों तक अवरुद्ध एवं अपरिवर्तनशील रही है। निस्संदेह यह अतिशयोक्ति है। शताब्दियों तक वर्ण-व्यवस्था के अंतर्गत बदलते हुए सामाजिक संबंधों या कृषि- व्यवस्थाओं या भारतीयों के उत्साहपूर्ण व्यापारिक कार्यकलापों का सतही विश्लेषण भी किया जाए तो उससे और चाहे किसी बात का भी संकेत मिलता हो, रुद्ध सामाजिक-आर्थिक स्थिति का संकेत कदापि नहीं मिलता। यह सच है कि कुछ स्तरों पर भारत में तीन हजार वर्ष से एक अबाध

सांस्कृतिक परंपरा चली आ रही है, लेकिन इस निरंतरता को जड़ता समझने की भूल नहीं करनी चाहिए। किसी हिंदू द्वारा गायत्री मंत्र* के पाठ का इतिहास तीन हजार साल पुराना है, लेकिन जिस संदर्भ में आज यह पाठ किया जाता है वह अपरिवर्तित रहा है, ऐसा नहीं कहा जा सकता। यह आश्चर्य की बात है कि उन्नीसवीं शताब्दी में जब यूरोप संबंधी अध्ययन करते हुए यूरोपीय इतिहास में विकासवाद की प्रवृत्तियाँ खोजने पर बहुत अधिक जोर दिया जा रहा था, एशियाई इतिहास के अध्ययन में यह दृष्टिकोण कभी नहीं अपनाया गया। भारतीय इतिहास को काल के विस्तार में द्वीपों की एक शृंखला के रूप में देखा गया, जिसमें हर द्वीप का नाम एक राजवंश के नाम के साथ जुड़ा हुआ था, और भारतीय इतिहासकारों की अधिकांश मानक रचनाओं में इसी ढाँचे का उपयोग किया गया है। लेकिन इसका यह मतलब नहीं कि दूसरे पक्षों के अध्ययन की उपेक्षा की गई। पूरी उन्नीसवीं शताब्दी में भारतीय समाज और धर्म के विविध पक्षों पर अत्यंत रोचक सूचनाओं का संकलन किया गया। पर न जाने क्यों, मानक इतिहास-ग्रंथों में यह जानकारी बहुत कम सम्मिलित हो पाई है।

राजवंशों पर आग्रह के फलस्वरूप भारत का इतिहास तीन प्रमुख कालों में विभाजित हो गया—प्राचीन, मध्य और आधुनिक। प्राचीन युग बहुधा आर्य संस्कृति के आगमन (बाद के प्रकाशनों में सिंधु घाटी की सभ्यता) से प्रारंभ होकर ईस्वी सन् 1000 के लगभग उत्तरी भारत में तुर्क आक्रमणों के समय समाप्त होता है। यहाँ से मध्य युग प्रारंभ होता है, जो अठारहवीं सदी के मध्य में अंग्रेजों के आगमन तक चलता है। इस विभाजन को हिंदू के साथ प्राचीन युग के और मुस्लिम के साथ मध्य युग के अनुचित समीकरण से पुष्ट किया गया, क्योंकि पहले काल के अधिकांश राजघराने मूलतः हिंदू थे और दूसरे काल के मुस्लिम। मुस्लिम काल को पूर्व युग से भिन्नता दिखाने के लिए उसे एक विशिष्ट चरित्र प्रदान किया गया, जिसमें हर स्तर पर मुस्लिम संस्कृति के अलगाव पर जोर था। मुस्लिम शासकों के दरबारी इतिहास-लेखकों और उलेमाओं की रचनाओं में इस स्थापना का औचित्य खोजा गया। जो भी हो, बीसवीं शताब्दी के भारत में जो राजनीतिक प्रवृत्तियाँ थीं, उनके चलते हिंदू युग और मुस्लिम युग के विभाजन को, भारत के भारतीय और अभारतीय, दोनों इतिहासकारों ने मान लिया। लेकिन भारतीय इतिहास का यह काल-विभाजन अपनी धारणाओं में तो संदिग्ध है ही, इसके द्वारा कुछ बातों पर जो बल दिया गया वह भी भ्रामक है। भारतीय इतिहास में धर्म किसी भी दृष्टि से परिवर्तन का शक्तिशाली प्रेरक तत्त्व नहीं रहा, जैसाकि इन नामों से ध्वनित होता है : अनेक शक्तियों में से एक यह भी था। पिछले दिनों भारतीय इतिहास के प्रमुख कालों को, उपरोक्त विभाजन की अपेक्षा अधिक तार्किक परिवर्तनों के आधार पर

* ऋग्वेद का एक मंत्र, जिसमें देवी सावित्री की स्तुति है और हिंदू धर्म-ग्रंथों में जिसे सर्वाधिक पवित्र माना जाता है।

पुनर्परिभाषित करने की चेष्टाएँ की गई हैं। (भ्रम से बचने के लिए आगे के अध्यायों में काल-विभाजन की शब्दावली प्रयोग में नहीं लाई गई है।)

एक और तत्त्व, जिसने किसी सीमा तक ऐतिहासिक व्याख्या के आग्रहों को प्रभावित किया, इस उपमहाद्वीप का भौगोलिक ढाँचा था। उत्तर में सिंधु और गंगा के विस्तृत मैदान में बड़े एकात्मक राज्यों का विकास बहुत आसानी से हो सका। उपमहाद्वीप का दक्षिणी प्रायद्वीपवाला आधा भाग पर्वतों, पठारों और नदी-उपत्यकाओं के द्वारा छोटे-छोटे हिस्सों में बँट गया था, और इस भौगोलिक भिन्नता के कारण यहाँ राजनीतिक एकरूपता के अवसर, उत्तरी मैदान के मुकाबले कम थे। साम्राज्यों के इस युग में—उन्नीसवीं और प्रारंभिक बीसवीं शताब्दी ऐसे ही युग थे—उत्तर के विशाल राज्यों ने इतिहासकारों का ध्यान अपनी ओर आकर्षित किया। जिन कालों में बड़े राज्य पनपे, वे स्वर्ण-युग कहलाए, और जब अपेक्षया छोटे प्रादेशिक राज्यों का विकास हुआ तो उन कालों को अंधकार-युग कहा गया। दक्षिणी भारत के इतिहास पर, उन कालों को छोड़कर, जब वह भी अपने साम्राज्यों पर गर्व कर सकता था, बहुत कम ध्यान दिया गया। उसे इसलिए भी अलाभकर स्थिति में रहना पड़ा कि वहाँ की राजनीतिक गतिविधियों का स्वरूप और उसकी आर्थिक संभावनाएँ उत्तर के जैसी नहीं थीं। उत्तरी राज्यों की शक्ति का आधार मूलतः विशाल भू-क्षेत्रों को अधिकृत करने पर था और उनका अधिकांश राजस्व भूमि से प्राप्त होता था। किसी भी इतिहासकार के लिए यह सीधी और सरलता से समझ में आ सकनेवाली बात थी। दक्षिणी राज्यों के गठन में सामुद्रिक शक्ति और सामुद्रिक कार्य-व्यापार के आर्थिक पक्ष का प्रभाव बहुत अधिक था, जिसके कारण इन राज्यों का ढाँचा उत्तर की तुलना में अधिक जटिल हो गया।

भारतीय इतिहास-लेखन के बदलते हुए दृष्टिकोणों की ओर संकेत करने का उद्देश्य प्रारंभिक इतिहासकारों के काम को मूल्यहीन कहकर उपेक्षित करना या उनकी विद्वता के महत्त्व को घटाना नहीं है। उनकी व्याख्या की कमियाँ बहुधा उनके युग की कमियाँ थीं, क्योंकि इतिहासकार अकसर अपने युग का इतना अधिक प्रतिनिधित्व करता है कि यह बात खुद उसकी सोच से बाहर होती है। अपनी कमियों के बावजूद इन अध्ययनों ने भारत के इतिहास की नींव रखी और उसे एक सुदृढ़ कालक्रमानुसारी ढाँचा प्रदान किया, जिसको आधार बनाकर नई व्याख्याएँ प्रस्तुत की जा सकती हैं जो भारतीय सभ्यता के विचारों और उसकी संस्थाओं को उनके सही परिप्रेक्ष्य में रखेंगी।

पहले भारत के इतिहासकार को मूलतः प्राच्यविद् समझा जाता था। उन दिनों प्राच्यविद् वे कहलाते थे जो एशिया की भाषाओं और संस्कृतियों का अध्ययन करते थे, और जिनके अध्ययन विजातीयता से सुवासित होते थे, कम-से-कम जन-साधारण के मन में यही धारणा थी। प्राच्यविद्या संबंधी उन्नीसवीं शताब्दी की संकल्पना वर्तमान शताब्दी में यूरोप और भारत, दोनों स्थानों पर बदल गई है।

समकालीन विश्व में इतिहास को अलग से क्लासिकी संस्कृतियों के अध्ययन की अपेक्षा सामाजिक विज्ञानों का एक अंग मानने की वृत्ति उत्तरोत्तर बढ़ती जा रही है। यह नई प्रवृत्ति भारत के अतीत से भिन्न प्रकार के सवाल करना चाहती है : प्राच्यविद् जो सवाल करते थे उनसे भिन्न। यह अंतर अधिकांशतया इतिहास-संबंधी बदलते हुए आग्रहों का है। राजनीतिक इतिहास और राजवंशों का अध्ययन अब भी ऐतिहासिक व्याख्या के महत्त्वपूर्ण पहलू हैं, किंतु इनको अब दूसरी ऐसी विशेषताओं के संदर्भ में देखा जाता है जिनसे किसी राष्ट्र अथवा संस्कृति का निर्माण होता है। राजनीतिक ढाँचे में होनेवाले परिवर्तन आर्थिक ढाँचे के परिवर्तनों से अविच्छिन्न रूप से गुँथे होते हैं और इनका फिर सामाजिक संबंधों पर प्रभाव पड़ता है। अगर किसी धार्मिक आंदोलन के बड़ी संख्या में अनुयायी बनते हैं, तो उसके आकर्षण में कोई ऐसी बात अवश्य होगी जो उसका समर्थन करनेवाले लोगों के लिए सार्थक हो। किसी नई भाषा या नए साहित्य का उदय तभी हो सकता है जब उनसे उस समाज की कोई आवश्यकता पूरी होती हो जिसमें उनकी जड़ें हैं। भारतीय इतिहासकार के लिए उन लोगों के विचारों को प्रस्तुत करना या उनका विश्लेषण करना ही पर्याप्त नहीं है जिन्होंने भारत के इतिहास को रूप देने और उसका खाका तैयार करने का प्रयत्न किया। यह जानना आवश्यक है कि शताब्दियों तक भारत के लोगों ने क्यों इन विचारों को स्वीकार, अस्वीकार या संशोधित किया।

इनमें से कुछ सवालों को उठाने की कोशिश इस पुस्तक में की गई है। इसका उद्देश्य उन संस्थाओं और घटनाओं की तरफ संकेत करना है, जिन्होंने भारतीय संस्कृति के विकास में योग दिया है। लेकिन भारतीय संस्कृति का मूल्यांकन करने और निरपेक्ष मूल्य-निर्णय देने की प्रवृत्ति से यहाँ बचा गया है, क्योंकि इस पुस्तक जैसे संक्षिप्त इतिहास की सीमा में वैसे किसी मूल्यांकन का परिणाम निरर्थक घिसी-पिटी उक्तियों के अतिरिक्त और कुछ नहीं होगा। यह मूलतः राजनीतिक इतिहास नहीं है। राजवंशीय घटनाक्रम को यहाँ काल-संदर्भों के रूप में ही देखा गया है। भारतीय जीवन के कुछ पहलुओं—उदाहरणार्थ, आर्थिक संरचना, बदलते हुए सामाजिक संबंधों, धामिक आंदोलनों के ऐतिहासिक संदर्भ, भाषाओं के उद्भव और विकास—का अध्ययन करते समय कुछ खास बातें उभरकर सामने आई हैं। प्रस्तुत पुस्तक में उद्देश्य उन बातों का वर्णन करना और तथ्यों की ऐसे ढंग से व्याख्या करना है जो सर्वाधिक विश्वसनीय प्रतीत हो।

पिछले कुछ सालों में भारत का प्रारंभिक इतिहास दो नई पद्धतियों से उपलब्ध साक्ष्यों के उपयोग से समृद्ध हुआ है। ये दो पद्धतियाँ हैं—समाज का उसके विविध रूपों में व्यवस्थित अध्ययन और पुरातत्व से प्राप्त समसामयिक साक्ष्यों का व्यापक उपयोग। पहली पद्धति का महत्त्व इस बात में निहित है कि यह भारत के अतीत को नए दृष्टिकोण से देखने की संभावनाओं को इंगित करती है और ऐसे प्रश्न उठाती है जिनके उत्तर मिलने पर भारत के इतिहास को ज्यादा सही ढंग से

समझ सकना संभव है। कई प्रकार के शोध-कार्यों में इस दृष्टि का सार्थक उपयोग किया जा चुका है। समाज के अध्ययन से तुलनात्मक अध्ययन में भी रुचि बढ़ी है : एक संस्कृति को आदर्श घोषित करने और दूसरी सब संस्कृतियों को उसकी कसौटी पर कसने की पुरानी पद्धति के रूप में नहीं, बल्कि कई संस्कृतियों के तुलनात्मक विश्लेषण के रूप में। यही वह दृष्टिकोण है जिसने यूरोपीय सामंतशाही पर मार्क ब्लॉच की पुस्तक-जैसे ऐतिहासिक अध्ययनों को भारत के इतिहासकार की बौद्धिक तैयारी के लिए प्रासंगिक बनाया है।

पुरातत्त्व ने सर्वेक्षण और खुदाई से प्राप्त भौतिक अवशेषों के रूप में ठोस, त्रि-आयामी तथ्य प्रस्तुत किए हैं। ये तथ्य केवल साहित्यिक साक्ष्यों की पुष्टि और सांख्यिकीय सामग्री ही प्रस्तुत नहीं करते, बल्कि भारतीय इतिहास के खासकर प्राचीनतम काल के बारे में जहाँ-जहाँ जानकारी का अभाव था, उसकी पूर्ति करने में भी इनसे सहायता मिली है। गत पंद्रह वर्षों में प्राप्त प्रागैतिहासिक भारत से संबंधित साक्ष्य, संस्कृति के बाद में विकसित रूपों के मूल स्रोतों का पता लगाने की दृष्टि से, काफी मूल्यवान सिद्ध हुए हैं। ऐतिहासिक युग से तत्काल पूर्व की शताब्दियों में, इस उपमहाद्वीप के पुरातात्त्विक चित्र की सतही जानकारी भी भारत के प्रारंभिक इतिहास को समझने में सहायक है।

भारत में मानवीय कार्यकलाप के जो प्राचीनतम चिह्न अब तक मिले हैं वे 4,00,000 ई. पू. और 2,00,000 ई. पू. के बीच दूसरे और तीसरे हिम-युगों के संधिकाल के हैं और वे इस बात के साक्ष्य प्रस्तुत करते हैं कि उस समय पत्थर के उपकरण काम में लाए जाते थे। इसके पश्चात् एक लंबे अरसे तक विकास मंद गति से होता रहा, जिसमें अंतिम समय में जाकर तीव्रता आई और उसकी परिणति 2300 ई. पू. के लगभग सिंधु घाटी की आलीशान सभ्यता (अथवा नवीनतम नामकरण के अनुसार हड़प्पा संस्कृति) के रूप में हुई। हड़प्पा की पूर्ववर्ती संस्कृतियाँ हैं : बलूचिस्तानी पहाड़ियों के गाँवों में प्राप्त नल संस्कृति, मकरान तट से लेकर सिंधु के मुहाने तक फैले गाँवों की कुल्ली संस्कृति और राजस्थान तथा पंजाब की नदियों के किनारे बसे कुछ ग्राम-समुदायों की संस्कृति।

प्राचीन सभ्यताओं में क्षेत्रफल की दृष्टि से हड़प्पा संस्कृति का विस्तार सबसे अधिक था। इसके अंतर्गत न केवल सिंधु का मैदान (पंजाब और सिंधु), बल्कि उत्तरी राजस्थान और पश्चिमी भारत में काठियावाड़ तक के प्रदेश थे। यह मूलतः एक नागर-संस्कृति थी जिसकी सत्ता के केंद्र दो नगर—मोहेंजोदाड़ो तथा हड़प्पा* थे। इन दोनों नगरों में पाए गए विस्तीर्ण अन्न-भंडारों से पता चलता है कि इनका संरक्षण गाँव की अतिरिक्त पैदावार से होता था। आय का दूसरा साधन इस उपमहाद्वीप के उत्तरी तथा दक्षिणी क्षेत्रों के आंतरिक व्यापार और हड़प्पा संस्कृति

* पिछले दिनों हुई खुदाइयों से कई नगरों का पता चला है—सिंध में कोट दीजी, राजस्थान में कालीबंगन, पंजाब में रोपड़ और गुजरात में लोथल का बंदरगाह-नगर। लेकिन पहले के दो नगर सर्वाधिक महत्त्वपूर्ण प्रतीत होते

के लोगों तथा फारस की खाड़ी और मेसोपोटामिया के लोगों के बीच व्यापार की उन्नति से होनेवाला लाभ था।

इन नगरों में उन्नत नगर-नियोजन एवं संगठन की धारणा का साक्ष्य मिलता है। प्रत्येक नगर दो क्षेत्रों में बँटा हुआ था—एक नगरकोट जिसमें नागरिक और धार्मिक जीवन की आवश्यक संस्थाएँ स्थित थीं, और दूसरा आवासीय क्षेत्र जहाँ नगर की आबादी रहती थी।

हड़प्पा संस्कृति के बहुसंख्यक अवशेषों में सबसे अधिक उलझन मुद्राओं ने पैदा की है—छोटी, चपटी, वर्गाकार या चौकोर वस्तुएँ, जिन पर मानव या पशु-आकृतियाँ अंकित हैं और कुछ लिखावट भी है। इनकी लिपि को अभी तक पढ़ा नहीं जा सका है और आशा है कि जब अंततः इनको पढ़ा जा सकेगा तो इनसे दिलचस्प जानकारी उपलब्ध होगी। ऐसा प्रतीत होता है कि ये मुद्राएँ, जिनकी संख्या लगभग दो हजार है, व्यापारियों के प्रतीक चिह्न हैं अथवा यह भी संभव है कि इनका संबंध ग्रामीण उपज से रहा हो जो नगरों में लाई जाती थी।

ईसा-पूर्व की दूसरी सहस्राब्दी के पूर्वार्द्ध में सिंधु घाटी के प्रदेश पर अपेक्षया कम सभ्य लोगों ने अधिकार कर लिया था, जिसके कारण हड़प्पा संस्कृति और परवर्ती आर्य संस्कृति के बीच, राजनीतिक निरंतरता में व्यवधान उत्पन्न हुआ। 1700 ई. पू. तक हड़प्पा संस्कृति का ह्रास हो चुका था और 1500 ई. पू. के लगभग ईरान से भारतीय आर्यों के प्रव्रजन के फलस्वरूप उत्तर-पश्चिमी भारत की सांस्कृतिक पृष्ठभूमि में कुछ नई विशेषताओं का समावेश हुआ। उपमहाद्वीप के इस क्षेत्र का सिंधु नदी तथा हिंदुकुश पर्वत के उत्तर और पश्चिम के क्षेत्रों से संपर्क हमेशा बना रहा। कई बार यह उनकी राजनीति में भी आत्मसात हुआ और उनके सांस्कृतिक मिश्रण का अंग बना। इसी प्रकार पश्चिमी भारत ने फारस की खाड़ी और लाल सागर के पश्चिमी सामुद्रिक प्रदेशों से अपना संपर्क कायम रखा। फलतः सिंधु तथा गंगा के मैदानों में जो विकास हुआ वह एक-दूसरे से कटा हुआ रहा।

पूर्व की ओर गंगा के मैदान में ऐसे लोगों की छोटी-छोटी बस्तियों के प्रमाण मिलते हैं जो शिकार और खेती के बीच संक्रमण की अवस्था में थे और विभिन्न प्रकार के पाषाण और ताँबे के उपकरण तथा कुछ घटिया किस्म के कपिशवर्ण मिट्टी के बर्तन काम में लाते थे। ये संभवतः वही लोग थे जिनसे गंगा घाटी में प्रवेश करने पर इंडो-आर्यों का सामना हुआ था। इस अनुमान का आधार यह तथ्य है कि कई स्थानों पर खुदाई में इंडो-आर्यों से संबद्ध (इसकी अभी तक पुष्टि नहीं हुई है) भूरे-रँगे बर्तन ऐसे स्तरों पर मिले हैं जिनके नीचे पूर्ववर्ती कपिशवर्ण बर्तनों की तह पाई गई।

भूरे-रँगे बर्तनों के स्थल गंगा घाटी के पश्चिमी भाग में पाए गए हैं, जिनका काल 1100 ई. पू. से 500 ई. पू. के बीच है। कुछ पुराने स्थलों पर अभी हाल में ही लोहा भी पाया गया है, जिससे यह संकेत मिलता है कि भारत में लोहे का प्रयोग

लगभग 800 ई. पू. की साधारणतया स्वीकृत तिथि से पहले भी होता था। भूरे-रँगे बर्तनोंवाले स्थल खेतिहर समुदायों के साक्ष्य प्रस्तुत करते हैं, जिनका परिचय पशु-पालन के साथ-साथ घोड़ों से भी था। वे आमतौर पर ताँबे के उपयोग से परिचित थे। हड़प्पा-कालीन स्थलों पर घोड़े का कोई चिह्न दृष्टिगोचर नहीं होता है और इस साक्ष्य के आधार पर भी यह अपुष्ट निष्कर्ष प्रस्तुत किया गया है कि जिन स्थलों पर भूरे-रँगे बर्तन मिले हैं वे संभवतः आर्य संस्कृति के केंद्र थे। इन स्थलों से अब तक प्राप्त साक्ष्य मोटे तौर पर वैदिक स्रोतों में दिए गए आर्य संस्कृति के विवरण से मेल खाते हैं।

दक्खन में लघु पाषाण उद्योग—छोटे-छोटे कठोर पत्थर के उपकरण बनाने के प्रमाण मिलते हैं जो बाद में ताम्र संस्कृति से संबद्ध हो गया, जहाँ पत्थर के साथ-साथ काँसे और ताँबे का प्रयोग भी होता था। ईसा-पूर्व की पहली सहस्राब्दी के पूर्वार्द्ध में इसने गंगा घाटी की उत्कृष्ट प्रौद्योगिकी को जन्म दिया, जिसका प्रमाण लोहे और बाद में एक विशेष प्रकार के मिट्टी के बर्तनों—उत्तरी काली पॉलिश के बर्तन—के प्रयोग में मिलता है। ये दोनों चीजें गंगा घाटी की आर्य संस्कृति से संबद्ध थीं। स्पष्टतः आर्य अब दक्खन की तरफ बढ़ने लगे थे और गंगा घाटी तथा दक्खन के बीच संपर्क स्थापित हो गया था। भारत के इतिहास में उत्तर और दक्षिण को जोड़नेवाले सेतु के रूप में दक्खन को कई शताब्दियों तक जिस भूमिका का निर्वाह करना पड़ा, उसके लिए वह इन्हीं दिनों तैयार किया जा रहा था। उसने न केवल उत्तर से आर्य संस्कृति के तत्त्वों को ग्रहण किया, बल्कि 300 ई. पू. के आसपास तक दक्खन के निचले भागों का संपर्क भारत के धुर दक्षिण की महापाषाण संस्कृति से भी हो गया था।

दक्षिण भारत (तमिलनाडु, केरल और मैसूर) की महापाषाण संस्कृति और भूमध्यसागर की महापाषाण संस्कृतियों में घनिष्ठ समानताएँ हैं और संभव है कि दक्षिण भारत में यह संस्कृति पश्चिमी एशिया से ही आई हो। इस प्रथम संपर्क ने आगे चलकर दोनों क्षेत्रों के बीच घनिष्ठ संबंध का रूप धारण कर लिया, जो अभी हाल के दिनों तक चलता रहा।

दक्षिण भारत के महापाषाण अथवा शवों को दफन करने के लिए किए गए निर्माण या तो चट्टानों को काटकर बनाई गई गुफाएँ थीं जिनमें शव रखे जाते थे, या फिर गोल बाड़े थे जिनके बीच में पत्थर के चौकोर ताबूत या पकी मिट्टी की शवपेटिकाएँ रखी जाती थीं। इन शवपेटिकाओं में अस्थियाँ और अन्य ऐसी वस्तुएँ होती थीं जिन्हें कब्र में रखने की प्रथा थी (उदाहरण के लिए, एक खास किस्म की लाल और काली मिट्टी का बर्तन)। ये स्मारक आमतौर पर ऐसी उपजाऊ भूमि के निकट पाए जाते हैं जिसकी सिचाई जल-संग्रह के लिए विशेष रूप से निर्मित जलाशयों से की जाती थी और यह बात उनके निर्माताओं के अद्भुत सहकारी प्रयत्न का साक्ष्य प्रस्तुत करती है। यह महापाषाण संस्कृति जिसका समय लगभग 500 ई. पू. से लेकर ईस्वी सन् 100 तक है, हमें दक्षिण भारत के ऐतिहासिक युग में प्रवेश कराती है।

इन विभिन्न संस्कृतियों से संबद्ध लोगों की नृवंशीय संरचना एक जैसी नहीं थी। नृवंशीय अध्ययनों से भारतीय उपमहाद्वीप में छह मुख्य प्रजातियों का पता चला है। प्राचीनतम लोग स्पष्टतः नेग्रिटो थे, उसके बाद प्रोटो-ऑस्ट्रेलियाई, मंगोलियाई, भूमध्यसागरीय और फिर आर्य संस्कृति से संबद्ध प्रजातियाँ आईं। हड़प्पा संस्कृति के केंद्रों में प्रोटो-ऑस्ट्रेलियाई, भूमध्यसागरीय, अल्पाइन तथा मंगोलियाई अस्थि-पंजरों के अवशेष मिलने के प्रमाण हैं। संभवतः इस समय तक पहली पाँच प्रजातियाँ, जिनका उल्लेख ऊपर किया गया है, भारत में अच्छी तरह बस चुकी थीं। प्रोटो-आस्ट्रेलियाई भारत की जनसंख्या के आधारभूत अंग थे और उनकी बोली ऑस्ट्रिक भाषा समूह की थी, जिसका एक नमूना कुछ आदिम कबीलों की मुंडा बोली में आज तक उपलब्ध है। भूमध्यसागरीय प्रजाति का संबंध आमतौर पर द्रविड़ संस्कृति से बताया जाता है। मंगोलियाई प्रजाति के लोग उपमहाद्वीप के उत्तर-पूर्वी और उत्तरी छोरों पर केंद्रित रहे, और उनकी बोली चीनी-तिब्बती समूह की भाषा से मिलती है। सबसे अंत में वे लोग आए, जिन्हें आमतौर पर आर्य कहा जाता है। आर्य वास्तव में एक भाषिक पद है, जिससे भारोपीय मूल के एक भाषा-समूह का बोध होता है—नृवंशीय पद यह नहीं है। अतः आर्यों के आगमन की बात करना त्रुटिपूर्ण है। किंतु प्राचीन भारत के ऐतिहासिक अध्ययनों में यह त्रुटि इतनी अधिक प्रचलित हो चुकी है कि आर्यों को 'आर्यभाषी लोग' कहना अनुचित रूप से पांडित्य का प्रदर्शन प्रतीत होगा। भारतीय साक्ष्य के आधार पर उनकी नृवंशीय पहचान का पता नहीं चलता है।

विभिन्न युगों में उपमहाद्वीप की जनसंख्या के अस्थाई हिसाब लगाए गए हैं किंतु वे ज्यादातर अटकलों पर आधारित हैं। एक अनुमान के अनुसार ईसा-पूर्व की चौथी शताब्दी के अंत में भारत की जनसंख्या 18 करोड़ 10 लाख* थी। इस अनुमान का आधार अंशतः यूनानी स्रोतों में वर्णित भारतीय सेना का वह आकार है जिसकी चर्चा मकदूनिया के एलेक्जैंडर द्वारा उत्तरी भारत पर आक्रमण के प्रसंग में की गई थी। यह वास्तव में संभव है कि यूनानी लेखकों ने अपने पाठकों के सामने उस दुर्जेय सैन्यशक्ति का प्रदर्शन करने के लिए अतिरंजना का प्रयोग किया हो जिसका ऐलेक्जैंडर को गंगा घाटी पर आक्रमण करने की स्थिति में सामना करना पड़ता। 18 करोड़ 10 लाख का अनुमान कुछ ऊँचा प्रतीत होता है। प्राचीन काल के लिए लगभग 10 करोड़ या इससे कम की संख्या अधिक विश्वसनीय होगी। सत्रहवीं शताब्दी के प्रारंभ के लिए एक अनुमान 10 करोड़ † कीआबादी का है। ब्रिटिश भारतीय प्रशासन द्वारा 1881 में कराई गई पूरे उपमहाद्वीप की पहली जनगणना के अनुसार, उस समय की जनसंख्या 25 करोड़ 30 लाख से कुछ ही अधिक थी।

भारतीय प्राक्-इतिहास के लोगों और संस्कृतियों की यह पृष्ठभूमि थी जब आर्यभाषी कबीले उत्तर में आए और भारतीय संस्कृति में अपना योगदान किया।

---

* जे. एम. दत्त, '320 ई. पू. के लगभग भारत की आबादी', मैन इन इंडिया, खंड 42, संख्या 4, अक्तूबर-दिसंबर 1962।

† डब्लू. एच. मोरलैंड, इंडिया एट दें डेथ ऑफ अकबर (दिल्ली, 1962), पृ. 21।

2. आर्य संस्कृति का प्रभाव

कभी यह मान्यता थी कि भारत के प्रथम राजा मनु स्वयंभू थे । मनु का जन्म सीधे ब्रह्मा से हुआ था और वह अर्ध-नारीश्वर थे । उनके नारीमय आधे शरीर से दो पुत्रों और तीन पुत्रियों का जन्म हुआ, जिनसे मनुओं की वंश-परंपरा चली । उनमें से एक का नाम पृथु था, जिनका पृथ्वी के प्रथम नरेश के रूप में अभिषेक हुआ । उन्हीं के नाम पर भूमि का नाम पृथ्वी पड़ा । उन्होंने वनों को साफ कराया, खेती कराई और पशुपालन, वाणिज्य तथा एक सुस्थापित जीवन से संबद्ध अन्य कार्यों का सूत्रपात किया। लेकिन दसवें मनु सबसे अधिक प्रसिद्ध हुए। उन्हीं के शासन-काल में वह महाप्रलय हुई जिसमें सबकुछ डूब गया था और केवल मनु जीवित बचे थे । विष्णु ने मनु को इस बाढ़ के संबंध में पहले ही चेतावनी दे दी थी, इसलिए मनु ने अपने परिवार और सप्तर्षियों को बचा ले जाने के लिए एक नाव बना ली थी । विष्णु ने एक बड़ी मछली का रूप धारण किया जिससे वह नौका बाँध दी गई । मछली जल-प्रवाह में तैरती हुई नौका को एक पर्वतशिखर तक ले गई । यहाँ मनु, उनका परिवार और सप्तर्षि प्रलय की समाप्ति तक रहे, और पानी कम होने पर सुरक्षित रूप से पृथ्वी पर लौट आए । इस महाप्रलय से बचनेवाले मनु और उनके परिवार से मनुष्य जाति की उत्पत्ति हुई । मनु के नौ पुत्र थे, जिनमें से सबसे बड़ा पुत्र अर्धनारीश्वर था । इसलिए उसके दो नाम थे—इल और इला । इस पुत्र से राजपरिवार की दो मुख्य शाखाओं का जन्म हुआ, इल से 'सूर्यवंश' का और इला से 'चंद्रवंश' का ।

यह परंपरागत इतिहास है जिसका वर्णन 'पुराणों' और 'ब्राह्मणग्रंथों' में है । ऊपर उल्लिखित प्रलय संभवतः कई हजार वर्ष पहले हुई थी । पुराणों में मनु की वंशावली का वर्णन महाकाव्य-काल के राजाओं तक किया गया है—ये ही राजा रामायण और महाभारत के नायक थे—और उसके पश्चात् ऐतिहासिक काल (महाभारत में वर्णित युद्ध का समय 3102 ई. पू. माना जाता है) के राजवंशों का चित्रण है । राजाओं की इस वंशावली में नैरंतर्य है, जिससे प्रतीत होता है कि इसकी रचना काफी सोच-विचार और सतर्कता से की गई है । यदि हमारे पास केवल यही एक साहित्यिक स्रोत होता तो भारतीय इतिहास के प्रारंभ पर विचार करने का आधार सीमित हो जाता. परंतु अठारहवीं शताब्दी के अंत में और उन्नीसवीं शताब्दी के प्रारंभ में एक दूसरे प्रकार के साक्ष्य ने ऐसी ऐतिहासिक सामग्री प्रस्तुत की

जो पारंपरिक कथा से मेल नहीं खाती थी। यह साक्ष्य भाषाविज्ञान द्वारा प्रस्तुत किया गया, जिसके अध्ययन का उन्नीसवीं शताब्दी में यूरोप में और अन्यत्र महत्त्वपूर्ण विकास हुआ। भारत में, संस्कृत के यूरोपीय विद्वानों को यह जानकर कुछ आश्चर्य हुआ कि संस्कृत संरचना और संभवतः उच्चारण की दृष्टि से ग्रीक और लैटिन से संबंधित थी, और यह संबंध घनिष्ठ था। इससे यह बात सिद्धांत रूप में मान ली गई कि आर्यभाषा-भाषी जातियों के पूर्वजों—इंडो-यूरोपीयों द्वारा मूल रूप में बोली जानेवाली भाषा एक ही थी। इंडो-यूरोपीय लोगों का मूल स्थान कैस्पियन सागर के प्रदेश तथा दक्षिणी रूस के मैदान थे, जहाँ से वे धीरे-धीरे बहुत-से कबीलों में बँट गए और नए चरागाहों की खोज में यूनान, एशिया माइनर, ईरान तथा भारत तक फैल गए। इस समय तक वे आर्य कहलाने लगे थे। अब वैदिक साहित्य का (जो भारत के आर्यों से संबंधित था) गहन अध्ययन होने लगा और ऐसा सिद्ध होता दिखाई दिया कि भारतीय इतिहास का आरंभ 'आर्यों' के आगमन के साथ– ईसा-पूर्व की दूसरी सहस्राब्दी में किसी समय हुआ था।

परंतु सतर्कता के साथ निर्मित अतीत का यह चित्र बीसवीं शताब्दी में फिर विशृंखलित होना था। सन 1921-22 में पुरातत्त्व की खोजों से इस बात का पता चला कि आर्य सभ्यता से पूर्व भारत के उत्तर-पश्चिम में एक और सभ्यता भी थी—सिंधु घाटी की सभ्यता—जिसके मोहेंजोदाड़ो और हड़प्पा दो नागरिक केंद्र थे। इस खोज से पारंपरिक विवरण का प्रारंभिक भाग केवल पौराणिक कहानी बनकर रह जाता है। हड़प्पा संस्कृति का समय प्रायः 3000 ई. पू. से प्रायः 1500 ई. पू. तक है। अतः मनुओं के परिवार के साथ हड़प्पा संस्कृति के पार्थिव सहअस्तित्व की कल्पना करना कठिन है, क्योंकि दोनों की सांस्कृतिक संरचना एक-दूसरे से सर्वथा भिन्न थी।

इस प्रकार प्रारंभिक इतिहास के संबंध में सूचना के दो अलग-अलग स्रोत हैं—पहला ऐतिहासिक, जिसमें पुरातत्त्व और वैदिक साहित्य से प्राप्त साक्ष्य हैं और दूसरा पारंपरिक, जिसमें पुराणों की कथाएँ हैं। पुराणों की रचना वैदिक साहित्य की रचना के पश्चात हुई थी। घटनाओं का ऐतिहासिक क्रम कुछ इस प्रकार से रहा प्रतीत होता है : सिंधु घाटी सभ्यता का ह्रास ई. पू. दूसरी सहस्राब्दी में हुआ और जब आर्यों ने भारत के उत्तर-पश्चिम में प्रवेश किया तब (1500 ई. पू.) तक वह लगभग पूरी तरह विघटित हो चुकी थी। आर्य या इंडो-आर्य—जोकि इंडो-यूरोपीयों के वंशज थे—कुछ समय तक बैक्ट्रिया में और उत्तरी ईरानी पठार पर रहे, परंतु 1500 ई. पू. के आसपास तक वे हिंदूकुश के दर्रों से होकर उत्तरी भारत में प्रविष्ट हुए। प्रारंभ में वे चरागाहों की तलाश में पंजाब के मैदानों में घूमते रहे, क्योंकि पशुपालन ही उनका मुख्य पेशा था। अंत में वे छोटे-छोटे जंगलों को साफ करके बनाए गए ग्रामीण समुदायों में बस गए और धीरे-धीरे खेती-बाड़ी का धंधा अपनाने लगे जो सिंधु घाटी के प्रारंभिक लोगों की अर्थव्यवस्था का मुख्य

आधार था।* यही वह समय था जब ऋग्वेद[0] के मंत्र (वैदिक साहित्य के प्राचीन उदाहरण) कंठस्थ और संगृहीत किए गए।

पुराणों के पारंपरिक विवरण अनेक शताब्दियों के पश्चात् (लगभग 500 ई. पू. और 500 ई. के मध्य) संगृहीत किए गए, अतएव इसमें वर्णित घटनाओं में अंतर आ गया है। वे बिलकुल ही कपोल-कल्पित नहीं हैं, क्योंकि उनमें ऐतिहासिक घटनाओं के संकेत मिलते हैं। मनु शब्द ने 'मानव' के लिए जातिगत आधार प्रस्तुत किया है। राजा पृथु द्वारा वनों को साफ करके कृषि प्रारंभ किए जाने के वर्णन में गंगा-यमुना के अंचल में बसी प्रारंभिक आर्य बस्तियों की प्रतिध्वनि मिलती है। इसी प्रकार प्रलय की कहानी अनायास बेबीलोन की दंतकथा का स्मरण कराती है, जो नोआ के आर्क (Noah's Ark) की कथा में हिब्रुओं द्वारा भी अपनाई गई है। भारतीय स्रोतों में यह उस समय की स्मृति रही होगी जब आर्य लोग ईरान के पठारों पर रहते थे और बेबीलोन-निवासियों के संपर्क में थे, जिनसे उन्होंने प्रलय की बात सुनी होगी या फिर यह दंतकथा उन्हें सिंधु घाटी के लोगों से प्राप्त हुई होगी जिन्होंने भी इसे बेबीलोन-निवासियों से ही सुन रखा होगा। एक और संभावना यह हो सकती है कि मेसोपोटामिया की बाढ़ की अस्पष्ट स्मृति को सिंधु नदी में बार-बार आनेवाली बाढ़ के साथ मिला दिया गया हो और इस प्रकार बेबीलोन की कहानी ने भारतीय रूप ले लिया हो। जिस समय पुराण अंतिम रूप से संशोधित और संपादित किए गए, उस समय भारत के राजवंश अपना उद्भव सूर्य और चंद्रवंश से स्थापित करने लगे थे, और यह स्वाभाविक था कि वे इस संबंध को सबसे प्राचीन राजा से जोड़ने का प्रयत्न करें।

हमारा प्राचीनतम साहित्यिक स्रोत ऋग्वेद है, जिसके कुछ भागों की रचना 1000 ई. पू. से पहले हुई थी। शेष वैदिक साहित्य—सामवेद, यजुर्वेद और अथर्ववेद—की रचना बाद में हुई। आर्यों के जीवन और संस्थाओं के ऐतिहासिक पुनर्निर्माण का आधार यही साहित्य है। रामायण और महाभारत दोनों महाकाव्यों का संबंध उन घटनाओं से है जो लगभग 1000 और 700 ई. पू. के बीच में घटी थीं,

---

* आर्य संस्कृति को पुष्ट करनेवाली पुरातत्त्व की खोजों से प्राप्त साक्ष्यों का अभी तक निश्चयात्मक संकेत नहीं मिल पाया है। रँगे-भूरे बर्तनों (Painted Greyware) की संस्कृति के साथ संभावित समानता का आभास मिलता है। गंगा घाटी के पश्चिमी आधे भाग में रँगे हुए भूरे बर्तनों की संस्कृति के स्थल मिले हैं, जिनका समय 1100-500 ई. पू. है; अतरंजी खेड़ा (अलीगढ़ के निकट) से प्राप्त सामग्री के कार्बन 14 परीक्षणों के आधार पर इनका समय 1025 ± 110 ई. पू. है। रँगे हुए भूरे बर्तनों के काल के लोग किसान थे जो पशु—जिनमें घोड़े भी सम्मिलित थे—पालते थे। वे घासफूस की झोंपड़ियों और लिपे-पुते मकानों में रहते थे और ताँबे के प्रयोग से परिचित थे। कहीं-कहीं वे लोहे का प्रयोग भी करते थे। यह विवरण वैदिक स्रोतों में वर्णित संस्कृति से बहुत-कुछ मिलता-जुलता है।

[0] ऋग्वेद में 1028 सूक्त हैं जिनमें आर्य देवताओं की स्तुतियाँ हैं, और उनकी रचना पुरोहितों के विभिन्न परिवारों द्वारा की गई थी। उनमें घटनाओं का वर्णन नहीं है परंतु वे आर्यों के जीवन पर साधारण-सा प्रकाश डालते हैं। ऐतिहासिक दृष्टि से उन्हें बहुत कुछ प्रामाणिक माना जा सकता है, क्योंकि उनकी रचना उसी समय में हुई थी जिसका उनमें वर्णन है।

परंतु इन कृतियों के जो रूप आज उपलब्ध हैं वे ईसा की प्रथम सहस्राब्दी के पूर्वार्द्ध के हैं। अतः इन्हें भी जिस काल की घटनाओं का इनमें वर्णन है उसका अध्ययन करने के लिए प्रामाणिक नहीं माना जा सकता है।* किंतु इन महाकाव्यों की घटनाओं को संपुष्ट करने के लिए आवश्यक साक्ष्य मिल जाएँ तो उन्हें ऐतिहासिक दृष्टि से सत्य स्वीकार किया जा सकता है।

महाभारत, जैसाकि वह आज उपलब्ध है, संसार का सबसे लंबा काव्य है। इस महाकाव्य की मुख्य घटना कुरुक्षेत्र के उस प्रख्यात युद्ध के चारों ओर चक्कर काटती है जो भूमि के अधिकारों के लिए कौरवों और पांडवों में हुआ था। यह युद्ध-भूमि दिल्ली के उत्तर में एक उपजाऊ तथा सामरिक महत्त्ववाले क्षेत्र में है। कौरव धृतराष्ट्र के सौ पुत्र थे और उनकी राजधानी हस्तिनापुर थी। पांडव (पांडु के पाँच पुत्र) उनके चचेरे भाई थे। कुरुवंशी सिंहासन के उत्तराधिकारी पांडव हुए क्योंकि धृतराष्ट्र अंधे थे और इसलिए वे शासन करने योग्य नहीं थे। कौरव इन पाँचों भाइयों से बहुत क्रुद्ध हुए। उन्होंने उनके विरुद्ध षड्यंत्र किया और अंत में उन्हें राज्य से निकल जाने के लिए विवश किया। इस उम्मीद में कि संघर्ष टल जाएगा, धृतराष्ट्र ने राज्य का विभाजन करके आधा भाग पांडवों को दे दिया और वे इंद्रप्रस्थ को (दिल्ली के निकट) राजधानी बनाकर राज्य करने लगे। परंतु इस व्यवस्था से कौरवों को संतोष नहीं हुआ। उन्होंने पांडवों को जुआ खेलने के लिए ललकारा। पांडव अपने भाग का आधा राज्य जुए में हार गए, किंतु समझौते के रूप में यह तय हुआ कि यदि वे तेरह वर्ष वन में रहकर आएँ तो अपना राज्य पुनः प्राप्त कर सकते हैं। इस अवधि के अंत में जब पांडवों ने अपना राज्य माँगा तो कौरव उन्हें राज्य देने के लिए सहमत नहीं हुए। इसलिए पांडवों ने कौरवों के विरुद्ध युद्ध की घोषणा कर दी। दोनों के मध्य कुरुक्षेत्र में लड़ा गया युद्ध अठारह दिन तक चला, और उसके परिणामस्वरूप कौरवों का अंत हो गया। तत्पश्चात् पांडवों ने दीर्घकाल तक शांतिपूर्वक राज्य किया। अंत में वे राज्य का परित्याग करके एक पांडव भाई के पौत्र को सिंहासन पर बिठाकर हिमालय में देवनगरी को चले गए।

ऐसा प्रतीत होता है कि मूल रूप में महाभारत एक स्थानीय संघर्ष का विवरण रहा होगा, परंतु चारणों की कल्पना ने इसे बढ़ा-चढ़ाकर अंत में ऐसा रूप प्रदान कर दिया कि हम इस उपमहाद्वीप के समस्त जनों और लोगों को इस युद्ध में भाग लेते हुए पाते हैं। जनश्रुति के अनुसार इसके लेखक एक ब्राह्मण कवि व्यास माने जाते हैं। परंतु यह किसी एक व्यक्ति की रचना नहीं है, क्योंकि यह केवल एक युद्ध की ही

इस काल से संबंधित कुछ खुदाइयों से ऐसे प्रमाण उपलब्ध हो रहे हैं। उदाहरण के लिए, महाभारत का युद्ध लड़नेवाले एक परिवार की राजधानी—हस्तिनापुर में अभी हाल में खुदाई की गई थी, जिससे मालूम हुआ कि इसका एक भाग लगभग 800 ई. पू. में गंगा—जिसके किनारे पर यह बसा हुआ था—की बाढ़ में बह गया था। पुराणों में बताया गया है कि यह घटना युद्ध के तत्काल बाद हस्तिनापुर में राज्य करनेवाले राजा के सातवें उत्तराधिकारी के शासन-काल में हुई थी। इससे महाभारत-युद्ध का समय लगभग 900 ई. पू. ठहरता है। इस बाढ़ का साक्ष्य यह भी प्रमाणित करता है कि रँगे-भूरे बर्तनों (Painted Greyware) की संस्कृति का अंत भी हस्तिनापुर में इसी समय हुआ था।

कहानी नहीं है, बल्कि इसमें बहुत-सी घटनाएँ (जिनमें से कुछ का तो मुख्य कथा से कोई संबंध ही नहीं है) और अनेक क्षेपक सम्मिलित हो गए हैं, जिनमें से कई अपने-आपमें महत्त्वपूर्ण हैं।

रामायण, महाभारत से छोटी है और इसमें क्षेपक भी कम हैं। कवि वाल्मीकि इसके मूल लेखक माने जाते हैं। रामायण में जिन घटनाओं का वर्णन है वे संभवतः कुछ बाद में घटी हैं, क्योंकि इन घटनाओं का केंद्र महाभारत की घटनाओं की अपेक्षा और अधिक पूर्व की तरफ, पूर्वी उत्तरप्रदेश में है।

कोसल के राजा के उत्तराधिकारी राम ने विदेह की राजकुमारी सीता से विवाह किया था। राम की सौतेली माता अपने पुत्र को कोसल के राजसिंहासन पर बिठाना चाहती थीं, और वे राम, सीता तथा लक्ष्मण को चौदह वर्ष के लिए निर्वासित कराने में सफल हो गईं। इस निर्वासन में वे तीनों दक्षिण भारत के वनों में पहुँचे और वहाँ कुटिया बनाकर संन्यासी के रूप में रहने लगे। किंतु लंका का राक्षस राजा रावण सीता का अपहरण कर ले गया। राम ने वानरों के नेता हनुमान की सहायता से एक सेना का संगठन किया। रावण के विरुद्ध एक भयंकर युद्ध हुआ जिसमें रावण और उसकी सेना मारी गई और सीता को मुक्त कर लिया गया। सीता को अग्नि-परीक्षा देकर अपनी पवित्रता सिद्ध करनी पड़ी, और तब राम से उनका पुनर्मिलन हुआ। चौदह वर्ष समाप्त होने पर राम, सीता और लक्ष्मण कोसल लौटे, जहाँ उनका हार्दिक स्वागत हुआ। राम का राज्याभिषेक हुआ और उनका शासन, समृद्धि तथा न्याय के लिए विख्यात हो गया। आज भी एक आदर्श राज्य का वर्णन करने के लिए 'रामराज्य' शब्द का प्रयोग किया जाता है। राम का दक्षिण पार कर लंका पर विजय प्राप्त करने का वर्णन स्पष्ट रूप से दक्षिण में आर्यों के प्रवेश का संकेत करता है। चूँकि दक्षिण की ओर आर्यों के बढ़ने का समय साधारणतया सन् 800 ई. पू. के लगभग माना जाता है, इसलिए मूल रामायण की रचना इससे कम-से-कम पचास या सौ वर्ष बाद हुई होगी। यदि यह माना जाए कि राम और रावण के बीच हुआ युद्ध वह युद्ध है जो गंगा घाटी के कृषकों और विंध्य प्रदेश के आदिम शिकारियों एवं फल एकत्र करनेवाले समुदायों के बीच स्थानीय रूप से होता रहता था, तो मूल रामायण की रचना का समय और भी पहले मानना संभव हो सकता है। ऐसा भी संभव है कि बाद में किसी संपादक ने इन घटनाओं का क्षेत्र अधिक दक्षिण की ओर बढ़ाकर इनके साथ लंका का नाम जोड़ दिया हो।

ऋग्वेद के समय में आर्यों का भौगोलिक ज्ञान किस सीमा तक था, इसका निश्चय ऋग्वेद की ऋचाओं में निहित विविध नदियों के वर्णन से किया जा सकता है। ऐसा मालूम होता है कि ऋग्वेद के समय में वे पंजाब और दिल्ली के प्रदेशों में तो फैल चुके थे, किंतु उन्होंने अभी पूर्व की ओर बढ़ना आरंभ नहीं किया था। बाद के वैदिक स्रोत—जो संभवतः दोनों महाकाव्यों में वर्णित घटनाओं के समकालीन रहे होंगे—भारतीय भूगोल के अधिक विस्तृत ज्ञान का परिचय देते हैं। ये स्रोत दोनों समुद्रों, हिमालय और विंध्याचल पर्वतों तथा साधारणतया समस्त सिंधु-गंगा के

मैदान की चर्चा करते हैं।

जलवायु की दृष्टि से इस क्षेत्र में आज की अपेक्षा अधिक वर्षा होती थी, और आज जहाँ विस्तृत मैदान तथा मरुभूमि हैं वहाँ उस समय विशाल वन थे। प्रारंभ की कुछ शताब्दियों में आर्यों के विस्तार की गति धीमी थी। वनों को साफ करने के लिए पत्थर, काँसे और ताँबे की कुल्हाड़ियों का प्रयोग किया जाता था और लगभग 800 ई. पू. तक लोहे का प्रयोग शुरू नहीं हुआ था। हस्तिनापुर में हुई खुदाई से ज्ञात होता है कि 700 ई. पू. के लगभग लोहे का प्रयोग होने लगा था। लोहे के उन्नत औजारों के कारण विस्तार की गति बढ़ी, तथा इसी कारण से खेती का कार्य आसान हो गया। अब धार्मिक एवं दार्शनिक चिंतन के लिए अधिक अवकाश मिलने लगा, जैसाकि लगभग 700 ई. पू. एवं इसके बाद रचित 'ब्राह्मण-ग्रंथों' और 'उपनिषदों' से स्पष्ट है।

ऋग्वेद की ऋचाओं में उस युग के बहुत-से जनों का उल्लेख है, विशेषतया वहाँ जहाँ जनों के पारस्परिक संघर्षों—जैसे 'दाशराज्ञ युद्ध'—की चर्चा होती है। ऐसा कहा जाता है कि सुदास पश्चिमी पंजाब में भरत जन का राजा था और विश्वामित्र उसके मुख्य पुरोहित थे, जिन्होंने सुदास के लिए अनेक युद्ध किए थे और उनमें सफलता प्राप्त की थी। परंतु सुदास विश्वामित्र को पदच्युत करके उनके स्थान पर वसिष्ठ को प्रमुख पुरोहित बनाना चाहता था, क्योंकि उनका पुरोहितोचित ज्ञान श्रेष्ठ माना जाता था। इससे क्रुद्ध होकर विश्वामित्र ने दस जनों का एक संघ बनाकर सुदास पर धावा बोल दिया परंतु जीत सुदास की हुई। जनजातियों के बीच अकसर होनेवाले युद्धों का कारण संभवतः पशुओं की चोरी और भूमि-संबंधी झगड़े होते थे।

युद्ध अंतर-जन संघर्षों तक ही सीमित नहीं थे। आर्यों को अब उत्तरी भारत के मूल निवासियों से संघर्ष करना था जो अनार्य थे और जिनको आर्य लोग हेय समझते थे। इन अनार्य जातियों को 'पणि' और 'दास' कहा गया है। 'पणि' दुखदायी थे क्योंकि वे पशुओं को चुरा ले जाते थे, और पशु ही आर्यों की मुख्य संपत्ति थे। इसके अतिरिक्त 'पणि' विचित्र देवताओं की पूजा करते थे। दासों से युद्ध अधिक लंबा चला, क्योंकि वे यहाँ भली-भाँति बसे हुए थे। आर्यों का निर्णायक रूप से विजयी होना इस बात से स्पष्ट है कि आगे चलकर दास शब्द का प्रयोग गुलाम के लिए किया जाने लगा। दास क्षुद्र समझे जाते थे, क्योंकि उनका रंग काला होता था और उनके नाक-नक्श चपटे होते थे। इसके विपरीत ऐसा विश्वास किया जाता है कि आर्यों की त्वचा गोरी थी और उनके नाक-नक्श स्पष्ट एवं सुंदर थे। इसके अतिरिक्त, दासों की भाषा सर्वथा भिन्न थी (जिसके कुछ शब्द आर्यों द्वारा बोली जानेवाली वैदिक संस्कृत में अनिवार्य रूप से आ गए) और उनके रहन-सहन का ढंग भी आर्यों के लिए नया था। कुछ दृष्टियों से आर्यों का आगमन एक पिछड़ा हुआ कदम था, क्योंकि हड़प्पा संस्कृति आर्यों की संस्कृति से बहुत उन्नत थी—आर्य लोग अब भी नागर सभ्यता से पूर्व की स्थिति में थे। उत्तरी भारत को अब फिर

ग्रामीण तथा बनजारा जीवन से निकलकर नागरिक संस्कृतियों के विकास की प्रक्रिया से गुजरना पड़ा।

आर्य, भारत में अर्ध-विचरणशील पशुचारिओं के रूप में आए थे। उनका निर्वाह मुख्यतः पशु-उत्पादनों से होता था और कुछ समय तक पशु-पालन ही उनका मुख्य व्यवसाय रहा। उनके लिए गाय मूल्य का माप थी और बड़ी बहुमूल्य वस्तु समझी जाती थी। भाषा की अनेक प्रारंभिक अभिव्यक्तियाँ पशुओं से संबंधित थीं। इस प्रकार 'गविष्टि'—जिसका शाब्दिक अर्थ 'गायों की खोज करना' है—का अर्थ 'युद्ध करना' हो गया, जिसका स्पष्ट अभिप्राय यह है कि पशुओं के अपहरण और पशुओं की खोज के परिणामस्वरूप बहुधा जनों में युद्ध छिड़ जाते थे। यह जन संभवतः गाय को एक देवक पशु समझते थे और उसकी पूजा करते थे। सामान्य रूप से गौ-मांस खाना वर्जित था, परंतु कुछ विशेष अवसरों पर गौ-मांस खाना शुभ समझा जाता था। गाय तो वैसे ही पूजी जाती थी, परंतु आर्थिक दृष्टि से उसका महत्त्व होने के कारण उसे और भी श्रद्धा से देखा जाता था। बाद में गाय को पवित्र मानने की अविवेकी प्रवृत्ति का कारण शायद यही रहा होगा। आर्यों द्वारा पाले गए अन्य पशुओं में घोड़े को गौरवपूर्ण स्थान प्राप्त था। आवागमन तथा युद्ध के लिए घोड़ा अनिवार्य था और वह मनुष्यों तथा देवताओं का रथ खींचने के काम भी आता था। जंगली पशुओं में व्याघ्र से पहले सिंह के बारे में लोगों को जानकारी हुई। हाथी एक जिज्ञासा की वस्तु समझा जाता था और उसका वर्णन हाथवाले पशु—मृग-हस्तिन—के रूप में किया जाता था, हाथ से संकेत उसकी सूँड की ओर था। सर्प अनिष्ट का द्योतक था, और यह मत अधिकांश आदिम समुदायों में सामान्य रूप से प्रचलित था। सर्प शक्ति का प्रतीक माना जाता था, और यह विश्वास शायद शक्तिशाली नागजनों के साथ संघर्ष के कारण बन गया था जो सर्प की पूजा करते थे।

जनों के अधिक स्थायी रूप से बसने पर इनके पेशे में भी परिवर्तन हुआ। पशु-पालन के स्थान पर उन्होंने कृषि को अपनाया, क्योंकि लोहे के उपयोग के परिणामस्वरूप भूमि को साफ करना अब सरल हो गया था। इस प्रक्रिया में आग ने भी अपनी भूमिका निभाई और निस्संदेह कुछ वन जला डाले गए। किंतु, आर्यों के जीवन में लकड़ी का विशेष महत्त्व था, इसलिए वनों को जलाने की अपेक्षा उन्हें काटना संभवतः भूमि साफ करने की अधिक सामान्य विधि थी। प्रारंभ में भूमि गाँव की साँझी संपत्ति होती थी. परंतु ज्यों-ज्यों जन-इकाइयाँ समाप्त होती गईं, भूमि गाँव के परिवारों में बँटती गई, और इस प्रकार निजी संपत्ति का जन्म हुआ, जिसके साथ-साथ स्वामित्व, भूमि के झगड़े, उत्तराधिकार का प्रश्न आदि समस्याएँ भी सामने आईं। कृषि को मुख्य व्यवसाय के रूप में अपनाने के फलस्वरूप, और बहुत-से व्यवसायों का सूत्रपात हुआ। बढ़ई इस समुदाय का एक अत्यंत सम्मानित सदस्य बना रहा, क्योंकि वह केवल रथ ही नहीं बल्कि अब हल भी बनाता था, और जंगलों से अधिकाधिक मात्रा में लकड़ी प्राप्त होने के कारण

बढ़ईगीरी एक लाभप्रद व्यवसाय बन गया जिसने बढ़ई के पेशे को और अधिक गौरव प्रदान किया। ग्राम-समुदाय के अन्य अनिवार्य सदस्य धातुकार (जो ताँबे, काँसे तथा लोहे का प्रयोग करते थे), कुम्हार, चमड़े का काम करनेवाले, विदलकारी (बेंत का काम करनेवाले) तथा जुलाहे थे।

कृषि ने व्यापार का मार्ग प्रशस्त किया। गंगा घाटी के साथ-साथ पूर्व की ओर भूमि साफ हो जाने से गंगा नदी प्राकृतिक रूप से व्यापार का मुख्य मार्ग बन गई और उसके किनारे पर बसी अनेक बस्तियाँ क्रय-विक्रय का केंद्र बन गईं। अधिक समृद्ध भूपतियों में से ही—जो खेती करने के लिए श्रमिकों को रख सकते थे—व्यापारिक वर्ग का उदय होना संभव था, क्योंकि उनके पास इसके लिए अवकाश भी था और पूँजी भी थी। इस प्रकार समाज के भूपतियों में से ही व्यापारी वर्ग का जन्म हुआ। प्रारंभ में व्यापार स्थानीय क्षेत्रों तक सीमित था, और संभवतः आर्यों ने बहुत दूर जाने का साहस भी नहीं किया। फिर भी ऋग्वेद में जलयानों और समुद्री यात्राओं की चर्चा हुई है, जो पूर्णतया काल्पनिक नहीं हो सकती। यह हो सकता है कि फारस की खाड़ी के किनारे पर स्थित पश्चिमी एशिया के समुद्री व्यापार-केंद्रों ने हड़प्पा के समय से भारतीय व्यापार को अधिकाधिक अपने हाथ में रखने का प्रयत्न किया हो, यद्यपि यह अधिक संभव है कि यह व्यापार तटीय क्षेत्रों तक सीमित रहा हो और इसने संभवतया आर्यों की अर्थव्यवस्था पर कोई महत्त्वपूर्ण प्रभाव न डाला हो। चूँकि आर्यों का शिल्प-विज्ञान उतनी उन्नत अवस्था में नहीं था, इसलिए व्यापार स्थानीय क्षेत्रों में ही संभव था। इस समय व्यापार का अर्थ था वस्तु के बदले वस्तु लेना-देना। बड़े सौदों में गाय मूल्य की इकाई मानी जाती थी, और इसलिए कोई भी व्यापारी दूर देशों से व्यापार नहीं कर सकता था। मूल्य के माप के रूप में 'निष्क' का भी उल्लेख मिलता है। बाद में यह नाम (निष्क) एक स्वर्ण-मुद्रा के लिए प्रयोग होने लगा, परंतु उस समय यह संभवतः सोने का एक माप रहा होगा।

शासन की उत्पत्ति से संबंधित कुछ दंतकथाओं से आर्यों के उभरते हुए राजनैतिक संगठन की प्रक्रिया जानी जा सकती है। इनके अनुसार देवों और दानवों में युद्ध हुआ और इसमें देवों की पराजय होती दिखाई देने लगी। इसलिए वे सब एकत्र हुए और उन्होंने अपने नेतृत्व के लिए अपने में से एक राजा का चुनाव किया। अंत में उनकी विजय हुई। यह, और इस प्रकार की अन्य दंतकथाएँ बताती हैं कि राजत्व का विचार किस प्रकार उत्पन्न हुआ। कुलों के समूहों के रूप में जनों का संगठन हुआ, और प्रारंभ में जन का प्रधान केवल जन का नेता ही होता था। ज्यों-ज्यों संरक्षण की आवश्यकता बढ़ती गई, सबसे अधिक समर्थ रक्षक ही प्रधान चुना जाने लगा, और शनैः-शनैः वह उन विशेषाधिकारों को ग्रहण करता गया जिनका संबंध साधारणतया राजत्व से होता है। किंतु राजतंत्र का विकास तीव्र गति से नहीं होने पाया। दो जन-परिषदों—'सभा' और 'समिति'—ने राजतंत्र के विकास की गति को नियंत्रित रखा। इन परिषदों के ठीक-ठीक कर्तव्यों का

निश्चित पता नहीं चलता। ऐसा अनुमान है कि 'सभा' जन के वृद्ध लोगों की परिषद् रही होगी और इसलिए अधिक सीमित होगी, जबकि 'समिति' सारे जन की एक सामान्य परिषद होगी। जिन जनों में निर्वाचित राजा नहीं होता था, ये परिषदें सरकार के कर्तव्यों तथा अधिकारों का निर्वाह करती थीं—और ऐसे जन किसी प्रकार भी कम नहीं थे। इस समय राजनैतिक इकाइयाँ छोटी ही हुआ करती थीं—विशेष रूप से राजशाही में—क्योंकि राजा अब भी अधिकांशतया जन का प्रधान ही होता था और उसको विशेषाधिकार प्राप्त थे।

प्रारंभ में वैदिक राजा मुख्यतः सैनिक नेता होता था, जिसे राजा बने रहने और जन की सुरक्षा के लिए युद्ध में कुशल होना अनिवार्य था। उसे वस्तुओं के रूप में स्वेच्छा से उपहार मिलते थे। किसी नियमित कर की माँग वह नहीं कर सकता था, और न ही उसे भूमि पर कोई अधिकार प्राप्त था। पशुओं की सफल लूट या युद्ध में लूटे गए माल में से वह एक अंश पाने का अधिकारी था। धार्मिक क्षेत्र में उसकी भूमिका प्रारंभ में नगण्य थी क्योंकि इस क्षेत्र में पुरोहित के कर्तव्य बिलकुल स्पष्ट थे। परंतु धीरे-धीरे इस स्थिति में परिवर्तन हुआ, और ऐसा विशेषकर इसलिए हुआ कि अब राजत्व में ईश्वरीय गुण होने का विचार उभरने लगा था। बाद की एक दंतकथा के अनुसार देवता अपनी विजय के लिए राजा को निर्वाचित ही नहीं करते थे बल्कि उसको कुछ विशेष गुण भी प्रदान करते थे। इसी प्रकार, सांसारिक राजाओं को भी कुछ ईश्वरीय गुण प्राप्त थे। राजा को दैवी गुण प्रदान करने के लिए विशेष यज्ञ किए जाते थे, और यह कार्य पुरोहित करते थे, जो मनुष्यों और देवताओं के मध्यस्थ समझे जाते थे। इस विचार के स्वीकृत होने के साथ कि राजा में दैवी गुण हैं, पुरोहितों को भी महत्त्वपूर्ण स्थान प्राप्त हुआ, और यहीं से राजाओं और पुरोहितों की पारस्परिक निर्भरता का श्रीगणेश हुआ। अतः इसमें कोई आश्चर्य की बात नहीं है कि अब राजपद को पैतृक बनाने की प्रवृत्ति बढ़ी। 'सभा' और 'समिति' की स्थिति में भी इसके परिणामस्वरूप परिवर्तन हुआ—वे राजा के ऊपर नियंत्रण रख सकती थीं, परंतु निर्णायक सत्ता राजा के पास ही रही।

राजा को मुख्य आधार बनाकर एक प्रारंभिक प्रशासकीय पद्धति का सूत्रपात हुआ। एक राज्य में जिसे 'राष्ट्र' कहते थे, 'जन', 'विश' और 'ग्राम' होते थे। 'कुल' उसका आधार होता था और परिवार का वृद्धतम पुरुष 'कुलप' कहलाता था। जन के वृद्ध सदस्यों की एक संस्था तथा गाँवों के मुखिया राज्य-कार्य में राजा को सहायता देते थे। इनसे भी अधिक निकट उनके दो अधिकारी होते थे, एक पुरोहित जो ब्राह्मण, ज्योतिषी एवं परामर्शदाता होता था, और दूसरा सेनानी अथवा सेनापति। गुप्तचर और संदेशवाहक भी उसके सेवकों में होते थे। बाद के स्रोतों से पता चलता है कि राजा के और भी कई सहायक होते थे, जैसे सारथी, कोषाध्यक्ष, परिचारक तथा द्यूत-अधीक्षक। राजपरिवार और सर्वसाधारण में जुए का जो शौक था, उसे देखते हुए द्यूत-अधीक्षक की नियुक्ति पर आश्चर्य नहीं होना चाहिए।

जब आर्य लोग सबसे पहले भारत में आए, तो वे तीन सामाजिक वर्गों में विभाजित थे—योद्धा अथवा कुलीन वर्ग, पुरोहित एव सर्वसाधारण। वर्ण-चेतना उस समय बिलकुल नहीं थी, जैसाकि इस प्रकार के कथनों से सिद्ध होता है कि "मैं चारण हूँ, मेरा पिता वैद्य है और मेरी माँ अनाज पीसती है।" व्यवसाय पैतृक नहीं थे, और न ही कोई ऐसे नियम थे जो विवाह संबंधों को इन वर्गों के भीतर ही सीमित करते हों, अथवा यह बताते हों कि किसके साथ भोजन नहीं करना चाहिए। समाज का तीन वर्गों में विभाजन केवल सामाजिक एवं आर्थिक संगठन की सुविधा के लिए था। वर्ण (वर्ग नहीं) की दिशा में पहला कदम उस समय उठाया गया जब आर्यों ने दासों को सामाजिक परिधि से बहिष्कृत किया—संभवतः उन्होंने ऐसा दासों के भय से किया और उन्हें इस बात का भय और भी ज्यादा था कि दासों के साथ घुलने-मिलने से आर्यत्व अक्षुण्ण नहीं रह सकेगा। प्रत्यक्ष रूप में यह अंतर मुख्यतः रंग का था—दास काले रंग के और भिन्न संस्कृति के थे। जाति के लिए प्रयुक्त होनेवाले संस्कृत शब्द 'वर्ण' का अर्थ ही रंग होता है। इस सारे काल में जाति के रंग पर बल दिया जाता रहा, और अंततः इसकी जड़ें उत्तरी भारत की आर्य-संस्कृति में गहरी जम गईं। इसलिए प्रारंभिक विभाजन आर्यों और अनार्यों के बीच था। आर्य 'द्विज' अर्थात् दो बार जन्म लेनेवाली जाति थी (एक बार भौतिक जन्म और दूसरा वर्ण-स्थिति में दीक्षित किए जाने के संस्कार से), जिसमें क्षत्रिय* (योद्धा तथा कुलीन), ब्राह्मण (पुरोहित) एवं वैश्य (किसान) होते थे; चौथे वर्ण, शूद्रों में दास तथा ऐसे व्यक्ति होते थे जिनका जन्म आर्यों और दासों के मिश्रण से हुआ था।

समाज को औपचारिक रूप से चार व्यापक समूहों में बाँट देना ही वास्तविक वर्ण-व्यवस्था नहीं थी। प्रथम तीन वर्णों के रूप में संभवतः ब्राह्मणों ने एक सैद्धांतिक रूपरेखा तैयार कर दी थी जिसमें विविध व्यवसायों का सुंदर ढंग से नियोजन था। चौथे वर्ण में मिश्रण एवं परिवर्तन अवश्यंभावी था, और इसकी व्याख्या वर्णसंकरत्व के मूल के रूप में की जाती थी। परंतु ऐसा प्रतीत होता है कि चौथे वर्ण का आधार जाति एवं व्यवसाय दोनों थे (जैसा कि आगे चलकर अछूतों के उद्भव में भी हुआ, जिनकी स्थिति इतनी हीन थी कि बाद की शताब्दियों में उनके स्पर्श मात्र से मनुष्य अपवित्र हुआ समझा जाता था)। किसी भी व्यवसाय के व्यक्ति का वर्ण एक लंबे समय के बाद बदल सकता था। धीरे-धीरे वैश्य जो 'आर्य' थे—व्यापारी और जमींदार हो गए, और शूद्र उन्नति करके किसान बन गए (हालाँकि उनकी हालत खेती करनेवाले दासों जैसी नहीं हुई)। अब दासों के ऊपर आर्यों का पूरा आधिपत्य हो चुका था। शूद्रों को भूमि पर खेती करने का अधिकार तो मिल गया था, परंतु उन्हें द्विज का दर्जा अभी भी नहीं मिला था, और भविष्य के

---

* प्रारंभिक स्रोतों में योद्धाओं और कुलीन वर्ग को 'राजन्य' कहा जाता था। क्षत्रिय शब्द का प्रयोग बाद में होने लगा। भ्रांति से बचने के लिए यहाँ केवल 'क्षत्रिय' शब्द का प्रयोग किया गया है।

लिए भी ऐसा ही विधान था जिससे वे वैदिक अनुष्ठानों में भाग नहीं ले सकते थे। अतएव वे अपने ही देवताओं की पूजा करने लगे। समाज के इस शीर्ष विभाजन के कारण आगामी शताब्दियों में नए जाति-संबंधी समूहों को स्वीकार करना सरल हो गया। भारत में आनेवाला प्रत्येक नया समूह एक पृथक् उप जाति बन गया और फिर यहाँ की बृहत्तर वर्ण-व्यवस्था में पूर्ण रूप से घुल-मिल गया। इस सामाजिक व्यवस्था में किसी नई जाति की स्थिति उसके व्यवसाय पर—और कभी-कभी उसकी सामाजिक व्युत्पत्ति पर—निर्भर करती थी।

इसमें संदेह नहीं कि अन्य तत्त्वों से भी वर्ण-व्यवस्था को प्रोत्साहन मिला, और जिस प्रक्रिया से शूद्र किसान बने वह इन्हीं तत्त्वों में निहित है। जब आर्यों ने बनजारा प्रवृत्ति के साथ पशुचारण की अवस्था से निकलकर सुस्थापित रूप से खेती-बाड़ी को अपना लिया तो धीरे-धीरे श्रम का विशेषीकरण आर्यों के समाज की एक उल्लेखनीय विशेषता बन गया। वनों की सफाई होने और नई बस्तियों के बसने से एक व्यापारी वर्ग का जन्म हुआ जो वस्तुओं के संभरण और आदान-प्रदान का कार्य करता था। इस प्रकार कृषकों—जिन्होंने वनों को साफ करके बस्तियाँ बनाई थीं. और व्यापारियों—जिन्होंने विभिन्न बस्तियों के बीच आर्थिक संबंध स्थापित किए थे—के मध्य स्वाभाविक रूप से अलगाव आ गया। यहाँ यह बतला देना उचित होगा कि व्यापारी-वर्ग अधिक संपन्न जमींदारों के वर्ग से आए, क्योंकि वे ही आर्थिक नुकसान सह सकने की स्थिति में थे। पुरोहित अपने-आपमें ही एक वर्ग थे। क्षत्रिय यह मानते थे कि उनका कार्य (राजा के नेतृत्व में) केवल समाज की रक्षा करना है, और यह कहने की आवश्यकता नहीं कि उनके इस कार्य पर प्रत्येक वर्ग की भलाई निर्भर करती थी। राजा का उदय एक शक्तिशाली सत्ता के रूप में हुआ, और इसलिए क्षत्रियों को वर्ण-व्यवस्था में प्रथम स्थान मिला। ब्राह्मणों का स्थान उनके पश्चात् आया, और फिर अधिक समृद्ध जमींदार तथा वैश्य आए तथा अंत में शूद्र।

समाज के ऐसे विभाजन के महत्त्व और उच्चतम वर्ण को प्राप्त होनेवाले विस्तृत अधिकारों को समझने में ब्राह्मणों को देर नहीं लगी। यह दावा करके कि केवल वे ही राजा को देवत्व प्रदान कर सकते हैं (जिसे पाना राजा के लिए अनिवार्य बन चुका था), उन्होंने प्रथम स्थान ही प्राप्त नहीं किया, बल्कि वर्ण-विभाजन को धार्मिक स्वीकृति भी प्रदान कर दी। ऋग्वेद का एक बाद का सूक्त वर्णों के सूत्रपात की एक काल्पनिक कथा प्रस्तुत करता है :

> जब देवताओं ने मनुष्य को अपना शिकार बनाकर बलि दी
> जब उन्होंने मनुष्य का विभाजन किया, तो उसको कितने भागों में बाँटा?
> उसके मुँह, उसकी भुजाओं, उसकी जाँघों और उसके पैरों को किस नाम से पुकारा गया?
> उसका मुख ब्राह्मण बना, उसकी भुजाओं से क्षत्रिय बने;
> उसकी जाँघें वैश्य बनीं, और उसके पैरों से शूद्र का जन्म हुआ।[1]

वर्ण-व्यवस्था को जारी रखने के लिए वर्ण को वंशानुगत माना गया। सहभोजिता पर लगा प्रारंभिक निषेध अब वर्ण-नियम बन गया, जिसके फलस्वरूप विवाह की सीमाओं को निर्धारित करना आवश्यक हो गया और सजातीय और विजातीय विवाहों के संबंध में विस्तृत नियम बने। वर्ण-व्यवस्था का आधार और स्थायित्व इस चतुर्मुखी विभाजन पर नहीं, बल्कि उन अगणित जातियों पर निर्भर था जो व्यवसायों के आधार पर बन गई थीं। अंततः हिंदू समाज के दैनंदिन कार्यों में 'वर्ण' की अपेक्षा उपवर्ण ('जाति', जिसका शाब्दिक अर्थ 'जन्म' है) को अधिक महत्ता प्राप्त हुई, क्योंकि समाज का कार्य जातियों के संबंधों और तालमेल पर निर्भर करता था, जबकि 'वर्ण' एक ऊपरी सैद्धांतिक ढाँचा ही बना रहा। जातियों के संबंध कार्यों के विशेषीकरण तथा पारस्परिक आर्थिक सहयोग पर निर्भर करते थे। जब वर्ण वंशानुगत हो गया तथा व्यवसाय एवं जाति में परस्पर घनिष्ठ संबंध हो गया तो व्यक्ति के निम्न वर्ण से निकलकर उच्च वर्ण में प्रविष्ट होने पर स्वतः प्रतिबंध लग गया था। एक पूरी-की-पूरी जाति अगर चाहे तो उसकी स्थिति में ऊर्ध्वगामी परिवर्तन संभव था, जो इस बात पर निर्भर करता था कि यह जाति एक इकाई के रूप में कार्य करे तथा अपने कार्य-स्थान और व्यवसाय दोनों को बदल दे। कोई व्यक्ति अपना विरोध किसी ऐसे संप्रदाय में सम्मिलित होकर ही प्रकट कर सकता था जो जाति-भेद को न मानता हो—ऐसे संप्रदायों का जन्म छठी शताब्दी ई. पू. एवं उसके पश्चात् हुआ।*

समाज की इकाई परिवार था जो पितृसत्तात्मक होता था। अनेक परिवारों से मिलकर एक घराना, 'ग्राम', बनता था—आगे चलकर इस शब्द का प्रयोग गाँव के लिए होने लगा, जिससे यह पता चलता है कि प्रारंभिक बस्तियों में परिवार परस्पर संबंधित हुआ करते थे। पारिवारिक इकाई बड़ी होती थी—सामान्य रूप से तीन पीढ़ी तक के पुरुष सदस्य परिवार में साथ ही रहते थे। बहुत छोटी उम्र में विवाह की प्रथा नहीं थी, तथा जीवन-साथी चुनने का पर्याप्त अवसर मिलता था। दहेज और वधू का मूल्य—दोनों प्रथाएँ प्रचलित थीं। आर्य परिवारों में पुत्र-जन्म का विशेष रूप से स्वागत किया जाता था क्योंकि महत्त्वपूर्ण आयोजनों में पुत्र की उपस्थिति अनिवार्य थी। कुल मिलाकर स्त्रियों को पर्याप्त स्वतंत्रता प्राप्त थी, किंतु यह आश्चर्य की बात है कि यूनानियों की भाँति इंडो-आर्यों ने अपनी देवियों को अधिक शक्ति का प्रतीक नहीं माना और वे भद्रता की प्रतिमूर्ति बनकर पृष्ठभूमि में ही रहीं। विधवाओं को अपने पति की मृत्यु पर प्रतीकात्मक आत्मबलिदान करना पड़ता था। यह स्पष्ट नहीं है कि यह रस्म केवल कुलीन वर्ग तक ही सीमित थी या अन्य वर्गों में भी इसका प्रचलन था। लगता यह है कि इसी प्रथा से सतीप्रथा का जन्म हुआ होगा, जिसके अनुसार बाद की शताब्दियों में स्त्री

---

* वर्ण-व्यवस्था पर आधारित समाज का विकास स्वभावतः धीरे-धीरे हुआ। भ्रम न हो इसलिए उपरोक्त विवरण में इस प्रक्रिया को कुछ संक्षेप में समझाया गया है।

अपने मृतक पति के साथ सचमुच उसकी चिता में जलकर भस्म हो जाती थी। वैदिक काल में सतीप्रथा केवल प्रतीकात्मक थी, यह इस तथ्य से विदित होता है कि बाद के वैदिक साहित्य में विधवाओं के पुनर्विवाह की चर्चा है, जो सामान्यतः पति के भाई के साथ हुआ करता था। लगता है कि एकपत्नीव्रत की प्रथा को मान्यता प्राप्त थी, यद्यपि बहु-विवाह से भी लोगों का परिचय था और बाद की रचनाओं में बहु-पतित्व का उल्लेख भी मिलता है। नाते के समूहों में ही विवाह करने की नीति का कड़ाई से पालन होता था। आर्य लोग कौटुंबिक व्यभिचारात्मक संबंधों को बहुत बुरा समझते थे (यद्यपि लगता है कि विशेष परिस्थितियों में देवताओं को ऐसा करने की अनुमति थी)। कहा जाता है कि मनुष्य की सृष्टि प्रारंभिक युग्म से हुई है, फिर भी जब मृत्यु के देवता यम की बहन यमी ने अपने भाई से प्रणय-निवेदन किया तो यम ने उसे अस्वीकार कर दिया। यह एक विचित्र बात है कि मृत्यु का देवता कौटुंबिक व्यभिचार की इस कथा से संबंधित है, जिससे संकेत मिलता है कि व्यभिचार से घृणा करना ऐसा ही था, जैसा मृत्यु से डरना।

आर्यों के घर बड़े और स्वयं-सपूर्ण होते थे जिनमें परिवार एवं पशु साथ-साथ एक ही छत के नीचे रहते थे। पारिवारिक अग्निकुंड को विशेष प्रतिष्ठा प्राप्त थी और उसमें अग्नि निरंतर प्रज्वलित रखी जाती थी। घर लकड़ी के एक ढाँचे को आधार बनाकर निर्मित किए जाते थे। चारों कोनों पर खंभे तथा आर-पार शहतीर लगाकर उसके चारों ओर सरकंडे तथा भूसे की दीवार खड़ी करके कमरे बनाए जाते थे। छत बाँस की खपच्चियों से छप्पर को सहारा देकर बनाई जाती थी। बाद की शताब्दियों में जब जलवायु शुष्क हो गई तो मिट्टी की दीवारें बनाई जाने लगीं, परंतु यह सिलसिला शुरू होने से पहले तक ग्रामों में उपरोक्त रीति से ही मकान बनते रहे। दूध और घी, शाक, फल तथा जौ (विभिन्न रूपों में)आर्यों के मुख्य भोजन थे। समारोहों के अवसर पर—जैसे धार्मिक भोज अथवा अतिथियों के आगमन पर—अधिक वैभिन्यपूर्ण भोजन तैयार करने की प्रथा थी जिसमें बैल, बकरे और भेड़ का मांस भी होता था। इस भोजन के साथ अत्यंत मादक द्रव्यों—'सुरा' और 'मधु' का प्रयोग भी किया जाता था। 'मधु' एक प्रकार के शहद से बनी मदिरा थी।

लोग साधारण वस्त्र पहनते थे। अधिकतर व्यक्ति केवल एक अधोवस्त्र या चोगा पहनते थे, परंतु आभूषणों का प्रयोग बहुत अधिक होता था, और लोग निस्संदेह आभूषण पहनकर विशेष आनंद का अनुभव करते थे। अवकाश का समय मुख्यतः संगीत, गायन, नृत्य और जुआ खेलने में बीतता था और जो अधिक स्वस्थ थे वे रथों की दौड़ में भाग लेते थे। संगीत में आर्यों की रुचि का पता केवल प्राचीन साक्ष्यों में उल्लिखित विविध वाद्य-यंत्रों—ढोल, वीणा, बाँसुरी जैसे सामान्य रूप से संगत में काम आनेवाले वाद्यों एवं बाद में विकसित मंजीरों—से ही नहीं चलता बल्कि सामवेद की गायन-पद्धति में प्रयुक्त स्वर, लय, ताल आदि के अत्यंत परिष्कृत ज्ञान से भी उसका बोध होता है। आर्य लोग सप्तस्वरों के आरोह-अवरोह

से परिचित थे। द्यूत उनका प्रिय मनोरंजन था। जुआ खेलनेवाले रोते और अपने भाग्य को कोसते रहते परंतु खेलना बंद नहीं करते थे। पाँसों के संबंध में अनेक विवरण और खेल के नियम ऋचाओं में मिलते हैं। रथ-दौड़ एक प्रतिष्ठित क्रीड़ा थी और कुछ राजसी समारोहों के अवसर पर इसे अनुष्ठान के एक अंग के रूप में रखा जाता था। रथ दो घोड़ों द्वारा खींचे जाते थे, उनमें अरदार पहिए लगे होते थे, और वे दो व्यक्तियों का भार वहन कर सकने योग्य हल्के बनाए जाते थे।

हड़प्पा के लोगों की तो अपनी लिपि थी, परंतु आर्यों की बहुत समय बाद तक भी अपनी कोई लिपि नहीं थी। यह संभव है कि लगभग 700 ई. पू. तक किसी लिपि का प्रयोग होने लगा हो क्योंकि 500 ई. पू. के आसपास एक सामान्य चर्या के रूप में लेखन के संकेत मिलते हैं। भारत में उपलब्ध प्राचीनतम नमूनों (सम्राट अशोक के शिलालेख जो तीसरी शताब्दी ई. पू. के हैं) को देखने से ज्ञात होता है कि प्रारंभिक लिपि सैमिटिक लेखन पद्धति से प्रभावित हुई होगी। प्रारंभिक वैदिककाल में शिक्षा पूर्णतया मौखिक रूप से दी जाती थी। वर्षा में एकत्रित होने और टर्र-टर्र करनेवाले मेढकों का—जो एक-दूसरे की आवाज को प्रतिध्वनित करते थे—एक मनोरंजक विवरण हमें मिलता है, जिसमें उनकी तुलना उन विद्यार्थियों से की गई है जो गुरु से सुनकर अपने पाठ को दोहराते थे। कुछ भी हो, कंठस्थ करने की पद्धति अत्यंत व्यवस्थित थी। उत्तर वैदिक काल में ब्रह्मचर्याश्रम की प्रथा नियमित हो चुकी थी जिसके अंतर्गत विद्यार्थी नागर जीवन से दूर अनेक वर्षों तक अपने गुरु के पास रहते थे। शिक्षा उच्च वर्णों तक सीमित थी और वेदों का अध्ययन साधारणतया ब्राह्मण ही कर सकते थे, यद्यपि सैद्धांतिक रूप से समस्त द्विज वर्णों को उनके अध्ययन की अनुमति थी। गणित, व्याकरण एवं छंद शास्त्र अध्ययन के विषय होते थे। ऋग्वेद के कुछ मंत्रों में आनुष्ठानिक नृत्य और संवादात्मक पाठ शामिल हैं जो नाटकों के प्रारंभिक रूप का आभास देते हैं। चारणों की कथाओं ने भी नाट्य कला में योग दिया था जिनसे महाकाव्यों का जन्म हुआ।

अब तक व्यवस्थित विधि संस्थाएँ अस्तित्व में नहीं आई थीं। रिवाज ही कानून था और राजा तथा उसका मुख्य पुरोहित ही संभवतः समाज के कुछ वृद्ध लोगों का परामर्श लेकर न्याय करते थे। विभिन्न प्रकार की चोरियाँ—विशेषतया पशुओं की चोरी—सामान्य अपराध थे। नरहत्या का दंड मुआवजे की राशि के रूप में होता था, और एक मनुष्य की हत्या के दंडस्वरूप साधारणतया सौ गायें देनी पड़ती थीं। मत्युदंड उस समय प्रचलित नहीं था। कष्ट देकर अपराध का निर्णय करने की प्रथा थी, और अपराधी को गर्म कुल्हाड़ी के सिरे पर अपनी जीभ रखकर अपनी निर्दोषिता सिद्ध करनी पड़ती थी। उत्तर-कालीन वैदिक स्रोतों में भूमि-संबंधी झगड़ों और उत्तराधिकार की समस्याओं का उल्लेख मिलता है। उत्तराधिकार के विषय में ज्येष्ठाधिकार की कुछ प्रवृत्ति तो मिलती है, पर यह ज्यादा दिन नहीं चल सकी। यही समय था जब वर्ण-भावना ने कानूनी व्यवहार में भी प्रवेश पाया। ऊँचे वर्ण के अपराधियों को अपेक्षाकृत हल्का दंड दिया जाता था।

वर्णों की भाँति, धार्मिक उपासना भी प्रारंभ में आर्य और अनार्य रूपों में बँटी हुई थी। आज के हिंदू धर्म में इसके दोनों पहलू दिखाई पड़ते हैं—कहीं वे अलग-अलग लेकिन सहअस्तित्व की स्थिति में दिखाई पड़ते हैं और कहीं परस्पर घुलमिलकर उनका रूप एक हो गया है। हड़प्पा के लोग जनन-क्षमता के प्रतीकों—देवी माता, साँड (नंदी), शृंगमय देवता तथा पवित्र वृक्षों की पूजा करते थे, और आज भी हिंदुओं की पूजा में इनका समावेश है। धार्मिक विश्वास के अधिक अमूर्त ब्राह्मण संप्रदाय, जो वेदों पर आधारित थे, केवल कुछ व्यक्तियों को आकर्षित कर सके, और उनका प्रभाव भारतीय संस्कृति के दार्शनिक क्षेत्रों में ही देखा जा सकता है। अधिकतर व्यक्तियों ने धर्म और उपासना के अधिक पार्थिव रूपों को ही अपनाया। ऋग्वेद की ऋचाओं में आर्यों के धर्म का मूल रूप दिखाई देता है। ऋग्वैदिक धर्म ने यद्यपि परवर्ती हिंदू धर्म के कई पक्षों का स्वरूप निर्धारित करने में योगदान किया है, पर फिर भी यह उससे भिन्न है।

आर्यों के प्राचीनतम धार्मिक विचार प्रारंभिक जीवात्मवाद के थे, जहाँ वे अपने चतुर्दिक स्थित शक्तियों में, जिन्हें वे नियंत्रित नहीं कर पाते थे या समझ नहीं पाते थे, दैवी शक्ति का आरोप करके देवी या देवता के रूप में उनकी उपासना करते थे। इंद्र आर्यों का अवतारी पुरुष माना जाता था—वह शक्ति का देवता था, युद्ध में सबसे आगे रहनेवाला तथा दानवों और राक्षसों को मारने और नगरों को नष्ट करने के लिए सदा प्रस्तुत। वह बादलों का देवता, वर्षा करनेवाला तथा उन शक्तियों पर विजय प्राप्त करनेवाला था जिन्हें आर्य पराजित नहीं कर सकते थे। अग्नि* को अनेक सुंदर स्तुतियाँ समर्पित हैं। वह परिवार के चूल्हे का अधिपति था, उसकी उपस्थिति में ही विवाह संपन्न होते थे और आज भी हिंदू संस्कारों में ऐसा ही होता है। पाँच तत्त्वों में अग्नि सर्वाधिक पवित्र थी, और उसे विशिष्ट सम्मान प्राप्त था। देवताओं और मनुष्यों के बीच मध्यस्थ भी वही थी। कई अपेक्षाकृत प्राचीन देवता अतीत में इंडो-यूरोपीय काल से चले आ रहे थे—उनमें दयुस (जियस) पितृदेव था, किंतु वैदिक देवताओं के सामने उसका प्राधान्य समाप्त हो गया था। अन्य देवताओं में सूर्य, सावित्री (जिसे सुप्रसिद्ध गायत्री मंत्र समर्पित है), सोम ('सोम' नामक मदिरा का देवता) तथा वरुण (एक कुलदेवता) थे, जो स्वर्ग में बड़े वैभव के साथ बैठते थे। मृत्यु के देवता यम को महत्त्वपूर्ण स्थान प्राप्त था। इनके अतिरिक्त सृष्टि में प्रत्येक रूप और विवरण के अनेक प्रकार के दिव्य देहधारी थे, जैसे गंधर्व, अप्सरा, मरुत, विश्वदेव; और इनकी संख्या जब और जैसे चाहे बढ़ाई जा सकती थी। मानव-निर्मित वस्तुओं की उपासना धार्मिक कृत्यों की पूरक थी। बलि के उपकरणों, विशेषतया वेदी, सोमलता का रस निकालने में प्रयुक्त पत्थरों, हलों, युद्ध के अस्त्र-शस्त्र, ढोल व खरल तथा बट्टों इत्यादि में बसनेवाली शक्ति की स्तुतियों में मंत्र लिखे गए।

जो भी हो, आर्यों के धार्मिक जीवन का केंद्रीय तत्त्व था यज्ञों में विश्वास। छोटी आहुतियाँ केवल पारिवारिक यज्ञों तक सीमित थीं, किंतु समय-समय पर बड़े

---

* यह लैटिन में अग्नि के लिए प्रयुक्त "एग्नस से काफी मेल खाता है।

यज्ञों का आयोजन किया जाता था, जिनमें संपूर्ण ग्राम ही नहीं वरन् संभवतया समस्त जन भाग लेता था। निरंतर युद्धरत जनों के लिए देवताओं की प्रसन्नता आवश्यक थी, और आर्य समझते थे कि यज्ञ से प्रसन्न होकर ही देवता उन्हें वरदान देते हैं। उनका विश्वास था कि देवता मनुष्य की दृष्टि से अदृश्य रहकर उसमें भाग लेते हैं। यज्ञ सुनिश्चित रूप से एक पवित्र प्रथा थी, परंतु इससे एक और प्रयोजन भी सिद्ध होता था। यज्ञ के अंत में और विशेष रूप से सोम रस का उन्मुक्त पान कर लेने पर मस्ती का जो वातावरण बनता था वह लोगों के तनावों और कुंठाओं को दूर करने में सहायक होता था।

आर्यों की यज्ञ-प्रथा का विकास प्रारंभ-काल की आदिम क्रियाओं से हुआ था, जिनका प्रयोग बलि के समारोहों में होता था। इसका एक पक्ष था ब्राह्मणों की महत्त्वपूर्ण भूमिका, अतएव, 'ब्राह्मण' शब्द का प्रयोग ऐसे व्यक्ति के लिए किया जाने लगा जो 'ब्रह्म' नामक रहस्यमय एवं चमत्कारी शक्ति रखता था। जिसकी तुलना कुछ लेखकों ने 'मन' के आदिम विचार से की है। दूसरा पक्ष था धीरे-धीरे स्थापित होनेवाली यह मान्यता कि देवता, ब्राह्मण और आहुति तीनों पूर्ण रूप से एकात्म हो जाते हैं। स्वभावतः यज्ञ के अनुष्ठानों ने पुरोहित की शक्ति को बढ़ाया, जिसके बिना यज्ञ ही संपन्न नहीं हो सकता था; और राजा की शक्ति को बढ़ाया, जिसके पास यज्ञ के आयोजन के लिए आवश्यक धन होता था। यज्ञ के अनुष्ठान के कुछ आनुषंगिक लाभ हुए। गणित के ज्ञान में वृद्धि हुई, क्योंकि यज्ञ-मंडप में विविध वस्तुओं की अवस्थिति निर्धारित करने के लिए अपेक्षित विशद गणना के लिए प्रारंभिक गणित का ज्ञान आवश्यक था। नित्य-प्रति की पशु-बलियों से पशुओं की शरीर-रचना का ज्ञान बढ़ा, और काफी समय तक शरीर-विज्ञान अथवा रोग-विज्ञान की अपेक्षा शरीर-रचना का ज्ञान अधिक उन्नत रहा।

आर्यों की सृष्टि-संबंधी संकल्पना बहुत सीमित थी। उनका विचार था कि जगत् का उद्भव एक सर्गात्मक यज्ञ से हुआ है और यज्ञों के समुचित संपादन द्वारा ही उसका प्रतिपालन हो रहा है। पर यह विचार पूर्णरूपेण स्वीकार नहीं किया गया, जैसाकि वैदिक युग के अंतिम समय में रचे गए परवर्ती 'सृष्टि-सूक्त' से स्पष्ट है, जिसमें सृष्टि के जन्म पर संदेह व्यक्त करते हुए यह माना गया है कि सृष्टि का निर्माण शून्य से हुआ है :

> तब शून्य भी नहीं था, न अस्तित्व।
> उस समय वायु नहीं था, न इससे आगे आकाश।
> कौन इसे ढके था? यह कहाँ थी? किसके संरक्षण में थी?
> क्या उस समय सृष्टि में जल ही जल था, अथाह गहराइयों में?
> पर आखिरकार, कौन जानता है और कौन कह सकता है,
> यह सब कहाँ से आया, और कैसे सृष्टि की रचना हुई?
> देवता स्वयं सृष्टि के बाद आए,
> इसलिए कौन ठीक-ठीक जानता है कि सृष्टि का उद्भव कहाँ से हुआ?[2]

शव या तो भूमि में गाड़े जाते थे या जलाए जाते थे, पर गाड़ने की परिपाटी पुरानी थी। गोल वृत्त के अंदर मिट्टी के ढेर पर खड़े हुए खंभे या बाड़ से किसी स्थान पर कब्रगाह होने का आभास मिलता था जो कांस्य युग के योरोप की याद दिलाता है। अग्नि का संबंध शुद्धीकरण से होने के कारण गाड़ने की अपेक्षा जलाना अधिक लोकप्रिय हो गया होगा,* और बाद में तो गाड़ने की प्रथा का सर्वथा लोप ही हो गया।

मृत्यु के पश्चात जीवन की कल्पना पाप के लिए दंड और पुण्य के लिए पुरस्कार के रूप में की गई थी। इस विचार के अनुसार पापी नरक में जाते थे, जिस पर वरुण का राज्य था, और पुण्य का पुरस्कार पानेवाले व्यक्ति स्वर्ग में जाते थे। कुछ परवर्ती मंत्रों में आत्मांतरण का, पौधों में आत्माओं के पुनः जन्म लेने का, संकेत मिलता है, परंतु आत्माओं के पुनर्जन्म का विचार इस समय तक स्पष्ट नहीं हो पाया था। अंततः जब यह विचार प्रचलित हो गया तो इसका तर्कसंगत परिणाम इस मान्यता के रूप में सामने आया कि आत्मा अपने पूर्वजन्म के कर्मों के अनुसार सुख या दुख की अधिकारी होती है। कर्म के सिद्धांत का आविर्भाव इसी मान्यता से हुआ, जो उस समय से आज तक हिंदू विचारधारा पर हावी है। कर्म के सिद्धांत ने वर्ण-व्यवस्था के लिए भी एक दार्शनिक औचित्य प्रस्तुत किया। ऊँची या नीची जाति में जन्म भी पूर्वजन्म के कर्मों पर आधारित था, जिससे आदमी के मन में यह आशा उत्पन्न हुई कि अगले जन्म में उसकी सामाजिक स्थिति में सुधार होगा। 'कर्म' के सिद्धांत ने 'धर्म' की व्यापक संकल्पना में एक व्यवस्थित रूप ग्रहण किया। प्रस्तुत संदर्भ में धर्म की व्याख्या संभवतः 'प्राकृतिक कानून' के रूप में की जा सकती है। समाज का प्राकृतिक कानून यही था कि सामाजिक व्यवस्था की, और दरअसल वर्ण-व्यवस्था की, रक्षा की जाए।

'सृष्टि-सूक्त' में व्यक्त किए गए संदेह, जिज्ञासा की उस व्यापक भावना के द्योतक थे जो उस समय विद्यमान थी। इससे कुछ लोग संन्यासी हो गए, जिसका उद्देश्य या तो शारीरिक संयम और ध्यान के द्वारा रहस्यमय तथा चमत्कारिक शक्तियाँ प्राप्त करना या फिर समाज से भौतिक संबंधविच्छेद करके समाज के साथ सामंजस्य स्थापित करने के झंझट से मुक्ति पाना रहा होगा, जैसा कि संन्यासियों के कुछ समूहों द्वारा वैदिक आचारों की अस्वीकृति और परंपरायुक्त जीवन-पद्धति, उदाहरणार्थ नग्नतावाद, से स्पष्ट है।

समाज से पृथक् हो जाने की इस इच्छा का एक कारण और भी था। सातवीं शताब्दी ई. पू. तक प्राचीन आर्यों की पुरातन परंपराओं और उनके सामाजिक ढाँचे में परिवर्तन हो चुका था। कबीलाई समुदायों के स्थान पर अधिक स्थिर प्रजातंत्र

---

* यद्यपि मुर्दे को जलाना व्यावहारिक और स्वास्थ्य-विज्ञान की दृष्टि से एक अच्छी परिपाटी थी, परंतु इतिहासकारों के लिए यह स्थिति अवांछनीय थी, क्योंकि कब्रें और कब्रों से संबंधित अन्य वस्तुएँ सर्व श्रेष्ठ ऐतिहासिक साक्ष्य प्रस्तुत करती हैं। यदि मिस्रवासियों और चीनियों की भाँति भारतवासी भी अपने मुर्दों को गाड़ते, तो भारत के अतीत के संबंध में हमारी जानकारी अधिक पूर्ण और विशद होती।

और दृढ़ राजनीतिक आकांक्षाओंवाले राजतंत्र स्थापित हो रहे थे। यही वह वातावरण था जिसमें 'मत्स्य-न्याय' के राजनीतिक सिद्धांत का जन्म हुआ। समाज में एक ऐसी अनियंत्रित प्रतियोगिता का चलन हुआ, जिसमें शक्तिशाली व्यक्ति बिना किसी बाधा के निर्बल को अपना शिकार बना लेता था। नीतिशास्त्र की भाषा में यह एक ऐसा समाज था, 'जहाँ अराजकता की स्थिति में बड़ी मछली छोटी मछली को निगल लेती थी'। ग्राम की भूमि निजी संपत्तियों में बँट चुकी थी अथवा स्थानीय शासक के अधिकार में थी और भूमि के सामाजिक अधिकार का ह्रास हो रहा था। गंगा पर यातायात के विकास के साथ व्यापार में प्रतिस्पर्द्धा बढ़ गई थी। चारों ओर असुरक्षा और अनिश्चितता का एक ऐसा तत्त्व था, जिससे अधिक संवेदनशील व्यक्ति बचना चाहते थे।

किंतु संन्यासियों ने अपना सारा समय वन में या पर्वतों की चोटियों पर एकांत में रहकर नहीं बिताया। उनमें से कुछ ने अपने समाज में लौटकर तत्कालीन सामाजिक और धार्मिक मान्यताओं को चुनौती दी। ब्राह्मणों को लगा होगा कि इससे उनकी स्थिति खतरे में पड़ जाएगी, इसलिए उन्होंने एक ऐसे सिलसिले की वकालत शुरू की जिसमें मनुष्य का जीवन चार आश्रमों में बाँटा गया था। उसे पहले विद्यार्थी रहना पड़ता था, फिर गृहस्थ, फिर सामाजिक जीवन से अलग रहकर वानप्रस्थी के रूप में और उसके पश्चात् भ्रमणशील संन्यासी के रूप में। अपने समुदाय के प्रति मनुष्य के सामाजिक दायित्वों को ध्यान में रखते हुए संन्यास को उसके जीवन के अंत में स्थान दिया गया था। कहने की आवश्यकता नहीं कि इस प्रकार का विभाजन केवल उच्च वर्णों के लिए था, जो उसका पालन कर सकने की स्थिति में थे, और इतने पर भी यह व्यवस्था अधिकांशतया सैद्धांतिक ही रही। ब्राह्मणों की नीति में दूसरा समझौता यह हुआ कि उन्होंने कुछ संन्यासियों की शिक्षाओं को आरण्यकों और उपनिषदों में, जो वेदों के आध्यात्मिक प्रकरण थे, सम्मिलित कर लिया।

परंतु संन्यास सदैव पलायनवाद नहीं था। जैसा कि उपनिषदों से स्पष्ट है, बहुत-से संन्यासी वास्तव में कुछ मौलिक प्रश्नों के उत्तर खोजने में संलग्न थे। सृष्टि का निर्माण कैसे हुआ? सर्गात्मक काम-क्रीड़ा के द्वारा? तप के द्वारा? या संन्यास के द्वारा? क्या आत्मा का अस्तित्व है? आत्मा क्या है? जीवात्मा और परमात्मा में क्या संबंध है?

> 'मेरे लिए वट-वृक्ष का एक फल लाओ।'
> 'यह लीजिए, भगवन्।'
> 'इसे तोड़ो।'
> 'यह लीजिए, तोड़ दिया भगवन्।'
> 'इसमें तुम्हें क्या दीखता है?'
> 'बहुत छोटे-छोटे बीज, भगवन्।'
> 'एक तोड़ो।'

'यह तोड़ दिया, भगवान्।'
'अब तुम क्या देख रहे हो?'
'कुछ नहीं, भगवन्।'
'वत्स', पिता ने कहा, 'जो तुम्हें दिखाई नहीं देता वही मूल तत्त्व है, और उसी मूल तत्त्व में इतना विशाल वट-वृक्ष स्थित है। विश्वास करो, वत्स, कि इसी मूल तत्व में समस्त वस्तुओं की स्थिति है। वही सत्य है, वही आत्मा है...'[5]

वैदिक काल को—साधारणतया उस सुदूर अतीत का, जब देवता मनुष्यों से घुले-मिले थे और जब मनुष्य वीरता और सदाचार के संरक्षक थे—वैभवशाली युग समझा जाता है। इन शताब्दियों का ऐतिहासिक पुनर्निर्माण अनिश्चितताओं और रिक्तता से भरपूर है और केवल पुरातत्त्व के साक्ष्य ही इस पर अधिक प्रकाश डाल सकते हैं। परंतु सामाजिक संस्थाओं तथा धर्म के क्षेत्र में वैदिक संस्कृति ने अत्यंत महत्त्वपूर्ण योग दिया है। भारतीय जीवन की अनेक संस्थाएँ—विशेषतः हिंदू संस्था अपना उद्भव, आर्यों के आगमन से मानती है।* आर्यों ने केवल संस्कृत भाषा, वर्णव्यवस्था और धार्मिक यज्ञ का विचार तथा औपनिषदिक दर्शन ही नहीं प्रदान किया, बल्कि एक बड़े पैमाने पर खेती के लिए भूमि साफ करने का शारीरिक कार्य भी किया। इससे भी अधिक महत्त्वपूर्ण बात यह है कि आर्यों के इन विचारों के कारण—या तो इन विचारों की स्वीकृति के द्वारा अथवा उनका विरोध करके—अन्य विचारों एवं संस्थाओं का जन्म संभव हो सका।

संस्कृत शीघ्र ही शिक्षित उच्च वर्णों की भाषा बन गई तथा अनेक शताब्दियों तक पूरे उपमहाद्वीप में उनको एक सूत्र में पिरोने का कार्य करती रही। पर चूँकि इस भाषा ने इन वर्णों को समाज के अन्य प्रखर तथा महत्त्वपूर्ण वर्गों से पृथक् रखने का प्रयत्न किया जो दूसरी भाषाएँ बोलते थे, इसलिए आगे चलकर इसकी ख्याति कम हो गई।

जाति-प्रथा को समाप्त करने के लिए बार-बार प्रयत्न किए गए, फिर भी यह प्रथा भारत में दो हजार वर्षों से चली आ रही है। उदाहरण के लिए, राजनीतिक संस्थाओं को निश्चयात्मक रूप देने में इसकी पर्याप्त भूमिका रही है। दैनंदिन जीवन के बुनियादी स्तर पर समाज के भीतर जातियों के अंतस्संबंध ग्रामीण जीवन में बहुत महत्त्वपूर्ण स्थान रखते थे, जिससे लोगों का ध्यान राजनीतिक संबंधों और निष्ठाओं से हटकर स्थानीय जातिगत संबंधों और निष्ठाओं पर केंद्रित हो जाता था। फलतः केंद्रीय राजनीतिक सत्ता अधिकाधिक अप्राप्य आदर्श बनता गया।

एक दूसरे स्तर पर, बाद के सामाजिक आंदोलन में वर्ण और वैदिक यज्ञों का घोर विरोध हुआ। उपनिषदों की अध्यात्मवादी सूक्ष्मताओं से आगे चलकर अनेक विचारधाराओं का जन्म हुआ। गंगा घाटी के वनों की सफाई और भू-वितरण पद्धति की स्थापना के फलस्वरूप इस क्षेत्र में शक्तिशाली राज्यों की स्थापना हुई

---

* संस्थाओं के इस उद्भव पर इतना अधिक आग्रह और विश्वास रहा है कि पिछली शताब्दी के सामाजिक एवं धार्मिक सुधारक भी अपने विचारों की मान्यता को सिद्ध करने के लिए वेदों का उद्धरण देते रहे हैं।

जो कृषि से राजस्व प्राप्त करते थे, और उत्तरी भारत के इतिहास पर ये राजा कई शताब्दियों तक छाए रहे ।

इस विकास की पृष्ठभूमि में आर्य-पूर्व तथा आर्य संस्कृति के बीच निरंतर परंतु अप्रत्यक्ष रूप से एक संघर्ष चलता रहा । यद्यपि आर्य-पूर्व संस्कृति आर्य संस्कृति पर कभी विजयी न हो सकी, किंतु उसने आर्य संस्कृति के ढाँचे में संशोधन एवं परिवर्तन अवश्य किया । जैसाकि हम जानते हैं, भारत के विकास की जड़ें आर्यों के आगमन और उनके साथ आनेवाली संस्कृति से प्रेरणा पाकर जमी हैं, परंतु इसके अतिरिक्त भी अनेक और बहुधा विरोधी प्रभाव रहे हैं, जिन्होंने भारतीय इतिहास की धारा को प्रभावित किया ।

3. प्रजातंत्र एवं राजतंत्र

लगभग 600-321 ई. पू.

लगभग 600 ई. पू. तक उत्तरी भारत में प्रजातंत्रों एवं राजतंत्रों की स्थापना के साथ भारतीय इतिहास के विवरण अधिक प्रामाणिकता के साथ उपलब्ध होने लगते हैं। इसके पूर्व की शताब्दी राजनीतिक अंतर्विरोधों का युग रही थी जब जनजातीय संगठन का एक नई राजनीतिक संस्था, राजतंत्र से संघर्ष हुआ। किसी विशेष क्षेत्र में स्थायी रूप से बस जाने से किसी जन अथवा जनों के समूह को एक भौगोलिक अभिज्ञता मिल गई और बाद में उस क्षेत्र पर अपना आधिपत्य स्थापित करके इस अभिज्ञता को ठोस रूप दिया गया और वह क्षेत्र साधारणतया संबंधित जन के नाम से पुकारा जाने लगा। इस अधिकार को बनाए रखने के लिए या तो प्रजातंत्र के रूप में अथवा राजतंत्र के रूप में एक राजनीतिक संस्था आवश्यक थी।

जबकि राजतंत्र गंगा के मैदानों में केंद्रित थे, प्रजातंत्र इन राज्यों की उत्तरी परिधि के चारों ओर—हिमालय की तलहटियों में और उनके कुछ दक्षिण में तथा आधुनिक पंजाब के अंतर्गत उत्तरी-पश्चिमी भारत में बसे हुए थे। पंजाब के प्रजातंत्रों को छोड़कर शेष प्रजातंत्रों के अधिकार में कम उपजाऊ, पहाड़ी क्षेत्र थे, जिसका यह अर्थ हो सकता है कि प्रजातंत्रों की स्थापना राजतंत्रों से पूर्व हुई, क्योंकि मैदानों के दलदल-भरे जंगल की अपेक्षा नीची पहाड़ियों के जंगलों को साफ करना शायद सरल रहा होगा। यह भी संभव प्रतीत होता है कि मैदानों के अधिक स्वतंत्र विचारवाले आर्य अधिवासी राजतंत्रों में कट्टरता की बढ़ती हुई शक्ति के विरुद्ध विद्रोह करके पहाड़ियों में चले गए हों और वहाँ उन्होंने इस प्रकार के समाज की स्थापना की हो, जो जनजातीय परंपराओं के अधिक अनुकूल रहा हो, जैसाकि पंजाब की प्रारंभिक बस्तियों में था। वैदिक कट्टरता के विरुद्ध प्रजातांत्रिक प्रतिक्रिया की प्रकृति से ज्ञात होता है कि प्रजातंत्रों के लोगों ने अपनी प्राचीनतर और अनवरत चली आती परंपरा को अक्षुण्ण रखा था।

प्रजातंत्र में या तो एक अकेला जन होता था, जैसे शाक्य, कौलीय और मल्ल; या जनों का एक संघ होता था, जैसाकि वृजियों और यादवों में था। प्रजातंत्रों का उद्भव वैदिक जनों से हुआ था और उन्होंने राजतंत्रों की अपेक्षा कहीं अधिक जन-परंपराओं को सुरक्षित रखा। जन से प्रजातंत्र में संक्रमण के दौरान उन्होंने जन के अनिवार्य लोकतांत्रिक ढाँचे को तो त्याग दिया, परंतु जन का प्रतिनिधित्व

करनेवाली परिषद के द्वारा शासन पर विचार बनाए रखा । उनके उद्‌भव के संबंध में दंतकथाएँ सामान्यतया दो विचित्र बातों की ओर संकेत करती हैं– एक तो यह कि बहुधा उनकी स्थापना राजवंशों से संबंधित व्यक्तियों द्वारा की गई, जो विभिन्न कारणों से अपनी जन्मभूमि का परित्याग करके चले आए थे, और दूसरी यह कि प्रायः भाई और बहन के मध्य अवैध संबंधों से बना परिवार इनका संस्थापक होता था । इससे संकेत मिलता है कि या तो ये दंतकथाएँ आर्य-जीवन के अत्यंत प्राचीन काल से संबंधित हैं जब व्यभिचार पर कोई सचेत प्रतिबंध नहीं था, या जैसाकि अधिक संभव प्रतीत होता है, ये प्रजातंत्र वैदिक कट्टरता से संबंध-विच्छेद कर रहे थे । इस प्रवृत्ति की पुष्टि कम-से-कम एक ब्राह्मण स्रोत से भी होती है, जिसमें कुछ प्रजातंत्रीय जनों को, पतित क्षत्रिय और यहाँ तक कि शूद्र भी कहा गया है, क्योंकि उन्होंने ब्राह्मणों का सम्मान और वैदिक आचार-विचारों का पालन करना छोड़ दिया था । लोकप्रिय वस्तुओं–चैत्यों और वृक्ष के चारों ओर पवित्र बाड़ों आदि–की पूजा से भी, जो-प्रजातंत्रों में प्रचलित थी, यही स्पष्ट होता है ।

राजतंत्रों में जन के प्रति निष्ठा कम हो गई और उसका स्थान वर्ण-निष्ठा ने ले लिया । राज्यों का क्षेत्र-विस्तार हो जाने से भी लोकप्रिय परिषदें निर्बल हुईं, क्योंकि लंबी-लंबी दूरियों के कारण परिषदों की बैठकें प्रायः नहीं हो पाती थीं । जनजातीय संगठन का आधार अपेक्षाकृत छोटा भौगोलिक क्षेत्र था, जिसमें लोकप्रिय शासन के लिए अधिक प्रभावशाली ढंग से कार्य कर सकने की गुंजाइश थी । यह बात महत्त्वपूर्ण है कि वृजी संघ समान स्थितिवाले स्वतंत्र जनों का संघ था, और संघ में सम्मिलित होने के बावजूद उनमें से प्रत्येक जन की अभिज्ञता को अक्षुण्ण रखा गया । राजतंत्रात्मक पद्धति में राजा की दैवी स्थिति, और उसकी पूरक पुरोहितों की सत्ता एवं वैदिक आचार-पद्धति ने प्रारंभिक वैदिक काल की लोकप्रिय परिषदो की हैसियत को और घटा दिया था ।

शासन के नैगमिक रूप को प्रजातंत्रों की प्रमुख शक्ति माना जाता था । शासन की वास्तविक कार्यविधि यह थी कि जनों के प्रतिनिधि या परिवारों के मुखिया राजधानी के सार्वजनिक सभागार में इकट्ठे होते थे । एक प्रतिनिधि परिषद की अध्यक्षता करता था और वह राजा कहलाता था, किंतु यह पद पैतृक नहीं था । उसे राजा की अपेक्षा मुखिया ही समझा जाता था । विचारार्थ विषय परिषद के सामने प्रस्तुत किया जाता था, उस पर विवाद होता था और सर्वसम्मत निर्णय न होने की स्थिति में उस पर मत* लिए जाते थे । प्रशासन मुखिया के सहायक, कोषाध्यक्ष, सेनापति जैसे अधिकारियों के हाथ में होता था। कानूनी कार्यवाही बहुत लंबी-चौड़ी होती थी और संदिग्ध अपराधी को एक के बाद एक सात अधिकारियों के न्यायाधिकरण में प्रस्तुत होना पड़ता था ।

* प्रसंगवश, यह पद्धति बुद्ध को भी पसंद आई थी । बौद्ध मठों में होनेवाली भिक्षुओं की सभाओं में उन्होंने यही पद्धति अपनाई थी ।

सामाजिक तथा राजनीतिक सत्ता राजा और परिषद के प्रतिनिधियों के हाथों में थी जो सामान्यतः क्षत्रिय वंश के होते थे। बौद्ध स्रोतों में वर्ण-क्रम निर्धारित करते समय क्षत्रियों को प्रथम और ब्राह्मणों को द्वितीय स्थान देने का शायद यही कारण था, क्योंकि बौद्ध लोग प्रजातंत्री पृष्ठभूमि से अधिक परिचित थे। पशु-पालन अब प्रमुख व्यवसाय नहीं रह गया था—बहुत-से क्षेत्रों में उसका स्थान कृषि ने ले लिया था। भूमि पर या तो संयुक्त रूप से ग्राम का स्वामित्व होता था अथवा कबीले के मुखिया का, जो उसे जोतने के लिए मजदूर रखता था। इसमें संदेह नहीं कि मुखियाओं को ज्यादा आमदनी भूमि से ही होती थी।

परंतु भूमि आय का एकमात्र साधन नहीं थी। इन शताब्दियों में उत्तरी भारत के आर्थिक जीवन में एक नए तत्त्व ने प्रवेश पा लिया था। उद्योग और व्यापार के केंद्रों के रूप में नगरों का प्रादुर्भाव हो गया था। गांगेय प्रदेश की अर्थव्यवस्था के लिए श्रावस्ती, चंपा, राजगृह, अयोध्या, कोसांबी एवं काशी जैसे कुछ नगर बहुत महत्त्वपूर्ण बन गए थे। कुछ दूसरे नगरों, जैसे वैशाली, उज्जैन, तक्षशिला अथवा भारूकच्छ (भड़ौच) के बंदरगाह का आर्थिक प्रभाव और अधिक व्यापक था। नगरों का विकास उन स्थानों के आसपास हुआ जहाँ पहले कुम्हारगीरी, बढ़ईगीरी, वस्त्रों की बुनाई जैसे शिल्पों में विशिष्टता प्राप्त करनेवाले ग्राम और व्यापारिक केंद्र थे। विशिष्टता-प्राप्त शिल्पियों में एक स्थान पर एकत्रित होने की प्रवृत्ति भी आई, क्योंकि इससे कच्चे माल की ढुलाई और निर्मित सामान के वितरण में सुविधा होती थी। कुम्हारगीरी के मामले में उदाहरणार्थ, सही प्रकार की मिट्टी की उपलब्धि के फलस्वरूप कुम्हार एक विशेष क्षेत्र में भारी संख्या में कार्य करने लगे। शिल्पियों के एक नगर में केंद्रीयकरण से व्यापारियों तथा बाजारों के लिए उनके साथ संपर्क स्थापित करना अपेक्षाकृत सरल हो गया।

प्रजातंत्रों पर मिले विवरणों को देखने से प्रतीत होता है कि उनके जीवन में नगरों ने महत्त्वपूर्ण भूमिका निभाई है। भूमिपति क्षत्रिय नगरों में रहते थे, और वे संभवतः शिल्पियों के कार्यकलापों को प्रोत्साहन देते थे। हमें वैशाली के एक ऐसे नवयुवक का विवरण मिलता है, जो प्रशिक्षण प्राप्त करने के लिए लंबी और कठिन यात्रा करके तक्षशिला गया था और वहाँ से अपने घर लौटकर उसने दस्तकारी शुरू की थी। स्पष्ट है कि ऐसा करना यदि उसके लिए उपयोगी न रहा होता, तो यह यात्रा वह नहीं करता।

राजतंत्रों की अपेक्षा प्रजातंत्र व्यक्तिवादी और स्वतंत्र मत के कम विरोधी थे, तथा रूढ़िमुक्त विचारों को सहन करने के लिए अधिक प्रस्तुत रहते थे। आगे चलकर महत्त्वपूर्ण सामाजिक और धार्मिक रूढ़िमुक्तता का रूप धारण करनेवाले दो संप्रदायों के नेता प्रजातंत्रों में ही उत्पन्न हुए थे : बुद्ध का संबंध शाक्य जन से था और जैन मत के संस्थापक महावीर का ज्ञात्रिक जन से।

राजतंत्री पद्धति से संबद्ध न होने के कारण वे ब्राह्मणों के राजनीतिक सिद्धांतों को पूर्णतया स्वीकार न करने के लिए भी स्वतंत्र थे। शायद ब्राह्मणेतर सिद्धांतों में

सबसे ज्यादा उल्लेखनीय था, राज्य के उद्भव का बौद्धों द्वारा प्रस्तुत विवरण, जो सामाजिक अनुबंध के सिद्धांत की संभवतः प्राचीनतम अभिव्यक्ति है। इस सिद्धांत के अनुसार सृष्टि के प्रारंभिक दिनों में एक ऐसा समय था जब समस्त जीवधारियों में पूर्ण सामंजस्य था, और पुरुषों एवं स्त्रियों में कोई इच्छा नहीं थी, प्रत्येक वस्तु उपलब्ध हो जाती थी। धीरे-धीरे ह्रास की प्रक्रिया प्रारंभ हुई, और आवश्यकताएँ, अभाव तथा इच्छाएँ प्रकट होने लगीं। परिवार की संकल्पना से निजी संपत्ति का जन्म हुआ, और इसका परिणाम झगड़ों और संघर्षों के रूप में सामने आया, जिसके फलस्वरूप कानून तथा एक नियंत्रणकारी सत्ता की आवश्यकता महसूस की गई। इस प्रकार यह निश्चय हुआ कि शासन और न्याय की रक्षा करने के लिए एक व्यक्ति को निर्वाचित किया जाए। वह 'महासम्मत' होता था और उसे भूमि की उपज का एक निश्चित भाग वेतन के रूप में दिया जाता था। इस प्रकार का सिद्धांत प्रजातंत्रों की राजनीतिक पद्धतियों के अनुकूल था।

कुल मिलाकर प्रजातंत्री क्षेत्र गांगेय प्रदेश की अपेक्षा कम रूढ़िवादी थे। बार-बार होनेवाले आक्रमणों के बावजूद इक्के-दुक्के जनजातीय प्रजातंत्र ईसा की चौथी शताब्दी तक वर्तमान रहे। यह वे क्षेत्र थे जहाँ बौद्ध-मत को पर्याप्त समर्थन मिला और जहाँ विदेशी आक्रमणकारियों—यूनानियों, शकों, कुषाणों एवं हूणों—को सफलतापूर्वक आत्मसात किया जा सका।

प्रजातंत्र और राजतंत्र—ये दोनों पद्धतियाँ परस्पर निषेधक नहीं थीं और एक का दूसरे में परिवर्तन अनसुनी बात नहीं थी। उदाहरणार्थ, कंबोज ने राजतंत्र को छोड़कर प्रजातंत्र को अपनाया। किंतु गांगेय प्रदेश में, जहाँ राजतंत्री व्यवस्था का बोलबाला था, ऐसा कम होता था। जन संस्कृति के पतन तथा कृषि अर्थव्यवस्था पर बढ़ती हुई निर्भरता से राजतंत्रों के विकास को प्रोत्साहन मिला।

इस काल के साहित्य में अनेक राजतंत्रों की चर्चा है जिनमें काशी पहले सबसे अधिक महत्त्वपूर्ण था, परंतु इसकी अग्रगण्यता लंबे समय तक नहीं रही। कोसल, और आगे चलकर मगध इस मैदान पर प्रभुत्व स्थापित करने के लिए प्रतिद्वंद्वी थे। इसे अधिकार में रखने के सामरिक तथा आर्थिक दोनों ही लाभ थे, क्योंकि गंगा-उपत्यका के व्यापार का एक बड़ा भाग इस नदी के द्वारा संपन्न होता था और नदी के बंदरगाहों पर ही व्यापार-केंद्र थे। अंत में केवल चार प्रतिद्वंद्वी राज्य रह गए। इनमें से तीन काशी, कोसल (काशी के पूर्व में स्थित) और मगध (आधुनिक दक्षिणी बिहार) राजतंत्र थे तथा वृजी (नेपाल में जनकपुर तथा बिहार का मुजफ्फरपुर जिला) प्रजातंत्र।

अब तक राजा का पद पैतृक हो गया था, जिसमें क्षत्रिय वर्ण के शासकों को वरीयता दी जाती थी, यद्यपि यह वरीयता केवल सैद्धांतिक रही क्योंकि राजनीतिक आवश्यकताओं के अनुसार चारों वर्णों के राजाओं द्वारा शासन करने की बात विदित है। राजत्व की दैवी प्रकृति का विचार अब सर्वमान्य हो चुका था, और समय-समय पर विशाल आनुष्ठानिक यज्ञों के माध्यम से, जो राजा द्वारा प्रवर्तित

होते थे, इस विचार को दृढ़ किया जाता था। राज्याभिषेक के पश्चात जब राजा के रूप में उसकी वैधानिक स्थिति निश्चित हो जाती थी, वह एक संवत्सर राजसूय यज्ञ प्रारंभ करता था, जो उसे ब्राह्मणों की मंत्र-शक्ति के द्वारा देवताओं से प्राप्त दैवी गुणों से संपन्न बनाता था। यह अनुष्ठान अत्यधिक प्रतीकात्मक था– इससे राजा शुद्ध होकर एक दैवी राजा के रूप में अलौकिक पुनर्जन्म प्राप्त करता था। वर्ष के अंत में राजा को बारह रत्नों, अर्थात अपने मंत्रियों, घर के सदस्यों तथा जनता के कुछ वर्गों को उनकी राजभक्ति के प्रतिदान में उपहार देने पड़ते थे। कुछ वर्षों बाद राजा का कायाकल्प करने के उद्देश्य से राजसूय की श्रृंखला में कुछ और यज्ञ किए जाते।

प्रमुख यज्ञों में शायद सबसे ज्यादा लोकप्रिय अश्वमेध था, जिसमें एक विशेष घोड़े को स्वच्छंद घूमने के लिए छोड़ दिया जाता था, और उस पूरे भू-भाग पर जिस पर वह घूमता था, राजा अपने अधिकार की घोषणा करता था। सिद्धांत रूप से यह अधिकार उन्हीं राजाओं को मिलता था, जो अत्यंत शक्तिशाली होते थे और अपनी इस घोषणा को क्रियात्मक रूप दे सकते थे। किंतु बहुत-से छोटे-छोटे राजा भी अश्वमेध करते थे और निस्संदेह घोड़े के भ्रमण में कोई जोड़तोड़ करके ही वे अपना आत्मसम्मान बचा पाते होंगे। यह यज्ञ बहुत बड़े पैमाने पर किए जाते थे, जिनमें सैकड़ों ब्राह्मण भाग लेते थे और विशाल पशु-समूह सम्मिलित होता था; इसमें प्रयुक्त होनेवाली छोटी-मोटी वस्तुओं की तो कोई गणना ही नहीं है। इन यज्ञों का दृश्य इतना विलक्षण होता था कि प्रजा पीढ़ियों तक इनकी चर्चा करती थी। निस्संदेह इस प्रकार के यज्ञों से कटु आलोचकों का रुख बदल जाता था तथा राजा देवताओं से संपर्क स्थापित करनेवाले एक असाधारण प्राणी के रूप में सामने आता था, भले ही यह संपर्क मात्र ब्राह्मणों के माध्यम से होता था। पुरोहित भी साधारण मनुष्य नहीं थे, क्योंकि वे ही वस्तुतः देवत्व के संवाहक थे। इस प्रकार शासनाधिकारी और ब्राह्मण परस्पराश्रित होकर कार्य करते थे।

इस प्रदेश में प्रभुत्व के लिए काशी, कोसल, मगध और वृजियों में लगभग सौ वर्ष तक युद्ध चलता रहा। मगध अंततः विजयी हुआ और उत्तरी भारत में वह राजनीतिक शक्ति का केंद्र बन गया। उसकी यह स्थिति कई शताब्दियों तक बनी रही। मगध का पहला महत्त्वपूर्ण राजा बिंबिसार था, जो दृढ़-निश्चयी तथा राजनीतिक दूरदर्शिता से संपन्न था। उसने गंगा पर नियंत्रण करनेवाले एक विशाल राज्य की संभावनाओं को समझा और निश्चय किया कि मगध ही वह विशाल राज्य होना चाहिए। छठी शताब्दी ई. पू. के उत्तरार्द्ध में किसी समय बिंबिसार मगध का राजा बना। कोसल के राजवंश में और वैशाली की एक राजकन्या से विवाह करके उसने दोनों राज्यों के साथ संबंध स्थापित किए, जिन्होंने उसकी विस्तार-नीति में सहयोग दिया। इस प्रकार अपनी पश्चिमी और उत्तरी सीमाओं को सुरक्षित करके उसने दक्षिण-पूर्व में जाकर अंग राज्य पर विजय प्राप्त की, जिसका गंगा के मुहानों में व्यापार तथा समुद्री बंदरगाहों तक जानेवाले मार्गों

पर नियंत्रण था। फलतः बर्मी समुद्र-तट तथा भारत के पूर्वी तट के साथ उसके व्यापारिक संबंध थे और इस प्रकार आर्थिक दृष्टि से वह मगध के राज्य के लिए एक मूल्यवान सहारा था।

भारतीय राजाओं में सर्वप्रथम बिंबिसार ने ही कुशल प्रशासन की आवश्यकता पर बल दिया। अपने मंत्रियों का चयन वह बड़ी सतर्कता से करता था और उनके परामर्श की कभी उपेक्षा न करने के लिए प्रसिद्ध था। अधिकारियों को उनके कार्य के अनुसार विभिन्न श्रेणियों में बाँटा गया था। इस प्रकार एक शासन-पद्धति के प्रारंभिक रूपों ने जड़ पकड़ी। अच्छे प्रशासन के लिए सड़कों का निर्माण आवश्यक माना गया। सामाजिक एवं आर्थिक संगठन की आधारभूत इकाई साधारणतया ग्राम ही रही। खेती के अंतर्गत भूमि को मापने और पैदावार का मूल्यांकन करने के लिए अधिकारी नियुक्त किए जाते थे। प्रत्येक ग्राम एक मुखिया के अधीन था, जो कर-संग्रह के लिए उत्तरदायी था। यह कर अन्य अधिकारियों द्वारा राजा के कोष में पहुँचाए जाते थे।

बाड़े से घिरे ग्राम के चारों तरफ खेत और चरागाह तथा उनके पार बंजर भूमि और जंगल होते थे। जंगल राजा की संपत्ति थे और वही कृषि के लिए उनकी सफाई करने की अनुमति दे सकता था। चूँकि सैद्धांतिक रूप से भूमि राजा की संपत्ति थी, इसलिए उसके द्वारा कर के रूप में पैदावार का एक निश्चित प्रतिशत—सामान्यतः छठा भाग—लिए जाने का औचित्य सिद्ध होता था। निजी रूप से अधिकृत भूमि को छोड़कर, जहाँ मजूरी देकर लोगों से काम कराया जाता था, खेती का काम शूद्र करते थे। परंतु भूमि पर निजी स्वामित्व अधिक व्यापक नहीं था। जब राजा को राज्य का प्रतीक माना जाने लगा, तो यह संभाव्य है कि इसी प्रकार वह भूमि का स्वामी भी माना जाने लगा हो। धीरे-धीरे राजा तथा राज्य के बीच अंतर अस्पष्ट होने के साथ राजा के स्वामित्व के दावे पर कोई गंभीर आपत्ति नहीं उठाई गई।

कृषि का विकास अधिकतर शूद्र कृषकों पर निर्भर था, जो वनों को साफ करते थे। इस तथ्य के कारण कि इनमें से अनेक भूमिहीन मजदूर थे, इनकी स्थिति कमजोर थी। इस युग में शूद्रों से भी निम्न एक श्रेणी अस्तित्व में आई, जो अछूत कहलाते थे। वे संभवतया आदिवासी रहे होंगे, जो धीरे-धीरे आर्यों द्वारा नियंत्रित क्षेत्रों से दूर हटकर सीमाओं पर जा बसे, जहाँ वे आखेट और भोजन-संचय करके अपना जीवन-यापन करते थे। बताया जाता है कि उनकी अपनी निजी भाषा थी, जो आर्यों की बोली से भिन्न थी। सरकंडों की बुनाई और शिकार जैसे उनके व्यवसाय बहुत नीची दृष्टि से देखे जाते थे।

बिंबिसार के पुत्र अजातशत्रु ने, जो मगध पर शासन करने के लिए आतुर था, लगभग 493 ई. पू. में अपने पिता की हत्या कर दी और राजा बन गया। वह सैनिक विजयों द्वारा अपने पिता की विस्तार-नीति को अक्षुण्ण रखने के लिए कृत-संकल्प था। मगध की राजधानी राजगृह में थी, जो पाँच पहाड़ियों से घिरा

एक सुंदर नगर था। यह पहाड़ियाँ उसकी रक्षा के लिए प्रकृति का वरदान थीं। अजातशत्रु ने राजगृह को सुदृढ़ किया और गंगा के पार्श्व में पाटलिग्राम नामक एक छोटे-से दुर्ग का निर्माण कराया। आगे चलकर यह मौर्यों की सुप्रसिद्ध राजधानी पाटलिपुत्र बना। उसके पिता ने पूर्वी राज्य अंग को जीत ही लिया था, इसलिए अजातशत्रु ने अपना ध्यान उत्तर तथा पश्चिम पर केंद्रित किया। कोसल का राजा उसका मामा था, परंतु इस कारण से अजातशत्रु कोसल को अपने राज्य में मिलाने से बाज नहीं आया और पश्चिम की तरफ बढ़ते हुए उसने काशी को भी अपने राज्य में सम्मिलित कर लिया। वृजी संघ के साथ युद्ध* का सिलसिला ज्यादा लंबा था और वह सोलह वर्ष तक चलता रहा। इस दौरान अजातशत्रु का मंत्री संघ में फूट पैदा करने का प्रयत्न करता रहा। अंत में मगध विजयी हुआ और वह पूर्वी भारत में सबसे अधिक शक्तिशाली राज्य माना जाने लगा। इस प्रकार बिंबिसार की अभिलाषा पूरी हुई। मगध की विजय राजतंत्री पद्धति की विजय थी, जो अब गांगेय प्रदेश में दृढ़ता के साथ स्थापित हो गई है।

मगध का उत्थान केवल बिंबिसार और अजातशत्रु की महत्त्वाकांक्षाओं के कारण ही नहीं हुआ, क्योंकि, यद्यपि अजातशत्रु के बाद कई अयोग्य शासक आए, फिर भी मगध शक्तिशाली बना रहा। मगध इस अर्थ में भाग्यशाली था कि उसकी भौगोलिक स्थिति के कारण उसे गंगा के निचले मैदान पर—गंगा और उस पर होनेवाले व्यापार से प्राप्त राजस्व सहित—नियंत्रण प्राप्त हो गया था। अंग की विजय ने इस आंतरिक व्यापार को विदेशी व्यापार से संबद्ध कर दिया, जो और भी अधिक लाभकर था। प्राकृतिक संसाधन भी मगध के अनुकूल थे; कृषि के लिए भूमि उपजाऊ थी, पास के जंगलों से भवन-निर्माण के लिए काष्ठ और सेना के लिए हाथी उपलब्ध थे और लोहे की स्थानीय खानों से बेहतर किस्म के उपकरणों एवं अस्त्र-शस्त्रों तथा लाभकर व्यापार के लिए लोहा मिल जाता था।

461 ई. पू. में अजातशत्रु का देहांत हो गया। उसके पश्चात पाँच राजा सिंहासन पर बैठे और कहा जाता है कि वे सब-के-सब पितृहंता थे। इससे मगध की प्रजा अंततः क्षुब्ध हो गई और उसने पाँचवें राजा को 413 ई. पू. में राज्य-च्युत करके एक राज्यपाल शिशुपाल को राजा नियुक्त किया। शिशुनाग वंश ने केवल आधी शताब्दी तक ही राज्य किया था कि महापद्मनंद ने, जिसका अल्पकालीन राजवश 321 ई. पू. में समाप्त हो गया, राज्य पर अधिकार कर लिया। राजवंशों के इन द्रुतगामी परिवर्तनों और दुर्बल राजाओं के शासन के बावजूद, मगध समस्त आक्रमणों (जैसे अवंती के आक्रमणों) का सामना करता रहा और

---

* इस युद्ध के विवरण में दो ऐसे हथियारों के प्रयोग की चर्चा मिलती है, जो मगध की सैन्य-कला के लिए नए प्रतीत होते हैं। ये हथियार थे 'महाशिला कंटक' : एक बड़े आकार का यंत्र, जो पत्थरों के भारी टुकड़े उछालकर मारने का काम करता था; और 'रथ-मुशल' : चाकुओं और पैने किनारों से लैस रथ, जिसमें सारथी के लिए सुरक्षित स्थान होता था, जहाँ बैठकर वह रथ को हाँककर शत्रुओं के बीच ले जाता था और उन्हें गाजर-मूली की तरह काट देता था।

गांगेय प्रदेश के राज्यों में अग्रणी बना रहा।

नंद लोग, जिन्होंने शिशुनाग वंश से सिंहासन छीना था, नीच कुल के थे। कुछ स्रोतों का कथन है कि नंद वंश का संस्थापक महापद्म एक शूद्र माता का पुत्र था। कुछ दूसरे स्रोतों का कथन है कि वह एक नाई और एक वेश्या के संयोग से पैदा हुआ था। यह बड़ी विचित्र बात है कि क्षत्रियेतर वंशों की शृंखला में नंदों का राजवंश पहला था। इसके बाद से उत्तर भारत के अधिकांश प्रमुख राजवंश क्षत्रियेतर वर्णों के हुए और यह क्रम एक हजार वर्ष पश्चात राजपूतों के आगमन तक चलता रहा। क्षत्रियों और ब्राह्मणों की भूमिकाओं में भी अब विचित्र उलट-फेर दिखाई पड़ता है, क्योंकि इस युग के कई ऋषि क्षत्रिय वंश के और कुछ राजा ब्राह्मण थे।

नंदों को कभी-कभी भारत के प्रथम साम्राज्य निर्माता कहा जाता है। उन्हें मगध का विशाल राज्य विरासत में मिला था और वे उसकी सीमाओं का और अधिक विस्तार करना चाहते थे। इस उद्देश्य के लिए उन्होंने एक बड़ी सेना का संगठन किया, जिसकी न्यूनतम संख्या—यूनानी लेखकों का अनुमान निस्संदेह अत्युक्तिपूर्ण है—20,000 अश्वारोही, 2,00,000 पदातिक, 2,000 रथवाहिनी एवं 3,000 गज-सेना बताई जाती है। किंतु यूनानियों के विरुद्ध इस सेना का उपयोग करने का अवसर नंदों को कभी नहीं मिला, क्योंकि सिकंदर का आक्रमण पंजाब में ही समाप्त हो गया था।

राज्य के सुदृढ़ीकरण में सहायता पहुँचानेवाला एक दूसरा तत्त्व यह था कि राजकोष के लिए भूमि-कर आय के महत्त्वपूर्ण साधन बन गए थे। भूमि उपजाऊ थी, भरी-पूरी फसल देती थी, और इसलिए कर अधिक मिल सकते थे। नंदों ने अपने प्रशासन में व्यवस्थित रूप से कर-संग्रह के लिए नियमित अधिकारी नियुक्त किए थे। अतः राजकोष निरंतर भरता जाता था और नंदों की अपार संपत्ति सर्वख्यात हो गई थी। नंदों ने नहरों का भी निर्माण कराया और सिंचाई परियोजनाओं को कार्यान्वित किया। इस प्रकार भारतीय मानस में मुख्य रूप से ग्रामीण अर्थतंत्र पर आधारित साम्राज्यवादी ढाँचे के निर्माण की संभावना ने जन्म लिया। किंतु नंदों के माध्यम से होनेवाले इस विकास को चंद्रगुप्त मौर्य नामक एक साहसी नवयुवक ने आगे नहीं बढ़ने दिया और 321 ई. पू. में उसने नंदों से राज सिंहासन छीन लिया। इसलिए साम्राज्य की कल्पना मौर्यों के शासन-काल में ही मूर्त हुई।

इसी बीच हमारा ध्यान उत्तर-पश्चिमी भारत की ओर आकृष्ट होता है, जो छठी शताब्दी ई. पू. में शेष भारत से कट गया था और राजनीतिक दृष्टि से ऐकेमेनिड साम्राज्य का अंग होने के कारण फारस की सभ्यता के निकट संपर्क में था। 530 ई. पू. से कुछ पहले फारस के ऐकेमेनिड सम्राट साइरस ने हिंदूकुश पर्वतमाला को पार करके कंबोज, गंधार तथा सिंधु-पार क्षेत्र के जनों से कर प्राप्त किया।

हेरोडोटस ऐकेमेनिड साम्राज्य के सर्वाधिक सघन जनसंख्यावाले एवं समृद्ध प्रांतों की गणना करते समय गंधार की चर्चा बीसवें सत्रपी अर्थात् प्रांत के रूप में करता है । इन भारतीय प्रांतों से ही 486-465 ई. पू. के दौरान फारस की सेनाओं को यूनानियों के विरुद्ध लड़ने के लिए किराए के सैनिक प्राप्त हुए थे । हेरोडोटस लिखता है कि वे सूती वस्त्र पहनते थे और बेंत के धनुष, भालों तथा लोहे की नोकवाले बेंत के बाणों से सुसज्जित होते थे । एक यूनानी चिकित्सक क्टीसियस (Ktesias) ने, जो पाँचवीं शताब्दी ई. पू. के पूर्वार्द्ध में फारस के सम्राट के दरबार में रहता था, उत्तर-पश्चिमी भारत का विवरण लिखा है, जिसका कुछ अंश तो उपयोगी है, किंतु अधिकांश कपोल-कल्पित है । उदाहरण के लिए, वह व्याघ्र का वर्णन करते हुए लिखता है :

> उसके प्रत्येक जबड़े में दाँतों की तीन पंक्तियाँ होती हैं । उसकी पूँछ के सिरे पर डंक होते हैं जिनसे वह निकट के संघर्ष में अपनी रक्षा करता है और दूरस्थ शत्रुओं पर जिन्हें इस प्रकार फेंककर मारता है जैसे कोई धनुर्धारी बाण छोड़ता है ।[1]

गंधार की राजधानी सुप्रसिद्ध नगर तक्षशिला में थी, जिसे यूनानी टेक्सिला कहते थे । यह नगर शीघ्र ही वैदिक और ईरानी—दोनों विद्याओं का केंद्र बन गया । अधिक कर्मकांडी ब्राह्मण इस प्रदेश को अपवित्र मानते थे, क्योंकि यह फारस के आधिपत्य में चला गया था । फारसी विचारों का प्रभाव भारतीय जीवन के विविध क्षेत्रों में अनुभव किया गया : फारस की सिगलोई -जैसी मुद्राओं का भारत में अनुकरण किया गया; तीसरी शताब्दी ई. पू. में सम्राट अशोक ने जिस शिलालेखन का इतना प्रभावशाली प्रयोग किया, उसका विचार संभवतः उसे फारसी सम्राट् डेरियस के शिलालेखों से ही प्राप्त हुआ था; उत्तरी-पश्चिमी भारत में व्यापक रूप से प्रयुक्त होनेवाली खरोष्ठी लिपि अरेमिक से निकली है, जिसका फारस में खूब प्रयोग होता था । भारत-फारस के बीच सर्वाधिक रोचक आदान-प्रदान, कुछ शताब्दियों पश्चात् बौद्ध धर्म के विकास के साथ घटित हुआ, जब बौद्ध मत के आरंभिक विचारों ने फारस के दार्शनिक एवं धार्मिक आंदोलनों की ओर अधिक पश्चिम तक प्रभावित किया, जैसाकि मनिके धर्म के कुछ रूपों से स्पष्ट होता है और बाद में फारस के ज़ोराष्ट्रियन धर्म ने बौद्ध मत की महायान शाखा को प्रभावित किया । उत्तर-पश्चिमी भारत पर फारस का आधिपत्य लगभग 330 ई. पू. में मकदूनिया के सिकंदर द्वारा फारस को जीत लिए जाने के साथ समाप्त हो गया । इसके तत्काल बाद ही उत्तर-पश्चिमी भारत ने भी सिकंदर की सेना के सामने घुटने टेक दिए ।

327 ई. पू. में मकदूनिया का सिकंदर डेरियस के साम्राज्य से होता हुआ ऐकेमेनिड साम्राज्य के भारतीय प्रांतों में प्रविष्ट हुआ । उत्तर-पश्चिमी भारत में यूनानियों की सैनिक कार्रवाई लगभग दो वर्ष तक चलती रही । ऐतिहासिक या राजनीतिक दृष्टि से भारत पर इसका कोई प्रभाव नहीं पड़ा और किसी प्राचीन

भारतीय स्रोत में सिकंदर की कोई चर्चा नहीं मिलती है । ऐसा प्रतीत होता है कि यूनानी जिस तीव्र गति से आए थे, उसी से लौट भी गए । सिकंदर भारत में इसलिए आया था कि वह डेरियस के साम्राज्य के धुर पूर्वी भागों तक पहुँचकर 'सागर की समस्या' हल करना चाहता था, जिसकी सीमाएँ यूनानी भूगोल-वेत्ताओं को चक्कर में डालती रही थीं । उसके भारत आने का दूसरा कारण, जो अस्वाभाविक नहीं कहा जा सकता, यह था कि वह अपनी विजय-सूची में लोक-विश्रुत भारत-भूमि का नाम जोड़ना चाहता था । अपने आक्रमण के दौरान उसने पंजाब की पाँचों नदियाँ पार कीं, परंतु पाँचवीं नदी के पार पहुँचकर उसके सैनिकों ने हथियार डाल दिए और आगे बढ़ने से इनकार कर दिया । तब उसने सिंधु नदी के साथ-साथ समुद्र तक जाने और वहाँ से बेबीलोन लौटने का निश्चय किया । सेना का एक भाग उसने फारस की खाड़ी होते हुए समुद्री मार्ग से भेजा और दूसरा किनारे-किनारे स्थल मार्ग से । इस आक्रमण के दौरान उल्लेखनीय घटनाओं में शामिल हैं कुछ भयंकर युद्ध—जैसे झेलम क्षेत्र के राजा पोरस (पुरु) के साथ झेलम (हाइडास्पीज) का सुप्रसिद्ध युद्ध; प्रजातंत्र एवं राजतंत्र दोनों पद्धतियों के असंख्य जनों का दमन; मल्लोई जन द्वारा सिकंदर का आहनन तथा मल्लोई जन से यूनानियों का प्रतिशोध; और सेना पर आनेवाली भारी विपत्तियाँ जो उसे सिंधु तटवर्ती यात्रा में उठानी पड़ीं । भारत के विजित प्रांतों पर शासन करने के लिए सिकंदर कई राज्यपालों को छोड़ गया था, किंतु यहाँ से विदा होने के तत्काल बाद उसकी मृत्यु से ऐसी अव्यवस्था उत्पन्न हुई कि उसके राज्यपाल भारत छोड़कर पश्चिम में अपनी भाग्य-परीक्षा करने लगे ।

सिकंदर के आक्रमण का सर्वाधिक उल्लेखनीय परिणाम न राजनीतिक था, न सैनिक : उसका महत्त्व इस बात में निहित है कि वह अपने साथ कुछ यूनानियों को लाया था, जिन्होंने भारत के विषय में अपने विचारों को लिपिबद्ध किया और वे इस काल पर प्रकाश डालने की दृष्टि से मूल्यवान हैं । इन स्रोतों से प्रकट होता है कि उत्तर-पश्चिमी भारत में अब भी कुछ अनार्य प्रथाएँ प्रचलित थीं । कट्टरपंथी आर्य-धर्म पूर्व की ओर फैला, तथा उत्तर-पश्चिमी क्षेत्र उन विदेशियों के साथ संपर्क के लिए मुक्त रह गया जो म्लेच्छ समझे जाते थे । प्रजातंत्र की बार-बार आनेवाली चर्चा से ज्ञात होता है कि यह प्रणाली मगध साम्राज्यवाद के बावजूद आज भी कुछ सीमा तक प्रचलित थी ।

यूनानी विवरण बहुधा कल्पना के संसार में भटक गया है । बाद की शताब्दियों में भारत-विषयक अधिक जानकारी प्राप्त होने पर ही जो ज्यादा बेसिर-पैर की कहानियाँ थीं, उनमें कुछ सुधार हुआ । यूनानियों द्वारा प्रस्तुत ये विवरण तथ्य और कल्पना के विचित्र सम्मिश्रण हैं ।

सिकंदर का नौ-सेनापति नियारकस (Nearchus) भारतीयों द्वारा पहने जानेवाले वस्त्रों का विवरण इस प्रकार देता है :

> भारतीयों द्वारा पहने जानेवाले वस्त्र वृक्षों पर उत्पन्न होनेवाली कपास से बनते हैं । परंतु यह कपास या तो अन्यत्र कहीं भी प्राप्त होनेवाली किसी कपास की अपेक्षा अधिक चमकीले सफेद रंग की होती है, अथवा भारतीयों के काले रंग के वैषम्य में ये वस्त्र इतने ज्यादा सफेद प्रतीत होते हैं । वे एक सूती अधोवस्त्र पहनते हैं, जो घुटनों के नीचे टखनों की ओर आधी दूर तक पहुँचता है और एक उत्तरीय प्रयोग में लाते हैं जिसका कुछ भाग तो वे अपने कंधों पर लपेटते हैं और कुछ भाग मोड़कर सिर के चारों ओर लपेट लेते हैं । भारतवासी हाथीदाँत के कर्णफूल भी पहनते हैं । परंतु ऐसा अत्यधिक धनी व्यक्ति ही करते हैं । धूप से बचने के लिए वे छातों का इस्तेमाल करते हैं । वे सफेद कपड़े के बने जूते पहनते हैं जिन पर बारीक नक्काशी रहती है और जिनके तले रंग-बिरंगे और बहुत मोटे होते हैं जिससे उन्हें पहननेवाला काफी लंबा दिखाई दे सके ।[2]

किंतु उनके वर्णनों में अविश्वसनीय बातें हमेशा रहती थीं :

> ऐसे लोगों की चर्चा सुनने को मिलती है जो दस फुट लंबे और छह फुट चौड़े होते हैं । कुछ लोगों के नथुने नहीं होते, बल्कि उनके स्थान पर मुँह के ऊपर साँस लेने के लिए दो छेद होते हैं । ऐसे लोगों की कथाएँ भी हैं जो अपने कानों में सोते हैं । कुछ मुखविहीन लोगों का जिक्र है जो स्वभाव से भद्र हैं, गंगा के उद्गम स्थलों के आसपास रहते हैं और भाप के सहारे जीवित हैं ... ऐसे स्थान भी हैं जहाँ आकाश से जमी हुई बूँदों के रूप में पीतल बरसता है ।[3]

सिकंदर ने पंजाब में अनेक यूनानी बस्तियाँ स्थापित कीं. किंतु उनमें से कोई भी नगरों के रूप में शेष नहीं रही । संभवतः यूनानी नागरिक पड़ोस के नगरों में चले गए और उत्तर-पश्चिम में भ्रमणशील यूनानी जनसंख्या के अंग बन गए । यूनान की मुख्य भूमि से चलकर यूनानी सेना पश्चिमी एशिया तथा ईरान को पार करती हुई भारत पहुँची और इस प्रकार उसने अफगानिस्तान तथा ईरान होते हुए एशिया माइनर से और पूर्वी भूमध्य सागर के किनारे बसे बंदरगाहों से उत्तर-पश्चिमी भारत तक अनेक व्यापारिक मार्ग खोल दिए और उन्हें उपयोगी बना दिया । इससे पूर्व-पश्चिम के व्यापार में वृद्धि हुई और निस्संदेह भारत-स्थित यूनानियों का इसमें ज्यादा हिस्सा रहा होगा । सिकंदर ने उत्तर-पश्चिम के छोटे-छोटे राज्यों एवं प्रजातंत्रों को समाप्त कर दिया था और उसके लौटने पर यहाँ एक राजनीतिक खोखलापन रह गया । आश्चर्य नहीं कि चंद्रगुप्त मौर्य ने इस स्थिति का लाभ उठाया और इन सब छोटे-छोटे राज्यों को मौर्य साम्राज्य में मिला लिया ।

उत्तर-पश्चिमी भारत और पश्चिमी एशिया के बीच व्यापार की संभावनाओं ने नगरों के विकास को और अधिक प्रोत्साहन दिया । इसके अतिरिक्त, प्रायद्वीप में दक्षिण की तरफ जानेवाले मार्गों के कारण उत्तरी व्यापार के लिए एक नया क्षेत्र मिल रहा था । उत्तरी दक्खन में कई स्थानों पर गंगा उपत्यका के मिट्टी के विशिष्ट

बर्तन—उत्तरी क्षेत्र के काली पालिश के बर्तन*—मिले हैं तथा लोहे के प्रयोग का संधान मिला है, जिससे ज्ञात होता है कि इस युग में उस क्षेत्र के साथ उत्तरी भारत का नित्य प्रति का संपर्क था । फिर भी, व्यापार के मुख्य मार्ग गंगा के

उत्तरी भारत के सोलह प्रमुख राज्य—लगभग 600 ई. पू.

---

* उत्तरी काली पालिश के बर्तन—उन्हें बहुधा इसी नाम से पुकारा जाता है—प्राविधिक दृष्टि से उस समय मिट्टी के सर्वश्रेष्ठ बर्तन थे। उन पर अत्यधिक चमकीली पालिश थी, जो बहुत कुछ काँच के समान झलकती थी और यह पालिश निपट स्याह रंग से लेकर गहरी भूरी अथवा धातु जैसी फौलादी नीली होती थी, जिससे मिट्टी के बर्तनों में एक विशेष भव्यता और चमक आ जाती थी। यह स्पष्टतया समृद्धिसूचक बर्तन थे, जिनका प्रयोग तश्तरियों तथा छोटे प्यालों के रूप में होता था।

किनारे-किनारे राजगृह से कोसांबी (इलाहाबाद के निकट) तक और फिर उज्जैन होकर भड़ौच तक थे जो पश्चिम के साथ समुद्रपारीय व्यापार के लिए मुख्य बंदरगाह था। कोसांबी से गंगा उपत्यका के ऊपर चलते हुए एक मुख्य मार्ग पंजाब के उस पार तक्षशिला तक जाता था जो पश्चिम के साथ स्थल-व्यापार के लिए निर्गम द्वार था। पूर्व में व्यापार गंगा डेल्टा से बर्मा के उत्तरी तट तक तथा दक्षिण में भारत के पूर्वी तटों से होता था।

नगरों के विस्तार के साथ-साथ शिल्पियों की संख्या में भी वृद्धि हुई, जो 'श्रेणियों' में संगठित थे। प्रत्येक श्रेणि नगर के एक निश्चित भाग में बसी हुई थी जिससे एक श्रेणि के सदस्य एक साथ रह और कार्य कर सकते थे और आमतौर पर उनमें ऐसा संबंध पाया जाता था कि उन्हें एक जाति के रूप में देखा जाने लगा। ज्यादातर पुत्र अपने पिता के व्यवसाय को अपनाते थे और इससे पैतृक सिद्धांत का पालन भी होता था। इस समय तक श्रेणि अत्यधिक विकसित वाणिज्य प्रणाली नहीं बन पाई थी जैसाकि यह ईसा की प्रारंभिक शताब्दियों में हो गई। कुछ चुने हुए स्थानों पर कुछ वस्तुओं का बड़ी मात्रा में निर्माण होता था और फिर सारे देश में उनका वितरण होता था, उदाहरणार्थ उत्तरी क्षेत्र में बने काली पालिश के बर्तनों का। मुद्रा के प्रचलन से व्यापार में उल्लेखनीय सुविधा हुई। सिक्के चाँदी और ताँबे के होते थे और उन पर मुद्रांकन किया जाता था। ताँबे के ढले हुए सिक्के भी प्राप्त हुए हैं। रुपए का लेन-देन चलता था, परंतु ब्याज की दर ज्ञात नहीं है। दूर-दूर के स्थानों से होनेवाला अधिकांश व्यापार विलासिता की वस्तुओं तक सीमित था, साधारण रूप से बननेवाला माल स्थानीय बाजारों में बिक जाता था।

एक लिपि का प्रयोग, जिसका प्रचार शायद बढ़ते हुए व्यापार के कारण हुआ अब सामान्य हो गया था। छठी शताब्दी के लेखन के उदाहरण उपलब्ध नहीं हैं, किंतु इस काल के साहित्यिक स्रोतों में वर्णमाला के प्रयोग की चर्चा सामान्य रूप से और बार-बार मिलती है। लगभग इसी समय संस्कृत से विभिन्न भाषाएँ विकसित होने लगी थीं। परिनिष्ठित संस्कृत धीरे-धीरे और उत्तरोत्तर ब्राह्मणों तथा कुछ विद्वानों की भाषा बनती जा रही थी, अथवा उसका प्रयोग राजकीय घोषणाओं, सरकारी कागजातों एवं वैदिक अनुष्ठानों तक सीमित था। ग्रामों तथा नगरों में संस्कृत के एक लोक-प्रचलित रूप—प्राकृत का प्रयोग होता था। भिन्न-भिन्न स्थानों में यह कुछ विभिन्नता लिए होती थी और संबंधित प्रदेश के नाम पर उसका नामकरण हो जाता था, जैसे पश्चिम की प्रमुख शैली शौरसेनी और पूर्वी शैली मागधी कहलाती थी। एक दूसरी प्रचलित भाषा पालि थी, जो संस्कृत पर आधारित थी और इन प्रदेशों में सामान्य रूप से बोली जाती है। अपना संदेश जनता के एक बड़े भाग तक पहुँचाने की इच्छा से बुद्ध ने मागधी को अपनाया था।

सामाजिक और आर्थिक जीवन के बदलते हुए रूप, जैसे नगरों का विकास, शिल्पी समुदाय का विस्तार, व्यवसाय और वाणिज्य की द्रुत प्रगति एक दूसरे क्षेत्र अर्थात् धर्म और दार्शनिक चिंतन में होनेवाले परिवर्तनों से घनिष्ठ रूप से संबद्ध

थे । स्थापित रूढ़िवादिता और नागरिक केंद्रों में उभरते नए गुटों की आकांक्षाओं में होनेवाले संघर्ष ने इस प्रतिक्रिया को तीव्र किया होगा, जिससे चिंतन के क्षेत्र में ऐसी अद्‌भुत संपन्नता और शक्ति का आविर्भाव हुआ, जो आगामी शताब्दियों में बेजोड़ रही । पिछले युग के संन्यासियों और घुमक्कड़ तार्किकों ने रूढ़िमुक्त चिंतन की परंपरा का निर्वाह किया था, और दार्शनिक अवधारणा का क्षेत्र साधारणतया नियतिवाद से भौतिकवाद तक था । कुछ चिंतक, उदाहरणार्थ आजीवक मतावलंबी, पूर्ण भाग्यवाद के दर्शन को मानते थे । उनका विश्वास था कि नियति मनुष्य के छोटे-से-छोटे कार्य पर नियंत्रण रखती है और इसे कोई नहीं बदल सकता । आजीवक संप्रदाय में बहुत-से श्रमण होते थे और श्रमण बनते समय लोगों का विश्वास होता था कि यह एक पूर्व-निर्धारित है और संन्यास ही उनका कर्म है । नास्तिक मतावलंबियों के भी विविध संप्रदाय थे, जिनमें से अनेक—जैसे, चार्वाक संप्रदायवाले—पूर्ण भौतिकवाद के प्रचारक थे । उनका विचार था कि मनुष्य मिट्टी का बना है और मिट्टी में ही मिल जाएगा । अजित केशकंबलिन ने मनुष्य का वर्णन इस प्रकार किया है :

> मनुष्य चार तत्त्वों से बना है । जब वह मरता है तो मिट्टी मिट्टी में मिल जाती है, पानी पानी में, अग्नि अग्नि में और वायु वायु में, तथा उसकी इंद्रियाँ आकाश में विलीन हो जाती हैं । टिकठी पर चार आदमी शव को ले जाते हैं । श्मशान तक वे बातें करते जाते हैं । जलने पर उसकी अस्थियों का रंग फाख्ता के पंखों-जैसा हो जाता है और उसके सारे त्याग अंत में राख बनकर रह जाते हैं । वे लोग मूर्ख हैं जो दान करने की शिक्षा देते हैं, तथा वे लोग जो अपार्थिवता के समर्थक हैं, व्यर्थ बकवास करते हैं । मरने पर मूर्ख और बुद्धिमान दोनों ही संसार से अलग होकर नष्ट हो जाते हैं । मृत्यु के पश्चात् वे जीवित नहीं रहते ।[4]

पुरातनपंथी इन संप्रदायों को हेय दृष्टि से देखते थे और इन पर अनैतिक आचरणों का आरोप लगाते थे । ब्राह्मण विशेष रूप से क्रुद्ध थे, क्योंकि भौतिकवादी निरर्थक कर्मकांडों और अनुष्ठानों पर आपत्ति करते थे जिन पर ब्राह्मणों का आग्रह था, क्योंकि यह उनके जीवन-यापन के साधन थे । वास्तव में ब्राह्मणों की जो रचनाएँ बची रह सकी हैं उनमें भौतिकवादी विचारधारा के संप्रदायों का उल्लेख बहुत हल्के रूप में किया गया है और अभी पिछले दिनों तक आमतौर पर यह माना जाता था कि भारतीय दर्शन ने भौतिकवाद की न्यूनाधिक उपेक्षा की थी ।

परंतु इन सब में जो दो संप्रदाय स्थायित्व लेकर आए थे वे जैन मत और बौद्ध मत के रूप में शुद्धतावादी संप्रदाय थे जिन्होंने बाद में स्वतंत्र धर्म का रूप लिया । जैन विचारधारा का प्रचलन सातवीं शताब्दी ई. पू. में हो गया था, परंतु महावीर स्वामी ने उन्हें छठी शताब्दी ई. पू. में ठोस रूप दिया और उनकी शिक्षा से ही जैन मत का द्रुत गति से विस्तार तथा संगठन हुआ ('जैन' शब्द की व्युत्पत्ति 'जिन' अर्थात् विजेता से हुई, जिसका संकेत महावीर की ओर है) । तीस वर्ष की आयु

अर्थात् लगभग 510 ई. पू. में उन्होंने अपने परिवार का परित्याग कर संन्यास ले लिया। बारह वर्ष तक वे सत्य की खोज में भ्रमण करते रहे और अंत में उन्हें ज्ञान की प्राप्ति हुई। महावीर के उपदेश गंगा उपत्यका तक सीमित रहे, यद्यपि बाद की शताब्दियों में जैन धर्म का प्रचार पश्चिमी भारत (जहाँ आज भी लगभग बीस लाख जैन मतावलंबी हैं), उत्तरी भारत के कुछ भागों तथा दक्षिण में मैसूर क्षेत्र में हुआ।

जैन धर्म के उपदेश प्रारंभ में मौखिक परंपराओं में जीवित रहे, परंतु तीसरी शताब्दी ई. पू. में उनको संग्रह करके लिपिबद्ध कर लिया गया। अंतिम रूप में इनका संपादन ईसा की पाँचवीं शताब्दी में किया गया। जैन धर्म की प्रकृति नास्तिकतावादी थी, ईश्वर का अस्तित्व उसके सिद्धांत के लिए अप्रासांगिक था। सृष्टि एक शाश्वत नियम के अनुसार कार्य करती है और निरंतर उत्थान-पतन की ब्रह्मांड तरंगों के दौर से गुजरती रहती है। सृष्टि की प्रत्येक वस्तु में, चाहे वह भौतिक हो अथवा अभौतिक, आत्मा होती है। जीवन का उद्देश्य आत्मा की शुद्धि है, क्योंकि पवित्र आत्मा शरीर से मुक्ति प्राप्त कर स्वर्ग में रहती है। शुद्धि ज्ञान से नहीं होती जैसाकि उपनिषद् के कुछ ऋषियों ने बताया है। ज्ञान तो केवल एक सापेक्ष गुण है। इसकी व्याख्या छह अंधे आदमियों की सुप्रसिद्ध कहानी के द्वारा की गई है, जिसमें प्रत्येक अंधा हाथी के अलग-अलग अंगों को छूकर आग्रह के साथ कहता था कि उसने जिस चीज़ को स्पर्श किया वह हाथी नहीं बल्कि रस्सी या सर्प अथवा पेड़ का तना था, आदि-आदि। प्रत्येक व्यक्ति वास्तविक ज्ञान के केवल एक अंश को देखता है, अतः मुक्ति के लिए ज्ञान पर निर्भर नहीं रहा जा सकता। आत्मा की शुद्धि के लिए ऐसे जीवन की आवश्यकता है जिसे जैन सम्यक् जीवन कहते हैं, किंतु जो, महावीर की व्याख्या के अनुसार, मुनियों के लिए ही संभव है। जैन धर्म में अहिंसा के व्रत पर इस सीमा तक बल दिया गया था कि चलते हुए अनजाने में चींटी को मार देना भी पाप माना जाता था। अहिंसा जैनियों के लिए सम्मोहन के समान थी। वे अपने मुँह तथा नाक पर मलमल की एक पट्टी बाँधते थे जिससे लघुतम कीटाणु भी साँस के साथ स्वतः उनके अंदर न चला जाए।

व्यापारी समुदाय में जैन मत का द्रुत गति से प्रचार हुआ। अहिंसा पर अत्यधिक बल होने के कारण कृषकों ने जैन मत स्वीकार नहीं किया, क्योंकि कृषि-कार्य में कीड़े-मकोड़ों की हत्या से बचा नहीं जा सकता। जिन शिल्पों से दूसरे प्राणियों का जीवन संकट में पड़ता है वे भी इस धर्म से अलग रहे। अतः व्यापार और वाणिज्य में संलग्न लोग ही जैन धर्म को स्वीकार कर पाते थे। यह धर्म मितव्ययिता को प्रोत्साहन देता था और यह प्रवृत्ति व्यापारियों की भावना के अनुकूल थी। जैनियों द्वारा निजी संपत्ति पर कठोर सीमा निर्धारित किए जाने का अर्थ केवल भू-संपत्ति के लिए लगाया गया। फलतः जैनियों ने निर्मित माल के विनिमय तथा दलाली के कार्य में विशिष्टता प्राप्त की और अपने-आपको आर्थिक लेन-देन तक ही सीमित रखा। इस प्रकार जैन धर्म नगर-संस्कृति के प्रसार से

संबद्ध हो गया । पश्चिमी तट पर समुद्री व्यापार होता था, जहाँ जैनियों ने साहूकारी का धंधा शुरू किया और दूसरे लोग पण्य-वस्तुओं के साथ समुद्र-पार यात्रा पर जाने लगे ।

दो समकालीनों—महावीर तथा गौतम बुद्ध में दूसरे अधिक प्रसिद्ध हैं, क्योंकि उन्होंने एक ऐसे धर्म का प्रवर्तन किया, जिसका प्रसार एशिया-भर में हुआ । बुद्ध प्रजातांत्रिक शाक्य जन में उत्पन्न हुए थे । उनके पिता का वर्ण क्षत्रिय था और वे इस जन के मुखिया थे । बुद्ध के जीवन की किंवदंती में ईसा मसीह के जीवन की किंवदंतियों से विचित्र समानता दृष्टिगोचर होती है, जैसे अलौकिक गर्भाधान का विचार तथा शैतान द्वारा दिए गए प्रलोभन । उनका जन्म 566 ई. पू. में हुआ था । उन्होंने राजकुमार का जीवन व्यतीत किया, परंतु उनका असंतोष निरंतर बढ़ता गया । अंत में अपने परिवार को छोड़कर वे एक रात घर से गायब हो गए और संन्यासी बन गए । छह वर्ष की कठोर तपस्या के उपरांत वे इस निष्कर्ष पर पहुँचे कि संन्यास मुक्ति का मार्ग नहीं है और उन्होंने इसका परित्याग कर दिया । फिर उन्होंने समाधि के द्वारा मुक्ति का उपाय खोजने का निश्चय किया और अंततः अपनी समाधि के उनचासवें दिन उन्हें ज्ञानोपलब्धि हुई और वे समझ सके कि संसार में दुःख का कारण क्या है । अपना प्रथम उपदेश उन्होंने सारनाथ के मृगदाव (जो वाराणसी से चार मील है) में दिया और अपने प्रथम पाँच शिष्य बनाए ।

यह उपदेश 'धर्म-चक्र-प्रवर्तन' कहलाया, जो बौद्ध मत की शिक्षाओं का मूल बिंदु था । इस उपदेश में चार पवित्र सत्य (संसार दुखों से परिपूर्ण है, दुख का कारण मानवीय इच्छाएँ हैं, इच्छाओं का परित्याग मुक्ति का मार्ग है, और मुक्ति आर्य अष्टांगिक मार्ग द्वारा प्राप्त की जा सकती है) तथा अष्टांगिक मार्ग अर्थात् संतुलित, सरल जीवन की ओर अग्रसर करनेवाले कर्म के आठ सिद्धांत समाविष्ट थे । ये सिद्धांत थे : सम्यक् दृष्टि, सम्यक् संकल्प, सम्यक् वचन, सम्यक् कर्म, सम्यक् जीविका, सम्यक् व्यायाम, सम्यक् स्मृति और सम्यक् समाधि, जिनके सम्मिलित रूप को 'मध्यम मार्ग' कहा गया। इस उपदेश को समझने के लए गहन तत्त्व-चिंतन की आवश्यकता नहीं थी, और सृष्टि का विश्लेषण बौद्ध दर्शन में कारणवाद के आधार पर किया गया जिसमें विवेकाश्रित तर्क की प्रधानता थी । दैवी हस्तक्षेप को उनकी व्यवस्था में कोई स्थान प्राप्त नहीं था। पुनर्जन्म के चक्कर से छुटकारा पाकर निर्वाण प्राप्त करना ही मुक्ति का एकमात्र साधन था । इस प्रकार बौद्धों के मुक्ति मार्ग के लिए कर्म का सिद्धांत आवश्यक था । किंतु ब्राह्मण विचारधारा के सदृश कर्म के सिद्धांत का उपयोग यहाँ जातिगत स्थिति की व्याख्या के लिए नहीं किया गया, क्योंकि बुद्ध जातिवाद को नहीं मानते थे । बौद्ध मत नास्तिक भी था, क्योंकि उसमें सृष्टि के लिए ईश्वर अनिवार्य नहीं था और सृष्टि का उत्थान-पतन प्राकृतिक नियमों के अनुसार होता था । मूलतः सृष्टि आनंद का उत्स थी, किंतु मनुष्य जब इच्छाओं का दास हो गया, तो यह दुखों का

स्थान बन गई। ब्राह्मणों के कर्मकांड का बौद्ध मत के प्रारंभिक शुद्ध रूप में लगभग पूरा बहिष्कार था। फिर भी, वृक्षों की पूजा तथा मृतक-पूजा जैसी लोक-प्रचलित मान्यताएँ उसमें स्वीकृत रहीं, और इस प्रकार बौद्ध धर्म ने अपने-आपको जनसामान्य में प्रचलित पूजा से संबद्ध कर लिया।

यह मूलतः एक सामूहिक धर्म था और इसमें भिक्षु-प्रणाली का सूत्रपात किया गया। भिक्षु उपदेश देते तथा भिक्षा ग्रहण करते हुए स्थान-स्थान पर घूमते थे, जिससे इस धर्म को प्रचारात्मक स्पर्श मिल गया। आगे चलकर भिक्षुओं तथा भिक्षुणियों के लिए विहारों का निर्माण नगरों के निकट किया गया, जिससे उन्हें भिक्षाटन में सुविधा हो गई। बौद्ध-विहारों के निर्माण से शिक्षा का प्रसार बढ़ा, क्योंकि ब्राह्मणों के अतिरिक्त ये भी अब शिक्षा के स्रोत बन गए। इससे भी अधिक महत्त्वपूर्ण बात यह थी कि, चूँकि वे समाज के हर वर्ग के स्त्री-पुरुषों को भिक्षुणी तथा भिक्षु बना लिया करते थे इसलिए, शिक्षा केवल कुछ उच्चस्थ लोगों तक ही सीमित नहीं रही। इस बात को दृष्टि में रखते हुए कि ब्राह्मण रूढ़िवादिता धीरे-धीरे स्त्रियों की गतिविधियों पर प्रतिबंध लगाने का प्रयत्न कर रही थी, स्त्रियों को भिक्षुणियों के रूप में स्वीकार करना उनकी अवस्थिति के विचार से एक क्रांतिकारी कदम था।* विहारों का संगठन जनतंत्री और स्पष्ट रूप से प्रजातंत्रीय संथागारों की पद्धति पर आधारित था। नियमित रूप से पाक्षिक सभाएँ होती थीं और जनता की आत्मस्वीकारोक्तियाँ सुनी जाती थीं।

बौद्धों के धर्म-सूत्र बुद्ध की मृत्यु के लगभग 500 वर्ष बाद संग्रहीत किए गए, जिससे सूत्रों के तिथि-क्रम का निर्णय करना अथवा बुद्ध के अनुयायियों ने इनमें कितने क्षेपक जोड़ दिए हैं यह निश्चयपूर्वक बताना अत्यंत कठिन हो गया है। बौद्ध मत में उसके उद्‌भव-स्थल भारत में भी और एशिया के अन्य भागों में उसके प्रसार के दौरान भी समय के साथ-साथ अनेक परिवर्तन हुए। उसके सबसे प्राचीन जीवित रूप—थेरवाद को आज भी श्रीलंका और दक्षिण-पूर्व एशियाई देशों में प्रधानता प्राप्त है। जब बौद्ध मत को ब्राह्मणवाद का सामना करना पड़ा, तो उसमें भी दार्शनिक चिंतन का समावेश हो गया और उसकी प्रारंभिक सरल व्याख्या कहीं अधिक जटिल हो गई।

बौद्ध एवं जैन मतों में अनेक समानताएँ थीं। दोनों का प्रवर्तन क्षत्रियों ने किया था और दोनों ही ब्राह्मण रूढ़िवादिता के विरोधी थे, वेदों की सत्ता को नहीं मानते थे और पशुबलि की प्रथा का बहिष्कार करते थे, जो अब तक ब्राह्मणों की शक्ति का आधार बन चुकी थी। दोनों धर्मों ने समाज के उत्पीड़ित वर्गों को प्रभावित

---

* ब्राह्मण स्रोतों में स्त्रियों को जिस सीमा तक सामाजिक कार्यों में भाग लेने की अनुमति दी गई है उसकी अपेक्षा भारत के सभी सामाजिक-धार्मिक सुधार आंदोलनों यथा तमिल उपासना संप्रदाय, भक्ति आंदोलन और उन्नीसवीं शताब्दी के ब्रह्म समाज एवं आर्य समाज ने उन्हें अधिक विस्तृत क्षेत्रों में काम करने के लिए प्रोत्साहित किया।

किया : उदाहरणार्थ, वैश्यों को जो आर्थिक दृष्टि से शक्तिशाली थे परंतु जिन्हें तदनुरूप सामाजिक मान्यता प्राप्त नहीं थी; और शूद्रों को जो स्पष्ट रूप से दलित और सताए हुए थे। यद्यपि बौद्ध मत और जैन मत ने वर्ण-व्यवस्था पर कभी प्रत्यक्ष प्रहार नहीं किया, फिर भी वे उसके विरोधी थे, और इस दृष्टि से उन्हें वर्ण-निरपेक्ष आंदोलन कहा जा सकता है। इससे निम्न वर्णवालों को इस वर्ण-निरपेक्ष संप्रदाय में सम्मिलित होकर अपने वर्ण से उबरने का अवसर मिल गया।* ब्राह्मण-पूजा के मुकाबले इन मतों में पूजा-पाठ के लिए धन का व्यय नहीं करना होता था, इसलिए भी समाज के उत्पीड़ित वर्ग इनकी ओर आकर्षित हुए।

यद्यपि बुद्ध राजवंशियों को शिष्य बनाने के विरुद्ध नहीं थे, पर वे चाहते थे कि उनकी शिक्षा समाज के निम्न वर्ग तक पहुँचे। यही कारण है कि उन्होंने संस्कृत के स्थान पर लोकप्रिय मागधी भाषा को अपनाया। बौद्ध मत के अनुयायी मुख्यतः वणिक, शिल्पी तथा कृषक थे। कुछ ब्राह्मणों ने भी बौद्ध धर्म को अपनाया, परंतु इसके लिए अपने जाति-बंधुओं में वे हेय दृष्टि से देखे जाते थे। सैद्धांतिक रूप से क्षत्रियों के बौद्ध या जैन धर्म अपनाने में कुछ विरोधाभास लगता है, क्योंकि योद्धा शायद ही अहिंसा के समर्थक होते हों; परंतु प्रजातंत्रों के क्षत्रिय जन, जिन्होंने बौद्ध धर्म को अपनाया, पेशेवर योद्धा-मात्र नहीं थे।

इन दो निरीश्वरवादी मतों, बौद्ध मत और जैन मत, का नागरिक केंद्रों तथा अधिकतर समाज के निम्न वर्गों से जिस प्रकार का संपर्क रहा, उसकी आवृत्ति बाद की शताब्दियों में भक्ति आंदोलन के विभिन्न रूपों में हुई। सुधारवादी धार्मिक संप्रदायों के संस्थापकों एवं नेताओं ने बहुधा अपनी शक्ति निम्न वर्ण के नागरिक समूहों से प्राप्त की। उनकी शिक्षा में निहित सामाजिक तत्त्व उनके धार्मिक सिद्धांत का अनिवार्य अंग था। ईसा पूर्व की छठी से चौथी शताब्दी तक की अवधि में उल्लेखनीय आर्थिक प्रगति हुई, जिसका कारण विशेष रूप से व्यापार का विस्तार था। राजनीतिक सत्ता यद्यपि आज भी अधिकांशतया क्षत्रियों और ब्राह्मणों के हाथों में रही, आर्थिक दृष्टि से वणिक-वर्ग उन्नतिशील था। बौद्धमत और जैनमत उसके लिए ब्राह्मणवाद के विकल्प थे।

---

* भारत में पिछली दशाब्दी में उस समय इस प्रवृत्ति की पुनरावृत्ति हुई जब महाराष्ट्रीय समाज के दलित वर्ग ने बड़े पैमाने पर बौद्ध मत ग्रहण किया। 1951 में भारत में कुल 2,487 बौद्ध थे। 1961 की जनगणना में यह संख्या 32,50,227 हो गई। ग्रामीण महाराष्ट्र में 20 लाख से भी अधिक बौद्ध हैं, जिनमें से अधिकतर अस्पृश्य तथा अनुसूचित (हाल के वर्षों में वे इसी नाम से पुकारे जाते रहे हैं) जातियों से बौद्ध बने थे।

4. साम्राज्य का उदय

321-185 ई. पू.

ईसा पूर्व की चौथी शताब्दी के अंत में मौर्यों के सत्तारूढ़ होने पर ऐतिहासिक जानकारी प्राप्त करने के लिए अनेक स्रोतों से उपलब्ध साक्ष्यों की प्रचुरता हो जाती है। मौर्य साम्राज्य में एक बहुत बड़े क्षेत्र पर एक ही सत्ता का नियंत्रण हो जाने के फलस्वरूप राजनीतिक स्थिति को समझने में आसानी होती है। राजनीतिक प्रणाली में अपेक्षाकृत अधिक एकरूपता आ गई और पहली शताब्दियों की तुलना में अब अधिक ठोस निष्कर्षों पर पहुँचना संभव हो गया है।

चंद्रगुप्त मौर्य 321 ई. पू. में नंद के पश्चात् राजसिंहासन पर बैठा। उस समय वह लगभग 25 वर्ष का युवक था। एक ब्राह्मण कौटिल्य के संरक्षणाधीन था, जो सिंहासन प्राप्त करने और उसे सुरक्षित रखने में उसका मार्गदर्शक और विश्वसनीय सलाहकार था। मगध पर अधिकार नए राजवंश की स्थापना का पहला चरण था। चंद्रगुप्त का संबंध मोरिया जन से था, परंतु वह निम्न वर्ण का था और उसका परिवार स्पष्टतया वैश्य था। चंद्रगुप्त मौर्य और उसके समर्थकों की सैनिक शक्ति नंदों के मुकाबले कम थी, और यही वह बिंदु है जहाँ कौटिल्य की कूटनीति उपयोगी सिद्ध हुई। उन्होंने नंद साम्राज्य के समीपवर्ती क्षेत्रों के साथ छेड़छाड़ से प्रारंभ किया और धीरे-धीरे केंद्र की ओर बढ़ने लगे। बताया जाता है कि कूटनीति की यह शिक्षा एक विशेष घटना पर आधारित थी। भावी सम्राट चंद्रगुप्त ने एक बार देखा, एक स्त्री अपने बच्चे को तश्तरी के बीच से खिचड़ी का ग्रास उठाकर खाने पर डाँट रही है, क्योंकि स्पष्टतः बीच का हिस्सा किनारों से कहीं ज्यादा गर्म होता है। जब गंगा उपत्यका चंद्रगुप्त के अधिकार में आ गई तो वह सिकंदर के भारत से लौट जाने पर उत्पन्न शक्ति-रिक्तता का लाभ उठाने के लिए उत्तर-पश्चिम की ओर बढ़ा। ये क्षेत्र तेजी से उसके अधिकार में आते गए और अंत में वह सिंधु नदी तक पहुँच गया। यहाँ फिलहाल उसने कोई कार्रवाई नहीं की, क्योंकि यूनान के सेल्यूसिड राजवंश ने फारस में अपनी स्थिति सुदृढ़ बना ली थी और वह सिंधु-पार का क्षेत्र अपने अधिकार में रखने के लिए कृतसंकल्प था। अतः चंद्रगुप्त ने अपना ध्यान कुछ समय के लिए मध्य भारत पर केंद्रित किया और नर्मदा नदी के उत्तर में स्थित प्रदेश पर अधिकार कर लिया। परंतु 305 ई. पू. में उत्तर-पश्चिमी क्षेत्र में लौटकर उसने सेल्यूकस निकेटर से युद्ध किया और अंततः

303 ई. पू. में उसे पराजित कर दिया। फलतः सिंधु पार के जो प्रांत सेल्यूकस के अधिकार मे थे–जिनमें आज के अफगानिस्तान का कुछ भाग सम्मिलित है–चंद्रगुप्त को मिल गए। इस प्रकार, सिंधु एवं गंगा का मैदान तथा सुदूर उत्तर-पश्चिम चंद्रगुप्त के नियंत्रण में आ गए, जिससे मौर्य साम्राज्य की सीमाएँ निर्धारित हो गईं। कहना न होगा कि यह साम्राज्य किसी भी दृष्टि से दुर्जेय था।

सेल्यूकस के साथ युद्ध के बावजूद दोनों तरफ के लोगों में मैत्री और जिज्ञासा की भावना के साथ आपसी संपर्क बहुत बढ़ा हुआ था। यूनानी विवरणों में सैंडरोकोटस (चंद्रगुप्त) की चर्चा अनेक स्थानों पर मिलती है। 303 ई. पू. की संधि में एक वैवाहिक संबंध की भी व्यवस्था थी, परंतु दुर्भाग्य से उसका विवरण उपलब्ध नहीं है। यह संभव है कि सेल्यूकस की एक पुत्री का विवाह चंद्रगुप्त के साथ हुआ हो। उस स्थिति में अनेक यूनानी स्त्रियाँ उसके साथ पाटलिपुत्र आई होंगी। सेल्यूकस का राजदूत मेगस्थनीज़ अनेक वर्षों तक पाटलिपुत्र में रहा था और उसने भारत में दूर-दूर तक यात्राएँ की थीं। मौर्यों और सेल्यूसिडवंशियों में राजनयिकों का आदान-प्रदान होता था, जिसके साथ उपहारों का आदान-प्रदान भी जुड़ा हुआ था (जिनमें अनेक शक्तिशाली कामोद्दीपक औषधियाँ भी होती थीं)। पाटलिपुत्र में विदेशियों का स्वागत होता था यह इस विवरण से स्पष्ट है कि नगरपालिका में विदेशियों के हितों की देखभाल के लिए एक विशेष समिति हुआ करती थी।

जैनियों का दावा है कि चंद्रगुप्त ने अपने जीवन के अंतिम समय में जैन मत स्वीकार कर लिया था और अपने पुत्र को राज्य देकर संन्यासी हो गया था। एक जैन मुनि और अनेक अन्य साधुओं के साथ वह दक्षिण भारत गया, जहाँ उसने जैन धर्म की परंपरागत रीति से धीरे-धीरे अनाहार द्वारा अपने जीवन का अंत कर लिया।

चंद्रगुप्त के पश्चात् उसका पुत्र बिंदुसार 298 ई. पू. में सिंहासन पर बैठा। यूनानी बिंदुसार को अमिट्रोचेट्स के नाम से पुकारते थे। यह संभवतः संस्कृत शब्द अमित्रघट–शत्रु का नाश करनेवाला–का यूनानी लिप्यंतरण है। स्पष्ट ही वह व्यापक रुचियों और प्रवृत्तियोंवाला व्यक्ति था, क्योंकि एक अनुश्रुति के अनुसार उसने एंटियोकस प्रथम से कुछ मीठी मदिरा और एक तार्किक (प्राचीन यूनानी दर्शन तथा अलंकार या भाषणशास्त्र का शिक्षक) भेजने का आग्रह किया था। बिंदुसार ने दक्खन पर आक्रमण किए और मौर्य साम्राज्य को प्रायद्वीप में सुदूर दक्षिण स्थित मैसूर तक विस्तार दे दिया। कहते हैं कि उसने दो समुद्रों–संभवतः अरब सागर और बंगाल की खाड़ी–के बीच का क्षेत्र जीत लिया था। दक्षिण के प्रारंभिक तमिल कवियों ने भूमि पर मौर्यों के रथों के गरजते हुए चलने और उनकी धवल पताका के धूप में चमकने की चर्चा की है। 272 ई. पू. में बिंदुसार की मृत्यु के समय लगभग सारा उपमहाद्वीप मौर्य साम्राज्य के अंतर्गत आ चुका था। धुर दक्षिण आत्मसमर्पण के लिए प्रस्तुत था, अतः उस पर विजय पाने के लिए सैनिक शक्ति की आवश्यकता नहीं थी। केवल एक क्षेत्र–पूर्वी तट पर कलिंग (आधुनिक उड़ीसा) विरोधी और अविजित रह गया था। इस पर विजय प्राप्त करना बिंदुसार

के पुत्र अशोक का काम था, जिसे उसने सफलतापूर्वक संपन्न किया।

अभी लगभग सौ वर्ष पूर्व तक पुराणों में उल्लिखित मौर्य वंशावली में गिनाए गए अनेक सामान्य राजाओं में से अशोक भी एक था। किंतु 1837 में जेम्स प्रिंसेप ने भारत की प्राचीनतम ज्ञात लिपि ब्राह्मी में लिखा हुआ एक शिलालेख पढ़ा। इस शिलालेख में देवानांपिय पियदस्सी (देवताओं के प्रिय, प्रियदर्शी) नामक एक राजा का उल्लेख था। यह रहस्यमय राजा पियदस्सी एक पहेली बना रहा, क्योंकि यह नाम अनेक स्रोतों में वर्णित किसी नाम से मेल नहीं खाता था। कुछ वर्ष पश्चात् श्रीलंका के बौद्ध विवरणों की जाँच करने पर ज्ञात हुआ कि उनमें एक महान् एवं उदार मौर्य राजा का उल्लेख पियदस्सी के नाम से किया गया है। धीरे-धीरे जब इन सूत्रों को एक साथ रखकर देखा गया तो इनसे कुछ अर्थ निकलता प्रतीत हुआ। परंतु अंतिम पुष्टि 1915 में हुई जब ऐसा ही एक और शिलालेख मिला जिसमें लेखक ने स्वयं को सम्राट अशोक पियदस्सी के नाम से अभिहित किया था। इससे स्पष्ट हो गया कि पियदस्सी अशोक द्वारा प्रयुक्त उसका दूसरा नाम था।

अशोक के साम्राज्य के विभिन्न भागों में स्थित उसकी राजविज्ञप्तियाँ और शिलालेख हमें सम्राट के व्यक्तित्व से ही नहीं, बल्कि उसके शासन की घटनाओं से भी परिचित कराते हैं। संभवतः इनमें सर्वाधिक प्रसिद्ध घटना बौद्ध मत में उसकी दीक्षा है, जो लोकविश्रुत कलिंग-युद्ध के पश्चात् घटी थी। स्थल और समुद्र दोनों से दक्षिण भारत को जानेवाले मार्गों पर कलिंग का नियंत्रण था और इसलिए यह आवश्यक हो गया था कि उसे मौर्य साम्राज्य का अंग बनाया जाए। 260 ई. पू. में अशोक ने कलिंगवासियों पर आक्रमण किया और उन्हें पूरी तरह कुचलकर रख दिया। मौर्य सम्राट के शब्दों में, 'इस लड़ाई के कारण डेढ़ लाख आदमी विस्थापित हो गए, एक लाख व्यक्ति मारे गए और इससे कई गुणा अधिक नष्ट हो गए...।' युद्ध की इस विनाशलीला ने सम्राट को शोकाकुल बना दिया और वह प्रायश्चित्त करने के प्रयत्न में बौद्ध विचारधारा की ओर आकर्षित हुआ। पहले यह बताया जाता रहा है कि युद्ध के तत्काल बाद उसके भयावह परिणामों को देखकर अशोक ने नाटकीय ढंग से बौद्ध धर्म स्वीकार कर लिया था। परंतु यह मत-परिवर्तन रातोंरात नहीं हुआ। अपने एक शिलालेख में उसने कहा है कि ढाई वर्ष के पश्चात् ही वह बौद्ध मत का सच्चा अनुयायी बन सका था। अंततः इसी की प्रेरणा से उसने अहिंसा के व्रत का समर्थन किया और फलस्वरूप उसे विजय के साधन के रूप में युद्धों का परित्याग करना पड़ा।

अशोक के शासनकाल में ही, लगभग 250 ई. पू. में पाटलिपुत्र में बौद्धों की तृतीय महासभा हुई और बौद्धमत का पुनर्गठन हुआ। बौद्ध स्रोतों ने स्वभावतः अशोक का नाम इस महत्त्वपूर्ण घटना के साथ जोड़ने की चेष्टा की है, लेकिन अशोक ने इसकी कोई चर्चा अपने किसी शिलालेख में—विशेष रूप से बौद्ध संघ से संबंधित शिलालेखों में भी नहीं की है। बौद्ध मत में अपनी व्यक्तिगत आस्था और उसके लिए अपने समर्थन को अलग रखकर अशोक ने एक सम्राट के रूप में किसी

भी धर्म से अनासक्त रहने और पूर्वाग्रह न बरतने के कर्त्तव्य का भली प्रकार निर्वाह किया। बौद्धों की तृतीय महासभा इसलिए महत्त्वपूर्ण है कि अपेक्षाकृत कट्टर संप्रदायवादियों—थेरपंथ के अनुयायियों—ने यहाँ बहुमत विरोधियों और संशोधनवादियों दोनों को बौद्ध संघ से बहिष्कृत करने का अंतिम प्रयत्न किया था। एक प्रकार से इसी रवैये के कारण बाद में बौद्ध धर्म का विभाजन हो गया और अपेक्षाकृत कट्टर संप्रदायवादी शाखा हीनयान तथा पंचमेल किस्म की शाखा, जिसका विस्तार अधिक था, महायान कहलाई। इसके अतिरिक्त, यह निर्णय भी इसी सभा में लिया गया कि उपमहाद्वीप के विभिन्न भागों में धर्मप्रचारक भेजे जाएँ और बौद्ध मत को एक ऐसे धर्म का रूप दिया जाए, जो विभिन्न धर्मावलंबियों का धर्म-परिवर्तन कराने में सक्रिय हो। इसी निर्णय के कारण परवर्ती शताब्दियों में बौद्ध धर्म का प्रचार दक्षिण और पूर्व एशिया में हुआ।

अशोक ने यूनानी दुनिया में अपने कई समकालीनों की चर्चा की है, जिनके साथ उसने राजनयिकों तथा अन्य प्रकार के प्रतिनिधिमंडलों का आदान-प्रदान किया था। 256-255 ई. पू. के उसके एक शिलालेख में एक अनुच्छेद इस प्रकार है :

> ...जहाँ अमितयोग नामक यूनानी राजा राज्य करता है और उस अमितयोग के राज्य के आगे चार राजाओं—तुलामाया, अंतेकिन, मक तथा अलिक्यशुदल की भूमि में[1]...

ये नाम यूनान के निम्नांकित राजाओं की ओर इंगित करते हैं : एंटीयोकस द्वितीय : सीरिया का थियोस (260-246 ई. पू.); सेल्यूकस निकेटर का पौत्र : मिस्र का टोलेमी तृतीय फिलाडेलफस (285-247 ई. पू.); मकदूनिया का एंटिगोनस गोनेटस (276-239 ई. पू.); साईरीन का मैगास, और इपिरस का ऐलेक्जेंडर।

बाहरी दुनिया के साथ संचार-व्यवस्था अब तक पर्याप्त विकसित हो चुकी थी। किंतु अधिकतर संपर्क दक्षिण और पश्चिम के देशों से थे और पूर्व पर अपेक्षतया कम ध्यान दिया गया था। यूनानी राज्यों में अशोक ने जो शिष्टमंडल भेजे थे उन्होंने यूनानी जगत् को भारतीय जीवन से परिचित कराया और भारतीय वस्तुओं के प्रति कौतूहल पैदा किया। यूनानी राज्यों में निकटतम सेल्यूसिड साम्राज्य था, जिसकी सीमाएँ मौर्य साम्राज्य को स्पर्श करती थीं। दोनों साम्राज्यों के बीच राजाओं की तीन पीढ़ियों तक दूतों का निरंतर आदान-प्रदान चलता रहा। उत्तर-पश्चिमी प्रांतों में, जो एक समय ऐकेमेनिड साम्राज्य के अंग रह चुके थे, फारस की बहुत-सी बातें प्रचलन में रह गई थीं। यह आश्चर्य की बात नहीं है कि अशोक-स्तंभों के शीर्ष पर्सिपोलिस के स्तंभ-शीर्षों से बहुत अधिक मिलते हैं और संभव है कि उनका निर्माण उत्तर-पश्चिमी प्रांत के शिल्पियों ने किया हो। शिलालेख अंकित कराने का विचार डेरियस के शिलालेखों की चर्चा सुनने के बाद ही अशोक के मन में आया होगा। कई वाक्यांशों से इस बात की पुष्टि होती है, जैसे संबोधन का पहला वाक्य : डेरियस द्वारा प्रयुक्त शब्दावली है :

राजा डेरियस यों कहता है[2]...

और अशोक लिखता है :

देवानांपिय पियदस्सी राजा यों बोलता है...[3]

अशोक के शिलालेख स्थानीय लिपि में थे। इस प्रकार, पश्चिमोत्तर में पेशावर के निकटवर्ती प्रदेश में पाए गए शिलालेख खरोष्ठी लिपि में हैं, उसकी उत्पत्ति ईरान में व्यवहृत एरेमिक लिपि से हुई है। साम्राज्य के धुर पश्चिम में, आधुनिक कंधार के निकट, शिलालेख यूनानी तथा एरेमिक लिपि में, और भारत में अन्यत्र ब्राह्मी लिपि में हैं।

परंपरा से इस बात की पुष्टि होती है कि कश्मीर मौर्य साम्राज्य में शामिल था और श्रीनगर का निर्माण अशोक ने कराया था। अनुमान है कि मध्य एशिया में खोतान भी मौर्यों के प्रभुत्व में आ गया था। तिब्बती स्रोतों की मान्यता है कि खोतान राज्य की स्थापना भारत और चीन के राजनीतिक निष्कासितों ने संयुक्त रूप से की थी और अशोक वास्तव में खोतान की यात्रा पर गया था। लेकिन इस यात्रा के मार्ग में आनेवाले बीहड़ वन-प्रांतों की बात सोचें तो उपरोक्त कथन का उत्तरार्द्ध असंभाव्य प्रतीत होता है। चीन के साथ इन दिनों कैसे संबंध थे यह ठीक-ठीक बता सकना कठिन है। मध्य एशिया का मार्ग भी उतना पहले प्रयोग में नहीं आता था। संपर्क का जो भी साधन था वह असम और बर्मा की दिशा में पूर्वी पर्वतों से होकर ही रहा होगा। लेकिन इन पर्वतों की उत्तर से दक्षिण की ओर फैली हुई श्रेणियों और उनकी ऊँचाई ने उन्हें आवागमन के लिए एक बड़ी बाधा बना दिया होगा। आधुनिक नेपाल के क्षेत्र से मौर्यों का घनिष्ठ संबंध था, क्योंकि उसकी तलहटियाँ साम्राज्य के अंतर्गत थीं। कहा जाता है कि अशोक की एक पुत्री ने नेपाल के किसी कुलीन पुरुष के साथ विवाह किया था। पूर्व में वंग प्रांत (आधुनिक बंगाल का एक हिस्सा) था—गंगा का मुहाना। इस मुहाने के प्रमुख बंदरगाह ताम्रलिप्ति के कारण वंग की महत्ता हो गई थी, क्योंकि बर्मा तट और दक्षिण भारत को जानेवाले जलपोत अपनी यात्रा ताम्रलिप्ति से ही प्रारंभ करते थे।

दक्षिण भारत में मौर्य शक्ति के प्रसार और प्रभाव का आकलन दक्षिण में अशोक के शिलालेखों की स्थिति से किया जा सकता है, जो दक्षिणी मैसूर से आगे नहीं मिलते। अशोक ने दक्षिण के उन लोगों का उल्लेख किया है जिनके साथ उसकी मैत्री थी। वे लोग थे : चोल, पांड्य, सतियपुत्र और केलपुत्र। एक अनुश्रुति के अनुसार, तमिल (धुर दक्षिण की प्राचीनतम साहित्यिक भाषा) में सर्वप्रथम काव्य-रचना तीसरी या दूसरी शताब्दी ई. पू. में विदेशी आप्रवासियों द्वारा की गई थी, और पाषाण-लेखों की स्थापना भी उन्हीं लोगों ने की थी। इसमें मौर्यों की ओर हल्का-सा इंगित है, यद्यपि उन्होंने तमिल देश पर वस्तुतः कभी राज्य नहीं किया। यह संभव है कि तमिल उस समय तक लिपिरहित बोलचाल की भाषा रही हो और मौर्यों के साथ संपर्क ने तमिलभाषियों को ब्राह्मी लिपि का प्रयोग सिखाया हो। ऐसा प्रतीत होता है कि दक्षिणी राज्यों

के साथ अशोक के संबंध मैत्रीपूर्ण थे, अन्यथा वह निश्चित रूप से उन पर विजय प्राप्त करने की चेष्टा करता। बदले में उन्होंने भी, बिंदुसार के आक्रमणों से मौर्य शक्ति का अनुभव कर लेने के बाद, शायद मित्रता के वचन देना और शांति से रहना बेहतर समझा हो।

श्रीलंका के साथ मौर्यों के संबंध बहुत ही घनिष्ठ थे और वहाँ के ऐतिहासिक वृत्तांत मौर्यों के विषय में काफी कुछ कहते हैं। इतना ही नहीं कि अशोक का लड़का महेंद्र बौद्ध-प्रचारक बनकर श्रीलंका गया था, बल्कि वहाँ का तत्कालीन राजा तिस्सा अपने आचार-व्यवहार में अशोक का अनुकरण करता दिखाई देता है। उनके बीच अक्सर उपहारों तथा राजदूतों का आदान-प्रदान भी होता था। भारतीय सम्राट् ने मूल पीपल वृक्ष की एक शाखा भेजी थी जिसके नीचे बुद्ध को ज्ञान प्राप्त हुआ था और कहा जाता है कि श्रीलंका में वह वृक्ष अभी तक विद्यमान है, जबकि भारत में मूल वृक्ष को परवर्ती शताब्दियों में एक बौद्ध-विरोधी मतांध ने कटवा दिया था।

पहले तीन मौर्यों के शासन-काल—राजवंश के शुरुआती नब्बे वर्ष—अत्यंत महत्त्वपूर्ण थे। और यह महत्त्व केवल शासकों की विजय में नहीं बल्कि इस तथ्य में निहित है कि वे उपमहाद्वीप के अधिकांशतया विपरीत तत्त्वों को एक साम्राज्य में संघटित कर सके और उन्होंने एक ऐसी साम्राज्यवादी कल्पना को अभिव्यक्ति दी, जिसका आधिपत्य भारत के राजनीतिक जीवन पर अगली अनेक शताब्दियों तक बना रहा। तीसरी शताब्दी ई. पू. में यह साम्राज्यवादी विचार क्यों और कैसे संभव हो सका, यह कई कारणों से निश्चित हुआ था।

तीसरी शताब्दी ई. पू. तक उत्तरी भारत की अर्थव्यवस्था मुख्यतः कृषिप्रधान हो गई थी। भू-राजस्व सरकार की आय का सर्वमान्य स्रोत बन चुका था और यह महसूस किया जाने लगा कि कृषि-अर्थव्यवस्था का विस्तार होने पर नियमित कराधान से राजस्व में भी सुनिश्चित वृद्धि होगी। इन करों से राजस्व का पूर्वानुमान लगाना संभव था, जिससे मौद्रिक सुरक्षा की भावना पैदा हुई। शासन प्रणाली का मुख्य कार्य दक्षता के साथ कर-संग्रह करना था। यह आश्चर्य की बात नहीं है कि कौटिल्य ने, जिसे इस प्रणाली का सिद्धांतकार माना जाता है, कर-संग्रह के तरीकों और संबद्ध समस्याओं की विस्तार से चर्चा की है। कृषि-इतर आर्थिक कार्य-कलापों से भी लोग अनभिज्ञ नहीं थे और उन्हें हतोत्साहित नहीं किया जाता था। गाँवों में अभी तक पशु-पालन होता था और उस पर कर लगाए जाते थे। व्यावसायिक उद्यम, विशेष रूप से तटीय क्षेत्रों के, सरकारी देख-रेख में रहते थे, और जहाँ कहीं तथा जब कहीं संभव हो करों का संग्रह किया जाता था, कराधान के तरीके मूल भूमि-कर-प्रणाली से ही विकसित हुए थे।

अधिकांश जनसंख्या कृषक थी और गाँवों में रहती थी। राजा और राज्य का भेद उत्तरोत्तर मिटता जा रहा था, और इस विचार को कि भूमि का स्वामी राजा है

किसी ने गंभीर चुनौती नहीं दी । यह बात **अर्थशास्त्र*** से भी स्पष्ट है और उन उदाहरणों से भी जहाँ भूमि-कर में रद्दोबदल का कार्य सीधे कृषक तथा राजा से संबंधित दिखाई देता है और किसी मध्यस्थ का कोई संकेत नहीं मिलता । नए क्षेत्र को साफ करने और बसाने का कार्य सरकार द्वारा किया जाता था, और शूद्रों को बहुत बड़ी संख्या में घनी आबादीवाले इलाकों से निकालकर इन बस्तियों में लाया जा रहा था । इस पूरी कार्यपद्धति का **अर्थशास्त्र** में विशद वर्णन किया गया है । निस्संदेह कलिंग से विस्थापित डेढ़ लाख लोगों को बंजर भूमि साफ करने और नई बस्तियाँ बसाने के कार्य में लगाया गया था । इन बस्तियों में रहनेवालों के लिए शस्त्रास्त्र निषिद्ध थे, उनका एकमात्र कार्य खेती करना था और उनकी अतिरिक्त उपज को सरकार ले लिया करती थी । शूद्र भूमिदासों का जन्म राज्य के नियंत्रण में हुआ था, और खाद्योत्पादन के लिए बड़े पैमाने पर दास-प्रथा अनावश्यक हो गई थी । लेकिन वास्तव में शूद्रों और दासों की स्थिति में कोई विशेष अंतर नहीं था, सिवाय इसके कि शूद्र वैधानिक दृष्टि से दास नहीं होता था । अन्य वर्णों और व्यवसायों के सदस्यों को अगर इन बस्तियों में रहना आर्थिक दृष्टि से लाभकर दिखाई देता तो वे स्वेच्छा से यहाँ आकर बस जाते थे ।

मौर्यों की राजसभा में सेल्यूकस के दूत मेगस्थनीज ने लिखा है कि भारत में दास नहीं थे, परंतु भारतीय स्रोत इस बात का खंडन करते हैं । समृद्ध परिवारों में गृह-दासों की प्रथा आम थी, और ये दास निम्न वर्ण के होते थे किंतु अस्पृश्य नहीं । खानों में और व्यावसायिक श्रेणियों द्वारा भी दास-श्रमिकों का उपयोग किया जाता था । **अर्थशास्त्र** में कहा गया है कि कोई आदमी या तो जन्म से, या स्वेच्छया अपने-आपको बेचकर अथवा युद्ध में बंदी बन जाने पर या न्यायालय से दंड प्राप्त करके दास हो सकता है । दास-प्रथा को सामाजिक मान्यता प्राप्त थी और स्वामी तथा दास के वैधानिक संबंधों को स्पष्ट रूप से परिभाषित कर दिया गया था । उदाहरणार्थ, यदि किसी दासी से उसके स्वामी को पुत्र प्राप्त होता था, तो न केवल वह वैधानिक दृष्टि से मुक्त हो जाती थी अपितु बच्चा भी स्वामी के पुत्र की वैधानिक स्थिति प्राप्त कर लेता था । संभवतः मेगस्थनीज वर्ण-स्थिति और आर्थिक स्तर-विन्यास के भेद को ठीक तरह नहीं समझ पाया था । तकनीकी दृष्टि से, उत्पादन के लिए बड़े पैमाने पर दास प्रथा नहीं थी । यूनानी समाज ने स्वतंत्र व्यक्ति और दास में बहुत स्पष्ट अंतर किया था, और भारतीय समाज में यह अंतर परिलक्षित नहीं होता था । भारत में कोई दास अपनी स्वतंत्रता का पुनः क्रय कर सकता था अथवा अपने स्वामी द्वारा स्वेच्छा से मुक्त किया जा सकता था । और अगर वह आर्य होता था, तो आर्यत्व की स्थिति में लौट सकता था । यूनान में यह प्रथा नहीं थी । भारतीय समाज में दासता अथवा स्वतंत्रता नहीं, बल्कि वर्ण-स्थिति अटल थी ।

---

* शासन-व्यवस्था और अर्थतंत्र पर लिखा गया ग्रंथ, जिसका रचयिता चंद्रगुप्त का मुख्य परामर्शदाता कौटिल्य कहा जाता है ।

भूमि का स्वामित्व राजा के पास होने का यह आशय नहीं था कि व्यक्तिगत स्तर पर लोग थोड़ी-बहुत भूमि के स्वामी भी नहीं हो सकते थे। यह स्वामित्व उस भूमि पर होता था जिसमें स्वामी स्वयं खेती करे अथवा जिसके लिए श्रमिकों की आवश्यकता हो। राज्य द्वारा भी और व्यक्तिगत स्तर पर लोगों द्वारा भी श्रमिक रखने की प्रथा आम थी, क्योंकि उसका उल्लेख अशोक के शिलालेखों में मिलता है। भू-राजस्व दो प्रकार का था : भूमि के उपयोग पर लगान तथा उपज पर करारोपण, और दोनों एक-दूसरे से बिलकुल भिन्न थे। अलग-अलग अंचलों में करारोपण की दरें अलग-अलग थीं, जो भूमि की उपज के छठे हिस्से से लेकर एक-चौथाई तक होती थीं। करारोपण प्रत्येक व्यक्तिगत कृषक द्वारा प्रयुक्त भूमि के आधार पर होता था, संपूर्ण गाँव के आधार पर नहीं, और साथ ही उसमें भूमि की गुणवत्ता का भी ध्यान रखा जाता था। गडरियों और पशुपालकों पर पशुओं की संख्या और उनसे प्राप्त होनेवाले उत्पादन के अनुसार कर लगाने का अधिकार सरकार को था।

भारतीय कृषि अवस्थाओं के संदर्भ में सिंचाई के महत्त्व को पूरी तरह समझा गया था। कई क्षेत्रों में सिंचाई के लिए पानी माप कर वितरित किया जाता था। **अर्थशास्त्र** में उल्लेख है कि जहाँ कहीं राज्य द्वारा सिंचाई की व्यवस्था की जाती थी, एक नियमित जल-कर वसूल किया जाता था। चंद्रगुप्त के एक राज्यपाल ने पश्चिमी भारत में गिरनार के निकट एक नदी पर बाँध बनवाया था, जिससे एक विशाल झील तैयार करके उस अंचल को जल-आपूर्ति की जाती थी। बाँध के समीपवर्ती इलाके में एक शिलालेख से पता चलता है कि निर्माण के बाद आठ सौ वर्षों तक निरंतर इस बाँध की देखभाल होती रही। यद्यपि जलागारों, जलाशयों, नहरों और कुओं का निर्माण तथा रख-रखाव सरकार का उत्तरदायित्व समझा जाता था, यह मान लेने का कोई कारण नहीं है कि सिंचाई-व्यवस्था पर नियंत्रण देश के राजनीतिक नियंत्रण का मूल था।

यदि कृषि अर्थव्यवस्था ने एक राजनीतिक साम्राज्य के निर्माण में सहायता दी, तो साम्राज्य ने बदले में आर्थिक गतिविधि के एक और रूप को प्रोत्साहन दिया। उपमहाद्वीप के राजनीतिक एकीकरण का, और एक सुदृढ़ तथा केंद्रीयकृत सरकार से मिलनेवाली सुरक्षा का, एक अपेक्षाकृत अधिक उल्लेखनीय परिणाम यह था कि विभिन्न शिलिपश्रेणियों में, और फलतः व्यापार* में, विस्तार की संभावनाएँ बढ़ गई थीं। प्रशासन में कुशलता होने से व्यापार का संगठन अपेक्षाकृत सरल हो गया; और विभिन्न शिल्पों ने धीरे-धीरे लघु-स्तरीय उद्योगों का रूप ले लिया। राज्य ने कुछ शिल्पियों जैसे कवच-निर्माताओं, जलपोत-निर्माताओं आदि को सीधे अपनी सेवा में ले लिया था और उनकी आय कर-मुक्त थी, लेकिन राजकीय कर्मशालाओं, यथा कताई और बुनाईशालाओं एवं राजकीय खानों में काम

* प्रायद्वीप में खुदाई के विभिन्न स्थलों पर तीसरी शताब्दी ई. पू. के स्तरों में पाए गए उत्तरी काली पालिश के बर्तन इस बात के सूचक हैं कि मौर्य-काल में व्यापार का कितना विस्तार हो चुका था।

करनेवाले अन्य लोगों की आय पर कर लगता था। बाकी लोग या तो व्यक्तिगत रूप से या, और अधिकांशतया ऐसा ही होता था, किसी शिल्पि-श्रेणी के सदस्यों के रूप में काम करते थे। ये श्रेणियाँ विशाल तथा मिश्रित ढाँचे की होती थीं और शिल्पियों के लिए इनमें सम्मिलित होना लाभप्रद रहता था, क्योंकि इससे अकेले काम करने और श्रेणियों के साथ प्रतियोगिता करने का व्यय बच जाता था। राज्य के दृष्टिकोण से, श्रेणियों के कारण कर-संग्रह और उद्योग के सामान्य संचालन में सुविधा होती थी। व्यवसायों के स्थानीयकरण और उनकी वंशागत प्रकृति ने श्रेणियों को शक्तिशाली बनाया।

समस्त निर्मित वस्तुओं पर कर लगाया जाता था और उन पर उत्पादन की तिथि मुद्रांकित कर दी जाती थी, जिससे उपभोक्ताओं को पुरानी और नई वस्तुओं की पहचान हो सके। पण्य वस्तुओं की बिक्री पर कड़ी दृष्टि रखी जाती थी। उन पर कर-निर्धारण करने से पहले वाणिज्य-अधीक्षक प्रचलित मूल्य, पूर्ति और माँग तथा उत्पादन-व्यय आदि अनेक बातों पर विचार करता था। पण्य वस्तु के मूल्य का पाँचवाँ भाग चुंगी के रूप में निर्धारित किया जाता था और इसके अतिरिक्त चुंगी का पाँचवाँ भाग व्यापार-कर होता था। करों की चोरी होती अवश्य थी, लेकिन उसके लिए कड़े दंड की व्यवस्था थी। व्यापारियों को अत्यधिक मुनाफाखोरी से रोकने के लिए मूल्यों पर नियंत्रण रखा जाता था, और आमतौर पर लाभ का प्रतिशत भी निश्चित रहता था। बैंकिंग प्रणाली नहीं थी लेकिन रुपया ब्याज पर देने की प्रथा थी। उधार लिए गए रुपए पर पंद्रह प्रतिशत प्रति वर्ष ब्याज की दर सर्वमान्य थी। किंतु कम सुरक्षित लेन-देन में जहाँ लंबी समुद्रयात्राओं के लिए ऋण लिया जाता था, ब्याज की दर साठ प्रतिशत तक ऊँची हो सकती थी।

मेगस्थनीज अपनी पुस्तक **इंडिका** में लिखता है कि मौर्य समाज सात वर्णों में बँटा हुआ था—दार्शनिक, कृषक, सैनिक, चरवाहे, शिल्पी, न्यायाधिकारी और पार्षद। स्पष्ट ही वह वर्ण और व्यवसाय में अंतर नहीं कर पा रहा था। वर्ण पर टिप्पणी करते हुए वह लिखता है : 'किसी भी व्यक्ति को अपने वर्ण से बाहर विवाह करने या अपने निजी व्यवसाय अथवा शिल्प को छोड़कर कोई दूसरा व्यवसाय अथवा शिल्प अपनाने की अनुमति नहीं है।'[14] दार्शनिकों की श्रेणी में ब्राह्मण, बौद्ध भिक्षु, और किसी भी अन्य धार्मिक संप्रदाय के अनुयायी शामिल थे। दार्शनिकों पर कर नहीं लगाया जाता था और इस बात की पुष्टि भारतीय स्रोतों से होती है। खेतिहर मुख्यतः शूद्र-कृषक तथा भूमि पर काम करनेवाले श्रमिक थे। सैनिक निश्चित रूप से 'आर्थिक' वर्ग में आते थे और वे सब क्षत्रिय वर्ण के नहीं होते थे। मौर्यों की स्थायी सेना नंदों की तुलना में बड़ी थी। प्लिनी लिखता है कि उनके पास 9,000 हाथी, 30,000 अश्वारोही और 6,00,000 पदातिक थे। शांति के समय में यह सेना राज्य पर आर्थिक भार बनकर रहती होगी। मेगस्थनीज लिखता है : 'जब वे लड़ नहीं रहे होते हैं तो वे अपना समय आलस्य और मदिरा-पान में बिताते हैं, जबकि उन पर होनेवाला संपूर्ण व्यय राजकोष को सहना पड़ता है।' इन

परिस्थितियों में यह आश्चर्य की बात नहीं है कि राजकोष को किसी भी मूल्य पर भरा-पूरा रखना पड़ता था, चाहे इसके लिए हर संभव करारोप्य वस्तु पर कर लगाना पड़े अथवा नई बस्तियाँ स्थापित करने के लिए पूरे के पूरे समुदायों को बाहर भेजना पड़े। चरवाहे या तो शूद्र होते थे या अस्पृश्य। शिल्पियों की जाति उनके व्यवसाय-विशेष पर निर्भर करती थी। उदाहरण के लिए, बुनकरों और कुम्हारों की तुलना में धातुकार को ऊँचा स्थान दिया गया था। अधिक धनवान लोग संभवतया ऊँची जातियों के थे, और उनके लिए काम करनेवाले शूद्र ही रहे होंगे। न्यायाधिकारी और पार्षद स्पष्टतया शासन प्रणाली के अंग थे, और वे या तो ब्राह्मण होते थे या क्षत्रिय, हालाँकि अपवादों का उल्लेख मिलता है।

वर्ण-व्यवस्था ब्राह्मण सिद्धांतकारों की परिकल्पना के अनुसार सुचारु रूप से नहीं चल पाई। सैद्धांतिक दृष्टि से प्रथम तीन वर्गों को, जो द्विज कहलाते थे, शूद्रों और अछूतों की तुलना में अधिक अधिकार प्राप्त थे। लेकिन वैश्य, जो शास्त्रीय दृष्टि से द्विज थे, अपनी विशेषाधिकृत स्थिति का समुचित लाभ नहीं उठा पाते थे, क्योंकि वे प्रथम दो वर्णों द्वारा सामाजिक रूप से बहिष्कृत थे। फिर भी, आर्थिक दृष्टि से वैश्य अब तक शक्तिशाली हो चुके थे, क्योंकि वाणिज्य उनके हाथों में था। फलतः उनके और सामाजिक दृष्टि से उच्चस्थ वर्णों के बीच संघर्ष अनिवार्य था। अशोक ने सामाजिक ऐक्य पर जो अत्यधिक बल दिया है उससे सामाजिक तनावों के अस्तित्व का संकेत मिलता है। नागरिक संस्थाओं पर वास्तव में नगर-केंद्रों के श्रेणिपतियों का नियंत्रण था, फिर भी सामाजिक संहिता में उन्हें वह सम्मानित स्थान प्राप्त नहीं था जिसका वे अपने को अधिकारी समझते थे। अपने आक्रोश को आंशिक अभिव्यक्ति देने के लिए उन्होंने निरीश्वरवादी संप्रदायों, विशेष रूप से बौद्ध मत, का समर्थन किया। इसका परिणाम शायद यह हुआ कि धार्मिक क्षेत्र में ब्राह्मणों और निरीश्वरवादी मतों के बीच वैमनस्य और बढ़ गया।

तत्कालीन आर्थिक अवस्था और उसकी अपनी आवश्यकताओं ने मौर्य शासन को एक केंद्रीयकृत नौकरशाही का रूप दे दिया। मौर्य शासन प्रणाली का मूल केंद्र बिंदु राजा था, जिसके अधिकारों में अब असाधारण वृद्धि हो गई थी। अशोक ने इनकी व्याख्या पैतृक निरंकुशतावाद के रूप में की, जिसका सामूहिक संदेश था कि 'सारे मनुष्य मेरे बच्चे हैं।' लोकमत की सीधी जानकारी प्राप्त करने के लिए उसने पूरे साम्राज्य में व्यापक भ्रमण किया था। राजा की बढ़ती हुई शक्ति के साथ पुरोहित की शक्ति में भी वृद्धि हो रही थी, और वह अब प्रधानमंत्री के कार्य करने लगा था, उसका धार्मिक परिचय निश्चित रूप से पृष्ठभूमि में चला गया था। विधि-व्यवस्था अधिकांशतया सामाजिक व्यवहार को पुष्ट करने के लिए होती थी, और इसमें राजा को पर्याप्त स्वतंत्रता प्राप्त थी, किंतु उससे यह अपेक्षा की जाती थी कि वह अपने मंत्रियों के साथ परामर्श करेगा। मंत्रिपरिषद को कोई सुनिश्चित राजनीतिक मर्यादा प्राप्त नहीं थी, और उसकी शक्ति राजा के व्यक्तित्व पर निर्भर थी। अशोक की राजविज्ञप्तियों से संकेत मिलता है कि वह

अपने मंत्रियों के साथ प्रायः परामर्श करता रहता था, और मंत्रिगण उसकी अनुपस्थिति तक में उसके नियमों में संशोधन के सुझाव देते थे। फिर भी, अंतिम निर्णय राजा का ही होता था।

केंद्रीय प्रशासन के नियंत्रण में दो महत्त्वपूर्ण पद कोषाध्यक्ष और मुख्य समाहर्ता के थे। कोषाध्यक्ष का कार्य नकद आय का हिसाब रखना और वस्तुओं के रूप में प्राप्त आय को संग्रहीत करना था। मुख्य समाहर्ता लिपिकों के एक निकाय की सहायता से साम्राज्य के विभिन्न भागों से प्राप्त करों का लेखा-जोखा रखता था। प्रत्येक प्रशासकीय विभाग का समुचित हिसाब रखा जाता था, जिसे सारे मंत्रियों द्वारा संयुक्त रूप से राजा के सम्मुख प्रस्तुत किया जाता था, उद्देश्य शायद यह था कि गबन और धोखेबाजी की संभावना न रहे। प्रत्येक विभाग में अधीक्षकों और सहायक अधिकारियों का एक बड़ा वर्ग होता था। अधीक्षक स्थानीय केंद्रों पर रहते थे और स्थानीय प्रशासन तथा केंद्रीय सरकार के मध्य कड़ी का काम करते थे। **अर्थशास्त्र** में जिनका विशेष रूप से उल्लेख है वे स्वर्ण तथा स्वर्णकारों के और गोदाम, वाणिज्य, वन्य उपज, शस्त्रागार माप-तौल, चुंगी, बुनाई, कृषि, मदिरा, वधशालाओं, वेश्यालयों, जलपोतों, गायों, अश्वों, हाथियों, रथों, पारपत्रों तथा नगर के अधीक्षक हैं।

राष्ट्रीय व्यय का एक बहुत बड़ा हिस्सा अधिकारियों के वेतन तथा सार्वजनिक कार्यों में लगता था, और कुल मिलाकर इन पदों के लिए संपूर्ण आय का एक-चौथाई भाग सुरक्षित होता था। बड़े अधिकारियों को बहुत अधिक वेतन मिलता था और इसमें कोष का एक बड़ा हिस्सा निकल जाता होगा। प्रधानमंत्री, पुरोहित और सेनाध्यक्ष को 48,000 पण, कोषाध्यक्ष और मुख्य समाहर्ता को 24,000 पण, तथा लेखापालों और लिपिकों को 500 पण मिलते थे; मंत्रियों को 12,000 पण और शिल्पियों को 120 पण दिए जाते थे। पण के मूल्य का कोई संकेत नहीं मिलता है और न ही यह बताया गया है कि कितने अंतराल के बाद वेतन दिया जाता था। लेकिन हिसाब लगाकर देखा जाए तो एक लिपिक और उच्चतम अधिकारी के वेतन में 1 : 96 का अनुपात बैठता है, और एक शिल्पी तथा मंत्री के वेतन में 1:100 का अनुपात है। सार्वजनिक कार्यों का क्षेत्र बहुत व्यापक था : सड़कों, कुओं और विश्रामगृहों का निर्माण तथा रखरखाव; सिंचाई परियोजनाएँ; सेना का रखरखाव; खानों एवं राजकीय निर्माणशालाओं का संचालन; और धार्मिक संस्थाओं तथा व्यक्तियों को दिए जानेवाले अनुदान; क्योंकि राजा का कोई निजी कोष नहीं होता था।

राजधानी के अंतर्गत क्षेत्र को छोड़कर, जिस पर प्रत्यक्ष शासन होता था, पूरा साम्राज्य चार प्रांतों में बँटा हुआ था। प्रत्येक प्रांत एक राजकुमार अथवा राजकुल के किसी सदस्य के अधीन होता था, जिसकी पद-मर्यादा महाराज्यपाल की होती थी। अपेक्षाकृत छोटी इकाइयों पर शासन करने के लिए राज्यपालों का चुनाव स्थानीय लोगों में से किया जाता था। प्रांतीय मंत्री शक्तिशाली होते थे और

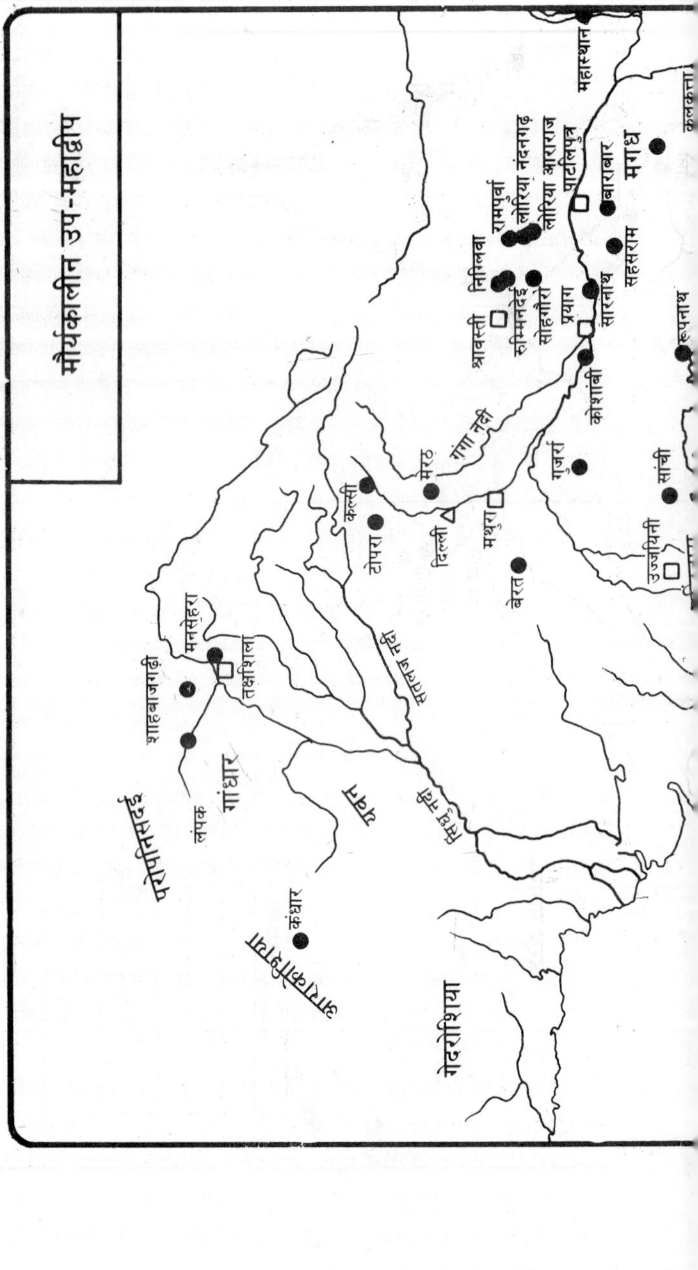
मौर्यकालीन उप-महाद्वीप
गेदरोशिया
आराकोशिया
कंधार
परोपनिसदई
लंपक
गांधार
शाहबाजगढ़ी
मनसेहरा
तक्षशिला
सिंधु नदी
सतलज नदी
टोपरा
कल्सी
दिल्ली
मेरठ
मथुरा
बेरत
गंगा नदी
गुजर्रा
कोशांबी
प्रयाग
श्रावस्ती
निग्लिवा
रुम्मिनदेई
सोहगौरा
रामपुर्वा
लौरिया नंदनगढ़
लौरिया आराराज
पाटलिपुत्र
सारनाथ
सहसराम
बाराबार
मगध
महास्थान
कलकत्ता
रूपनाथ
सांची
उज्जयिनी

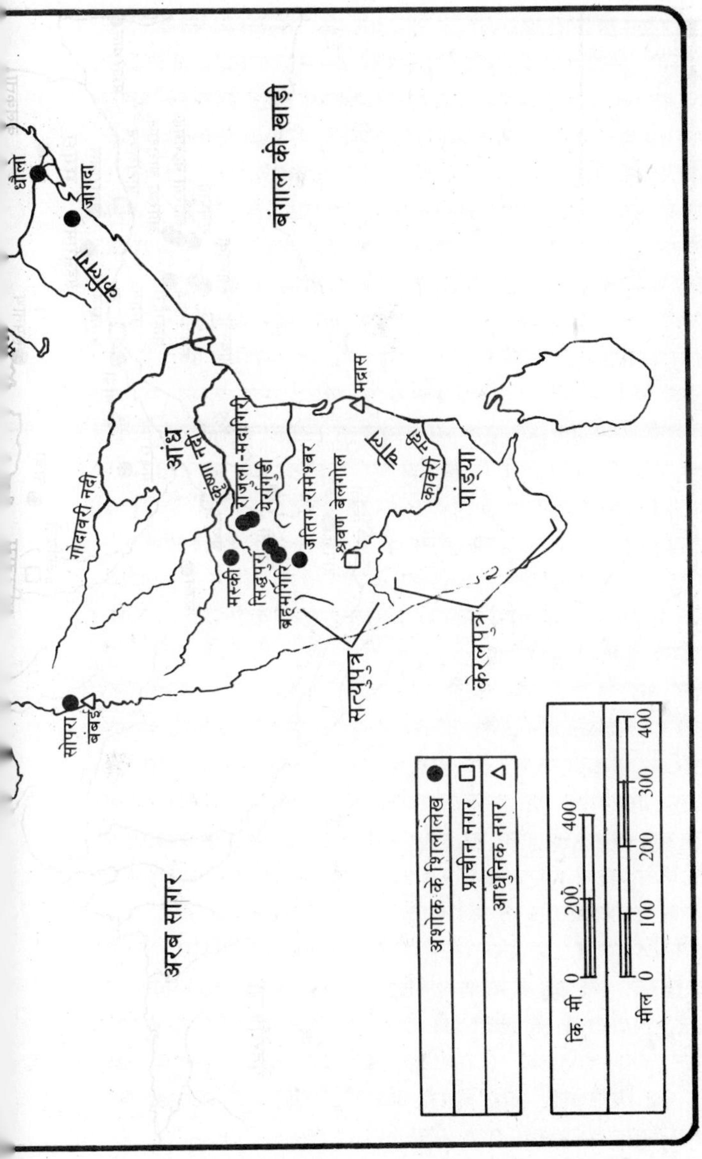

धौली
जौगढ़
कलिंग
बंगाल की खाड़ी
गोदावरी नदी
आंध्र
कृष्णा नदी
राजुला-मंदागिरि
येर्रागुडी
जतिंग-रामेश्वर
श्रवण बेलगोल
मद्रास
चोल
कावेरी नदी
पांड्या
मस्की
सिद्धपुर
ब्रह्मगिरि
सत्यपुत्र
केरलपुत्र
सोपरा
बंबई
अरब सागर
अशोक के शिलालेख
प्राचीन नगर
आधुनिक नगर
कि. मी. 0 200 400
मील 0 100 200 300 400

महाराज्यपाल पर अंकुश रख सकते थे। कई बार वे अपने क्षेत्र में शासक के रूप में भी कार्य करते थे। हिसाब-किताब की अतिरिक्त जाँच कराने और प्रांतीय प्रशासन पर अंकुश रखने के लिए अशोक हर पाँच वर्ष बाद निरीक्षकों को दौरे पर भेजता था। नगरों और ग्रामीण क्षेत्रों में विशेष रूप से नियुक्त न्यायाधिकारी होते थे। ग्रामांचलों में (जहाँ उन्हें राजुक कहा जाता था) वे अपने न्याय विषयक कार्यों के साथ करारोपण के कर्त्तव्य भी निबाहते थे, क्योंकि शायद ग्रामीण झगड़े मुख्यतया भूमि और उससे संबंधित प्रश्नों को लेकर ही हुआ करते थे। अधिकांश मामलों में आर्थिक दंड दिया जाता था। लेकिन कुछ अपराध इतने गंभीर समझे जाते थे कि उनके लिए अकेला अर्थ-दंड पर्याप्त नहीं था, और यद्यपि अशोक अहिंसा का समर्थक था, पर उसके द्वारा भी मृत्यु-दंड दिया गया था।

प्रत्येक प्रांत का उप-विभाजन जिलों में किया गया था, और प्रत्येक जिले का ग्राम-समूहों में, तथा प्रशासन की अंतिम इकाई ग्राम था। यह एक ऐसी प्रणाली थी जो शताब्दियों तक बहुत-कुछ अपरिवर्तित बनी रही। ग्राम-समूह में दो अधिकारी होते थे : एक लेखापाल और एक कर-समाहर्ता। लेखापाल सीमाओं की देखभाल करता था, भूमि तथा दस्तावेजों का पंजीकरण करता था, जनसंख्या की गणना तथा पशुओं का लेखा रखता था; और कर-समाहर्ता की जिम्मेदारी विभिन्न प्रकार के राजस्व उगाहना थी। प्रत्येक ग्राम के अपने पदाधिकारी होते थे, उदाहरण के लिए मुखिया, जो लेखापाल तथा कर-समाहर्ता के सामने उत्तरदायी था। ग्राम-प्रशासन में इस स्तर के अधिकारियों का वेतन या तो कर-छूट देकर या भूमि-अनुदान के द्वारा चुकाया जाता था।

नगर-प्रशासन का अपना अधिकारी वर्ग होता था। नगर-अधीक्षक शांति-व्यवस्था की रक्षा करने और नगर को साफ-सुथरा रखने का कार्य करता था। नगर आमतौर पर लकड़ी के बने हुए होते थे, जिससे अग्नि-निरोध संबंधी सावधानियाँ बरतना आवश्यक था। नगर-अधीक्षक की सहायता के लिए एक लेखापाल तथा एक कर-समाहर्ता होता था, जिनके कार्य ग्राम-समूह के लेखापाल तथा कर-समाहर्ता के सदृश थे। मेगस्थनीज ने पाटलिपुत्र के प्रशासन का विस्तृत वर्णन किया है। नगर पर शासन करने के लिए तीस अधिकारी थे, जो पाँच-पाँच की छह समितियों में बँटे हुए थे। प्रत्येक समिति के जिम्मे एक विभाग था और पूरे नगर-प्रशासन को निम्नांकित छह विभागों में बाँटा गया था : औद्योगिक-कलाओं से संबंधित मामले, विदेशियों के हितों की देख-भाल, जन्म और मृत्यु का पंजीकरण, व्यापार तथा वाणिज्य से संबंधित मामले, निर्मित वस्तुओं की सार्वजनिक बिक्री का निरीक्षण, और सबसे अंतिम, बिकी हुई वस्तुओं पर कर-संग्रह (यह क्रय-मूल्य का दसवाँ भाग होता था)।

मौर्य प्रशासन का एक बुनियादी पक्ष गुप्तचर प्रणाली थी। **अर्थशास्त्र** में गुप्तचरों के प्रचुर प्रयोग का अनुमोदन करते हुए परामर्श दिया गया है कि उन्हें एकांतवासियों, गृहस्थों, व्यापारियों, संन्यासियों, विद्यार्थियों, भिखारियों तथा

वेश्याओं के वेश में काम करना चाहिए। सामान्यतया नीति-निर्धारण का काम केंद्र में होता था, लेकिन गुप्तचर उसे स्थानीय हितों को दृष्टिगत रखते हुए कार्यान्वित करते थे। अशोक ऐसे अभिकर्ताओं की भी चर्चा करता है जो उसके पास तक समाचार पहुँचाते थे और सामान्यतया उसे लोकमत से अवगत रखते थे। यह एक ऐसा साधन था जिसके द्वारा राजा अपने साम्राज्य के सुदूरवर्ती भागों पर भी दृष्टि रखता था, और यह बात मौर्य शासन के लिए आवश्यक थी।

यही वह सारी पृष्ठभूमि है जिसमें अशोक ने भारतीय राजनीति और सामाजिक सिद्धांत के लिए एक नया विचार प्रस्तुत किया : इस विचार ने भारत में पिछले कुछ वर्षों में भी लोगों का बहुत अधिक ध्यान आकर्षित किया, जिसके फलस्वरूप अशोक अत्यंत लोकप्रिय* हो गया है। यह विचार उसके द्वारा की गई 'धम्म' की व्याख्या पर आधारित है। 'धम्म' संस्कृत शब्द 'धर्म' का प्राकृत रूप है, प्रस्तुत संदर्भ में जिसका अर्थ सार्वदेशिक विधान अथवा न्यायप्रियता, या कुछ और विस्तार दें तो, सामाजिक और धार्मिक व्यवस्था है जो हिंदू समाज में दिखाई पड़ती थी। तथापि, उस समय में वह शब्द कहीं अधिक सामान्य अर्थों का बोध कराता था और अशोक ने इसका अत्यंत व्यापक अर्थ में प्रयोग किया है जो उसकी राजविज्ञप्तियों से स्पष्ट है।

अशोक पर काम करनेवाले प्रारंभिक अध्येताओं ने सम्राट की अपनी राज-विज्ञप्तियों के साथ-साथ श्रीलंका से प्राप्त बौद्ध वृत्तांतों के साक्ष्यों का भी उपयोग किया है, जिससे स्वभावतः राजविज्ञप्तियों की व्याख्या में बौद्ध पूर्वग्रह आ गया है। कलिंग-युद्ध के बाद उसकी बौद्ध धर्म में आकस्मिक दीक्षा के अनुमान को नाटकीय रूप दिया गया और धर्म-परिवर्तन करते ही उसे बौद्ध निष्ठा के अवतार के रूप में चित्रित किया जाने लगा। एक इतिहासकार ने तो वास्तव में यहाँ तक लिख दिया कि वह एक ही समय में भिक्षु भी था और सम्राट भी। अशोक निस्संदेह बौद्ध मत की ओर आकर्षित हुआ था और बौद्ध सिद्धांतों पर आचरण भी करने लगा था। लेकिन उसके समय का बौद्ध मत मात्र एक धार्मिक विश्वास नहीं था, अपितु अनेक स्तरों पर वह एक सामाजिक और बौद्धिक आंदोलन भी था, जिसने समाज के अनेक पक्षों को प्रभावित किया था। ऐसी स्थिति में किसी भी कुशल राजनेता को इस आंदोलन के संपर्क में आना ही पड़ता।

अशोक के शिलालेख दो प्रकार के हैं। अपेक्षाकृत छोटे समूह के शिलालेखों में सम्राट द्वारा एक सामान्य बौद्ध के रूप में बौद्ध संघ के लिए की गई घोषणाएँ हैं। ये शिलालेख उसके द्वारा बौद्ध मत की स्वीकृति तथा संघ से उसके संबंध का वर्णन करते हैं। यहाँ एक ऐसे व्यक्ति का स्वर सुनाई पड़ता है जो अपने से मतभेद रखनेवाले के प्रति असहिष्णु है और संपूर्ण भाव से पक्का बौद्ध है, उदाहरण के लिए उस अनुच्छेद में जहाँ वह बहुत स्पष्ट शब्दों में कहता है कि बहुमत-विरोधी

* वर्तमान भारतीय गणतंत्र का प्रतीक-चिन्ह अशोक के एक चार सिंह वाले स्तंभ-शीर्ष से ग्रहण किया गया है।

भिक्षुओं और भिक्षुणिओं को संघ से बहिष्कृत कर देना चाहिए। एक अन्य शिलालेख में उन अनेक धर्मग्रंथों का उल्लेख है जिनसे सारे साधुवृत्त बौद्धों को परिचित होना चाहिए। किंतु इन सबसे कहीं अधिक महत्त्वपूर्ण शिलालेखों का वह बड़ा समूह है, जिसके अंतर्गत मुख्य तथा गौण चट्टान-लेखों के नाम से प्रसिद्ध, चट्टानों की सतहों पर अंकित लेख, और विशेष रूप से निर्मित स्तंभों पर अंकित लेख आते हैं, और इन सबकी स्थापना ऐसे स्थानों पर की गई, जहाँ जन-समूह के एकत्र होने की संभावना रहती थी। इन्हें संपूर्ण प्रजा के लिए की गई घोषणाएँ कहा जा सकता है। इनमें 'धम्म' की व्याख्या की गई है। मौर्यकालीन भारत के संदर्भ में 'धम्म' की यह संकल्पना ही है जिसमें अशोक की वास्तविक उपलब्धि निहित है। उसने 'धम्म' को औपचारिक धार्मिक विश्वासों द्वारा प्रेरित शुभ कर्म करने से उत्पन्न धार्मिकता के रूप में नहीं, बल्कि सामाजिक उत्तरदायित्व की एक वृत्ति के रूप में देखा। अतीत में इतिहासकार आमतौर पर अशोक के 'धम्म' की व्याख्या लगभग बौद्ध मत के पर्याय के रूप में करके यह संकेतित करते रहे हैं कि अशोक बौद्ध मत को राज-धर्म बनाना चाहता था। उसका ऐसा कोई इरादा था, यह संदेहास्पद है। 'धम्म' का उद्देश्य एक ऐसी मानसिक वृत्ति का निर्माण करना था जिसमें सामाजिक उत्तरदायित्व को, एक व्यक्ति के दूसरे के प्रति व्यवहार को, अत्यधिक महत्त्वपूर्ण समझा जाए। इसमें मनुष्य की महिमा को स्वीकृति देने और समाज के कार्यकलापों में मानवीय भावना का संचार करने का आग्रह था।

इस विचार की परीक्षा करते समय उन परिस्थितियों का विश्लेषण आवश्यक है जिन्होंने इसे जन्म दिया। कुछ अंशों में यह एक नीति थी जो अशोक के मन में पनप रही थी, लेकिन, क्योंकि उसने इसके माध्यम से अधिकांशतया तत्कालीन समस्याओं का समाधान खोजना चाहा, अतः इन समस्याओं के प्रकाश में ही इसके वास्तविक स्वरूप का मूल्यांकन किया जा सकता है। अशोक के निजी विश्वासों और उसके तात्कालिक परिवेश ने निस्संदेह इस नीति को रूप देने में हिस्सा बँटाया है। एक परिवार के रूप में मौर्यों का झुकाव निरीश्वरवादी मतों के समर्थन की ओर था, यद्यपि उन्होंने ब्राह्मण धर्म पर कभी आक्रमण नहीं किया। जैसाकि हम देख चुके हैं, इन संप्रदायों के संघात से और बहुमत-विरोधियों के कारण सामाजिक ढाँचे में तनाव और अंतर्विरोध पैदा हुए। इसके अतिरिक्त और भी तनाव थे, जो वणिक समुदाय की मर्यादा, नगर केंद्रों में शिल्प-श्रेणियों की शक्ति, अत्यधिक केंद्रीयकृत राजनीतिक प्रणाली के दबाव और स्वयं साम्राज्य के विशाल आकार से पैदा हुए थे। स्पष्ट है कि मौर्य साम्राज्य की प्रजा को इन विरोधी शक्तियों का सामना करने के लिए किसी केंद्र की अथवा एक सामान्य दृष्टिकोण की अपेक्षा थी, किसी ऐसे विचार की जो उन्हें एक-दूसरे के निकट ला सके और उनके भीतर एकता की भावना उत्पन्न कर सके। मौर्यकालीन भारत के ढाँचे को देखते हुए, ऐसा कोई केंद्र तभी सफल हो सकता था जब वह सम्राट की ओर से उद्भूत हो। समन्वय उत्पन्न करनेवाले सिद्धांतों की खोज में अशोक ने हर प्रश्न के बुनियादी

पक्षों पर अपना ध्यान केंद्रित किया, और उसके फलस्वरूप 'धम्म' के नाम से प्रसिद्ध नीति का जन्म हुआ।

'धम्म' के सिद्धांत हर धार्मिक संप्रदाय से संबंध रखनेवाले लोगों के लिए स्वीकार्य थे, और इसकी व्याख्या विधि-विधान के रूप में नहीं की गई थी। ऐसा प्रतीत होता है कि इस प्रकार के विवरणों को जान-बूझकर अस्पष्ट छोड़ दिया गया था, केवल उस व्यापक नीति का उल्लेख किया गया था जो सामान्य व्यवहार को नए साँचे में ढालने के लिए आवश्यक थी। बुनियादी सिद्धांतों में अशोक ने सबसे ज्यादा बल सहिष्णुता पर दिया, जो, उसके अनुसार, दो प्रकार की थी : स्वयं व्यक्तियों की सहिष्णुता, और साथ ही उनके विचारों तथा विश्वासों की सहिष्णुता। इसकी परिभाषा वह इस प्रकार करता है :

> ...दासों एवं सेवकों के प्रति संवेदना; माता-पिता की आज्ञा का पालन; मित्रों, परिचितों और संबंधियों, तथा पुरोहितों और भिक्षुओं के प्रति उदारता...किंतु देवताओं का प्रिय प्रतिष्ठा के उपहारों को उतना महत्त्वपूर्ण नहीं मानता जितना सब संप्रदायों की मूलभूत उन्नति को। इसका आधार अपनी वाणी का नियंत्रण है जिससे कोई अनुपयुक्त अवसरों पर अपने स्वयं के संप्रदाय की अत्यधिक प्रशंसा न करे अथवा किसी दूसरे के संप्रदाय की अवमानना न करे...हर अवसर पर आदमी को दूसरे आदमी के संप्रदाय का आदर करना चाहिए, क्योंकि ऐसा करके वह स्वयं अपने संप्रदाय का प्रभाव बढ़ाता है और दूसरे आदमी के संप्रदाय को लाभ पहुँचाता है, जबकि अन्यथा आचरण करके वह स्वयं अपने संप्रदाय को हानि पहुँचाता है...इसलिए सहमति काम्य है जिससे मनुष्य एक-दूसरे के सिद्धांतों को सुन सकें...[5]

पूरे वातावरण में सामंजस्य उत्पन्न करने की दृष्टि से मतभेदों को दबाने के लिए यह एक दलील थी। तथापि, यह तर्क दिया जा सकता है कि सहिष्णुता का सर्वोत्तम रूप तभी उजागर होगा जब हम मतभेदों को खुलकर अभिव्यक्ति दें और उन्हें स्वीकार करें और साथ-ही-साथ उन्हें सहन भी करें। मतभेदों को दबाने से छिपे हुए तनाव और उग्र ही होते हैं। इसीलिए ऐसा लगता है कि सम्राट को मतभेदों की अभिव्यक्ति पर लोगों के आवेश में आ जाने का भय था। उसने समारोहों और सभाओं पर प्रतिबंध लगा दिया था, और यह संभव है कि इस प्रतिबंध के पीछे कोई राजनीतिक प्रयोजन रहा हो, क्योंकि इस प्रकार के जन-समावेश में विरोध का सूत्रपात हो सकता था।

अहिंसा 'धम्म' का एक और बुनियादी सिद्धांत था। अहिंसा का तात्पर्य था युद्ध तथा हिंसा द्वारा विजय-प्राप्ति का त्याग और जीव-हत्या का निरोध। लेकिन वह पूर्ण अहिंसा के लिए आग्रहशील नहीं था। वह मानता था कि ऐसे अवसर होते है जब हिंसा अपरिहार्य होती है, उदाहरण के लिए वन्य आदिवासियों के उत्पीड़क हो उठने पर। युद्ध से उत्पन्न होनेवाली व्यापक शारीरिक और मानसिक पीड़ाओं का बहुत ही मर्मस्पर्शी चित्रण करके, सम्राट एक अनुच्छेद में घोषित करता है कि 'धम्म' का पालन करते हुए भविष्य में वह शक्ति के प्रयोग से विरत रहेगा। वह यह भी कहता है कि उसके उत्तराधिकारी शक्ति के बल पर विजय प्राप्त न करें तो बेहतर होगा, किंतु यदि उन्हें ऐसा करना ही पड़े तो वह आशा करता है कि इस

विजय का संचालन अधिकतम दया और सहृदयता के साथ किया जाएगा।

'धम्म' की नीति में ऐसे कार्य भी शामिल थे जो आज नागरिकों के कल्याण से संबंधित हैं। सम्राट का दावा है कि :

> सड़कों पर मैंने वट-वृक्ष लगवाए हैं जो पशुओं और मनुष्यों को छाया देंगे। प्रत्येक नौ मील की दूरी पर आम के बगीचे लगाए हैं और मैंने कुएँ खुदवाए हैं और विश्राम-गृह बनवाए हैं... और मैंने प्रत्येक स्थान पर पशुओं और मनुष्यों के उपयोग के लिए बहुत-सी प्याऊ लगवाई हैं। अवश्य यह लाभ महत्त्वपूर्ण है, और वस्तुतः संसार ने पूर्ववर्ती राजाओं से, और मुझसे भी कई तरह की सुविधाओं का उपभोग किया है। किंतु मैंने यह सब कार्य इसलिए किए हैं कि मेरी प्रजा 'धम्म' के अनुसार आचरण करे।[6]

अंधविश्वासों के फलस्वरूप जो 'निरर्थक अनुष्ठान और यज्ञ' होते थे, उदाहरण के लिए, जो इस उद्देश्य से प्रेरित होकर किए जाते थे कि यात्रा सुरक्षित रूप से संपन्न हो अथवा बीमारी से शीघ्र छुटकारा मिले, उनकी अशोक ने बहुत स्पष्ट शब्दों में निंदा की है। नीची श्रेणी के ब्राह्मण अपने जीवन-यापन के लिए इसी प्रकार के अनुष्ठानों पर निर्भर करते थे। 'धम्म' की नीति को क्रियान्वित करने के लिए अशोक ने धर्माधिकारियों की नियुक्ति की। उनका कार्य इस नीति का प्रचार करना था। किंतु ऐसा प्रतीत होता है कि धीरे-धीरे उन्होंने 'धम्म' के पुरोहितों का रूप धारण कर लिया, जिन्हें प्रजा के जीवन में हस्तक्षेप करने के व्यापक अधिकार प्राप्त थे, और इस प्रकार कुछ सीमा तक उनकी नियुक्ति का मूल उद्देश्य ही नष्ट हो गया।

जो हो, 'धम्म' की नीति सफल नहीं हुई। हो सकता है कि इसका कारण 'धम्म' को स्वीकृत कराने में अशोक की अत्यधिक व्यग्रता अथवा उसकी अपनी दुर्बलता रही हो, क्योंकि अपने शासन के अंतिम दिनों में वह 'धम्म' को लेकर बहुत अधिक उद्विग्न रहने लगा था। इस नीति की अवधारणा तत्कालीन समस्याओं का, जो समाधान खोजन के लिए की गई थी, बुनियादी तौर पर वही समाधान देने में यह असफल रही। सामाजिक तनाव ज्यों-के-त्यों बने रहे, सांप्रदायिक संघर्ष बराबर चलते रहे। एक दृष्टि से 'धम्म' बड़ा अनिश्चित समाधान था, क्योंकि समस्याएँ व्यवस्था की जड़ों में थीं। फिर भी अशोक सराहना का पात्र है कि उसने एक पथ-प्रदर्शक सिद्धांत की आवश्यकता को महसूस किया और ऐसा एक सिद्धांत प्रस्तुत करने की चेष्टा की।

अशोक ने सैंतीस वर्ष तक शासन किया और 232 ई. पू. में उसकी मृत्यु हो गई। उसकी मृत्यु के साथ ही राजनीतिक ह्रास का सूत्रपात हुआ और जल्दी ही मौर्य साम्राज्य छिन्न-भिन्न हो गया। गंगा घाटी का क्षेत्र और पचास वर्षों तक मौर्यों के शासन में रहा। 180 ई. पू. के लगभग उत्तर-पश्चिमी क्षेत्र पर बैक्ट्रिया के यूनानियों ने अधिकार कर लिया था। इस राजनीतिक ह्रास के कारण कुछ सीमा तक वही थे जो हाल के वर्षों तक भारतीय उपमहाद्वीप के अधिकांश साम्राज्य के पतन के लिए उत्तरदायी रहे हैं। अतीत में निश्चय के साथ कहा जाता रहा है कि

मौर्य साम्राज्य का पतन मुख्यतया अशोक की नीतियों के कारण हुआ। अपनी बौद्ध समर्थक नीति के कारण उसे ब्राह्मणों में विद्रोह उत्पन्न करने के लिए दोषी ठहराया गया है। किंतु उसकी सामान्य नीति न तो विशिष्ट रूप से बौद्ध-समर्थक थी और न ब्राह्मण-विरोधी। उसे सब या कोई एक स्वीकार या अस्वीकार कर सकता था। यह भी कहा गया है कि अहिंसा के प्रति उसके मोहावेश ने सेना को कायर बना दिया था, जिससे बाहरी शक्तियों के लिए भारत पर आक्रमण करना सरल हो गया था। किंतु उसकी अहिंसा ऐसी अवास्तविकतावादी नहीं थी, और न ही उसकी राजविज्ञप्तियों से यह ध्वनित होता है कि उसने सेना को कमजोर बना दिया था।

मौर्य साम्राज्य के पतन के अधिक संभावित कारण दूसरे ही थे। यह धारणा अधिक सही प्रतीत होती है कि मौर्य अर्थव्यवस्था पर बहुत अधिक दबाव पड़ रहा था। सेना के रक्षणावेक्षण के लिए, और अधिकारियों को वेतन देने तथा नई साफ की गई भूमि पर बस्तियाँ बसाने के लिए बहुत बड़े परिमाण में राजस्व की आवश्यकता ने कोष को निश्चित रूप से भारग्रस्त किया होगा। हालाँकि मौर्य-काल के नागरिक-स्थलों की खुदाई से प्रारंभिक चरणों में विस्तारशील अर्थव्यवस्था का संकेत मिलता है, किंतु परवर्ती मौर्य-काल में सिक्कों के खोटेपन से एक दूसरा ही चित्र सामने आता है। परवर्ती मौर्य राजाओं से संबंधित कहे जानेवाले सिक्कों में चाँदी का अंश घटते जाने का यह अर्थ लगाया गया है कि अर्थव्यवस्था पर भयानक दबाव था, क्योंकि राजस्व-प्राप्ति के सामान्य साधन मौर्य साम्राज्य के लिए पर्याप्त नहीं थे। किंतु यही एकमात्र निष्कर्षात्मक प्रमाण नहीं है। कुछ दूसरे आर्थिक तत्त्वों का प्रस्तुत प्रश्न पर अधिक सीधा प्रभाव था। हालाँकि गंगा घाटी में कृषि अर्थव्यवस्था का प्राधान्य था, किंतु पूरे साम्राज्य के आर्थिक ढाँचों तथा राजस्व में पर्याप्त विभिन्नता दिखाई पड़ती थी। इसने स्पष्ट ही आर्थिक संतुलन को बिगाड़ दिया होगा, क्योंकि कृषि क्षेत्रों से प्राप्त राजस्व सारे साम्राज्य की आवश्यकताओं को पूर्ण करने के लिए पर्याप्त नहीं था।

एक साम्राज्यवादी ढाँचे के लिए दो मूलभूत बातें आवश्यक हैं : सुसंगठित प्रशासन तथा प्रजा की राजनीतिक निष्ठा। मौर्यों का प्रशासन यद्यपि व्यावहारिक दृष्टि से सुसंगठित था, उसमें एक बुनियादी कमजोरी थी जिसके कारण उसका असफल सिद्ध होना अवश्यंभावी था। इस प्रणाली में नौकरशाही का बहुत ज्यादा केंद्रीयकरण था, जिसमें मूल केंद्रबिंदु शासक था, और सारी निष्ठा का लक्ष्य व्यक्तिगत रूप से राजा होता था। राजा के परिवर्तित होने का अर्थ निष्ठा की नए सिरे से स्थापना, या, इससे भी बुरी बात, अधिकारियों का परिवर्तन था, क्योंकि नियुक्तियों की प्रणाली निरंकुश थी, जिसमें महाराज्यपालों द्वारा नियुक्त स्थानीय राज्यपाल अपनी इच्छा के अनुसार अपने अधिकारियों का चुनाव करते थे; और फिर पूरे शासन-तंत्र में नियुक्तियों के मामले को लेकर यही पद्धति दोहराई जाती थी। नियुक्ति का अधिकार और प्रशासनिक सत्ता एक ही सामाजिक वर्ग के हाथ में

थी, और वह स्थानीय था, जिसका यह अर्थ भी हुआ कि स्थानीय गुट स्थानीय प्रशासन पर प्रभुत्व जमा सकते थे। इसका निराकरण किया जा सकता था बशर्ते कि नियुक्तियों का कोई ऐसा तरीका अपनाया जाता, जिससे कुछ सामाजिक वर्गों और स्थानीय गुटों के प्रबल होने की संभावना को समाप्त किया जा सकता है। इस सिलसिले में चीनी परीक्षण प्रणाली जैसी किसी चीज़ की शक्यता मन में आती है। अगर मौर्यों ने भी ऐसी ही प्रणाली को अपनाया होता तो उनका प्रशासनिक ढाँचा इस योग्य हो सकता था कि मौर्य साम्राज्य अधिक दिनों तक जीवित रहे। लोकमत को स्थायित्व प्रदान करने के लिए किसी प्रकार की प्रतिनिधि संस्थाओं के न होने से समस्या और जटिल हो गई। निश्चित बात है कि मौर्यों द्वारा प्रयुक्त गुप्तचर प्रणाली ने राजनीतिक और प्रशासनिक दोनों क्षेत्रों में बहुविध तनाव उत्पन्न किए होंगे।

राजनीतिक निष्ठा के अनिवार्य तत्त्वों में राज्य के प्रति निष्ठा भी निहित है, क्योंकि राज्य एक ऐसी संकल्पना है जो कुल मिलाकर राजा तथा शासनतंत्र से ऊपर है। भारत में प्रजातंत्रों के पतन के साथ राज्य की संकल्पना भी पृष्ठभूमि में खो गई। राजतंत्रात्मक प्रणाली, जिसका बहुत बड़ा अवलंब धार्मिक कट्टरता थी, धीरे-धीरे राज्य की संकल्पना को धूमिल करने में प्रवृत्त रही, और फलतः निष्ठा का लक्ष्य अब सामाजिक व्यवस्था हो गई।

वर्ण तथा राजनीति की पारस्परिक निर्भरता ने धीरे-धीरे ऐसी स्थितियाँ उत्पन्न कर दीं जिनमें वर्ण को किसी भी राजनीतिक संस्था से अधिक मर्यादा प्राप्त हो गई। आंशिक रूप से इस बात को राजत्व के प्रति बदलते हुए रवैये तथा राजा के कार्यों में देखा जा सकता है। प्रारंभ में ब्राह्मण स्रोतों ने राजा के देवत्व पर बल दिया था, किंतु बौद्धों और जैनों ने राज्य के उद्भव के लिए अनुबंधात्मक संकल्पना प्रस्तुत की। एक नियंत्रक सत्ता की आवश्यकता पर बल देने के लिए ब्राह्मण स्रोतों ने भी अनुबंध का विचार प्रस्तुत किया, जिसके अनुसार न केवल राजा में देवत्व की प्रतिष्ठा बल्कि उसकी मर्यादा और सत्ता का उत्स भी प्रजा और देवताओं के बीच संपन्न एक अनुबंध था। मत्स्यन्याय के प्रारंभिक सिद्धांत ने अराजकता के भय को जन्म दिया, जो विधि-व्यवस्थारहित समाज में अवश्यंभावी बात समझी जाती थी। राज्य के अस्तित्व के लिए दो उपादानों को धीरे-धीरे अनिवार्य स्वीकार किया जाने लगा। इनमें से एक दंड था, जिससे राज्य को बल प्रयोग करने और कानून का पालन कराने की शक्ति मिली; और दूसरा धर्म, जो सबकुछ की तुलना में कहीं अधिक महत्त्वपूर्ण हो गया। धीरे-धीरे धर्म ने राज्य की संकल्पना का स्थान ले लिया। दैवी राजा भी अब अटल नहीं रह गया था, क्योंकि एक अन्यायी राजा को सिंहासनच्युत किया जा सकता था।

राजनीति के सिद्धांत-ग्रंथों में सर्वोच्च सत्ता अनुभवसिद्ध स्तर पर राजा तथा शासनतंत्र की थी और अमूर्त स्तर पर धर्म की। राजा का कार्य सामाजिक व्यवस्था की रक्षा करना और उसे कायम रखना था। इस व्यवस्था में परिवर्तन क्योंकि बहुत

धीमी गति से हुआ, इसलिए वह आसानी से लक्ष्य नहीं किया जा सकता था, और अटूट निष्ठा का सिलसिला बना रहता था। सामाजिक व्यवस्था की स्वीकृति दैवी स्रोतों से मिलती थी, जिससे एक पवित्र कर्त्तव्य के रूप में उसकी रक्षा करना और भी आवश्यक हो जाता था। सामाजिक व्यवस्था के प्रति निष्ठा की प्रेरणा स्थानीय स्तर पर, अधिकांशतया वर्ण-संस्था के माध्यम से मिलती थी, और इस बात ने व्यापक स्तर पर एकता के अभाव को जन्म दिया।

180 ई. पू. तक भारत में साम्राज्यवादी शासन का पहला प्रयोग समाप्त हो गया। बाद की शताब्दियों में और प्रयोग हुए, किंतु परिस्थितियाँ कभी एक जैसी नहीं रहीं। केंद्रीय नियंत्रण और निर्देशन भी उस सीमा तक नहीं रहा, क्योंकि परवर्ती काल में राजा और प्रजा के बीच, पदाधिकारियों और भूमिपतियों के रूप में कुछ मध्यस्थ आ गए, जिन्हें राजा ने अपने बहुत-सारे अधिकार सौंप रखे थे। बंजर भूमि का तीव्र गति से विकास हुआ, जिससे ऐसा क्षेत्र कम रह गया जिसमें खेती न होती हो। एक विशाल सेना रखने और साम्राज्य के उद्यमों को आर्थिक सहायता देने के लिए पर्याप्त राजस्व मिलने का आश्वासन कम हो गया। साम्राज्य स्थापित करने की इच्छा तो लुप्त नहीं हुई, किंतु उसमें वह बाध्यता और तीव्रता नहीं रह गई, जिससे पहले साम्राज्यों का निर्माण हुआ था।

5. साम्राज्य का विघटन

लगभग 200 ई. पू. से 300 ई. तक

मौर्यकाल की समाप्ति के बाद भारत में राजनीतिक घटनाओं में बिखराव आ गया, जिसका संबंध अनेक राजाओं, युगों और प्रजाओं से था। इस काल के इतिहास की जानकारी जहाँ कहीं से भी संभव हुआ प्राप्त की गई, यहाँ तक कि देशांतरवर्ती शू-मा-चियन द्वारा लिखित चीन के इतिहास से भी सहायता ली गई। जबकि प्रायद्वीप और दक्षिणी भारत के लोग अपना स्वतंत्र व्यक्तित्व बनाने के लिए प्रयत्नशील थे, उत्तरी भारत मध्य एशिया में होनेवाली घटनाओं के वात्याचक्र में फँसा हुआ था। दूसरी शताब्दी ई. पू. में उपमहाद्वीप अनेक राजनीतिक अंचलों में विभक्त हो गया, और हर अंचल की अपनी महत्त्वाकांक्षा थी। ऊपर से देखने पर ऐसा प्रतीत नहीं होता कि इनके बीच कोई संयोजक तत्त्व था। पर वह तत्त्व था जरूर, भले ही राजनीतिक घटनाओं में वह दृष्टिगोचर न होता हो।

180 ई. पू. में मौर्य साम्राज्य का जो अवशेष रह गया था उसके तात्कालिक उत्तराधिकारी शुंग हुए, जिनका संबंध एक अज्ञात मूल के ब्राह्मण परिवार से था। शुंग पश्चिम भारत के उज्जैन अंचल से आए थे, जहाँ वे मौर्यों के अंतर्गत अधिकारी थे। इस राजवंश के संस्थापक पुष्यमित्र ने अंतिम मौर्य सम्राट की हत्या करके राजसिंहासन पर अधिकार कर लिया था। बौद्ध स्रोतों का कहना है कि उसने बौद्धों पर अत्याचार किए और उनके मठों तथा मंदिरों का, विशेष रूप से जिन्हें अशोक ने बनवाया था, ध्वंस किया। यह स्पष्ट रूप से अतिशयोक्ति है, क्योंकि पुरातात्त्विक साक्ष्यों से प्रकट होता है कि बौद्ध स्मारकों का इस काल में नवीनीकरण किया जा रहा था। तथापि, पुष्यमित्र ब्राह्मण कर्मकांड का पक्का समर्थक था (जो आश्चर्य की बात नहीं है, क्योंकि वह स्वयं ब्राह्मण था), और उसके द्वारा दो अश्वमेध यज्ञ संपन्न किए जाने की बात प्रसिद्ध है।

शुंगों को निरंतर युद्धों में व्यस्त रहना पड़ा : उन्होंने उत्तरी दक्खन में अपने दक्षिणी पड़ोसियों के विरुद्ध, पश्चिमोत्तर में यूनानी आक्रमणकारियों के विरुद्ध और दक्षिण-पूर्व में कलिंग के राजा के विरुद्ध सैन्य-संचालन किया। मूलतः शुंग राज्य में लगभग सारी गंगा घाटी और उत्तरी भारत के कुछ भाग शामिल थे, हालाँकि कुछ अंचल उनके प्रत्यक्ष नियंत्रण में नहीं थे और उन्होंने केवल अपनी राजनिष्ठा शुंगों को समर्पित की थी। तथापि, सौ वर्षों के भीतर ही राज्य

घटता-घटता अकेले मगध में सीमित रह गया, और यहाँ भी उनकी स्थिति बहुत अच्छी नहीं थी। अगली अर्द्ध-शताब्दी तक शुंगों के उत्तराधिकारी कण्वों के शासन में भी, जिन्होंने 28 ई. पू. तक राज्य किया था, यही स्थिति बनी रही।

मगध के शासकों के लिए कलिंग बराबर चिंता का विषय रहा। पहली शताब्दी ई. पू. के मध्य में राजा खारवेल के शासन में कलिंग राज्य शक्तिशाली हुआ था। उड़ीसा स्थित हाथीगुंफा में उसके द्वारा अंकित कराया हुआ एक लंबा शिलालेख मिला है, जिसमें और बातों के अतिरिक्त उसके जीवन की घटनाओं का भी वर्णन है। यह शिलालेख मानसिक उलझन बढ़ानेवाला है, क्योंकि यह बुरी तरह और इस तरीके से क्षतिग्रस्त हुआ है कि इसमें लिखे नामों को दो प्रकार से पढ़ा जा सकता है। खारवेल जैन था, परंतु कट्टर जैन होते हुए भी वह सैनिक विजय में विश्वास रखता था और उसने विभिन्न दिशाओं में सफलतापूर्वक सैन्य-संचालन किया था। उसका दावा है कि उसने पश्चिमी दक्खन के राजा को पराजित किया था, उत्तर में राजगृह पर अधिकार किया था और मगध पर विजय प्राप्त की थी, पश्चिमोत्तर में यूनानियों पर आक्रमण किया था, और अंततः प्रायद्वीप के दक्षिण में पांड्य राज्य के अनेक भागों को पददलित किया था, जहाँ बाद में उसने पांड्य शासकों के प्रति अपनी तीव्र घृणा को अभिव्यक्त करने के लिए गधे से हल चलवाया था। खारवेल नंदों द्वारा सिंचाई के लिए बनवाई गई नहरों की चर्चा करता है और इस बात में गौरव अनुभव करता है कि उसने स्वयं भी इस दिशा में प्रयत्न किए। मौर्यों की इसमें कोई चर्चा नहीं है, हो सकता है यह शिलालेख के उन भागों में हो जो अब दुष्पठ्य है। और फिर, संभवतः अशोक के आक्रमण की स्मृति कलिंगवासियों के मन में अब तक सालती थी। अपने विजय-अभियानों की चर्चा के अतिरिक्त, उसने प्रजा के कल्याण के लिए विशाल धनराशि व्यय करने की बात भी साधिकार कही है। यह शिलालेख बहुत कुछ अलकृत और आडंबरपूर्ण शैली में है और इसका अधिकांश निस्संदेह राजा का प्रशस्ति-गान करने के लिए लिखा गया है। खारवेल की मृत्यु के पश्चात कलिंग राज्य में फिर से निष्क्रियता आ गई।

पश्चिमोत्तर भारत में अलेक्जैंडर का आक्रमण यूनान तथा भारत को किसी तात्त्विक दृष्टि से निकट लाने में असफल रहा था। यूनानियों और भारतीयों का पारस्परिक संपर्क बाद में, दूसरी शताब्दी ई. पू. में उन यूनानी राजाओं के माध्यम से बढ़ा, जिनका शासन पश्चिमोत्तर में था और जो इंडो-ग्रीक कहलाते थे। ईरान में एकेमेनिड वंश के शासन की समाप्ति और अलेक्जैंडर की मृत्यु से ईरान तथा उसके निकटवर्ती क्षेत्र में अलेक्जैंडर के भूतपूर्व सेनापतियों द्वारा शासित राज्यों की स्थापना हो गई। राज्यों का निर्माण करने की प्रक्रिया में बैक्ट्रिया के यूनानी शासकों और पार्थिया के ईरानी शासकों ने इस अवसर का पूरा लाभ उठाया, और तीसरी शताब्दी ई. पू. के मध्य में वे सेल्यूसिड नियंत्रण से मुक्त होकर व्यावहारिक दृष्टि से प्रायः पूरी तरह स्वतंत्र हो गए।

प्रारंभ में इन दोनों में बैक्ट्रिया अधिक शक्तिशाली था। यह हिंदूकुश तथा

ऑक्सस के बीच अवस्थित एक उपजाऊ और प्राकृतिक साधनों से भरपूर अंचल था। इसके अतिरिक्त गांधार से फारस तक का मुख्य उत्तरी मार्ग, और फारस से कृष्ण सागर तथा यूनान तक का मार्ग बैक्ट्रिया होकर जाता था। बैक्ट्रिया में यूनानी बस्तियों का जन्म एकेमेनिड काल (लगभग पाँचवीं शताब्दी ई. पू.) में उस समय हुआ था जब फारस के सम्राटों ने यूनानी निर्वासितों को इस अंचल में बसाया था। बैक्ट्रिया के सिक्कों से स्पष्ट है कि उसने यूनान के साथ घनिष्ठ संबंध रखे थे। (उदाहरण के लिए, सोफाइट्स के सिक्के एथेन्स राज्य के 'उलूक' सिक्कों पर आधारित हैं)। इस अंचल के उपजाऊपन और उसकी व्यापारिक सुविधाओं के फलस्वरूप यहाँ बड़े-बड़े और समृद्ध नगरों का विकास हुआ।

बैक्ट्रिया के राज्यपाल डायोडोटस ने सेल्यूसिड राजा एंटिओकस के विरुद्ध विद्रोह किया। एंटिओकस इस विद्रोह को दबाने में मुख्यतया इसलिए असमर्थ रहा कि वह पूर्वी मध्यसागर में उलझा हुआ था जहाँ उसके बुनियादी स्वार्थ निहित थे। फलतः डायोडोटस स्वतंत्र हो गया। बैक्ट्रिया की स्वाधीनता को नष्ट करने के लिए सेल्यूसिड राजाओं ने कई प्रयत्न किए, पर उन्हें सफलता नहीं मिली। अंततः 200 ई. पू. में उन्होंने बैक्ट्रिया की स्वाधीनता को मान्यता दे दी और डायोडोटस के प्रपौत्र को सेल्यूसिड वधू समर्पित की गई। बैक्ट्रिया पर बार-बार आक्रमण करने का सेल्यूसिड राजा के लिए एकमात्र ठोस लाभ एक गौण आक्रमण था, जिसमें उसने हिंदूकुश पर्वतों को पार करके एक अज्ञात भारतीय राजा सुभगसेन को पराजित किया, और उससे बहुत-से हाथी तथा काफी लूट का माल प्राप्त किया।

206 ई. पू. में सुभगसेन की पराजय स प्रकट हुआ कि भारत का पश्चिमोत्तर उस समय रक्षित नहीं था। यूथीडेमस का पुत्र डेमेट्रियस (जिसने सेल्यूसिड राजा को परास्त किया था) दक्षिण-पूर्व की ओर सेना लेकर बढ़ा। उसने अराकोसिया तथा गेडरोसिया (आधुनिक दक्षिणी अफगानिस्तान और मकरान क्षेत्र) को जीत लिया। डेमेट्रियस द्वितीय अधिक महत्त्वाकांक्षी था, और वह पंजाब को पार कर धीरे-धीरे सिंधु घाटी होता हुआ उसके मुहाने और कच्छ तक पहुँच गया। इस प्रकार उसने पश्चिमोत्तर भारत में इंडो-यूनानी सत्ता की स्थापना की।

इंडो-यूनानी राजाओं में सबसे ज्यादा स्मरणीय निस्संदेह मेनांडर है, जिसने बौद्ध ग्रंथ **मिलिन्द-पान्हो** (राजा मिलिन्द के प्रश्न) में मिलिन्द नाम से ख्याति अर्जित की थी। **मिलिन्द-पान्हो** बौद्ध मत पर प्रश्नोत्तर के रूप में एक विचार-विमर्श है जो संभवतः मेनांडर और बौद्ध दार्शनिक नागसेन के मध्य हुआ था और जिसके परिणामस्वरूप मेनाडंर ने बौद्ध मत स्वीकार कर लिया था। मेनांडर ने भारत में अपनी सीमाओं का विस्तार करने के अतिरिक्त, इंडो-यूनानी सत्ता को स्थायित्व प्रदान किया। अपने शासन-काल—155 से 130 ई. पू.—में उसका अधिकार स्वात घाटी और हजारा जिले पर तथा पंजाब में रावी नदी तक हो गया था। उसके सिक्के उत्तर में काबुल तक और दिल्ली में मथुरा तक मिले हैं। इसमें कोई संदेह नहीं कि उसने गंगा घाटी अंचल को जीतने का प्रयत्न किया था

लेकिन वह उसे अपने अधिकार में नहीं रख सका। यदि पाटलिपुत्र में नहीं तो यमुना क्षेत्र में अवश्य ही उसने शुंगों पर आक्रमण किया होगा। उसकी मृत्यु के बाद उसका शरीर जलाया गया. और वह इतना लोकप्रिय था कि उसकी भस्म के लिए पश्चिमोत्तर के विभिन्न नगरों ने एक-दूसरे की स्पर्द्धा की। लेकिन ऐसा प्रतीत होता है कि यूनानी लोग यहाँ बुद्ध की मृत्यु से संबंधित किंवदंती को मेनांडर से संबंधित समझने की भूल कर रहे थे।

इंडो-यूनानी इतिहास का पुनर्निर्माण मुख्यतः उसके सिक्कों के साक्ष्य पर हुआ, जिन पर यूनानी भाषा में और बाद में ब्राह्मी में भी किंवदंतियाँ अंकित हैं। अतएव ये साक्ष्य अक्सर भ्रमोत्पादक हैं, क्योंकि अनेक राजाओं के एक-जैसे नाम थे और सिक्कों से उनकी अलग-अलग पहचान करना हमेशा संभव नहीं होता। मेनांडर के बाद ऐसा प्रतीत होता है कि शासक अवयस्क था और इसलिए शासन-प्रबंध उसके अभिभावकों के हाथ में रहा, जिसके बाद स्ट्राटो का शासन स्थापित हुआ। इस बीच यूक्रेटाइड्स वंश, जो यूथीडेमस वंश से निकला था और जिससे संभवतया प्रथम डेमेट्रियस अलग हो गया था, बैक्ट्रिया में राज्य कर रहा था और धीरे-धीरे काबुल से आगे बढ़कर तथा तक्षशिला को अपने राज्य में मिलाकर गांधार पर लोलुप दृष्टि जमाए था। यह उल्लेख मिलता है कि पार्थिया हिंदूकुश के पार की भूमि में दिलचस्पी ले रहा था और बताया गया है कि मिथरीडेटस प्रथम (171-136 ई. पू.) ने तक्षशिला अंचल को अपने राज्य में मिला लिया था, लेकिन इसका स्पष्ट प्रमाण नहीं मिलता है। यह अधिक संभव है कि तक्षशिला पर यूनानियों का नियंत्रण बना रहा हो।

हेलियोडोरस नाम के एक व्यक्ति ने, जो पश्चिमी भारत स्थित बेसनगर के संभवतः अंतिम शुंगों में से किसी एक राजा के दरबार में तक्षशिला के राजा अंत्यालकीडस का राजदूत था, बेसनगर में एक स्तंभ निर्मित कराकर उस पर एक मनोरंजक शिलालेख खुदवाया था, जिसमें वह (हेलियोडोरस) अपने-आपको वासुदेव का अनुयायी बताता है, और स्पष्टतः यूनानी होते हुए भी, उसने हिंदू धर्म अंगीकार कर लिया था। किंतु तक्षशिला पर बैक्ट्रियन राजाओं का अधिकार अधिक समय तक नहीं रहा।

जिस समय मध्य एशिया के खानाबदोश कबीलों ने बैक्ट्रिया पर आक्रमण किया, लगभग उसी समय पश्चिमोत्तर में यूनानी राज्यों का पतन हुआ। इन कबीलों में सीथियन भी थे, जो बैक्ट्रियन सत्ता के विनाश के लिए मुख्य रूप से उत्तरदायी थे। चीनी सम्राट शी हुआंग ती की गतिविधियों ने इन कबीलों को पश्चिम की ओर बढ़ने के लिए प्रेरित किया। हुआंग ती ने ह्यूँग-नू, वू -सुन तथा यू-ची के खानाबदोश कबीलों से चीन की रक्षा करने के लिए तीसरी शताब्दी ई. पू. के उत्तरार्द्ध में **विशाल दीवार** का निर्माण कराया था। ये खानाबदोश कबीले पशुओं के रेवड़ रखते थे और चीन के पश्चिम में स्थित चरागाहों में उन्हें चराया करते थे। धीरे-धीरे जैसे-जैसे उनके चरागाह सूखने लगे, वे चीनी साम्राज्य में नए

चरागाहों की तलाश में ही नहीं बल्कि अधिक सभ्य चीनियों की संपत्ति प्राप्त करने के लिए भी थोड़े-थोड़े समय के बाद लूटमार करने लगे। लेकिन दीवार का निर्माण हो जाने से चीन के दरवाजे अब उनके लिए बंद हो गए। शी हुआंग ती के पश्चात सत्ता ग्रहण करनेवाले हान राजवंश ने इस दीवार पर सुरक्षा व्यवस्थाओं की विशेष रूप से देखभाल की। फलतः इन कबीलों को विवश होकर दक्षिण और पश्चिम की तरफ बढ़ना पड़ा। उपरोक्त तीनों प्रमुख कबीलों में यू-ची सर्वश्रेष्ठ भूमि से निकाल बाहर किए गए थे और उन्हें महाद्वीप को पार कर बहुत दूर भागना पड़ा था। वे दो भागों में बँट गए थे—लघु यू-ची उत्तरी तिब्बत में बस गए और महान यू-ची घूमते हुए पश्चिम में अराल सागर के तट तक पहुँच गए, जहाँ उन्होंने कुछ समय ठहरकर उस अंचल के निवासियों—सीथियनों—को, जिन्हें भारतीय स्रोतों में शक कहा गया है, विस्थापित कर दिया। शक बैक्ट्रिया और पार्थिया में भाग आए। एक चीनी यात्री लिखता है कि लगभग 182 ई. पू. तक अराल सागर की निकटवर्ती भूमि सीथियनों से रहित कर दी गई थी और उनके स्थान पर उसने वहाँ यू-ची लोगों को बसे हुए पाया था। पार्थियन लोग शकों को अपने राज्य में घुसने से नहीं रोक सके, केवल मिथरीडेट्स द्वितीय अपने शासन-काल में थोड़े समय के लिए उन्हें रोके रहा था। 88 ई. पू. में उसकी मृत्यु के बाद शकों ने पार्थिया पर अधिकार कर लिया, परंतु वे वहाँ रुके नहीं बल्कि क्वेटा के निकट बोलन दर्रे से होते हुए सिंधु घाटी में घुस आए, और फिर पश्चिमी भारत में बस गए। बाद में उनका प्रभुत्व इधर दिल्ली के निकट मथुरा तक और उत्तर में गांधार तक स्थापित हो गया।

भारत के ऐतिहासिक मंच पर शकों के प्रवेश के साथ, मध्य एशिया की घटनाओं का वर्णन करनेवाले चीनी ग्रंथ भारतीय इतिहास के लिए भी प्रासंगिक हो जाते हैं, शकों के सिक्कों और शिलालेखों और भारतीय साहित्य में उनके उल्लेखों से तो ऐतिहासिक जानकारी मिलती ही है। भारत में पहला शक राजा मैयस अथवा मोग (80 ई. पू.) था, जिसने गांधार में शक राज्य की स्थापना की थी। उसके उत्तराधिकारी एजेज़ ने उत्तरी भारत में अंतिम यूनानी राजा हिप्पोसट्रेटस पर आक्रमण करके सफलता पाई। बाद के एक राजा गोंडोफर्नेस ने इसलिए ख्याति पाई कि उसका नाम संत थॉमस के साथ जुड़ा हुआ है जो कहा जाता है कि इजरायल से चलकर गोंडोफर्नेस के दरबार में आया था। इस अनुश्रुति के अनुसार गोंडोफर्नेस का समय ईसा की पहली शताब्दी का पूर्वार्द्ध ठहरता है।

शक शासन मोटे तौर पर ईरान की एकेमेनिड और सेल्यूसिड शासन-प्रणालियों जैसा था। पूरा राज्य प्रांतों में विभक्त था, और प्रत्येक प्रांत का राज्यपाल एक सैनिक होता था, जिसे महाक्षत्रप कहते थे। इनमें से प्रत्येक प्रांत छोटी-छोटी इकाइयों में बँटा हुआ था, जिनके शासक क्षत्रप होते थे। ये क्षत्रप अपनी इच्छा के अनुसार कोई भी सम्वत स्वीकार कर सकते थे, जिसमें वे न केवल अपने निजी शिलालेख प्रचारित करते थे. बल्कि अपने नाम के सिक्के भी ढलवाते थे।

इससे स्पष्ट है कि सामान्य प्रशासकीय राज्यपाल की अपेक्षा उनकी स्थिति अधिक स्वतंत्र थी। शक राजा यूनानी और एकेमेनिड परंपरा के अनुकरण में कई प्रकार की गौरवपूर्ण उपाधियाँ ग्रहण किया करते थे, उदाहरण के लिए 'महाराजा', 'राजाधिराज' इत्यादि। साम्राज्यवादी ढाँचे के पुनर्जीवन का यह प्रयत्न कुछ समय पहले के खानाबदोश शकों को चकित कर देनेवाला रहा होगा।

यू-ची कबीले ने एक बार फिर शकों को निकाल बाहर किया। चीनी इतिहासकार शू-मा-चियन लिखता है कि यू-ची सरदार कुजला खडफाइसेस ने यू-ची लोगों के पाँच कबीलों को संगठित किया और उन्हें लेकर उत्तरी पर्वतों को पार करता हुआ भारतीय उपमहाद्वीप में घुस आया, जहाँ उसने हरमायेस को परास्त कर काबुल तथा कश्मीर पर अधिकार कर लिया। ईसा की पहली शताब्दी के मध्य के तुरंत बाद 80 वर्ष की आयु में कुजला की मृत्यु हो गई और उसका पुत्र वीमा खडफाइसेस उसका उत्तराधिकारी बना। वीमा ने सोने के सिक्के जारी किए, जिन पर उल्लेखनीय भारतीय प्रभाव दृष्टिगोचर होता है, जबकि उसके पिता द्वारा जारी किए गए सिक्कों में रोमन-दिनारी की नकल थी जो रोमन-व्यापार की शुरुआत के साथ मध्य एशिया में प्रचलित हो रही थी।

पहले दो राजाओं और कनिष्क में, जो वीमा के बाद सिंहासनारूढ़ हुआ, क्या संबंध था, यह अनिश्चित है। इसमें संदेह नहीं है कि वह मूलतः मध्य एशिया का था, क्योंकि मथुरा के निकट कुषाण राजाओं के जो चित्र मिले हैं उनमें से एक में कनिष्क को ऐसा ही दिखाया गया है, लेकिन यह हो सकता है कि पहले दो राजाओं के साथ उसका कोई सीधा संबंध न रहा हो। उसके शासनकाल में ही कुषाण राजवंश समृद्ध हुआ, और उत्तरी भारत के सांस्कृतिक विकास में कुषाण युग की गणना एक महत्त्वपूर्ण चरण के रूप में की जाती है। कनिष्क का राज्यारोहण काल 78-144 ई. के बीच किसी समय बताया जाता है। 78 ई. पर आधारित एक सम्वत् शक सम्वत्* कहलाता है, जो शकों द्वारा चलाया गया माना जाता है। कुषाण राज्य दक्षिण में साँची तक और पूर्व में बनारस तक था, और मथुरा की स्थिति लगभग दूसरी राजधानी की-सी थी। वास्तविक राजधानी आधुनिक पेशावर के निकट पुरुषपुर थी।

कुषाणों के शासनकाल में उत्तर भारतीय इतिहास का मध्य एशिया की घटनाओं के साथ घनिष्ठ संबंध रहा। बौद्धों का कहना है कि कनिष्क उनका राजकीय संरक्षक था, और उनके शासनकाल में बौद्धों की चौथी सभा बौद्ध धर्मशास्त्र और सिद्धांत से संबंधित मामलों पर विचार करने के लिए बुलाई गई थी। इनका सबसे महत्त्वपूर्ण परिणाम यह हुआ कि प्रचारात्मक कार्यों की गति तीव्र की गई और मध्य एशिया तथा चीन को बौद्ध प्रचारक भेजे गए। स्वयं कनिष्क मध्य एशिया में युद्ध करता हुआ मारा गया बताया जाता है। चीनी

---

* जिसका प्रयोग वर्तमान भारत सरकार द्वारा ग्रेगोरियन कलैंडर के साथ किया जाता है।

इतिहास में एक कुषाण राजा का उल्लेख है, जिसने हान वंश की एक राजकुमारी से विवाह करने की इच्छा व्यक्त की थी और जिसे जनरल पान चाओ ने ईसा की पहली शताब्दी के अंत में मध्य एशिया पर आक्रमण के दौरान परास्त किया था। यदि यह कहानी सत्य है तो वह राजा या तो वीमा हो सकता है या कनिष्क। कनिष्क के उत्तराधिकारियों ने डेढ़-सौ वर्ष तक शासन किया, पर कुषाण सत्ता का धीरे-धीरे पतन हो गया। फारस की घटनाओं ने एक बार फिर पश्चिमोत्तर भारत के इतिहास में हस्तक्षेप किया। 226 ई. में आरदेशिर ने पार्थियनों को उखाड़ फेंका और ससैनियन वंश की स्थापना की। उसके उत्तराधिकारी ने तीसरी शताब्दी के मध्य में पेशावर और तक्षशिला को जीत लिया, जिसके फलस्वरूप कुषाण राजा ससैनियनों के सरदार मात्र ही बनकर रह गए।

कुषाणों के आगमन ने शकों को पश्चिमी भारत में कच्छ, काठियावाड़ तथा मालवा के प्रदेशों की ओर धकेल दिया था। वहाँ वे पाँचवीं शताब्दी के प्रारंभ तक रहे, और दूसरी शताब्दी के मध्य में रुद्रदमन के नेतृत्व में होनेवाले नाटकीय उत्कर्ष की एक घटना को छोड़कर उनका यह पूरा काल कुल मिलाकर निष्क्रिय था। कनिष्क की मृत्यु के बाद जब कुषाणों की शक्ति क्षीण हो गई, तो शकों ने एक बार फिर अपना प्रभाव जमा लिया। रुद्रदमन कच्छ क्षेत्र का निवासी था, और जूनागढ़ स्थित एक लंबा शिलालेख (संस्कृत में लिखे गए महत्त्वपूर्ण शिलालेखों में सबसे पहला) उसके कार्यों का विवरण प्रस्तुत करता है। 150 ई. में अंकित इस शिलालेख में मौर्यों के बाँध की मरम्मत का उल्लेख है और नर्मदा घाटी में रुद्रदमन की विजय, नर्मदा के दक्षिण में सातवाहन राजा के साथ उसके युद्धों तथा राजस्थान में यौधेय जनों पर उसकी विजय का स्तुतिमूलक चित्रण है। शिलालेख में रुद्रदमन का वर्णन इस प्रकार किया गया है :

> जिसने अपना सीधा हाथ उठाकर धर्म में आस्था दिखाई है; जिसने व्याकरण, संगीत, तर्कशास्त्र और अन्य महान विज्ञानों का अध्ययन करके और उनको स्मरण रखकर, तथा उनके ज्ञान व्यवहार से दूर-दूर तक ख्याति प्राप्त की है; जो घोड़ों, हाथियों और रथों के चालन तथा तलवार और ढाल के उपयोग एवं मुक्केबाजी इत्यादि (में निपुण है)··· सेनाओं का सामना करने में फुर्तीला और दक्ष; दिन-प्रतिदिन उपहार और सम्मान प्रदान करने तथा अपमानजनक व्यवहार से बचने का जिसका स्वभाव है; जो उदार-हृदय है; जिसके राजकोष में न्यायपूर्वक प्राप्त कर, चुंगी, उपहार से सोने, चाँदी, हीरों, मरकत-मणियों और बहुमूल्य वस्तुओं का अतिरेक है; जो प्रसाद गुण-युक्त, श्लील, मधुर, आकर्षक, सुंदर, उपयुक्त शब्दों के प्रयोग से उत्कृष्ट, और अलंकृत गद्य और पद्य (रचता है); जिसका सुंदर शरीर सर्वोत्कृष्ट लक्षणों तथा चिह्नों का स्वामी है, यथा, अनुकूल ऊँचाई और चौड़ाई, स्वर, पदविन्यास, वर्ण, वीर्य और शक्ति; जिसने स्वयं महाक्षत्रप की उपाधि प्राप्त की है; जिसे स्वयंवर में अनेक राजकन्याओं ने वरमालाएँ पहनाई हैं।[1]

रुद्रदमन की मृत्यु के पश्चात शक राजनीतिक निष्क्रियता में सोए रहे और ईसा की चौथी शताब्दी के अंत तक यही स्थिति रही।

भारतीय उपमहाद्वीप के इतिहास में उत्तरी दक्खन का योगदान पहली

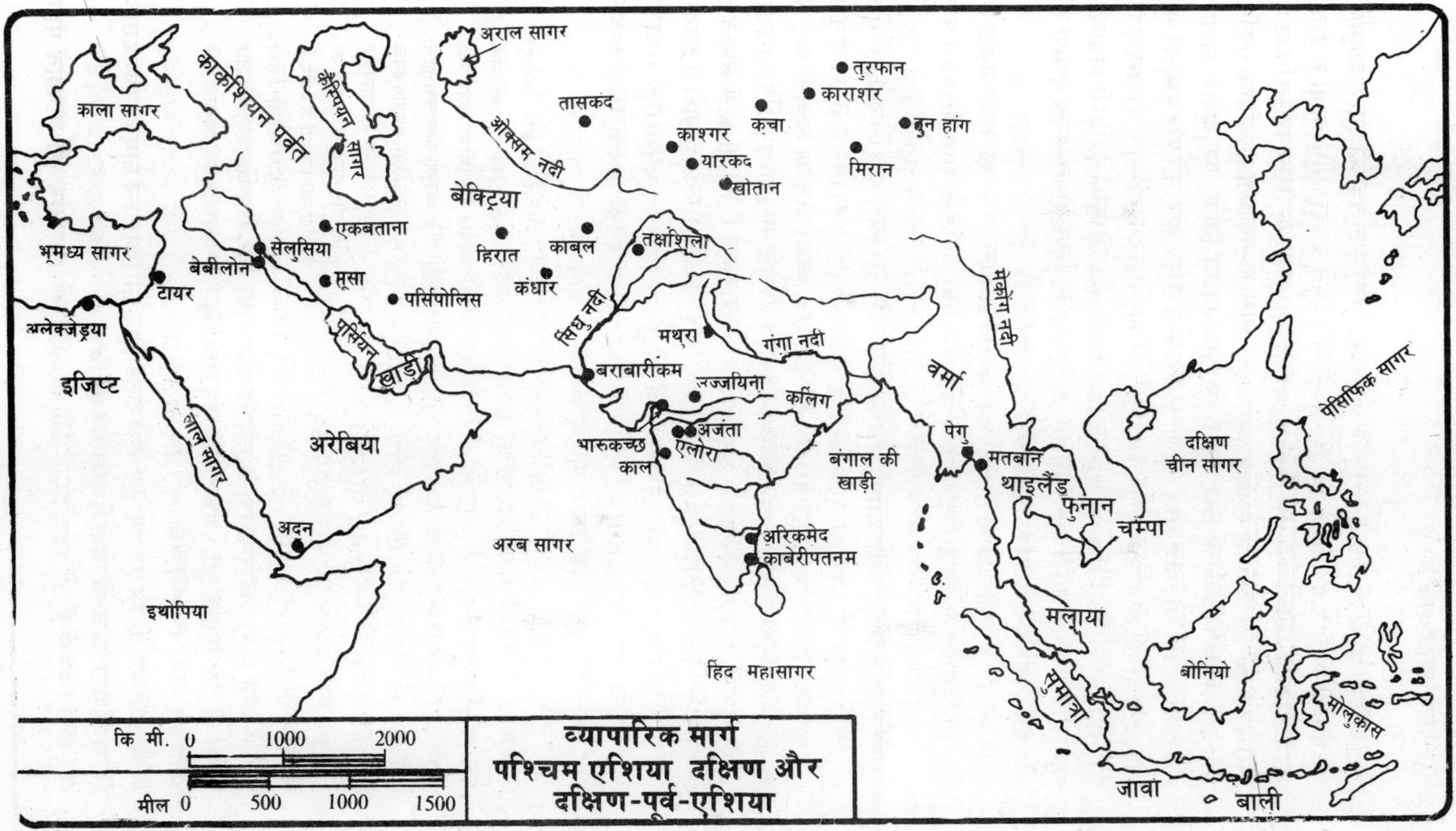

व्यापारिक मार्ग
पश्चिम एशिया दक्षिण और
दक्षिण-पूर्व-एशिया

शताब्दी ई. पू. में सातवाहन वंश के उदय पर अधिक महत्त्वपूर्ण रहा। इस राजवंश ने आधुनिक नासिक को केंद्र बनाकर दक्खन के पश्चिमोत्तर भाग में अपने राज्य की स्थापना की थी। सातवाहनों को आंध्र राजवंश भी कहा जाता था, जिससे यह धारणा बनी कि उनका मूल स्थान आंध्र अंचल—पूर्वी तट पर कृष्णा और गोदावरी नदियों का मुहाना—था, जहाँ से वे गोदावरी नदी के उद्गम की ओर पश्चिम दिशा में बढ़ गए, और अंततः उन्होंने मौर्य साम्राज्य के पतन से उत्पन्न व्यापक राजनीतिक अव्यवस्था का लाभ उठाकर पश्चिम में अपनी सत्ता स्थापित कर ली। इसके विरुद्ध एक मत यह भी प्रकट किया जाता है कि इस वंश का मूल स्थान पश्चिम था, जहाँ से इसने पूर्वी तट तक अपना प्रभुत्व स्थापित कर लिया था, और इस प्रकार इस राजवंश के नाम पर इस अंचल का नाम भी आंध्र हो गया। आंध्रों को पहले से मौर्य काल तक में, महत्त्वपूर्ण स्थान प्राप्त था, क्योंकि अशोक ने अपने साम्राज्य के जनजातीय लोगों में उनका विशेष रूप से उल्लेख किया है।

बहुत संभव है कि सातवाहन मौर्यों के अधीन प्रशासकीय पदों पर रह रहे हों। पुराणों में उल्लेख है कि सातवाहनों ने दक्खन में शुंगों की बची-खुची शक्ति को, जो तब तक पर्याप्त क्षीण हो चुकी थी, नष्ट कर दिया।

सातवाहनों में व्यापक मान्यता प्राप्त करनेवाला सबसे पहला राजा सातकरणी था और यह उसकी सब दिशाओं में सैनिक विस्तार की नीति के कारण हुआ। वह 'पश्चिमपति' हैं जिसने कलिंग के खारवेल का विरोध किया, और जिसके विरुद्ध खारवेल को सैन्य-संचालन करना पड़ा। वह 'प्रतिष्ठानपति' है (सातवाहनों की राजधानी प्रतिष्ठान पश्चिमोत्तर दक्खन में आधुनिक पैठाण का तत्कालीन रूप है)। विजय प्राप्त करता हुआ वह नर्मदा के उत्तर की ओर पूर्वी मालवा में पहुँच गया, जिस पर उस समय शकों और यूनानियों के आक्रमण की आशंका थी। सातकरणी ने साँची अंचल पर नियंत्रण प्राप्त कर लिया, और वहाँ प्राप्त एक शिलालेख में उसकी चर्चा 'राजन श्री सातकरणी' कहकर की गई है। उसका अगला अभियान दक्षिण की ओर था और गोदावरी घाटी पर विजय प्राप्त करते ही उसने अपने-आपको 'दक्षिण पथपति' घोषित कर दिया। सातकरणी ब्राह्मण कर्मकांड का समर्थक था और एक साम्राज्य स्थापित करने का दावा सिद्ध करने के लिए उसने एक अश्वमेध यज्ञ भी किया था।

पश्चिमी दक्खन पर सातवाहनों का अधिकार अधिक समय तक नहीं रहा। सातकरणी के शासन के बाद उन्हें अपनी सबसे बड़ी पराजय का मुँह देखना पड़ा, क्योंकि उन्हें धीरे-धीरे पश्चिम से निकाल फेंका गया और वे पूर्वी तट की ओर भागने के लिए विवश हुए। यह शायद उन लोगों के लिए आच्छन्न वरदान था, क्योंकि वे आंध्र अंचल में जम गए, और बाद में जब वे पश्चिमी तट पर लौटे, तो उन्होंने इस तट से उस तट तक पूरे आधे दक्खन पर अधिकार कर लिया। उनके पश्चिमी क्षेत्रों पर उन्हीं लोगों ने अधिकार कर लिया था जिनका सातकरणी को डर था, अर्थात शकों ने जो अब तक नर्मदा के उत्तर की ओर पश्चिमी भारत में

शक्तिशाली बन गए थे। नासिक क्षेत्र में शक क्षत्रप नाहपण द्वारा जारी किए गए बहुत-से सिक्के मिले हैं, जिनसे यह संकेत मिलता है कि ईसा की पहली शताब्दी तक इस अंचल पर शकों का अधिकार हो गया था। लेकिन यह घटना इसके तत्काल बाद की होनी चाहिए कि सातवाहनों ने अपने खोए हुए पश्चिमी क्षेत्रों पर फिर से अधिकार कर लिया, क्योंकि नाहपण के सिक्कों पर बहुधा गौतमीपुत्र सातकरणी का नाम ऊपर से अंकित किया गया दिखाई पडता है, जिसने शकों को बाहर करके इस अंचल में सातवाहन शक्ति की पुनर्प्रीतिष्ठा की थी।

गौतमीपुत्र और उसके बेटे वसिष्ठिपुत्र ने, जिन्होंने ईसा की दूसरी शताब्दी के पूर्वार्द्ध में शासन किया था, सातवाहन-शक्ति को गौरवशाली बनाया। वसिष्ठिपुत्र का एक अतिरिक्त नाम श्रीपुलुमावी भी था, जिसके कारण इसे वही राजा समझा गया, जो सिरो पोलीमौस के नाम से बैठान (पैठाण) पर शासन करता था, और जिसका उल्लेख प्टोलेमी ने अपने भारत के भूगोल में किया है। दक्खन अब न केवल राजनीति की दृष्टि से बल्कि मुख्यतया व्यापार और विचारों के आदान-प्रदान की दृष्टि से उत्तर और दक्षिण को जोड़नेवाली कड़ी हो गया था। वसिष्ठिपुत्र कहता है कि गौतमीपुत्र ने शकों को उखाड़ फेंका था और क्षत्रिय अभियान को नष्ट कर दिया था; कि उसने वर्ण-संकरत्व को रोका था, और द्विजों के हितों का संवर्धन किया था। हिंदू धर्मशास्त्रियों द्वारा शकों को वर्णसंकर और यूनानियों को पतित क्षत्रियों की श्रेणी में रखा गया था। एक शिलालेख में गौतमीपुत्र की माँ ने अपने बेटे का उल्लेख करते हुए कहा है कि उसने शकों, यवनों, और पह्लवों* का नाश किया। यह संभवतः अंतिम अवसर है जब यूनानियों के कुछ महत्त्वपूर्ण होने का उल्लेख किया गया है।

सातवाहनों और शकों के आपसी संघर्ष को समाप्त करने के लिए एक वैवाहिक संबंध की व्यवस्था की गई और रुद्रदमन की पुत्री का विवाह सातवाहन राजा से कर दिया गया।† किंतु यह प्रयत्न पूर्णतया सफल नहीं हुआ, जिसका प्रमाण रुद्रदमन का यह वक्तव्य है कि उसने युद्ध में दो बार सातवाहन राजा को परास्त किया, लेकिन उसके साथ घनिष्ठ संबंध होने के कारण उसका विनाश करने से विरत रहा। रुद्रदमन की मृत्यु के पश्चात शक प्रदेश पर सातवाहनों के आक्रमण अधिक सफल रहे। दूसरी शताब्दी के अंतिम दौर में सातवाहनों का अधिकार पश्चिमी तट पर काठियावाड़ के ऊपर तथा दक्षिण-पूर्व में कृष्णा के मुहाने और उत्तरी मद्रास पर हो गया था। लेकिन यह विस्तृत आधिपत्य अधिक दिनों तक

* भारतीय स्रोतों में 'यवन' और 'योन' शब्द यूनानियों की ओर संकेत करते हैं, तथा आगे चलकर इनका प्रयोग उन समस्त विदेशियों के लिए होने लगा जो पश्चिमी एशिया से आए थे। यह शब्द 'आयोनिया' से निकला है। पह्लव लोग पार्थियन थे।

† यह एक मनोरंजक तथ्य है कि जो सातवाहन वर्णसंकरत्व को समाप्त करने की डींग हाँकते थे, वे ही शक परिवार में विवाह करने को सहमत हो गए। इससे भी स्पष्ट होता है कि वर्ण-व्यवस्था के सिद्धांत और व्यवहार में अंतर था।

नहीं रह सका । अगली शताब्दी में सातवाहनों की शक्ति क्षीण हो गई, और उनके स्थानीय राज्यपाल अधिक सत्ता हथियाकर स्वतंत्र स्थिति का दावा करने लगे ।

इंडो-यूनानी राजा और कुषाण फारसियों और चीनियों के अनुकरण में 'महाराजाधिराज' तथा 'देवपुत्र' जैसी गौरवशाली ऐश्वर्यपूर्ण उपाधियाँ ग्रहण करके और भूतपूर्व राजाओं को देवताओं का स्थान प्रदान करके तथा उनके नाम पर मंदिर बनवाकर साम्राज्य की कल्पना में जीते रहे । किंतु सातवाहनों ने साम्राज्यिक उपाधियाँ ग्रहण नहीं कीं, जिसका कारण शायद यह रहा हो कि स्थानीय सरदारों तथा राजाओं पर उनका नियंत्रण उस प्रकृति का नहीं था जो इन उपाधियों को युक्तिसंगत ठहरा सकता । उनकी शासन-प्रणाली में भी इस तथ्य के साक्ष्य मिलते हैं, जहाँ सत्ता समस्त अधिकारी-वर्ग में बँटी हुई थी, और केंद्र में एकत्रीभूत नहीं थी । सातवाहन राज्य छोटे-छोटे प्रांतों में बँटा हुआ था, और प्रत्येक प्रांत एक अमात्य तथा एक महासेनापति के अधीन था । महासेनापति को राजपरिवार में विवाह करने की अनुमति थी, संभवतः इस आशा से कि यह बात राजवंश के प्रति उनकी निष्ठा को सुदृढ़ करने में सहायक होगी । कुछ महासेनापतियों को तो अपने नाम के सिक्के तक ढलवाने की अनुमति थी । जब सातवाहन सत्ता का अंत हुआ, तो ये अमात्य और महासेनापति स्वतंत्र शासक बन गए । प्रशासन मुख्यतया स्थानीय शासकों के हाथों में था, यद्यपि सामान्य नियंत्रण राजवंश के अधिकारियों का होता था । उत्तर और दक्खन दोनों में प्रशासकीय इकाई ग्राम थे, और यह स्थिति उस समय तक अपरिवर्तित रही जब तक कि ग्राम करों तथा सैनिकों की प्राप्ति के मुख्य स्रोत बने रहे । राजनीतिक संबंधों में होनेवाले परिवर्तन उच्च स्तर पर प्रांतीय राज्यपालों तथा उनके अधिकारियों के बीच तक सीमित रहे ।

ईसा-पूर्व की अंतिम शताब्दी के मोड़ पर दक्षिण भारत प्रागैतिहासिक से निकलकर ऐतिहासिक काल में आ गया, और तत्कालीन घटनाओं पर प्रकाश डालनेवाले साहित्यिक अभिलेख उपलब्ध होने लगे । अशोक अपने शिलालेखों में दक्षिण के राज्यों का (जिनमें आधुनिक आंध्र प्रदेश, मद्रास, मैसूर और करेल समाविष्ट थे) चोलों, पांड्यों, सतीयपुत्रों और केरलपुत्रों के राज्यों के रूप में उल्लेख करता है । इनमें से प्रथम दो ने पूर्वी तट पर प्रभुत्व जमाया और तमिल संस्कृति के उदय में उनका योगदान रहा । द्रविड़ समूह की प्रमुख भाषा तमिल के आधार पर अभिहित इस संस्कृति का मूल केंद्रबिंदु मद्रास नगर के ठीक दक्षिण का अंचल था, जिसे आज भी तमिलनाडु अर्थात् तमिलों की भूमि कहा जाता है । कलिंग के राजा खारवेल ने तमिल संघ को पराजित करने की बात कही है । यह निस्संदेह तीन राजाओं—चोल, पांड्य तथा चेर (जिन्हें केरल भी कहते हैं) और उनके सामंतों का संघ था । खारवेल ने पांड्य राज्य के साथ व्यापारिक संबंध स्थापित किए थे । मेगस्थनीज लिखता है कि पांड्य राज्य की स्थापना हेरैकिल्स की पुत्री ने की थी । इससे संभवतः प्राचीन दक्षिण भारत के मातृकुलीय समाज का संकेत मिलता है, जो पश्चिमी तट पर केरल में अभी आधी शताब्दी पूर्व तक अस्तित्व में था ।

मेगस्थनीज के कथनानुसार पांड्य रानी के पास 500 हाथी, 4,000 अश्वारोही और 13,000 पदातिक थे।

इस समय का ऐतिहासिक विवरण **संगम** साहित्य में मिलता है, जो बहुत कुछ वैदिक स्रोतों के सदृश काव्य का संकलित रूप है, किंतु जिसका उद्‌गम सीधे धर्म से नहीं हुआ है। एक अनुश्रुति के अनुसार, अनेक शताब्दियों-पूर्व तमिलनाडु की राजधानी मदुरई में क्रमशः तीन संगम हुए थे। दक्षिण के समस्त कवि और चारण इन संगमों में एकत्र हुए, और उनकी संयुक्त रचनाएँ **संगम** साहित्य के नाम से अभिहित की जाती हैं। कहा जाता है कि पहले संगम में देवता भी सम्मिलित हुए थे, परंतु इस अवसर पर रची गई कविताएँ उपलब्ध नहीं हैं। प्राचीनतम तमिल व्याकरण तोलकप्पियम् की रचना दूसरे संगम के अवसर पर हुई मानी गई है, लेकिन वास्तव में यह बहुत बाद में रचा गया था। तीसरे संगम के अवसर पर आठ काव्य-संग्रह तैयार किए गए, जिनमें मुख्यतया चारणों द्वारा रची गई 2,000 से ऊपर कविताएँ थीं, और ये अब तक प्राप्य हैं।

ऐसा प्रतीत होता है कि चेर, चोल और पांड्य निरंतर एक-दूसरे से युद्ध करते रहे, जिससे कवियों को वीर रस की कविताएँ लिखने का पर्याप्त अवसर मिला। कहते हैं कि इन तीनों राज्यों ने महाभारत में वर्णित कुरुक्षेत्र के युद्ध में भी भाग लिया था। ऐसा स्पष्ट रूप से उन्हें प्राचीनता का रंग देने के लिए कहा गया। आगे चलकर तमिलों ने समुद्री सेना का निर्माण किया और दूसरी शताब्दी ई. पू. में श्रीलंका पर आक्रमण करके अंततः उसके उत्तरी भाग पर अधिकार कर लिया। किंतु यह अधिकार अल्पकाल तक ही रहा, क्योंकि सिंहल राजा दुत्तगामिनी ने दूसरी शताब्दी ई. पू. के उत्तरार्द्ध में उन्हें श्रीलंका से खदेड़ दिया। अनेक चेर राजाओं का उल्लेख मिलता है, परंतु उनके विषय में कोई जानकारी नहीं मिलती। तथापि, इनमें से एक राजा, नेदून जेरल अदन, एक सूरमा के रूप में प्रसिद्ध है, जिनके विषय में यह दावा किया जाता है कि उसने हिमालय तक की समस्त भूमि को जीत लिया था, जो स्पष्ट ही कवि-कल्पना मात्र है। कहा जाता है कि उसने एक रोमन जहाजी बेड़े को भी पराजित किया था। उसका यह अभियान संभवतः रोम के व्यापारी जहाजों पर आक्रमण रहा होगा।

प्रारंभिक चोल राजाओं का (प्रथम से चतुर्थ शताब्दी ई. तक) साहित्य में अत्यधिक वर्णन हुआ है। कारीकल—'झुलसी टाँगवाले मनुष्य'—ने पांड्य, चेर तथा ग्यारह छोटे-छोटे सरदारों की संयुक्त सेनाओं के विरुद्ध वेन्नी का युद्ध लड़ा और विजय प्राप्त की। चोलों ने दूसरों पर अपना प्रभुत्व स्थापित किया, जिससे प्रायद्वीप के दक्षिणी सिरे पर पूर्वी और पश्चिमी दोनों तटों तक उनका प्रवेश हो गया। यह उनके लिए अत्यंत उपयोगी सिद्ध हुआ, क्योंकि दोनों तटों पर बंदरगाह बनाए जा सकते थे, और पश्चिमी तट से पूर्वी तट तक जाने के लिए जल एवं स्थल दोनों मार्गों का उपयोग किया जा सकता था (जैसाकि रोम के साथ व्यापार में होता था)। चोलों का दूसरा वीर राजा नालनगिली था, जिसे बहुधा वैदिक यज्ञों के

अनुष्ठान के लिए स्मरण किया जाता है। तमिलों को वैदिक कर्मकांड आश्चर्यजनक रूप से आकर्षक प्रतीत होता होगा, क्योंकि अब तक वे कहीं अधिक पार्थिव मतों से संपृक्त रहे थे। उदाहरण के लिए, वे युद्ध और प्रजनन के देवता मुरुगन की पूजा करते थे, जिसे मुख्य पुरोहित के नेतृत्व में आवेगपूर्ण धार्मिक नृत्य के साथ रक्त और चावल की भेंट चढ़ाई जाती थी; या फिर वे युद्ध में शौर्य प्रदर्शित करनेवालों की स्मृति में पत्थरों की सीधी-सादी पूजा करते थे।

तमिलों के लिए यह कबीलों की स्थिति से निकलकर राज्यों के युग में प्रवेश करने का समय था। राजा मूलतः युद्ध का नेतृत्व करनेवाला व्यक्ति ही होता था, जिसका कार्य अपने राज्य अथवा कबीले की रक्षा करना था।* ग्राम परिषदों और स्थानीय सभाओं का उल्लेख है, परंतु उनकी यथेच्छ परिभाषा नहीं की गई है। आगे चलकर ये और इनके साथ ही मंदिर भी, जो प्रत्येक ग्राम की गतिविधियों के केंद्र बन गए थे, तमिल संस्कृति के शक्तिशाली तत्त्व प्रमाणित हुए।

फिर भी तमिल पशुचारण-कृषिकर्म की अवस्था में अधिक दिनों तक नहीं रहे। उनका राजनीतिक-आर्थिक ढाँचा बड़ी तीव्र गति से जटिल होता गया। कुछ सीमा तक इसका कारण उनके ऊपर आर्य संस्कृति का प्रभाव था, जिसने उन्हें वंशागत राजाओं, कर प्रणालियों आदि के सुपरिचित ढाँचे से अवगत कराया। परंतु इससे कहीं अधिक महत्त्वपूर्ण बात यह थी कि भारतीय उपमहाद्वीप में इस समय जो वाणिज्यिक विकास हो रहा था उसमें दक्षिण पूरी तरह निमग्न था। पूरे उत्तरी दक्खन में सातवाहनों की सत्ता स्थापित हो जाने से उत्तर और दक्षिण के बीच यातायात संभव हो गया, और फलतः उपमहाद्वीप के आंतरिक व्यापार में वृद्धि हुई। पूर्वी और पश्चिमी तटों से होनेवाले तथा दक्षिण में केंद्रीयकृत रोमन व्यापार से दक्षिणी राज्यों के अलगाव को समाप्त करने में सहायता मिली। तमिल अभिलेखों में रोमन साम्राज्य के नागरिकों के लिए प्रयुक्त शब्द 'यवन' है, और प्रारंभिक संस्कृत स्रोतों में यूनानियों के लिए भी यही शब्द प्रयुक्त हुआ है।

अब तक संपूर्ण भारत में व्यापारिक मार्गों का जाल बिछ चुका था, और इनमें से कुछ मार्ग तो मध्य एशिया और पश्चिमी एशिया तक जाते थे। ये अधिकांशतया राजमार्गों और नदी-घाटियों से होकर गुजरते थे। नदियों पर पुल नहीं थे, परंतु नौकाओं का प्रयोग सामान्य था। यात्राएँ केवल गर्मियों और सर्दियों में होती थीं, वर्षाऋतु विश्राम का समय होता था। काफिले लंबे होते थे और बहुधा अधिक सुरक्षा की दृष्टि से कई काफिले एक साथ मिल जाते थे। बैल, खच्चर और गधे इन काफिलों के मालवाही पशु थे, यद्यपि मरुभूमि में केवल ऊँटों का उपयोग होता था। तटीय जहाजरानी का प्रचलन सामान्य था, क्योंकि स्थल-मार्गों की

---

* यह कहा जा सकता है कि रामायण में विविध प्रकार के अनेक पशुओं की सहायता से, जिनमें बंदरों के नेता हनुमान भी शामिल हैं, राम के रावण पर आक्रमण करने की तैयारी का जो प्रसंग है, वह कुछ अंशों में प्रायद्वीप की जन-जातियों में प्रचलित प्रतीक-पूजा की याद दिलाता है।

अपेक्षा जल-मार्ग सस्ते थे। **अर्थशास्त्र** में स्थल एवं जल-मार्गों के लाभों की तुलना पर एक मनोरंजक अनुच्छेद है। यद्यपि समुद्री यात्रा सस्ती थी, तथापि समुद्री लुटेरों का भय और उनके द्वारा जलयानों को हथिया लिए जाने की लागत इस यात्रा को महँगा बना देती थी। मध्य समुद्र के मार्ग से तटीय मार्ग निश्चित रूप से अधिक सुरक्षित होता था और यह व्यापार के लिए भी अधिक अवसर प्रदान करता था। कौटिल्य परामर्श देता है कि दक्षिण में खानों के क्षेत्र से गुजरनेवाले मार्गों पर चलना चाहिए, क्योंकि ये घनी आबादीवाले अंचलों से होकर जाते हैं; और इसलिए सुरक्षित हैं। इससे संकेत मिलता है कि मुख्यतः बहुमूल्य धातुओं और पत्थरों का खनन उन दिनों बड़े पैमाने पर होने लगा था। बौद्ध स्रोतों में कुछ ऐसे मार्गों की चर्चा है जो बहुत अधिक प्रयोग में आते थे : एक मार्ग था उत्तर से दक्षिण-पश्चिम जाने के लिए श्रावस्ती से प्रतिष्ठान तक, दूसरा उत्तर से दक्षिण-पूर्व के लिए श्रावस्ती से राजगृह तक; एक अन्य मार्ग पूर्व से पश्चिम के लिए था जो उत्तर की नदी घाटियों के साथ-साथ जाता था। राजस्थान के मरुभूमिवाले रास्ते को आम-तौर पर प्रयोग में नहीं लाया जाता था। भारूकच्छ (आधुनिक भड़ौच) पश्चिम के समुद्री व्यापार के लिए वैसा ही मुख्य बंदरगाह रहा जैसा यह प्रारंभिक शताब्दियों में बावेरू (बेबीलोन) के साथ व्यापार के समय था।

पश्चिमी एशिया और यूनानी जगत से व्यापार पश्चिमोत्तर के नगरों, मूलतः तक्षशिला, के रास्ते से होता था। मौर्यों ने तक्षशिला से पाटलिपुत्र तक एक राजपथ का निर्माण कराया था, जिसका बाद की शताब्दियों में (मूल मार्ग के बिलकुल निकट से होकर) कई बार पुनर्निर्माण हुआ, और जो आज भी ग्रांड ट्रंक रोड के रूप में वर्तमान है। पाटलिपुत्र को एक सड़क द्वारा गंगा के मुहाने पर तामलुक से जोड़ा गया था, जो बर्मा, भारत के पूर्वी तट और श्रीलंका के लिए मुख्य बंदरगाह था। दक्षिण के लिए स्थल मार्गों का विकास मौर्य काल के बाद हुआ, जो तीव्र व्यापारिक गतिविधियों से उद्भूत आवश्यकता का परिणाम था। ये मार्ग नदी-घाटियों और समुद्र-तट के साथ-साथ चलते थे, क्योंकि दक्खन के पठार की पार्वत्य प्रकृति के कारण पूर्व से पश्चिम की ओर यातायात को प्रोत्साहन नहीं मिला, केवल गोदावरी और कृष्णा जैसी नदियों के किनारे-किनारे कुछ यातायात होता था। इस पठार पर अब भी घने जंगल थे, और इसलिए नदी-घाटियों में साफ की गई भूमियों और बस्तियों की तुलना में असुरक्षित थे। पहाड़ों में स्थित घाटियों और दर्रों का उपयोग अवश्य किया जाता था, उदाहरणार्थ पश्चिमी तट पर स्थित मलाबार से एक मार्ग कोयंबतूर दर्रे और कावेरी के मैदानों से होता हुआ पांडिचेरी के निकट पूर्वी तट के व्यापार-केंद्र अरिकामेडु तक जाता था।

पश्चिम की ओर सर्वाधिक प्रयुक्त होनेवाला राजपथ तक्षशिला से काबुल तक जाता था, जहाँ से विभिन्न दिशाओं में सडकें निकलती थीं। उत्तरी मार्ग बैक्ट्रिया, ऑक्सस, कैस्पियन सागर तथा कॉकेशस होकर कृष्ण सागर तक जाता था। एक अधिक दक्षिणाभिमुख मार्ग कंधार और हेरात से एकबतना (परवर्ती हमादान) तक

जाता था और वहाँ से यह पूर्वी भूमध्यसागर के बंदरगाहों से जुड़ जाता था। एक अन्य महत्त्वपूर्ण राजपथ कंधार को पर्सिपोलिस और सूसा से जोड़ता था। इससे भी आगे दक्षिण में एक सड़क फारस की खाड़ी और टाईग्रिस होती हुई सेल्यूसिया तक जाती थी। पश्चिमी बंदरगाहों को जानेवाले जलयान या तो फारस की खाड़ी से ऊपर बेबीलोन तक तटवर्ती मार्ग का अनुसरण करते थे, या अरब सागर से होकर अदन अथवा सोकोट्रा तक जाते थे। इन दोनों स्थानों में बंदरगाहों की सुविधाएँ थीं, और यहाँ से लाल सागर तक समुद्री यात्रा अविच्छिन्न थी। माल स्वेज पर अथवा आधुनिक स्वेज के निकटवर्ती एक स्थान पर उतारकर थल-मार्ग से अलेक्जैंड्रिया भेजा जाता था, जो भूमध्यसागरीय संसार का प्रवेश-द्वार था। ऐसा प्रतीत होता है कि बेरेनिस और म्योस होरमस से (जो लाल सागर पर स्थित थे) नील नदी तक एक बहुत अधिक प्रयुक्त होनेवाला स्थल-मार्ग था, जहाँ से माल नदी के बहाव के साथ अलेक्जैंड्रिया पहुँचाया जाता था।

भारत से पश्चिमी एशिया के लिए तटीय मार्ग दुस्तर भी था और व्ययसाध्य भी। गर्मियों में अरब सागर पर उत्तर-पूर्व की ओर चलनेवाली मानसूनी * हवाओं का उपयोग सबसे पहले अरबों ने किया था। इन हवाओं के कारण सागर-मध्य की यात्रा तटीय मार्ग की तुलना से द्रुत गति से होने लगी। मध्य-प्रथम शताब्दी ई.पू. में भूमध्यसागरीय संसार के अन्य व्यापारी भी इन हवाओं से परिचित हो गए और इनकी उपयोगिता को समझने लगे। एक क्लासिकी अनुश्रुति है कि जहाजरानी के लिए इन हवाओं की उपयोगिता की 'खोज' हिप्पेलस ने की थी। लेकिन इसमें खोज करने की कोई बात नहीं थी, क्योंकि अरबों को इसकी जानकारी पहले से थी। लालसागर के बंदरगाहों से चलनेवाले जहाज दक्षिण-पश्चिमी मानसून की प्रतीक्षा करते थे, और उसके आने पर यात्रा शुरू करते थे। सर्दी के मौसम में भारत से होकर लौटनेवाले मानसून इन जहाजों को वापस ले आते थे।

भारत और पश्चिमी एशिया के बीच व्यापार के कारण इन दिनों अफगानिस्तान के साथ सांस्कृतिक संपर्क बहुत अधिक था। पूर्वी अफगानिस्तान राजनीतिक और सांस्कृतिक दृष्टि से पश्चिमोत्तर भारत का एक अंग समझा जाता था। मध्य एशिया के नखलिस्तानों और यहाँ की वादियों से होकर गुजरनेवाले मार्गों के साथ मध्य एशिया के दरवाजे भी व्यापार के लिए खुल गए थे। इनमें एक मार्ग ऐसा था जो बाद में 'प्राचीन रेशम का मार्ग' ओल्ड सिल्क रूट नाम से प्रसिद्ध हुआ। भारतीय व्यापारी काशगर, यारकंद, खोतान, मीरन, कूची, कड़ा-शहर, और तुरफान जैसे स्थानों पर व्यापार-केंद्रों और वणिक बस्तियों की स्थापना कर रहे थे। बहुत शीघ्र ही बौद्ध प्रचारक भी इन दूरवर्ती अंचलों में पहुँचने लगे। मध्य एशिया में होनेवाले इन कार्यकलापों के फलस्वरूप चीन से आवागमन में वृद्धि हुई। कुषाण राजा एक प्रकार से भारत और चीन के बीच कड़ी का काम करते थे,

---

* मौनसून—अरबी मौज़िम = मौसम।

तथा बौद्ध प्रचारकों के कार्यकलापों ने इन संबंधों को और घनिष्ठ बना दिया। भारत में चीनी रेशम के आयात के साथ व्यापार ने पहले ही इस घनिष्ठता का शिलान्यास कर दिया था। रोमन व्यापारी कभी-कभी जोखिम उठाकर गोबी के रेगिस्तान तक बढ़ जाते थे, किंतु भारतीय व्यापारियों ने यह समझने में देर नहीं लगाई कि चीन तथा रोम के बीच विलास वस्तुओं के व्यापार में मध्यस्थ होना लाभ का सौदा है। दक्षिण-पूर्वी एशिया के साथ व्यापार में भारत की रुचि जाग्रत करने का श्रेय कुछ अंशों में रोम से होनेवाले व्यापार को भी है। बर्मा और असम से होकर थल-मार्ग स्थापित करने के प्रयत्न किए गए, किंतु जल-मार्ग अधिक सुविधाजनक पाया गया। इसमें जोखिमें बड़ी थीं, जिसका प्रमाण उन कहानियों में मिलता है, जो स्वर्णद्वीपों (जावा, सुमात्रा और बाली) में वणिकों के साहसपूर्ण कार्यकलापों का चित्रण करने के लिए लिखी गई हैं। लेकिन रोम-निवासियों को बेचे जानेवाले मसालों पर भारी मुनाफों से उन जोखिमों की क्षति-पूर्ति हो जाती थी। इसलिए यह आश्चर्य की बात नहीं है कि सबसे पहले पूर्व की ओर बढ़ने का साहस जिसने किया वह भारत के पश्चिमी और दक्षिणी तटों का वणिक समुदाय था।

6. वणिक समुदाय का उत्थान

लगभग 200 ई.पू. से 300 ई. तक

जिन राजनीतिक घटनाओं का पिछले अध्याय में वर्णन किया गया है, वे भ्रांत कर देनेवाली थीं, किंतु इस प्रत्यक्ष अव्यवस्था के भीतर एक तत्त्व था, जो इस काल को अविच्छिन्नता और संगति प्रदान करता है, और वह था व्यापार। शुंगों, सातवाहनों, इंडो-यूनानियों, शकों, कुषाणों, चेरों और चोलों के समस्त उलट-फेर के बावजूद वणिक समुदाय अधिकाधिक शक्तिशाली होता गया। मौर्यों ने सड़कों का निर्माण करके तथा एकरूप शासन प्रणाली विकसित करने का प्रयत्न करके उपमहाद्वीप में व्यापार को प्रोत्साहन दिया था।

भारत के पश्चिमोत्तर भाग पर अभारतीयों का आधिपत्य वणिकों के लिए लाभदायक सिद्ध हुआ, क्योंकि इससे उन अंचलों के साथ व्यापार का अवसर मिला, जो अब तक अछूते पड़े हुए थे। इंडो-यूनानी राजाओं ने पश्चिमी एशिया और भूमध्यसागरीय संसार से संपर्क स्थापित करने को प्रोत्साहन दिया। शक, पार्थियन और कुषाण राजाओं ने भारतीय वणिकों के लिए मध्य एशिया के द्वार खोले, जिसके फलस्वरूप चीन से भारत का व्यापार होने लगा। मसालों और ऐसी ही अन्य विलासवस्तुओं के लिए रोमनों की माँग भारतीय व्यापारी को दक्षिण-पूर्व एशिया तक ले गई तथा रोमन व्यापारी को दक्षिणी और पश्चिमी भारत तक ले आई। सारे भारत में वणिक समुदाय समृद्ध हो गया, जिसका प्रमाण शिलालेखों, वणिकों द्वारा दान दी गई राशियों तथा उस समय के साहित्य में मिलता है। इसलिए यह आश्चर्य की बात नहीं है कि वणिकों द्वारा समर्थित बौद्ध एवं जैन धर्म, इन शताब्दियों में उत्कर्ष पर थे। किंतु इसका यह अर्थ नहीं है कि आर्थिक कार्यकलाप केवल व्यापार तक सीमित थे अथवा कृषि की अवनति हो गई थी। कृषि से अब भी राजस्व प्राप्त होता था। किंतु वाणिज्यिक कार्यकलापों की चहल-पहल ने उन लोगों को महत्त्वपूर्ण बना दिया, जिनका संबंध वाणिज्य से था।

इस पृष्ठभूमि में मौर्यकाल से चली आ रही शिल्प-श्रेणियाँ उत्पादन को नियोजित करने और लोकमत का निर्माण करने—दोनों दृष्टियों से नागरिक जीवन में और अधिक महत्त्वपूर्ण बन गईं। शिल्पी बहुत बड़ी संख्या में इन श्रेणियों के सदस्य बनते थे, क्योंकि व्यक्तिगत रूप में श्रेणियों से प्रतिस्पर्द्धा करना उनके लिए कठिन था। इसके अतिरिक्त श्रेणियाँ उन्हें सामाजिक मर्यादा और बहुत हद तक

सामान्य सुरक्षा भी पदान करती थीं। कुछ विशिष्ट वस्तुओं की बढ़ती हुई माँग और उसके फलस्वरूप उनका उत्पादन बढ़ाने की आवश्यकता अनुभव करके कुछ श्रेणियाँ किराए के श्रमिकों और दासों को काम पर लगाने लगीं। जिस क्षेत्र में ये श्रेणियाँ कार्य करती थीं, उसमें उन्हें अपना पंजीकरण कराना पड़ता था और क्षेत्र-परिवर्तन करने के लिए स्थानीय अधिकारियों से अनुमति प्राप्त करनी पड़ती थी। किसी भी व्यवसाय के शिल्पी अपनी श्रेणी बना सकते थे, और लाभप्रद होने के कारण अधिकांश व्यवसायों के शिल्पियों ने अपनी-अपनी श्रेणियाँ बना ली थीं। प्रमुख श्रेणियाँ कुंभकारों, धातुकारों और काष्ठकारों की थीं। उनके आकार का अनुमान इस बात से लगाया जा सकता है कि इससे भी पूर्व-काल में सद्दलपुत्त नामक एक धनी कुंभकार मिट्टी के बर्तन बनाने की पाँच सौ कार्यशालाओं का स्वामी था। इसके अतिरिक्त उसकी अपनी वितरण-व्यवस्था थी और उसके पास बहुत-सी नौकाएँ थीं, जो तैयार मिट्टी के बर्तनों को कार्यशालाओं से गंगा पर स्थित विभिन्न बंदरगाहों तक ले जाती थीं। ज्यों-ज्यों व्यापार बढ़ता गया, प्रमुख श्रेणियों का आकार भी बढ़ता गया।

ये श्रेणियाँ कार्य करने के नियम और तैयार माल की गुणवत्ता तथा उनके मूल्य निर्धारित करती थीं ताकि शिल्पी और उपभोक्ता दोनों के हितों की रक्षा हो सके। श्रेणियाँ निर्मित वस्तुओं के मूल्यों पर भी नियंत्रण रखती थीं, और ये मूल्य या तो कार्य की गुणवत्ता पर निर्भर करते थे या एक निश्चित दर पर इनका हिसाब लगाया जाता था। श्रेणि-सदस्यों के व्यवहार को एक श्रेणि-न्यायाधिकरण के माध्यम से नियंत्रित किया जाता था। श्रेणि-धर्म को कानून के सदृश मान्यता प्राप्त थी। श्रेणि अपने सदस्यों के व्यक्तिगत जीवन में भी हस्तक्षेप करती थी, यह इस नियम से सिद्ध होता है कि यदि कोई विवाहिता स्त्री भिक्षुणी बनकर बौद्धसंघ में सम्मिलित होना चाहती थी तो उसे न केवल अपने पति से बल्कि उस श्रेणि की भी अनुमति लेनी होती थी, जिसका वह (उसका पति) सदस्य है।

जाति से संबंधित होने के कारण श्रेणियों को सदस्यों की कमी नहीं रहती थी। किसी वर्ण अथवा जाति के बच्चे एक ही व्यवसाय को अपनाते थे, और चूँकि बहुधा उन्हें अपने पिता का व्यवसाय ही अपनाना पड़ता था, इसलिए श्रेणियों को पीढ़ी-दर-पीढ़ी सदस्यों की कमी नहीं रहती थी। श्रेणि को ऐसे संक्रमण काल में ही खतरा पैदा होता था जब कोई जाति अपने व्यवसाय में परिवर्तन करती थी।

श्रेणि के अलावा कर्मचारियों की अन्य संस्थाएँ भी थीं, जैसे, कर्मचारी सहकारी समितियाँ। इनमें साधारणतया किसी एक उद्यम से संबंधित विभिन्न कलाओं और शिल्पियों का समावेश होता था। इस प्रकार, वास्तुकला—नगर-निर्माण अथवा मंदिर निर्माण का कार्य ऐसी सहकारी संस्थाओं को सौंप दिया जाता था, जिनके सदस्य वास्तुकार, अभियंता, राज-मिस्त्री आदि विशेष निपुणता-प्राप्त कर्मचारी होते थे।

खुदाइयों में ऐसी बहुत-सी मुद्राएँ मिली हैं, जिन पर श्रेणियों और निगमों के

प्रतीक-चिन्ह मुद्रांकित हैं। उत्सव-समारोहों के अवसर पर श्रेणियों की पताकाएँ और अधिकार-चिन्ह शोभायात्रा में ले जाए जाते थे। अधिकार-चिन्ह श्रेणि को विज्ञापित करने के साधन भी थे, जैसे कुछ अंशों में वे उदार दान, जो श्रेणियों द्वारा इस युग में अनेक धार्मिक संस्थाओं और दातव्य प्रयोजनों के लिए दिए जाते थे। उदाहरणार्थ, अनाज-विक्रेताओं की एक श्रेणि ने एक अत्यंत कलात्मक ढंग से उत्कीर्ण गुफा बौद्धों को दान दी थी; विदिशा के हस्तदंत-शिल्पियों की एक श्रेणि ने साँची स्तूप के चारों ओर कठघरों तथा प्रवेशद्वारों पर पाषाण-शिल्प का उत्कीर्णन किया था; स्वर्णकारों तथा रजतकारों की श्रेणियाँ भी भेंट देने में इसी प्रकार उदार थीं। नासिक के एक गुफालेख में, जो किसी शक राजा के आदेश पर अंकित किया गया था, एक मंदिर के लिए वृत्तिदान का उल्लेख है, जिसके लिए एक विशाल धनराशि बुनकरों की एक श्रेणि में विनियोजित कर दी गई थी, और उस राशि के ब्याज से वृत्तिदान की व्यवस्था होती थी :

> 42वें वर्ष के बैशाख मास में दिनिका के पुत्र और क्षहरत क्षत्रप राजा नाहपण के जामाता ऊशवदत्त ने यह गुफा सामान्य रूप से बौद्ध संघ को दे दी है। उसने एक स्थायी दान भी दिया है, जिसकी राशि 3,000 कहपण है। यह राशि इस गुफा में रहनेवाले किसी भी मूल अथवा संप्रदाय के संघ के सदस्यों के कपड़ों तथा जीवनोपयोगी आवश्यकताओं की पूर्ति के लिए है। यह कहपण गोवर्धन में स्थित श्रेणियों में विनियोजित है—2,000 कहपण बुनकरों की एक श्रेणी में, जिसका मासिक ब्याज सौ कहपणों के लिए एक 'प्रतिका' है तथा 1,000 कहपण बुनकरों की एक अन्य श्रेणी में, जिसका मासिक ब्याज सौ कहपणों के लिए 3/4 प्रतिका है। ये कहपण वापस नहीं लिए जाएँगे, केवल उनका ब्याज लिया जाएगा। इनमें से 2,000 कहपणों का बयाज, जो एक प्रतिका प्रतिशत है, कपड़ों के लिए होगा। इनमें से मेरी गुफा में 'वस्सा' (वर्षा ऋतु, जब भिक्षु विहारों में रहते थे) रखनेवाले बीस भिक्षुओं में से प्रत्येक को बारह कहपण वस्त्र-राशि दी जाएगी। जो हजार कहपण 3/4 प्रतिका प्रतिशत की दर से विनियोजित किए गए हैं, उनसे प्राप्त राशि कुशन के लिए है। और कपूरा जिले के चिकालपंद्र ग्राम को नारियल के आठ हजार स्तंभ दिए गए हैं और प्रथा के अनुसार इस सबकी घोषणा करके नगर कक्ष में. अभिलेख कार्यालय में इसे पंजीकृत करा दिया गया है।[1]

नासिक स्थित उपरोक्त गुफालेख से दो रोचक बाता का पता लगता है। इनमें से एक का संबंध श्रेणियों के राजनीतिक महत्त्व से है। यद्यपि नागरिक जीवन में श्रेणिपति प्रभावशाली व्यक्ति होते थे, उनमें राजनीतिक प्रभुत्व प्राप्त करने की इच्छा का कोई संकेत नहीं मिलता है, क्योंकि राजनीति को राजाओं का ही विशेषाधिकार समझा जाता था। इसकी एक संभावित व्याख्या यह लगती है कि श्रेणियों में राजा का आर्थिक हित रहता था। व्यावसायिक धंधों में विनियोजित पूँजी भारी लाभ देती थी, संभवतः तुलनात्मक मूल्य की भूमि से प्राप्त राजस्व से भी अधिक। राजा लोग व्यापार-वाणिज्य में अपना धन लगाते थे और इसलिए श्रेणि के कल्याण का पूरा-पूरा ध्यान रखते थे। हो सकता है कि प्रकट रूप से मिलनेवाली राजकीय सहायता तथा राजा की ओर से किसी प्रकार का विरोध न होने के कारण श्रेणिपतियों की राजनीतिक महत्त्वाकांक्षाएँ कुंठित हो गई हों। इसके अतिरिक्त किसी भी श्रेणि की ओर से राजनीतिक सत्ता हथियाने के लिए आवश्यक था कि वह पहले अन्य श्रेणियों की निष्ठा प्राप्त करने के निमित्त उनसे गठबंधन करें, जिसके

अभाव में किसी भी राजनीतिक आकांक्षा की पूर्ति संभव नहीं थी। किंतु इस प्रकार के गठबंधन में जातिगत नियमों ने बहुत बड़ी बाधा उपस्थित की होगी; उदाहरण के लिए, भिन्न जाति की श्रेणियों के बीच एक साथ बैठकर खाने का निषेध पारस्परिक सहयोग में बहुत बड़ी बाधा था।

दूसरी बात जो इस गुफालेख से प्रकट होती है, यह है कि श्रेणियाँ महाजन, वित्त-प्रबंधक तथा न्यासधारी के रूप में भी कार्य कर सकती थीं। किंतु साधारणतया ये कार्य एक भिन्न श्रेणी के वणिकों द्वारा किए जाते थे जो श्रेष्ठि कहलाते थे। उनके वंशज आज उत्तर भारत में सेठ और दक्षिण भारत में शेट्टि अथवा चेट्टियार कहलाते हैं। रुपयों का लेन-देन पूर्णकालिक व्यवसाय नहीं था, और श्रेष्ठि लोग प्रायः दूसरे काम भी करते थे। कौड़ियाँ अथवा वस्तु-विनिमय प्रणाली विनियोजन में सहायक नहीं थी, अतः पौद्रिक अर्थतंत्र की आवश्यकता अनुभव की गई, जिसकी स्थापना के साथ व्यवसाय के रूप में साहुकारी का पहले से अधिक विस्तार हुआ। मौर्य-काल के बाद की शताब्दियों में सिक्कों के प्रचलन में भारी वृद्धि हुई। उत्तर-पश्चिम के राजाओं ने यूनानियों और ईरानियों के सिक्कों का अनुकरण किया, अन्य राजाओं ने स्थानीय सिक्के जारी किए जो मौर्यों के मुद्रांकित सिक्कों से बहुत श्रेष्ठ थे। विदेशी मुद्राओं, जैसे रोमनों की दीनारी, का खूब प्रचलन था। विश्वास किया जाता है कि दक्षिण भारत में पाई गई रोमन स्वर्ण-मुद्राओं का उपयोग सोने की ठोस ईंट के रूप में होता था। रुपए का लेन-देन साहुकारी का एक मान्य अंग था और सूद की साधारण दर पंद्रह प्रतिशत थी। समुद्री व्यापार के लिए दिए गए ऋण पर सूद की दर अधिक होती थी। इस समय के एक अधिकारी लेखक ने सुझाव दिया है कि ऋण लेनेवाले व्यक्ति की जाति के अनुसार सूद की दर अलग-अलग होनी चाहिए, अर्थात् नीची जाति के लोगों की अपेक्षा ऊँची जाति के लोगों पर सूद की दर कम होनी चाहिए। इसका स्पष्ट कारण यह था कि नीची जाति के और आर्थिक दृष्टि से हीन व्यक्तियों के लिए ऋण का भुगतान करना ज्यादा कठिन होता था। कहना न होगा कि ऋणग्रस्तता से गतिशीलता में कमी और हीन भावना आ जाती थी।

किंतु मुद्रा के बढ़ते हुए उपयोग से विनिमय-प्रणाली का अंत नहीं हुआ, जिसका प्रचलन विशेष रूप से ग्रामीण क्षेत्रों में बना रहा। उदाहरण के लिए, चोल राज्यों में रोमन स्वर्ण-मुद्राओं तथा ताँबे की अन्य अपेक्षया छोटी मुद्राओं के प्रचलन के बावजूद, धान अनेक शताब्दियों तक विनिमय की इकाई बना रहा। देश के अन्य भागों में बहुत प्रकार के सिक्के नगरों में चलते रहे। ये सिक्के सोने ('निष्क', 'स्वर्ण' तथा 'पल'), चाँदी (शतमान), ताँबे ('काकिनी') तथा राँगे के होते थे। सर्वाधिक प्रचलित सिक्का 'कार्षापण' चारों धातुओं में होता था। व्यापारिक धंधों के विस्तार के साथ माप और तौल अधिकाधिक सूक्ष्म और जटिल होते गए।

मुख्य रूप से उद्योग का संगठन उन क्षेत्रों में हुआ, जहाँ कच्चा माल सरलता से उपलब्ध था, अथवा जहाँ किसी विशिष्ट शिल्प की परंपरा चली आ रही थी और

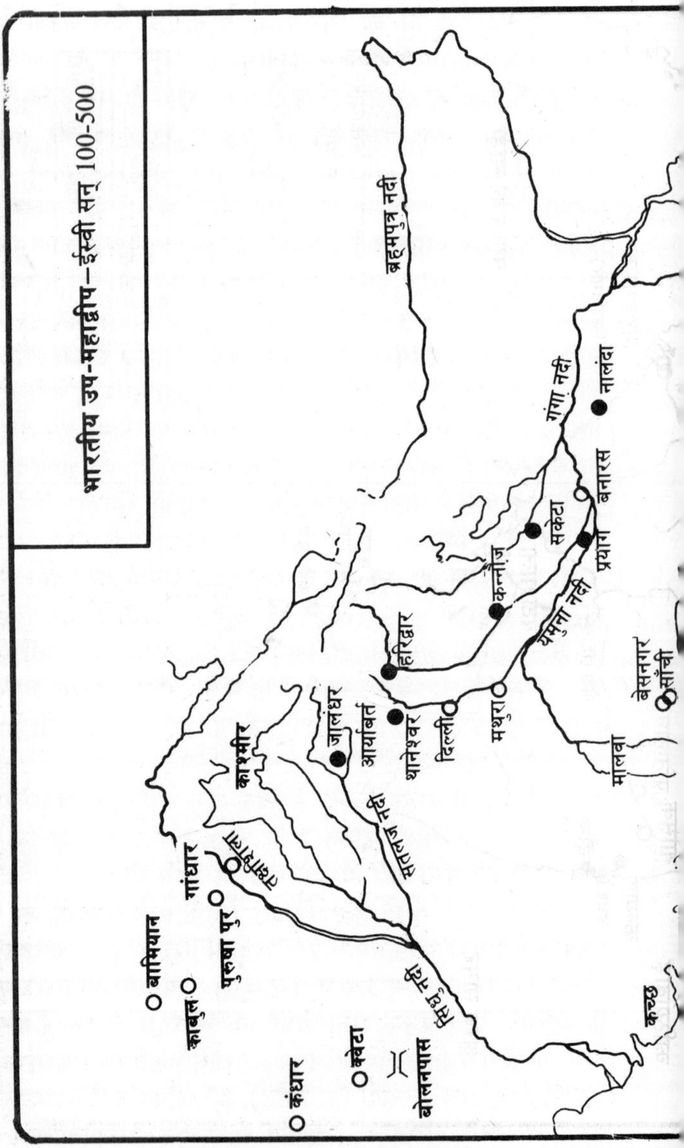
भारतीय उप-महाद्वीप—ईस्वी सन् 100-500
ब्रह्मपुत्र नदी
गंगा नदी
नालंदा
बनारस
सकेटा
प्रयाग
कन्नौज
यमुना नदी
हरिद्वार
बेसनगर
साँची
आर्यावर्त
जालंधर
थानेश्वर
दिल्ली
मथुरा
मालवा
काश्मीर
सतलज नदी
तक्षशिला
गांधार
पुरुषा पुर
बामियान
काबुल
सिंधु नदी
क्वेटा
कंधार
बोलनपास
कच्छ

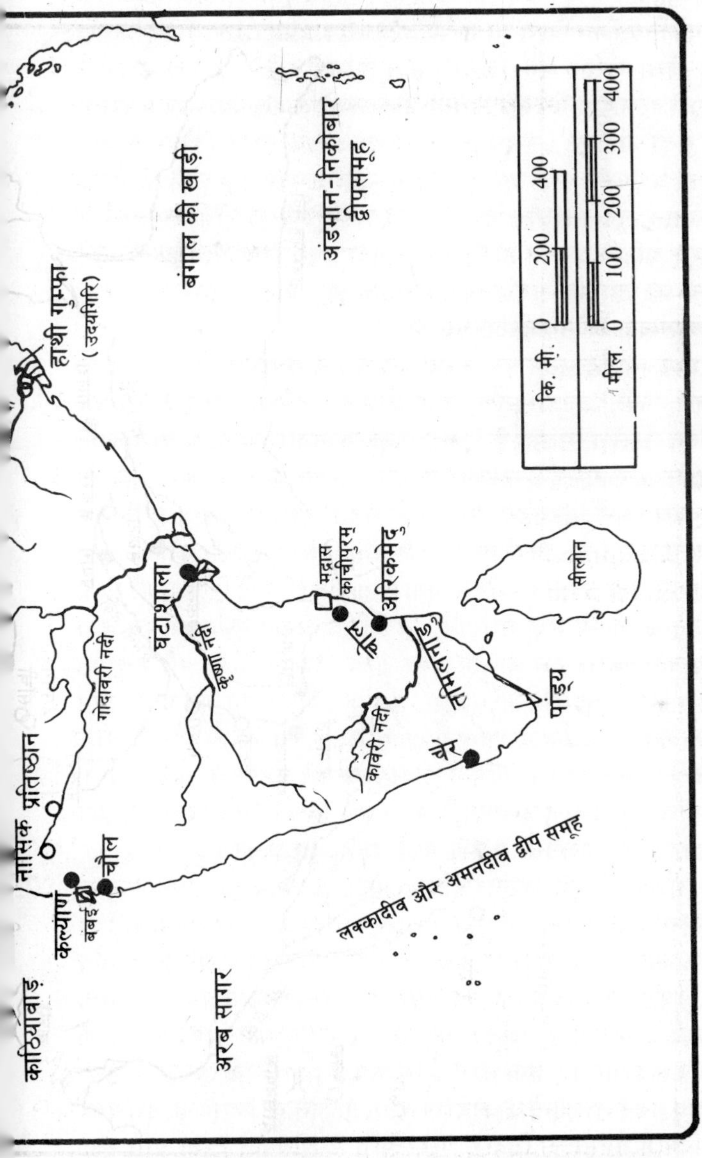
काठियावाड़
कल्याण
बंबई
चौल
नासिक
प्रतिष्ठान
अरब सागर
लक्कादीव और अमनदीव द्वीप समूह
गोदावरी नदी
घंटाशाला
कृष्णा नदी
हाथी गुम्फा
(उदयगिरि)
बंगाल की खाड़ी
अंडमान-निकोबार
द्वीपसमूह
मद्रास
कांचीपुरम्
अरिकमेडु
कावेरी नदी
तमिलनाडु
चेर
पांड्य
सीलोन
कि. मी. 0 200 400
मील. 0 100 200 300 400

शिल्पी निकटवर्ती क्षेत्रों से आकर वहाँ एकत्र हो जाते थे। ऐसा विशेष रूप से सूत और रेशम की कताई तथा बुनाई के मामले में होता था। सूती कपड़ों के निर्माण में बहुधा स्त्रियों को नियोजित किया जाता था, और उद्देश्य यह रहता था कि 'कपड़ा सर्प की केंचुल-जैसा बारीक बने, जिसमें धागा दिखाई न दे'। प्रत्येक अंचल में विभिन्न प्रकार के वस्त्र स्थानीय रूप से तैयार किए जाते थे और देश-भर में उनकी बिक्री आसानी से हो जाती थी। मगध में लोहा बहुत अधिक मात्रा में होता था, और बाहर भेजा जाता था, परंतु अन्य धातुएँ अनेक दूरवर्ती अंचलों में मिलती थीं। ताँबे की खानें राजस्थान, दक्खन और हिमालय की तलहटियों में थीं। हिमालय के ढलानों पर बहुत अधिक प्रयुक्त होनेवाली कस्तूरी तथा केसर भी मिलती थी। पंजाब की नमक की पहाड़ियाँ नमक का प्रमुख स्रोत थीं। दक्षिण भारत में मसाले, सोना, रत्न तथा चंदन की लकड़ी मिलती थी।

दक्षिणी राज्य व्यापक स्तर पर समुद्री व्यापार से परिचित थे, और उनके साहित्य में पत्तन, गोदी, प्रकाश-स्तंभ, चुंगी कार्यालय तथा बंदरगाह से संबंधित समस्त भवनों का उल्लेख मिलता है। जहाँ, कुल मिलाकर, भारतीय लोग अपने माल का परिवहन अन्य राष्ट्रों के नाविकों से कराना पसंद करते थे, चोलों का हिंद महासागर पर चलनेवाले परिवहन-व्यापार में बहुत बड़ा भाग था। वे विविध प्रकार के जलयान बनाते थे—हल्के तटीय जलयान, एक-एक तख्ते को एक साथ बाँधकर बनाए गए बड़े जलयान, और मलाया तथा दक्षिण-पूर्वी एशिया की यात्रा पर जाने के लिए उनसे भी बड़े जलयान। प्लिनी के कथनानुसार, सबसे बड़ा भारतीय जलयान पचहत्तर टन का था, परंतु अन्य स्रोत इससे भी बड़े अनुमान प्रस्तुत करते हैं। चित्रकला और वास्तुकला में अंकित यान बहुत बड़े प्रतीत नहीं होते, परंतु हो सकता है कि यह केवल तटीय जहाजों का चित्रण हो। साहित्यिक ग्रंथों में तीन, पाँच या सात सौ तक यात्रियों को ले जानेवाले जलयानों की चर्चा प्रायः मिलती है। भड़ौंच पहुँचनेवाले जलयानों के लिए अग्रनौकाएँ तैयार रहती थीं, और उचित स्थानों पर लंगर डालने में उनका मार्ग-दर्शन करती थीं।

सर्वाधिक लाभप्रद समुद्री व्यापार दक्षिण भारत से होनेवाला रोमन व्यापार था। यवन (अर्थात् पश्चिमी एशिया एवं भूमध्यसागर) के व्यापारियों ने सातवाहनों के राज्यों में तथा सुदूर दक्षिण के राज्यों में अपने व्यापारिक संस्थान खोल रखे थे। समृद्ध व्यापारियों के दूसरे समूह में इंडो-यूनानियों तथा उत्तर एवं पश्चिम के शकों के वंशज थे, जिनके अस्तित्व की जानकारी पश्चिमी तट के अनेक स्थानों पर खुदवाए गए दान-लेखों से मिलती है। प्रारंभिक तमिल साहित्य में माल से भरे हुए यवन जलयानों के कावेरीपत्तनम पहुँचने का चित्रण है; इस नगर का वह भाग, जिसमें यवनों का निवास था, समृद्धि से ओतप्रोत रहता था। कुछ तमिल राजा यवन अंगरक्षक रखते थे, जिनसे यह आभास मिलता है कि वे विचित्र भी समझे जाते थे और विशेष भी।

ईसा की लगभग पहली शताब्दी में लिखे गए पूर्वी-पश्चिमी व्यापार के समुद्री

भूगोल—'पेरिप्लस मेरिस ऐरिथ्री'—में उन वस्तुओं का, जिन्हें जहाजों में ले जाया जाता था, तथा व्यापारियों और जलयानों द्वारा अपनाए गए मार्गों का विवरण दिया गया है। इथोपिया के अंतर्देश से अफ्रीकी हाथीदाँत और सोना यहाँ आता था, और साथ ही वह भारतीय मलमल के लिए बाजार भी था। आज के जोर्डन क्षेत्र में, सागर तट से दूर, पेट्रा नगर लाल सागर के मार्गों को पश्चिम एशियायी मार्ग से जोड़ता था। वास्तव में अरब के अनेक तटीय नगर इसी प्रकार इन मार्गों से जुड़े हुए थे। डायोस्कोराइड्स सोकोतरा का द्वीप था, जो विनिमय के लिए एक महत्वपूर्ण बंदरगाह था, तथा भारतीय जलयान चावल, गेहूँ, कपड़ा और दासियाँ यहाँ लाते थे और कछुए की पीठ की हड्डी यहाँ से ले जाते थे। फारस की खाड़ी के दक्षिणी तटों पर स्थित नगर भारतीय ताँबा, चंदन की लकड़ी, सागवान तथा आबनूस लेते थे और भारत को मोती, बैंगनी रंग, कपड़ा, मदिरा, खजूर, सोना तथा दास भेजते थे। इनमें से कुछ बंदरगाहों का उपयोग बहुत पहले सिंधु घाटी के लोगों द्वारा सुमेर के साथ व्यापार में किया जाता होगा। सिंधु के मुहाने पर बहुत अधिक प्रयुक्त होनेवाला एक अन्य बंदरगाह बरबारीकम था, जो क्षौम वस्त्र (लिनन), पुखराज, मूँगा, शिलाजीत (सुगंधित धूप बनाने में प्रयुक्त होनेवाली एक प्रकार की राल), लोहबान, काँच, चाँदी, सोने की तश्तरी और मदिरा का आयात करता था; तथा बहुत प्रकार के मसालों, फिरोजे, नीलम, मलमल, रेशम के धागे और नील का निर्यात करता था। बेरीगाज़ा (आधुनिक भड़ौंच) जिसे भारतीय स्रोतों में भारूकच्छ कहा गया है, भारत के पश्चिमी तट पर सबसे प्राचीन तथा सबसे बड़ा प्रवेश-द्वार था, और पश्चिमी एशिया के साथ अधिकांश व्यापार इसी के माध्यम से होता था। वह विविध प्रकार के मिले-जुले माल का आयात करता था, जिसमें इटली, यूनान तथा अरब की मदिरा, ताँबा, टीन, जस्ता, मूँगा, पुखराज, गाज, शिलाजीत, मीठी तिपतिया घास, काँच, लाल हरताल (एक प्रकार की राल), सुरमा, स्वर्ण तथा चाँदी की मुद्राएँ, और विभिन्न प्रकार के औषधियुक्त मरहम शामिल थे। स्थानीय शासकों के लिए उपहार भी भेजे जाते थे, जैसे सोने और चाँदी के सामान्य आभूषण, गानेवाले लड़के और लड़कियाँ, तथा उच्च कोटि की मदिराएँ एवं वस्त्र। बेरीगाज़ा से निर्यात की जानेवाली वस्तुओं में मसाले, जटामासी, मालाबाथरम (मरहम बनाने में जिसका उपयोग होता है), हीरे, नीलम तथा रत्न और कछुए की पीठ की हड्डी सम्मिलित थे। इनमें से कुछ बंदरगाहों का पुरातत्त्व की खोजों से पता लगा है। उस समय व्यापार के लिए मार्ग प्रायद्वीप के चारों ओर होकर तट के ऊपर की ओर जाता था, जहाँ के अनेक स्रोतों में उल्लिखित समस्त बंदरगाहों में से एक—अरिकामेडु (जिसे पेरिप्लस ने पेडोक कहा है) के बारे में पर्याप्त विस्तृत जानकारी मिलती है। 1945 ई. में हुई एक विस्तृत खुदाई में यहाँ एक ऐसी विशाल रोमन बस्ती का पता चला है, जो एक व्यापारिक केंद्र था और जिसके निकट एक बंदरगाह था।

इसलिए अरिकामेडु मलाया और चीन जानेवाले मार्ग पर केवल साधारण

बंदरगाह नहीं था, क्योंकि यहाँ न केवल भारतीय माल ही खरीदकर जहाजों पर लादा जाता था, बल्कि अरिकामेडु में मलमल और इसी प्रकार की अन्य वस्तुओं का, संभवतः रोम-निवासियों की रुचि तथा उनके द्वारा दिए गए नमूनों के अनुसार, निर्माण भी होता था, जो फिर जहाजों द्वारा रोम को भेज दिया जाता था। रोमन मिट्टी के बर्तनों, माला के दानों, काँच तथा पकी हुई मिट्टी की मूर्तियों के अवशेष देखने से प्रतीत होता है कि रोम-निवासी अरिकामेडु का उपयोग पहली शताब्दी ई. पू. से ईसा की दूसरी शताब्दी के प्रारंभ तक करते रहे थे। रोमन लोग माल का मूल्य मुख्यतः स्वर्ण-मुद्राओं में चुकाते थे। दक्खन और दक्षिणी भारत में बारंबार मिलनेवाले रोमन मुद्राओं के कोषों से पता चलता है कि यह व्यापार कितने बड़े परिमाण में होता था। यहाँ पाए गए अधिकांश सिक्के आगस्टस तथा टाइबेरियस के हैं। नीरो के सिक्कों में क्योंकि खोट था, अतः लोगों ने उन्हें जमा नहीं किया। इनमें से बहुत-से सिक्कों को एक छड़ से चिन्हित कर दिया गया है, जिसका उद्देश्य संभवतः उन्हें बाजार में चलने से रोकना और यह संकेत करना था कि वे बुलियन के रूप में इस्तेमाल किए जाते थे। रोम से होनेवाले व्यापार में भारत को वहाँ से हर वर्ष पचपन करोड़ सेस्टर्स की प्राप्ति होती थी, अतः प्लिनी ने अगर यह शिकायत की थी कि भारतीय व्यापार रोम की राष्ट्रीय आय का एक बहुत बड़ा भाग हथिया लेता है, तो इसमें कोई आश्चर्य की बात नहीं है। भारत से अधिकतर धनवान रोमनों तथा उनके परिवार के लिए विलासिता के सामान—मसाले, रत्न, वस्त्र तथा मनोरंजक पशु-पक्षी (लंगूर, तोते तथा मोर) मँगाए जाते थे। व्यापारिक शब्दावली में इसे रोम के अनुकूल व्यापार नहीं कहा जा सकता था।

दक्षिण के अधिकांश नगर, जैसे कावेरीपत्तनम, बंदरगाह थे, जो इस व्यापार से समृद्ध हुए थे। एक प्राचीन तमिल कविता में कावेरीपत्तनम का वर्णन करते हुए बताया गया है कि बीचोबीच बने हुए एक उद्यान और एक खुले बाजार से यह नगर दो हिस्सों में बँट गया था। राजभवन तथा समृद्ध व्यापारियों के ईंटों से निर्मित भवन नगर के भीतरी भाग में थे। तटवर्ती आधे भाग में, जो शिल्पियों तथा कारीगरों और मध्यम श्रेणी के लोगों से बसा हुआ था, व्यापारियों के गोदाम और कार्यालय भी थे। विदेशियों ने तटवर्ती भाग में अपनी अलग बस्ती बना रखी थी।

उत्तरी भारत से रोम-निवासियों के संपर्क अपेक्षाकृत अप्रत्यक्ष थे। तक्षशिला अधिकांशतया भिन्न-भिन्न भागों से आनेवाले माल का संग्रह-स्थल था। उदाहरण के लिए, नीलमणि तथा वैदूर्य ईरान तथा अफगानिस्तान से आता था और रेशम मध्य एशिया होते हुए 'रेशम मार्ग' द्वारा चीन से आता था। इस युग में पार्थिया से रोम का संघर्ष होने के कारण पार्थिया चीनी माल को सीधे रास्ते से पश्चिम तक नहीं जाने देता था, और इसलिए यह व्यापार तक्षशिला तथा भड़ौंच के माध्यम से होने लगा, जिससे उत्तर-पश्चिमी भारत की समृद्धि में वृद्धि हुई।

भारत के लिए व्यापारिक निकास का एकमात्र विकल्प यवनों से व्यापार ही नहीं था। यह वह युग था, जिसमें दक्षिण-पूर्व एशिया से व्यापार का विस्तार हुआ,

और इसका प्रारंभ रोम-निवासियों की मसालों की माँग से हुआ था, जिसने भारतीय व्यापारी को मध्यस्थ बनकर मलाया, जावा, सुमात्रा, कंबोडिया तथा बोर्नियो जैसे मसाले पैदा करनेवाले देशों की जोखिम भरी यात्राएँ करने के लिए प्रेरित किया। परंतु धीरे-धीरे दक्षिण-पूर्व एशिया में बसे हुए भारतीयों के साथ और बड़े व्यापार का विकास हुआ, जिसका नेतृत्व भारत के पश्चिमी और दक्षिणी तटों के व्यापारियों ने किया। बाद में दक्षिण भारतीय व्यापारियों ने इस व्यापार पर लगभग पूर्ण आधिपत्य जमा लिया। कलिंग तथा मगध के वणिक भी बड़े व्यापारियों में थे। परंतु व्यापार के इस प्रारंभिक इतिहास में उन्होंने अपना ध्यान श्रीलंका, बर्मा तथा भारत के पूर्वी तट पर ही केंद्रित रखा।

जबकि दक्षिणी भारत में रोमन व्यापार का आर्थिक प्रभाव अधिक स्पष्ट था, उत्तर में रोमन-यूनानी विचारों तथा कला-कौशल का प्रभाव अधिक दिखाई पड़ता है। निस्संदेह इसका कारण उत्तर भारत का यूनानी संस्कृति से दीर्घकालिक संपर्क था। पण्य वस्तुओं के विनिमय ने अनिवार्यतया विचारों के आदान-प्रदान को जन्म दिया। दोनों ओर से अधिकतर तकनीकी शब्दों का आदान-प्रदान इस विनिमय का प्रत्यक्ष परिणाम था। बौद्ध मत के विकास में तथा कला में उसकी अभिव्यक्ति पर भी यह प्रभाव दृष्टिगोचर होता है। यूनानियों में बौद्ध मत लोकप्रिय रहा होगा, क्योंकि ब्राह्मणों के वर्ण की सीमाओं में बँधे हुए व्यवहार की अपेक्षा इसके माध्यम से भारतीय समाज तक पहुँचना सरल था। उत्तर-पश्चिम की मुद्राओं पर यूनानी भाषा अंकित है, जिससे ज्ञात होता है कि यूनानी लोग स्थानीय भारतीय भाषा के साथ-साथ यूनानी भाषा का प्रयोग भी करते थे। अतीत में यह बताया जाता था कि यूनानी नाटक से प्रेरणा पाकर भारत में क्लासिकी नाटक का उत्थान हुआ, परंतु अब यह मान्यता प्राचीन भारतीय नाटकों की खोज से, जिसने भारतीय नाटक के उद्भव का सूत्र प्रस्तुत किया है, और इस तथ्य से भी कि संस्कृत नाटक भावना की दृष्टि से यूनानी नाटकों से सर्वथा भिन्न है, गलत सिद्ध हो गई है। भारतीय लोक-कथाएँ तथा आख्यायिकाएँ पश्चिम की ओर गईं और भिन्न-भिन्न रूपों में उन्होंने यूरोपीय साहित्य में स्थान पाया। भारतीय सेना के चार परंपरागत अंगों के आधार पर 'चतुरंग' की संज्ञा प्राप्त करनेवाला तथा चार खिलाड़ियों द्वारा खेला जानेवाला शतरंज का खेल इस युग के अंत में फारसियों में लोकप्रिय होने लगा था।

इस संपर्क का एक दीर्घकालिक परिणाम यह हुआ कि भूमध्य-सागरीय विश्व के विभिन्न ग्रंथों, जैसे स्ट्राबो की 'ज्योग्राफी', एरियन के 'इंडिका', प्लिनी की 'नेचरल हिस्ट्री', 'पेरीप्लस मेरिस एरीथ्री' तथा प्टोलेमी की 'ज्योग्राफी' में, भारत की विस्तृत चर्चा हुई, और यूनानियों तथा रोमनों को विश्व का जैसा परिचय था, उसमें भारत को महत्त्वपूर्ण स्थान प्राप्त हुआ। तथापि, सर्वाधिक प्रत्यक्ष और दर्शनीय प्रभाव कला के क्षेत्र में पड़ा, जिसके फलस्वरूप गांधार कला की मिश्रित यूनानी- भारतीय शैली का जन्म हुआ, और इन शताब्दियों में यह अफगानिस्तान

तथा पश्चिमोत्तर भारत में प्रमुख कलात्मक अभिव्यक्ति का माध्यम रही। गांधार कला का जन्म अलेक्जैंड्रिया की ग्रीको-रोमन शैली से हुआ था, जहाँ से कांसे तथा सीमेंट की मूर्तियाँ पश्चिमी एशियायी मार्गों से होकर अन्य क्षेत्रों में पहुँचीं। जिस समय अलेक्जैंड्रिया की कला उत्तरी भारत में पहुँची, उस समय बौद्ध धर्मशास्त्र में संतों और देवताओं की संख्या में वृद्धि हो रही थी, और इन दोनों का सम्मिलित प्रभाव मूर्तिकला और चित्रकला के लिए आदर्श प्रमाणित हुआ।

पश्चिमी एशिया में भारतीय विचारों का प्रभाव भी इस युग में देखा जा सकता है। विशेष रूप से मनिके (Manichae), नॉस्टिक (Gnostic) और नव-प्लेटो (Neo-Platonist) मतानुयायियों के सिद्धांतों का अध्ययन इस दृष्टि से अत्यंत रोचक है। ईसा के जीवन के कुछ प्रसंग (अलौकिक जन्म तथा शैतान द्वारा प्रलोभन) बुद्ध के जीवन की दंतकथाओं में वर्णित घटनाओं से इतने मिलते-जुलते हैं कि कुछ अप्रत्यक्ष ऋणादान की बात न सोच पाना कठिन हो जाता है। इसीनों (Essenes)* के कर्मकांड का अध्ययन करने से भी यह संकेत मिलता है कि भूमध्यसागरीय संसार को भारतीय धार्मिक विश्वासों तथा आचरण की जानकारी थी। यह अवश्य है कि पारस्परिक प्रभाव दोनों ओर था, जिसका प्रमाण, उदाहरण के लिए, बौद्ध मत पर पारसी धर्म का प्रभाव है। भारतीय धर्म के कुछ अन्य रूपों का अनुकरण भी पश्चिम में हुआ, जैसे संन्यास (अलेक्जैंड्रिया के पॉल और संत एंथोनी),स्मारक-पूजा तथा रुद्राक्ष माला का उपयोग।

अनेक भारतीय राज्यों ने रोम को अपने राजदूतवर्ग भेजे। इनमें संभवतः सर्वाधिक प्रसिद्ध वह था, जो लगभग 25 ई. पू. में भड़ौंच से समुद्री मार्ग द्वारा गया था और जिसके साथ मनुष्यों तथा पशुओं का अनोखा समूह था, जैसे चीते, तीतर, सर्प, कछुए, एक भिक्षु तथा एक ऐसा भुजाविहीन लड़का, जो पैर के अँगूठे से बाण चला सकता था। रोमन सम्राट को भेंट देने के लिए इन सब वस्तुओं को उपयुक्त समझा गया था। इस दल को रोम पहुँचने में चार वर्ष लगे थे, और तब ये पशु आगस्टस को लगभग 21 ई. पू. में भेंट किए गए थे।

पश्चिम से संबंध किसी भी दृष्टि से ऐसा एकमात्र साधन नहीं था, जिसमें उत्तेजक संभावनाएँ निहित थीं, क्योंकि यही वे शताब्दियाँ थीं जिनमें भारत का संबंध चीन से स्थापित हुआ, और दक्षिण-पूर्व एशिया में भारतीय संस्कृति का प्रवेश हुआ; और इन सारे संबंधों का सूत्रपात व्यापार के माध्यम से हुआ था। ईसा-पूर्व की दूसरी और तीसरी शताब्दियों में कुछ ऐसी चीनी वस्तुएँ भारत में प्रयुक्त होती थीं, जिनके नाम स्पष्टतः चीनी भाषा से व्युत्पन्न हैं, जैसे चीनी वस्त्र : 'चीन पट्ट', तथा बाँस : 'कीचक', जिसका संबंध चीनी 'की-चोक' से है। चीन से भारत के अधिक स्थायी संबंधों का सूत्रपात 65 ई. में प्रथम बौद्ध प्रचारकों के चीन पहुँचने के साथ हुआ, जिन्होंने लो-पांग की सुप्रसिद्ध व्हाइट हौर्स मोनास्टरी को

---

* कुछ मान्यताओं के अनुसार ईसा मसीह प्रारंभ में इसी संप्रदाय के अनुयायी थे।

अपना आवास बनाया था। इस प्रक्रिया में मध्य एशियाई मरुद्यानों के निवासियों ने, जिनसे धर्म-प्रचारकों का रास्ते में संपर्क हुआ था, बौद्ध मत ग्रहण कर लिया, तथा यारकंद, खोतान, काशगर, ताशकंद, तुर्फान, मीरन, कूची, कड़ाशहर और तुन-ह्वांग जैसे स्थानों में मठों की स्थापना हुई। भारत से पांडुलिपियाँ, चित्र तथा धार्मिक वस्तुएँ लाई गईं, और अनेक शताब्दियों तक इन मठों की भारत और चीन दोनों स्थानों पर बौद्ध मत के विकास में घनिष्ठ और जीवंत रुचि बनी रही। वास्तव में, परवर्ती बौद्ध इतिहास की अधिक महत्त्वपूर्ण जानकारी इन स्थलों पर होनेवाली खुदाई से ही प्राप्त हुई है। ईसा की तीसरी शताब्दी तक चीन के बौद्ध मत मतानुयायी बौद्ध मत का अध्ययन करन के लिए मध्य एशिया आने लगे थे।

चीन से बढ़ते हुए संपर्क के कारण दक्षिण-पूर्व एशियाई बंदरगाहों की अधिक यात्राएँ होने लगीं, क्योंकि चीन को जानेवाला समुद्री मार्ग इन बंदरगाहों को स्पर्श करता था। दक्षिण-पूर्व एशियाई राज्यों के उद्भव से संबंधित दंतकथाओं में भारतीय राजाओं और वणिकों के योगदान का उल्लेख है। कहते हैं कि कलिंग-निवासियों ने बर्मा में इरावदी के मुहाने पर तथा जावा के भिन्न-भिन्न भागों में बस्तियाँ स्थापित की थीं। इस संबंध में एक भारतीय ब्राह्मण कौंडिन्य को, जिसने कंबोडिया की एक राजकुमारी से विवाह किया था, कंबोडिया में भारतीय संस्कृति का प्रसार करने के लिए स्मरण किया जाता है। भारतीय साहित्य इन भागों में भारतीय यात्रियों के विलक्षण तथा अविश्वसनीय कार्यों से ओतप्रोत है।

अब तक इस उपमहाद्वीप के बंदरगाहों और व्यापार-केंद्रों में विदेशियों की बहुत बड़ी संख्या हो गई थी। हालाँकि उनमें से अनेक लोगों ने स्वभाव और आचरण में भारतीयता अपना ली थी, किंतु उन्हें एक वर्ण-आधारित समाज में आत्मसात करना समाजवेत्ताओं के लिए एक समस्या बन गई। सामाजिक नियम अब कड़े होते जा रहे थे और ईसा की पहली दो शताब्दियों में किसी समय रचित 'मानव-धर्मशास्त्र' के कथित प्रणेता आदिपुरुष मनु की व्यवस्थाओं को सामाजिक नियमों के प्रमाणस्वरूप उद्धृत किया जा रहा था। सैद्धांतिक रूप से चारों वर्णों की निश्चित और स्पष्ट व्याख्या कर दी गई थी और उनके शास्त्रसम्मत कार्यकलापों तथा कर्तव्यों से संबंधित नियम समस्त सामाजिक गतिविधियों का नियंत्रण करते थे। फिर भी व्यवहार में उनमें अनेक विसंगतियाँ थीं।

वर्ण और हिंदुत्व एक-दूसरे से इस प्रकार जुड़े हुए थे कि मत-परिवर्तन द्वारा हिंदू धर्म में प्रवेश करना शास्त्रीय दृष्टि से कठिन था। अहिंदुओं का कोई विशाल समूह धीरे-धीरे उसकी उपजाति बनकर हिंदू धर्म में आत्मसात हो सकता था, परंतु किसी एक व्यक्ति के हिंदू धर्म ग्रहण करने से उसे उपयुक्त वर्ण प्रदान करने की समस्या उपस्थित होती थी, क्योंकि वर्ण जन्म पर निर्भर करता था। अतएव यूनानियों, कुषाणों तथा शकों के लिए बौद्ध मत ग्रहण करना सरल था, और बहुतों ने किया भी; और चूँकि उस समय बौद्ध मत उत्कर्ष पर था, इसलिए उसकी प्रतिष्ठा

ने नव-दीक्षित व्यक्तियों का तालमेल सरलता से बैठा दिया। दूसरी ओर ब्राह्मण रूढ़िवादिता को भी यूनानियों तथा शकों जैसे गैर-इंडो-आर्य लोगों के साथ समझौता करना पड़ा, क्योंकि उनके पीछे राजनीतिक शक्ति थी, और इसलिए उनके साथ अस्पृश्यों जैसा व्यवहार नहीं किया जा सकता था। अतः उन्हें 'पतित क्षत्रिय' की श्रेणी में रखना एक चतुर युक्ति का प्रयोग था। जिन विदेशियों ने भारत में राजनीतिक तथा आर्थिक महत्त्व प्राप्त कर लिया था, उनकी यहाँ उपस्थिति ने अनेक सामाजिक समस्याएँ खड़ी कर दीं, और उन्होंने निश्चय ही वर्ण की सैद्धांतिक संरचना को भी चुनौती दी होगी। जो लोग निम्न वर्ण के थे उन्होंने निस्संदेह विदेशियों के साथ मिलकर प्रयत्न करने और उच्चतर वर्ण में स्थान पाने का अवसर हाथ से नहीं जाने दिया। व्यवसाय और वाणिज्य में विस्तार का अर्थ श्रेणियों की संख्या में वृद्धि तथा बहुत-से शिल्पियों को रोजगार मिलना भी था। ये शिल्पी अधिकतर शूद्र वर्ण के थे, और संभवतः इनमें से कुछ ने अपना व्यवसाय तथा स्थान बदलकर अपनी वर्ण-स्थिति में सुधार कर लिया।

ये समस्याएँ उत्तर में अधिक थीं, जो अब भी आर्य संस्कृति का गढ़ था। अन्यत्र आर्यत्वीकरण की—संस्कृत एवं आर्य संस्कृति के आदर्श आरोपित करने की—प्रक्रिया को सतर्कतापूर्वक आगे बढ़ाया गया। उदाहरण के लिए, सातवाहन राजाओं ने स्थानीय बोली के स्थान पर (जिसे घृणा से 'पिशाची भाषा' कहा जाता था) संस्कृत और प्राकृत के प्रयोग द्वारा तथा वैदिक कर्मकांड का प्रचार करके आर्यत्वीकरण की नीति का अनुसरण किया था। इससे और आगे सुदूर दक्षिण में जैन और बौद्ध मत की दीक्षा देनेवाले प्रचारक भी आर्यत्वीकरण को अपने साथ लेकर आए थे।

अर्थतंत्र में अपनी भूमिका के अतिरिक्त श्रेणियों ने शिक्षा की भी व्यवस्था की यद्यपि यह औपचारिक शिक्षा नहीं थी, जो ब्राह्मणों और भिक्षुओं के हाथ में ही रही। एक विशिष्ट शिल्प के कारीगरों तक ही सदस्यता को सीमित रखने के फलस्वरूप ये श्रेणियाँ तकनीकी शिक्षा का केंद्र बन गई थीं। खनन, धातु-कर्म, रँगाई, बुनाई, बढ़ईगीरी आदि का ज्ञान संबंधित श्रेणियों द्वारा सुरक्षित रखा जाता था और उसमें सुधार भी किया जाता था। इस प्रक्रिया से हुई दर्शनीय प्रगति उन सिक्कों में मूर्तिमान है, जो आज भी उपलब्ध हैं; मौर्यकाल और उन परवर्ती युगों के स्तंभों में परिलक्षित है, जब पत्थर की कटाई और उस पर पालिश करने की कला पूर्णता को पहुँची हुई थी; तथा उत्तरी काली पालिश के बर्तनों जैसी साधारण वस्तुओं तक में दिखाई देती है, जिनकी प्रतिकृति बनाना संभव नहीं जान पड़ता है। बाँधों और सिंचाई जलाशयों के निर्माण में अभियांत्रिक कुशलता का प्रमाण उनके अवशेषों और उनसे संबंधित शिलालेखों में प्राप्त होता है। रेखागणित का प्रारंभ वेदियों तथा यज्ञ-मंडपों के निर्माण में व्यवहारोचित सहायता देने के लिए हुआ, किंतु धीरे-धीरे इस विद्या का उपयोग अधिक जटिल वास्तुकला में होने लगा। वास्तविक मेहराब का ज्ञान यद्यपि था, पर इसका उपयोग साधारणतया भवनों में

नहीं होता था, जो आज भी अधिकतर लकड़ी के भवनों की परिपाटी पर बनते थे। धार्मिक भवनों में भी इस युग में निर्माण-कौशल के लिए अधिक अवसर नहीं था क्योंकि बौद्ध लोग प्रायः एक स्तूप तथा उसके चारों ओर एक घेरा और प्रवेश-द्वार बनाकर संतोष कर लेते थे, या फिर पहाड़ियों को इधर-उधर से काटकर साधारण किस्म की गुफाएँ बना लेते थे।

संसार के अन्य भागों से परिचय का प्रत्यक्ष लाभ जिन दो विज्ञानों को मिला, वे थे खगोल-विज्ञान तथा औषधि-विज्ञान। गहरे समुद्रों में नौसंचालन के लिए नक्षत्रों का विश्वसनीय अध्ययन होना आवश्यक था, और निस्संदेह, इस अध्ययन के लिए वित्त के रूप में वणिकों का संरक्षण प्राप्त हो रहा था। साथ ही, पश्चिमी एशिया से संपर्क के फलस्वरूप इस क्षेत्र में ज्ञान का उपयोगी आदान-प्रदान भी हुआ। भारतीय चिकित्सा-प्रणाली त्रिदोषों—वात, पित्त और कफ के सिद्धांत पर आधारित थी, इन तीनों के सही संतुलन से ही शरीर स्वस्थ रह सकता था। इन दिनों में अनेक भैषज-विश्वकोशों तथा भैषज-संहिताओं की रचना हुई, जिनमें सबसे अधिक महत्त्वपूर्ण ग्रंथ चरक का है, जो राजा कनिष्क का समकालीन था। इसके कुछ समय पश्चात इसी प्रकार का एक और ग्रंथ सुश्रुत ने लिखा। स्पष्टतः भारतीय जड़ी-बूटियों का ज्ञान पश्चिमी-संसार में पहुँच चुका था, क्योंकि यूनान के वनस्पतिशास्त्री थियोक्राइस्टस ने अपनी पुस्तक **हिस्ट्री ऑफ प्लांट्स** में भारत के विविध पौधों और जड़ी-बूटियों के भैषज प्रयोग का विवरण दिया है। भाषा के क्रमबद्ध विश्लेषण में बहुत-से लोगों ने निष्ठापूर्वक अपनां योगदान किया, जिसकी चरम परिणति संस्कृत पर पाणिनि के महान ग्रंथ में हुई। पातंजलि इस युग का वैयाकरणिक था, जिसका **महाभाष्य** पद-योजना तथा शब्दों के विकास का एक प्रभावशाली अध्ययन ही नहीं है बल्कि प्रसंगवश उस समय के इतिहास पर उपयोगी सामग्री भी प्रस्तुत करता है। इन शताब्दियों में रचे गए नाटक और काव्य अब तक जीवित हैं और आज भी उनसे सहायता ली जाती है।

औपचारिक शिक्षा में इन रुचियों की अभिव्यक्ति के साथ व्याकरण और वैदिक ग्रंथों के अध्ययन पर अधिक बल था। शिक्षा को उच्च वर्णों का ही विशेषाधिकार समझा जाता था : ब्राह्मण समस्त विद्याओं को ग्रहण करने के अधिकारी थे, पर क्षत्रियों और वैश्यों से आशा की जाती थी कि वे सीमित ज्ञान प्राप्त करके संतोष कर लेंगे। शूद्रों के लिए शिक्षा की संभावना तो थी, परंतु इसकी चर्चा बहुत कम हुई है। यही बात स्त्री-शिक्षा के विषय में भी है। धीरे-धीरे शिक्षा के दो अंग हो गए; एक, सैद्धांतिक ज्ञान जो ब्राह्मणों के लिए था और साथ ही उन लोगों के लिए भी था, जिन्हें ब्राह्मण शिक्षा देना चाहते थे; दूसरा व्यावहारिक और तकनीकी ज्ञान, जो व्यावसायिकों के लिए था। बौद्ध मठों ने मध्यम मार्ग अपनाया। उनकी व्याख्या के अनुसार औपचारिक शिक्षा में व्याकरण तथा औषधिशास्त्र दोनों का समावेश था, और उनका दृष्टिकोण भी साधारणतया ब्राह्मणों की तुलना में कम रूढ़िवादी था।

इस काल में धर्मशास्त्रों की रचना बहुत अधिक हुई। वैश्यों के बढ़ते हुए महत्त्व तथा नागरिक जीवन में अधिक उदार वातावरण के फलस्वरूप नई जातियों के निर्माण से पारंपरिक सामाजिक नियमों तथा प्रथाओं के समर्थकों में निश्चय ही चिंता का भाव उत्पन्न हुआ होगा, और अब समय आ गया था कि सामाजिक संबंधों की निश्चित परिभाषा की जाए। इस समय के सर्वाधिक महत्त्वपूर्ण धर्मशास्त्रों ने अगर कदम-कदम पर इस बात को दुहराया कि ब्राह्मण, समाज के अन्य सदस्यों की अपेक्षा हर दृष्टि से जन्मजात श्रेष्ठ हैं, और सबको, यहाँ तक कि धनिक वैश्यों को भी, उनका सर्वोच्च सम्मान करना चाहिए, तो इसमें आश्चर्य की कोई बात नहीं है।

साहित्यिक रचनाएँ धर्मशास्त्रों तथा व्याकरण तक ही सीमित नहीं थीं, काव्य और नाटक अत्यधिक लोकप्रिय थे। तत्कालीन काव्य तमिल में उपलब्ध है, जिसमें एक अत्यंत महत्त्वपूर्ण कविता **शिलप्पदिगारम्** (रत्नजटित नूपुर) है। इसकी कथा कावेरीपत्तनम नगर से संबंधित है। कोवलन नाम का एक तरुण, धनवान वणिक राजा की वेश्या से प्रेम करने लगता है, और अपनी पति-परायणा पत्नी की उपेक्षा करता है। इस काव्य का दुखद अंत तीनों की मृत्यु से होता है, परंतु पति-पत्नी का स्वर्ग में पुनर्मिलन हो जाता है। एक और काव्य **मणिमेगलै** कुछ शताब्दियों के पश्चात उपरोक्त काव्य के उत्तरार्द्ध के रूप में लिखा गया। इस काव्य में नायिका, कोवलन और वेश्या की पुत्री है, जो कट्टर बौद्ध है। नाटक अश्वघोष तथा भास की संस्कृत में लिखी गई नाट्य-रचनाओं के रूप में उपलब्ध है। कोई भी दो नाटककार एक-दूसरे से इतना भिन्न नहीं हो सकते, जितना ये दोनों हैं। मूलतः ईसा की प्रथम शताब्दी में लिखे गए अश्वघोष के दो नाटकों की पांडुलिपियाँ तुरफान (मध्य एशिया) के एक विहार में मिली थीं। दोनों नाटकों में बौद्ध कथानक है, और एक में तो बुद्ध के जीवन को ही नाटक के रूप में प्रस्तुत किया गया है। भरत ने अपने **नाट्यशास्त्र** में (संस्कृत साहित्य में **नाट्यशास्त्र** को वही स्थान प्राप्त है, जो यूनानी में अरस्तू के **पोयटिक्स** को) जो नियम निर्धारित किए हैं, अश्वघोष ने उनका पूर्ण रूप से पालन किया है। परंतु दो शताब्दी पश्चात लिखनेवाले भास के लिए इन नियमों की बहुत कम उपयोगिता रह गई थी। भास के नाटक या तो रामायण और महाभारत की घटनाओं पर आधारित हैं या वे ऐतिहासिक प्रेम-प्रसंगों को लेकर लिखे गए हैं, जिनमें से अधिकांश में अवंति के राजा उदयन की प्रेम-लीलाओं का चित्रण है। भास ने राजदरबार के सीमित दर्शकों के लिए लिखा था, जबकि अश्वघोष के नाटक धार्मिक सभाओं में जनसाधारण के सम्मुख भी सफलतापूर्वक अभिनीत किए जा सकते थे।

इस युग की स्थापत्य-कला को देखें चाहे मूर्ति-कला को, लगभग संपूर्ण कलात्मक अभिव्यक्ति के केंद्र में बौद्ध धर्म है, और इसमें से अधिकांश की सर्जना धनवान वणिकों और शिल्प-श्रेणियों के संरक्षण में तथा राजाओं के दान से संभव हुई थी। धार्मिक स्थापत्य-कला के अवशेष बौद्ध स्तूप तथा बौद्ध गुफा-मंदिर हैं।

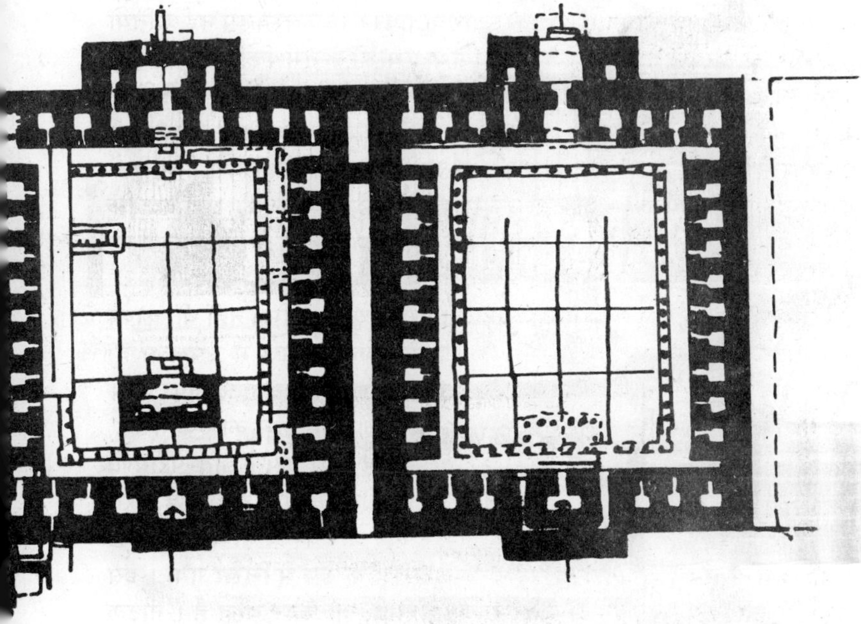

एक बौद्ध विहार की रूपरेखा

स्तूप, जिसका प्रारंभ बौद्धों से पहले प्रचलित समाधि-टीलों से माना जाता है, एक अर्द्ध-वृत्ताकार गुंबद-जैसा होता था, जिसका निर्माण स्वयं बुद्ध के या किसी पुण्यात्मा भिक्षु अथवा संत के किसी पवित्र स्मृति-चिह्न अथवा किसी पवित्र धर्म-ग्रंथ के ऊपर किया जाता था। स्मृति-चिह्न साधारणतः एक डिब्बे में रखकर स्तूप के मध्य में एक छोटे तहखाने में स्थापित किया जाता था। स्तूप के चारों ओर एक घेरा और उससे लगा हुआ एक मार्ग होता था। इस परिधि के चारों ओर रेलिंग में चार स्थानों पर तोरण होते थे, जो शिल्पियों को अपने कौशल के प्रदर्शन का अवसर देते थे। स्तूपों की जो रेलिंग आज उपलब्ध हैं उनमें पुरानी रेलिंग भरहुत की है (जिसे अब वहाँ से हटाकर कलकत्ता संग्रहालय में रखा गया है), जिसका समय दूसरी शताब्दी ई. पू. है। साँची के अपेक्षाकृत अधिक प्रसिद्ध स्तूप को इन्हीं दिनों में नया रूप देकर उसका विस्तार किया गया था।

स्वयं स्तूप में शिल्पी को अपना कौशल दिखाने की ज्यादा गुंजाइश नहीं रहती थी। तोरण, ग्रामों और नगरों में प्रयुक्त होनेवाले लकड़ी के मूलरूपों पर आधारित होते थे, और गुफा-मंदिरों में भी काष्ठ-शिल्प की शैलियों का ही अनुकरण किया जाता था। गुफाएँ पहाड़ियों के पार्श्व में खोदी जाती थीं, जिनका उपयोग भिक्षु लोग चैत्य अथवा मंदिर के रूप में करते थे। जब किसी गुफा की खुदाई किसी संरक्षक के उदार दान से होती थी, तो कई गुफाओं को मिलाकर स्तूप के एक

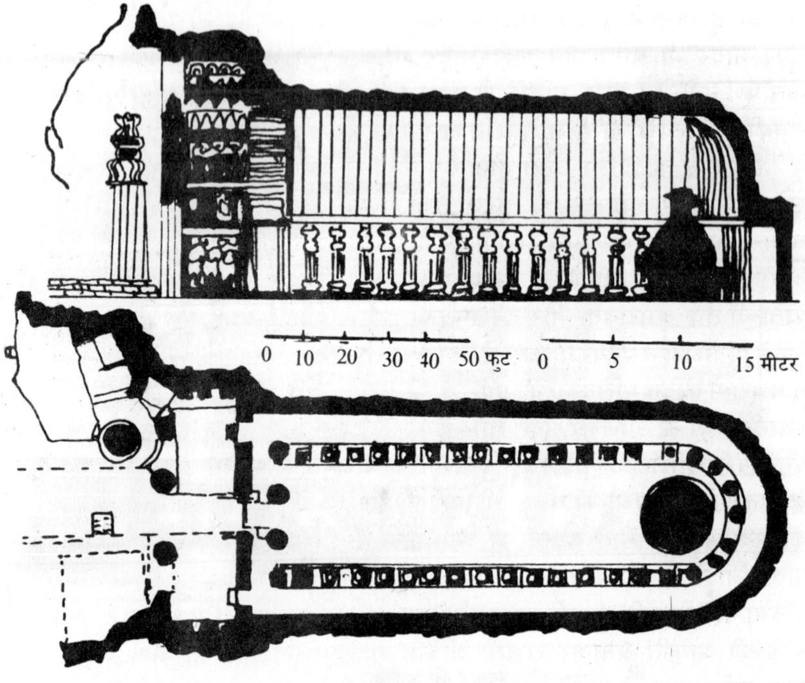

कार्ले स्थित चैत्य का पूजा-कक्ष : रूपरेखा और अंतिम रूप

सांगोपांग रूप का निर्माण करने का प्रयत्न किया जाता था, जिसमें चैत्य* (पूजाकक्ष) और विहार उसी प्रकार होते थे, जिस प्रकार पूरे ढाँचे के, स्वतंत्र रूप से निर्मित भवनों में। फलतः पश्चिमी दक्खन में पाई जानेवाली, विशेष रूप से कार्ले की, अपेक्षाकृत विशद गुफाओं की संरचना पर्याप्त जटिल है जिसे संपूर्णतया चट्टान में से काटकर बनाया गया है। कार्ले की गुफा में एक चौकोर द्वार से प्रवेश करना पड़ता है जहाँ से व्यक्ति पूजा-कक्ष में पहुँचता है। यह भी वर्गाकार है परंतु इसके एक किनारे पर एक झरोखा है, जिसमें एक लघुकृत स्तूप का आव. बनाया गया है। गुफा के दोनों ओर पहाड़ी के पार्श्व में कटे हुए तहखानों की एक श्रृंखला है, जिसमें भिक्षु रहा करते थे। कार्ले के दालान की छत लकड़ी की डाटवाली मेहराबदार छतों का अनुकरण करते हुए बनाई गई है, किंतु यहाँ डाटों के प्रतिरूप स्थापित करना सर्वथा अनावश्यक था, और इसमें परिश्रम का अपव्यय किया गया। हमारे समय में ख्याति प्राप्त करनेवाले एलोरा और अजंता के स्थलों पर भी बौद्ध गुफा-मंदिर तराशे गए थे, जो पहले मंदिरों से परिकल्पना में अधिक विशद

* चैत्य शब्द का प्रयोग, इसे बौद्धों से पूर्व के पवित्र प्रांगणों से संबद्ध करता है, जो प्रारंभिक प्रजातंत्रों में पूजा-अनुष्ठान के अनिवार्य अंग थे।

और वास्तु-कला में अधिक समृद्ध थे। बाद की शताब्दियों में एलोरा में हिंदुओं के गुफा-मंदिर भी बने। जैन गुफा-मंदिर भी थे, परंतु वे बौद्धों के मंदिरों-जैसे कलापूर्ण नहीं थे। गुफा-मंदिरों की संरचना अपने-आपमें परिपूर्ण होती थी और उनकी स्थापत्य शैली में अधिक विकास की गुंजाइश नहीं थी।

इस काल की शिल्प-कला मुख्य रूप से वास्तु-कला की सहायक थी, जिसका उद्देश्य अनिवार्यतया स्तूपों के तोरणों तथा रेलिंगों और चैत्यों के प्रवेश-द्वारों को सजाना था। प्रारंभिक मूर्तिकारों को पत्थर पर कार्य करने का अभ्यास नहीं था, और लकड़ी तथा हाथीदाँत के मृदुतर माध्यमों में वे दक्ष थे। परंतु ईसा की दूसरी शताब्दी तक अमरावती और दक्खन की गुफाओं को देखने से ज्ञात होता है कि इनके मूर्तिकारों ने पत्थर के कार्य में निपुणता प्राप्त कर ली थी। जैन मतावलंबियों ने मथुरा में केंद्रित मूर्तिकला की एक स्वतंत्र शैली को संरक्षण प्रदान किया, जिसमें स्थानीय रूप से उपलब्ध सुंदर लाल बलुआ पत्थर का उपयोग होता था। यह शैली मथुरा शैली कहलाई, जिसे कुषाण राजाओं का संरक्षण भी मिला और मथुरा के निकट इन राजाओं की बहुत-सी प्रतिमाएँ प्राप्त हुई हैं। मथुरा शैली को बुद्ध की सर्वप्रथम प्रतिमाएँ बनाने का श्रेय प्राप्त है, जिनका निर्माण संभवतः जैन प्रतिमाओं के आदर्श पर किया गया है। पूर्ववर्ती स्तूपों के शिल्प में बुद्ध की कोई प्रतिमा नहीं मिलती, उनकी उपस्थिति का संकेत प्रतीकों द्वारा दिया गया है, जैसे घोड़े की आकृति बनाकर राजसी जीवन का त्याग दिखाया है, और वृक्ष से ज्ञान-प्राप्ति, चक्र से उनके द्वारा दिए गए प्रथम उपदेश तथा स्तूप से उनकी मृत्यु एवं निर्वाण को प्रतीकित किया गया है। मथुरा की मूर्ति-कला तथा स्तूपों की यह विशिष्टता है कि उसमें जीवन का आनंद सशक्त रूप से अभिव्यक्त हुआ है।

पश्चिमोत्तर में गांधार-कला के भारतीय-यूनानी मिश्रज रूपों ने प्रायः बौद्ध विषयों को ही अभिव्यक्ति का एकमात्र माध्यम बनाया, जिनमें बुद्ध की माता एथेन्स की किसी गृहिणी-जैसी लगती हैं, और बौद्ध दृश्यों के निर्माण में अपोलो-जैसे विभिन्न चेहरों का उपयोग किया गया है। गांधार-कला में सीमेंट का उपयोग बहुत होता था, और अफगानिस्तान के मठों को सीमेंट मूर्तियों के प्राचुर्य से सुसज्जित किया गया था। मृण्मूर्तियों (टेराकोटा से निर्मित) का भी बहुत अधिक प्रचलन था, विशेषकर उन लोगों में, जो पाषाण शिल्प के लिए व्यय में सक्षम नहीं थे। देवी माँ की प्रतिमाएँ प्रचुर मात्रा में बनती थीं, क्योंकि इनकी पूजा आज भी अधिकांश जनसंख्या की धार्मिक अभिव्यक्ति का अनिवार्य रूप था। बौद्ध धर्म का संबंध जनन-क्षमता की पूजा करनेवाले तथा अन्य लोकप्रिय धार्मिक संप्रदायों से अक्षुण्ण था, जिसका प्रमाण स्तूप के प्रतीकात्मक महत्त्व में तथा साँची के तोरणों पर अंकित नारी-मूर्तियों में निहित है। वास्तव में यह नारी-मूर्तियाँ और कुछ नहीं, बल्कि देवी माँ की मूर्तियों का ही परिष्कृत रूप हैं।* घरों में सजावट के लिए और

* देवी हरीती को प्रदत्त महत्त्व, इस प्रसंग में एक और उदाहरण है।

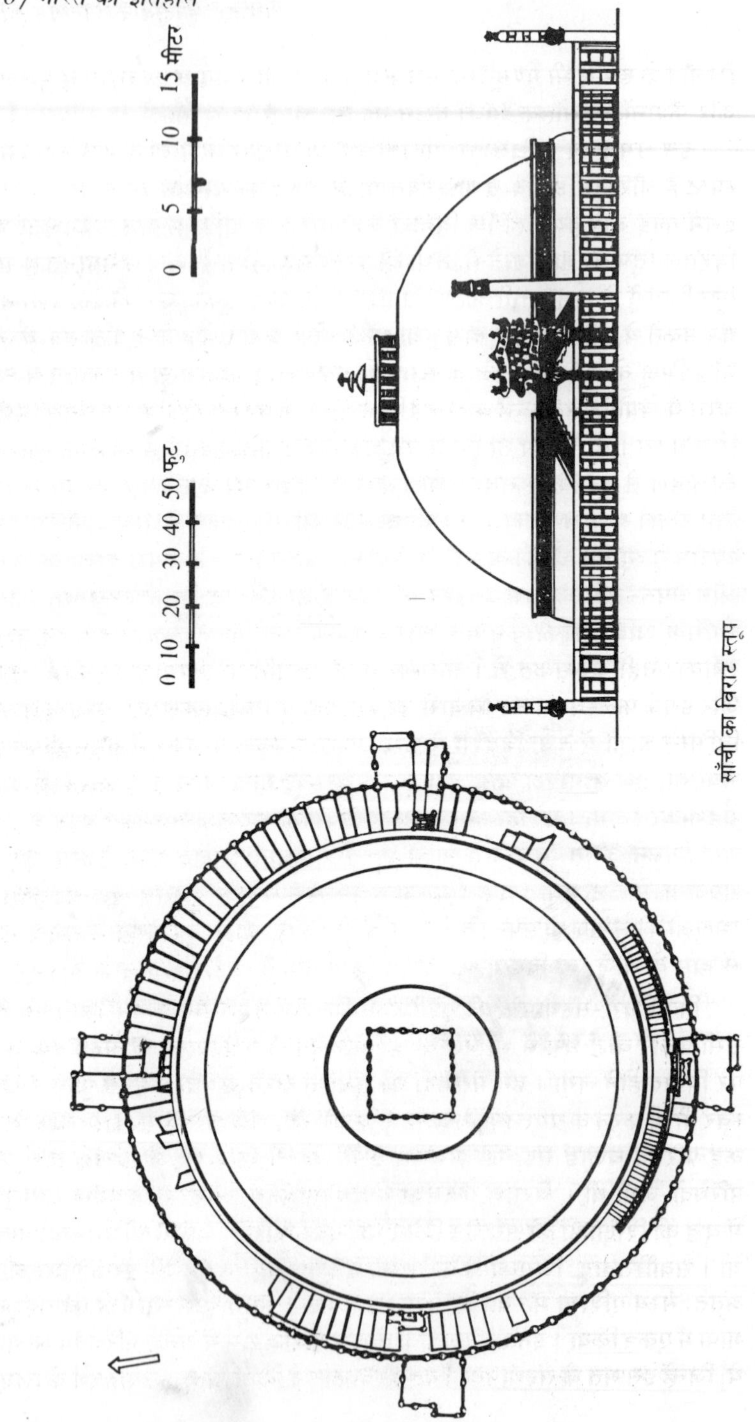

साँची का विराट स्तूप

खिलौने के रूप में भी मृण्मूर्तियाँ उपयोग में आती थीं, जिनमें उस समय के परिधान और फैशनों की मोहक झाँकी देखने को मिलती है।

इस समय की अधिकांश गतिविधियों की पृष्ठभूमि में बौद्ध-मत का प्रभाव स्पष्ट है और उसे धनिक तथा शक्तिशाली तत्त्वों का समर्थन प्राप्त था। अतएव इसमें कोई आश्चर्य नहीं कि विहारों को भारी धन-राशियाँ दान में मिलती थीं, विशाल स्तूप बनवाए जाते थे, तथा बौद्ध संघ समृद्धिशाली और सम्मानित हुआ। कुछ विहारों के पास इतनी अधिक संपत्ति थी कि केवल भिक्षु उसकी देखभाल नहीं कर सकते थे, और इसलिए दास तथा श्रमिक रखे जाते थे। वे दिन बीत चुके थे जब बौद्ध भिक्षु केवल प्रातःकाल के समय माँगकर लाई गई भिक्षा पर जीवन-यापन करते थे, क्योंकि अब उन्हें बड़े-बड़े विहारों की भोजनशालाओं में विधिवत भोजन मिलता था। विहार या तो किसी नगर के निकट बनाए जाते थे या फिर नगर के कोलाहल से दूर किसी सुंदर तथा एकांत पहाड़ी-पार्श्व में। इन एकांत में बने विहारों को पर्याप्त मात्रा में स्थायी दान मिलता था, जिसमें भिक्षुओं का जीवन आराम से व्यतीत हो सकता था। इस प्रकार बौद्ध संघ में सर्व-साधारण से दूर हटने और अपने-आपको विलग रखने की प्रवृत्ति आ गई, जिसके फलस्वरूप उसकी धार्मिक शक्ति काफी कम हुई, और यह एक ऐसा परिवर्तन था जिसे बुद्ध कभी स्वीकार नहीं कर सकते थे। आवागमन की उन्नति से तीर्थयात्राओं में वृद्धि हुई, और इसके फलस्वरूप नए विचारों का प्रसार हुआ। बौद्ध-मत इस उपमहाद्वीप के विभिन्न भागों में तथा विदेशों में धर्म-प्रचारक भेजने के कार्य में बड़ा सक्रिय हो गया था, तब लोगों को धर्मांतरित करने की प्रक्रिया में बौद्ध-मत भी नए विचार ग्रहण करने लगा। फलतः धर्म के मूल सिद्धांत की नई-नई व्याख्याएँ अनिवार्य हो गईं, जिसने अंततः बड़े-बड़े मतभेदों को जन्म दिया और बौद्ध-मत दो प्रमुख संप्रदायों में बँट गया। इस विभाजन की घटना ने, और साथ-ही-साथ बौद्ध भिक्षुओं की समाज के संपन्न वर्ग पर निर्भर रहने की बढ़ती हुई प्रवृत्ति ने, बौद्ध-मत में ह्रास के बीज बो दिए।

किसी धर्म-संस्थापक की मृत्यु के तत्काल बाद साधारणतया जैसा होता है, उसी प्रकार बौद्ध धर्म में भी बुद्ध के पश्चात उनकी मूल शिक्षा के वास्तविक अर्थ पर विवाद होने लगा। इन मतभेदों को समाप्त करने अथवा कम-से-कम इनका स्वर नीचा करने के प्रयत्न में विभिन्न दृष्टिकोणों पर विचार-विमर्श करने के लिए कई परिषदें बुलाई गईं, जो लगभग इसी उद्देश्य से प्रेरित कैथोलिक चर्च की परिषदों-जैसी थीं। थेरपंथ, जिसका केंद्र कोसांबी था और जिसने पालि-धर्मसूत्र में बुद्ध की शिक्षाओं को संग्रहीत किया था, सबसे प्राचीन और सर्वाधिक रूढ़िवादी था। सर्वास्तिवाद. जिसका जन्म मथुरा में हुआ था, उत्तर की तरफ फैला और अंततः मध्य एशिया में स्थापित हुआ, जहाँ उसने अपनी धर्म-सामग्री को संस्कृत भाषा में एकत्र किया। इन सब संप्रदायों के कारण बौद्ध धर्म में अनेक परिवर्तन आ गए थे, जिन्हें इस मत के संस्थापक ने कभी स्वीकार न किया होता। उदाहरण के लिए,

बुद्ध ने अपने अनुयायियों की इस प्रवृत्ति का बराबर विरोध किया था कि वे उन्हें ईश्वर बनाकर पूजें, फिर भी ईसा की पहली शताब्दी तक उनकी मूर्ति पाषाण में उत्कीर्ण की गई और ईश्वर के रूप में पूजी जाने लगी। बोधिसत्त्व की संकल्पना, जो इस समय तक मान्य हो चुकी थी, इस विचार पर आधारित थी कि बोधिसत्त्व ऐसा व्यक्ति होता है जो पूर्णतया निःस्वार्थ भाव से मानव-कल्याण के लिए कार्य करता है और जब तक उसका कार्य पूर्ण नहीं हो जाता, वह निर्वाण का परित्याग करने के लिए भी तैयार रहता है। किंतु बौद्धों का एक दूसरा समूह बोधिसत्त्व की व्याख्या बुद्ध के पूर्व जन्म के रूप में करता है और इस प्रकार इस विश्वास को रेखांकित करता है कि क्रमागत जन्मों से पुण्य का संग्रह किया जा सकता है। साथ ही, पुण्य एक व्यक्ति से दूसरे व्यक्ति को—जिसके पक्ष में हस्तांतरण करना हो, उसके नाम पर पवित्र कार्य करके--हस्तांतरित भी किया जा सकता है। इस प्रकार धनी व्यापारी बौद्ध संघ को गुफाएँ दान में देकर पुण्य प्राप्त कर सकते थे। (यहाँ पूँजी के संग्रह और हस्तांतरण के साधर्म्य की उपेक्षा नहीं की जा सकती।) बोधिसत्त्व का परवर्ती सिद्धांत बौद्ध-मत के मूल सिद्धांत से सर्वथा भिन्न था, और इसने बौद्ध-मतावलंबियों के बीच दरार को और गहरा कर दिया। ईसा की दूसरी शताब्दी के प्रारंभ में कश्मीर में संपन्न चौथी बौद्ध सभा में इस फूट को स्वीकार कर लिया गया। अधिक रूढ़िवादी बौद्ध यह मानते थे कि उनकी शिक्षा ही बुद्ध की मूल शिक्षा थी, और उनका संप्रदाय 'हीनयान' कहलाता था। जिन्होंने नए विचारों को स्वीकार कर लिया वे 'महायान' संप्रदाय के अनुयायी कहलाए। अंततः हीनयान बौद्धों का गढ़ श्रीलंका, बर्मा तथा दक्षिण-पूर्व एशियायी देशों में स्थापित हुआ, और महायान बौद्धों ने भारत, मध्य एशिया, तिब्बत, चीन तथा जापान में प्रधानता प्राप्त की।

ऐसा विश्वास किया जाता है कि महायान विचारधारा का जन्म लगभग पहली शताब्दी ई. पू. में आंध्र में हुआ था, और बाद में बौद्ध दार्शनिकों के एक समुदाय ने इसका प्रतिपादन किया था। इनमें सर्वाधिक प्रसिद्ध नागार्जुन है, जिसने उत्तरी दक्खन के एक ब्राह्मण परिवार में जन्म लेकर बौद्ध-मत स्वीकार कर लिया था, उसे बौद्ध-मत का संत पॉल कहना अनुचित न होगा। उसने शून्यता के सिद्धांत का प्रतिपादन किया और कहा कि हमारे चारों ओर जो कुछ भी है वह शून्य है और जो कुछ हम देखते हैं वह भ्रम है। यह शून्य वास्तव में निर्वाण अथवा जन्म-मरण के सिलसिले का अंत है जिसके लिए प्रत्येक बौद्ध प्रयत्नशील है। यही विचार आगे चलकर आदर्शवादी दर्शन तथा तर्क की विभिन्न शाखाओं के रूप में विकसित हुए। बौद्धों ने अब ब्राह्मण सिद्धांतों पर विजय पाने के लिए दार्शनिक चिंतन के क्षेत्र में गंभीर अध्ययन शुरू किए। महायान बौद्धों ने इस कार्य में प्रशंसनीय योगदान किया और अनेक शताब्दियों तक महायानियों तथा ब्राह्मण दार्शनिकों में शास्त्रार्थ होते रहे।

महायान बौद्ध-मत के कुछ ऐसे भी रूप हैं जिनका जन्म भारत से बाहर हुआ

प्रतीत होता है। इनमें संसार की रक्षा के लिए मैत्रेय बुद्ध के आगमन का विचार भी है, जिसके साथ 'पीड़ित उद्धारक' की संकल्पना जुड़ी है—बोधिसत्व जो स्वयं यातना सहकर मानवता को मुक्ति दिलाता है। स्पष्टतः फिलिस्तीन में प्रचलित इन नए विश्वासों से बौद्ध लोग अब तक परिचित हो चुके थे। महायान बौद्ध-मत ने अपनी संकल्पनाओं में स्वर्गों की एक संश्लिष्ट प्रणाली का विधान भी किया था जो एक-दूसरे के ऊपर स्थित हैं, और जिनमें असंख्य बोधिसत्व रहते हैं।

ऐसा नहीं था कि इन शताब्दियों में जैन-मत को समर्थन प्राप्त न हुआ हो। महावीर का मत भी विभाजन का शिकार हुआ, तथा रूढ़िवादी जैनियों का संप्रदाय 'दिगंबर' और अपेक्षाकृत उदार संप्रदाय 'श्वेतांबर' कहलाया। वे मगध से पश्चिम की ओर बढ़कर पहले मथुरा और उज्जैन में बसे, और अंततः पश्चिमी तट पर सौराष्ट्र में बस गए, जहाँ उनकी गणना आज तक समाज के समृद्ध और विशिष्ट सदस्यों में होती है। जैनों का दूसरा समुदाय दक्षिण की ओर कलिंग चला गया, जहाँ उन्हें खारवेल के शासन में राजकीय संरक्षण प्राप्त हुआ, किंतु बहुत कम समय के लिए। दक्षिण भारत में उनका मुख्य जमाव मैसूर तथा तमिल प्रांत में रहा। जैन-मत को भी क्योंकि समाज के उसी वर्ग से समर्थन मिला था जिससे बौद्ध-मत को, इसलिए इस मत को भी कुल मिलाकर उन्हीं संकटों के दौर से गुजरना पड़ा, जिनसे बौद्धों को गुजरना पड़ा था, लेकिन फिर भी यह मत अपनी मूल शिक्षाओं के प्रति अधिक आस्थावान रहा। बौद्ध-मत की अपेक्षा जैन-मत ने अधिक दृढ़ता के साथ अपने 'ग्राम धर्म' के स्वरूप की रक्षा की, और इसीलिए उसके अनुयायियों की संख्या कभी कम नहीं होने पाई।

ब्राह्मण धर्म भी इन शताब्दियों में अपरिवर्तित नहीं रहा, और न ही वह बौद्धमत और जैन-मत के प्रभावों से अछूता रहा। इस प्रभाव के कारण ही ब्राह्मण धर्म से कुछ वैदिक देवता लुप्त हो गए और कुछ ने अतिरिक्त विशेषताओं के साथ नए देवताओं के रूप में पुनर्जन्म ग्रहण किया। यह वह समय था जब ब्राह्मण धर्म ने उन तत्त्वों को अपनाया, जिन्हें आज हिंदू धर्म के रूप में स्वीकार किया जाता है। शायद उस समय के संदर्भ में इसे हिंदू धर्म कहने में काल-दोष है, क्योंकि 'हिंदू धर्म' नाम ईसा की आठवीं शताब्दी में भारत के तत्कालीन प्रमुख धर्म के अनुयायियों—शिव और विष्णु के पूजकों—की चर्चा के प्रसंग में अरबों द्वारा प्रचलित किया गया था। किंतु सुविधा के लिए इसे इन पंक्तियों से आगे हिंदू धर्म ही कहा जाएगा। हिंदू धर्म का प्रवर्तन ईश्वरीय ज्ञान की प्राप्ति के फलस्वरूप किसी ऐतिहासिक व्यक्ति ने नहीं किया था। यह सहसा कहीं से प्रकट नहीं हुआ था, बल्कि विविध संप्रदायों और विश्वासों से उत्पन्न होकर विकसित हुआ, जिनमें से कुछ का संबंध वैदिक धर्म से था और कुछ लोक-प्रचलित संप्रदाय थे, जो धर्म के एक अधिक परिष्कृत रूप के साथ संबद्ध हो गए, और ब्राह्मण उनकी लोकप्रियता को दृष्टिगत रखते हुए उन्हें यह अनुमति देने के लिए विवश रहे।

वैदिक यज्ञों और देवताओं पर 'नास्तिक' मतों के सफल आक्रमण से ब्राह्मण

धर्म में अद्वैतवादी चिंतन की प्रवृत्ति को बल मिला, जिसका जन्म औपनिषदिक दर्शन और उसकी परम ब्रह्म की संकल्पना से हुआ था। इसी संकल्पना से इस समय त्रि-देवताओं का विचार भी उत्पन्न हुआ—ब्रह्मा का सृष्टिकर्त्ता के रूप में, विष्णु का पालनकर्त्ता के रूप में और शिव का पापों से आक्रांत सृष्टि के संहारकर्त्ता के रूप में। यह विचार प्रकृति की उस कालचक्रीय संकल्पना से संबद्ध था, जिसमें सृजन, संरक्षण और विनाश की प्रक्रिया प्राकृतिक नियम के अनुसार चलती रहती है। तीनों देवताओं में विष्णु और शिव के अनुयायियों की संख्या बहुत बढ़ गई, और आनेवाली शताब्दियों में हिंदू धर्म के दो मुख्य संप्रदाय रहे—वैष्णव और शैव, जिनमें से प्रत्येक मानता था कि उनका देवता ही सर्वशक्तिमान है। ब्रह्मा धीरे-धीरे पृष्ठभूमि में चले गए।

ब्रह्मा ने जब सृष्टि का निर्माण किया, तो क्षीर सागर में सहस्रफण शेषनाग पर निद्रामग्न विष्णु जाग उठे। उन्होंने सर्वोच्च स्वर्ग में अपना निवास-स्थान बनाया, जहाँ से वे सृष्टि को देखते हैं, और समय-समय पर, जब पापों का भार बढ़ जाता है तो, वे मनुष्यों की रक्षा के लिए विविध रूप धारण करके अथवा अवतार लेकर उनके बीच आते हैं। लोगों का विश्वास है कि विष्णु ने अब तक नौ अवतार लिए हैं, जिनमें नवीनतम बुद्ध के रूप में था। बुद्ध को अवतारों में उस समय सम्मिलित किया गया, जब बौद्ध-मत हिंदू धर्म का कट्टर प्रतिद्वंद्वी नहीं रह गया था। दसवाँ और अंतिम अवतार अभी होने को है, और ऐसा विश्वास है कि इस अवसर पर विष्णु कल्कि के रूप में सफेद घोड़े पर चढ़कर आएँगे। इस कल्पना का संबंध ईसा मसीह के और महायान बौद्ध-मत में वर्णित मैत्रेय बुद्ध के आगमन से प्रतीत होता है।

शिव का विकास वैदिक देवता रुद्र और तमिल देवता मुरुगन से हुआ है। शिव की उपासना में जनन-क्षमता, जैसे लिंग, साँड (नांदी) आदि की पूजा करनेवाले अनेक मत सम्मिलित हो गए थे, और उसका संबंध जनन-क्षमतायुक्त अनेक देवियों से भी था। शैव पूजा के सर्वाधिक महत्त्वपूर्ण रूप लिंग-पूजा का सूत्रपात लगभग ईसवी सन् के प्रारंभ से हुआ। लोक-प्रचलित स्तर पर विविध संप्रदायों में विश्वास इन देवताओं के जन्म और विकास के साथ-साथ चलता रहा, जिसका प्रमाण इस तथ्य में निहित है कि पशुओं, वृक्षों, पर्वतों और नदियों को पवित्र माना जाता था, गाय की नियमित पूजा की जाती थी, और जनन-क्षमता संबंधी अनुष्ठानों के केंद्र में साँड और सर्प के साथ सामान्य रूप से पाए जानेवाले अनेक वृक्ष भी थे। दो पर्वत पवित्र माने गए—वैकुंठ विष्णु से संबंधित होने के कारण, और कैलाश शिव से संबंधित होने के कारण। स्वर्ग से अवतरित होने के कारण गंगा का जल पवित्र करनेवाला माना जाता था। इन संप्रदायों के साथ विविध कोटियों के असंख्य उप-देवताओं और यक्षों-गंधर्वों आदि को भी सम्मिलित कर लिया गया।

हिंदू धर्म की दूसरी विशेषता यह थी कि पहले इसमें केवल कर्मकांड पर बल दिया जाता था, परंतु अब इस बात पर बल दिया जाने लगा कि भगवान और भक्त

में पूर्णतया व्यक्तिगत संबंध की स्थापना संभव है। विष्णु अथवा शिव को ब्रह्म की अभिव्यक्ति माननेवाली अद्वैतवादी संकल्पना बलवती होती जा रही थी। यह संबंध ऐसा था जिसमें भगवान भक्त को अपना प्रसाद दे सकता था और भक्ति की मात्रा भिन्न-भिन्न व्यक्तियों में भिन्न-भिन्न होती थी। आगे चलकर भक्ति की यह संकल्पना हिंदू धर्म की प्रबल शक्ति प्रमाणित हुई।

वैदिक यज्ञों का पूर्णतया बहिष्कार नहीं हुआ तथा राजाओं के राज्याभिषेक जैसे अवसरों पर आज भी उनका आनुष्ठानिक महत्त्व था, किंतु जन-साधारण का संपर्क वैदिक परंपराओं से नहीं रह गया था, जो समय के साथ-साथ ब्राह्मणों की संपत्ति बनती चली गई थी। ब्राह्मणों ने वैदिक ग्रंथों को आत्मसात किया और उनके स्थान पर जनसामान्य ने महाकाव्यों, धर्मशास्त्रों और पुराणों को धार्मिक साहित्य के रूप में अपनाया। महाकाव्यों के नायक राम, कृष्ण आदि अब भगवान् विष्णु के अवतार हो गए, और महाकाव्यों को, जो अनिवार्यतया चारण-काव्य थे, ईश्वरीय ज्ञान की महिमा से विभूषित किया गया। मूल रूप से ये महाकाव्य धर्म-निरपेक्ष थे और इसलिए धार्मिक साहित्य के रूप में उनका उपयोग करने की दृष्टि से उन्हें संशोधित करना, ब्राह्मणों के लिए आवश्यक हो गया। फलतः इनमें अनेक क्षेपक जोड़े गए और इन क्षेपकों में सबसे अधिक प्रसिद्ध **महाभारत** में **भगवद्गीता** का जोड़ा जाना है।

धर्म के तात्त्विक दृष्टिकोण में जो परिवर्तन हुआ था उसकी सर्वश्रेष्ठ अभिव्यक्ति संभवतः गीता के दर्शन में हुई है। इस समय कर्म का सिद्धांत हिंदू धर्म की आस्था का केंद्र था। ऐसा विश्वास किया जाता था कि इस जीवन में किए गए कर्म ही अगले जन्म को निर्धारित करते हैं। यह भाग्यवाद नहीं था, क्योंकि मनुष्य चेतन मन से अच्छे कार्य करके अपने भाग्य को बदल सकता था। किसी कार्य की नैतिकता इस बात पर निर्भर थी कि वह धर्म के अनुकूल है अथवा नहीं, और धर्म क्या है यह निर्णय करना ब्राह्मणों का काम था। गीता में कहा गया है कि प्रत्येक मनुष्य को अपना कर्तव्य करना चाहिए तथा अपने कर्म के फल पर ध्यान दिए बिना, धर्म के अनुसार आचरण करना चाहिए। उदाहरणस्वरूप जो घटना यहाँ ली गई है, वह अर्जुन के युद्ध-भूमि में अपने संबंधियों को मारने से विरत होने की है, जिस पर कृष्ण अर्जुन को समझाते हैं कि उसे हत्या का पाप नहीं लगेगा, क्योंकि युद्ध में लड़ना आवश्यक है और वह सत्य की रक्षा के लिए युद्ध कर रहा है। इस प्रकार धार्मिक विश्वास में व्यक्तिगत तत्त्व को स्थान तो मिला, परंतु किसी कार्य की नैतिकता का अंतिम निर्णय अब भी ब्राह्मणों के हाथ में था। अनेक दृष्टियों से गीता एक महत्त्वपूर्ण ग्रंथ है। इसमें न केवल दार्शनिक सूक्ष्मता को विदग्ध और विशद साहित्यिक शैली में प्रस्तुत किया गया है, अपितु शुद्ध मानवीय आधार पर भी यह एक उल्लेखनीय कृति है। अतः इसे यदि हिंदुओं का परमोत्कृष्ट पवित्र ग्रंथ माना गया है, तो इसमें आश्चर्य की कोई बात नहीं है।

ईसा की पहली शताब्दी में पश्चिम से व्यापारिक जहाजों के साथ भारत में

ईसाई मत का प्रवेश हुआ। ईसाई मत के आगमन का संबंध संत पॉल की दंत-कथा से है, जो एडेसा के कैथोलिक चर्च के अनुसार, धर्म-प्रचार के लिए दो बार भारत आए थे। पहली बार वे पश्चिमोत्तर में पार्थियन राजा गोंडोफर्नेस के पास आए थे, परंतु यह घटना संदिग्ध है। दूसरी बार के आगमन की कथा अधिक विश्वसनीय प्रतीत होती है। कहते हैं कि संत थॉमस लगभग 52 ई. में मलाबार पहुँचे थे। इस तट पर अनेक सीरियाई गिरजाघरों की स्थापना करने के पश्चात उन्होंने पूर्वी तट पर मद्रास के निकट स्थित एक स्थान की स्थल-मार्ग से यात्रा की, जो बाद में बेठ थूमा* कहलाया, और यहीं पर वे उपदेश देने लगे। परंतु यहाँ उनके द्वारा नए धर्म के प्रचार का घोर विरोध हुआ और वे सन् 68 ई. में मद्रास के निकट मैलापुर में मार डाले गए। मलाबार क्षेत्र में सीरियाई ईसाई मत आज भी शक्तिशाली रूप में जीवित है और बहुत संभव है कि इसकी स्थापना ईसा की पहली शताब्दी में ही हुई हो। इस शताब्दी में भूमध्यसागरीय संसार तथा दक्षिण भारत के बीच जो आवागमन होता था उसे देखते हुए यह अविश्वसनीय प्रतीत नहीं होता कि ईसा का एक शिष्य भारत में ईसाई मत का प्रचार करने आया था।

* हिब्रू में 'बेठ थूमा' का अर्थ है 'थॉमस का घर'।

7. 'क्लासिकल' आदर्श का विकास

लगभग 300 से 700 ई.

मौर्यकाल के बाद की शताब्दियों में अनेक राज्यों के उत्थान-पतन के बावजूद, साम्राज्यवादी महत्त्वाकांक्षा का अंत नहीं हुआ, और मौर्यों के समकक्ष पहुँचने के अनेक प्रयत्न किए गए, परंतु किसी को उतनी सफलता नहीं मिली। उत्तरी भारत में गुप्त वंश को, जिसका समय ईसा की चौथी से छठी शताब्दी तक रहा, बहुधा साम्राज्यवाद की संज्ञा दी जाती है, परंतु यह कथन पूर्णतया सटीक नहीं है। केंद्रीयकृत नियंत्रण, जो साम्राज्यवादी ढाँचे का एक अनिवार्य तत्त्व है, गुप्तों अथवा उनके उत्तराधिकारियों के शासन में उतनी पूर्णता को प्राप्त नहीं हुआ जितना मौर्यों के समय में था। यदि भौगोलिक विस्तार ही एकमात्र मापदंड होता, तो कुछ राज्यों को साम्राज्य की संज्ञा दी जा सकती थी।

गुप्तकाल को प्राचीन भारत का क्लासिकल युग भी कहा जाता है। यह कथन उच्च वर्गों के संदर्भ में ही सही है, जिनका जीवन-स्तर अपूर्व ऊँचाई पर पहुँचा हुआ था, और यह मुख्यतया उत्तरी भारत के लिए सत्य था। बीसवीं सदी के प्रारंभ में लिखनेवाले इतिहासकारों के लिए 'स्वर्ण-युग' एक यूटोपिया था, जिसका अस्तित्व सुदूर अतीत में ही हो सकता था, फलतः प्रारंभिक भारत के इतिहास पर काम करनेवालों ने जिसे 'स्वर्ण-युग' कहा, उसमें हिंदू संस्कृति दृढ़तापूर्वक स्थापित हो गई थी। फिर भी, गुप्तकाल का क्लासिकीवाद केवल उत्तरी भारत तक सीमित था, क्योंकि दक्खन और दक्षिणी भारत में गुप्तकाल के पश्चात ही उच्चस्तरीय सभ्यता का विकास हुआ।

गुप्तों का उद्‌भव कैसे हुआ, यह अस्पष्ट है। यह संभवतः कोई धनी भू-स्वामियों का परिवार था, जिसने धीरे-धीरे मगध प्रदेश में राजनीतिक सत्ता प्राप्त कर ली थी। गुप्त वंश चंद्रगुप्त प्रथम के सिंहासनारूढ़ होने पर अस्तित्व में आया, जिसने अपने राज्य को मात्र एक सामंतराज्य से अधिक शक्तिशाली बनाया। चंद्रगुप्त ने एक लिच्छवी राजकन्या से विवाह किया था। लिच्छवी राजवंश पुराना प्रतिष्ठित कुल था और उसमें विवाह करने का अर्थ असंदिग्ध रूप से गुप्त वंश को मान्यता मिल जाना था। यह स्पष्टतया गुप्तों की राजनीतिक अभिवृद्धि थी, क्योंकि चंद्रगुप्त प्रथम ने अपने सिक्कों तक में इस घटना को तूल

दिया है, और यह एक और तथ्य है जिससे संदेह होता है कि गुप्त लोग राजवंश के नहीं थे। चंद्रगुप्त प्रथम ने मगध और पूर्वी उत्तरप्रदेश के कुछ भागों (साकेत और प्रयाग) पर राज्य किया। उसने 'महाराजाधिराज' की उपाधि ग्रहण की, यद्यपि इसका विशेष महत्त्व नहीं था क्योंकि कुषाण बराबर इस उपाधि का प्रयोग करते रहे थे। गुप्त संवत का प्रारंभ लगभग 319-20 ईसवी में चंद्रगुप्त के राज्यारोहण से माना जाता है।

चंद्रगुप्त प्रथम ने अपने पुत्र समुद्रगुप्त को लगभग 335 ई. में अपना उत्तराधिकारी नियुक्त किया। सौभाग्य से इलाहाबाद में एक अशोक-स्तंभ पर उसकी एक विस्तृत प्रशस्ति खुदवाई गई थी, जो उसके शासन से संबंधित मूलभूत सूचनाएँ प्रदान करती है। ऐसा प्रतीत होता है कि चंद्रगुप्त प्रथम के उत्तराधिकारी के प्रश्न पर कुछ संकट खड़ा हो गया था और किसी अख्यात राजा कच के सिक्कों से संकेत मिलता है कि समुद्रगुप्त का कोई प्रतिद्वंद्वी था जिसे उसने अंत में पराजित कर दिया था। समुद्रगुप्त की आकांक्षा एक ऐसा साम्राज्य स्थापित करने की थी जिसका नियंत्रण गुप्त वंश की राजधानी पाटलिपुत्र से हो, और जिसमें समस्त उपमहाद्वीप का समावेश हो। कहना न होगा कि मौर्यों के इरादों की पुनरावृत्ति हो रही थी। प्रशस्ति में उन राजाओं तथा प्रदेशों की एक लंबी सूची दी गई है जो देश के इस छोर से उस छोर तक समुद्रगुप्त के विजय-अभियान में परास्त हुए थे। उत्तर भारत में उसने मुख्यतः दिल्ली के आसपास तथा पश्चिमी उत्तरप्रदेश के चार राजाओं पर विजय प्राप्त की थी। दक्षिण और पूर्व के राजा राजनिष्ठा की शपथ लेने को विवश किए गए, और उल्लिखित स्थानों से ऐसा प्रतीत होता है कि समुद्रगुप्त ने पूर्वी तट पर सुदूरवर्ती कांचीपुरम् (आधुनिक मद्रास) तक सैन्य-संचालन किया था। आर्यावर्त (गांगेय प्रदेश के पश्चिमार्ध) के नौ राजा बुरी तरह कुचल दिए गए थे। वन्य नरेशों (मध्य भारत और दक्खन के कबीलों के सरदारों) को कर देने के लिए विवश किया गया, और यही व्यवहार पूर्वी भारत में असम तथा बंगाल के राजाओं और नेपाल तथा पंजाब के छोटे-छोटे राज्यों के अधिपतियों के साथ भी किया गया। एक युग पुराने मालवों और यौधयों सहित राजस्थान के नौ प्रजातंत्रों को गुप्त शासन की अधीनता स्वीकार करने के लिए विवश किया गया। इसके अतिरिक्त 'देवपुत्र शाहानुशाही' (जो स्पष्टतः कुषाण उपाधि है), शकों और श्रीलंका के राजा जैसे विदेशी नरेशों ने भी कर देना स्वीकार किया, और यही समस्त द्वीपों के निवासियों ने भी किया।

एक प्रशस्ति से प्राप्त होने के नाते, इस सूचना पर विचार करते समय सतर्क रहना आवश्यक है, लेकिन फिर भी विजयों की सूची प्रभावोत्पादक है। दक्षिण और दक्खन के राजाओं ने समुद्रगुप्त की अधीनता स्वीकार न करके उसके प्रति केवल राजनिष्ठा की शपथ ली थी जैसाकि उत्तरी भारत के अनेक शासकों ने किया था। अंत में उसकी विजयों के फलस्वरूप उत्तरी भारत के अनेक प्रदेश उसके राज्य में सम्मिलित हो गए, जो वह शुरू से ही चाहता था; और साथ ही उन

पराजित राजाओं से उसे कर भी प्राप्त होने लगा, जिनके प्रदेशों को वह अपने राज्य में सम्मिलित नहीं कर सका था। उसे जितने शक्तिशाली विरोध का सामना करना पड़ा, उसके लिए वह संभवतः तैयार नहीं था। उसका प्रत्यक्ष राजनीतिक नियंत्रण गंगा की घाटी तक सीमित रहा, क्योंकि पश्चिमी भारत में शक अपराजित रहे; राजस्थान के जनों ने केवल कर देना स्वीकार किया तथा पंजाब भी उसकी प्रत्यक्ष सत्ता की सीमाओं से बाहर था।

यह निश्चित है कि उसके सैनिक अभियान से इस क्षेत्र के जन-प्रजातंत्रों की शक्ति नष्ट हो गई, जिसके घातक परिणामों का सामना परवर्ती गुप्त राजाओं को करना पड़ा, जब उत्तर-पश्चिमी भारत पर हूणों ने आक्रमण किया और पंजाब तथा राजस्थान गंगा घाटी क्षेत्र के बचाव के लिए प्रतिरोध कर सकने की स्थिति में नहीं रह गए गुप्त राजाओं और जन-प्रजातंत्र के बीच का संबंध विचित्र था। गुप्तों को इस बात का अभिमान था कि उनका संबंध लिच्छवियों से है, परंतु फिर भी उन्होंने पश्चिमी प्रजातंत्रों पर आक्रमण किया। यह एक मनोरंजक तथ्य है कि पश्चिम पर बार-बार आक्रमण होते रहने के बावजूद इस क्षेत्र में प्रजातंत्रों की परंपरा अनेक शताब्दियों तक चलती रही। इस पतनोन्मुख जन-प्रणाली के लिए समुद्रगुप्त का अभियान मरणांतक सिद्ध हुआ। वर्ण और जन के मध्य एक लंबे समय में जो सघर्ष चल रहा था, उसमें वर्ण की विजय हुई।

समुद्रगुप्त के संबंध में किए गए विस्तृत दावों की प्रामाणिकता संदिग्ध है। कुषाणों के साथ उसके संबंध के विषय में निश्चित रूप से कुछ नहीं कहा जा सकता, पर ये संबंध अब तक काफी कमजोर हो चुके थे। जहाँ तक श्रीलंका का प्रश्न है, एक परवर्ती चीनी स्रोत में साक्ष्य मिलता है कि श्रीलंका के एक राजा ने कुछ उपहार भेजकर गुप्त राजा से गया में एक बौद्ध विहार बनवाने की अनुमति माँगी थी। इस प्रकार की प्रार्थना को कर देना नहीं कहा जा सकता, और यह संभाव्य है कि अन्य विदेशी राजाओं से भी उसके संबंध ऐसे ही रहे हों। 'द्वीपों के निवासी' कौन थे, यह अस्पष्ट है। संभव है कि यह वाक्यांश भारत के निकटवर्ती द्वीपों—मालदीव तथा अंडमान की ओर संकेत करता हो, अथवा यह दक्षिण-पूर्वी एशिया का उल्लेख भी हो सकता है, जिसका भारत से संपर्क बढ़ता जा रहा था, और जहाँ इस समय तक अनेक भारतीय उपनिवेशों की स्थापना हो चुकी थी। समुद्रगुप्त को अपने शासन-काल में, जो लगभग चालीस वर्षों तक रहा, इन अभियानों की योजना बनाने और उन्हें संगठित करने के लिए अवश्य ही पर्याप्त समय मिला होगा। अपनी विजयों की उद्घोषणा करने के लिए उसने अश्वमेध यज्ञ किया, और उसका ऐसा करना अन्य अनेक राजाओं की तुलना में निश्चय ही अधिक संगतिपूर्ण था। किंतु समुद्रगुप्त का चरित्र ऐसा नहीं था, जो एकमात्र युद्ध और विजय के लिए पिपासाकुल हो। उसके चरित्र का एक सौम्य एवं शिष्ट पक्ष भी है जिसका वर्णन प्रशस्ति में काव्य तथा संगीत-प्रेमी के रूप में किया गया है। यह कोरी कवि-कल्पना नहीं थी, जिसका प्रमाण इस तथ्य में निहित है कि उसके अनेक

सिक्कों में उसे वीणा-वादन करते हुए दिखाया गया है ।

समस्त गुप्त राजाओं में चंद्रगुप्त द्वितीय—जिसने अपने पितामह, समुद्रगुप्त के पिता, के अनुकरण में यह नाम धारण किया था—सर्वाधिक शौर्य और वीरोचित गुणों की अभिव्यक्ति के लिए प्रसिद्ध है । उसने सन् 375 से 415 ई. तक लगभग चालीस वर्ष राज्य किया । उसके पिता की ही भाँति उसके शासन की शुरुआत भी कुछ रहस्यमय थी । लगभग दो शताब्दी पश्चात लिखे गए एक नाटक 'देवी चंद्रगुप्तम्' से, जिसका संबंध समुद्रगुप्त की मृत्यु पर होनेवाली घटनाओं से माना जाता है, यह संकेत मिलता है कि समुद्रगुप्त के बाद रामगुप्त सिंहासन पर बैठा । कहानी के अनुसार, शासन की बागडोर रामगुप्त के हाथ में थी, और उसे युद्ध में शकों ने पराजित किया था, जिन्हें वह अपनी पत्नी ध्रुवदेवी समर्पित करने के लिए सहमत हो गया था । इससे उसके छोटे भाई चंद्रगुप्त को बहुत क्षोभ हुआ, और वह रानी ध्रुवदेवी का वेश धारण करके शक राजा के कक्ष में पहुँच गया, जहाँ उसने राजा की हत्या कर दी । इस कार्य से उसे प्रजा का स्नेह प्राप्त हुआ, परंतु उसमें और उसके भाई रामगुप्त में शत्रुता पैदा हो गई । अंततः चंद्र ने रामगुप्त को मारकर ध्रुवदेवी से विवाह कर लिया । रामगुप्त के सिक्कों की, तथा चंद्रगुप्त की पत्नी का नाम ध्रुवदेवी था, यह सिद्ध करनेवाले शिलालेखों की, खोज से इस कहानी की कुछ पुष्टि होती है । इसके अतिरिक्त, चंद्रगुप्त का प्रमुख अभियान शकों के साथ युद्ध ही था ।

यह युद्ध सन् 388-409 के मध्य हुआ था, जिसके पश्चात शक अंतिम रूप से परास्त हो गए, और पश्चिमी भारत को गुप्त राज्य में मिला लिया गया । चंद्रगुप्त द्वितीय ने इस घटना की स्मृति में चाँदी के विशेष सिक्के जारी किए थे । यह एक महत्त्वपूर्ण विजय थी क्योंकि अब केवल भारत की पश्चिमी सीमा ही चिंता का विषय नहीं रह गई थी, अपितु गुप्त राजाओं का इस प्रकार उत्तरी भारत पर भी नियंत्रण हो गया था । इसके अतिरिक्त, भूमध्यसागरीय क्षेत्र से होनेवाले भारतीय व्यापार का कुछ भाग भी गुप्तों के हाथ में आ गया, क्योंकि पश्चिमी भारत के बंदरगाह अब गुप्तों के हाथ में थे । चंद्रगुप्त द्वितीय के शासन-काल में दक्खन में गुप्तों की स्थिति सुदृढ़ करने के लिए एक संधि की गई । समुद्रगुप्त ने पूर्वी दक्खन पर आक्रमण किया था और पश्चिमी दक्खन को अपेक्षाकृत अछूता छोड़ दिया था । सातवाहनों का पुराना गढ़ पश्चिमी दक्खन अब वाकाटक राजवंश के हाथों में था, और दक्खन में एक प्रमुख सत्ता के रूप में उनका विकास हो रहा था । गुप्तों और वाकाटकों में एक वैवाहिक संबंध की स्थापना हुई—चंद्रगुप्त की पुत्री का विवाह वाकाटक राजा रुद्रसेन द्वितीय के साथ हुआ । दक्खन के अन्य राजवंशों ने भी गुप्त-राजपरिवार में विवाह किया, और इस प्रकार गुप्तवंश के राजाओं ने दक्षिण के राज्यों से मैत्री संबंध स्थापित कर लिए । अतः चंद्रगुप्त ने यद्यपि भिन्न साधन अपनाए, किंतु लक्ष्य उसने भी वही प्राप्त किए जो उसके पिता ने प्राप्त किए थे ।

सातवाहन राज्य के बचे-खुचे रूप को अपना आधार बनाकर वाकाटकों ने

तीसरी शताब्दी के उत्तरार्द्ध में अपना शासन स्थापित किया। प्रवरसेन प्रथम ने, जो चतुर्थ शताब्दी के प्रारंभ में सिंहासनारूढ़ था, पश्चिमी दक्खन और मध्यभारत के एक बहुत बड़े भाग पर विजय प्राप्त कर ली थी। किंतु उसके उत्तराधिकारी के समय में वाकाटक राज्य चार भागों में विभाजित हो गया। इससे राज्य निर्बल अवश्य हो गया, परंतु वह समुद्रगुप्त के सम्मुख अपमानित होने से बच गया, क्योंकि समुद्रगुप्त मध्यभारत के वाकाटक सामंतों से सम्मान प्राप्त करके ही संतुष्ट हो गया था, और उसने मुख्य वाकाटक राजाओं को परेशान नहीं किया। गुप्त आक्रमणों के पश्चात बचे रहने से वाकाटकों को अपनी राज्य-सीमा इस प्रकार पुनर्गठित करने का अवसर मिल गया, जिससे दक्खन पर आधिपत्य जमाने के उद्देश्य में सहायता मिल सके। इन परिस्थितियों में वाकाटकों से वैवाहिक संबंध की स्थापना गुप्तों के लिए लाभकर सिद्ध हुई। हुआ यह कि सिंहासन पर बैठने के पाँच वर्ष पश्चात रुद्रसेन द्वितीय की मृत्यु हो गई, और चूँकि उसके पुत्र अवयस्क थे, इसलिए उसकी विधवा रानी (चंद्रगुप्त द्वितीय की पुत्री) ने सन् 390-410 तक अभिभावक के रूप में शासन किया। इस प्रकार वाकाटक राज्य एक प्रकार से गुप्त साम्राज्य का एक भाग हो गया।

चंद्रगुप्त द्वितीय ने 'विक्रमादित्य' की उपाधि ग्रहण की, जिसका अर्थ होता है 'पराक्रम को सूर्य'; पर उसके शासन को युद्ध की अपेक्षा अन्य बातों के लिए स्मरण किया जाता है : साहित्य और कलाओं को संरक्षण देने के लिए (संस्कृत कवि कालिदास उसके सभासदों में से एक थे) तथा उच्च-स्तरीय कलात्मक एवं सांस्कृतिक जीवन के लिए। चीनी बौद्ध यात्री फाहियान, जिसने बौद्ध पांडुलिपियों और पाठों का संग्रह करने तथा बौद्ध-विहारों में उनका अध्ययन करने के लिए सन् 405 से 411 तक भारत का भ्रमण किया था, लिखता है कि यह देश सामान्य रूप से सुखी था।

चंद्रगुप्त द्वितीय के पुत्र तथा उत्तराधिकारी कुमारगुप्त (सन् 415-54) के शासन-काल में ही उत्तर-पश्चिम से एक नए आक्रमण के संकेत मिलने लगे थे, किंतु पाँचवीं शताब्दी के पूर्वार्द्ध में इस प्रकार के आक्रमणों का केवल खटका ही रहा। मध्य एशिया के हूणों की एक शाखा ने विगत शताब्दी में बैक्ट्रिया पर अधिकार कर लिया था, और उनकी तरफ से यह खतरा बना हुआ था कि वे हिंदूकुश पर्वत को पार करके, जैसाकि पहले अनेक आक्रमणकारी कर चुके थे, भारत पर आक्रमण करेंगे। कुल मिलाकर, कुमारगुप्त का शासन शांतिपूर्ण था, और वह अपने साम्राज्य को अविकल बनाए रखने में सफल रहा। परंतु भारतीय सीमा पर हूणों के आक्रमण की आशंका अगले सौ वर्षों तक बनी रही, और उनको आगे बढ़ने से रोकने में गुप्त वंश के शासकों को भारी विपत्ति का सामना करना पड़ा। फिर भी, एक सीमा तक उन्हें सफलता मिली, क्योंकि हूण जब अंततः भारतीय सीमा में घुसे तब तक वे निर्बल हो चुके थे, और भारत को वह परिणाम नहीं भोगना पड़ा, जो रोमन साम्राज्य को भोगना पड़ा था। कुछ लोगों का खयाल

है, जो सही प्रतीत होता है, कि मध्य एशिया की यह विचरणशील जाति जिस प्रचंड रोष के साथ यूरोप के ऊपर टूटी थी उसका आंशिक उत्तरदायित्व इस जाति को चीनियों और भारतीयों से मिलनेवाले प्रतिरोध पर था।

परंतु कुमारगुप्त के समान उसके उत्तराधिकारी अपने राज्य की रक्षा नहीं कर सके, हूण-आक्रमणों की हर प्रत्यावर्तित लहर गुप्त वंश के शासकों की शक्ति को क्षीणतर बना जाती थी। स्कंदगुप्त ने वीरतापूर्वक उनका सामना किया, परंतु उसके सम्मुख सामंतों के विद्रोह-जैसी घरेलू समस्याएँ भी थीं। इसके अतिरिक्त उसके समय में आर्थिक संकट उत्पन्न होने के भी संकेत मिलते हैं, और उसके सिक्के में मिलावट का होना इस आर्थिक संकट का एक प्रमाण है। फिर भी, लगभग 460 ई. तक उसने किसी प्रकार गुप्त सेना को संगठित कर लिया था, किंतु, 467 ई. के पश्चात स्कंदगुप्त के विषय में कोई सूचना नहीं मिलती। उसकी मृत्यु के पश्चात, गुप्त वंश की केंद्रीय सत्ता का तेजी से पतन हुआ। सिंहासन पर बैठनेवाले परवर्ती विभिन्न राजाओं के विषय में कोई निश्चित जानकारी नहीं है। कुछ प्रशासकीय मुद्राएँ ऐसी मिली हैं, जिन पर एक-जैसे राजाओं के नाम अंकित हैं, लेकिन उत्तराधिकार का क्रम अलग-अलग है जिससे इस राजवंश के अव्यवस्थित अंत का संकेत मिलता है। गुप्त वंश को एक भारी आघात पाँचवीं शताब्दी के अंतिम समय में लगा, जब हूण सफलतापूर्वक उत्तरी भारत में घुस आए। अगले पचास वर्षों में गुप्त सत्ता धीरे-धीरे क्षीण होती रही, जिसके पश्चात साम्राज्य अनेक छोटे-छोटे राज्यों में बँट गया।

'भारतीय' हूण पूर्णतया स्वतंत्र नहीं थे, क्योंकि वे एक हूण अधिराज के महाराज्यपालों की हैसियत से राज्य करते थे। हूण राज्य फारस से धुर खोतान तक फैला हुआ था, जिसकी मुख्य राजधानी अफगानिस्तान में बामियान थी। हूणों में महत्त्वपूर्ण कहा जा सकनेवाला प्रथम राजा तोरमान था, जिसने उत्तरी भारत पर शासन किया। इस क्षेत्र में उसका राज्य मध्य भारत में एरन तक फैला हुआ था। तोरमान के पुत्र मिहिरकुल (520 ई.) का जैसा चित्र अनुश्रुतियों में अंकित किया गया है उनके अनुसार वह पूर्ण रूप से हूणों के स्वभाव का नमूना था। उस समय में उत्तरी भारत की यात्रा करनेवाला एक चीनी यात्री लिखता है कि वह बौद्ध धर्म से घृणा करनेवाला, असंस्कृत और मूर्तिभंजक था।* मध्य भारत के शिलालेखों से पता चलता है कि गुप्त राजा इस समय भी अपने स्वयं के प्रयत्नों से और अन्य स्थानीय राजाओं का सहयोग लेकर हूणों को रोकने की विलंबित चेष्टाएँ कर रहे थे। अंततः मिहिरकुल को मैदानों से निकालकर कश्मीर में खदेड़ दिया गया जहाँ लगभग 542 ई. में उसकी मृत्यु हो गई, और इसके पश्चात हूणों का राजनीतिक प्रभुत्व समाप्त हो गया। गुप्त साम्राज्य किसी भी स्थिति में अधिक लंबे समय तक चलनेवाला नहीं था, फिर हूणों ने भी उसके पतन की प्रक्रिया को तीव्र कर दिया था।

---

* कश्मीर में आज भी कुछ अनुश्रुतियाँ प्रचलित हैं, जिनमें मिहिरकुल के नृशंस अत्याचारों से संबंधित अनेक स्थानों का वर्णन है।

परंतु हूणों का यह एकमात्र प्रभाव नहीं था। साम्राज्यवादी ढाँचे के निर्माण की जो भी संभावनाएँ थीं वे नष्ट-भ्रष्ट हो गईं, क्योंकि राजनीतिक शक्ति हूणों को आगे बढ़ने से रोकने में लगी रही। अखिल भारतीय स्तर पर प्रतिरक्षा का प्रश्न अकल्पनीय था : प्रतिरक्षा की बात अक्सर छोटे-छोटे राज्यों को मिलाकर स्थानीय स्तर पर सोची जाती थी। इस प्रकार के गठबंधन से कई बार सुयोग्य संरक्षकों के नेतृत्व में बड़े राज्यों का निर्माण भी हो जाता था, और इसमें निर्णायक तत्त्व उन संरक्षकों की सैन्य-शक्ति होती थी, न कि यह विचार कि वे राजवंश के हैं या नहीं। जनसंख्याओं के स्थान-परिवर्तन और जातियों के नए नृवंशीय संयोगों से अव्यवस्था और असुरक्षा के इस वातावरण में और भी वृद्धि हो रही थी। हूणों के साथ-साथ यहाँ मध्य एशिया की अनेक जन-जातियाँ तथा लोग भी आए, जिनमें से कुछ उत्तरी भारत में रह गए और शेष दक्षिण एवं पश्चिम की ओर बढ़ गए। इनमें गुर्जर भी थे, उन्होंने कुछ शताब्दियों पश्चात् महत्ता प्राप्त की। राजस्थान में रहनेवाली कई जन-जातियाँ नई जन-जातियों द्वारा विस्थापित कर दी गईं, और उन्हें अपनी जन्म-भूमि छोड़कर भागना पड़ा। बाद की शताब्दियों के कई राजपूत परिवार इन्हीं नई जन-जातियों के वंशज थे, जिन्होंने उत्तरी भारत पर फिर से अपना प्रभुत्व स्थापित किया। छठी शताब्दी के अंत में जब तुर्कों और ईरानियों ने बैक्ट्रिया में हूणों पर हमले किए, तो भारत पर हूणों के आक्रमण कम हो गए। परंतु जैसा दूसरे स्थानों पर हुआ उसी प्रकार उत्तरी भारत में भी हूणों ने अपने व्यक्तित्व को कायम रखते हुए समाज में अनेक परिवर्तनों को जन्म दिया।

गुप्त वंश के पतन-काल से सातवीं शताब्दी के प्रारंभ में हर्ष के उत्थान तक राजनीतिक परिदृश्य अव्यवस्थित है, और उस पर प्रकाश डालनेवाले अभिलेख बहुत कम हैं। कुछ समय तक लोगों का बड़े पैमाने पर विस्थापन होता रहा। यह वह समय था जब छोटे-छोटे राज्य गुप्त वंश का विगत ऐश्वर्य प्राप्त करने के लिए एक-दूसरे की स्पर्धा कर रहे थे। उत्तरी भारत चार मुख्य भागों में बँटा हुआ था। ये राज्य थे—मगध में गुप्त राज्य, मौखरियों और पुष्यभूतियों का राज्य तथा मैतृको का राज्य। मगध के गुप्तों का मुख्य गुप्त वंश से कोई संबंध नहीं था, और यह इसी नाम की एक गौण शाखा थी। मौखरियों के पास प्रारंभ में कन्नौज के इर्द-गिर्द पश्चिमी उत्तरप्रदेश का अंचल था। धीरे-धीरे उन्होंने मगध के गुप्तों को उनके राज्य से निकाल बाहर किया, जहाँ से वे मालवा की ओर चले गए। पुष्यभूति वंश दिल्ली के उत्तर में थानेश्वर पर राज्य करता था। उन्होंने मौखरियों से वैवाहिक संबंध स्थापित किया था, और अंतिम मौखरी राजा की मृत्यु पर मौखरी सरदारों ने तत्कालीन पुष्यभूति नरेश हर्ष से प्रार्थना की कि वह मौखरी राज्य को अपने राज्य में मिलाकर कन्नौज से राज्य करे। कहा जाता है कि मैतृक राजा ईरानवंशी थे, और गुजरात में (जो अब सौराष्ट्र कहलाता है) राज्य करते थे। उन्होंने अपनी राजधानी वल्लभी को विद्या के प्रमुख केंद्र के रूप में विकसित किया था। इन चारों राज्यों के इर्द-गिर्द ऐसे अनेक छोटे-छोटे राज्य थे, जो एक-दूसरे का राज्य हड़पने के लिए

परस्पर युद्ध करते रहते थे। बंगाल और असम में विशेष रूप से यही स्थिति थी। चारों मुख्य राज्यों में मैतृक सबसे अधिक दीर्घजीवी रहे, जिन्होंने आठवीं शताब्दी के मध्य तक शासन किया। इसके पश्चात अरबों के आक्रमणों ने उनके शासन का अंत कर दिया।

पुष्यभूति परिवार की प्रसिद्धि, हूणों के आक्रमण के पश्चात् हुई, और प्रभाकरवर्धन के सिंहासनारूढ़ होने पर उसका महत्त्व और बढ़ गया। हर्ष के जीवनीकार बाण द्वारा प्रभाकरवर्धन के लिए निम्नांकित विशेषणों का प्रयोग किया गया है :

> ...हूण मृग के लिए सिंह, सिंधु क्षेत्र के राजा के लिए तप्त ज्वर, गुजरात की निद्रा भंग करनेवाला मदमत्त गज, गांधार-नरेश के लिए भयानक प्लेग, लाटों की अराजकता के लिए लुटेरा, मालवा की ऐश्वर्य-लता के लिए कुल्हाड़ी।[1]

प्रभाकरवर्धन की विजय-कामना अंततः उसके कनिष्ठ पुत्र हर्षवर्धन के द्वारा पूर्ण की गई, जो सामान्यतः हर्ष के नाम से विख्यात है।

हर्ष ने अपना राज्य 606 ई. में प्रारंभ किया। बाण ने अपने आश्रयदाता की एक शानदार जीवनी **हर्षचरित** के नाम से लिखी है। इसके अतिरिक्त एक चीनी बौद्ध यात्री ह्वेन-त्सांग ने भी, जो हर्ष के शासन-काल में भारत में था, हर्ष के बारे में लिखा है। हर्ष ने अपने इकतालीस वर्ष के शासन-काल में जालंधर (पंजाब), कश्मीर, नेपाल तथा वल्लभी जैसे सुदूरवर्ती राज्यों के नरेशों को भी अपने अधीन बनाया था। किंतु वह दक्खन या दक्षिणी भारत में अपनी सत्ता का विस्तार नहीं कर सका। सच पूछा जाए तो दक्खन के एक राजा पुलकेशिन द्वितीय के हाथों उसे एक भारी पराजय का सामना करना पड़ा। हर्ष एक शक्तिशाली शासक था, जो अपने राज्य की घटनाओं से परिचित रहने तथा अपनी प्रजा से संपर्क स्थापित करने के लिए प्रायः भ्रमण किया करता था। अपने शासन के उत्तरार्द्ध में उसने अपना अधिकांश समय विभिन्न स्थानों की यात्रा करते हुए शिविरों में व्यतीत किया। वह प्रचुर साहित्यिक अभिरुचियों और प्रतिभाओं का स्वामी था, और अपने प्रशासनिक दायित्वों का निर्वाह करते हुए भी उसने तीन नाटकों की रचना की, जिनमें से दो शास्त्रीय शैली में लिखी गई कामदियाँ हैं, तथा तीसरे में गहन धार्मिक कथानक है।

हर्ष के शासन की उत्तरकालीन घटनाओं का वर्णन चीनी स्रोतों में किया गया है। उसके समकालीन तांग सम्राट् ताई-त्सुंग ने 643 ई. में और फिर 647 ई. में उसके दरबार में राजदूत भेजे थे। 647 ई. में जब दूसरी बार चीनी राजदूत आया तब तक हर्ष का देहांत हो चुका था, और उसके सिंहासन पर एक अयोग्य राजा ने अधिकार कर लिया था। चीनी राजदूत अविलंब नेपाल और असम के लिए रवाना हुआ, जहाँ उसने हर्ष के मित्रों की एक सेना संगठित की, और उसकी सहायता से राजगद्दी हथियानेवाले को परास्त करके बंदी के रूप में चीन ले जाया गया। उसका नाम ताई-त्सुंग के मकबरे की पीठिका पर खुदा हुआ है। शीघ्र ही हर्ष का राज्य

छोटे-छोटे राज्यों में बिखर गया।

हर्ष ने छोटे-छोटे राज्यों के समुदाय की दुर्बलता को समझ लिया था, और इसलिए अपने पड़ोसी राज्यों को जीतकर उसने एक साम्राज्यवादी ढाँचे का निर्माण करने का निश्चय किया, किंतु उस समय की विशिष्ट राजनीतिक तथा आर्थिक स्थितियों को देखते हुए ऐसा करना संभव नहीं था। अंततः गुप्तों की भाँति हर्ष ने भी उत्तरी भारत में एक बड़े राज्य का निर्माण तो कर लिया, किंतु उसकी रचना सामंतशाही के शिथिल बंधनों से हुई थी, और मौर्य साम्राज्य के समान सुगठित वह नहीं था। ऐसा क्यों था, यह उस समय की कुछ संस्थाओं का विश्लेषण करके जाना जा सकता है।

गुप्त राजाओं ने 'महाराजाधिराज', 'परम भट्टारक' इत्यादि बड़ी-बड़ी साम्राज्यवादी उपाधियाँ ग्रहण कीं, परंतु परवर्ती शासकों के लिए ये उपाधियाँ अतिशयोक्तिपूर्ण थीं क्योंकि इनके दावेदार पहली शताब्दियों के सम्राटों से बराबरी नहीं कर सकते थे—इनका राजनीतिक प्रभुत्व सीमित था। गंगा की उपत्यका में, जो गुप्तों के प्रत्यक्ष नियंत्रण में थी, शासन का ढाँचा सतही तौर पर वही था जो मौर्य-काल में था। राजा प्रशासन का केंद्र था और युवराज उसका सहायक होता था। अन्य राजकुमार विभिन्न प्रांतों के महाराज्यपाल नियुक्त कर दिए जाते थे। अनेक प्रकार के मंत्री और परामर्शदाता राजा की सहायता करते थे। प्रांत ('देश' या 'भुक्ति') अनेक जिलों ('प्रदेश' या 'विषय') में बँटे हुए थे, और प्रत्येक जिले के अपने प्रशासनिक कार्यालय थे। व्यावहारिक स्तर पर स्थानीय प्रशासन केंद्र के नियंत्रण से मुक्त था। जब तक केंद्रीय सत्ता की नीति अथवा आदेशों पर कोई स्पष्ट प्रभाव न पड़ता हो, नीति-संबंधी प्रश्नों पर अथवा किन्हीं विशेष स्थितियों के संबंध में निर्णय साधारणतया स्थानीय स्तर पर ही लिए जाते थे। जिले के अधिकारी ('आयुक्त') और उनके ऊपर एक और प्रांतीय अधिकारी ('कुमारामात्य') स्थानीय प्रशासन और केंद्र के बीच की कड़ी थे। मौर्यों और गुप्तों के शासन में यही महत्त्वपूर्ण अंतर था : जहाँ अशोक इस बात के लिए आग्रहशील था कि उसे जिलों के छोटे-से-छोटे अधिकारी के कृत्यों की जानकारी होनी चाहिए, गुप्त राजा इस भार को कुमारामात्यों तथा आयुक्तों पर छोड़कर संतुष्ट थे।

ग्रामों पर ग्रामीण निकायों का नियंत्रण था, जिनकी रचना एक मुखिया और ग्राम के कुछ वयोवृद्ध व्यक्तियों को लेकर की जाती थी। प्रवृत्ति यह थी कि एक ऐसे प्रशासन की स्थापना की जाए, जो स्थानीय हितों का प्रतिनिधित्व करनेवाला हो, न कि राज्याधिकारियों द्वारा प्रेरित प्रणाली का प्रतिरूप। इसी प्रकार नगर-प्रशासन में हर नगर की एक परिषद् होती थी, जिसमें नगर-निगम का अध्यक्ष, वणिक-श्रेणी का मुख्य प्रतिनिधि, शिल्पियों का एक प्रतिनिधि और मुख्य लिपिक शामिल होते थे। नगर के अलग-अलग अंचलों में भी इस प्रकार की परिषदें हो सकती थीं। इस परिषद् में और मेगस्थनीज एवं कौटिल्य द्वारा वर्णित समिति में पुनः एक अंतर था : मौर्य शासन में समितियों की नियुक्ति केंद्र करता था, जबकि

गुप्त प्रणाली में परिषदों की रचना स्थानीय प्रतिनिधियों को लेकर की जाती थी, जिसमें, यह काफी रोचक बात है कि व्यापारिक हितों का प्राधान्य होता था।

हर्ष ने अपने अधिकारियों के माध्यम से तथा स्वयं यात्रा करके—दोनों ही रीतियों से जनमत के साथ संपर्क बनाए रखा, जिसके फलस्वरूप उसे प्रशासन का निरीक्षण करने का अवसर मिला। सातवीं शताब्दी तक उत्तरी भारत में राजनीतिक तथा आर्थिक संबंधों के संदर्भ में मौर्यों-जैसी केंद्रीयकृत शासन-प्रणाली अव्यावहारिक हो गई, और हर्ष के व्यापक भ्रमण कोई बीच का रास्ता खोजने के प्रयत्नमात्र थे। उसने एक प्रकार से एक सरकारी निरीक्षक की तरह कार्य किया। वह कर-संचय की देखभाल करता था, शिकायतें सुनता था, प्रशासन की सामान्य कार्यपद्धति का निरीक्षण करता था, और साथ ही उदारतापूर्वक दान भी देता था।

इस काल की दूसरी महत्त्वपूर्ण विशेषता यह थी कि वेतनों का भुगतान कभी-कभी नकद न होकर भूमि-अनुदान के रूप में होता था, जिसका प्रमाण इस काल से उपलब्ध होनेवाले पाषाण और धातु पर अंकित भूमिदान-अभिलेखों की संख्या में भी मिलता है और ह्वेन-त्सांग ने भी अपने भारत के विवरण में इस पद्धति का स्पष्ट उल्लेख किया है। नकद वेतन केवल सैनिक सेवाओं के लिए दिया जाता था। भूमि अनुदान दो प्रकार के थे। एक प्रकार का अनुदान 'अग्रहार' था, जो केवल ब्राह्मणों को मिलता था, और कर-मुक्त होता था। इस अनुदान की भूमि यद्यपि ग्रहीता के परिवार की वंशानुगत संपत्ति हो जाती थी, किंतु राजा को ग्रहीता के आचरण से अप्रसन्न होकर भूमि जब्त कर लेने का अधिकार था। दूसरे प्रकार का भूमि-अनुदान वह था, जो धर्म-निरपेक्ष अधिकारियों को या तो उनके वेतन के बदले में या उनकी सेवाओं के लिए पुरस्कारस्वरूप दिया जाता था। प्रारंभ में 'अग्रहार' की अपेक्षा यह अनुदान कम दिया जाता था, परंतु बाद की शताब्दियों में यह सामान्य हो गया। एक ऐसे काल में जबकि भूमि-अनुदान राजा के विशेष अनुग्रह का प्रतीक होता था, 'अग्रहार' ने ब्राह्मणों की विशेषाधिकृत स्थिति को निश्चय ही और अधिक महत्त्व प्रदान किया होगा। यद्यपि भूमि-अनुदान की प्रथा इस काल में उतनी प्रचलित नहीं थी, जितनी आगे चलकर हुई, फिर भी इस प्रथा ने राजा की शक्ति को क्षीण कर दिया। इन अनुदानों ने ग्रहीताओं को केंद्रीय सत्ता के नियंत्रण से एकदम मुक्त कर दिया। एक महत्त्वपूर्ण बात यह थी कि ये ग्रहीता अक्सर सरकारी अधिकारी होते थे। तकनीकी दृष्टि से भले ही राजा अनुदान को समाप्त कर सकता था, किंतु बहुधा वह ऐसा करता नहीं था, क्योंकि असंतुष्ट ब्राह्मण अधिकारी उसका राजनीतिक विरोध करने में सक्षम थे।

भूमि तीन प्रकार की थी : परती, जो राज्य के अधिकार में होती थी, और सामान्यतया वेतन के रूप में दी जाती थी; राज्य द्वारा अधिकृत कृषि भूमि जिसे दान में दिया जा सकता था, लेकिन ऐसा शायद बहुत कम किया गया, क्योंकि वह पहले से ही जोत की भूमि थी और उससे राज्य को आय होती थी; और तीसरे प्रकार की भूमि निजी स्वामित्व में थी। जब भूमि वेतन के रूप में दी जाती थी, तो ग्रहीता को

इस भूमि पर पूर्ण अधिकार प्राप्त नहीं होता था। उदाहरण के लिए, वह वर्तमान काश्तकारों को बेदखल नहीं कर सकता था। भूमि के स्वामी को अधिक-से-अधिक एक-तिहाई अथवा आधी उपज लेने का अधिकार था—बाकी उपज काश्तकार की होती थी। भूमि की प्रकृति के अनुसार भूमि का मूल्य भी अलग-अलग होता था—जोत की भूमि का मूल्य परती भूमि के मूल्य से तैंतीस प्रतिशत अधिक होता था। इस समय जो फसलें पैदा की जाती थीं वे शायद कई शताब्दियों तक अपरिवर्तित बनी रहीं। ह्वेन-त्सांग के अनुसार, पश्चिमोत्तर में ईख और गेहूँ पैदा किया जाता था, और मगध तथा उसके और पूर्व में चावल। वह अनेक प्रकार के फलों और वनस्पतियों का भी वर्णन करता है। सिंचाई के लिए घटीयंत्र (रहँट) का उपयोग गाँवों में खूब होता था। मौर्यों द्वारा निर्मित सुदर्शन झील की, जिसका रुद्रदमन द्वारा जीर्णोद्धार कराया गया था, पुनः मरम्मत कराई गई, और उसे काम में लाया गया।

भूमि-राजस्व अनेक प्रकार के करों से प्राप्त होता था, जो भूमि पर तथा उपज की अलग-अलग श्रेणियों पर उत्पादन के कई स्तरों पर लगाए जाते थे। साम्राज्यिक प्रदर्शन का निर्वाह आर्थिक दृष्टि से एक निष्प्रयोजन व्यय था, जिसके फलस्वरूप अर्थव्यवस्था पर दबाव पड़े बिना न रहा होगा। यह कोई आश्चर्य की बात नहीं है कि परवर्ती गुप्त सिक्कों से आर्थिक संकट का संकेत मिलता है। हर्ष के संबंध में यह उल्लेख मिलता है कि वह राष्ट्रीय आय को चार भागों में विभाजित करता था, जिसमें से एक भाग सरकारी व्यय के लिए, दूसरा सार्वजनिक सेवाओं के वेतन के लिए, तीसरा बुद्धिजीवियों को पुरस्कार-स्वरूप देने के लिए तथा चौथा दान देने के लिए होता था। राष्ट्रीय आय का यह विभाजन विचार के धरातल पर भले ही आदर्श हो, आर्थिक दृष्टि से अव्यावहारिक रहा होगा।

राजस्व मुख्यतया भूमि से प्राप्त होता था, क्योंकि व्यापार-वाणिज्य से अब उतनी आय नहीं होती थी, जितनी पहले हुआ करती थी। रोम का व्यापार, जिससे प्रभूत संपत्ति प्राप्त होती थी, ईसा की तीसरी शताब्दी के पश्चात् घटने लगा तथा रोमीय साम्राज्य पर हूणों के आक्रमण के साथ इसका अंत हो गया। भारतीय व्यापारियों की निर्भरता इस बीच दक्षिण-पूर्व एशिया से होनेवाले व्यापार पर बहुत अधिक बढ़ गई थी। दक्षिण-पूर्व एशिया के विभिन्न भागों में भारतीय व्यापार-केंद्रों की स्थापना से आय का रुख उन क्षेत्रों की ओर हो गया। गुप्त काल की व्यापारिक समृद्धि उस आर्थिक प्रगति का अंतिम चरण थी जो पिछले काल में प्रारंभ हुई थी।

वस्तुओं के निर्माण तथा व्यावसायिक उद्यम के क्षेत्र में श्रेणियाँ प्रमुख संस्था के रूप में कार्य करती रहीं। अपने आंतरिक मामलों में वे लगभग स्वायत्त रहीं, और सरकार उनके नियमों का आदर करती थी। ये नियम साधारणतया एक बड़ी संस्था—श्रेणी-निगम—के द्वारा बनाए जाते थे, और प्रत्येक शिल्प-श्रेणी इस निगम की सदस्य होती थी। यह निगम कुछ परामर्शदाताओं का निर्वाचन करता

था, और ये ही उसके मुख्य पदाधिकारी होते थे। रेशम के बुनकरों की जैसी कुछ औद्योगिक श्रेणियों का अपना पृथक निगम होता था, जो बड़े पैमाने की परियोजनाओं, उदाहरणार्थ मंदिर के निर्माण-हेतु वृत्तिदान, आदि के लिए उत्तरदायी होता था। बौद्ध-संघ अब तक इतना समृद्ध हो चुका था कि वह व्यापार में भाग लेने लगा था। कुछ क्षेत्र में बौद्ध-संघ साहूकार के रूप में कार्य करता था और सूद पर पैसा उधार देता था। इसके अतिरिक्त, जिन क्षेत्रों में संघ को भूमि दान में मिली थी वहाँ वह भूमि को पट्टे पर उठाकर पट्टेदार से उपज का छठा भाग ले लेता था, जो न्याय-संगत माना जाता था। यह राशि उतनी ही थी, जितनी राज्य कर के रूप में वसूल करता था। सुविधाभोगी ब्राह्मण-वर्ग भी दान की राशियों अथवा भूमि-अनुदानों से अपना जीवनयापन करता था। वाकाटक वंश के राजा इस मामले में विशेष रूप से उदार थे। कुल मिलाकर, ब्राह्मण-वर्ग व्यापार की जोखिमों के लिए कम तैयार होता था, और भूमि से, बौद्ध-संघ की तुलना में, वह अधिक बँधा हुआ था। ऐसे उदाहरण कम हैं, जहाँ ब्राह्मणों ने भूमि से प्राप्त अपनी आय को व्यापार में लगाया हो। धर्म और व्यापारी वर्ग के बीच घनिष्ठ संबंध ने अवश्य ही बौद्ध-संघ को व्यापार में पूँजी लगाने के लिए प्रोत्साहित किया होगा।

ऋणों पर ब्याज की दर उन प्रयोजनों के अनुसार भिन्न होती थी, जिनके लिए ऋण लिया जाता था। समुद्रपारीय व्यापार के प्रयोजनों से लिए गए ऋण पर मौर्यकाल में असंगत रूप से ऊँचा ब्याज वसूल करने की प्रवृत्ति अब समाप्त हो गई थी, जिससे यह संकेत मिलता है कि समुद्रपारीय व्यापार में आस्था बढ़ गई थी। प्राचीन काल के दो सौ चालीस प्रतिशत वार्षिक ब्याज की तुलना में अब ब्याज की औसत दर बीस प्रतिशत प्रति वर्ष थी। दोनों पक्षों की सहमति होने पर ब्याज वैध दर से अधिक हो सकता था, परंतु ब्याज की कुल राशि मूलधन से अधिक नहीं हो सकती थी। ब्याज की दर कम होने से यह संकेत भी मिलता है कि माल काफी मात्रा में मिलने लगा था, जिसके फलस्वरूप लाभ की दर घट गई थी।

विविध प्रकार के वस्त्र तैयार करनेवाला उद्योग इस समय के अपेक्षाकृत महत्त्वपूर्ण उद्योगों में गिना जाता था। इसके लिए स्वदेश में विस्तीर्ण बाजार उपलब्ध था, क्योंकि संपूर्ण भारत में होनेवाले उत्तर-दक्षिण व्यापार में वस्त्रों का प्रमुख स्थान था, तथा विदेशी बाजारों में भी भारतीय वस्त्रों की बहुत माँग थी। रेशमी वस्त्रों, मलमल, कैलिको, लिनन, ऊनी तथा सूती वस्त्रों का बहुत बड़े परिमाण में उत्पादन होता था। रेशम की बुनाई का एक केंद्र पश्चिमी भारत भी था। हो सकता है कि परवर्ती गुप्त काल में रेशम का उत्पादन घट गया हो, क्योंकि पश्चिमी भारत में रेशम के बुनकरों की एक महत्त्वपूर्ण श्रेणी के अनेक सदस्यों ने अपना पारंपरिक व्यवसाय छोड़कर दूसरे व्यवसायों को अपना लिया था। यह संभव है कि चीन जाने के लिए मध्य एशियायी मार्ग तथा समुद्री मार्ग के बढ़ते हुए उपयोग से चीनी रेशम इतने बड़े परिमाण में यहाँ आने लगा हो कि भारत में इसका

उत्पादन घट गया हो; अथवा यह भी हो सकता है कि रेशम का उत्पादन विशेष रूप से पश्चिमी भारत में ही घटा हो, जिसका कारण पश्चिम के साथ व्यापार कम हो जाना रहा हो। हाथीदाँत का व्यवसाय अधिक लाभकर था, और इसी प्रकार पत्थर की कटाई तथा खुदाई का व्यवसाय भी, क्योंकि इस समय मूर्तियों की माँग बहुत अधिक थी। धातु कर्म एक अनिवार्य उद्योग बना रहा, विशेषकर ताँबे, लोहे और सीसे का। काँसे का भी अब व्यापक प्रयोग होने लगा था। सोने और चाँदी की माँग तो हमेशा रहती ही थी। जब विदेशी बाजारों में मोतियों का अधिक मूल्य मिलने लगा, तो पश्चिमी भारत के मोती खोजने के व्यवसाय में उन्नति हुई। विविध प्रकार के रत्नों—सूर्यकांत मणि, सुलेमानी पत्थर, इंद्रगोप, बिल्लौर, वैदूर्य आदि को काटने, चमकाने और एक निश्चित रूप देने का व्यवसाय भी विदेशी व्यापार से संबद्ध था। मिट्टी के बर्तनों का निर्माण आज भी औद्योगिक उत्पादन का एक मूलभूत अंग था, हालाँकि आकर्षक काली पालिश के बर्तनों का प्रयोग अब नहीं होता था। उसके स्थान पर एक भूरी-सी लेवी से लाल रंग के साधारण बर्तन विशाल परिमाण में बनाए जाते थे। इनमें से कुछ बर्तनों को मिट्टी में अभ्रक मिलाकर आकर्षक बना दिया जाता था, जिससे उनमें धातु की-सी चमक आ जाती थी।

पूर्व एवं दक्षिण की ओर समुद्रगुप्त के सैनिक अभियानों तथा हर्ष की पुनरावर्तित यात्राओं ने आवागमन की व्यवस्था को सुचारु बनाया, जिससे माल भारत के समस्त भागों में सरलता से पहुँच सकता था। सड़कों पर सामान लादनेवाले पशुओं और बैलगाड़ियों का इस्तेमाल होता था। कुछ क्षेत्रों में हाथियों का भी प्रयोग किया जाता था। गंगा, यमुना, नर्मदा, गोदावरी, कृष्णा तथा कावेरी-जैसी बड़ी नदियों के निचले पाट मुख्य जल-मार्ग थे। पूर्वी तट के बंदरगाह—ताम्रलिप्ति, घंटशाला और कदूरा—पूर्व एशिया के साथ उत्तर-भारतीय व्यापार को सँभालते थे, तथा पश्चिमी तट के बंदरगाहों—भड़ौच, चोल, कल्याण तथा कैंब्रे—के माध्यम से भूमध्यसागर एवं पश्चिम एशिया के साथ व्यापार होता था; परंतु इनमें से दक्षिण की ओर पड़नेवाले बंदरगाह गुप्तों के नियंत्रण में नहीं थे : मसालों, काली मिर्च, चंदन की लकड़ी, मोतियों, रत्नों, सुगंधियों, नील और जड़ी-बूटियों का निर्यात पूर्ववत होता रहा, परंतु आयात की जानेवाली वस्तुएँ अब पहले की वस्तुओं से भिन्न थीं। चीनी रेशम तथा इथोपिया से हाथीदाँत अब अधिक मात्रा में आता था। इस काल में अरब, ईरान और बैक्ट्रिया से घोड़ों का आयात बढ़ गया था। यह घोड़े या तो स्थल मार्ग से उत्तर-पश्चिम के व्यापारिक केंद्रों में पहुँचते थे या समुद्री मार्ग से पश्चिमी तट पर। यह विचित्र बात है कि भारत ने अच्छी नस्ल के पर्याप्त घोड़े कभी उत्पन्न नहीं किए : अच्छे घोड़ों का सदैव आयात ही किया गया।* भारत की अश्वसेना के लिए यह बात बहुत घातक सिद्ध

* इसका एक ही संभावित उत्तर हो सकता है कि अश्व-पालन के लिए आवश्यक अनुकूल जलवायु तथा विशिष्ट प्रकार के चरागाह भारत में नहीं थे।

हुई, और अंततः यहाँ की अश्वसेना, विशेष रूप से मध्य एशिया के अश्वारोहियों की तुलना में, प्रभावहीन हो गई।

भारतीय जलयान अब अरब सागर, हिंद महासागर तथा चीन सागर की नियमित यात्रा करने लगे थे, और इन क्षेत्रों के प्रत्येक बंदरगाह में वे दिखाई पड़ते थे। दक्षिण-पूर्व एशिया को जानेवाले भारतीय जलयानों का वर्णन कुछ इस प्रकार किया गया है—''समकोण की स्थिति में आरपार फैलनेवाले रस्सों से सुसज्जित दो मस्तूलोंवाले जलयान, जिनके अग्र और पृष्ठ भाग झुके हुए और पैने होते थे, पाल को थाम रखनेवाली शहतीर और पतवार इनमें नहीं होती थी, और इन्हें दो छोटे चप्पुओं द्वारा खेया जाता था।'' एक स्थान पर 'काले यवनों के द्वीप' की चर्चा की गई है, और इसका संकेत संभवतः मैडागास्कर या जंजीबार की हब्शी जनसंख्या की ओर है। पूर्व-अफ्रीकी तट से भारत का संपर्क प्रागैतिहासिक काल से रहा है, और अब व्यापार के माध्यम से यह संपर्क और बढ़ गया था। पूर्व-अफ्रीकी बंदरगाहों पर चीनी व्यापारी भी प्रतियोगिता करने लगे थे। ऐसा प्रतीत होता है कि भारत में इस समय जहाजरानी तथा व्यापार में जीवंत रुचि उत्पन्न हो गई थी। किंतु भारत के धर्मशास्त्री एक हिंदू के लिए समुद्र-यात्रा करने और काला सागर पार करने को भारी पाप घोषित कर रहे थे, और शायद यही कारण था कि समुद्री व्यापार में भारतीयों ने कम भाग लिया। कर्मकांड की पवित्रता में ब्राह्मणों तथा उच्च वर्णों की मनोग्रस्ति बढ़ती जा रही थी। वे दूर देशों की यात्रा पर इसलिए आपत्ति करते थे कि इसके कारण म्लेच्छों तथा वर्णेतर लोगों से दूषित संसर्ग बढ़ेगा। इसके अतिरिक्त विदेश में होने पर वर्ण-धर्म का पालन करना भी कठिन था। इस प्रकार के प्रतिबंध से ब्राह्मणों को एक अप्रत्यक्ष लाभ यह भी हुआ कि इसने व्यापारी वर्ग की शक्ति को दबा दिया।

नए मार्गों के खुलने तथा प्रांतों के राजनीतिक महत्त्व में वृद्धि होने से जो नगर पहले स्थानीय रुचि के ही केंद्र थे उनकी महत्ता बढ़ गई। एक समय में उत्तर भारत के अधिकांश राजवंशों की राजधानी पाटलिपुत्र का महत्त्व हर्ष के काल तक समाप्त हो चुका था, और उसके स्थान पर गंगा के मैदान में पश्चिमी उत्तरप्रदेश स्थित कन्नौज का महत्त्व बढ़ गया। मथुरा और उसी प्रकार बनारस भी कपड़े के व्यापार तथा मंदिरों के केंद्र बन गए। गंगा के उत्तरी मैदानों पर नियंत्रण होने के कारण, थानेसर का सामरिक महत्त्व बढ़ गया। हरिद्वार तीर्थयात्रा का केंद्र बन गया। अधिकांश नगरों का मानचित्र बिलकुल साधारण था, वे वर्गाकार बसे हुए थे। घरों में ऊँची-ऊँची खिड़कियाँ और छज्जे होते थे। मुख्य मार्गों पर, जहाँ बाजार तथा दूकानें होती थीं, अपेक्षाकृत छोटे मकान होते थे और उनमें एक छज्जा होता था, जिससे सड़क का दृश्य दिखाई देता था। नगर के समृद्धतर भागों में अब लकड़ी के मकानों का स्थान प्रायः पूर्णतया ईंटों से निर्मित मकानों ने ले लिया था, और अपेक्षाकृत कम संपन्न लोगों के मकान बाँसों के टट्टर के होते थे। मकान चारों प्रधान दिशाओं में खुलनेवाले होते थे, जिससे पता लगता है कि नगर-नियोजन में सतर्कता बरती जाती थी, और नालियों तथा कुओं की बहुलता से

भी यह बात प्रमाणित होती है।

खुदाइयों से, जहाँ गुप्तकाल के स्तरों पर पाई गई चीजों में बेहतर तकनीक और गुणवत्ता का प्राचुर्य मिलता है, और समकालीन साहित्य में प्राप्त विवरणों से स्पष्ट है कि उस समय लोगों का जीवन-स्तर ऊँचा था। नगर के समृद्ध निवासी सुख और चैन से रहते थे और उनके पास विलासिता के सारे साधन, जैसे अनेक प्रकार के कपड़े, हीरे-जवाहरात आदि प्रचुर मात्रा में होते थे। घरों में मिले टोंटीवाले मिट्टी के बर्तनों के अतिरिक्त, ताँबे तथा लोहे की वस्तुओं की बहुलता से पता लगता है कि नगरों में निश्चित कोटि के सुख-साधन केवल उच्च वर्ग के लोगों तक ही सीमित नहीं थे। फिर भी इस काल की संस्कृति ऐसी थी, जो रहन-सहन के संबंध में भारी भिन्नता का परिचय देती है। मध्यम भाग में सुखपूर्वक रहनेवाले व्यक्तियों के नगर के छोर पर अछूतों के मकान होते थे, जो संभवतः बहुत-कुछ आधुनिक नगरों के समान थे, जिनके चारों ओर कच्चे तथा झोंपड़ीनुमा मकान होते हैं। परंतु ग्रामों के जीवन-स्तर में वैषम्य कम था, और विदेशी यात्रियों के विवरणों से पता चलता है कि ये काफी समृद्ध थे।

कामसूत्र में एक सुख-संपन्न नागरिक के दैनंदिन जीवन का चित्रण एक ऐसे कुलीन व्यक्ति के रूप में किया गया है, जो कलात्मक विषयों के लिए समर्पित हो, और ऐसा जीवन केवल वही लोग बिता सकते थे, जिनके पास अवकाश और इस प्रकार के जीवन के लिए आवश्यक सुविधाएँ उपलब्ध हों। विलासितापूर्ण यदि नहीं तो ऐसा सुख-संपन्न परिवेश प्रस्तुत किया गया था, जो कविता एवं चित्रकला की प्रेरक वृत्तियों के अनुकूल हो, और कला-प्रेमी युवा नागरिक से यह आशा की जाती थी कि वह इन दोनों कलाओं में दक्ष होगा। अक्सर ऐसे सम्मेलन होते रहते थे जहाँ कविताएँ पढ़ी जाती थीं। चित्रकला तथा मूर्तिकला का सृजन करनेवालों के घरों में उनकी कलाकृतियाँ सदैव देखी जा सकती थीं। संगीत—विशेषकर वीणावादन—में दक्षता प्राप्त करना भी एक आवश्यक सिद्धि थी। युवा नागरिक को प्रणय-कला की शिक्षा देना भी आवश्यक था, और इसके लिए **कामसूत्र** तथा इसी प्रकार के अन्य ग्रंथ लिखे गए थे। **कामसूत्र** एक अद्‌भुत ग्रंथ है, क्योंकि इसमें सपूर्ण प्रणय-कला का जो सूक्ष्म और विशद विवेचन-विश्लेषण किया गया है उसमें और आधुनिक युग में इस विषय पर लिखे गए ग्रंथों में आश्चर्यजनक समानता है। गणिकाएँ नागरिक जीवन का सामान्य अंग थीं, उनकी स्थिति को न तो भावुकतापूर्ण दृष्टि से देखा जाता था, और न उनकी अवहेलना की जाती थी। **कामसूत्र** में गणिका को दिए जानेवाले प्रशिक्षण के विवरणों से पता लगता है कि इस व्यवसाय की अपेक्षाकृत अधिक माँग थी, क्योंकि गणिका को बहुधा जापान की 'गीशा' अथवा यूनान की 'हिटाएरा' की भाँति शिष्टाचार सिखानेवाली सहचरी के रूप में रखा जाता था।

साहित्य और कला में नारी का आदर्शमय चित्रण किया गया है, परंतु व्यवहार में उसका स्थान स्पष्ट रूप से गौण था। उच्च वर्ग की स्त्रियों को थोड़ी शिक्षा जरूर दी जाती थी, परंतु उसका उद्देश्य इतना ही था कि वे बुद्धिमत्तापूर्वक वार्तालाप

करने के योग्य बन सकें, सार्वजनिक जीवन में भाग लेने के लिए नहीं। महिला दार्शनिकों और विदूषियों की चर्चा भी मिलती है, लेकिन ऐसे दृष्टांत बहुत कम हैं। स्त्रियों की सामाजिक मर्यादा को लेकर इस काल में कुछ ऐसी बातें सामने आईं जो बाद की शताब्दियों में उसकी विशेषता बन गईं। अल्पायु में, और बहुधा यौवनारंभ से पूर्व भी विवाहों का समर्थन होता था। यह भी कहा जाता था कि विधवा को न केवल पूर्ण ब्रह्चर्य का जीवन व्यतीत करना चाहिए बल्कि उसके लिए श्रेयस्कर है कि वह अपने पति के साथ चिता में जलकर भस्म हो जाए अर्थात् सती हो जाए। उत्तर भारत की कुछ सैनिक जातियों में बड़े पैमाने पर विधवाओं के जलकर मर जाने की प्रथा थी : जब सैनिक-पति युद्ध करते-करते मारे जाते थे तो उनकी पत्नियाँ विजेताओं को समर्पित होने के स्थान पर इस प्रकार अपने सम्मान की रक्षा करती थीं। परंतु ऐसी स्थिति में विधवाओं का चिता में जल जाना एक पवित्र, धार्मिक कार्य नहीं समझा जाता था। सती होने की प्राचीनतम साक्षी 510 ई. में मिलती है जब ऐरन में एक शिलालेख इस घटना के स्मारक के रूप में स्थापित किया गया था। यह प्रथा मध्य भारत तथा आगे चलकर पूर्वी भारत एवं नेपाल के उच्च वर्णों तक ही मुख्यतया सीमित थी। हिंदू धर्मशास्त्रों के अनुसार नारी-धर्म का स्वेच्छया पालन न करनेवाली स्त्रियों को ही पर्याप्त स्वतंत्रता प्राप्त थी, और ये या तो भिक्षुणी बन जाती थीं, या नाटक-मंडली में सम्मिलित हो जाती थीं, अथवा वारांगना और वेश्या बन जाती थीं।

मनोरंजन के रूप में नाटक दरबारों में तथा उनके बाहर भी लोकप्रिय था। नृत्य और संगीत-गोष्ठियाँ मुख्यतः धनाढ्यों और कला-प्रेमियों के घरों में होती थीं। जुआ खेलना पुरुषों में लोकप्रिय था। इसी प्रकार पशुओं—विशेष रूप से भेड़ों, मुर्गों और बटेरों—की लड़ाइयाँ ग्रामीण क्षेत्रों में अधिक लोकप्रिय थीं, परंतु नगर-निवासी भी इनमें रस लेते थे। कुश्ती तथा व्यायाम खेल-कूद प्रतियोगिताओं के महत्त्वपूर्ण अंग थे, परंतु भारतवासियों ने इन्हें उतना महत्त्व कभी नहीं दिया, जितना कुछ युगों में यूनानियों तथा रोम-निवासियों ने दिया था। भाँति-भाँति के मनोरंजन जिनमें जनसाधारण भाग लेता था, विभिन्न उत्सवों के अनिवार्य अंग थे—वे उत्सव चाहे धार्मिक हों या धर्म-निरपेक्ष। वसंतोत्सव बड़ी धूमधाम से मनाया जाता था, जिसमें खूब खाना-पीना तथा आमोद-प्रमोद होता था। फाहियान के इस कथन के विपरीत कि भारत में लोग साधारणतया शाकाहारी थे, मांस खाना आम बात थी। देशी और पश्चिम से आयात की हुई दोनों प्रकार की मदिरा का सेवन प्रतिदिन किया जाता था, और मसालों से युक्त पान खाने की प्रथा भी खूब थी।

वर्ण और व्यवसाय का पारस्परिक संबंध कायम था, यद्यपि वह सामाजिक तथा धर्म-संहिताओं में निहित नियमों के पूर्णतया अनुकूल नहीं था। वर्णच्युत अब भी बहिष्कृत श्रेणी में रहे, किंतु शूद्रों की स्थिति मौर्य-काल की तुलना में सुधर गई थी। धर्मशास्त्रों में शूद्रों और दासों के बीच स्पष्ट अंतर दिखलाया गया है। गुप्त

राजा मौर्यों की भाँति कड़ा राजकीय नियंत्रण रख सके, और इसके फलस्वरूप शूद्रों पर राजनीतिक दबाव कम हो गया।

'द्विज' शब्द का प्रयोग अब अधिकतर ब्राह्मणों के लिए होने लगा था। जितना अधिक बल ब्राह्मणों की पवित्रता पर दिया गया, उतना ही अछूतों की अपवित्रता पर। फाहियान सामीप्य-मात्र से अपवित्र हो जाने के भय की चर्चा करता है, अर्थात् यदि किसी 'द्विज' की दृष्टि किसी अछूत पर कुछ दूर से भी पड़ जाती थी, तो वह अपवित्र हो जाता था, और उसे अपनी शुद्धि के लिए धार्मिक अनुष्ठान करने पड़ते थे। ऐसा करना धर्म-संहिताओं में वर्णित नियमों के अनुकूल था।

इस काल के शिलालेखों से यह स्पष्ट है कि बाद की अपेक्षा इस काल में उपजातियों में गतिशीलता अधिक थी। इसका सबसे मनोरंजक उदाहरण संभवतः पश्चिमी भारत के रेशम के बुनकरों की श्रेणि है। जब वे रेशम के उत्पादन द्वारा अपना निर्वाह करने में असमर्थ हो गए, तो वे पश्चिमी भारत के एक अन्य भाग में चले गए और उनमें से कुछ तीरंदाज या सैनिक हो गए, कुछ ने चारणों का व्यवसाय अपना लिया और कुछ विद्वान् बन बैठे। कहना न होगा कि इन व्यवसायों की हैसियत उनके मूल व्यवसाय से ऊँची थी। ऐसा प्रतीत होता है कि इस व्यवसाय-परिवर्तन के बावजूद मूल श्रेणि में उसकी निष्ठा कम-से-कम एक पीढ़ी तक बनी रही। सूर्य के उपासक होने के कारण उन्होंने एक सूर्य-मंदिर बनवाया और उसमें एक शिलालेख स्थापित करके उस पर अपनी श्रेणि का इतिहास विस्तार से अंकित कराया।

अधिकांश धर्म-संहिताओं ने मनु के 'धर्मशास्त्र' को आधार माना और उसकी व्याख्या की। इस काल में इस प्रकार के अनेक ग्रंथ लिखे गए, जिनमें सर्वाधिक प्रसिद्ध याज्ञवल्क्य, नारद, बृहस्पति और कात्यायन की कृतियाँ हैं। संयुक्त परिवार-पद्धति इस समय विद्यमान थी, जो आगे चलकर हिंदू वर्ण-समाज की अनिवार्य विशेषता बनी। पुरखों की संपत्ति में पिताओं और पुत्रों का समान स्वामित्व था, और पुत्रों को अपने पिता की संपत्ति पर समान स्वामित्व प्राप्त होता था।

कात्यायन ने न्याय प्रणाली का विस्तृत वर्णन किया है। न्यायालय में राजा अपील की सर्वोच्च न्यायपीठ पर बैठता था, और न्यायाधीश, मंत्री, मुख्य पुरोहित, ब्राह्मण तथा मूल्यांकनकर्ता उसकी सहायता करते थे, जो पृथक्-पृथक् मामलों की आवश्यकताओं के अनुसार भिन्न-भिन्न होते थे। विशिष्ट अवसरों पर व्यावसायिक संस्थानों के प्रतिनिधि भी राजा की सहायता के लिए बुलाए जाते थे। अभिस्वीकृत न्यायाधिकरण थे श्रेणि, जन-सभा अथवा परिषद्, राजा के द्वारा अपने स्थान पर नियुक्त कोई अन्य व्यक्ति (साधारणतया ब्राह्मण) तथा स्वयं राजा। निर्णय धर्म-संहिताओं अथवा सामाजिक परिपाटियों अथवा राजा की आज्ञा (जो प्रथम दो के अधिक प्रतिकूल नहीं हो सकती थी) के आधार पर होता था।

कानूनी सुबूत इन तीनों में से किसी एक या तीनों स्रोतों, दस्तावेजों, गवाहों अथवा अपराध प्रमाणित करनेवाली किसी वस्तु के कब्जे में आ जाने पर आधारित होते थे। प्रमाण के रूप में कठिन परीक्षा की न केवल अनुमति थी, अपितु इसका प्रयोग भी होता था। कात्यायन ने जाति-दंड के सिद्धांत को स्वीकार किया था, हालाँकि यह संदेहास्पद है कि प्रत्येक मामले में इस सिद्धांत को लागू किया जाता था।

ब्राह्मणों के विद्यालयों तथा बौद्ध-मठों दोनों में औपचारिक शिक्षा का प्रबंध था। सैद्धांतिक दृष्टि से ब्राह्मण-विद्यालयों में विद्यार्थित्व की अवधि प्रथम तीस या सैंतीस वर्ष होती थी। ऐसा प्रतीत होता है कि व्यवहार में इसका पालन नहीं होता था और ब्राह्मणों में भी केवल कुछ ही इतना लंबा समय विद्यार्थी के रूप में व्यतीत करते थे। बौद्ध-विहारों में विद्यार्थी केवल दस वर्ष तक शिक्षा प्राप्त करते थे, परंतु जो भिक्षु बनना चाहते थे उन्हें अधिक समय तक वहाँ रहना पड़ता था। पटना के निकट नालंदा उत्तर में सबसे बड़ा बौद्ध मठ और शिक्षा का केंद्र था जिसमें चीन और दक्षिण-पूर्व एशिया तक से विद्यार्थी पढ़ने आते थे। नालंदा की खुदाइयों से एक विशाल क्षेत्र में सुनिर्मित मठों तथा मंदिरों का पता चला है। मठ को समय-समय पर जो ग्राम दान में प्राप्त हुए थे उनकी आय ही नालंदा का आधार थी। इन ग्रामों और अचल संपत्तियों से इस विश्वविद्यालय का खर्च चलता था, जिसके फलस्वरूप विश्वविद्यालय के अधिकांश छात्रों के लिए निःशुल्क शैक्षिक सुविधाओं तथा आवास का प्रबंध संभव हो सका था।

जहाँ तक औपचारिक शिक्षा का प्रश्न है व्याकरण, अलंकारशास्त्र, गद्य, काव्य, तर्क, अध्यात्मविद्या तथा औषधिशास्त्र पर ही अधिक ध्यान दिया जाता था। औषधिशास्त्र को इस श्रेणी में रखना संभवतः ठीक नहीं था, क्योंकि इससे इस शास्त्र का सैद्धांतिक पक्ष तो प्रबल हुआ पर औषधि-ज्ञान में वास्तविक प्रगति न हो सकी। इस काल का सबसे महत्त्वपूर्ण चिकित्सा-संबंधी ग्रंथ इससे पहले की कृतियों का एक संकलन था, जिससे कोई नई उल्लेखनीय जानकारी नहीं मिलती। इसी समय पहली बार पशु-चिकित्सा विज्ञान पर विस्तृत कृतियाँ लिखी गईं जिनका संबंध मुख्यतः घोड़ों और हाथियों से था, और ये दोनों ही सेना के आवश्यक अंग थे। भारतीय चिकित्सा-विषयक ज्ञान का प्रसार पश्चिम की ओर हुआ तथा पश्चिमी एशिया के चिकित्सकों ने इसमें रुचि ली। अन्य लोगों के अलावा, एक फारसी-चिकित्सक भारतीय औषधिशास्त्र के अध्ययन के लिए छठी शताब्दी में भारत आया था।

धातुओं के ज्ञान में बहुत अधिक उन्नति हुई थी और यह दुर्भाग्य की बात है कि इस काल की अधिक वस्तुएँ अब उपलब्ध नहीं हैं। इस काल का सर्वाधिक भव्य अवशेष दिल्ली का सुप्रसिद्ध लौह-स्तंभ है जिसकी ऊँचाई तेईस फुट से कुछ अधिक है और जिसमें जंग नहीं लगी है। इसके अतिरिक्त दो भागों में ढली हुई मनुष्य के आकार की गौतम बुद्ध की खड़ी हुई ताँबे की एक प्रतिमा भी मिली है, जो अब बरमिंघम-संग्रहालय में है। धातु-कर्म का सर्वोत्तम रूप इस समय के सिक्कों और मुहरों में देखा जा सकता है। सिक्के बड़ी सुंदरता से ढाले गए थे और साँचे बड़ी

सावधानी से खोदे गए थे। ताम्र-पत्रों पर लगी हुई मुहरों का शिल्प-कौशल भी उत्कृष्ट है।

अधिक तकनीकी और विशेषीकृत ज्ञान श्रेणियों के हाथों में ही था, जहाँ शिल्पियों के बेटों को अपने वंशानुगत व्यवसाय का प्रशिक्षण दिया जाता था। इन केंद्रों का ब्राह्मण-संस्थाओं तथा बौद्ध विहारों से कोई प्रत्यक्ष संपर्क नहीं था। गणित का अध्ययन अपवाद था, जो दोनों प्रकार की शिक्षाओं के बीच सेतु का कार्य करता था, और यह जानकर आश्चर्य नहीं होना चाहिए कि गणित का इस काल में तीव्र विकास हुआ। अंकों का प्रयोग थोड़े समय के लिए रहा। बाद में यूरोपीय जगत् से उनका परिचय अरबी अंकों के रूप में हुआ। अरबों ने अंक-पद्धति भारतवासियों से सीखी, और अंत में इन अंकों ने रोमन अंकों का स्थान ले लिया। दशमलव प्रणाली का भारत के खगोलशास्त्री पाँचवीं शताब्दी में ही नियमित प्रयोग कर रहे थे।

भारतीय गणित-ज्योतिष की पहली महत्त्वपूर्ण व्याख्याएँ, जो ईसा पूर्व की अंतिम कुछ शताब्दियों में हुईं, 'ज्योतिष वेदांग' एवं 'सूर्य प्रज्ञापति' नामक दो ग्रंथों में संग्रहीत हैं। यूनानी जगत् से संपर्क होने पर विविध प्रकार की नई पद्धतियाँ प्रचलित हुईं, जिनमें से कुछ यहाँ की पद्धति में आत्मसात हो गईं और शेष अस्वीकृत हो गईं। आर्यभट पहला ज्योतिषी था, जिसने 499 ई. में सबसे पहले गणित-ज्योतिष की अपेक्षाकृत अधिक बुनियादी समस्याओं को उठाया था। यह मुख्यतया उसी के प्रयत्नों का फल था कि ज्योतिष को गणित से अलग शास्त्र माना गया। उसने हिसाब लगाकर 'π' को 3.1416 और सौर वर्ष की लंबाई को 365.3586805 दिन के बराबर बताया था, और ये दोनों गणनाएँ आश्चर्यजनक रूप से आधुनिक अनुमानों के निकट हैं। उसका विश्वास था कि पृथ्वी गोल है और अपनी धुरी पर घूमती है तथा इसकी छाया चंद्रमा पर पड़ने के कारण ग्रहण पड़ता है। बाद के ज्योतिर्विदों ने उसके क्रांतिकारी सिद्धांतों का विरोध किया, क्योंकि वे इस संबंध में परंपराओं और धर्म के विरुद्ध नहीं जाना चाहते थे। भारतीय ज्योतिर्विदों में आर्यभट के विचार सबसे अधिक वैज्ञानिक थे, और उसके विचारों का बाद में जो विरोध किया गया उसका कारण संभवतः रूढ़िवादी विचारों के समर्थकों को अप्रसन्न न करने की इच्छा थी। यह बात महत्त्वपूर्ण है कि उसके निकट-समकालीन वराहमिहिर की कृति मे ज्योतिर्विद्या के अध्ययन को तीन भागों में विभाजित किया गया है, और इन तीनों विषयों को समान महत्त्व दिया गया है। ये विषय हैं : ज्योतिर्विद्या तथा गणित, जन्मपत्री-विद्या तथा फलित-ज्योतिष। यह ऐसा विभाजन था जिसे आर्यभट ने अस्वीकार कर दिया होता, क्योंकि वराहमिहिर ने गणित-ज्योतिष की अपेक्षा फलित-ज्योतिष पर अधिक बल दिया जिसने गणित-ज्योतिष के वैज्ञानिक अध्ययन को नष्ट कर दिया। वराहमिहिर की सबसे अधिक रोचक रचना 'पंचसिद्धांतिका' है, जिसमें पाँच प्रचलित विचारधाराओं का संक्षिप्त विवरण दिया गया है। इनमें से दो विचारधाराएँ यूनानी ज्योतिर्विद्या के घनिष्ठ ज्ञान का परिचय देती हैं।

संस्कृत में कविता और गद्य को राजाओं के संरक्षण से प्रभूत प्रोत्साहन मिला। यह विशिष्ट वर्ग, दरबार, कलीन वंश तथा ऐसे ही अन्य क्षेत्रों से संबंधित व्यक्तियों का साहित्य था। प्राचीन संस्कृत के सर्वाधिक उल्लेखनीय रचनाकार के रूप में जो नाम अनायास मस्तिष्क में आता है, वह कालिदास है। उसकी सबसे प्रसिद्ध रचना 'अभिज्ञान शाकुंतलम्' को यूरोप में उस समय ख्याति मिली, जब गेटे उससे प्रभावित हुआ। उसकी लंबी गीतात्मक कविता 'मेघदूतम्' को उस समय सचमुच बहुत लोकप्रियता मिली थी, क्योंकि शिलालेखों में समय-समय पर इसका उल्लेख मिलता है। नाटक मुख्यतः प्रेम-प्रधान एवं सुखांत होते थे, दुःखांत नाटकों की रचना नहीं की जाती थी, क्योंकि रंगमंच का उद्देश्य मनोरंजन करना था। इसका एक उल्लेखनीय अपवाद शूद्रक रचित 'मृच्छकटिकम्' ही है। गद्य-लेखकों में बाण की प्रसिद्धि अधिक थी। उसकी रचना 'हर्षचरितम्' सर्वोत्तम संस्कृत गद्य का उत्कृष्ट उदाहरण मानी जाती है। बाण ने गद्य में कथाएँ भी लिखी हैं जिनका साहित्यिक समीक्षा के अनेक सिद्धांतों में प्रचुर उल्लेख हुआ है। 'पंचतंत्र' की कथाएँ विभिन्न रूपों में विस्तार के साथ लिखी गईं, और इस संग्रह की कहानियाँ बाद के अनेक संग्रहों का आधार बनीं। साहित्य का मूल्यांकन रस के आधार पर होता था और रस की अनुभूति करानेवाला साहित्य ही श्रेष्ठ साहित्य माना जाता था।

संस्कृत के अतिरिक्त प्राकृत (प्राचीन संस्कृत की अपेक्षा तत्कालीन बोली के अधिक निकट एक भाषा) में लिखित साहित्य को भी दरबारी क्षेत्र के बाहर संरक्षण प्राप्त था। जैनों द्वारा लिखित प्राकृत साहित्य परिपुष्ट धार्मिक विषयवस्तु पर आधारित होने के साथ-साथ शैली की दृष्टि से भी अधिक उपदेशपूर्ण होता था। इस समय के संस्कृत नाटकों में एक उल्लेखनीय बात यह है कि उच्च सामाजिक स्तर के पात्र संस्कृत बोलते हैं, जबकि निम्न सामाजिक स्तर के तथा समस्त स्त्री पात्र प्राकृत भाषा का प्रयोग करते हैं, जिससे सामाजिक संदर्भ में संस्कृत तथा प्राकृत की स्थिति का परिचय मिलता है।

पारंपरिक परिभाषा के अनुसार क्लासिकी युग वह है, जिसमें साहित्य, वास्तुकला तथा ललित कलाएँ उत्कर्ष के ऐसे स्तर पर पहुँच जाएँ कि आनेवाले समय के लिए वे आदर्श बन सकें। दुर्भाग्य से वास्तुकला के क्षेत्र में गुप्तों की उपलब्धियों के अधिक अवशेष प्राप्त नहीं हैं। बहुधा यह कहा जाता है कि पाँच शताब्दी पश्चात् मुसलमानों की मूर्तिभंजक नीति के फलस्वरूप उत्तरी भारत के मंदिर नष्ट हो गए, और यही कारण है कि अब गुप्तों की वास्तुकला के अवशेष नहीं मिलते हैं। परंतु यह कहना संभवतः अधिक सही होगा कि गुप्तों के मंदिर अप्रभावी पूजास्थल थे, जो या तो आवासिक वास्तुकला में खो गए, या आनेवाली शताब्दियों में उनका नए सिरे से निर्माण किया गया। बौद्ध अपने विहार तथा मठ बनवाते रहे और वे आज भी विद्यमान हैं। उत्तरी भारत में हिंदुओं के मंदिरों ने आठवीं शताब्दी तक कोई महत्त्वपूर्ण स्थान प्राप्त नहीं किया था।

हिंदू मंदिरों का प्रारंभ 'गर्भगृह' के साथ हुआ, जिसमें देवमूर्ति रखी जाती थी। यहाँ तक पहुँचने के लिए एक दालान होता था, जिसमें एक सभाभवन से होकर प्रवेश किया जाता था, और सभाभवन का द्वार ड्योढ़ी में खुलता था। इस पूरे भवन के चारों ओर एक प्राचीरयुक्त प्रांगण होता था, जिसमें आगे चलकर और अनेक पूजागृहों की स्थापना होने लगी। गुप्तकाल से मंदिर सामान्यतः ईंट या लकड़ी के स्थान पर पत्थर के बनने लगे थे। पत्थर के प्रयोग से स्मारकीय शैली का विचार उत्पन्न हुआ और हिंदू-वास्तुकला में इस पर विशेष बल दिया जाने लगा। स्वतंत्र मंदिरों का निर्माण मूर्ति पूजा की परिपाटी के कारण आवश्यक हो गया था, क्योंकि अब मूर्ति के लिए समुचित कक्ष की व्यवस्था करनी पड़ती थी और इस उद्देश्य के लिए गुफा उपयुक्त नहीं रह गई थी। शनैः-शनैः मूर्ति के आसपास सहायक देवताओं की मूर्तियाँ तथा आकृतियाँ रखी गईं, जिनसे बाद की शैलियों से संबंधित संपन्न शिल्पसज्जा का प्रादुर्भाव हुआ। पत्थर के मंदिरों के निर्माण पर पुस्तकें लिखी गईं, जिनमें निर्माण-विषयक सूक्ष्म विवरण प्रस्तुत किए गए, और इन विवरणों में उल्लिखित तकनीकों का निष्ठा के साथ पालन किया जाता था।

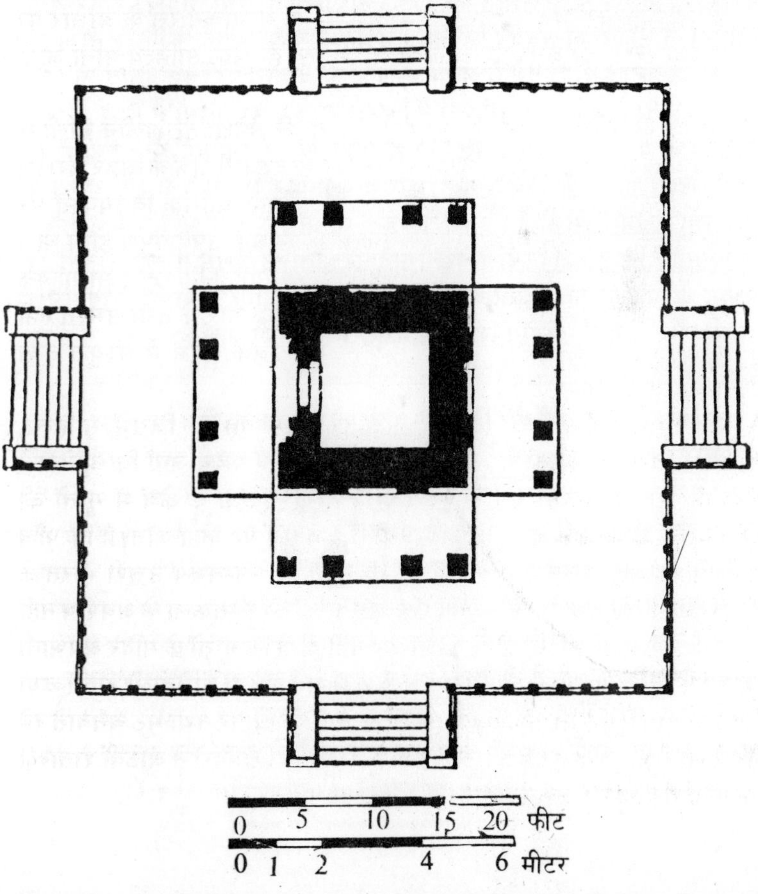

क्लासिकी शिल्प की उच्चतम उपलब्धि सारनाथ में पाई गई बुद्ध की मूर्तियो में देखने को मिलती है। वे उस प्रशांति और परितुष्टि को अभिव्यक्त करती हैं, जो उस युग के धार्मिक वातावरण से संबंधित हैं। मानव आकृति में बुद्ध के अंकित किए जाने पर अधिक महत्त्वपूर्ण हिंदू देवी-देवता भी उसी भाँति मूर्ति के रूप में प्रस्तुत किए जाने लगे। किंतु हिंदुओं ने मूर्तियों को देवी-देवताओं का प्रतीक माना, उनका प्रतिनिधि नहीं। इस प्रकार, देवता ने मानवीय आकार तो ले लिया, परंतु उसके चार या आठ भुजाएँ सरलता से लगाई जा सकती थीं और प्रत्येक भुजा में एक-एक ऐसा प्रतीक दे दिया जाता था जो उस देवता के साथ विशेष गुण के रूप में संबद्ध था। गुप्त-काल की शिल्प-कला का जन्म अधिकांशतया मथुरा शैली द्वारा स्थापित प्रतिमानों से हुआ है। उत्तरी भारत के इस काल में जिन हिंदू देवताओं की मूर्तियाँ स्थापित हुईं वे मुख्यतः विष्णु के अवतार थे। शिव-संप्रदाय अधिकतर लिंग-पूजा तक सीमित था और इसमें शिल्प के लिए अधिक संभावनाएँ नहीं थीं। इस समय निर्मित हिंदुओं के सभी मंदिर ऐसे नहीं थे जिन्हें किसी खास स्थान पर नए सिरे से बनाया गया हो। दक्खन में बौद्ध आज भी अपने मंदिर पहाड़ियों में गुफा-मंदिर के रूप में उत्खनित करते रहे, और हिंदुओं, तथा बाद की शताब्दियो में जैनियों, ने भी इसका अनुकरण किया। वे बहुधा बौद्ध-मंदिरों के निकट ही अपने गुफा-मंदिर बनाते थे। इनमें से अनेक गुफाओं की दीवारों पर चित्र बनाए जाते थे, जैसाकि अजंता में हुआ है। साहित्य में चित्रकला के प्रचुर संदर्भों से सिद्ध होता है कि इस कला को बहुत अधिक पसंद किया जाता था। मृण्मूर्तियाँ अन्य स्थानों की अपेक्षा उत्तरी भारत की विशेषता है, और वे गंगा के मैदान में तथा पूर्वी भारत में बहुत बड़ी संख्या में मिली हैं। इनमें से बहुत-सी साँचे से ढली हुई हैं और इसलिए ऐसा लगता है कि इनका निर्माण बड़े पैमाने पर होता था, इनमें से कुछ मूर्तियों का उपयोग धार्मिक कृत्यों में होता था, परंतु अधिकांश मूर्तियों का धर्म से कोई संबंध नहीं था और उनका उपयोग खिलौनों तथा सजावट की सामग्री के रूप में होता था।

इस काल में बौद्ध धर्म और हिंदू धर्म दोनों को व्यापक समर्थन मिला था। हिंदू धर्म ने ऐसी विशिष्टताएँ अर्जित कीं, जो आज भी उससे संबद्ध हैं, जबकि बौद्ध मत ने एक ऐसा रूप ग्रहण कर लिया जो उसके ह्रास का कारण बना। सैद्धांतिक दृष्टि से बौद्धमत हिंदू धर्म का सशक्त विरोधी था, परंतु उपासना-कर्म और व्यवहार में उसने ब्राह्मण धर्म से इतना समझौता कर लिया था कि उसे ब्राह्मण धर्म का एक संप्रदाय समझा जा सकता था। जहाँ तक जैनमत का संबंध है, वह अपरिवर्तित रहा, और उसे आज भी पश्चिमी भारत के व्यापारी वर्गों का समर्थन प्राप्त था। दक्खन और दक्षिणी भारत के कुछ क्षेत्रों में कुछ स्थानीय राजाओं ने जैनमत को संरक्षण दिया, परंतु ईसा की सातवीं शताब्दी के पश्चात् यह संरक्षण बहुत कुछ समाप्त हो गया। छठी शताब्दी के पूर्वार्द्ध में वल्लभी में दूसरी जैन महासभा हुई, और धार्मिक व्यवस्था को एक सुस्पष्ट रूप दिया गया, जो कि आज भी विद्यमान

है। समस्त धर्मों द्वारा संस्कृत भाषा का प्रयोग बढ़ रहा था, और संभवतः इसका कारण यह था कि संस्कृत को प्रतिष्ठित भाषा समझा जाता था। परंतु समस्त धर्मों पर इसका एक ही प्रभाव पड़ा, वह यह्न कि धर्माचार्यों का अपने अनुयायियों से संपर्क कम होता गया। जैनमत में भी अब तक अनेक मूर्तियों का प्रादुर्भाव हो चुका था। महावीर तथा अन्य तीर्थंकरों की सीधी खड़ी हुई किसी सीमा तक अनम्य मूर्तियाँ अथवा पालथी मारकर बैठी मूर्तियाँ, जैन तीर्थंकरों की मूर्तियों के लिए जैन शिल्प का आदर्श बन गईं। ईसाई मत मलाबार प्रदेश तक ही सीमित रहा। भूमध्यसागरीय लेखकों ने एक सीरियायी गिरजाघर की चर्चा की है जो माले में स्थित था जहाँ काली मिर्च पैदा होती थी (अर्थात् मलाबार)। यह भी कहा जाता है कि कैलियाना (बंबई के निकट कल्याण) में एक पादरी होता था जो फारस से नियुक्त होकर आता था।

बौद्धमत अब तक भारत की सीमा पार करके मध्य एशिया, चीन तथा दक्षिण-पूर्व एशिया में फैल चुका था। भारत में, महायान शाखा ने हीनयान शाखा को लगभग पूरी तरह निष्कासित कर दिया था, उसका अस्तित्व कुछ सीमित क्षेत्रों में ही रह गया था। पाँचवीं शताब्दी में एक नया और विचित्र संप्रदाय प्रकट हुआ, जिसका आरंभ देवियों की पूजा से हुआ, और यह देवियाँ जनन-शक्ति के उपासक संप्रदाय से संबद्ध थीं। इन देवियों को केंद्र में रखकर अनेक प्रकार की चमत्कारिक क्रियाएँ संपन्न की गईं, जिन्हें बाद में तंत्रवाद कहकर पुकारा गया। बौद्धमत पर तंत्रवाद का प्रभाव पड़ा, और ईसा की सातवीं शताब्दी में बौद्धमत की एक नई शाखा का जन्म हुआ जिसका केंद्र पूर्वी भारत में था, और जो वज्रयानी बौद्धमत कहलाया। वज्रयानी बौद्धों ने वर्तमान बौद्ध देवताओं की पुरुष आकृतियों को नारी प्रतिरूप दिए, जिन्हें 'तारा' नाम से पुकारा गया। तारा संप्रदाय नेपाल और तिब्बत में आज भी विद्यमान है।

इस समय तक हिंदू धर्म के तीन महत्त्वपूर्ण पक्ष स्पष्ट हो गए। उपासना का केंद्र मूर्ति हो गई, और यज्ञ का स्थान उपासना ने ले लिया, हालाँकि धार्मिक कृत्य के रूप में मूर्ति को बलि चढ़ाने का विधान अब भी रहा। इससे भक्ति को प्रोत्साहन मिला, जिसमें पुरोहित की वैसी महत्ता नहीं थी जैसी यज्ञ में होती थी। ईश्वर की भक्ति एक व्यक्तिगत चीज़ बन गई, परंतु मनुष्य के सामाजिक आचरण पर अब भी ब्राह्मणों का नियंत्रण रहा। एक मानव-निर्मित परंपरा पर टिके हुए सामाजिक नियम ने अब तक ईश्वरीय विधान का रूप ले लिया था, और उसकी अवहेलना करनेवाले को बहिष्कृत करने के कठोर नियम की सहायता से रूढ़िवादिता अपनी शक्ति बनाए रखने का प्रयत्न करती थी। पर सौभाग्य से ऐसे भी अनेक व्यक्ति थे, जो नियमों के क्रियान्वयन की कठिनाइयाँ समझते थे, क्योंकि ये नियम अधिकतर सैद्धांतिक थे। इनमें मनुष्य-जीवन के चार लक्ष्यों की व्याख्या की गई थी, और ये लक्ष्य थे : धर्म, अर्थ, काम और मोक्ष। प्रथम तीन के सम्यक् संतुलन से चौथे की प्राप्ति होती थी। इस संतुलन की व्याख्या का भार सामाजिक आचरण के नियामकों

पर था, परंतु व्यवहार मे भौतिक आवश्यकताओं की समुचित पूर्ति हो जाती थी।

धार्मिक हिंदू दो मुख्य संप्रदायों में विभाजित थे : वैष्णव और शैव, और दोनों में से प्रत्येक संप्रदाय अपने इष्ट, विष्णु या शिव, को सर्वोच्च मानता था। विष्णु के उपासक उत्तरी भारत में अधिक थे, जबकि शिव के उपासक दक्षिण में ज्यादा बड़ी संख्या में पाए जाते थे, और आज भी पाए जाते हैं। तांत्रिक विश्वासों ने हिंदू उपासना को भी समान रूप से प्रभावित किया, और हिंदुओं में 'शक्ति' संप्रदायों का जन्म हुआ, जिनकी आधारभूत मान्यता थी कि नारी के संसर्ग से ही नर सक्रिय हो सकता है। फलतः देवताओं ने पत्नियाँ प्राप्त कीं—उदाहरण के लिए, लक्ष्मी (विष्णु की पत्नी), तथा पार्वती, काली, दुर्गा (शिव की पत्नी के विविध रूप)—और इन पत्नियों की पूजा उनकी स्वतंत्र सत्ता के रूप में हुई। यह संप्रदाय देवीमाता की अनवरत पूजा पर आधारित प्रतीत होता है, जो भारत में धर्म की स्थायी विशेषता रही है। चूँकि इस प्रवृत्ति को दबाया नहीं जा सकता था, इसे ब्राह्मणों ने अपना आशीर्वाद प्रदान किया, और शक्ति-संप्रदाय के आवरण में नैयमिक धर्मकृत्य में समाविष्ट कर लिया।

हिंदू विचारकों ने काल के एक चाक्रिक सिद्धांत का प्रतिपादन किया। इस चक्र को 'कल्प' कहा गया, और वह 43200 लाख भौतिक वर्षों के बराबर था। 'कल्प' को 14 कालों में बाँटा गया है : इनमें से हर काल के अंत में सृष्टि की पुनर्रचना होती है, और मनु एक बार फिर मानव-जाति को जन्म देता है। इस समय हम वर्तमान कल्प के चौदह में से सातवें काल में हैं। प्रत्येक काल 71 मन्वंतरों में विभक्त है, और प्रत्येक मन्वंतर में चार युग होते हैं। इन युगों में क्रमशः 4800, 3600, 2400 तथा 1200 दैवी वर्ष (एक दैवी वर्ष 360 मानव-वर्षों के बराबर है) होते हैं, और इनमें सभ्यता उत्तरोत्तर पतन की ओर अग्रसर रहती है। इस समय हम इनमें से चौथे युग अर्थात् कलियुग में हैं, जिसमें संसार पाप और बुराई से भरा हुआ है, और इस प्रकार तुलनात्मक दृष्टि से संसार का अंत निकट है यद्यपि इस अंत में अभी लाखों साल बाकी हैं। कलियुग की कल्पना कल्कि—विष्णु के दसवें अवतार—के आगमन से भी संबद्ध है। इन कल्पनाओं में और ईसामसीह के शासनकाल की कल्पना में, जो उस समय यूरोप में तथा अन्यत्र प्रचलित थी, विचित्र समानता दिखाई देती है।

उस समय के बौद्धिक जीवन का एक उल्लेखनीय वैशिष्ट्य शास्त्रार्थ था, विशेषकर वह जो बौद्धों तथा ब्राह्मणों के बीच होता था। शनैः-शनैः शास्त्रार्थ छह विभिन्न मतों पर केंद्रित हो गया, जिन्हें षड्दर्शन कहा जाता है। यद्यपि इन मतों का जन्म गुप्त काल से बहुत पहले के दार्शनिक विचारों से हुआ था, और गुप्त काल के बहुत बाद तक भी वे अक्षुण्ण रहे, पर इनके कुछ आधारभूत सिद्धांतों का प्रतिपादन इसी समय हुआ। ये छह मत निम्नांकित थे :

न्याय : जो तर्क पर आधारित था, और जिसका उपयोग मुख्यतया उन बौद्ध आचार्यों के साथ शास्त्रार्थ में किया जाता था जो अपने तर्क के उन्नत ज्ञान एवं

प्रयोग पर अभिमान करते थे।

वैशेषिक : जो एक प्रकार का अणु-दर्शन था। इसके अनुसार सृष्टि की रचना अनेक अणुओं से हुई थी, परंतु ये आत्मा से भिन्न थे, इसलिए पदार्थ और आत्मा के जगत् भिन्न-भिन्न थे।

सांख्य : जो मूलतः नास्तिक दर्शन था, और ऐसे पच्चीस सिद्धांतों को मानता था जिनसे सृष्टि का उद्‌भव हुआ। इसमें पदार्थ और आत्मा के द्वैत को स्वीकार किया गया था। सांख्य दर्शन में इस सिद्धांत का समर्थन किया गया कि सत, रज एवं तम—इन तीन गुणों के सम्यक् संतुलन से ही सामान्य स्थिति उत्पन्न होती है। यह संभवतः उस समय के चिकित्साशास्त्र में प्रचलित त्रिदोष के सिद्धांत का प्रभाव था।

योग : जो भौतिक दृष्टि से शरीर के नियंत्रण पर आधारित था और इस आशय को मानता था कि शरीर और मन पर पूर्ण नियंत्रण होने से ही परम तत्त्व का ज्ञान प्राप्त हो सकता है। योग-साधना में अग्रसर होने के लिए शरीर-रचना का विस्तृत ज्ञान आवश्यक था, इसलिए योगाभ्यास करनेवालों को चिकित्साशास्त्र के संपर्क में रहना पड़ता था।

मीमांसा : जिसका जन्म इस भावना से हुआ था कि ब्राह्मण-शक्ति के स्रोत वेदों की उपेक्षा की जा रही है। इसके समर्थकों ने वेदों के चरम सिद्धांत पर अत्यधिक बल दिया और वेदोत्तर विचारधारा की चुनौती को गलत सिद्ध किया। इसके मुख्य समर्थक रूढ़िवादी ब्राह्मण थे।

वेदांत : जिसका विकास अंततः सर्वप्रमुख मत के रूप में हुआ और आगे चलकर जिसने प्रचुर लोकप्रियता प्राप्त की। वेदांत ने, विशेषकर बाद की शताब्दियों में, ब्राह्मणेतर मतों के सिद्धांतों का निर्णायक रूप से खंडन किया। वेदांतियों का दावा था कि इस मत का जन्म वेदों से हुआ है। उन्होंने यह माना कि प्रत्येक वस्तु में परमात्मा का अस्तित्व है तथा जीवन का चरम लक्ष्य शारीरिक मृत्यु के पश्चात् आत्मा का परमात्मा से संयोग है।

यह एक रोचक तथ्य है कि विकास की इस अवस्था में केवल अंतिम दो मत ही शुद्ध रूप से आध्यात्मिक थे। पहले चार मतों का अनुभवसिद्ध विश्लेषण से घनिष्ठ संबंध रहा, परंतु फिर भी आगामी शताब्दियों में वेदांत ने ही सर्वाधिक महत्त्व प्राप्त किया, और उसके सम्मुख अन्य दर्शन गौण हो गए। वेदों का समय अब उनके लिए सुदूर अतीत की बात हो गया था जिससे उन्हें दैवी मूल से व्युत्पन्न अविजेय सत्ता के रूप में तथा पुरोहितीय ज्ञान और आदेश के विवाचकों के रूप में प्रस्तुत किया जा सकता था। वेद समस्त ज्ञान की आधारशिला थे। वेदांत भारतीय दर्शन का एक शाश्वत विषय बन गया, जिसने भारत में आनेवाले हर नए व्यक्ति को आकर्षित किया। इस्लामी, मसीही तथा यूरोपीय आदि अन्य विचारों के प्रभाव से इसने बहुत-कुछ ग्रहण किया, परंतु इसके मूल तत्त्व वही रहे जो इस काल में थे। आज भी अधिकांश भारतीय दार्शनिक अपने-आपको या तो वेदांती कहते हैं, या

वेदांत से बहुत अधिक प्रभावित मानते हैं।

पुराणों के जिस रूप से आज हम परिचित हैं वह इसी समय में रचा गया था। पुराण ब्राह्मणों द्वारा रचे गए ऐसे ग्रंथ हैं जिनमें ऐतिहासिक परंपराओं का वर्णन है, तथा जिनका विषय सृष्टि के आदि से प्रारंभ होता है, और जिनमें प्रत्येक राजवंश की विस्तृत वंशावलियाँ दी गई हैं। मूल रूप से उनकी रचना चारणों ने की थी, परंतु अब ब्राह्मणों के हाथों में आ जाने के कारण उनकी पुनर्रचना पांडित्यपूर्ण संस्कृत में की गई, और उनमें विभिन्न हिंदू मतों, आचार तथा प्रथाओं पर सूचनाओं का समावेश किया गया ताकि वे हिंदुओं के प्रामाणिक धर्म-ग्रंथ बन सकें। यह एक विचित्र तथ्य है कि इन राजवंशों के राज्यारोहण का वर्णन भविष्यवाणी के रूप में किया गया, और इसलिए यह कोई आश्चर्य की बात नहीं है कि आगे की शताब्दियों में उन्हें ईश्वर द्वारा रचित मान लिया गया। इस प्रकार, जिन रचनाओं का जन्म अतीत की लोकप्रचलित स्मृतियों के रूप में हुआ था उन्हें संशोधित करके भविष्य कथन के रूप में पुनः लिखा गया, और वे ब्राह्मणों के दृष्टिकोण से अतीत की व्याख्या बन गईं।

भारत के बाहर भारतीय जीवन-पद्धति का प्रचार करने में धर्म को वाणिज्य से सहायता मिली। इसमें बौद्धमत ने पहल की, और एशिया के विभिन्न भागों में भारतीय संस्कृति का प्रवर्त्तन किया। बौद्धमत को मध्य एशिया में समर्थन मिला, और स्थानीय राजाओं तथा व्यापारियों ने प्रत्येक मरुद्यान और व्यापारिक केंद्र में विहारों को उदारतापूर्वक दान दिया। इन स्थानों पर भारतीय लिपि को स्वीकार कर लिया गया था, तथा रूढ़ बौद्ध नियमों का कड़ाई से पालन किया जाता था। अनेक भारतीय मध्य एशिया में बस गए थे, जिनमें बौद्ध दार्शनिक कुमारजीव भी था, जो कूची में रहता था जहाँ उसके पिता ने एक कूची राजकुमारी से (ईसा की चौथी शताब्दी में) विवाह कर लिया था। सांस्कृतिक दृष्टि से अफगानिस्तान और भारत में समानता रही, जिसकी पुष्टि बमियान स्थल से प्राप्त साक्ष्य से होती है।

भारतीय बौद्ध बड़ी संख्या में उपदेश देने के लिए चीन गए। 379 ई. में चीन में बौद्धमत को राजधर्म घोषित कर दिया गया था, जिसके फलस्वरूप उसके अनुयायियों की संख्या काफी बढ़ी। तथापि उसे विपत्तियों का सामना भी करना पड़ा, क्योंकि बाद की शताब्दियाँ बौद्धों के लिए घोर उत्पीड़न की शताब्दियाँ थीं। चीनी बौद्ध संस्कृत और पालि में रचे गए मूल बौद्ध ग्रंथ प्राप्त करना चाहते थे। इसके लिए चीन के अनेक बौद्ध जिज्ञासुओं, उदाहरणार्थ फाहियान, सुंगयून, ह्वेनत्सांग तथा आईत्सिंग, ने 400-700 ई. के मध्य भारत की यात्रा की और यहाँ कार्य किया। इसके फलस्वरूप चीनी संस्कृति में भारतीय संस्कृति के अनेक तत्त्वों का समावेश हुआ। संभवतः सर्वाधिक स्पष्ट प्रभाव शिल्प तथा चित्रकला में भारतीय तकनीक का उपयोग था। मध्य एशिया में दूर-दूर तक प्रचलित गुफा-मंदिर चीन में भी प्रचलित हो गए और प्रारंभ में मंदिरों को भित्ति-चित्रों से सजाने और बुद्ध की मूर्तियाँ बनाने के लिए भारतीय कलाकारों को आमंत्रित किया

गया। धीरे-धीरे चीनी कलाकार यह कार्य करने लगे, परंतु भारतीय प्रभाव काफी समय तक बना रहा। भारत के संपर्क से संगीत, ज्योतिष तथा चिकित्साशास्त्र सब समृद्ध हुए। चीन से दक्षिण भारत के समुद्री व्यापार में उन्नति हुई, जिससे दोनों देशों को आपसी संपर्क बढ़ाने में सहायता मिली। तांग काल (618-907 ई.) में भारतीय व्यापारी कैंटन में बसे हुए थे, और दक्षिण भारत में तांग सिक्के मिले हैं। हर्ष की मृत्यु के पश्चात् चीनी राजदूत जिस सफलता के साथ भारत के राजनीतिक मामलों में हस्तक्षेप कर सका था, उससे ज्ञात होता है कि दोनों देशों के संबंध बहुत घनिष्ठ थे। बौद्धमत जापान में चीन की मुख्यभूमि से होता हुआ सातवीं शताब्दी में पहुँचा था। आठवीं शताब्दी में एक भारतीय भिक्षु जापान गया, तो वहाँ बौद्धों की बहुत बड़ी संख्या तथा भारतीय वर्णमाला के विषय में उनका ज्ञान देखकर उसे हर्षमिश्रित आश्चर्य हुआ था।

रोम के साथ व्यापार की आवश्यकताओं से दक्षिण-पूर्व एशिया में भारतीय उद्यम को प्रोत्साहन मिला, क्योंकि वह ऐसी अनेक वस्तुएँ उपलब्ध कराने में समर्थ था जिन्हें रोमवासी चाहते थे, यथा सोना, मसाले, सुगंधित रालें और लकड़ियाँ। जब रोम-निवासियों का पार्थिया पर अधिकार हो गया, तो भारत में साइबेरिया से सोने की आमद बंद हो गई। फलतः भारत को सोना प्राप्त करने के लिए दूसरे स्रोत ढूँढ़ने पड़े। एक बार दक्षिण-पूर्व एशिया की व्यापारिक संभावनाओं का ज्ञान भारतीय व्यापारियों को हो गया, तो रोम से व्यापार का ह्रास हो जाने पर भी उन्होंने बड़े पैमाने पर इस व्यापार का विकास किया। व्यापार के कारण बस्तियों की स्थापना हुई, जिन्होंने धीरे-धीरे उपनिवेशों का रूप ले लिया। स्थानीय जीवन-पद्धति पर भारतीय प्रभाव पड़ा, विशेषकर उन प्रदेशों में जो आज थाईलैंड, कंबोडिया तथा जावा के नाम से जाने जाते हैं। पर भारत ने यहाँ किसी प्रकार की सैनिक शक्ति का प्रयोग नहीं किया, और प्रभाव-विस्तार की सारी प्रक्रिया शांतिपूर्ण रही।

इस समय के चीनी इतिहासकार दक्षिण-पूर्व एशिया में भारतीय गतिविधियों की चर्चा करते हुए बताते हैं कि इन गतिविधियों का पहला केंद्र फुनान (मेकांग डेल्टा) था। मलय प्रायद्वीप में छोटी-छोटी बस्तियाँ भी स्थापित की गई थीं, क्योंकि वह भारत के पूर्वी तट पर लगभग सभी समुद्री व्यापार-केंद्रों से संबंधित था। जलयान ताम्रलिप्ति तथा अमरावती से बर्मा, मर्तबान तथा इंडोनेशिया जाते थे। दक्षिण भारत के बंदरगाहों से जलयान तेनासरिम, त्रांग, मलक्का अंतरीप तथा जावा को जाते थे। पश्चिमी तट के बंदरगाह भी दक्षिण-पूर्व एशियायी व्यापार में भाग लेते थे।

इन देशों पर पड़नेवाले भारतीय प्रभाव की प्रकृति, भारत के जिस अंचल से यह प्रभाव आता था, उसके अनुसार भिन्न होती थी। प्रारंभ में बौद्ध और हिंदू—दोनों ने इन प्रदेशों की यात्रा की थी और वहाँ बस गए थे। धीरे-धीरे ब्राह्मण धर्म-कर्म और अनुष्ठानों तथा संस्कृत के प्रयोग को राजसभाओं में स्वीकृति मिली, तो हिंदुत्व

की परंपरा भी यहाँ प्रखरतर होती गई। कुछ सर्वश्रेष्ठ शिलालेख इन्हीं क्षेत्रों से उपलब्ध हुए हैं। भौगोलिक स्थानों के नाम ऐसे रखे गए, जो नवागत धर्मों से संबद्ध थे; उदाहरण के लिए, थाईलैंड की प्राचीन राजधानी का नाम रामायण के नायक राम की राजधानी अयोध्या के अनुकरण पर आयूथिया रखा गया। इन देशों में जो मूर्तियाँ बनीं उनमें भारतीय मूर्तिकला की पुनरावृत्ति थी। पर, इतना सब करने के साथ उन्होंने अपनी देशज संस्कृति को भी समान रूप से अक्षुण्ण रखा।

भारतीय प्रभाव को इस रूप में समझा जा सकता है कि एक उन्नत सभ्यता का मिलन एक अपेक्षाकृत कम उन्नत सभ्यता से हुआ, और बादवाली सभ्यता के अभिजात वर्ग ने अपने को उन्नत सभ्यता के अनुरूप ढालने का प्रयत्न किया। परंतु इस काल में दक्षिण-पूर्व एशिया को वृहत्तर भारत कहना निस्संदेह गलत है। इन देशों में जीवन के हर पक्ष में स्थानीय संस्कृति की झलक देखने को मिलती है, चाहे वह रामायण का जावा संस्करण हो जिसमें भारतीय कहानी का ढाँचा मात्र लेकर उसमें जावा की पारंपरिक दंतकथाओं को गूँथा गया है, या खमेर शासकों में देवेंद्र की संकल्पना, जो भारत में इस विचार के उत्पन्न होने से पहले वहाँ अस्तित्व में थी और साथ ही इस विषय पर भारतीय चिंतन से भी प्रभावित थी।

परवर्ती शताब्दियों में हिंदू धर्म का ह्रास हुआ और बौद्धमत में स्थायित्व आया।* दक्षिण-पूर्व एशिया में बौद्धमत का अधिक परंपरानिष्ठ रूप अर्थात् 'हीनयान' संप्रदाय ईसा की लगभग सातवीं और आठवीं शताब्दी में प्रचलित हुआ, और इसी समय तिब्बत में उसका प्रवेश हुआ था। किंतु दोनों देशों में स्थानीय प्रभाव इतने प्रबल थे कि कंबोडिया का बौद्ध शायद ही यह पहचान पाता कि तिब्बत में प्रचलित मत बौद्धमत ही है। राजसभाओं में भारतीय अथवा चीनी (उन क्षेत्रों में जो चीनी सीमा के निकट थे) आचार-विचार का काफी अनुकरण हुआ, किंतु इन देशों के बाकी समाज ने, कुछ विदेशी प्रथाओं को आत्मसात कर लेने के बावजूद, अपनी अस्मिता को अक्षुण्ण रखा।

उत्तरी भारत में आर्य-पद्धति गुप्त काल में स्वीकृत हुई और इसका एक महत्त्वपूर्ण रूप यह था कि ब्राह्मणों की मर्यादा दृढ़तापूर्वक स्थापित हो गई। ब्राह्मण दृष्टिकोण को महत्त्व देने के लिए अनेक ग्रंथों की नए सिरे से रचना की गई, जिससे पता चलता है कि उनकी मर्यादा कार्यसाधक तथा शक्ति-संपन्न थी। ब्राह्मणों को भूमि-अनुदान देने की प्रथा, जो गुप्तोत्तर काल में काफी बढ़ गई थी, समाज में ब्राह्मणों के प्राधान्य को रेखांकित करती है। ब्राह्मणों ने इस गौरव की रक्षा के लिए न केवल अपने-आपको आर्य परंपरा का वास्तविक उत्तराधिकारी बताया, बल्कि अपनी शिक्षा प्रणाली के माध्यम से ज्ञान पर भी एकाधिकार बनाए रखा, और इस एकाधिकार ने उन्हें अपनी सत्ता के सुदृढ़ीकरण में भी सहायता दी।

---

* दक्षिण-पूर्व एशियायी देशों में कुछ समय पश्चात् हिंदुओं और बौद्धों का अंतर अस्पष्ट हो गया। थाईलैंड की बैंकाक स्थित राजसभा में आज तक समस्त राजकीय अनुष्ठानों के लिए भारतीय ब्राह्मणों को नियुक्त किया जाता है और उन्हें हर प्रकार की सुख-सुविधाएँ उपलब्ध कराई जाती हैं, यद्यपि थाईलैंड का राजधर्म बौद्धमत है।

आर्यों का पितृसत्तात्मक समाज एक नियम बन गया और इसके फलस्वरूप स्त्रियों की मर्यादा कम होने जैसी बातों से आर्य-पूर्व देशज संस्कृति के पतन का संकेत मिलता है। तथापि, आर्य-संस्कृति समग्र भारतीय जीवन पर प्रभुत्व स्थापित नहीं कर पाई तो इसका कारण अंशतः आर्य तथा अनार्य संस्कृतियों में निरंतर चलनेवाला संघर्ष ही था। यदि राजनीतिक तथा सामाजिक दृष्टि से प्रबुद्ध कहलानेवाले वर्ग में उसने प्रधानता प्राप्त कर ली थी, तो कुछ ऐसे स्तर भी थे जहाँ उसे समझौते करने पड़े थे। एक ओर स्त्रियों की मर्यादा कम होना इस बात का प्रमाण है कि समाज पर आर्यों की पितृसत्तात्मक पद्धति हावी हो गई थी, तो दूसरी ओर विरोधी शक्ति भी मुखर थी जिसका प्रमाण देवी माता की बढ़ती हुई पूजा तथा उन संप्रदायों में मिलता है जो स्त्रियों की जनन-शक्ति के उपासक थे। उच्च वर्णों को छोड़कर समाज के अन्य स्तरों पर आर्य पद्धति का प्रभाव अनिश्चित और अपूर्ण था यह उपासना के विकास की प्रक्रिया से, विशेषकर गुप्तोत्तर शताब्दियों में, जहाँ लोक प्रचलित मतों के साथ बारंबार समझौते किए गए, अथवा इस तथ्य से सिद्ध होता है कि शैवमत (जिसका प्रचलन दक्षिण भारत में तथा उत्तर भारत के पहाड़ी राज्यों में था) लिंग-पूजा की दृष्टि से मूलतः अनार्य था। यद्यपि आर्य-पद्धति उत्तर के मैदानों में सुप्रतिष्ठित थी, अपेक्षाकृत सुदूर दक्षिणी प्रदेशों ने भी आगे चलकर भारतीय संस्कृति को अपना विशिष्ट योगदान दिया, किंतु यह योगदान उत्तर भारत के सदृश नहीं था।

8. दक्षिणी राज्यों में संघर्ष

लगभग 500-900 ई.

उत्तरी भारत में गुप्त वंश के शासकों तथा उनके तात्कालिक उत्तराधिकारियों के हाथ से सत्ता निकल जाने पर अब सारा ध्यान दक्षिण की ओर पश्चिमी-दक्खन तथा उससे भी आगे तमिलनाडु पर केंद्रित होता है। इस काल की सर्वाधिक महत्त्वपूर्ण घटनाएँ विंध्याचल के दक्षिण में और ऐसे क्षेत्रों में हुईं, जो विशुद्ध राजनीतिक नहीं थे। तत्कालीन प्रमुख सांस्कृतिक तनावों में समन्वय अर्थात् आर्य-पद्धति का द्रविड़ संस्कृति से आत्मसातीकरण संपन्न होना था। दक्षिण भारत की सांस्कृतिक संस्थाएँ अब अधिक दृढ़तापूर्वक स्थापित हो चुकी थीं और आगे भी उनमें एक विलक्षण निरंतरता बनी रही। दक्षिण भारत में आर्य संस्थाओं को आत्मसात करने की जो मंद प्रक्रिया चली आ रही थी उसका उत्कर्ष पल्लव काल में हुआ। किंतु आर्य विचारों का अधिक आत्मसातीकरण समाज के उच्च वर्गों में ही किया गया। बाकी समाज में एक प्रतिक्रिया थी, जिसमें देशज संस्कृति अपने-आपको व्यक्त करने का प्रयत्न कर रही थी। इसलिए देशज संस्कृति के उस रूप का जन्म भी पल्लव काल में ही हुआ, जिसे मोटे तौर पर तमिल व्यक्तित्व कहा जाता है, और जिसने आगे चलकर भारतीय सभ्यता के विकास में महत्त्वपूर्ण योगदान दिया। आत्मसातीकरण और प्रतिक्रिया की यह प्रक्रिया कई कार्यक्षेत्रों में देखी जा सकती है : उदाहरण के लिए, प्रारंभिक शिलालेख प्राकृत और संस्कृत में हैं, किंतु शीघ्र ही तमिल का प्रवेश हुआ, और अंततः मुख्य शिलालेख तमिल और संस्कृत में लिखे जाने लगे। पश्चिमी दक्खन के राज्य उत्तर और दक्षिण के बीच सेतु के रूप में कार्य करने तथा एक क्षेत्र से दूसरे क्षेत्र तक विचारों के संप्रेषण की सुविधा जुटाने में अपनी ऐतिहासिक भूमिका का निर्वाह करते रहे। लेकिन यह भूमिका निष्क्रिय नहीं थी, और यह बात इस काल के वास्तु इतिहास के उदाहरण से स्पष्ट है, जिसमें दक्खन शैली ने उत्तरी और द्रविड़ दोनों शैलियों के लिए नए रूपविधान प्रस्तुत किए।

दक्खन और उससे आगे दक्षिण के राजनीतिक इतिहास ने इस प्रदेश के भौगोलिक-राजनीतिक प्रभावों पर आधारित ढाँचे का विकास किया—ऐसे ढाँचे का विकास जो हाल के दिनों तक अविच्छिन्न रहा। यह दो भौगोलिक प्रदेशों—पश्चिमी दक्खन और तमिलनाडु—एक ओर पहाड़ों से घिरे हुए तटवर्ती विस्तृत पठारों तथा

दूसरी ओर मद्रास के दक्षिण में उपजाऊ मैदानों के संघर्ष का परिणाम था। इस क्षेत्र में नदियाँ पश्चिम से निकलती हैं और बंगाल की खाड़ी में गिरती हैं। प्रायद्वीप का दो भागों में विभाजन हो गया था—पश्चिम में पठारी राज्य और पूर्व में तटीय राज्य, जिसके कारण इनमें से प्रत्येक यह चाहता था कि समस्त जलमार्ग पर, विशेषकर गोदावरी तथा कृष्णा नदियों पर, उसका नियंत्रण हो। झगड़े की जड़ अक्सर वेंगी होता था, जो (आधुनिक आंध्र प्रदेश में) गोदावरी और कृष्णा नदियों के मुहानों के मध्य में स्थित है। इस प्रकार यह संघर्ष राजवंशीय उतना नहीं जितना भौगोलिक था, और फलतः अलग-अलग राजवंशों के उत्थान और पतन के बावजूद शताब्दियों तक यह सिलसिला चलता रहा।

ह्वेन-त्सांग को यह जानकर आश्चर्य हुआ कि जितना ही वह दक्षिण की ओर बढ़ता गया, कृषि-भूमि का क्षेत्र उतना ही कम होता गया। कृषि के लिए उपयुक्त विशाल उपजाऊ मैदानों के अभाव में, ग्रामीण अर्थव्यवस्था पर आधारित बड़े राज्यों का विकास नहीं हो सका, और स्थानीय संगठन के आधार पर छोटे-छोटे राज्यों का निर्माण करने की प्रवृत्ति दक्षिणी भारत में प्रारंभ से मिलती है, जो उसकी एक अविचल विशेषता थी। इसलिए यह आश्चर्य की बात नहीं है कि उत्तर के राज्यों की अपेक्षा प्रायद्वीप के राज्यों की प्रवृत्ति बहुत पहले से प्रादेशिक निष्ठाओं में थी।

मध्य छठी शताब्दी के बाद से तीन सौ वर्ष तक तीन मुख्य राज्य संघर्ष में व्यस्त रहे। ये राज्य थे : बदामी के चालुक्य, कांचीपुरम के पल्लव और मदुरई के पांड्य। चालुक्यों ने अपने राज्य का निर्माण वाकाटकों के ध्वंसावशेष पर किया था, और वाकाटकों ने अवसर पाकर सातवाहनों के ध्वंसावशेषों पर अपने राज्य की स्थापना कर ली। वाकाटक वंश गुप्तों का मित्र था और जब गुप्त शक्ति का ह्रास हुआ तो वाकाटकों का शासन भी समाप्त हो गया। चालुक्यों ने अपने राज्य का आरंभ उत्तरी मैसूर में वटपी या बदामी और पार्श्ववर्ती ऐहोल से किया, जहाँ से वे उत्तर की ओर बढ़े और उन्होंने वाकाटकों के भूतपूर्व राज्य को, जो नासिक तथा ऊपरी गोदावरी के आसपास केंद्रित था, अपने राज्य में मिला लिया। सातवाहन राज्य के पूर्वी भाग—कृष्णा और गोदावरी के मुहानों पर ईसा की तीसरी शताब्दी में इक्ष्वाकु वंश ने विजय प्राप्त कर ली थी। इस प्रदेश पर पल्लवों की विजय के साथ यहाँ से इक्ष्वाकु शासन का अंत हो गया। पल्लवों ने कदंब शासकों को भी पराजित किया था, और उनके राज्य को, जो चालुक्य राज्य के दक्षिण में पड़ता था, अपने राज्य में सम्मिलित कर लिया था।

दक्षिण भारत में पल्लवों की उत्पत्ति का प्रश्न विवादास्पद है। कुछ लेखकों का विचार है कि पल्लव पहलव (पार्थियायी) का ही एक रूप है, और पल्लव मूलतः पार्थियायी थे, जो प्रायद्वीप के पूर्वी तट पर ईसा की दूसरी शताब्दी में शकों और सातवाहनों के बीच होनेवाले युद्धों के दौरान पश्चिमी भारत से चले गए थे। अन्य लेखकों का मत है कि पल्लव एक जनजाति थी, जिसका मूल स्थान वेंगी था। एक

और अनुश्रुति में नाम के इर्द-गिर्द एक कहानी का तानाबाना बुना गया है। कहा जाता है कि एक तरुण राजकुमार का पाताल लोक की एक नाग राजकन्या से प्रेम हो गया। जब वह राजकुमारी से अंतिम विदा लेने लगा तो उसने राजकुमारी से कहा कि यदि वह उनके बच्चे के शरीर पर लतिका या पल्लव बाँधकर भटकने के लिए छोड़ देगी तो वह मिलने पर उसे पहचान लेगा और उसे अपने राज्य का एक भाग दे देगा। राजकुमारी ने ऐसा ही किया और उस राजकुमार ने बच्चे को पहचानकर उसे पल्लव वंश के संस्थापक के रूप में प्रतिष्ठित किया। इस अनुश्रुति से संकेत मिलता है कि पल्लव विदेशी थे और यह भी कि उनकी उत्पत्ति एक दूरदर्शितापूर्ण विवाह के फलस्वरूप हुई थी। यहाँ नाग सरदार स्थानीय सत्ता के प्रतीक थे। यह दंतकथा पल्लवों के साथ ही नहीं जुड़ी है, बल्कि कंबोडिया के खमेर राजाओं के विषय में भी ऐसी ही कहानी कही जाती है, हालाँकि यह संभव है कि पल्लव दंतकथा से ही इस कहानी का जन्म हुआ हो। इस राजवंश की उत्पत्ति के विषय में विस्तृत सूचना न होने के कारण शायद एक मनगढ़ंत वंशावली के द्वारा इन राजाओं को उच्चवर्ण की मर्यादा प्राप्त करने में सुविधा हुई हो।

पल्लवों के प्राचीनतम विवरण प्राकृत में मिलनेवाले शिलालेख हैं। उसके बाद के शिलालेख संस्कृत में, और अंततः संस्कृत एवं तमिल दोनों भाषाओं में उपलब्ध हैं। जिस समय प्राकृत शिलालेख लिखे गए उस समय पल्लव एक स्थानीय राजवंश मात्र था, जो कांचीपुरम् पर शासन करता था। बाद के शिलालेख उस समय अंकित किए गए जब यह राजवंश तमिलनाडु पर शासन करता था, और सच्चे अर्थों में प्रथम तमिल राजवंश बन गया था। इतिहासकारों ने पल्लव वंश के इन राजाओं को पल्लव सम्राट् कहकर संबोधित किया है। एक प्रारंभिक शिलालेख के अनुसार पल्लव राजा ने अश्वमेध सहित अनेक वैदिक यज्ञ संपन्न किए थे। यह निश्चय करना कठिन है कि ये आयोजन आर्य संस्कृति के कुछ रूपों को स्वीकार कर लेने की प्रतीकात्मक अभिव्यक्ति मात्र थे, अथवा दक्षिण भारत में उस समय इनका कोई वास्तविक अर्थ भी था या स्थानीय जनता के लिए इनका क्या महत्त्व था। एक अन्य राजा को इसलिए स्मरण किया जाता है कि उसने अपनी प्रजा को भारी परिमाण में स्वर्ण प्रदान किया था, तथा एक हजार हल और बैल बाँटे थे। इससे स्पष्ट है कि पल्लव राजाओं ने नई भूमि को साफ करने और खेती के लायक बनाने के कार्य को प्रोत्साहन दिया था, क्योंकि उन्होंने अधिकांशतया पशुचारण पर आधारित अर्थतंत्र की तुलना में निस्संदेह खेती के फायदों को समझा था जो कर और उत्पाद्य दोनों दृष्टियों से लाभकर थी।

बाद के पल्लव शासकों में महेंद्रवर्मन प्रथम (600-630) को पल्लवों की राजनीतिक शक्ति बढ़ाने, और इस राजवंश को प्रारंभिक तमिल संस्कृति के संरक्षक के रूप में प्रतिष्ठित करने का श्रेय प्राप्त है। वह थानेसर के हर्ष का समकालीन था, और यह एक विचित्र बात है कि हर्ष के समान वह भी एक उल्लेखनीय नाटककार तथा कवि था, जिसने 'मत्त-विलास-प्रहसन' नामक नाटक

लिखा था। इसी राजा के शासन काल में चट्टानों को काटकर कुछ सुंदरतम पल्लव-मंदिरों का निर्माण किया गया था, जिनमें महाबलिपुरम् का प्रसिद्ध मंदिर भी है। महेंद्रवर्मन प्रारंभ में जैनमत का अनुयायी था, परंतु संत अप्पर ने उसे शैव मत में दीक्षित कर लिया। तमिलनाडु में जैनमत के भविष्य के लिए इस मत-परिवर्तन के विनाशकारी परिणाम हुए। परंतु उसके शासनकाल में केवल कविता और संगीत की रचना तथा मंदिरों का निर्माण ही नहीं हुआ, उसमें युद्ध भी लड़े गए। उत्तरी भारत में उसका समकालीन हर्ष उससे इतनी दूर था कि उससे तो कोई संघर्ष नहीं हो सकता था, परंतु हाल ही में स्थापित चालुक्यों की सत्ता काफी समीप थी। महेंद्रवर्मन का समकालीन पुलकेशिन द्वितीय था, जो पल्लवों की महत्त्वाकांक्षा पर अंकुश रखने और वेंगी पर उनका अधिकार न होने देने के लिए कृतसंकल्प था। इस उद्देश्य ने चालुक्य-पल्लव युद्धों का एक सिलसिला शुरू कर दिया, जो दोनों राजवंशों की समाप्ति पर कुछ समय के लिए स्थगित अवश्य रहा, परंतु उनके उत्तराधिकारियों के उत्थान के साथ फिर शुरू हो गया।

पुलकेशिन ने दक्षिण के कदंबों और गंगों पर आक्रमण करके अपनी सेना की शक्ति का परीक्षण किया। इस आक्रमण में प्राप्त सफलता से उत्साहित होकर उसने आंध्रप्रदेश पर भी समान रूप से सफल आक्रमण किया। अंततः उसने नर्मदा के तट पर हर्ष की सेना का सामना करके उसे परास्त किया और लाट, मालवा तथा गुजरात को आत्मसमर्पण करने के लिए विवश किया। बदामी लौटकर उसने दूसरा सफल सैनिक अभियान पल्लवराज महेंद्रवर्मन के विरुद्ध किया, जिसमें चालुक्यों ने पल्लवों के कुछ उत्तरी प्रांतों पर अधिकार कर लिया।

पल्लवों की पराजय का प्रतिशोध लिया गया। महेंद्रवर्मन मर चुका था, परंतु उसका उत्तराधिकारी नृसिंहवर्मन प्रथम खोए हुए प्रांतों को पुनः प्राप्त करने के लिए कृतसंकल्प था, और 642 ई. में श्रीलंका के राजा की सहायता से वह ऐसा करने में सफल हुआ। नृसिंहवर्मन सेना लेकर बदामी की राजधानी में घुस गया और उस नगर पर अधिकार करके उसने अपनी उपाधि 'वटपीकोंडा' (वटपी का विजेता) के दावे को सिद्ध कर दिया। अब अगला अभियान चालुक्यों की ओर से होना था। इस बीच पल्लवों को अपने मित्र श्रीलंका के राजा की सहायता के लिए, जो हाल ही में खोए हुए अपने राजसिंहासन को पुनः प्राप्त करने की कोशिश कर रहा था, समुद्री युद्ध में उलझना पड़ा।

चालुक्य वंश में बारह वर्ष तक राजसिंहासन रिक्त रहने के फलस्वरूप उसे युद्ध से राहत मिली रही। पल्लव श्रीलंका को सहायता देने में व्यस्त थे। चालुक्य अपने विभक्त राज्य को संगठित करने और अपने जागीरदारों को दबाने का प्रयत्न कर रहे थे। 655 ई. में पुलकेशिन का एक पुत्र कुछ सीमा तक एकता स्थापित करने में सफल हुआ और पल्लवों द्वारा जीते हुए प्रदेश पुनः प्राप्त करके उसने धीरे-धीरे चालुक्यों की सत्ता फिर से स्थापित कर ली। नर्मदा नदी के उत्तरवर्त्ती चालुक्य प्रांतों पर मूल चालुक्य परिवार का एक राजा राज्य करता था, जिसके

वंशज आगे चलकर उनके द्वारा शासित प्रदेश के नाम पर लाट चालुक्य कहलाए। चालुक्य राजा अब उन पल्लवों की ओर ध्यान देने के लिए स्वतंत्र था, जो लड़ाई पुनः प्रारंभ करने की तैयारी कर रहे थे। दीर्घकालीन युद्ध के पश्चात् पल्लवों ने एक बार फिर बदामी पर विजय प्राप्त की। दोनों ओर भारी क्षति हुई, जो कांची के निकट उपलब्ध एक पल्लव अनुदान में अंकित इस युद्ध के विस्तृत विवरण से स्पष्ट है। निस्संदेह समस्त युद्धों की परिणति यही रही, क्योंकि उनमें पल्लवों और चालुक्यों की सेनाएँ समान रूप से शक्तिशाली थीं, और विजय तथा पराजय के बीच बहुत मामूली अंतर रहता था। दोनों पक्षों में से कोई भी एक-दूसरे का प्रदेश अपने राज्य में मिलाने के पश्चात् उसे अधिक समय तक अपने अधिकार में नहीं रख सका। यह तथ्य इस बात का द्योतक है कि दोनों की सैनिक शक्ति बराबर थी।

अन्य पल्लव राजाओं की अपेक्षा नृसिंहवर्मन द्वितीय का चालीस वर्ष का शासन शांतिपूर्ण था। परंतु यह शांतिपूर्ण काल 731 ई. में समाप्त हो गया, जब चालुक्यों तथा गंगों ने संगठित होकर पल्लवों पर आक्रमण किया। पल्लव शासक युद्ध में मारा गया और उसका कोई प्रत्यक्ष उत्तराधिकारी न होने के कारण मंत्रिमंडल ने पुरोहितों से परामर्श करके इस परिवार की सगोत्र शाखा के एक सदस्य को राज्य दे दिया, जिसने नंदीवर्मन द्वितीय के नाम से शासन किया। चालुक्यों ने कांची पर अधिकार करके स्वाभाविक तरीके से अपनी पहली पराजय का प्रतिशोध लिया था। अब अगला कदम पल्लवों को उठाना था, परंतु इसी समय पल्लवों के दक्षिणी पड़ोसी इस संघर्ष में सम्मिलित हो गए, जिससे स्थिति बदल गई। पल्लवों के ये पड़ोसी मदुरई के पांड्य थे, जिनकी पल्लवों के साथ कोई सहानुभूति नहीं थी, यद्यपि उनकी शत्रुता चालुक्यों की अपेक्षा कम थी। छठी शताब्दी तक तमिलनाडु के दक्षिणी क्षेत्र में पांड्यों ने अपनी स्थिति सुदृढ़ कर ली थी, और अनेक शताब्दियों तक इस प्रदेश पर उनका नियंत्रण बना रहा। इस प्रदेश पर उनके नियंत्रण की स्थिति तमिलनाडु की सत्ता से उनके संबंधों की स्थिति के अनुसार भिन्न-भिन्न होती थी। पांड्यों द्वारा उत्पीड़ित होने के बावजूद तमिल राजवंश उन्हें कभी नष्ट नहीं कर सके।

दक्षिणी शक्तियों के मध्य इस संघर्ष में एक अपवाद पल्लवों तथा चेरों का पारस्परिक संबंध था। चेर मलाबार तट (आधुनिक केरल) के निवासी थे। चेरों पर पेरूमल राजवंश का शासन था। चेरों और पल्लवों में निकट संपर्क के प्रमाण मिलते हैं। महेंद्रवर्मन का नाटक 'मत्त विलास' मलाबार में लोकप्रिय था और बहुधा वहाँ के अभिनेताओं द्वारा अभिनीत किया जाता था। पल्लवों के लिए लिखी गई इस काल की संस्कृत रचनाओं से केरल के विषय में पर्याप्त जानकारी मिलती है। मलाबार तट पर इस समय (आठवीं शताब्दी के पश्चात्) पश्चिम से अरब व्यापारियों का आगमन होने लगा था। रोमनों के विपरीत अरब लोग दक्षिण भारत के तटीय प्रदेशों में स्थाई रूप से बस गए, जहाँ व्यापारियों के रूप में उनका स्वागत किया गया और उनके व्यापार-स्थलों के लिए उन्हें भूमि दी गई। जिस प्रकार

पूववर्ती शताब्दियों में ईसाई अपने मत का पालन करने के लिए स्वतंत्र थे, वैसे ही अरबों को भी अपने धर्म के अनुसार आचरण करने की स्वतंत्रता थी। आजकल के मप्पिल्ल या मलाबार के मुस्लिम इन्हीं लोगों के वंशज हैं। मुख्यतया व्यापारी होने के कारण मलाबार के मुस्लिम स्थानीय लोगों को बड़े पैमाने पर मुसलमान बनाने में सक्रिय नहीं थे, इसलिए स्थानीय समाज से तालमेल बिठाना उनके लिए सरल रहा।

इससे पहले की शताब्दी में अरब सेनाएँ फारस पर विजय प्राप्त कर चुकी थीं और पारसियों को भारी संख्या में बलात् मुसलमान बना चुकी थीं। परंतु आठवीं शताब्दी के प्रारंभ में बहुत-से पारसी फारस से भागकर समुद्री और तटवर्ती मार्गों से पश्चिमी भारत में आ गए जहाँ चालुक्यों ने उन्हें शरण दी, और वे वहाँ बसकर व्यापार करने लगे। यही लोग उस समाज के संस्थापक थे जो अपनी जन्मभूमि फारस के नाम पर पारसी कहलाते हैं।

इस बीच में चालुक्यों के पश्चिमी प्रदेशों पर उन्हीं लोगों की ओर से आक्रमण की आशंका होने लगी जिनके भय से पारसी लोग भागे थे। आठवीं शताब्दी में अरबों ने सिंध पर अधिकार कर लिया था, और वे चालुक्य प्रदेश की ओर बढ़ रहे थे। लाट चालुक्यों ने अरबों का प्रतिरोध करकें उनको रोक दिया और इस प्रकार अपने दक्षिणी पड़ोसियों को सैनिक तैयारी करने का अवसर प्रदान किया। अरबों से उत्पन्न होनेवाली तात्कालिक विपत्ति तो टल गई, परंतु इसके फलस्वरूप चालुक्यों को एक और अधिक शक्तिशाली खतरे का सामना करना पड़ा। उन्हीं के एक जागीरदार दंतिदुर्ग ने स्वतंत्र होने का दावा किया, और धीरे-धीरे उसके परिवार ने चालुक्यों को अपदस्थ करके एक नए राजवंश, राष्ट्रकूट, की स्थापना की। पल्लवों ने चालुक्यों के पश्चात् लगभग एक शताब्दी तक और शासन किया, परंतु नवीं शताब्दी में उनकी सत्ता एक प्रमुख शक्ति के रूप में नहीं रह गई थी। पल्लव वंश के अंतिम राजा की एक जागीरदार के पुत्र ने हत्या कर दी और इस प्रकार 'साम्राज्यिक' पल्लव वंश का अंत हो गया।

राष्ट्रकूट राज्य अन्य राज्यों की दुर्बलता पर फूला-फला। पल्लवों का पतन हो रहा था और उनके उत्तराधिकारी चोल अभी अपनी सत्ता जमाने के लिए युद्धों में सम्मिलित नहीं हुए थे। उत्तरी भारत में कोई शक्ति इतनी प्रबल नहीं थी कि वह उत्तरी दक्खन के मामलों में हस्तक्षेप करती। राष्ट्रकूटों की भौगोलिक स्थिति ऐसी थी कि जिसके कारण उन्हें उत्तरी राज्यों के साथ भी, किंतु अधिकतर दक्षिणी राज्यों के साथ, युद्ध और मैत्री के संबंध स्थापित करने पड़े। राष्ट्रकूटों ने कन्नौज की राजनीति में प्रभावशाली ढंग से हस्तक्षेप किया, और इस हस्तक्षेप का मूल्य उन्हें अनेक युद्धों के रूप में चुकाना पड़ा, हालाँकि कन्नौज पर उनका अधिकार प्रारंभिक दसवीं शताब्दी में कुछ समय के लिए ही रह सका।

राष्ट्रकूट राजाओं में संभवतः सबसे अधिक स्मरणीय अमोघवर्ष है। उसका लंबा शासन (814-80 ई.) सैनिक दृष्टि से शानदार नहीं था, परंतु वह जैनमत और

प्रादेशिक साहित्य को राजकीय संरक्षण प्रदान करने के लिए प्रसिद्ध था। अमोघवर्ष की मुख्य समस्या विद्रोही जागीरदार थे, जिनमें से एक उसके लिए स्थाई विपत्ति का कारण बना रहा। चालुक्य, जो अब जागीरदारों की स्थिति में रह गए थे, एक बार फिर अपने पैर जमाने की कोशिश कर रहे थे, और वे शीघ्र ही राष्ट्रकूटों को अपदस्थ करके स्वयं को शासक घोषित करनेवाले थे। इस बीच तमिलनाडु में चोलों की बढ़ती हुई शक्ति राष्ट्रकूट राज्य की स्वाधीनता के लिए एक और खतरा बन गई थी। दसवीं शताब्दी के पूर्वार्द्ध में भी राष्ट्रकूटों की सत्ता अभ्युदय की ओर अग्रसर थी, और उनके एक राजा ने 'कांची-विजेता' की उपाधि भी ग्रहण की। लेकिन यह दावा अल्पजीवी रहा। दसवीं शताब्दी के अंत तक कांची के नए शासकों और चालुक्यों ने मिलकर राष्ट्रकूट राजवंश का अंत कर दिया, और चालुक्यों की दूसरी पीढ़ी राष्ट्रकूटों के राज्य पर शासन करने लगी।

राजवंशों के इस उत्थान-पतन का कारण कुछ सीमा तक यह तथ्य था कि उन सबकी राजनीतिक तथा सैनिक शक्ति लगभग एक समान थी। उनमें एक अत्यंत केंद्रीयकृत शासन-प्रणाली तथा ग्राम एवं जिला प्रशासन के स्तरों पर ऐसे स्वायत्त शासन का अभाव था जिसमें राजधानी से बहुत अधिक हस्तक्षेप न हो। यह स्वायत्तता पश्चिमी भारत की अपेक्षा तमिलनाडु में कहीं अधिक सुरक्षित रही, जहाँ इस परंपरा को कई शताब्दियों तक अक्षुण्ण रखा गया। इस संदर्भ में सामंत शब्द का प्रयोग प्रायः पूर्णतया राजनीतिक दासता के लिए हुआ है, और सामंती अवधि तथा दायित्वों का आर्थिक अनुबंध दिखाई नहीं देता है। सामंत शब्द का जो अर्थ प्रचलित है उस अर्थ में सामंती प्रथा का विकास बाद में हुआ।

पल्लवों में राजत्व को ईश्वरीय और वंशानुगत माना जाता था, और वे अपनी उत्पत्ति ब्रह्मा से मानते थे। किंतु एक बार जब कोई वंशागत उत्तराधिकारी नहीं था तो राजा का चुनाव किया गया था, परंतु इस घटना को अश्रुतपूर्व नहीं माना गया। राजा बड़ी-बड़ी उपाधियाँ ग्रहण करते थे, और इनमें से कुछ जैसे 'महाराजाधिराज', उत्तरी भारत से, जहाँ उनका बहुत प्रचलन था, ग्रहण की गई थीं। अन्य उपाधियाँ स्थानीय आविष्कार थीं, जैसे 'धर्ममहाराजाधिराज'। कुछ अन्य उपाधियाँ अपेक्षाकृत असामान्य थीं, यथा 'अग्गितोम- वाजपेय-अश्वमेध-यज्ञी' (जिसने 'अग्निश्तोम', 'वाजपेय' तथा 'अश्वमेध' यज्ञ संपन्न किए हैं), जो वैदिक विचारों के अनुकूल आचरण करने की आत्म-प्रदर्शनपूर्ण घोषणा जैसी प्रतीत होती है। राजा की सहायता के लिए मंत्रियों का एक समूह होता था, और परवर्ती पल्लव काल में यह मंत्रिपरिषद् राज्य की नीति निर्धारित करने में मुख्य भाग लेती थी। कुछ मंत्रियों को अर्द्ध-राजसी उपाधियाँ प्राप्त थीं, और बहुत संभव है कि इन मंत्रियों की नियुक्ति जागीरदारों में से की जाती रही हो।

तमिलनाडु में सामान्य अधिकारी-वर्ग प्रांतीय प्रशासन चलाता था। प्रांत के राज्यपाल को परामर्श तथा सहयोग देने के लिए जिलों के अधिकारी होते थे जो स्थानीय स्वायत्त संस्थाओं के घनिष्ठ सहयोग से मुख्यतः परामर्शदाता के रूप में

कार्य करते थे । ऐसा प्रतीत होता है कि ये संस्थाएँ उत्तर की अपेक्षा दक्षिण में इस समय अधिक प्रचलित थीं, जिनकी स्थापना वर्ण और व्यवसाय, स्थानीय संबंधों और धार्मिक आसक्ति के आधार पर की जाती थी । उनके कार्य-संचालन के लिए समय-समय पर सभाएँ अथवा बैठकें होना अनिवार्य था । सभाएँ अनेक प्रकार की और अनेक स्तरों पर होती थीं, जिनमें वणिक श्रेणियों, शिल्पियों तथा कारीगरों (जैसे जुलाहे, तेली आदि) विद्यार्थियों, संन्यासियों और पुरोहितों की सभाएँ भी सम्मिलित थीं । ग्रामीणों की और जिलों के प्रतिनिधियों की सभाएँ भी होती थीं । सभा के सदस्यों की सामान्य बैठकें वर्ष में एक बार होती थीं, और नीति के क्रियान्वयन का भार अपेक्षाकृत छोटे वर्गों की जल्दी-जल्दी होनेवाली बैठकों पर था । छोटे वर्गों का चुनाव निर्वाचन योग्य व्यक्तियों में से किया जाता था । ये वर्ग आधुनिक समितियों की पद्धति पर कार्य करते थे और प्रत्येक वर्ग के लिए एक निश्चित कार्य होता था ।

ग्राम में आधारभूत समिति 'सभा' होती थी, जिसके कार्यक्षेत्र में अनुदान, सिंचाई, कृषि-भूमि, अपराध के लिए दंड, जनगणना तथा अन्य आवश्यक अभिलेखों सहित ग्राम से संबंधित सब मामले आते थे । ग्राम-न्यायालय साधारण अपराध के मामले निबटाता था । उच्चतर स्तर पर नगरों और जिलों में न्यायालयों की अध्यक्षता सरकारी अधिकारी करते थे और न्याय के मामले में राजा उच्चतम निर्णायक होता था । 'सभा' एक औपचारिक संस्था थी, परंतु वह समस्त ग्राम के एक अनौपचारिक सम्मेलन 'उरार' के साथ मिलकर कार्य करती थी । इसके ऊपर एक जिला परिषद् होती थी जो 'नाडु' अथवा जिला प्रशासन के साथ मिलकर कार्य करती थी । जो ग्राम पूर्णतया अथवा अधिकांशतया ब्राह्मण आबादीवाले थे उन्होंने इन सभाओं या परिषदों के कार्यों के अभिलेख सुरक्षित रखे हैं । बहुधा यह कहा जाता है कि ये स्वायत्त संस्थाएँ ऐसे ही ग्रामों तक सीमित थीं, और जहाँ ब्राह्मणेतर आबादी बहुत अधिक थी, वहाँ ऐसी सभाएँ नहीं होती थीं, और इसीलिए उनके अभिलेख भी नहीं मिलते हैं । परंतु कुछ ग्रामों में ऐसी संस्थाओं का न होना सही नहीं प्रतीत होता, क्योंकि यदि ये ग्राम सभाएँ कुछ ग्रामों में उपयोगी पाई गईं तो यह संभव नहीं कि वे उस प्रदेश के समस्त ग्रामों के लिए आदर्श न बन गई हों । ग्राम सभा और सरकारी प्रशासन के बीच की कड़ी ग्राम का मुखिया था, जो ग्राम का नेता होने के साथ-साथ प्रशासन और ग्राम के बीच मध्यस्थ का कार्य भी करता था ।

दक्खन के सुदूर उत्तर में प्रशासकीय संस्थाओं में स्वायत्तता कम थी । सुदूर दक्षिण में प्रचलित पद्धति की अपेक्षा चालुक्यों के राज्य में सरकारी अधिकारी ग्राम स्तर तक पर रोजमर्रा के प्रशासनिक कार्यों में अधिक व्यस्त रहते थे । ग्राम सभाएँ कार्य अवश्य करती थीं, लेकिन यह कार्य अधिकारियों की निगरानी में ही होता था । ग्राम के नेता के रूप में मुखिया की भूमिका भी अपेक्षाकृत औपचारिक होती थी । आठवीं शताब्दी से दक्खन के कुछ राजाओं ने प्रशासकीय विभाजन की

दशमलव प्रणाली को अपना लिया था, जिसमें दस ग्राम या दस के गुणक ग्रामों के समूह को एक जिला मान लिया जाता था। बारह के गुणकों का समूह भी बनता था परंतु इसका प्रचार अभी अधिक नहीं था।

राजा भूमि का स्वामी होता था जो अपने अधिकारियों को राजस्व का अनुदान और ब्राह्मणों को भूमि का अनुदान दे सकता था, अथवा मामूली किसानों और जमींदारों से खेती का कार्य कराता रह सकता था। खेती कराने की प्रथा का प्रचार अधिक था। राजकीय भूमि काश्तकारों को पट्टे पर दे दी जाती थी। निजी क्षेत्र के जमींदार भूमि खरीद लेते थे और इससे उन्हें भूमि को बेचने तथा उपहार में देने का अधिकार मिल जाता था। अधिकारियों को भूमि का अनुदान बहुधा वेतन के बदले में मिलता था और उन्हें राज्य के लिए सेना अथवा राजस्व की व्यवस्था नहीं करनी पड़ती थी जैसा कि एक संपूर्ण सामंती व्यवस्था में होता था।

ग्राम की हैसियत उस समय प्रचलित पट्टों के अनुसार भिन्न-भिन्न होती थी, और वह इन तीन श्रेणियों में से कोई एक हो सकती थी : ऐसे ग्राम सबसे ज्यादा होते थे जिनमें अंतर्जातीय आबादी होती थी और वह भू-राजस्व के रूप में राजा को कर देती थी; इससे कम संख्या में ऐसे ग्राम होते थे, जो 'ब्रह्मदेय' कहलाते थे, और इनमें पूरा ग्राम या ग्राम की भूमि किसी एक ब्राह्मण या ब्राह्मण-समूह को दान में दी गई होती थी। ये ग्राम अन्य ग्रामों की अपेक्षा अधिक समृद्ध होते थे, क्योंकि ब्राह्मण कोई कर नहीं देते थे। 'ब्रह्मदेय' से संबंधित 'अग्रहार' अनुदान होता था जिसमें संपूर्ण ग्राम ब्राह्मण बस्ती होता था और भूमि अनुदान में दी गई होती थी। ये भी कर-मुक्त होते थे, किंतु ब्राह्मण अपनी इच्छा से स्थानीय लोगों के लिए निःशुल्क शिक्षा की व्यवस्था कर सकते थे। सबसे अंतिम 'देवदान' ग्राम थे, जो लगभग उसी प्रकार कार्य करते थे जैसे कि प्रथम श्रेणी के ग्राम, अंतर केवल इतना था कि इन ग्रामों का राजस्व किसी मंदिर को दान कर दिया जाता था और परिणामतः राज्य के अधिकारियों द्वारा नहीं बल्कि मंदिर के अधिकारियों द्वारा वसूल किया जाता था। मंदिर के अधिकारी, जहाँ कहीं संभव होता, मंदिर से संबंधित नौकरियाँ ग्रामीणों को देकर ग्राम की सहायता करते थे। परवर्ती शताब्दियों में जब मंदिर ग्रामीण जीवन के केंद्र बन गए तो इस अंतिम श्रेणी के ग्रामों को अधिक महत्त्व प्राप्त हुआ। पल्लव काल में प्रथम दो श्रेणियों के ग्राम ही अधिक थे।

ग्रामीण इकाई के रूप में ग्राम के अंतर्गत ग्रामीणों के घर, उपवन, सिंचाई के साधन (मुख्यतः सरोवर या कुएँ), पशुओं के बाड़े, बंजर भूमि, पंचायती मैदान, ग्राम के चारों ओर के वन, ग्राम की भूमि से होकर बहनेवाले नाले, मंदिर तथा मंदिर की भूमि, श्मशान भूमि और खेती की सिंचित एवं असिंचित भूमि सम्मिलित होती थी। साथ ही, पूरे ग्राम के साझा स्वामित्व में आनेवाली वह भूमि भी इसमें सम्मिलित होती थी, जिसे कुछ निश्चित प्रयोजनों, जैसे धान साफ करने के लिए सब लोग समान रूप से प्रयोग में लाते थे। मुख्य फसल चावल की होती थी जिसे

विनिमय की इकाई के रूप में भी इस्तेमाल किया जाता था और अधिक पैदावार होने पर बेच भी दिया जाता था। नारियल के बाग बहुतायत से लगाए जाते थे और इनसे प्राप्त उत्पादनों का विविध उपयोग होता था। खजूर और सुपारी—दोनों की खेती की जाती थी, और सुपारी का अधिकतर निर्यात होता था। आम और केले के बाग भी खूब लगाए जाते थे। बिनौला और तिलों से निकलनेवाले तेल की खूब माँग थी।

एक विशेष प्रकार की भूमि, 'एरीपत्ती' अथवा जलाशय की भूमि, केवल दक्षिण में ही होती थी। यह व्यक्तिगत लोगों द्वारा दान में दी गई होती थी, जिसका राजस्व ग्राम के जलाशय के रखरखाव में इस्तेमाल होता था। इससे सिंचाई के लिए जलाशय पर ग्राम की निर्भरता का संकेत मिलता है। वर्षा का पानी जलाशय में जमा कर लिया जाता था ताकि उससे वर्ष के लंबे, सूखे महीनों में सिंचाई की जा सके। ईंट या पत्थर से बने जलाशय का निर्माण ग्राम के सहकारी प्रयत्नों से किया जाता था, और सभी कृषक इसके पानी का उपयोग करते थे। ग्राम के लिए इन जलाशयों का रखरखाव अत्यंत आवश्यक था। पल्लव काल से ग्रामीण मामलों से संबंधित लगभग प्रत्येक शिलालेख में जलाशयों के संरक्षण की चर्चा मिलती है। जलाशयों के पश्चात कुओं का महत्व था। जलाशय अथवा कुएँ से पानी नहरों में ले जाया जाता था और इनमें पानी का स्तर नियमित रखने तथा स्रोत पर पानी को बह निकलने से रोकने के लिए जलद्वार लगे होते थे। सिंचाई के लिए पानी के वितरण का निरीक्षण ग्राम द्वारा नियुक्त एक विशेष जलाशय समिति द्वारा कड़ाई से किया जाता था। किसी एक कृषक को जितना पानी लेने की अनुमति होती थी, उससे अधिक लेने पर उसे कर देना पड़ता था।

भूमि की पट्टेदारी और कराधान के विषय में सूचना अनुदान-पत्रों में दिए गए विस्तृत अभिलेखों से मिलती है जो मुख्यतः ताम्रपत्रों पर उपलब्ध हैं। ग्राम में लगाए जानेवाले कर दो प्रकार के होते थे : पहला, किसान द्वारा राज्य को दिया जानेवाला भू-राजस्व, जो भूमि की पैदावार के छठे से दसवें भाग तक होता था और ग्राम इसकी वसूली करके इसे राज्य के समाहर्ता के पास जमा करा देता था। दूसरी श्रेणी में स्थानीय कर थे, और इनकी वसूली भी ग्राम द्वारा ही की जाती थी, किंतु इनका उपयोग स्वयं ग्राम की और उसके परिवेश की सेवाओं के लिए होता था, जिसमें सिंचाई के साधनों की मरम्मत मंदिरों की सजावट आदि के लिए धनराशि सम्मिलित होती थी। राज्य का भूमि कर कम था, अतः राजस्व की पूर्ति भारवाही पशुओं, ताड़ी निकालनेवालों, बरातों, कुम्हारों, सुनारों, धोबियों, कपड़ा-उत्पादकों, जुलाहों, दलालों, डाकियों तथा घी बनानेवालों पर अतिरिक्त कर लगाकर की जाती थी। दुर्भाग्य से यह नहीं पता चलता कि इन विविध करों की वसूली किस दर से होती थी, परंतु इसमें संदेह नहीं कि करारोप्य वस्तु के अनुसार इन करों की दर भिन्न-भिन्न होती थी। राजस्व मुख्यतः ग्रामीण स्रोतों से ही आता था, और कराधान की दृष्टि से व्यापारिक तथा नागरिक संस्थाएँ अभी तक

अधिकांशतया अछूती पड़ी हुई थीं।

ताम्र-पत्र पर अंकित और संरक्षित एक विशिष्ट भूमि-अनुदान का नमूना आगे दिया गया है। यह 1879 ई. में पांडिचेरी के निकट एक ग्राम में मिला था। इसमें ताँबे के छल्ले से बँधे हुए ग्यारह पत्र हैं। छल्ले के दोनों सिरों पर टाँका लगा है, और उन पर एक राजकीय मुद्रा अंकित की गई है जिसमें एक बैल और लिंग (पल्लवों के प्रतीक) चित्रित हैं। यह राजा नंदीवर्मन (753 ई.) के बाईसवें वर्ष में दिए गए ग्राम अनुदान का अभिलेख है और इसका प्रारंभ संस्कृत में राजा की प्रशस्ति से होता है, फिर तमिल में अनुदान का ब्यौरा है, और अंत में संस्कृत में एक श्लोक है। नीचे दिया हुआ उद्धरण तमिल खंड से है, और यह उल्लेखनीय है कि इन अनुदानों के सर्वाधिक महत्त्वपूर्ण खंड तमिल में हैं, संस्कृत में नहीं :

> उपरोक्त प्रशस्ति का लेखक त्रिविक्रम था। उपरिलिखित राजा का एक आदेश है जो उसने अपने शासन के बाईसवें वर्ष में दिया था। उरुक्कट्टु कोट्टम के निवासी देखें। वह आदेश देखकर जो राजा ने प्रसन्न होकर हमारे देश का कोडुकल्ली ग्राम देने के विषय में जारी किया था—ब्रह्म युवराज की प्रार्थना पर भूतपूर्व स्वामियों को उससे पृथक् करके, घोरशर्मन को, अनुदान को कार्यान्वित करनेवाले के रूप में, नियुक्त करके, मंदिरों को दिए गए पिछले अनुदान और ब्राह्मणों को दिए गए अनुदान छोड़कर, लगभग दो पट्टी (भूमि का एक माप) तक कृषकों के मकान छोड़कर—शेट्टिरंग सोमयाजिन को जो भारद्वाज गोत्र का है, छांदोग्य सूत्र का अनुसरण करता है, पूनी में रहता है, ब्रह्मदेय अनुदान के रूप में देकर, हम, यहाँ के निवासी उन सीमाओं तक गए जो 'नाडु' (जिले) के मुखिया ने बताई थी। हमने ग्राम की दाएँ से बाएँ परिक्रमा की, और दूधिया झाड़ी लगाकर उनके चारों ओर पत्थर रख दिए। इस ग्राम की सीमाएँ इस प्रकार हैं—पूर्वी सीमा पालैयूर की सीमा के पश्चिम में है, दक्षिणी सीमा पालैयूर की सीमा के उत्तर में है, पश्चिमी सीमा मनारपक्कम की सीमा तथा कोल्लीपक्कम की सीमा के पूर्व में है, और उत्तरी सीमा वेलीमनल्लूर की सीमा के दक्षिण में है।
>
> दानग्रहीता इन चारों सीमाओं से घिरी हुई सिंचित भूमि तथा असिंचित भूमि का—जहाँ छिपकलियाँ रहती हैं और कछुवे रेंगते हैं—उपयोग कर सकेगा और उसे तिरैयान के जलाशय, सियाराउ तथा वेतला से पानी लाने के लिए नहरें खोदने और बाढ़ के लिए जलमार्ग खोलने की अनुमति होगी।... जो लोग ढेकुली से उलीचकर, छोटी शाखा नहरें काटकर या छोटे उत्तोलनदंड बनाकर इन नहरों का पानी लेते और इस्तेमाल करते हैं उन्हें राजा को जुर्माना देना होगा। वह (दानग्रहीता) और उसके वंशज इन घरों, घरों की वाटिकाओं आदि का उपभोग करेंगे और उन्हें खपरैलों के मकान तथा बड़े कक्ष बनाने का अधिकार होगा। इन सीमाओं में घिरी हुई भूमि हमने समस्त छूटों के साथ प्रदान की है। वह इन छूटों का उपभोग इस ग्राम में तेल-मिलों तथा करघों के लिए भुगतान किए बिना, कुएँ खोदनेवालों को मजदूरी, ब्राह्मणों को दिया जानेवाला राजा का भाग, 'शेंगोदी' (एक पौधा) का बाग, 'कल्लाल' (एक प्रकार का अंजीर का वृक्ष) का भाग, 'कन्नीट्टू' का भाग, अनाज की बाल का भाग, चौकीदार का भाग, कुम्हार का भाग, धान की सफाई, घी का मूल्य, कपड़े का मूल्य, कपड़े, शिकारियों, संदेशवाहकों, नर्तकियों, घास, सर्वश्रेष्ठ गाय और सर्वश्रेष्ठ बैल का भाग, जिले का भाग, सूती धागों, नौकरों, खजूर के गुड़ का भाग, लेखाकार तथा मंत्री को अर्थदंड, कमल उगाने पर कर, कमलों का भाग, सुपारी तथा नारियल के वृक्षों सहित विभिन्न प्रकार के पुराने वृक्षों के तनों का चतुर्थांश दिए बिना कर सकेंगे...
>
> यह अनुदान स्थानीय अधिकारियों, मंत्रियों तथा सचिवों की उपस्थिति में दिया गया था।[1]

चूँकि यहाँ विशाल क्षेत्रों में उतने बड़े पैमाने पर खेती नहीं होती थी जितने बड़े पैमाने पर गंगा के मैदान में, इसलिए पल्लवों और चालुक्यों को भूमि से सीमित आय थी। व्यापार का इतना विकास अभी नहीं हुआ था कि वह अर्थव्यवस्था में कोई विशेष योगदान कर सके। राजस्व का अधिकांश सेना पर खर्च हो जाता था। सामंतों की सेना से सहायता लेने की प्रणाली प्रचलित थी, परंतु उस पर बहुत अधिक निर्भर नहीं रहा जाता था और राजा अपने प्रत्यक्ष नियंत्रण में स्थाई सेना रखना पसंद करता था। सेना में मुख्यतः पदातिक और अश्वारोही तथा अल्प संख्या में हाथी होते थे। रथों की प्रथा अब लगभग समाप्त हो चुकी थी, क्योंकि पहाड़ी क्षेत्रों में, जहाँ अधिकांश युद्ध होते थे, ये अनुपयोगी थे। ऐसी स्थिति में अश्वारोही सर्वाधिक उपयोगी सेना थी, परंतु उस पर व्यय बहुत अधिक होता था क्योंकि घोड़े सीमित संख्या में उपलब्ध थे और पश्चिमी एशिया से घोड़ों का आयात करना महँगा पड़ता था। आवश्यकता पड़ने पर सैनिक अधिकारियों का उपयोग नागरिक प्रशासन में किया जा सकता था, परंतु साधारणतया नागरिक तथा सैनिक कार्यों में स्पष्ट अंतर था। पल्लवों ने एक नौ-सेना तैयार की थी और महाबलिपुरम् तथा नेगापत्तनम् में पोतांगनों का निर्माण कराया था। किंतु आगे चलकर चोलों के शासन काल में दक्षिण भारत में नौ-शक्ति का जैसा विकास हुआ, उसके सम्मुख पल्लवों की नौ-सेना नगण्य थी।

पल्लवों की नौ-सेना युद्ध के अतिरिक्त और कार्य भी करती थी। यह दक्षिण-पूर्वी एशिया के साथ व्यापार में सहायता देती थी, जहाँ इस समय तक तीन प्रमुख राज्य स्थापित हो चुके थे : कंबुज (कंबोडिया), चंपा (अन्नम) तथा श्रीविजय (दक्षिणी मलाया प्रायद्वीप और सुमात्रा)। ये राज्य भारत के निकट संपर्क में थे, खासकर दक्षिण भारतीय व्यापारी के संपर्क में, जो व्यापार की तलाश में उधर जाते थे। पश्चिमी तट पर पश्चिम के साथ व्यापार का नेतृत्व धीरे-धीरे इस तट पर बसे विदेशी व्यापारियों, खासकर अरबों, के हाथों में पहुँच रहा था। भारतीय व्यापारी विदेशों को माल ले जाने के स्थान पर माल के संभरणकर्त्ता बनते जा रहे थे। फलतः पश्चिम के साथ संपर्क अप्रत्यक्ष, अरबों के माध्यम से, रह गया और वह भी केवल व्यापार तक सीमित रहा। किंतु दक्षिण-पूर्व एशिया से सांस्कृतिक संपर्क की निरंतरता बढ़ गई और इसका पता इस बात से चलता है कि वहाँ के राजाओं में पल्लवों की स्थापत्य शैलियों एवं तमिल लिपि का व्यापक प्रयोग हो रहा था। आगे चलकर तमिलनाडु ने दक्षिण-पूर्व एशिया को, जिन सांस्कृतिक आदर्शों का निर्यात किया, उनसे वहाँ विचारों तथा आचरण के विकास में बहुत अधिक सहायता मिली।

संभवतः दक्षिण में आर्य संस्कृति के प्रभाव का सर्वाधिक स्पष्ट लक्षण ब्राह्मणों की वह महत्त्वपूर्ण स्थिति है, जो उनकी पदमर्यादा और उनको दिए गए भूमि-अनुदान दोनों में परिलक्षित होती है। पल्लव राज्य में शैक्षणिक संस्थाओं के विकास में भी आर्यत्वीकरण दृष्टिगोचर होता है। इस काल के प्रारंभिक भाग में

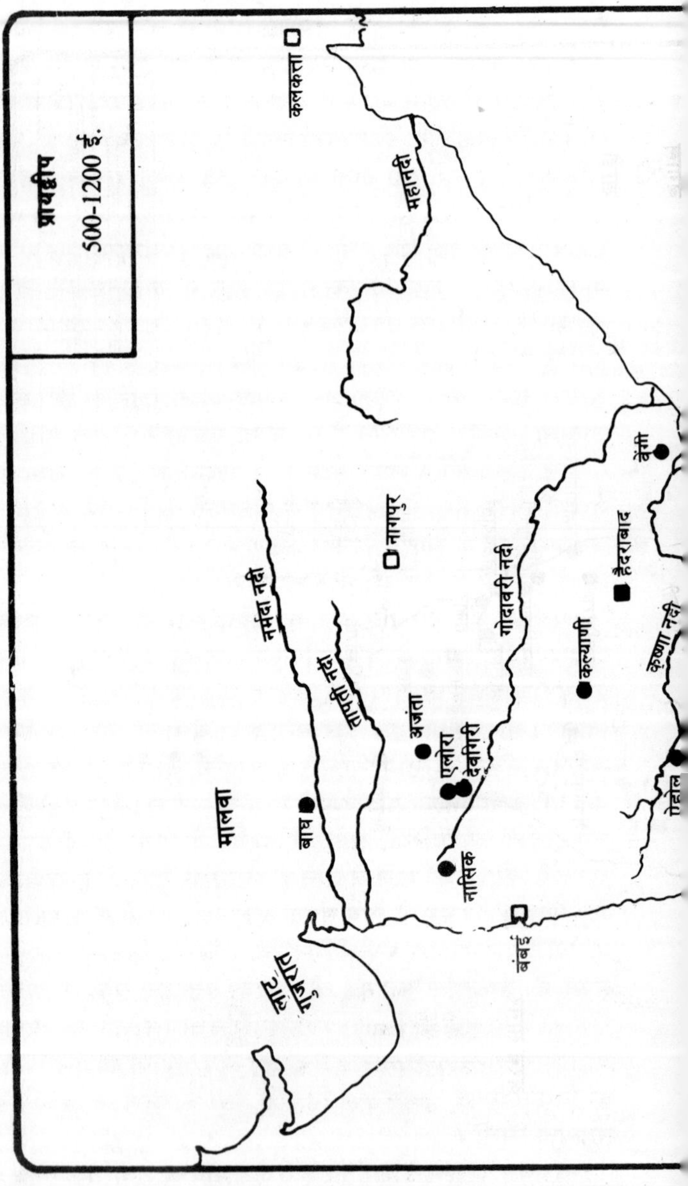
प्रायद्वीप
500-1200 ई.
कलकत्ता
महानदी
नागपुर
नर्मदा नदी
ताप्ती नदी
गोदावरी नदी
वेंगी
हैदराबाद
कल्याणी
कृष्णा नदी
अजंता
एलोरा
देवगिरी
मालवा
बाघ
नासिक
बंबई
लाट
गुजरात

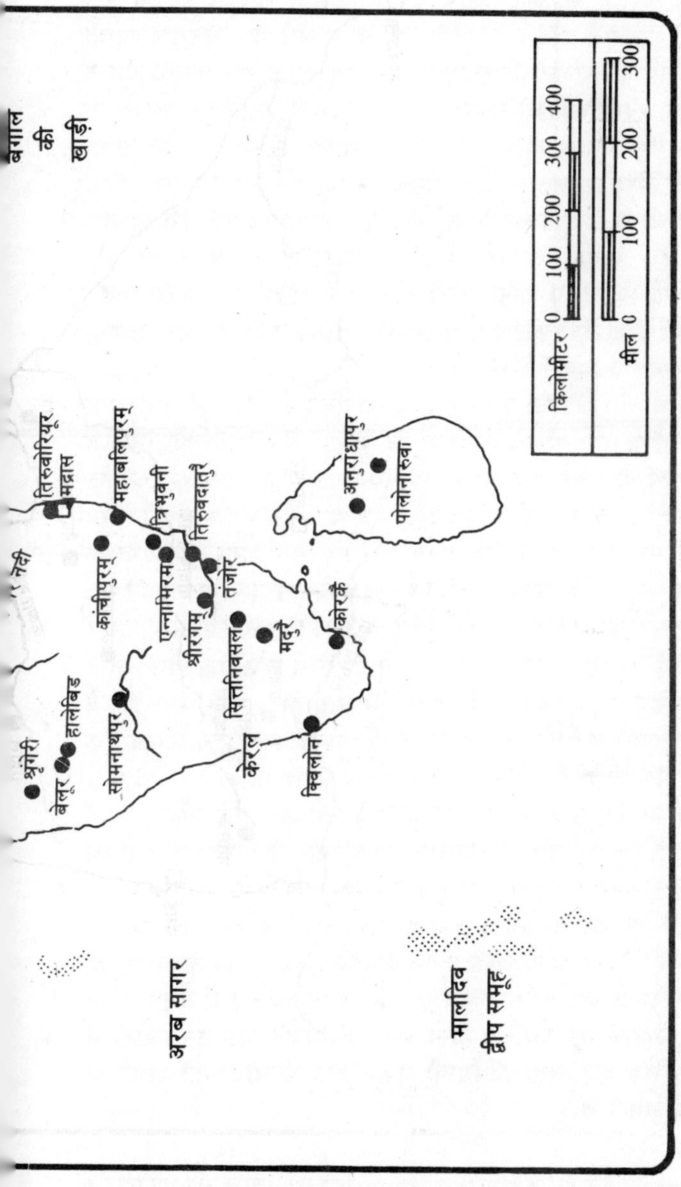
बंगाल
की
खाड़ी
नदी
तिरुवोरियूर
मद्रास
महाबलिपुरम्
त्रिभुवनी
तिरुवदातुरै
कांचीपुरम्
एन्नामिरम
श्रीरंगम्
तंजौर
सित्तनिवसल
मदुरै
कोरकै
श्रृंगेरी
बेलूर
हालेबिड
सोमनाथपुर
केरल
क्विलोन
अनुराधापुर
पोलोनारुवा
अरब सागर
मालदिव
द्वीप समूह
किलोमीटर 0 100 200 300 400
मील 0 100 200 300

शिक्षा के क्षेत्र पर जैनों और बौद्धों का नियंत्रण था, किंतु शनैः-शनैः ब्राह्मणों ने उन्हें निष्प्रभ कर दिया। जैन अपने साथ अपना धार्मिक साहित्य संस्कृत और प्राकृत में लाए थे, परंतु वे तमिल का प्रयोग भी करने लगे थे। जैनमत अत्यंत लोकप्रिय हो रहा था, लेकिन बाद की शताब्दियों में हिंदू धर्म से प्रतियोगिता होने के फलस्वरूप उसके अनुयायियों की संख्या घट गई। इसके अतिरिक्त महेंद्रवर्मन प्रथम की जैनमत में रुचि कम हो गई और उसने शैवमत को स्वीकार कर लिया, जिससे जैनमत को मिलनेवाला मूल्यवान राजकीय संरक्षण समाप्त हो गया। जैनों ने मदुरई तथा कांची के निकट कुछ शिक्षा केंद्र और श्रवणबेलगोल जैसे धार्मिक केंद्र बना लिए थे। परंतु अधिकतर जैन साधु इधर-उधर बिखरे रहे और पहाड़ियों तथा वनों में निर्मित छोटी-छोटी गुफाओं में एकांतवास करने लगे। (इनमें सबसे सुंदर गुफा पुदुक्कोट्टई में सित्तन्नवसल की गुफा है जहाँ उत्कृष्ट भित्ति-चित्रों के अवशेष मिलते हैं।)

विहार आज भी बौद्ध शिक्षा प्रणाली के आधारबिंदु थे, जिनकी अवस्थिति कांची प्रदेश में, कृष्णा तथा गोदावरी नदियों की घाटियों में और नैल्लोर जिले में थी। बौद्ध केंद्र स्वयं बौद्ध दर्शन के अध्ययन में विशेष रूप से व्यस्त रहे, क्योंकि यह बौद्ध तथा हिंदू मतों के मध्य तीव्र विवाद का युग था। इस युग में काफी समय धर्म के श्रेष्ठ तत्त्वों पर विबाद करने में जाता था, और यह स्पष्ट होता जा रहा था कि बौद्धमत हारी हुई लड़ाई लड़ रहा है। बौद्धों को राजकीय संरक्षण प्राप्त नहीं था, और हिंदूधर्म के समर्थकों का पलड़ा इस राजकीय संरक्षण के कारण ही भारी रहा।

हिंदू 'घटिकाएँ' (महाविद्यालय) साधारणतया मंदिरों से संबद्ध होती थीं। प्रारंभ में कोई भी द्विज इन घटिकाओं में प्रवेश पा सकता था। परंतु धीरे-धीरे ये केवल ब्राह्मण संस्थाएँ बन गईं, और फलस्वरूप इनका क्षेत्र उच्च शिक्षा तक सीमित हो गया, हालाँकि कई बार व्यापारी लोग इन संस्थाओं को दान देते थे। व्यापक राजकीय संरक्षण से इनमें राजनीतिक सक्रियता आई, जिसके कारण ये राजा के प्रति भक्ति का केंद्र बन गईं, अथवा राजपरिवार के पीड़ित सदस्यों का समर्थन मिलने पर राजनीतिक विरोध का केंद्र बन गईं। कांची विश्वविद्यालय के अतिरिक्त, जिसने नालंदा के सदृश ख्याति प्राप्त की, अनेक अन्य संस्कृत महाविद्यालय भी थे।* आठवीं शताब्दी में मठ लोकप्रिय हुआ। यह विश्राम-गृह, भोजन-केंद्र तथा शिक्षा-केंद्र का समुच्चय था, जो अप्रत्यक्ष रूप से उस मत का प्रचार करता था, जिससे वह संबंधित होता था। स्वभावतः मठ उन स्थानों में अधिक उपयोगी सिद्ध हुए, जहाँ तीर्थयात्री एकत्र होते थे और जहाँ शास्त्रार्थ अधिक प्रभावी हो सकते थे।

---

* ब्राह्मण छात्रों के लिए पौंडी के निकट एक आवासीय महाविद्यालय, राज़ा नृपतुंग के एक अधिकारी द्वारा दान में दिए गए तीन ग्रामों की आय से चलता था। इस महाविद्यालय ने चरम रूढ़िवादिता का प्रशिक्षण देने में विशिष्टता प्राप्त की थी। एन्नीईरम मंदिर महाविद्यालय 340 छात्रों को निशुल्क शिक्षा देता था और उसमें शिक्षा देने के लिए दस विभाग थे।

इन महाविद्यालयों में संस्कृत स्वीकृत माध्यम थी तथा राजदरबार की भाषा भी यही थी। फलतः साहित्यिक क्षेत्र में भी उसे स्वीकार कर लिया गया। दक्षिण में दो महत्वपूर्ण संस्कृत ग्रंथों ने संस्कृत साहित्य के लिए मानक स्थापित किया। ये ग्रंथ थे भारवि का 'किरातार्जुनीय' और दंडिन् का 'दशकुमारचरित'। फिर भी साहित्य सृजन के क्षेत्र में एक ऐसी प्रवृत्ति दृष्टिगोचर होती है जो अत्यंत अस्वाभाविक और चमत्कारपूर्ण थी। दंडिन् की एक अन्य रचना, उसकी एक कविता में, इस प्रवृत्ति का चरम दिखाई पड़ता है, जो ऐसी निपुणता से लिखी गई थी कि वह सीधी और उल्टी दोनों प्रकार से पढ़ी जा सकती थी। सीधी पढ़ने से वह रामायण की कथा का वर्णन करती थी और उल्टी पढ़ने पर महाभारत की। जो लोग इस प्रकार का साहित्य लिखते थे या ऐसी कृत्रिमता की प्रशंसा करते थे, वे नई भाषाओं से अपरिचित रहे जो नए साहित्य—सुदूर दक्षिण में तमिल और दक्खन में कन्नड़—का निर्माण करने में समर्थ थीं। इस समय कन्नड़ भाषा में पर्याप्त साहित्य की उपस्थिति के संदर्भ मिलते हैं, लेकिन आज उस साहित्य का बहुत कम भाग उपलब्ध है। बदामी में एक चालुक्य राजा का शिलालेख 'कन्नड़' का स्थानीय प्राकृत या प्राकृतिक भाषा के रूप में और 'संस्कृत' का सांस्कृतिक भाषा के रूप में उल्लेख करता है, और यह उल्लेख दोनों भाषाओं के पारस्परिक संबंधों को स्पष्ट करता है। तमिल में अब गीत और महाकाव्य दोनों प्रकार की कविता लिखी जाने लगी थीं। जैन प्रेरणा से निःसृत होनेवाली उपदेशात्मक कविताएँ भी, जैसे 'कुरल' और 'नालादियार' प्रचलित थीं, और पढ़ी जाती थीं। इसके कुछ समय पश्चात् दो तमिल महाकाव्य, 'शिलप्पदिगारम' तथा 'मणिमेगलई' रचे गए। दोनों ही संस्कृत की साहित्यिक शैली के ज्ञान का परिचय देते हैं, परंतु इनमें उस प्रकार की अत्यधिक अलंकारप्रियता नहीं है जो उस समय के प्रचलित संस्कृत साहित्य में दिखलाई पड़ती है। तमिल की उन्नति उस लोकप्रिय धार्मिक आंदोलन के फलस्वरूप भी हुई जिसके प्रचारक भजनीकों तथा लोकप्रिय उपदेशकों के वे समूह थे जो इस काल के आधुनिक अध्ययन में बहुधा तमिल संत कहलाते हैं। इन संतों की कविताओं में तमिल का खूब प्रयोग हुआ, जिसके फलस्वरूप दक्षिण की अन्य भाषाओं की अपेक्षा इसके विकास को प्रोत्साहन मिला।

दक्षिण में उत्तरी संस्कृति के प्रवेश से वहाँ उत्तर के कुछ आदर्श विचार तथा संस्थाएँ आत्मसात कर ली गईं, जब कि अन्य अस्वीकृत या संशोधित हो गईं। इनमें से कुछ ने उत्प्रेरक तत्त्वों के रूप में कार्य किया, जिससे दक्षिण भारतीय तथा उत्तर भारतीय दोनों जीवन-पद्धतियों में नए रूपों का प्रादुर्भाव हुआ। उत्तर और दक्षिण के इस मेल-मिलाप का एक परिणाम तमिल भक्ति संप्रदाय था। व्यापार करने अथवा बस जाने के लिए उत्तर से दक्षिण की ओर आनेवालों के कारण कुछ सीमा तक यह नए विचार स्वीकृत हो सके।

ब्राह्मण वैदिक परंपरा के संरक्षकों के रूप में आए, जिसे वे उत्तरी भारत का अत्यंत पवित्र तथा मूल्यवान योगदान मानते थे। इसके अतिरिक्त आर्य संस्कृति

की वैदिक परंपरा को म्लेच्छों—शक, कुषाण तथा बाद में हूणों—के संसर्ग से अत्यधिक भ्रष्ट होने से बचाना भी आवश्यक था। इस परंपरा के रक्षकों के रूप में वे दक्षिण में पूज्य हुए, और इस प्रायद्वीप के राजाओं ने, जो अन्य स्थानों के अधिकांश राजाओं की भाँति परंपरा को अपनाने में उच्चतम उपलब्ध सम्मान समझते थे, उनका समर्थन किया। इस स्थिति में परंपरा की व्याख्या वही थी जो ब्राह्मणों ने की थी—चाहे वह वैदिक यज्ञ के द्वारा की गई हो या वेदों से परिचित व्यक्तियों को उदार अनुदान देकर। निस्संदेह राजा यह जानते थे कि वैदिक-पद्धति को मानने से उन्हें उच्चतर सम्मान प्राप्त होगा। ब्राह्मणों के इस दावे ने कि उनका संबंध देवताओं से है, तथा अदृश्य शक्तियों का उपयोग कर सकने की उनकी काल्पनिक योग्यता ने तमिल राजाओं को स्थानीय पुजारियों के दावे की अपेक्षा अधिक प्रभावित किया। वैदिक पद्धति को स्वीकार करने का एक अतिरिक्त कारण यह भी था कि वे अलौकिक उपलब्धियों के प्रति आश्वस्त करती थीं।

अन्य घटनाओं से भी वैदिक परंपरा को बल मिला। अब एक ऐसा आंदोलन प्रारंभ हुआ जो वैदिक दर्शन को उसकी अस्पष्टताओं और असंगतियों से निकालकर उसे स्पष्ट तथा सर्वसाधारण के लिए स्वीकार्य बनाना चाहता था। इसका सूत्रपात एक उच्च कोटि के दृष्टा ब्राह्मण, शंकराचार्य, के प्रयत्न से संगठित ब्राह्मण धर्म को नास्तिक मतों तथा लोकप्रिय भक्ति संप्रदाय द्वारा अधिकाधिक दी जानेवाली चुनौती का सामना करने के लिए हुआ था। केरल निवासी शंकराचार्य ने वेदांत शैली के एक नए व्याख्याता तथा अद्वैत-दर्शन के प्रचारक के रूप में ख्याति प्राप्त की।

शंकर ने बताया कि हम अपने चारों ओर जिस संसार को देखते हैं, वह माया है, क्योंकि वास्तविकता उससे परे है, और मानवीय इंद्रियों से उसका अनुभव नहीं किया जा सकता। केवल वैराग्य के द्वारा इन इंद्रियों पर नियंत्रण रखा जा सकता है और उन्हें इस प्रकार निर्दिष्ट किया जा सकता है जिससे 'सत्य' की झाँकी मिल सके। उनकी शिक्षा का आधार उपनिषदों के विचार थे। उनके लिए वेद पवित्र तथा शंका से परे थे। वह अनावश्यक कर्मकांडों के विरुद्ध थे और हिंदू उपासना को व्यर्थ के अनेक कृत्यों से मुक्त कराना चाहते थे। इस उद्देश्य की पूर्ति के लिए उन्होंने अपने मठ स्थापित किए जहाँ उपासना-पद्धति सरल थी। हिमालय में बद्रीनाथ, उड़ीसा में पुरी, पश्चिम तट पर द्वारिका और दक्षिण में श्रृंगेरी में मठों की स्थापना हुई, और ये सारे स्थान ऐसे थे जहाँ भारी संख्या में तीर्थयात्री आते थे। इन संस्थाओं को बड़ी उदारता से दान मिला, और शीघ्र ही इनकी शाखाएँ अन्यत्र खुल गईं, और ये सभी शंकर की शिक्षा के केंद्र बन गए। इसके अतिरिक्त उन्होंने अपने संन्यासी संघ के प्रचारक सदस्यों को अपनी शिक्षा का प्रचार करने के लिए प्रोत्साहित किया। शंकर द्वारा स्वीकृत दर्शन तथा संगठन बौद्धों के दर्शन और संगठन से मिलते-जुलते थे और यह आसानीं से समझा जा सकता है कि बौद्ध शंकर

के इस नए धर्म-आंदोलन से इसीलिए क्रुद्ध हुए कि यह आंदोलन उन्हीं की पद्धति से उन्हें नष्ट करना चाहता था।

शंकर ने शास्त्रार्थ और वाद-विवाद में अपनी बुद्धि की प्रखरता प्रदर्शित करते हुए तथा लोगों को वेदांत एवं अद्वैत की दीक्षा देते हुए इस उपमहाद्वीप का व्यापक भ्रमण किया। वेदांत के विरोधियों से शास्त्रार्थ करने के उनके अपने उत्साह के कारण दार्शनिक केंद्रों में, जहाँ जड़ता छाई हुई थी, नए विचार-विमर्श की प्रेरणा प्रारंभ हुई। परंतु शंकर के दर्शन में निषेधात्मक प्रतिक्रिया की संभावना भी निहित थी। यदि हमारे चारों ओर का जगत् माया है तो उसके कार्यों को समझने का प्रयत्न करने या उससे अनुभवात्मक ज्ञान प्राप्त करने की कोई प्रेरणा नहीं रह जाती। यह तर्कपूर्ण सह-सिद्धांत अवश्य ही कुछ अंशों में उस पांडित्यपूर्ण बुद्धिवाद का कारण रहा होगा जो आनेवाली शताब्दियों में इन केंद्रों की विशिष्टता बन गया।

वैदिक संस्कृति ही एकमात्र ऐसी संस्कृति नहीं थी जो दक्षिण में पहुँची। धर्म के क्षेत्र में और भी अनेक समूह थे जो भावना की दृष्टि से या तो वैदिक-विरोधी थे या अवैदिक थे। जैन और बौद्धमतों के अतिरिक्त दक्षिण में 'भागवत' और 'पाशुपत' संप्रदाय भी पहुँचे जो क्रमशः विष्णु और शिव की भक्ति करनेवाले संप्रदाय थे। ये ऐसे संप्रदाय थे जो यज्ञ की अपेक्षा व्यक्तिगत उपासना पर बल देते थे, और इन्होंने जनता में अपनी जड़ जमा ली जब कि राजा लोग वैदिक कर्मकांडों में व्यस्त रहे। अंत में, दक्षिण में समस्त धार्मिक मान्यताओं में भक्ति संप्रदाय सबसे अधिक शक्तिशाली सिद्ध हुआ, और राजाओं को भी इसे स्वीकार करना पड़ा।

जैन और बौद्ध मतों का स्थान शनैः-शनैः धार्मिक उपासना के एक नए रूप—तमिल संतों के भक्ति संप्रदाय—ने ले लिया, जो आगे चलकर भक्ति-आंदोलन कहलाया। भक्ति का यह रूप ईश्वर और मनुष्य के पारस्परिक संबंध से निर्मित हुआ था, जिसका आधार प्रेम था, और यह एक ऐसा संबंध था जिस पर इससे पूर्व की हिंदू विचारधारा में इतना अधिक बल कभी नहीं दिया गया था। अपनी अपूर्णता के बोध से उपासक परमात्मा के प्रति अपने प्रेम की घोषणा करता था और ऐसा विश्वास था कि परमात्मा भी अपने भक्त के प्रति उतना ही प्रेमभाव प्रकट करता है। इस प्रकार के संबंध को एक तमिल पद में बड़े मार्मिक शब्दों में व्यक्त किया गया है :

> जब तुम उसका दर्शन करते हो, आह्लादपूर्वक उसकी स्तुति करो,
> करबद्ध होकर उसकी उपासना करो उसके आगे झुको,
> जिससे उसके चरण तुम्हारे मस्तक को स्पर्श करें,
> उसका रूप होगा पवित्र और शक्तिशाली
> आकाश को छूता हुआ परंतु, उसका कठोर मुख अंतर्धान होगा, और तुम्हें दर्शन होंगे
> एक युवक आकृति के, प्रमुदित और सुंदर
> और उसकी वाणी स्नेहसिक्त और करुणामय—
> डरो मत—मैं जानता था कि तुम आ रहे हो।[2]

छठी और सातवीं शताब्दियों में तमिल भक्तिवाद ने बहुत अधिक लोकप्रियता प्राप्त की और यह भक्तिवादिता 'नयनारों' (शैव संतों) तथा 'आलवारों' (वैष्णव संतों) के पदों में अक्षुण्ण रही । शिव और विष्णु के पद दो अलग-अलग संग्रहों—'तिरुमुरई' तथा 'नलंयिर प्रबंधम्' में संकलित है । शैव संतों में सर्वाधिक लोकप्रिय अप्पार (जिसने, कहा जाता है कि, राजा महेंद्रवर्मन को दीक्षित किया था), सबंदर, मनिक्कवसागर तथा सुंदरर थे । इस भक्तिवाद में वैदिक देवताओं को या तो अस्वीकार किया गया अथवा उनकी उपेक्षा की गई, और बल पूजा के विषय पर नहीं बल्कि पूजा में अंतर्भूत संबंध पर था—मनुष्य और ईश्वर के संबंधों पर । मनिक्कवसागर इसकी व्याख्या अपने पदों में करता है :

> इंद्र या विष्णु अथवा ब्रह्मा
> उनके दिव्य सुख की कामना मुझे नहीं है
> मैं तेरे संतों का प्रेम चाहता हूँ
> भले ही मेरा घर इससे नष्ट हो जाए ।
> मैं रौरव नरक में जाने को तैयार हूँ
> बस तेरी कृपा मेरे साथ रहे
> जो सर्वश्रेष्ठ है मेरा मन
> तेरे अतिरिक्त और देव की कल्पना कर ही कैसे सकता है ? ...
>
> मेरे पास कोई गुण, तपस्या, ज्ञान, आत्मसंयम नहीं था
> कठपुतली मात्र था मैं
> दूसरों की इच्छा पर नाचता था, प्रसन्न होता था और गिरता था । किंतु मेरे
> अंग-प्रत्यंग में उसने
> भर दी है प्रेम की मदमत्त अभिलाषा जिससे मैं पहुँच सकूँ
> वहाँ तक जहाँ से लौटा नहीं जा सकता ।
> उसने अपना सौंदर्य दिखाकर मुझे अपना बना लिया । हाय मैं,
> कब उसके पास जाऊँगा मैं ?[3]

नम्मालवार द्वारा विष्णु को संबोधित एक पद में भी ऐसी ही भावनाएँ व्यक्त की गई हैं :

> तू अभी इतना दयालु नहीं हुआ कि तू अपनी
> करुणा अपनी प्रेयसी (गायिका) को दे सके ।
> तेरी उपेक्षा से निराश वह अपना शरीर त्याग दे
> उससे पूर्व ही तू इतनी दया तो कर
> कि अपने संदेशवाहक तथा वाहन गरुड़ के द्वारा
> उस प्रेमिका को संदेश भेज दे, हे दया के सागर,
> कि वह क्लांत न हो और कुछ हिम्मत से काम ले. जब तक
> तू, मेरे स्वामी, लौटकर आए प्रत्याशित,
> निश्चय ही शीघ्र आएगा तू ।[4]

यद्यपि पदों के रचयिता कुछ ब्राहमण भी थे, किंतु अधिकांश छोटी जाति के कारीगर और कृषक थे । वे तमिल देश के विभिन्न भागों के निवासी थे और

उन्होंने व्यापक भ्रमण किया था। संभवतः सर्वाधिक क्रांतिकारी बात यह थी कि इन संतों में महिलाएँ भी थीं, उदाहरणार्थ अंदाल, जिसके पदों की बड़ी प्रतिष्ठा थी। अंदाल स्वयं को भगवान् विष्णु की प्रेमिका मानती थी और उनके प्रति अपने प्रेम के गीत गाती थी, जिनमें राजस्थान की राजकन्या मीराबाई की पूर्वछाया मिलती है, जो अनेक शताब्दियों के पश्चात् भक्ति की गायिका के रूप में इतनी ही प्रसिद्ध हुई।

यद्यपि तमिल संस्कृति ने बौद्ध मत को अस्वीकार कर दिया था और वह जैन मत के प्रति भी विशेषरूप से निष्ठावान नहीं थी, किंतु तमिल भक्ति संप्रदाय पर दोनों धर्मों का प्रभाव स्पष्ट है, जिनका सामाजिक दृष्टिकोण जाति-विधान में वर्णित समाज की स्थापित व्यवस्था को अस्वीकार करके चला था, और निम्न वर्णों से समर्थन प्राप्त करता था। 'भागवत' संप्रदाय की आस्तिकता उपनिषदों में वर्णित विचारों तथा निरीश्वरवादी सिद्धांतों से ग्रहण की गई थी और तमिल संप्रदाय की आस्तिकता के उत्स भी ऐसे ही थे। करुणामय ईश्वर की कल्पना बौद्ध विचारों के प्रभाव, करुणामय बोधिसत्व के विचार से उत्पन्न हुई, यद्यपि इसमें मलाबार के खासकर ईसाइयों ने भी समान रूप से योगदान किया होगा। मानवीय अपूर्णता तथा पाप की भावना, जो तमिल संप्रदाय का एक महत्त्वपूर्ण अंग बन गई थी, वैदिक धर्म की अपेक्षा बौद्ध धर्म की अधिक ऋणी है। जिस समय निरीश्वरवादी मतों का पतन हुआ, उसी समय तमिल संप्रदाय का उद्भव हुआ, और यह संभव है कि तमिल संप्रदाय ने निरीश्वरवादी मतों के बहुत-से अनुयायियों को अपनी ओर आकर्षित कर लिया हो।

यद्यपि ब्राह्मणों ने इस बात को कभी स्वीकार नहीं किया, पर तमिल भक्ति संप्रदाय कुछ अंशों में इस प्रदेश के आर्यत्वीकरण को रोकने का एक प्रयास था। ब्राह्मणों को राजाओं का संरक्षण प्राप्त था, किंतु इस संप्रदाय के साथ जन-साधारण का व्यापक समर्थन था। फिर भी बाद की शताब्दियों में, जब कि स्थापित व्यवस्था ने इसके साथ समझौता कर लिया, राजाओं का संरक्षण बहुधा इसे भी प्राप्त हो जाता था। ब्राह्मणों ने गूढ़ सिद्धांतों और संस्कृत के प्रयोग द्वारा हिंदू धर्म का प्रचार किया, लेकिन भक्ति संप्रदाय ने अपने-आपको सरलता से समझ में आ सकनेवाले रूपों में अभिव्यक्त किया, और लोकप्रिय भाषा तमिल का ही प्रयोग किया। ब्राह्मण वर्ण-नियमों से बुरी तरह बँधे हुए थे और उन्होंने अ-ब्राह्मणों को ज्ञान के आदान-प्रदान से कड़ाई के साथ वंचित रखा। इसके विपरीत संतों ने न केवल वर्ण की उपेक्षा की, बल्कि मात्र वर्ण के आधार पर किसी को संप्रदाय से अलग नहीं रखा।

ब्राह्मणों की छत्रछाया में संगठित धर्म आर्थिक सहायता तथा संरक्षण से शक्तिशाली हो गया था—ये दोनों ही या तो राजाओं से प्राप्त होते थे या धनी वणिकों से। स्थानीय मंदिर धार्मिक जीवन का केंद्र था और यही धर्म के दोनों स्तरों, ब्राह्मण तथा भक्तिमत, का मिलन-बिंदु था। मंदिर उस दान से चलता था

जो ग्राम तथा कृषि-भूमि के रूप में होता था और जिसे राजपरिवार के लोग दान में देते थे अथवा उस पूँजी के विनियोजन से प्राप्त होता था जो वणिकों अथवा श्रेणियों द्वारा दान में दी जाती थी। मंदिर की छोटी-छोटी वस्तुएँ, जैसे गौण मूर्तियाँ, दीपक, तेल आदि, साधारणतः समाज के निम्नतर सदस्यों के व्यक्तिगत दान से प्राप्त होती थीं। मंदिर के सेवक विभिन्न श्रेणियों के होते थे। मंदिर के पवित्र गर्भगृह में पूजा-पाठ केवल ब्राह्मण ही कर सकते थे। अन्य जातियों के सदस्य मंदिर की सफाई की देखभाल करते थे, मंदिर के उत्सवों में गायन-वादन करते थे, दीपक जलाते थे और प्रतिमा की पूजा के लिए आवश्यक फूलों तथा मालाओं का प्रबंध करते थे। मलिन शूद्र, जैसे कुम्हार, चमार तथा अस्पृश्य, मंदिर की सीमा में नहीं जा सकते थे, क्योंकि उनकी उपस्थिति से मंदिर भ्रष्ट होता था। जब भी मंदिर के दान तथा सेवकों में उल्लेखनीय वृद्धि होती थी, जैसा कि धीरे-धीरे हो रहा था, मंदिर के दान और कर्मचारियों की व्यवस्था का निरीक्षण करने के लिए एक औपचारिक प्रबंध समिति नियुक्त कर दी जाती थी।

तमिल संतों द्वारा धार्मिक पद और संगीत लोकप्रिय हो रहे थे, और मंदिर के पूजा-पाठ में इन पदों का गाया जाना नियमित हो गया था। वीणा संभवतः सर्वाधिक उपयोग में आनेवाला वाद्य था, क्योंकि इसका उद्‌भव एकतारे से हुआ था जो भारतीय उपमहाद्वीप तथा प्राचीन मध्यपूर्व दोनों के लिए सुपरिचित था। पाँचवीं शताब्दी के लगभग इसका स्थान एक प्रकार के तंबूरे ने ले लिया, जिसका आकार नाशपाती के समान होता था। लगभग दो शताब्दी के बाद इसने वह रूप लिया जिसमें यह आज उपलब्ध है—एक छोटे-से तूँबे के आकार पर अँगुलि-चालन के लिए एक लंबा भाग। मंदिर के धार्मिक कृत्यों में नृत्य भी सम्मिलित था। लोकनृत्य से प्रारंभ होकर मंदिर की नृत्य-कला धार्मिक विषयों को अभिव्यक्त करने के लिए अत्यंत प्रांजल तथा जटिल हो गई, जिसके दर्शन हमें इस कला की अंतिम शैली 'भरतनाट्यम' में होते हैं। पल्लव काल से अधिक समृद्ध मंदिरों में, प्रशिक्षित नर्तकियाँ रखी जाने लगीं।

पल्लव मंदिर आमतौर पर स्वतंत्र रूप से स्थापित भवन थे, पर बौद्ध शैली के गुफामंदिर भी प्रचलन में रहे। दक्खन की पहाड़ियों में पत्थरों को काटकर पूजा स्थल तथा मंदिर बनाने की प्रतियोगिता ब्राह्मणों और बौद्धों में होती रही। यहाँ इन मंदिरों में अब शायद कोई भी व्यक्ति पूजा कर सकता था, और दोनों धर्मों की प्रतिद्वंद्विता सर्वसाधारण को विशेष अनुभव नहीं होती थी। इन गुफामंदिरों में सर्वाधिक प्रभावशाली अजंता के बौद्ध स्थल तथा एलोरा के बौद्ध एवं हिंदू मंदिर हैं। जैन मतावलंबियों ने भी इस प्रतियोगिता में भाग लिया, और एलोरा में कुछ मंदिर खुदवाए।

बौद्ध गुफामंदिरों की दीवारों पर भित्तिचित्र बनाए गए, जिनमें बौद्ध-कथाएँ अंकित की गई थीं। धार्मिक विषय से संबद्ध होते हुए भी इन भित्तिचित्रों में समकालीन जीवन का सुंदर परिचय प्राप्त होता है। इन विशाल गुफाओं में पर्याप्त

प्रकाश तथा काम करने के लिए आवश्यक सुविधाओं के अभाव में गहरी कटी हुई गुफाओं की दीवारों पर भित्तिचित्रों का निर्माण कोई मामूली उपलब्धि नहीं थी । गुफामंदिरों में भित्तिचित्रों की परंपरा ईसा की प्रारंभिक शताब्दियों में आरंभ हुई थी, परंतु अजंता की सर्वश्रेष्ठ कलाकृतियाँ पाँचवीं और छठी शताब्दियों में वाकाटकों तथा चालुक्यों के समय की हैं । चित्र बनाने की तकनीक तो वही थी जिसमें पलस्तर सूखने से पहले दीवार पर रंग से चित्रण किया जाता है, परंतु वास्तविक चित्र सूखी सतह पर बनाए जाते थे । आधार के रूप में दीवार पर एक प्रकार का गारा लगाया जाता था, जिसमें शैल-चूर्ण, काली मिट्टी अथवा गाय के गोबर और भूसे तथा राब का मिश्रण होता था, इसको बड़ी सावधानी से चिकनाया जाता था, और सूखने से पहले ही उस पर बढ़िया चूने की तह लगाई जाती थी । चित्रकारी सतह के सूखने पर की जाती थी और फिर उसे चमकाया जाता था । रंग खनिजों और पौधों से बनाए जाते थे, और उनकी प्राथमिक आभा कुछ अंशों में आज तक सुरक्षित है ।

भित्तिचित्र केवल गुफामंदिरों में ही नहीं बनाए जाते थे, अपितु दक्षिण के स्वतंत्र रूप से स्थापित मंदिरों में भी इनका प्रचलन था । गुफामंदिरों में कुछ भित्तिचित्र भिक्षुओं ने बनाए होंगे, परंतु जैसी कलात्मक उत्कृष्टता आज अजंता, सित्तन्नवासल, बाघ तथा कांचीपुरम् के चित्रों में दिखाई पड़ती है, उसके लिए अवश्य ही चित्रकारों को नियुक्त किया गया होगा । भित्तिचित्र धार्मिक स्मारकों तक ही सीमित नहीं थे, क्योंकि साहित्यिक विवरणों से ज्ञात होता है कि आवासिक भवनों को भी चित्रों से अलंकृत किया जाता था, किंतु दुर्भाग्य से ये काल के प्रवाह में टिक नहीं पाए ।

एक और सुदूर प्रदेश, जहाँ भारतीय चित्रकला की यह परंपरा अपनाई गई, मध्य एशिया था । अफगानिस्तान में पहाड़ियों को काटकर बनाए गए मंदिरों से युक्त बौद्ध विहारों की एक शृंखला बामियान से प्रारंभ होकर मध्य एशिया तथा गोबी मरुस्थल के आरपार फैली हुई थी, जिनकी दीवारों पर भित्तिचित्र बनाए गए थे । मीरन और तुनहुआंग-जैसे स्थलों में इस परंपरा के कुछ सर्वश्रेष्ठ चित्र हैं, जो सौभाग्य से मध्य एशिया की सूखी मरुभूमि में शताब्दियों से सुरक्षित रहे हैं ।*

चट्टान से काटे गए मंदिरों का पल्लव काल में प्रचलन था, और ये बौद्ध गुफामंदिरों के सदृश थे । उदाहरण के लिए, महाबलिपुरम् के एकाश्म (मोनोलिथिक) मंदिरों में आज भी लंबे तहखानों तथा महराबदार मार्गों के चिह्न मिलते हैं, और इस प्रकार की शैली का संबंध दक्खन के बौद्ध गुफामंदिरों से माना जाता है । प्राचीनतम पाषाणशैली-मूलक मंदिर महाबलिपुरम् तथा कांची में बनाए गए थे, परंतु इनका उत्कर्ष चोलों के काल में ही हुआ । चालुक्य मंदिरों का

---

* बीसवीं शताब्दी में कुछ सर्वश्रेष्ठ भित्तिचित्र इन तथा अन्य स्थलों से हटाकर यूरोप के संग्रहालयों में रख दिए गए थे, जिनमें से संभवतः सर्वोत्तम संग्रह बर्लिन में था, परंतु द्वितीय विश्व-युद्ध में वह बुरी तरह क्षतिग्रस्त हो गया ।

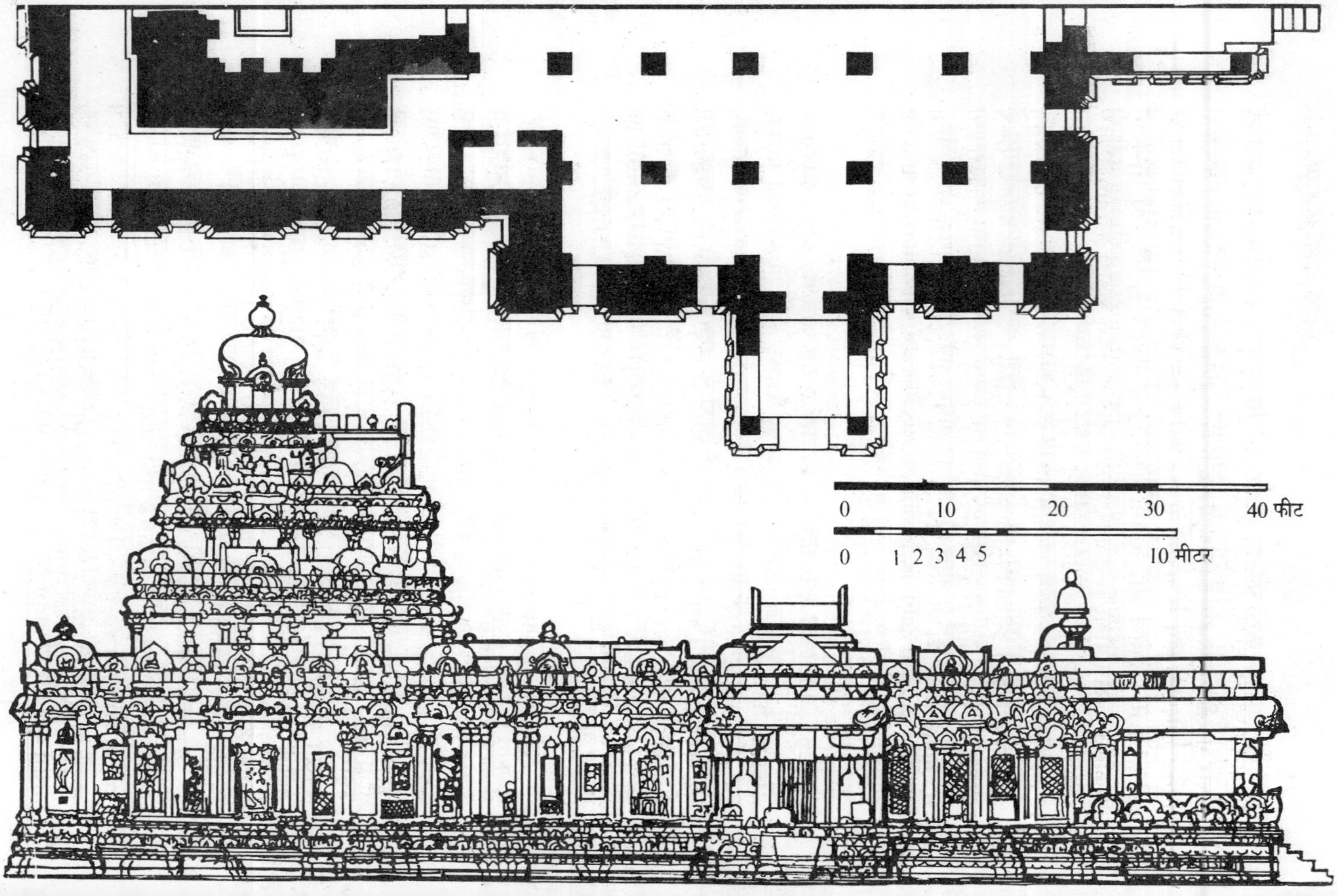
0 10 20 30 40 फीट
0 1 2 3 4 5 10 मीटर

विकास गुप्तों के मंदिरों से हुआ परंतु अपने उत्कर्ष काल में उन्होंने स्थापत्य की उत्तर भारतीय तथा द्रविड़ (दक्षिणी) दोनों शैलियों को प्रभावित किया । बंबई के निकट एलिफेंटा द्वीप में चट्टानों से कटे मंदिर इस शैली में परिपक्वावस्था के उदाहरण हैं । ऐहोल और बदामी यद्यपि अब खंडहर हैं, पर वहाँ आज भी विकसित दक्खन शैली के उदाहरण मिल जाते हैं, किंतु ऐलोरा का कैलाशनाथ मंदिर संभवतः इसका सर्वाधिक दर्शनीय उदाहरण है, जो उस संक्रांति काल की देन है जब चट्टानों से काटकर बनाए गए मंदिरों का स्थान बहुत बड़े पैमाने पर स्वतंत्र शैली ले रही थी । इसका निर्माण आठवीं शताब्दी में एक राष्ट्रकूट राजा के समय में हुआ था । पूर्ण होने पर इसका स्वरूप आकाश की ओर खुले हुए एक स्वतंत्र रूप से स्थापित मंदिर का था, जिसे संपूर्णतया पहाड़ी की चट्टानों में से काटकर बनाया गया था, और कोई अन्य सामग्री उसमें नहीं लगाई गई थी । इसमें स्वतंत्र रूप से स्थापित मंदिर के प्रारूप का बड़ी कड़ाई से पालन किया गया था, और शैली की दृष्टि से यह द्रविड़ मंदिर के निकट है । कैलाशनाथ मंदिर का क्षेत्रफल प्रायः उतना ही है जितना एथेन्स में पार्थेनन का है और यह उससे डेढ़ गुना ऊँचा है । इस मंदिर की कटाई में नियोजित पत्थर काटनेवालों और कारीगरों की संख्या, तथा उस पर होनेवाला व्यय बहुत अधिक रहा होगा—संभवतः इतना अधिक जिससे एक बड़ा युद्ध लड़ा जा सके । यह अनुमान लगाया गया है कि एक ही आकार के स्वतंत्र रूप से स्थापित मंदिर के निर्माण की तुलना में चट्टान से मंदिर काटना फिर भी सस्ता था । चट्टानों में काटे गए पूजा-स्थलों और मंदिरों की दीर्घकालिक लोकप्रियता का कारण कुछ सीमा तक उनकी लागत के संबंध में सस्तेपन का यह अनुमान ही रहा होगा ।

चट्टानों में कटे मंदिरों की अपेक्षा दक्खन में ऐहोल और बदामी तथा तमिल देश में कांचीपुरम् और महाबलिपुरम् के स्वतंत्र रूप से स्थापित मंदिर मूर्तिकला की बेहतर पृष्ठभूमि प्रस्तुत करते हैं । मूर्तिकला की दक्खन शैली गुप्तों की शैली से बहुत साम्य रखती है । पल्लव मूर्तिकला बौद्ध परंपरा की अधिक ऋणी थी, और कुल मिलाकर आकृति में अधिक विशाल तथा रेखीय है, जिसमें अलंकरण की वैसी प्रवृत्ति नहीं थी जो दक्खन की मूर्तिकला में बहुत प्रारंभ में मिलती थी । फिर भी दक्खन और तमिलनाडु की मूर्तिकला एवं स्थापत्य उत्तरी परंपरा की प्रशाखा मात्र नहीं थे । वे स्पष्ट रूप से अलग पहचाने जाते हैं और उनका अपना व्यक्तित्व है । इनका आधारभूत रूप तो पुरानी परंपरा से लिया गया था, परंतु अंतिम उपलब्धि में निर्भ्रांत रूप से स्थानीय प्रतिभा के दर्शन होते हैं ।

ये बातें इस समय प्रायद्वीप की, और विशेषकर दक्षिण भारत की, संस्कृति का आदर्श प्रस्तुत करती थीं । द्रविड़ तथा आर्य पद्धतियों के सम्मिश्रण के रूप में दक्षिणी व्यक्तित्व के उद्भव से भारतीय संस्कृति पर, जो पहले ही अनेक प्रभावों से समृद्ध हो चुकी थी, एक अन्य प्रभाव, इस बार दक्षिण से पड़ा जिसके फलस्वरूप उसमें कुछ और परिवर्तन हुए । इस अवस्था में आकर संपूर्ण उपमहाद्वीप की दृष्टि

से विचार करना सभव था । क्योंकि इस समय विभिन्न प्रदेशों में कहीं अधिक वास्तविक संपर्क हो गया था । शंकर के विचारों का तीव्रगति से प्रसार इस ओर संकेत करता है । भारत के विभिन्न भागों में भक्ति संप्रदाय की जो लहर दौड़ी, वह यद्यपि समकालीन अभिव्यक्ति नहीं थी और तमिल भक्ति संप्रदाय से उसका सूत्रपात हुआ था, पर इतना संकेत उससे अवश्य मिलता है कि इस उपमहाद्वीप के विभिन्न भागों में एक सीमा तक सामान्य लक्षणों का प्रादुर्भाव होने लगा था ।

9. दक्षिण का उत्थान

सन् 900-1300 ई.

युद्धरत राज्यों में अनेक शताब्दियों तक संघर्ष का सिलसिला चलता रहा । यद्यपि ग्यारहवीं और बारहवीं शताब्दियों में चोल लोगों का पक्ष प्रबल रहा, तो भी उन पर अन्य राज्यों का आतंक व तनाव बना रहा । पल्लवों ने नवीं शताब्दी में अपने दक्षिणी पड़ोसियों—पांड्यों तथा उनके सामंत चोलों के संयुक्त आक्रमण के सम्मुख घुटने टेक दिए । अंततः पूरी तरह समाप्त हो जाने से पूर्व तीन सौ वर्ष तक पल्लव सरदारगण चोलों के अधीन साधारण जागीरदार के रूप में रहे । इन तीन सौ वर्षों में चोल अपना महत्त्व सिद्ध करने के लिए युद्ध करते रहे, और अंत में वे दक्षिण की एक प्रमुख ताकत बन गए । उनका प्रारंभिक संघर्ष पतनोन्मुख राष्ट्रकूटों से था जिनका स्थान चालुक्यों की एक नई शाखा—उत्तरकालीन चालुक्यों—ने ले लिया था, जो फिर पश्चिमी दक्खन में सत्ता में आए । इस काल में दक्खन छोटे-छोटे समान राज्यों में विभक्त था, और चोलों की इनसे कहीं-न-कहीं दुश्मनी बनी हुई थी । इस समय की राजनीतिक गुटबंदियों में उत्तरकालीन चालुक्यों, देवगिरि के यादवों (औरंगाबाद प्रदेश में उत्तरी दक्खन), वारंगल (आंध्र) के काकतीयों और द्वारसमुद्र (मैसूर) के होयसलों ने भाग लिया । चोल अपनी सत्ता के अंतिम वर्षों में होयसलों और पांड्यों के निरंतर आक्रमण के कारण निर्बल हो गए थे ।

दक्षिण के महत्त्व का कारण केवल चोलों की शक्ति ही नहीं थी अपितु यह बात भी थी कि इस काल में तमिल संस्कृति का सही रूप सामने आया । प्रत्येक क्षेत्र में—चाहे वे सामाजिक संस्थाएँ हों, धर्म हो या ललित कलाएँ—इस काल में जो मानक स्थापित हुए वे अत्यंत ऊँचे माने गए, वे दक्षिण के जीवन पर छा गए, और इस प्रायद्वीप में अन्यत्र भी उन्होंने तत्कालीन जीवन को कुछ स्तरों पर प्रभावित तथा संशोधित किया । (यद्यपि, उदाहरणार्थ, पश्चिमी दक्खन में यह प्रभाव चोलों के पश्चात् नहीं टिक सका) इसी काल में दक्षिण-पूर्वी एशिया के क्षेत्रों में चोल संस्कृति का विस्तार हुआ और इस क्षेत्र के व्यापार में दक्षिण भारत का राजनीतिक तथा आर्थिक दोनों ही प्रकार का हस्तक्षेप पहले की अपेक्षा कहीं अधिक और सक्रिय रहा ।

चोलों ने तमिलनाडु में सरदारों के रूप में ईसा की प्रथम शताब्दी से शासन प्रारंभ किया था । लगभग नवीं शताब्दी के मध्य में उनमें से एक ने तंजौर प्रदेश

(तमिलनाडु का केंद्र) पर विजय प्राप्त की, अपने-आपको एक स्वतंत्र राज्य का शासक घोषित किया, और स्वयं को सूर्यवंशी बताकर अपनी स्थिति सुदृढ़ करने का प्रयत्न किया । सन् 907 में चोल राजवंश के प्रथम महत्त्वपूर्ण राजा परंतक प्रथम ने सत्ता प्राप्त की और उसने लगभग आधी शताब्दी तक राज्य किया । पांड्यों के विरुद्ध सफल आक्रमण करके तथा उनकी राजधानी मदुरई पर अधिकार करके उसने अपने राज्य की दक्षिणी सीमा को सुरक्षित किया । इसके फलस्वरूप वह श्रीलंका के संपर्क में आया जिसके साथ पांड्यों के घनिष्ठ संबंध रहे थे और तब श्रीलंका तथा तमिलनाडु की शत्रुता का सूत्रपात हुआ जो अनेक शताब्दियों तक चलती रही । परंतक के शासन के उत्तरकाल में चोलों को राष्ट्रकूटों से परास्त होना पड़ा जिससे राष्ट्रकूटों ने चोल राज्य के उन उत्तरी जिलों पर अधिकार कर लिया जिन्हें चोलों ने कुछ समय पूर्व ही जीतकर अपने राज्य में मिलाया था । इसके पश्चात् तीस वर्ष तक एक के बाद एक निर्बल राजाओं के सत्तारूढ़ होने से चोल शक्ति की अवनति होती गई । परंतु स्थिति शीघ्र ही बदलनी थी क्योंकि राष्ट्रकूटों के सामंती आकाओं और भविष्य के स्वामी चालुक्यों ने राष्ट्रकूटों को परेशान करना आरंभ कर दिया था । इस अव्यवस्थित स्थिति में जिन चोल प्रदेशों पर राष्ट्रकूटों ने अधिकार कर लिया था, वह शनैः-शनैः चोलों ने पुनः प्राप्त कर लिया और चोल राज्य राजराजा प्रथम (985-1014) तथा उसके पुत्र और उत्तराधिकारी राजेंद्र के पचास वर्षों के शासन काल में चोल राज्य पुनः स्थाई और सुदृढ़ हो गया ।

पिता और पुत्र, दोनों के शासनकाल में प्रत्येक दिशा में जोरदार अभियान चलाए गए । राजराजा ने प्रारंभ में केरल, श्रीलंका तथा पांड्यों की सम्मिलित शक्ति के विरुद्ध आक्रमण करके इन राज्यों के पश्चिमी व्यापार के एकाधिकार को तोड़ने का प्रयत्न किया । अब तक अरब भारत के पश्चिमी तट पर व्यापारियों के रूप में भलीभाँति पैर जमा चुके थे, और उन्हें केरल के राजाओं की सहायता प्राप्त थी । चोल दक्षिण-पूर्व एशिया के व्यापार में अरब स्पर्द्धा से परिचित थे, इसलिए उन्होंने मलाबार पर अधिकार जमाकर इस स्पर्द्धा के मूल पर ही आक्रमण करना चाहा । कुछ समय पश्चात् राजराजा ने मालदीव द्वीपों पर समुद्री आक्रमण कर दिया क्योंकि इन द्वीपों का अरबों के व्यापार में बड़ा महत्त्व था । यद्यपि चोल अरबों के व्यापार पर प्रत्यक्ष आक्रमण नहीं कर सके, तो भी उन्होंने श्रीलंका में भारी उत्पात मचाया, उसकी तत्कालीन राजधानी अनुराधापुर को नष्ट कर दिया और पोल्लननरुवा को अपनी राजधानी बनाया । दक्षिण के राज्यों के विरुद्ध भी अभियान चलता रहा । चोलों और उत्तरकालीन चालुक्यों में वेंगी के संपन्न प्रांत को हथियाने के लिए जो युद्ध हुए उन्होंने इसी क्षेत्र पर होनेवाले पुराने पल्लव-चालुक्य संघर्ष की स्मृति पुनः ताजा कर दी ।

राजेंद्र प्रथम ने अपने पिता के साथ दो वर्ष तक राज्य सँभालने के बाद सन् 1014 ई. में स्वयं सिंहासन सँभाला। चालुक्यों के दक्षिणी प्रांतों (आधुनिक हैदराबाद प्रदेश) को अपने राज्य में मिलाकर उसने अपनी विस्तार नीति को जारी रखा। उसने श्रीलंका तथा केरल पर भी पुनः आक्रमण किए। परंतु राजेंद्र की

महत्त्वाकांक्षा उत्तर की ओर गंगा घाटी तक उन्मुख हुई। उसने एक सैनिक अभियान को भेजा जो उड़ीसा होता हुआ गंगा के किनारे तक पहुँचा, और कहते हैं कि पवित्र गंगा का जल चोल राजधानी लाया गया। राजेंद्र उत्तरी प्रदेशों को अधिक समय तक अपने अधिकार में नहीं रख सका। उसकी लगभग वही हालत हुई जो सात सौ वर्ष पूर्व दक्षिण में समुद्रगुप्त के आक्रमण की हुई थी।

राजेंद्र का समुद्री अभियान और भी महत्वाकांक्षी था जिसमें दक्षिण-पूर्वी एशिया में श्रीविजय के राज्य के विरुद्ध उसने थल व जल सेना दोनों का उपयोग किया। कहा जाता है कि यह बड़ा बीड़ा उठाने का कारण समुद्रपार अपना साम्राज्य स्थापित करने की राजेंद्र की इच्छा थी। परंतु यह बात ठीक नहीं लगती क्योंकि यदि उसका यही विचार होता तो वह इस आक्रमण के बाद अपने राज्य में सम्मिलित क्षेत्रों को पहले भारतीय उपनिवेश बनाता और साथ ही दूसरे क्षेत्रों को भी जीतने की कोशिश करता। चूँकि ऐसा नहीं हुआ, इसलिए यह कहना ठीक होगा कि इस युद्ध का कारण भारतीय व्यापारिक हितों की बाहरी हस्तक्षेप से रक्षा करना था। दसवीं शताब्दी तक चीन और दक्षिण भारत में व्यापार खूब विकसित हो चुका था। व्यापारिक जहाज श्रीविजय के राज्य (दक्षिणी मलाया प्रायद्वीप तथा सुमात्रा) में पड़नेवाले समुद्रों में होकर जाते थे, और श्रीविजय ने इस बात को अनुभव किया कि यदि चीनी-भारतीय व्यापार को श्रीविजय में रोककर उनका माल स्थानीय बिचौलियों द्वारा अपने गंतव्य तक पहुँचाया जाए तो स्थानीय व्यापारियों के लिए यह अधिक लाभदायक हो सकता है। श्रीविजय प्रदेश में रहनेवाले भारतीय व्यापारियों को तब धमकियाँ दी गईं जिससे राजेंद्र का क्रोध भड़क उठा। संभवतः उसकी स्वयं की पूँजी इस व्यापार में लगी हुई थी, इसलिए उसने श्रीविजय पर आक्रमण कर दिया। अपने निजी व्यापारिक हितों की दृष्टि से श्रीविजय का चीन-भारत के व्यापार में हस्तक्षेप करना उचित था, परंतु इस मामले का निर्णय सैनिक शक्ति ने किया। यह आक्रमण इस दृष्टि से सफल रहा कि चोल सेनाओं ने मलक्का अंतरीप से लगे सामरिक महत्त्व के अनेक स्थानों पर अधिकार कर लिया और कम-से-कम कुछ समय तक उस जल-मार्ग में भारतीय जल-यातायात और वाणिज्य सुरक्षित रहे।

राजेंद्र प्रथम के उत्तराधिकारी ने प्रायद्वीप के भीतरी संघर्षों की ओर ध्यान दिया और चालुक्यों में वेंगी प्रांत वापिस लेने का संघर्ष पुनः प्रारंभ किया गया। परस्पर चढ़ाई करने का पुराना सिलसिला पुनः प्रारंभ हुआ। चालुक्य प्रदेश के केंद्र में चोलों के आक्रमण के फलस्वरूप चोलों की राजधानी कल्याणी का पतन हुआ। इसका प्रतिशोध चालुक्य राजा ने सन् 1050 ई. में लिया। चोल राजा कुलोत्तुंग प्रथम (1070-1118 ई.) के शासन काल में यह प्रतिद्वंद्विता कुछ कम हो गई। संभवतः इसका कारण यह था कि अपनी माता की ओर से वह चालुक्यों का संबंधी होता था, और इस बात ने उनके संबंधों में एक नए तत्त्व का सूत्रपात किया। सुदूर दक्षिण के पुराने शत्रु पांड्य, केरल और श्रीलंका अब भी युद्धरत थे। राजेंद्र द्वारा

परास्त होकर श्रीविजय शांत रहा, और इससे दक्षिण भारत के व्यापार तथा चीन के साथ संबंध-संपर्क लगातार सुधरते गए और तभी कुलोत्तुंग ने सन् 1070 ई. में बहत्तर वणिकों का प्रतिनिधिमंडल चीन भेजा था।

बारहवीं शताब्दी के तृतीय सत्र में चोल राज्य का पतन होने लगा था। इस राज्य के सीमावर्ती प्रांतों पर पड़ोसियों के आक्रमण होने लगे थे। जब केंद्रीय नियंत्रण निर्बल हुआ तो दक्खन में सामंतों की शक्ति बढ़ने लगी। बार-बार के आक्रमणों ने चोलों की आर्थिक स्थिति खराब कर दी थी, और यद्यपि वे अंत में अपनी प्रभुसत्ता स्थापित करने में सफल हो गए थे तो भी उनकी ज़ड़ें हिल चुकी थीं। इसके अतिरिक्त, चालुक्यों की सत्ता को नष्ट करने में स्वयं चोलों पर इसका विपरीत प्रभाव पड़ा, क्योंकि इससे चालुक्यों के सामंतों पर से नियंत्रण-सत्ता हट गई। उन्होंने अपने राज्य स्थापित कर लिए और वे चोल राज्य पर आक्रमण की तैयारी करने लगे।

इनमें सर्वाधिक शक्तिशाली यादव, होयसल तथा काकतीय थे। यादव मुख्यतः उत्तरी दक्खन में रहे, और चोल राज्य के पतन में उनका योग नगण्य था। होयसल तथा काकतीय बारहवीं शताब्दी से सक्रिय हो गए। काकतीय चालुक्यों से अपनी स्वाधीनता प्राप्त करके उसका उपयोग करने के लिए शांत हो गए, और इस शांति में केवल उस समय व्यवधान पड़ा जब उन्हें चोलों से युद्ध करना पड़ा। चोलों पर मुख्य आक्रमण पश्चिम से होयसलों ने किया और चोलों ने इसका डटकर प्रतिरोध किया। परंतु उनके प्राचीनतर शत्रु मदुरई के पांड्य राजा ने अपनी शत्रुता को पुनः जीवित करने का यह आदर्श अवसर समझा। अतएव चोलों को दो मोर्चों—पश्चिमी तथा दाक्षिणी—पर लड़ना पड़ा, जिसका उनकी शक्ति पर बुरा प्रभाव पड़ा।

होयसलों का उदय इस काल में तथा इसके पश्चात् की शताब्दियों में अनेक प्रकार से दक्खन के कई राजवंशों के उदय का प्रतिनिधित्व करता है। इस परिवार का प्रारंभ पहाड़ी सरदारों के रूप में हुआ जिनके राजस्व का मुख्य स्रोत लूटमार था—जो घाटों के पहाड़ी जिलों तथा पठार के उच्चतर प्रदेशों में एक अचूक स्रोत है। राजवंश के परिवर्तनों में राजनीतिक अव्यवस्था के कारण यह पहाड़ी जनता एक शक्तिशाली नेता का संरक्षण पाने को उत्सुक थी। उसकी सहायता से प्रारंभिक होयसलों को मैदानों में आने के लिए पर्याप्त बल मिला, जहाँ उन्हें राजस्व तथा करों का अधिक विश्वसनीय स्रोत मिलने की आशा थी। मैदान के लोगों ने पहाड़ी सरदारों को इस शर्त पर कर देने आरंभ किए कि वे उन पर आक्रमण नहीं करेंगे। कर देने के कारण कभी-कभी उन लोगों की राजनीतिक निष्ठा भी बन जाती थी, और धीरे-धीरे भूतपूर्व पहाड़ी सरदारों ने छोटे-छोटे राज्यों पर अधिकार कर लिया, और उनके आधार पर उन्होंने एक राजवंश की स्थापना कर ली। इस प्रकार से स्थापित सभी राजवंश जीवित नहीं रहे क्योंकि कुछ को तत्कालीन राज्यों ने अपने में मिला लिया। जो बाकी बचे उन्होंने अपने बल-बूते पर अपना स्वतंत्र

राज्य स्थापित कर लिया।

होयसल राजवंश के लिए विष्णुवर्धन ने राज्य की स्थापना की थी। उसने बारहवीं शताब्दी के पूर्वार्द्ध में उस समय राज्य किया था जबकि होयसल लोग सैद्धांतिक दृष्टि से चालुक्यों के सामंत थे। राज्य का केंद्र आधुनिक मैसूर के निकट द्वारसमुद्र था, और विष्णुवर्धन ने अपनी राजधानी के चारों ओर अपनी शक्ति को सुदृढ़ बनाकर राजनीतिक स्वतंत्रता का मार्ग प्रशस्त किया। विष्णुवर्धन को वैष्णव दार्शनिक रामानुज–जिसने उसको जैनमत का परित्याग करके वैष्णव संप्रदाय स्वीकार करने के लिए प्रेरित किया था–की शिक्षाओं में रुचि लेने के लिए भी याद किया जाता है। होयसल राज्य की सुदृढ़ता को विष्णुवर्धन के पौत्र बल्लाल द्वितीय ने और सुदृढ़ बनाया, जिसके परिणामस्वरूप होयसलों ने दक्षिणी दक्खन पर अपना प्रभुत्व स्थापित कर लिया।

किंतु उत्तर में होयसलों को देवगिरि के यादवों के विरोध का सामना करना पड़ा, जिन्होंने चालुक्यों के प्रदेश पर अधिकार करके अपने राज्य का विस्तार कर लिया था और तेरहवीं शताब्दी तक उन्होंने गुजरात पर अधिकार कर लिया, परंतु दुर्भाग्य से वे उसे अपने अधिकार में अधिक समय तक नहीं रख सके। यादव और होयसल राजवंश चौदहवीं शताब्दी तक चले जबकि उत्तरी भारत से एक बिलकुल नई राजनीतिक शक्ति–दिल्ली के तुर्क सुल्तानों–ने दक्षिण के मामलों में हस्तक्षेप किया। यह एक ऐसा हस्तक्षेप था जिसने विद्यमान राजवंशों को हटाकर नए राज्यों तथा राजनीतिक संबंधों की स्थापना की।

तेरहवीं शताब्दी तक तमिल देश में चोलों को परास्त करके पांड्यों ने एक सशक्त शक्ति के रूप में उनका स्थान ले लिया था, और यदि तुर्क सुल्तानों के आक्रमण न होते तथा उत्तरी दक्खन से हस्तक्षेप की आशंका न होती–जो वास्तव में दिल्ली सल्तनत के हाथ में था–तो उन्होंने आनेवाली शताब्दियों में इस स्थिति को बनाए रखा होता। पांड्य लोग केवल स्थानीय सरदार और इस प्रदेश के बदलते रहनेवाले शासकों के सामंत बनकर रहे। मार्कोपोलो, पांड्य राज्य में सन् 1288 तथा 1293 ई. में आया था और उसने इस भूमि की संपन्नता तथा उसके व्यापार की समृद्धि का विवरण विस्तार से दिया है।

दूसरे तट पर, अर्थात् केरल में होनेवाली राजनीतिक घटनाएँ अधिक शांत प्रकृति की थीं। चेर राज्य चोलों के साथ–चाहे शांतिपूर्ण पड़ौसी के रूप में या युद्धरत शत्रु के रूप में–निकट संपर्क में रहा था, परंतु उसकी कोई राजनीतिक महत्त्वाकांक्षा नहीं थी। संभवतः, इसका एक ही अपवाद था जब तेरहवीं शताब्दी के अंत में रविवर्मन कुलशेखर ने अपने लिए एक राज्य उस समय के दक्षिणी भारतीय राज्यों के अवशेष से प्राप्त करने का असफल प्रयत्न किया था। इसके अतिरिक्त राज्य-विस्तार को प्रोत्साहन देने के लिए कोई आर्थिक दबाव भी नहीं था, क्योंकि प्राकृतिक उत्पादनों की दृष्टि से मलाबार तट संपन्न था और वह पश्चिमी व्यापार से पर्याप्त आय प्राप्त कर रहा था। दसवीं शताब्दी में सामी वंश के एक अन्य समूह के लोग भारत में आए। चेरों के राजा ने जोसफ रब्बान को एक

अधिकारपत्र द्वारा भूमि प्रदान की। भारत में आकर बसनेवाली यहूदी जाति का यह प्राचीनतम प्रमाण है, यद्यपि पारंपरिक कथा के अनुसार इससे पहले भी ईसा की प्रथम शताब्दी में कोचीन में कुछ यहूदी आकर बस चुके थे। त्रावनकोर के यहूदी--जो कि जोसफ रब्बान के वंशज कहलाते थे—दो समूहों में बँट गए : एक कट्टर यहूदी रहे और दूसरे स्थानीय लोगों में घुलमिल गए लेकिन यहूदी ही कहलाते रहे।

राजवंशों की संख्या तथा उनके फैलाव से यह प्रतीत होगा कि दक्खन में केंद्रीकृत पद्धति संभव नहीं थी। चालुक्य, राष्ट्रकूट, यादव और होयसलों की चाहे कुछ भी महत्त्वाकांक्षाएँ रही हों परंतु उनके अपने सामंतों के कारण यह महत्त्वाकांक्षाएँ सीमित ही रह गईं। केवल चोल वंश एक उल्लेखनीय सीमा तक अपने सामंतों की उपेक्षा कर सका। चोलों की ही राजनीतिक पद्धति ऐसी थी जिसने केंद्रीय प्रशासन की विशिष्टताओं को सुरक्षित तथा कृषकों से बड़े पैमाने पर संपर्क बनाए रखा। राजराजा प्रथम की राजनीतिक स्थिति राष्ट्रकूट राजा अमोघवर्ष तथा होयसल विष्णुवर्धन से निःसंदेह भिन्न थी। प्रारंभ के चोल राजाओं की विनम्र उपाधियों के स्थान पर अब 'चक्रवर्तीगल' (उत्तर में प्रचलित 'चक्रवर्ती' की उपाधि के समान) जैसी बड़ी-बड़ी उपाधियाँ ग्रहण की जाने लगीं। मृत राजाओं की प्रतिमाएँ पूजने तथा ऐसे मंदिर जो मृत राजाओं के स्मारक भी थे, बनवाने के कारण इस धारणा को प्रोत्साहन मिलता था कि राजा में ईश्वरीय गुण होते हैं। राजपरिवार व्यवस्था बड़े पैमाने पर चलती थी तथा राजाओं का संरक्षण बड़ी उदारता से प्रदान किया जाता था। उत्तर भारत की राजनीति में 'पुरोहित' की जो राजनीतिक भूमिका थी, उसमें चोल-पद्धति ने संशोधन कर दिया। चोलों का 'राजगुरु' समस्त धार्मिक तथा सांसारिक मामलों में परामर्शदाता होने के अतिरिक्त राजा का विश्वासपात्र और पापमोचक हो गया। अन्य परामर्शों के लिए अधिकारियों की ऐसी सभा होती थी जिससे राजा विचार-विमर्श कर सकता था, परंतु नियमित मंत्रि-परिषद् होने का कोई अभिलेख नहीं मिलता है।

अधिकारियों की एक सुगठित संस्था प्रशासन चलाती थी। इसमें नियुक्तियों की पद्धति का वर्णन नहीं मिलता, परंतु संभवतः वह उत्तर भारतीय पद्धति से अधिक भिन्न नहीं थी जिसमें चयन जन्म, जाति, संबंधों तथा योग्यताओं के विवेकपूर्ण संतुलन पर आधारित होता था। प्रारंभ में राजा मौखिक रूप से आदेश देता था जो बाद में लिख लिए जाते थे—अनुबंध के मामले में अनेक अधिकारी उसकी तस्दीक करते थे। चोल राज्य प्रांतों ('मंडलम') में विभक्त होते थे। साधारणतया आठ या नौ प्रांत प्रत्येक राज्य में होते थे। प्रत्येक मंडलम 'वालानाडु' या जिलों में बँटा था। ये जिले ग्रामों के समूह में विभाजित होते थे जो भिन्न-भिन्न स्थानों पर 'कुर्रम', 'नाडु' अथवा 'कोट्टम' कहलाते थे। कभी-कभी बहुत बड़े ग्राम का शासन एक इकाई के रूप में होता था और यह 'तनियूर' कहलाते थे।

गाँव एक प्रशासकीय इकाई हुआ करता था, और यहाँ तक चोल प्रशासन तथा

गुप्त प्रशासन में कोई उल्लेखनीय अंतर नहीं था। परंतु ग्राम प्रशासन की प्रकृति में अवश्य ही काफी अंतर था। उस समय में गाँवों को दी गई यह स्वायत्तता विशेष रूप से उल्लेखनीय है। चोल अधिकारी गाँवों के मामलों में प्रशासकों के रूप में नहीं, बल्कि परामर्शदाताओं और प्रेक्षकों के रूप में भाग लेते थे। इससे ऊपरी स्तर पर होनेवाले राजनीतिक परिवर्तनों के बहुत अधिक हस्तक्षेप के बिना स्थानीय उन्नति और विकास निरंतर होते रहे, और अंशतः यही कारण है कि इस उपमहाद्वीप के अन्य भागों की तुलना में तमिल प्रदेश में अधिक व्यापक सांस्कृतिक निरंतरता देखी जा सकती है।

इस काल में विकसित होनेवाली ग्राम स्वायत्तता के पीछे आधारभूत मान्यता यह थी कि प्रत्येक गाँव का शासन स्वयं ग्रामीणों द्वारा ही होना चाहिए। इस उद्देश्य के लिए एक ग्रामसभा का संगठन होता था और इसी सभा में सत्ता निहित होती थी। बड़े गाँवों में, जहाँ ग्रामीण संगठन अधिक जटिल होता था, विभिन्न प्रकार की सभाएँ होती थीं, जिनमें सदस्यता की अपेक्षाओं के अनुसार एक ग्रामीण दो या अधिक सभाओं का सदस्य हो सकता था। गाँव हलकों में बाँटा जा सकता था और प्रत्येक हलका अपने सदस्यों की एक सभा बुला सकता था। जहाँ तक इन सभाओं में सदस्यता का प्रश्न है, इसके सदस्य व्यावसायिक समूहों के प्रतिनिधि, जैसे बढ़ई, सुनार आदि, अथवा ग्राम के अन्य कार्यों, जैसे स्थानीय मंदिर की देखभाल करनेवाले समूह में से कुछ लोग हो सकते थे। इन विविध समूहों के परस्पर संबंध गाँव के सामाजिक जीवन का आधार होते थे। इन छोटे-छोटे समूहों के अतिरिक्त एक महासभा भी होती थी।

इस महासभा में अधिकांश स्थानीय निवासी होते थे और इसकी तीन श्रेणियाँ होती थीं : **'उर'** में एक साधारण ग्राम के करदाता सदस्य रहते थे : **'सभा'** में केवल ग्राम के ब्राह्मण निवासी होते थे अथवा यह 'सभा' केवल उन ग्रामों में होती थी जो ब्राह्मणों को दान दिए गए होते थे; और अंत में **'नगरम'** सामान्यतः व्यापारिक केंद्रों में होते थे क्योंकि ये पूर्णतया व्यापारिक हितों की रक्षा के लिए होते थे। कुछ गाँवों में **'उर'** और **'सभा'** साथ-साथ होती थी। बहुत बड़े ग्रामों में—यदि ऐसा करना कार्य के लिए अधिक सुविधाजनक समझा जाता था तो—दो **'उर'** होते थे।

इन सभाओं की कार्यविधि स्थानीय स्थितियों के अनुसार भिन्न होती थी। **'उर'** में ग्राम के समस्त वयस्क पुरुष भाग ले सकते थे, परंतु व्यावहारिक रूप में प्रौढ़ सदस्य अधिक सक्रिय भाग लेते थे—इनमें से कुछ दैनिक कार्यों के लिए एक छोटी कार्यकारी समिति बना लेते थे। **'सभा'** में भी यही पद्धति थी, और इसके अतिरिक्त विशिष्ट कार्यों के लिए वह अपने सदस्यों में से किसी भी आकार की छोटी-छोटी समितियाँ भी बना सकती थीं। ऐसा प्रतीत होता है कि सभा का चुनाव उपयुक्त व्यक्तियों में से लाटरी निकालकर होता था, यद्यपि आवश्यकतानुसार सभा की कार्य-प्रणाली में संशोधन भी होते थे। उत्तरमरूर (ब्राह्मणों का एक ग्राम) के मंदिर की दीवार पर खुदा लेख विस्तारपूर्वक बताता है कि स्थानीय **'सभा'**

किस प्रकार कार्य करती थी। यह लेख दसवीं शताब्दी का है। इसमें लिखा है :

> ···तीस हलके होंगे।
>
> इन तीस हलकों में प्रत्येक हलके के निवासी एकत्रित होंगे और इनमें से ऐसे प्रत्येक व्यक्ति को चुनेंगे जिनमें लाटरी द्वारा चुने जाने के लिए निम्नलिखित योग्यताएँ होंगी :
>
> उसके पास एक-चौथाई से अधिक कर देने योग्य भूमि हो। वह अपनी ही भूमि पर बने हुए मकान में रहता हो। उसकी आयु सत्तर वर्ष से कम और पैंतीस वर्ष से अधिक हो। वह मंत्रों और ब्राह्मणों का ज्ञान रखता हो।
>
> यदि वह भूमि के केवल आठवें भाग का स्वामी हो तो भी उसका नाम सम्मिलित कर लिया जाएगा बशर्ते कि उसने एक 'वेद' और चारों 'भाष्यों' में एक कंठस्थ किया हो।
>
> इन योग्यताओं को रखनेवालों में से केवल वे व्यक्ति लिए जाएँगे जो सभा इत्यादि की कार्यवाहियों से परिचित और सच्चरित्र हैं। जो ईमानदारी से अपनी आजीविका कमाता है, जिसका मन पवित्र है तथा जो अंतिम तीन वर्षों में किसी समिति का सदस्य नहीं रहा है वह भी चुना जाएगा। जो किसी भी समिति का सदस्य तो रहा है परंतु जिसने अपना हिसाब नहीं दिया है वह और उसके निम्नलिखित संबंधी टिकटों पर अपना नाम लिखवाने के अधिकारी नहीं होंगे :
>
> उसकी छोटी तथा बड़ी मौसियों के पुत्र।
> उसकी बुआ तथा मामा के पुत्र।
> उसकी माता का सहोदर भाई।
> उसके पिता का सहोदर भाई।
> उसका सहोदर भाई।
> उसका श्वसुर।
> उसकी पत्नी का सहोदर भाई।
> उसकी सहोदर बहिन का पति।
> उसकी सहोदर बहिन के पुत्र।
> उसका जामाता।
> उसका पिता।
> उसका पुत्र।
>
> वह व्यक्ति भी टिकट पर नाम लिखवाने का अधिकारी नहीं होगा जिसके विरुद्ध निकट संबंधी से व्यभिचार अथवा पाँच महापापों में चार महापाप दर्ज हों। (ये पाँच महापाप हैं : ब्रह्महत्या, मदिरापान, चोरी, व्यभिचार तथा अपराधियों का संग)। उसके उपरोक्त सभी संबंधी लाटरी द्वारा नहीं चुने जा सकेंगे। जो निम्न लोगों की संगति के कारण अस्पृश्य हो गया है वह उस समय तक नहीं चुना जाएगा जब तक कि वह प्रायश्चित नहीं कर लेता।
>
> जो दु:साहसी है···
> जिसने दूसरों की संपत्ति चुराई है···
> जिसने वर्जित भोजन किया है···
> जिसने पाप किया है और जिसे शुद्धि के लिए प्रायश्चित करना पड़ा है···
>
> इन सबको छोड़कर तीस वार्डों के लिए टिकटों पर नाम लिखे जाएँगे और इन बारह गलियों में प्रत्येक वार्ड तीस वार्डों के लिए टिकटों के अलग-अलग पैकेट तैयार करेगा। ये पैकेट एक घड़े में रख दिए जाएँगे। टिकट निकाले जाने के समय युवा और वृद्ध सदस्यों सहित महासभा की पूरी बैठक बुलाई जाएगी। मंदिरों के समस्त पुरोहित जो उस दिन उस ग्राम में होंगे, बिना किसी अपवाद के, उस भीतरी हॉल में बिठाए जाएँगे, जहाँ महासभा की बैठक होगी। मंदिर के

पुरोहितों में सबसे वयोवृद्ध व्यक्ति खड़ा होकर घड़ा ऊपर उठाएगा ताकि सब लोग उसे देख सकें। निकट खड़े हुए किसी लड़के द्वारा—जो यह नहीं जानता कि इसमें क्या है—एक वार्ड का पैकेट उठाकर दूसरे खाली घड़े में डालकर खोल दिया जाएगा। इसमें से एक टिकट निकालकर पंच नियुक्त किया जाएगा। इस प्रकार दिए गए टिकट को पंच अपनी खुली हथेली पर प्राप्त करेगा। वह इस टिकट को पढ़कर सुनाएगा। फिर उस कक्ष में उपस्थित समस्त पुरोहित उस टिकट को पढ़ेंगे। इस प्रकार पढ़ा गया नाम स्वीकार कर लिया जाएगा। इसी प्रकार तीस हलकों में से प्रत्येक के लिए एक-एक व्यक्ति चुना जाएगा।

इस प्रकार चुने गए तीस व्यक्तियों में से जो उपवन समिति या जलाशय समिति पर रह चुके होंगे, और जो ज्ञानवान तथा अनुभवी होंगे, वे वार्षिक समिति के लिए चुने जाएँगे। शेष में से बारह उपवन समिति के लिए चुने जाएँगे और छह जलाशय समिति के लिए। इन तीन समितियों के महान् व्यक्ति पूरे 360 दिन तक पदाधिकारी रहकर अवकाश ग्रहण करेंगे। इस कमेटी का कोई सदस्य यदि किसी अपराध के लिए दोषी पाया गया तो उसे तत्काल अपने पद से हटा दिया जाएगा। इनके अवकाश-ग्रहण के पश्चात् समिति नियुक्त करने के लिए बारह गलियों की न्याय निरीक्षण समिति के सदस्य पंच की सहायता से एक सभा करेंगे। घड़े से टिकट निकालकर यह समिति नियुक्त की जाएगी।...

पंच-सूत्री समिति और स्वर्ण-समिति के लिए तीसों वार्डों में घड़े के टिकट के लिए नाम लिखे जाएँगे (प्रणाली वही होगी)। जो गधे पर चढ़ चुका है (अर्थात् जो दंडित हो चुका है) अथवा जिसने जालसाजी की है वह सम्मिलित नहीं किया जाएगा। कोई पंच जो ईमानदारी से आजीविका कमाता है, वह गाँव का लेखा-जोखा रखेगा। इस पद के लिए तब तक कोई लेखाकार पुनः नियुक्त नहीं किया जाएगा, जब तक कि वह मुख्य समिति के महान् पुरुषों को अपना हिसाब प्रस्तुत नहीं कर देता और वह ईमानदार घोषित नहीं कर दिया जाता। जो हिसाब वह लिखता रहा है उसे वह स्वयं पूरा करेगा और इसके लिए अन्य कोई व्यक्ति नहीं चुना जाएगा। इस प्रकार इस वर्ष से आगे जब तक चाँद और सूर्य चमकते रहेंगे, समितियाँ सदैव लाटरी से नियुक्त की जाया करेंगी... हम, उत्तरमरूर की सभा 'चतुर्वेदीमंगलम्' ने अपने ग्राम की समृद्धि के लिए यह व्यवस्था की है ताकि दुष्ट लोगों का नाश हो और शेष समृद्ध हों। इस सभा में बैठे हुए महान् व्यक्तियों के आदेश से, मैंने, पंच कदादीपोत्तन शिवक्कुरी राज मल्लमंगलप्रिय ने इस प्रकार की व्यवस्था लिखी है।[1]

दूसरे शिलालख में भी प्रायः इसी प्रणाली का उल्लेख है, लेकिन योग्यताओं, अपेक्षाओं, स्वीकृत व्यय की तादाद में थोड़ा अंतर है। महासभा की बैठक नगाड़ा बजाकर बुलाई जाती थी और यह बैठक साधारणतया मंदिर के अहाते में होती थी। इन ग्राम सभाओं में परस्पर सहकार सहयोग एक आम बात थी।

सरकार के लिए कर-निर्धारण करने का दायित्व ग्राम सभा का था। कभी-कभी पूरे गाँव से संयुक्त-कर वसूला जाता था। इसके अतिरिक्त सभा किसी विशेष कार्य के लिए भी कर लगा सकती थी—जैसे जलाशय का निर्माण कराने के लिए। ये कर राज्य के लिए वसूले गए करों से अलग रखे जाते थे। सभा के कार्यों में विशेषतया दान तथा करों से संबंधित हिसाब आदि रखना और कृषि-संबंधी झगड़ों—जैसे पट्टे एवं सिंचाई के अधिकारों पर होनेवाले संघर्षों—को सुलझाना सम्मिलित थे। अपेक्षाकृत बड़ी ग्राम-सभाओं में कुछ संवैतनिक अधिकारी भी रख लिए जाते थे लेकिन छोटे गाँवों में लगभग सारा काम स्वेच्छा से होता था।

सभा के कारण राजा और गाँव के बीच राजा के पदाधिकारी के अतिरिक्त

किसी अन्य मध्यस्थ की आवश्यकता समाप्त नहीं हो जाती थी। चोल राजाओं के अपने सामंत—जैसे पल्लव सरदार तथा अन्य छोटे शासक—होते थे, परंतु सामंतों और राजाओं के संबंधों से ग्रामसभा को कुछ लेना-देना नहीं था। ग्राम स्तर पर स्वायत्तता इतनी थी कि प्रशासन के उच्च स्तरों और राजनीतिक ढाँचे में होनेवाले परिवर्तन गाँव के दैनिक जीवन में हस्तक्षेप नहीं करते थे। यह इसलिए संभव हो सका था कि गाँव पर्याप्त रूप में आर्थिक तथा राजनीतिक दृष्टि से आत्मनिर्भर थे, और इसी ढाँचे के अंतर्गत सामाजिक संस्थाएँ तथा आर्थिक गतिविधियाँ चलती थीं। मध्यस्थ या सामंत की प्रधान रुचि इस बात में रहती थी कि वह राजस्व वसूल कर राजा का हिस्सा अदा कर दे। वास्तविक कर वसूली का काम सभा करती थी। यह पद्धति चोल राज्य में ही थी। अन्यत्र—दक्षिण और उत्तर भारत में—अब तक सामंतों की स्थिति राजनीतिक अधीनता के स्थान पर सक्रिय राजनीतिक तथा आर्थिक महत्त्व की हो गई थी। अब सामंत राजस्व में से राजा का भाग ही नहीं भेजते थे, बल्कि अब वे राजा से निश्चित संबंध भी रखने लगे, और यह संबंध सामंत की तुलनात्मक शक्ति से निश्चित होता था। इसका वर्णन अगले एक अध्याय में होगा।

काश्तकारी मुख्यतः दो प्रकार की होती थी। भूमि या तो पंचायती अधिकार में रखी जा सकती थी, जिसमें सारा गाँव मिलकर राजस्व की एक निश्चित राशि का भुगतान करता था, अथवा वह भूमिधरों के निजी अधिकार में रह सकती थी। ये भूमिधर अपना देय राजा के अधिकारी, अधिकारप्राप्त व्यक्ति अथवा मंदिर को देते थे। कर-निर्धारण निश्चित होता था, और निश्चित राशि के भुगतान के पश्चात् जो बचता था उसे वह स्वयं रख लेता था। सेवावधि की पद्धति भी प्रचलित थी—जहाँ कुछ सेवा के बदले में आंशिक या पूर्ण देय राशि माफ कर दी जाती थी—परंतु साधारणतया ऐसा वहीं होता था जहाँ राशि बहुत कम होती थी—जैसे देवता के स्नान के लिए जल लाने पर मंदिर को देय कर से मुक्ति मिल जाती थी। आगे की शताब्दियों में इस सेवावधि का उपयोग सैनिक सेवा के लिए खूब होने लगा। 'ब्रह्मदेय' अनुदानों या 'देवदेय' अनुदानों के प्राप्तकर्त्ताओं को पट्टे संबंधी प्रश्न उठने पर साधारण भू-स्वामी ही माना जाता था।

'ब्रह्मदेय' दान उसी प्रकार के रहे जैसे वे पल्लव-काल से चले आ रहे थे, और यह बात चोलों के अनुदानों से प्रमाणित होती है। उदाहरणार्थ, सुंदर चोल का 'अनबिल अनुदान' का अभिलेख ब्राह्मण अनिरुद्ध ब्रह्माधिराज को दी गई भूमि के दान के विषय में कहता है :

> ...इस प्रकार वर्णित भूमि की सीमाएँ हमने मिट्टी के टीले बनाकर तथा नागफनी के पौधे लगाकर निश्चित कर दी। इस भूमि में अनेक वस्तुएँ सम्मिलित हैं, जैसे फलवाले वृक्ष, पानी, भूमि, वाटिकाएँ, समस्त उगनेवाले वृक्ष, गहरे कुएँ, खुले मैदान, घास के मैदान जिनमें बछड़े चरते हैं, ग्राम-स्थान, वल्मीक, वृक्षों के चारों ओर बने चबूतरे, नहरें, खाइयाँ, नदियाँ तथा उनसे उपलब्ध होनेवाली वस्तुएँ, तालाब, अनाजों के गोदाम, मछलियों के कुंड, मधुमक्खियों

के छत्ते सहित दरारें, गहरे कुंड भी सम्मिलित हैं; और वह प्रत्येक वस्तु जिस पर गिलहरियाँ दौड़तीं और कछुवे रेंगते हैं, न्याय से होनेवाली आय, पान के पत्ते, हथकरघे के वस्त्रों पर लगनेवाले कर··· प्रत्येक वह वस्तु जिसे राजा प्राप्त और उपयोग कर सकता है, ये समस्त वस्तुएँ इस व्यक्ति की हो जाएँगी। उसे अधिकार होगा कि वह पक्की ईंटों से बड़े-बड़े मकान बनवाएँ, ऊपर की मंजिलें बनवाए, छोटे-बड़े कुएँ खुदवाए, दक्षिणी लकड़ी एवं थूहर उगाए, सिंचाई की आवश्यकताओं के अनुसार नहरें खुदवाए, फालतू पानी को नष्ट न करके सिंचाई के लिए जलाशयों में एकत्रित करे (उसकी भूमि से पानी ले जाने का अधिकार किसी को नहीं होगा)। इसके द्वारा पुराने आदेश में परिवर्तन किया गया और पुराना नाम तथा कर हटाकर 'करुणामंगलम्' के नाम से 'एकभोगब्रह्मदेय' (एक ही ब्राह्मण को दिया गया भूमि अनुदान) की व्यवस्था की गई।[2]

भूमि का लगान देनेवाले आसामियों तथा भूमि का लगान न देनेवाले खेतिहर मजूरों में स्पष्ट अंतर था। वह अंतर मुख्यतया यहाँ स्पष्ट होता था कि मजूरों को ग्रामसभा में सम्मिलित नहीं किया जाता था, और स्थानीय प्रशासन में वह कोई उत्तरदायी पद नहीं प्राप्त कर सकता था। भूमिहीन श्रमिकों की दशा कृषक दासों जैसी ही थी जिनके सुधार की कोई आशा नहीं होती थी। इनमें से अनेक मंदिरों के खेतों पर काम करते थे, परंतु नीची जाति के होने के कारण उन्हें मंदिर-प्रवेश की अनुमति नहीं थी।

बंजर भूमि को उपजाऊ बनाना और वनों की सफाई कृषकों तथा श्रमिकों के कार्य का अंग था। सरकार इस कार्य को प्रोत्साहित करती थी क्योंकि कृषि भूमि की वृद्धि का अर्थ था राजस्व में वृद्धि। पहाड़ी प्रदेशों को छोड़कर पशुपालन अब सहायक व्यवसाय रह गया था। प्रति वर्ष धान की दो या तीन तक फसलें होना साधारण बात थी, यद्यपि भूमि के मूल्यों की भाँति फसलों में भी अंतर था—दोनों ही बातें पर्याप्त सिंचाई पर निर्भर थीं। भूमि कर—चाहे वह नकदी के रूप में हो या अनाज आदि के रूप में—चोल राज्य की आय का सबसे बड़ा साधन था, यद्यपि अन्य कर भी थे, जैसे खनिज, वन, नमक आदि पर। इसके अतिरिक्त व्यावसायिक कर, चुंगी, यातायात कर, कचहरी द्वारा जुर्माना जैसे कर भी थे तथा 'वेट्टी' (बेगार) की प्रथा भी प्रचलित थी। भूमि-कर उत्पादन का एक-तिहाई होता था जो किसी भी मानक से अधिक था, लेकिन असाधारण स्थितियों में राजा इन करों को कम या माफ कर देता था।

कर-वसूली के संबंध में भूमि का स्थाई मूल्यांकन ज्ञात था किंतु हमेशा सिर्फ इस पर ही निर्भर नहीं किया जाता था। कर-निर्धारण के लिए थोड़ी-थोड़ी अवधियों के पश्चात् भू-सर्वेक्षण होता था। ग्रामसभा अथवा मंदिर द्वारा लगाई गई लेवी के अलावा भूमि-कर किसानों पर भार अवश्य रहा होगा, परंतु उसके पास कर देने के अतिरिक्त और कोई विकल्प नहीं था। वह कर माफ करने या घटाने के लिए या तो राजा से प्रार्थना कर सकता था अथवा किसी अन्य स्थान पर चला जा सकता था। कृषक का भूमि छोड़कर अन्यत्र चले जाना बहुत मजबूरी में ही हो पाता था, क्योंकि तब कृषकों की गतिशीलता बहुत सीमित थी। अपने में एक

इकाई माने जानेवाले गाँव के कुल राजस्व में कर-मुक्त जमीन का कर-राजस्व सम्मिलित नहीं किया जाता था। कर-मुक्त जमीन में आवासीय क्षेत्र, मंदिर, जलाशय, सिंचाई की नहरें, ऐसे क्षेत्र जहाँ कारीगर और अस्पृश्य रहते थे तथा श्मशान भूमि आदि आते थे।

धन-संग्रह की प्रवृत्ति इस काल की विशेषता नहीं थी। गाँव के अधिकांश व्यक्तियों के पास संग्रह करने के लिए धन होता ही नहीं था। औसत भूमि से इतनी ही आय होती थी कि परिवार के लिए भोजन-वस्त्र मिल सके—बचत के लिए कोई गुंजाइश नहीं रहती थी। भोजन सादा होता था, जिसमें मुख्यतः चावल एवं सब्जियाँ होती थीं—मांस महँगा था और शाकाहारी भोजन का प्रचलन था। गृह-निर्माण सस्ता था क्योंकि गर्म जलवायु के कारण बड़े मकानों की आवश्यकता नहीं होती थी। गाँव के धनी सदस्य अपने धन का उपयोग पूँजी के रूप में करते थे। भूमि को उपजाऊ बनाने या सिंचाई के सुधार की योजनाओं में धन लगाने में आर्थिक लाभ था। मंदिर अथवा मठ बनवाने के लिए दान देना भी पुण्य कमाने की दृष्टि से महत्त्वपूर्ण था।

इस काल के प्रारंभ में गाँव आर्थिक दृष्टि से आत्म-निर्भर थे। अपने अन्न-वस्त्र की व्यवस्था यहाँ स्वयं होती थी और इन आवश्यकताओं की पूर्ति के लिए गाँवों में पर्याप्त कारीगर थे। बड़े पैमाने पर किसी वस्तु का उत्पादन नहीं होता था, इसलिए अन्य क्षेत्रों से कोई उल्लेखनीय विनिमय भी नहीं। ग्यारहवीं शताब्दी से जब चोल काल में व्यापार का विस्तार बढ़ा तो नगरों का विकास हुआ, और उसी के साथ-साथ गाँवों की स्थिति भी बदली। नगरों के कारण खाद्य पदार्थों के अधिक उत्पादन की आवश्यकता महसूस हुई जिसके फलस्वरूप ग्रामीण अर्थतंत्र में मुद्रा प्रणाली का सूत्रपात हुआ। इसलिए इसमें कोई आश्चर्य नहीं कि इस प्रदेश के प्रारंभिक राजवंशों की अपेक्षा चोल मुद्राओं की संख्या में उल्लेखनीय वृद्धि हुई।

समुद्रपारीय व्यापार चोल वणिकों की शक्ति थी। पूर्वी तट पर महाबलिपुरम्, कावेरीपट्टनम, शालीयूर तथा कोरकई और मलाबार तट पर क्विलोन में बड़े-बड़े प्रतिष्ठान थे जो पश्चिम और पूर्व दोनों ओर के दक्षिण भारतीय व्यापार का संचालन करते थे। पश्चिम से व्यापार करनेवालों के लिए फारस तथा अरब गंतव्य स्थान थे और फारस की खाड़ी पर स्थित सिराफ़ एक प्रमुख बंदरगाह था। इन शताब्दियों में चीन से होनेवाला व्यापार असाधारण रूप से बढ़ गया था, जिसके कारण चीन सरकार ने इस व्यापार पर एकाधिकार स्थापित कर लिया क्योंकि चीन सरकार इससे होनेवाली आय से हाथ धोना नहीं चाहती थी। ऐसा विश्वास है कि इस काल में फारमोसा के सामने मुख्य भूमि पर एक भारतीय बस्ती थी। मध्य एशिया पर मंगोलों का नियंत्रण होने से पश्चिमी एशिया और यूरोप को जानेवाला माल—विशेषतया दक्षिणी चीन का—केवल समुद्री मार्ग से ही जाता था। दक्षिण भारत कपड़ा, मसाले, औषधियाँ, जवाहरात, हाथीदाँत, सींग, आबनूस की लकड़ी

तथा कपूर चीन को निर्यात करता था। इसी प्रकार का माल पश्चिम को भी निर्यात किया जाता था और इसके अतिरिक्त, सिराफ़ में अगरु, सुगंधियों, चंदन तथा मसाले से लदे व्यापारिक जहाज भी आते थे।

भारत के इस भाग की यात्रा करनेवाले अधिकांश यात्रियों की भाँति मार्कोपोलो भी अरबों द्वारा घोड़ों के व्यापार से अर्जित होनेवाली भारी धनराशि तथा दक्षिण भारत के उन व्यापारियों पर टिप्पणी करता है जिन्होंने अरबों के साथ मिलकर घोड़ों के आयात पर एकाधिकार जमा रखा था। किसी अज्ञात कारण से भारतीयों ने घोड़ों के पालने का कार्य नहीं किया, और इस अत्यंत कीमती प्राणी का हमेशा विदेशों से आयात किया जाता रहा। मार्कोपोलो लिखता है :

> अब मैं आपको यह बताऊँगा कि यह देश घोड़े पैदा नहीं करता। अतः समस्त वार्षिक राजस्व अथवा उसका एक बड़ा भाग घोड़ों की खरीद पर व्यय हो जाता है, और यह कैसे होता है, मैं आपको बताऊँगा। यह एक वास्तविक तथ्य है कि होरमुज तथा कैस, धोफर एवं शिहर व अदन—ये सभी प्रांत बड़ी संख्या में युद्ध के घोड़े एवं अन्य घोड़े उत्पादित करते हैं—के व्यापारी सर्वश्रेष्ठ घोड़ों को खरीदकर उन्हें जहाजों द्वारा इस राजा और इस राजा के चार राजा भाइयों के लिए निर्यात कर देते हैं। इनमें से कुछ तो सोने के 500 'सग्गी' जैसे भारी मूल्य पर बेचे जाते हैं, जो धन चाँदी के सौ मार्क से भी अधिक के बराबर है। और मैं आपको विश्वास दिलाता हूँ कि यह राजा प्रतिवर्ष 2000 अथवा इससे भी अधिक घोड़े खरीदता है और इतने ही घोड़े इसके भाई (अन्य राजागण) खरीदते हैं। और वर्ष के अंत तक इनमें से सौ भी जीवित नहीं रहते। वे सब दुरुपयोग के कारण मर जाते हैं; क्योंकि उनके यहाँ कोई पशु चिकित्सालय नहीं है और न कोई उनकी चिकित्सा करना जानता है। यह मैं आपको बता दूँ कि घोड़ों का निर्यात करनेवाले व्यापारी किसी पशु-चिकित्सक को नहीं भेजते और न जाने देते हैं, क्योंकि उन्हें इस बात से प्रसन्नता होती है कि राजा के पास पहुँचकर अधिकांश घोड़े मर जाएँ।[3]

यह मानते हुए भी कि मार्कोपोलो का स्वभाव अतिशयोक्तिपूर्ण वर्णन करने का था, इन टिप्पणियों में पर्याप्त सच्चाई है।

पहले से ही विकासशील स्थानीय व्यापार को विदेश व्यापार से अतिरिक्त प्रोत्साहन मिला। सामान्यतः उत्पादन स्थानीय उपभोग के लिए किया जाता था लेकिन निर्यात के लिए माल का उत्पादन पृथक् आधार पर किया जाता था। हाथी, घोड़े, मसाले, सुगंधियाँ, रत्न तथा उच्च कोटि के वस्त्रों का व्यापार बड़े पैमाने पर होता था, तथा धातु की वस्तुएँ, रत्न, मिट्टी के बर्तन और नमक (जो समुद्री पानी से क्यारियों में बनाया जाता था) कम व्यापारिक महत्त्व की वस्तुएँ थीं। व्यापार का नियंत्रण वणिक श्रेणियाँ करती थीं, जिनमें 'मणिग्रामम' तथा 'वलंजियार' अधिक प्रख्यात थीं, और इस काल के आर्थिक जीवन में इनका महत्त्वपूर्ण स्थान था। ये व्यापारियों द्वारा अपने व्यापार की रक्षा के लिए संगठित संस्थाएँ थीं। उनकी शक्ति का पता इस बात से चलता है कि वे इस उपमहाद्वीप के किसी भी प्रदेश में, अथवा समुद्र-पार के केंद्रों में जा सकते थे—उनके लिए राजनीतिक सीमाएँ कोई बाधा खड़ी नहीं करती थीं।

व्यापारियों की स्थानीय श्रेणियाँ—जो साधारणतया 'नगरम' कहलाती

थीं—अधिकांश नगरों में थीं और वे उन बड़ी श्रेणियों से संबंधित थीं जो विशिष्ट नामों से पुकारी जाती थीं। व्यापारिक श्रेणियाँ उन स्थानों से वस्तुओं को खरीदती थीं जहाँ उनका उत्पादन होता था, और फिर एक बड़े पैमाने पर उनको बेचने की व्यवस्था करती थीं। विदेश व्यापार करने के लिए उन्हें कोई राजकीय सहायता नहीं मिलती थी। किंतु, जहाँ आवश्यकता होती थी, और राज्य यह अनुभव करता था कि वह प्रभावशाली ढंग से उसमें हस्तक्षेप कर सकता है तो वह सहायता देता भी था—जैसा कि श्रीविजय के मामले में हुआ था। परंतु ऐसे अवसर पर भी हस्तक्षेप का उद्देश्य कच्चे माल के केंद्रों या बाजारों पर अधिकार करना नहीं था, अपितु किसी अन्य देश द्वारा व्यापार में खड़ी की गई बाधा को हटाना था। इसमें संदेह नहीं कि राजा और उच्च अधिकारी इस व्यापार में पूँजी लगाते थे अथवा व्यापारिक श्रेणियाँ आवश्यकता के समय उनकी सहायता प्राप्त करने की दृष्टि से उन्हें भेंट और उपहार देती थीं।

व्यापारिक श्रेणियाँ इतनी धनी भी होती थीं कि वे सारा गाँव खरीदकर किसी मंदिर को दान कर दें। 'नानादेशी' श्रेणि की व्यापारिक शाखाओं का विस्तार दक्षिण भारत से सुमात्रा तक फैला था। इसलिए यह बात विचित्र लगती है कि ये व्यापारिक श्रेणियाँ अधिक राजनीतिक शक्ति प्राप्त करने की इच्छुक नहीं थीं। संभवतः व्यापारिक श्रेणियों और राजाओं के पारस्परिक संबंध अत्यंत जटिल थे। अनेक श्रेणियों के हित समुद्र-पार के व्यापार में निहित थे और इसलिए वे अंतिम रूप से चोलों की सैनिक तथा समुद्री शक्ति पर निर्भर करती थीं। इन श्रेणियों के ब्राह्मण सदस्य—जिनकी संख्या कम नहीं थी—संभवतया राजा की राजनीतिक सत्ता को चुनौती देने के विरुद्ध थे, क्योंकि उनकी आर्थिक पूँजी राजाओं द्वारा अनुदान में दी गई भूमि से प्राप्त होती थी। जैसा कि अनेक शताब्दियों पूर्व श्रेणियों के संबंध में होता था, जाति-भेद ने श्रेणियों के उस एकीकरण में बाधा डाली होगी जिसके होने पर ही वे राजनीतिक महत्त्व प्राप्त कर सकती थीं। यह भी संभव है कि अब तक राजनीतिक सत्ता के वैध रूप में राजतंत्र की धारणा की जड़ें बहुत गहरी जम चुकी हों। इसके अतिरिक्त राजनीतिक सत्ता को वैधता प्रदान करनेवाले—मंत्रीगण एवं ब्राह्मण—वर्ग ने श्रेणियों की राजनीतिक शक्ति को नियंत्रित करने का भरसक प्रयत्न भी अवश्य किया होगा। तब भी छोटे समुद्रतटीय राज्यों में ये व्यापारिक-श्रेणियाँ अधिक शक्तिशाली थीं, क्योंकि ये राज्य अधिकतर व्यापारियों की आर्थिक सफलता पर निर्भर करते थे।

दुर्भाग्य से व्यापारिक लेन-देन के विस्तृत अभिलेख उपलब्ध नहीं हैं। व्यापारिक श्रेणियाँ देश के विभिन्न भागों में स्थापित होने के कारण एक लाभ यह हुआ कि प्रामिसरी नोटों की प्रणाली नियमपूर्वक चालू हो सकी। सिक्कों का प्रयोग भी इतना ही व्यापक था। स्वर्ण-मुद्रा का प्रसार निर्बाध था, परंतु ऐसा प्रतीत होता है कि ग्यारहवीं शताब्दी के पश्चात् सिक्कों में मिलावट आ गई थी। लेकिन यह बात विवादास्पद है, क्योंकि सिक्कों में सोने की मात्रा भिन्न-भिन्न प्रदेशों में

भिन्न-भिन्न होती थी। चूँकि सिक्कों के संबंध में कोई एक मानक नहीं था और उनके भार में भी अंतर होता था, इस कारण गाँवों की स्वर्ण समितियाँ स्वर्ण तथा स्वर्ण-मुद्रा की कीमत आँकने-परखने को मजबूर हुई थीं। उत्तर-चोल काल में ताँबे के सिक्कों का स्थानीय प्रचलन अधिक बढ़ गया। ग्रामीण क्षेत्रों में साधारण वस्तुओं के संबंध में वस्तुविनिमय की प्रथा थी जिसमें धान की एक इकाई विनिमय का आधार होती थी। इन क्षेत्रो में मुद्रा का उपयोग दूर के व्यापार के लिए तथा अत्यंत मूल्यवान वस्तुओं को खरीदने के लिए ही होता था क्योंकि इस प्रकार के सौदे के लिए वस्तु-विनिमय की प्रणाली कष्टकर थी।

इस समय—विशेषतया ग्रामीण क्षेत्रों में—सामाजिक तथा आर्थिक जीवन के केंद्र मंदिर होते थे। मंदिर या तो राजा द्वारा दान दिए जाते थे—ऐसी स्थिति में वे साधारणतया राजधानी में होते थे और दरबार से उनका घनिष्ठ संबंध होता था, जैसा कि तंजौर का राजराजेश्वरम मंदिर था—अथवा वह नगर में श्रेणि और व्यापारियों द्वारा बनवाए जाते थे, और उन्हीं का उन पर नियंत्रण होता था। कभी-कभी ग्रामीणों द्वारा भी छोटे-छोटे मंदिर बना लिए जाते थे। गाँवों में मंदिर स्वभावतः विभिन्न क्रियाकलापों के केंद्र बन गए, क्योंकि सभाएँ मंदिर में होती थीं और पाठशाला भी वहीं लगती थी। ऐसे कार्यों का मंदिर में होना इसलिए संभव था कि उसका संचालन गाँव की जनता ही करती थी। एक बड़े मंदिर के निर्माण से—जिसमें बहुधा अनेक वर्ष लग जाते थे—कारीगरों को काम मिल जाता था। इसका एक प्रभाव यह भी होता था कि मंदिर के निर्माण में आवश्यक सामग्री की व्यवस्था करनेवाले क्षेत्र में आर्थिक संबंधों में परिवर्तन हो जाता था।

मंदिर के रख-रखाव की तुलना आजकल के किसी भी बड़े पैमाने की संस्था के रख-रखाव से की जा सकती है। इस काल के संभवतः सर्वाधिक संपन्न तंजौर के मंदिर की आय 500 पौंड सोना, 250 पौंड रत्न तथा 600 पौंड चाँदी थी, जो सैकड़ों ग्रामों के राजस्व के अतिरिक्त दान एवं सहायता से प्राप्त होती थी। मंदिर के कर्मचारियों के रूप में इसमें 400 देवदासियाँ, 212 सेवक, 57 संगीतज्ञ तथा कथावाचक होते थे। इनके अतिरिक्त कई सौ ब्राह्मण भी होते थे जो मंदिर की आय से अपना जीवनयापन करते थे किंतु रहते मंदिर के बाहर थे। मंदिर के अधिकारियों के लिए नियमित आय का होना आवश्यक था, जिसकी पूर्ति वे कुछ तो विविध व्यापारिक उद्योगों में मंदिर की पूँजी लगाकर तथा कुछ साहूकार एवं ऋणदाता के रूप में ग्रामसभाओं और इसी प्रकार की अन्य संस्थाओं को साधारणतया स्वीकृत बारह प्रतिशत वार्षिक ब्याज की दर पर ऋण देकर करते थे—इस मामले में मंदिर घनिक मठों की परंपराओं का अनुसरण कर रहे थे।

चोलों के समय में अधिकांश मंदिरों में देवदासियाँ होती थीं। मूलरूप में यह सेविकाओं का एक विशिष्ट एवं सम्मानित समूह होता था, जिनमें से कुछ रोम की 'वेस्टल वरजिन्स' की भाँति जन्म होते ही या बहुत छोटी आयु में मंदिर को समर्पित कर दी जाती थीं। इनमें से जो अधिक प्रतिभासंपन्न होती थीं, उन्हें 'भरतनाट्यम्'

नर्तकी के अत्यंत कठिन प्रशिक्षण के लिए चुन लिया जाता था (आज की कुछ सर्वश्रेष्ठ नर्तकियाँ 'देवदासी' परिवार की वंशज हैं)। परंतु इस पद्धति का दुरुपयोग हुआ, जिसके फलस्वरूप अनेक मंदिरों की देवदासियाँ निर्लज्जतापूर्वक शोषित वेश्याएँ बन गईं और मंदिर के अधिकारी उनकी आय प्राप्त करने लगे। इसके विपरीत नगर की वेश्याएँ—जो बहुधा उच्च कला-संपन्न स्त्रियाँ होती थीं—सम्मान की दृष्टि से देखी जाती थीं। वेश्याओं व उच्च वर्ग की स्त्रियों को अधिक स्वतंत्रता प्राप्त थी, क्योंकि वे अधिकांश स्त्रियों की अपेक्षा सामाजिक परंपराओं की बहुत कुछ उपेक्षा कर सकती थीं। बाकी स्त्रियों के एक बड़े तबके को घरों या खेतों में काम करना पड़ता था।

सामाजिक संबंधों में वर्ण-चेतना ने विशिष्ट रूप ग्रहण कर लिया था। ब्राह्मण शेष समाज से पृथक् थे और उन्हें अपनी विशिष्ट स्थिति का विश्वास था। दक्षिण भारतीय ब्राह्मणों ने धार्मिक नेता के रूप में प्रतिष्ठा तथा आर्थिक सत्ता दोनों लगभग एक ही साथ प्राप्त की थीं। वे बहुधा कर से मुक्त होते थे, अनेक के पास अपनी भूमि होती थी और इसके अतिरिक्त उन्हें राजकीय सहायता प्राप्त थी। वे एक ऐसी संस्कृति के प्रतीक थे जो मूल रूप में भिन्न संस्कृति थी, परंतु उनकी सुरक्षा तथा स्थिति के फलस्वरूप उन्हें अतिरिक्त सम्मान प्राप्त हुआ। उत्तर भारतीय ब्राह्मण भू-स्वामियों के विपरीत दक्षिणी ब्राह्मण अधिक साहसी होते थे, तथा वे अपनी बची हुई आय व्यापार में लगाते थे। कुछ क्षेत्रों में उनके व्यापारिक धंधे ऐसे थे कि वे व्यापारी जातियों से संबंधित माने जाने लगे। कुछ ने तो दक्षिण-पूर्व एशिया की यात्रा भी की, और समुद्री यात्रा के प्रतिबंध के बावजूद वे वहाँ जाकर बस गए।

ऐसा प्रतीत होता है कि समाज में वर्णों की व्यवस्था में मुख्य बल ब्राह्मणों और अ-ब्राह्मणों के विभाजन पर दिया गया था। अ-ब्राह्मणों में—उत्तर भारत की तुलना में—क्षत्रियों एवं वैश्यों की चर्चा नहीं है, परंतु शूद्रों की चर्चा मुख्य रूप से की गई है। शूद्रों का विभाजन शुद्ध शूद्र—जिनके स्पर्श से मनुष्य अपवित्र नहीं होता था—एवं मलिन शूद्र—जिन्हें मंदिर में प्रवेश की अनुमति नहीं थी—के रूप में किया गया था। इस प्रकार जो चित्र उभरता है उससे ज्ञात होता है कि महत्त्वपूर्ण पद ब्राह्मणों के हाथ में थे, और मुख्यतः अ-ब्राह्मण उनके लिए कार्य करते थे। स्वभावतः ब्राह्मण वर्ण-निष्ठाओं और वर्ण-सभाओं पर बल देते थे, क्योंकि इससे अ-ब्राह्मणों में व्यापक आधार पर एकता का विकास संभव नहीं था।

दास प्रथा का प्रचार था। पुरुष और स्त्रियाँ या तो स्वयं को बेच देते थे या कोई तीसरा व्यक्ति उन्हें बेच देता था। विशेषतया निर्धनता अथवा अकाल की दशा में ऐसे अनेक व्यक्ति मंदिर को बेच दिए जाते थे। परंतु दासों की संख्या सीमित होती थी, क्योंकि वे अधिकतर घरेलू दास होते थे या मंदिरों के दास होते थे। बड़े पैमाने पर उत्पादन के लिए दासों का उपयोग नहीं किया जाता था।

मध्यवर्ती वर्णों (ब्राह्मणों तथा शूद्रों के अतिरिक्त अन्य वर्णों) में संभवतया

इतने कड़े भेद नहीं थे। आर्थिक स्थिति से वर्ण की स्थिति में भी बहुधा सुधार हो जाता था। उदाहरण के लिए, दरबार में कार्य करनेवाले व्यक्तियों को कभी-कभी ऐसी विशेष सुविधाएँ दे दी जाती थीं जो अन्य वर्ण-समूहों के लिए अपेक्षित थीं। राजा राजेंद्र के आदेशों को ताँबे के पत्तर पर अंकित करनेवाले अथवा राज-परिवार के लिए कपड़ा बुननेवाले कांचीपुरम के बुनकर, या राजकीय मंदिर अथवा महल में पत्थर की चुनाई करनेवाले कुछ लोग करों से मुक्त थे और यद्यपि इनमें से कुछ नीची जाति के थे, जैसे नीची जाति के बुनकर, फिर भी उनको अपनी जाति के अन्य व्यक्तियों की अपेक्षा अधिक सम्मान प्राप्त था। बहुधा मिश्रित जातियों की चर्चा भी बिना किसी विद्वेष के मिलती है—और इससे ऐसा लगता है कि ब्राह्मण वर्ण-संबंधी नियमों की कठोरता पर बल देते थे परंतु व्यवहार में ये नियम भंग होते रहते थे और नियम भंग करनेवाले क्षम्य भी रहे।

मंदिर संस्कृत की औपचारिक शिक्षा का केंद्र भी होता था, और यह परिपाटी प्रारंभिक काल से प्रचलित थी। छोटे गाँवों में छात्रों को मंदिर के पुजारी पढ़ाते थे, अथवा वे बड़े मंदिरों से संबद्ध महाविद्यालयों में शिक्षा प्राप्त करते थे। इस प्रकार शिक्षा प्राप्त करनेवाले ब्राह्मण या तो मंदिर में पुजारी के रूप में नियुक्त कर लिए जाते थे अथवा उस क्षेत्र के प्रशासन में कर्मचारी के रूप में रख लिए जाते थे। जैन और बौद्ध मठों में भी शिक्षा की व्यवस्था थी, परंतु चूँकि इनकी संख्या कम थी, इसलिए इनका प्रभाव भी कम था। महाविद्यालयों में पाठ्य-क्रम योजनाबद्ध होता था जिसमें नियमित उपस्थिति तथा शिक्षा पर बल दिया जाता था। महाविद्यालयों में इन्नाईरम, त्रिभुवनी, तिरुवदुतुरई तथा तिरुवारियुर के महाविद्यालय अधिक विख्यात थे। चूँकि शिक्षा का माध्यम स्थानीय भाषा तमिल न होकर संस्कृत था, इसलिए इन महाविद्यालयों में अध्ययन करनेवाले अधिकांश विद्यार्थियों का दैनिक जीवन से संबंध टूट-सा जाता था। श्रेणियों के प्रशिक्षार्थियों और कारीगरों के समूह को दिए जानेवाले प्रशिक्षण के माध्यम से व्यावसायिक शिक्षा चलती रही। अधिक लोकप्रिय स्तर पर, महाविद्यालयों की संस्कृत शिक्षा से अधिक सरल शिक्षा तमिल संतों द्वारा रचित शैव तथा वैष्णव पदों के माध्यम से मौखिक रूप से दी जाती थी। ये पद अशिक्षित श्रोताओं के सामने गाए जाते थे, उन्हें सिखाए जाते थे और उनकी व्याख्या की जाती थी।

संस्कृत में व्याकरणों, कोशों, नियमों तथा अलंकारशास्त्रों, प्राचीन ग्रंथों पर भाष्य, कथा-साहित्य तथा काव्य की रचना होती रही। काव्य-रचना प्राचीन परिपाटी पर चलती रही, नए रूपों के प्रयोग बहुत कम किए गए, और कुछ अपवादों को छोड़कर यह अधिकाधिक कृत्रिम होती गई। इनमें से कुछ रचनाओं का प्रतिरूप तमिल में भी था, जिसमें साहित्यिक रचनाओं का आदर्श मुख्यतया संस्कृत साहित्य से ग्रहण किया गया था। परंतु इस काल का तमिल साहित्य अधिक सजीव तथा सबल है, जैसा कि कंबन की रामायण में अथवा कुट्टन, पुगालेंदी, ज्ञानगोंदूर एवं कल्लादानर की कृतियों से स्पष्ट है। अनेक शिलालेखों में

तमिल में लंबे-लंबे अनुच्छेद हैं जिससे ज्ञात होता है कि वह एक पूरी तरह विकसित भाषा थी जिसकी शब्दावली संस्कृत के संसर्ग से समृद्ध हुई थी। यदि उच्च शिक्षा के केंद्रों में तमिल को कुछ अधिक प्रोत्साहन मिला होता तो उसने इन क्षेत्रों में उपलब्ध बौद्धिक रचनाओं की अपेक्षा कहीं अधिक सजीव साहित्य के सृजन में सहयोग दिया होता।

समूचे प्रायद्वीप में संस्कृत से ही प्रादेशिक भाषाओं की उत्पत्ति हुई है। ये नई भाषाएँ संस्कृत से सर्वथा भिन्न नहीं थीं। कुछ भाषाएँ, जैसे मराठी, स्थानीय प्राकृतों से निकली थीं और तमिल, तेलुगू तथा कन्नड़ जैसी भाषाओं का स्रोत द्रविड़मूल था, लेकिन फिर भी इनके शब्द-भंडार को संस्कृत ने अधिक व्यापक बनाया था। परंतु नई भाषाओं के विकास और प्रचलन से इन भाषाओं के उद्भव की कहानी धुँधली होती गई। तेलुगू ने नवीं शताब्दी में आंध्र प्रदेश में एक निश्चित रूप ग्रहण किया। आगामी शताब्दियों में अनेक संस्कृत ग्रंथों—जैसे कालिदास की कृतियों, रामायण एवं महाभारत—का तेलुगू में रूपांतर हुआ, और ये ग्रंथ लोकप्रिय प्रचलन के लिए लिखे गए। राजकीय संरक्षण के अभाव के कारण तेलुगू का साहित्यिक प्रयोग अधिक न हो सका।

इस दृष्टि से मैसूर के आसपास की भाषा कन्नड़ की शुरुआत ठीक हुई। इसे राजकीय संरक्षण भी मिला और जैनियों की सहायता भी जो तब इस प्रदेश में प्रभावशाली थे। बाद में कन्नड़ 'वीरशैव' और 'लिंगायत' जैसे आंदोलनों (ये धार्मिक आंदोलन मैसूर में शक्तिशाली थे और अब भी हैं) की भाषा भी बन गई। इस काल के पूर्वार्द्ध में कन्नड़ भाषा तेलुगू की कट्टर प्रतिद्वंद्वी थी, परंतु धीरे-धीरे तेलुगू ने आंध्र में अपनी जड़ें जमा लीं। कन्नड़ की प्रारंभिक रचनाएँ भी अधिकतर संस्कृत ग्रंथों का रूपांतर थीं।

यही बात मराठी की प्रारंभिक कृतियों के विषय में ठीक है जो पश्चिमी दक्खन की प्रचलित भाषा थी और जिसे यादव राजाओं के संरक्षण में विशेष प्रोत्साहन मिला था। इससे भी अधिक महत्त्वपूर्ण बात भक्ति-संप्रदाय के स्थानीय समर्थकों द्वारा उसे अपनाया जाना था। भक्ति संप्रदाय अब तक तमिल देश से चलकर उत्तरी एवं पश्चिमी दक्खन तक फैल चुका था। इससे मराठी में लोकप्रिय भजनों की रचना ही नहीं हुई बल्कि गीता जैसे प्राचीन ग्रंथों का रूपांतर भी हुआ, जिससे मराठी बौद्धिक संवाद की भाषा बन सकी।

संस्कृत और प्रादेशिक भाषाओं का मार्ग-भेद धर्म के क्षेत्र में भी दिखाई देता है। संस्कृत, हिंदू धर्म-शास्त्रों और ब्राह्मणों की भाषा रही। यह एक विचित्र बात है कि अब बौद्ध और जैन भी इसका खूब प्रयोग करते थे, यद्यपि इनकी संख्या घटती जा रही थी। इस काल के अंत तक बौद्ध मत का लगभग लोप हो गया, और अब साधारणतया बुद्ध को विष्णु का अवतार माना जाने लगा, परंतु जैन मत जीवित रह सका और मैसूर में उसके अनुयायी अब भी रहे। इन दो धर्मों का पतन आंशिक रूप में भक्ति संप्रदाय की बढ़ती लोकप्रियता, जो अब तमिल प्रदेश तक ही सीमित नहीं

रही थी, और दूसरे कुछ मतों की स्थापना (शैव और विष्णु मत) के कारण हुआ। पूर्ववर्ती संतों के भजन इसी काल में इकट्ठा किए गए। इन भजनों की आस्तिकता के लोकप्रिय प्रभाव को प्रादेशिक साहित्य तथा अधिक दार्शनिक प्रबंधों में भी स्थान मिला। इन दार्शनिक प्रबंधों ने आस्तिकता का उद्‌भव उपनिषदों में तलाशा, और इस प्रकार वैदिक ब्राह्मणवाद तथा उस भक्ति संप्रदाय के समन्वय में सहायता दी जो तमिल प्रदेश में जन्म लेने लगा था। वैष्णव आचार्यों ने जिन्होंने इसे संतों—आलवारों—से ग्रहण किया था, धार्मिक विकास के इस रूप में योग दिया। शैव मत दक्षिण में अधिक लोकप्रिय था और उसके अनुयायियों ने न केवल संतों की परंपरा को ही जारी रखा बल्कि नए मतों को सहयोग भी दिया।

कुछ अतिवादी मतों की तुलना में भक्ति संप्रदाय कट्टर रूढ़िवादी था। ये अतिवादी मत—तांत्रिक एवं शाक्त, कापालिक, कालमुख तथा पाशुपत संप्रदाय—गोपनीय क्रियाओंवाले एवं रहस्यवादी समूह थे जिनके इस उपमहाद्वीप में अब काफी अनुयायी भी थे। इनमें से कुछ मत विचित्र धार्मिक कृत्य करते थे जिनमें रक्त, बलिदान तथा कामोत्तेजक रात्रि-उत्सव का स्पष्टतः उन लोगों के लिए आयोजन किया जाता था जिनके लिए किसी भी मान्यता को स्वीकार न करना पुण्य कर्म था और जिनके लिए धार्मिक कृत्यों के अवसरों पर सामाजिक दायित्वों की उपेक्षा करना आवश्यक हो गया था। फिर भी, जैसा कि कहा जाता है, इन मतों के अधिकांश अनुयायी सामान्य जीवन व्यतीत करते थे। केवल कुछ अवसरों पर ही वे अपने मत के धार्मिक कृत्यों में शरीक होते थे, और उनके लिए ये धार्मिक कृत्य संभवतः एक प्रकार से शरीर शुद्धि के साधन थे। इन मतों के कुछ सदस्य ऐसे भिन्न-मतावलंबी समूह के थे जो जान-बूझकर विरोध प्रदर्शन करने के लिए समाज-विरोधी कार्य करते थे। उग्र असहमति उन्हें अपेक्षित प्रचार दिला देती थी, परंतु ये कार्य भी तपस्या अथवा धार्मिक कृत्य की आड़ में किए जाते थे और कहा जाता था कि इन कृत्यों में चामत्कारिक विशेषता है। 'कालमुख' मत वाले मनुष्य की खोपड़ी में भोजन करते थे, मुर्दे की राख अपने शरीर पर मलते थे (कभी-कभी वे इस राख को खाते भी थे), साधारणतया वे मदिरा-पात्र और डंडा लिए घूमते थे, और ऐसा विश्वास है कि वे नर-बलि भी देते थे, यद्यपि इसका कोई प्रमाण नहीं मिलता। कुछ सीमा तक ये कृत्य पूर्व काल की प्रथाओं का पुनः प्रचलन ही रही होंगी। कुछ लोगों के लिए यह असहमति कट्टरपंथियों द्वारा चिंतन एवं ज्ञान पर लगाए गए प्रतिबंध का वास्तविक विरोध भी थी। उदाहरण के लिए, जादू में रुचि केवल सनसनीखेज में रुचि नहीं थी बल्कि इसका कारण लोगों का वह कुतूहल था जो चीजों के बारे में कुछ नए प्रयोग करने और ज्ञान के ठेकेदारों द्वारा बाँटे गए ज्ञान से भी कुछ अधिक जानने को प्रेरित करता था।

सारे विरोध सामाजिक नियम-भंग के रूप में व्यक्त नहीं किए गए। इस समय स्वयं शैव मत ने अनेक मतों को जन्म दिया जिनका स्पष्ट योगदान सामाजिक संस्थाओं के विकास में कहीं अधिक था। इनमें लिंगायत अथवा वीरशैव मत भी थे

जिनका उद्भव सुधार आंदोलन की विशेषताओं के साथ बारहवीं शताब्दी में हुआ था। संभवतः इस पर तमिल भक्ति संप्रदाय के अतिरिक्त बौद्ध, जैन तथा इस्लामी चिंतन का प्रभाव था। इसके प्रवर्तक बासवराज—जो जैन मत का त्याग कर चुका था—के स्वभाव में कुछ कटुता थी जिससे कि उसके तर्क तीखे बन जाते थे।

> बूचड़खाने में लाई जानेवाली भेड़ उस माला के पत्ते को खाती है जिससे उसे सजाया जाता है… साँप के मुँह में पड़ा हुआ मेंढक अपने मुँह के पास उड़नेवाली मक्खी को निगलना चाहता है। ऐसा ही हमारा जीवन है। मृत्यु के मुख में धकेला जानेवाला व्यक्ति दूध और घी पीता है… जब वे पत्थर में खुदा साँप देखते हैं तो उस पर दूध उँड़ेलते हैं और यदि जीवित सर्प दिखाई देता है तो वे 'मारो-मारो' चिल्लाते हैं। परमात्मा के सेवक को—जो भोजन परोसने पर खा सकता है—वे कहते हैं : भाग जा, भाग जा; परंतु परमात्मा की प्रतिमा को—जो खा नहीं सकती—वे भोग लगाते हैं।

लिंगायत संप्रदाय के अनुयायी भक्ति संप्रदाय से इस दृष्टि से भिन्न थे कि उन्होंने ईश्वरोपासना का उपदेश ही नहीं दिया, अपितु धार्मिक पाखंड पर सक्रिय प्रहार किया। उन्होंने पुनर्जन्म के सिद्धांत के साथ ही वेदों की प्रामाणिकता पर भी संदेह किया। वे शिव की पूजा लिंग-पूजा के रूप में करते थे। लिंगायतों में सामाजिक चेतना की भावना दृढ़ थी और वे ब्राह्मणों द्वारा अस्वीकृत कुछ सामाजिक प्रथाओं—जैसे बड़ी आयु की लड़कियों के विवाह तथा विधवा विवाह—को प्रोत्साहन देते थे। लिंगायतों पर भी ब्राह्मणों का प्रहार तब स्वाभाविक था। उनके अधिक उदार सामाजिक विचारों के कारण उन्हें निम्न जातियों ने समर्थन दिया।

जो मंदिर में उपासना करने से वंचित थे उन्होंने उपासना के अपने तौर-तरीके खोज निकाले। कभी-कभी उपासना के ये नए रूप विविध मतों तथा भक्ति संप्रदायों की धार्मिक क्रियाओं में सम्मिलित कर लिए गए। कभी-कभी इनके फलस्वरूप स्थानीय पितरों व देवताओं की पूजा होने लगी। इनमें से एक पश्चिमी भारत में पंढरपुर में पांडुरंग अथवा श्री विट्ठल का संप्रदाय था, जिसका महत्त्व तेरहवीं शताब्दी में बढ़ा जो देवीमाता के पंथ से संबोधित था। प्रारंभ में इसे विष्णु का रूप माना गया। यह दक्षिण में भक्ति आंदोलन का एक केंद्र बन गया जिसने नामदेव, जनोबई, सेन तथा नरहरि (जो व्यवसाय से दर्जी, नौकरानी, नाई तथा सुनार थे) को आकृष्ट किया, जिन्होंने मराठी में भजन लिखे और स्थानीय जनता को आकृष्ट किया। ये धार्मिक केंद्र स्थानीय व्यापार के केंद्र भी बन गए।

हिंदू चिंतन के दार्शनिक रूप पर ब्राह्मणों का लगभग एकाधिकार था। इस उपमहाद्वीप के विविध मठों तथा महाविद्यालयों में शास्त्रार्थ होते थे, और इनके बीच संपर्क भाषा संस्कृत थी। परंतु उनके प्रभाव का बौद्धिक क्षेत्र सीमित था। शंकराचार्य के विचारों का विकास तथा उनमें सुधार निरंतर होता रहा और शंकर के मत से भिन्न अन्य उपदेशकों के सिद्धांतों पर भी विचार-विमर्श होता था। शंकर के विचारों के प्रमुख विरोधी वैष्णव दार्शनिक रामानुज थे (जिनका समय

परंपरा के अनुसार 1017-1137 है)। वह तमिल ब्राह्मण थे, उनका जन्म तिरुपति में हुआ था, और उन्होंने अपने जीवन का काफी समय श्रीरंगम के प्रसिद्ध मंदिर में उपदेश देते हुए व्यतीत किया था।

रामानुज शंकर के इस सिद्धांत से सहमत नहीं थे कि ज्ञान मुक्ति का प्रमुख साधन है। रामानुज के अनुसार ज्ञान अनेक साधनों में से एक है लेकिन पूर्णतया अर्पित भावना के साथ की गई परम भक्ति के सदृश प्रभावशाली अथवा विश्वसनीय नहीं है। भक्ति संप्रदाय की ही तरह रामानुज का ईश्वर भी प्रेम एवं क्षमा से ओत-प्रोत है, और यद्यपि भक्त और ईश्वर का यह संबंध दार्शनिक रूप में व्यक्त किया गया मगर फिर भी अनिवार्य रूप से यह संबंध व्यक्तिगत और प्रेम पर आधारित था। इस संबंध में व्यक्ति पर दिया गया बल ईसाइयों के प्रोटेस्टेंट मत के करीब है। रामानुज भक्ति संप्रदाय तथा हिंदू धर्म के मध्य एक सार्थक सेतु की तरह थे और उन्होंने दो भिन्न धाराओं को एक सूत्र में गूँथने का यत्न किया।

रामानुज के विचार भारत में हिंदू धर्म के विविध केंद्रों में प्रचलित हुए। ईश्वर की क्षमाशीलता पर उन्होंने जो बल दिया उसने उनके उपदेशों में परस्पर विरोध पैदा कर दिया। इनमें से एक उत्तर भारतीय समुदाय था जो मानता था कि मनुष्य को इस क्षमाशीलता और उसके फलस्वरूप उपलब्ध होनेवाली मुक्ति के लिए प्रयत्न करना पड़ता है; परंतु दूसरा—दक्षिण भारतीय समुदाय यह मानता था कि ईश्वर स्वयं उन लोगों का चुनाव करता है जिनको वह उबारना चाहता है। यह विचार कैल्विन मत के विचारों से काफी मिलता-जुलता है।

तेरहवीं शताब्दी में कन्नड़ में धर्मोपदेश देनेवाले मध्व ने भी हिंदू धर्म के साथ भक्ति संप्रदाय का संतुलन बिठाने का आगे प्रयत्न किया। मध्व भी वैष्णव थे और उनकी विष्णु के संबंध में इस मान्यता पर कि केवल विष्णु ही एक सच्चे ईश्वर हैं, रामानुज-समर्थक दक्षिण भारतीय विचारधारा का प्रभाव था क्योंकि उनकी मान्यता थी कि केवल पवित्रात्माओं की रक्षा करने के लिए ही ईश्वर अनुग्रह करता है। इसका अर्थ था ईश्वर द्वारा चुनाव—यद्यपि यह चुनाव इतना मनमाना नहीं था जितना कि दक्षिणी विचारधारा वाले मानते थे। मध्व के कुछ विचारों से ज्ञात होता है कि वह मलाबार के ईसाइयों से परिचित, और संभवतः प्रभावित हुए थे। मध्व के अनुसार विष्णु अपने भक्तों पर अनुग्रह अपने पुत्र वायु देवता के माध्यम से करते हैं। यह विचार कट्टर हिंदू धर्म के विचारों से सर्वथा विपरीत है, परंतु ईसाई धर्म की 'होली घोस्ट' की धारणा से मिलता-जुलता है।

रामानुज उच्च वर्णों के लिए विशेष सुविधाओं को स्वीकार करते हुए भी इसके विरुद्ध थे कि मंदिर में शूद्रों को पूजा न करने दी जाए। उन्होंने शूद्रों के मंदिर-प्रवेश के लिए असफल प्रयत्न किया। भक्ति संप्रदाय की बढ़ती हुई शक्ति और रामानुज तथा मध्व-जैसे धार्मिक नेताओं द्वारा सामंजस्य बिठाने के प्रयत्नों ने कट्टरपंथियों को, समझौते की आवश्यकता को स्वीकार करने के लिए विवश किया। यद्यपि शूद्रों के लिए मंदिर खोले नहीं गए, तो भी अनेक सहायक संप्रदायों

के देवताओं तथा धार्मिक क्रिया-कलापों ने मंदिर में स्थान प्राप्त कर लिया। यदि मंदिर को सामाजिक तथा धार्मिक जीवन के केंद्र के रूप में—कम से कम उच्च वर्णों के समाज में—अपना महत्त्व बनाए रखना था तो यह एक अनिवार्य प्रक्रिया थी। इसके फलस्वरूप मंदिर में कुछ भौतिक परिवर्तन हुए। अब कुछ सहायक पूजा-स्थलों, विशाल श्रोता समुदाय के सम्मुख पवित्र ग्रंथों का पाठ करने के लिए मंडपों तथा मंदिर की सीमाओं में देवताओं के अतिरिक्त संतों की प्रतिमाओं को समायोजित करना आवश्यक हो गया। मंदिरों के क्षेत्रों में काफी विस्तार हुआ। चूँकि चोल काल में मंदिर आर्थिक दृष्टि से बहुत समृद्ध होते थे, इसलिए उनको सजाना-सँवारना संभव था। दक्षिण के होयसल जैसे छोटे राजवंशों ने प्रभावशाली धार्मिक स्मारक बनाकर अपनी प्रजा को प्रभावित करने का प्रयत्न किया।

चोल शिल्पियों ने चट्टान में से काटकर बनाए गए मंदिरों की प्रणाली को छोड़कर एक स्वतंत्र रूप से खड़े पत्थर के मंदिर बनाने पर अपना ध्यान केंद्रित किया। दुर्भाग्य से इस काल के मकान शेष नहीं बचे हैं—केवल मंदिर ही शेष हैं। चोल मंदिरों में पूजा-स्थल के केंद्रीय कक्ष पर बल दिया जाता था जिसमें प्रवेश के लिए एक या दो बड़े कक्षों को—मंदिरों के आकार के अनुसार—पार करके जाना पड़ता था और उनके ऊपर लगभग पिरामिड की शक्ल का एक लंबा शिखर होता था जो मंदिर के आकार के अनुपात में होता था। मंदिर को चारों ओर से घेरकर एक चौक होता था और चारों ओर की दीवार के अंदर की ओर खंभों की श्रेणी होती थी, जैसा कि तंजौर तथा गंगई-कोंड़ा-चोल-पुरम के मंदिरों में है। प्रवेश के लिए शिखर की शैली पर ही बने हुए अलंकृत प्रवेश-द्वार होते थे। धीरे-धीरे इन प्रवेश-द्वारों पर अधिक बल दिया जाने लगा, यहाँ तक कि ये शिखर से बराबरी करने लगे जैसा कि मदुरई के मीनाक्षी मंदिर और त्रिचनापल्ली के निकट स्थित श्रीरंगम मंदिर से स्पष्ट है।

पत्थर की मूर्तिकला बहुत कुछ शिल्प-कला की सहायक होती थी और उसमें भी वे ही स्मारकीय विशेषताएँ होती थीं जो भवनों में होती थीं। इनका उपयोग बहुधा खंभे के ऊपर कार्निस के ठीक नीचे के भाग में तथा स्तंभों और जँगलों (जालियों) की सजावट में होता था। परंतु काँसे की मूर्तियों के निर्माण में चोल शिल्पी बेजोड़ थे, और वे संसार के किसी भी भाग में निर्मित मूर्तियों की अपेक्षा श्रेष्ठ मूर्तियों का निर्माण करते थे। ये मूर्तियाँ मुख्यतया देवताओं, दानदाताओं तथा संतों की होती थीं और इनका निर्माण एक कलात्मक प्रक्रिया से होता था तथा वे मंदिर के आंतरिक पूजागृह में रखी जाती थीं। ये मूर्तियाँ दक्षिण के कारीगरों की मूर्तिकला संबंधी प्रतिभा की ओर विशेष रूप से इंगित करती हैं।

दक्षिण के मंदिरों ने चालुक्य शैली की पूर्ववर्ती परंपरा को सुरक्षित रखा, हालाँकि वे धीरे-धीरे अधिक अलंकृत होते गए। अलंकृत करने की यह प्रवृत्ति सेलखड़ी का खूब प्रयोग किए जाने के कारण बढ़ती गई क्योंकि यह पत्थर की अपेक्षा नरम होता है। बाद के चालुक्यों और होयसलों द्वारा निर्मित मंदिर

बुनियाद-खाका तथा ऊँचाई में उत्तरी तथा द्रविड़ दोनों शैलियों से अलग हैं। इनके सर्वश्रेष्ठ उदाहरण हैलेविड़—प्राचीन द्वारसमुद्र— बेलूर तथा सोमनाथपुर के होयसल मंदिर हैं। मंदिरों का बुनियाद-खाका अब आयताकार न होकर तारे के आकार का अथवा बहुभुजी होता था, जिसके अंदर संपूर्ण मंदिर होता था जिसमें पूजा-कक्ष तथा एकांतिक भाग एवं दहलीज सहित एक बड़ा कक्ष होता था। यह सारा निर्माण एक ऊँचे चबूतरे पर होता था। इस ऊँचाई के कारण यह चपटा प्रतीत होता था, क्योंकि बड़े मंदिरों में अब बुर्जियाँ नहीं होती थीं। चपटेपन के इस प्रभाव को बल देने के लिए बाहरी धरातल पर सजावट की जाती थी। यह सजावट मंदिर के चारों ओर की दीवारों पर आलोक-चित्रों द्वारा की जाती थी। इस प्रकार की सजावट में पशुओं तथा फूलों से संबंधित मूल भाव अंकित होते थे। इसके अतिरिक्त संगीतज्ञ, नर्तक, युद्धों के दृश्य तथा धार्मिक साहित्य की मुख्य घटनाएँ भी मंदिर की दीवारों पर अंकित होती थीं। तारों के आकार की प्ररचना में आयताकार प्ररचना की अपेक्षा दीवार पर मूर्तियों के लिए अधिक स्थान मिल जाता था। संभवतः इन होयसल मंदिरों की एक विचित्र-विशेषता उनके नाटे और मोटे खंभे हैं जो खराद से ढाले प्रतीत होते हैं, जिससे उस समय के कारीगरों की दक्षता का आभास मिलता है।

सांसारिक दृष्टि से ये मंदिर राजसी वैभव के स्मारक थे। चोलों के मंदिर निस्संदेह राजसी वैभव के प्रतीक होने का दावा कर सकते थे। चोलों की राजनीतिक सत्ता का यद्यपि पश्चिमी तथा उत्तरी दक्षिण की शक्तियों ने विरोध किया, उसने इस बात को स्पष्ट कर दिया था कि इस उपमहाद्वीप में सत्ता का केंद्र एक ही क्षेत्र तक सीमित नहीं था बल्कि एक क्षेत्र से दूसरे क्षेत्र को स्थानांतरित हो सकता था और होता था। इन शताब्दियों में प्रगति का नेतृत्व भारत के दक्षिणी भाग ने किया। उत्तरी भारत संकोची और रूढ़िवादी हो गया था और दक्षिण में ही नए विचारों तथा प्रयोगों—चाहे वह स्थानीय नागरिक उत्तरदायित्वों का विकास हो, या शंकराचार्य और रामानुज का दर्शन हो, अथवा तमिल तथा महाराष्ट्रीय शिल्पियों के नेतृत्व में भक्ति संप्रदाय के सामाजिक-धार्मिक प्रयोग हों अथवा एक ओर अधिक मूल स्तर पर अरब व्यापारियों का स्वागत करना और दूसरी ओर दक्षिण-पूर्व एशिया तथा चीन से व्यापार करना हो—का जन्म हुआ। उत्तर जबकि गतिहीन था, दक्षिण प्रगति कर रहा था।

10. उत्तरी भारत में प्रादेशिक राज्यों का प्रारंभ

लगभग 700-1200 ई.

पश्चिमी और उत्तरी दक्षिण में उभरते राज्य इस उपमहाद्वीप में उत्तर एवं दक्षिण के बीच 'सेतु' राज्य थे, और कुछ दृष्टियों से यह स्थिति उनकी प्रगति में बाधक थी, क्योंकि इससे उन्हें दोनों भागों की राजनीति में उलझना पड़ा। जब उत्तर और दक्षिण के पारस्परिक संपर्क सीमित थे, उस समय सातवाहनों का उदय हुआ, और इस प्रकार सातवाहन-राज्य एक भाग से दूसरे भाग में माल और विचारों के प्रेषण का प्रारंभिक साधन बना। किंतु, वाकाटकों को दोनों में से एक का चुनाव करना था, और उन्होंने उत्तर से मैत्री करना पसंद किया जो उस समय अधिक शक्तिशाली था। चालुक्यों ने किसी तरह अपनी स्वतंत्रता को ज्यों-का-त्यों बनाए रखा। यदि राष्ट्रकूट भी अपनी महत्त्वाकांक्षा को यहीं तक सीमित रखते तो वे दक्षिण में एक शक्तिशाली राज्य का निर्माण कर सकते थे। परंतु राष्ट्रकूटों ने एक 'सेतु राज्य' के रूप में उत्तरी तथा दक्षिणी दोनों किनारों पर आधिपत्य जमाना चाहा। जब तक राष्ट्रकूटों ने शक्ति अर्जित की, तब तक उत्तर और दक्षिण के बीच संचार व्यवस्था अच्छी तरह स्थापित हो चुकी थी, और इसलिए राष्ट्रकूटों पर दोनों ओर से समान राजनीतिक दबाव पड़ा। इस कारण वे अपने-आपको एक शक्तिशाली सत्ता के रूप में स्थापित न कर सके, जैसा कि वे अन्यथा कर सकते थे।

दक्षिण की राजनीति में राष्ट्रकूटों ने जो भाग लिया उसका वर्णन पहले ही किया जा चुका है। इस समय उत्तर में राजनीतिक महत्त्वाकांक्षाओं का लक्ष्य कन्नौज नगर को जीतकर उस पर अधिकार स्थापित करना था। संभवतः हर्ष और यशोवर्मन के कारण, जिन्होंने इस नगर को साम्राज्यिक सत्ता का प्रतीक बना रखा था, कन्नौज तीन शक्तियों—राष्ट्रकूटों, प्रतीहारों एवं पालों—के बीच संघर्ष का कारण बन गया, और इन तीनों राज्यों की समूची सामरिक शक्ति कन्नौज की ओर केंद्रित हो गई। इस संघर्ष ने इन तीनों राज्यों को निढाल कर दिया जिससे इनके सामंतों की बन आई, और फलस्वरूप समस्त उत्तरी भारत में छोटे-छोटे प्रादेशिक राज्य स्थापित हो गए।

इनमें प्रतीहार भी थे जो पश्चिमी भारत में राजस्थान के गुर्जर लोगों के वंशज

बताए जाते हैं। इनके सामाजिक उद्भव के संबंध में निश्चित रूप से कुछ नहीं कहा जा सकता, फिर भी अपने शत्रुओं को नीच जाति का सिद्ध करने के लिए राष्ट्रकूट यह दावा करते थे कि वे 'प्रतिहार' (दरबान) होते थे। संभव है कि प्रतीहार राजदरबार के पदाधिकारी रहे हों और उन्होंने बाद में सत्ता प्राप्त कर ली हो—ऐसा इस काल में अधिकाधिक हुआ भी है। प्रथम महत्त्वपूर्ण प्रतीहार राजा म्लेच्छों अथवा बर्बर जातियों का कट्टर शत्रु बताया जाता है, यद्यपि यह नहीं पता चलता कि ये म्लेच्छ लोग कौन थे। संभवतः यह संकेत सिंध के अरबों की ओर था। सिंध पर सन् 712 ई. में विजय प्राप्त की गई और वह एशिया तथा अफ्रीका में हुए अरब-विस्तार का पूर्वी छोर था। अरबों को अपने राज्य के विस्तार में कोई उल्लेखनीय मुकाबला नहीं करना पड़ा, क्योंकि यह क्षेत्र अधिकतर मरुस्थल था। परंतु आगे विजय प्राप्त करने के प्रयत्नों का प्रतीहारों तथा राष्ट्रकूटों दोनों ने प्रतिरोध किया, यद्यपि यह प्रतिरोध अरबों को इस उपमहाद्वीप से निकाल बाहर करने के लिए कोई संगठित प्रयत्न नहीं था। इस समय अरबों के संबंध में ऐसी कोई धारणा नहीं थी कि वे एक बढ़ती हुई शक्ति हैं। इसके अलावा अरबों की सत्ता का महत्त्व बहुत मामूली था। अरबों का सफलतापूर्वक सामना करने के पश्चात् प्रतीहारों ने पूर्व की ओर दृष्टि घुमाई, और आठवीं शताब्दी के अंत तक उनका शासन न केवल राजस्थान के एक बड़े भाग तथा उज्जैन पर हो गया, बल्कि कन्नौज भी अब उनके अधिकार में था।

कन्नौज के लिए होनेवाले इस तीन-तरफा संघर्ष में भाग लेनेवाली तीसरी शक्ति पालों की थी, जिन्होंने बाद में अधिकांश बंगाल और बिहार पर अधिकार स्थापित किया। यह क्षेत्र अपने-आपमें ही एक संपन्न क्षेत्र था, परंतु इसके अतिरिक्त पाल राजा दक्षिण-पूर्व एशिया में अपने व्यापार से भी काफी आय प्राप्त करते थे। आठवीं शताब्दी में गोपाल के सिंहासनारूढ़ होने से पूर्व पालों के विषय में बहुत कम जानकारी मिलती है। गोपाल इसलिए भी लोकप्रिय हुआ कि वह वंशानुगत राजा न होकर निर्वाचित राजा था। दुर्भाग्य से निर्वाचन का कोई विवरण नहीं मिलता, और केवल यही कहा जाता है कि देश को अराजकता से बचाने के लिए ही गोपाल को राजा चुना गया था। बौद्ध भिक्षु तारानाथ ने सोलहवीं शताब्दी में तिब्बत का इतिहास लिखते हुए इस घटना का उल्लेख किया है। उसने लिखा है कि बंगाल में कोई राजा नहीं था, और इसलिए वहाँ की हालत खराब थी। स्थानीय नेता एकत्रित होकर एक राजा का निर्वाचन करते थे, परंतु हर बार निर्वाचन के बाद रात को ही एक राक्षसी उस राजा की हत्या कर देती थी। अंत में गोपाल का चुनाव हुआ, और उसे अपनी रक्षा के लिए चंडी देवी ने एक डंडा दिया जिससे उसने उस राक्षसी को मार डाला। इस कथा से ज्ञात होता है कि गोपाल को नेता एवं संरक्षक के रूप में उसकी योग्यता के कारण राजा चुना गया था, तथा इस बात की भी पूरी संभावना है कि वह चंडी का उपासक था।

गोपाल ने पाल वंश की स्थापना तो की, परंतु उत्तर भारत की राजनीति में

पाल वंश को जो महत्त्व प्राप्त हुआ उसका श्रेय धर्मपाल को है। इस बात के बावजूद कि उसे आरंभ में राष्ट्रकूटों से मात खानी पड़ी, उसके शासन के अंत तक पाल-सत्ता पूर्वी भारत में शक्तिशाली बन चुकी थी। आठवीं शताब्दी के अंत में धर्मपाल ने कन्नौज के विरुद्ध एक सफल आक्रमण किया जिसके फलस्वरूप कन्नौज के शासक को—जो प्रतीहारों का आश्रित था—सिंहासन-च्युत करके धर्मपाल ने उसके स्थान पर अपनी सत्ता स्थापित की। इससे राष्ट्रकूट और प्रतीहार राजा मिलकर धर्मपाल के मुकाबले में आ खड़े हुए परंतु विजय धर्मपाल की ही हुई। तिब्बत से मैत्री-संबंध होने के कारण उसकी उत्तरी सीमाएँ सुरक्षित हो गईं। पालों के दक्षिण-पूर्व एशिया के देशों से घनिष्ठ संबंध थे। एक ऐसा अभिलेख मिलता है जिससे पता लगता है कि सुमात्रा के एक राजा ने पाल राजा से नालंदा में एक बौद्ध विहार बनाने की अनुमति माँगी थी। इस समय पूर्वी भारत के बौद्धों और दक्षिण-पूर्व एशिया के संबंध सुदृढ़ हुए, और इन संबंधों के उस समय उल्लेखनीय परिणाम निकले जब बाद की शताब्दियों में तुर्कों एवं अफगानों से आतंकित होकर बौद्ध दक्षिण-पूर्व एशिया भाग गए और वहाँ विहारों में शरणार्थी बने।

इस समय तक प्रतीहारों ने अपनी स्थिति सुदृढ़ कर ली थी, और नेतृत्व अब उनके हाथों में था। उनका पहला कदम स्पष्ट था। कन्नौज पर—जिसे पालों से राष्ट्रकूटों ने छीन लिया था—प्रतीहारों ने अधिकार कर लिया और इन दोनों शक्तियों को उन्होंने उनकी सीमाओं के भीतर धकेल दिया। प्रतीहारों में संभवतः सर्वाधिक प्रसिद्ध राजा भोज ने अरब-संकट का दृढ़तापूर्वक सामना किया। परंतु अरबों को पश्चिम में और पालों को पूर्व में रोके रखने के उसके प्रयत्नों के कारण उसके लिए दक्षिण पर आक्रमण करना असंभव हो गया, जबकि यह उसका इरादा था।

राष्ट्रकूट अवसर की ताक लगाए बैठे थे और उन्होंने सन् 916 ई. में अंतिम आक्रमण किया। उन्होंने कन्नौज पर सफल आक्रमण करके उत्तर में एकता की प्रवृत्ति का अंत कर दिया। प्रतीहारों और राष्ट्रकूटों की प्रतिद्वंद्विता आत्मघाती थी। अरब यात्री अल-मसूदी ने दसवीं शताब्दी के प्रारंभ में कन्नौज की यात्रा की थी और लिखा था कि कन्नौज का राजा दक्षिण के राजा का स्वाभाविक शत्रु था। उसके पास एक विशाल सेना थी, और उसका राज्य ऐसे छोटे-छोटे राज्यों से घिरा था जिसके राजा सदैव युद्ध छेड़ बैठने को उतारू रहते थे। सौ वर्ष पश्चात् प्रतीहार राजा उत्तर भारत में शक्तिशाली नहीं रह गए। सन् 1018 ई. में एक तुर्की सेना ने कन्नौज को लूटा, और तब वस्तुतः प्रतीहारों के शासन का अंत हो गया। पश्चिमी दक्षिण में राष्ट्रकूटों को बाद के चालुक्यों ने अपदस्थ कर दिया था।

दसवीं शताब्दी में प्रतीहारों के इस पतन से पालों को उत्तर भारतीय मामलों में पूरी तरह शरीक होने का अवसर मिल गया। ग्यारहवीं शताब्दी के प्रारंभ में उत्तर-पश्चिमी भारत में तुर्की आक्रमणों ने स्थानीय राजाओं को व्यस्त रखा, और

शीघ्र ही पाल बनारस तक पहुँच गए। परंतु चोल राजा राजेंद्र की प्रगति से पालों के विस्तार का यह सिलसिला रुक गया, क्योंकि राजेंद्र का कोई भी सफल उत्तरी आक्रमण बंगाल की स्वतंत्रता के लिए खतरा पैदा करता था। इसलिए पालों ने अपने पश्चिमी अभियान को रोक दिया, और तत्काल ही राजा महिपाल चोल सेना से बंगाल की रक्षा करने के लिए लौट आया। महिपाल की मृत्यु के पश्चात् ही पाल राजवंश का पतन हो गया, और सेनों ने उनका स्थान ले लिया।

तीनों प्रतिद्वंद्वी शक्तियों—प्रतीहार, पाल तथा राष्ट्रकूट—का लगभग एक साथ पतन होना आश्चर्यजनक नहीं है। उनकी शक्ति लगभग समान थी, और वह मुख्यतः विशाल सुसंगठित सेनाओं पर निर्भर करती थी। इन सेनाओं का खर्च उठाने के लिए राजस्व के स्रोत भी एक जैसे थे, और उन स्रोतों पर अत्यधिक दबाव का परिणाम भी एक-सा ही होना था। कन्नौज पर अधिकार करने के लिए जो निरंतर संघर्ष हुआ उससे उनका ध्यान अपने सामंतों पर से हट गया, और उन्होंने अपने-आपको स्वतंत्र कर लिया। सामंतों की अवज्ञा, और उत्तर-पश्चिम तथा दक्षिण के आक्रमणों ने उत्तरी भारत की रही-सही एकता को भी नष्ट कर दिया।

अब इन तीन प्रमुख राज्यों की परिधि पर अनेक छोटे-छोटे राज्य स्थापित हो गए और ये राज्य थे नेपाल, कामरूप (असम), काश्मीर, तथा उत्कल (उड़ीसा)। इसी प्रकार पूर्वी तट पर पूर्वी चालुक्यों तथा गंगों के राज्य, तथा पश्चिमी भारत में गुजरात के चालुक्यों (सोलंकियों) के राज्य थे। इन राज्यों के उदय होने के साथ ही इस समय छोटे स्थानीय शासकों में स्वयं को स्वतंत्र एवं पूर्णसत्ता-संपन्न राजा घोषित करने की स्वाभाविक होड़ भी बढ़ी। यही प्रवृत्ति इस काल के सांस्कृतिक जीवन से भी झलकती थी। इन क्षेत्रों में स्थानीय संस्कृति पर अब अधिक ध्यान दिया जाने लगा, इन प्रदेशों और स्थानीय राजवंशों के इतिहास लिखे जाने लगे, स्थानीय संप्रदायों तथा साहित्य को प्रोत्साहित किया गया और सर्वश्रेष्ठ लेखकों एवं कवियों को आकर्षित करने तथा स्मारक मंदिरों के निर्माण में स्थानीय कारीगरों के उपयोग के लिए राजा लोग एक-दूसरे से प्रतिस्पर्द्धा करने लगे।

हिमालय की तलहटियों का प्राकृतिक प्रदेश अनेक छोटे-छोटे राज्यों की स्थापना के लिए खुला था। नवीं शताब्दी में अनेक छोटे-छोटे पर्वतीय राज्यों का जन्म हुआ, जिनमें से कुछ ने पारस्परिक युद्धों और मैदानों से बहुधा होनेवाले आक्रमणों के बावजूद, अभी पिछले दिनों तक, यदि अपनी स्वतंत्रता नहीं तो कम-से-कम अपनी अस्मिता तो अवश्य बनाए रखी। चंपक (चंबा), दुर्गरा (जम्मू), त्रिगर्त (जालंधर), कुलूत (कुल्लू), कुमाऊँ तथा गढ़वाल-जैसे राज्य उत्तरी मैदानों में होनेवाले संघर्ष के मुख्य क्षेत्रों से बचे रहे।

सातवीं शताब्दी में काश्मीर ने महत्ता प्राप्त कर ली थी, और धीरे-धीरे—विजय और विस्तार नीति द्वारा—उसने उत्तरी पंजाब के एक बड़े भाग पर नियंत्रण कर लिया। इस बीच अरब सिंधु घाटी में बढ़ रहे थे, और आठवीं शताब्दी में काश्मीर के एक राजा ने पंजाब पर आक्रमण करनेवाले अरबों को परास्त करने के

लिए चीनियों से सहायता माँगी । इसी शताब्दी में ललितादित्य के शासनकाल में एक काश्मीरी सेना का आक्रमण गंगा घाटी पर हुआ, तथा पंजाब में काश्मीरी सेना ने अरब सेनाओं को पीछे हटने पर मजबूर किया । इसके बाद की शताब्दियों में काश्मीर के राजाओं ने पर्वतीय क्षेत्रों एवं उत्तरी झेलम घाटी में—पंजाब को अपनी रक्षा स्वयं करने के लिए छोड़कर—अपनी स्थिति सुदृढ़ कर ली । सिंचाई के अनेक साधनों का निर्माण हुआ, मुख्य नदियों के तट बाँधे गए और बाँध बनवाए गए । इंजीनियरों की दृष्टि से यह कार्य कठिन था, क्योंकि काश्मीर की नदियाँ उच्छृंखल और तेज बहनेवाली थीं । सिंचाई के इस विकास के कारण इस घाटी का एक विशाल क्षेत्र कृषि योग्य हो गया जो काश्मीर राज्य की राजनीति को सुदृढ़ करनेवाला पहला महत्त्वपूर्ण कारण था । अब मैदानों के ज्यादा उपजाऊ प्रदेशों में जाने की आवश्यकता अधिक नहीं रह गई थी ।

दसवीं शताब्दी में दो प्रसिद्ध रानियों का शासन रहा और उन्होंने भारी विरोध के होते हुए भी दृढ़तापूर्वक राज्य का संचालन किया । इससे उन्हें एक नई परिस्थिति का सामना करना पड़ा और इसी परिस्थिति ने सौ वर्ष तक काश्मीर की राजनीति पर प्रभाव डाला । यह परिस्थिति थी निश्चित एवं अटूट राजनीतिक निष्ठावाली कई सेनाओं की वहाँ उपस्थिति । वास्तव में वहाँ दो प्रतिद्वंद्वी गुट थे—तांत्रिन और एकांग—जो बारी-बारी से राजाओं को गद्दी पर बिठाते और उतारते रहते थे । रानी सुगंधा ने तांत्रिन के विरुद्ध एकांगों का सफल उपयोग किया, परंतु वह उन पर नियंत्रण रखने में असफल रही और इससे सन् 914 ई. में उसे सिंहासन से अपदस्थ होना पड़ा । उसकी पराजय से तांत्रिन बहुत शक्तिशाली हो गए, और इसके बाद कोई भी राजा दृढ़तापूर्वक शासन नहीं कर सका । अंत में डमारों, अर्थात् सामंती जमींदारों को तांत्रिनों की शक्ति का नाश करने के लिए बुलाना पड़ा, और यह कार्य उन्होंने ऐसी सफलतापूर्वक किया कि काश्मीर के शासकों के सम्मुख इन जमींदारों की शक्ति को दबाने की एक नई समस्या उपस्थित हो गई—जैसा कि रानी डिड्डा के शासनकाल की राजनीतिक घटनाओं से स्पष्ट है । बारहवीं शताब्दी में कल्हण ने काश्मीर का सुप्रसिद्ध इतिहास 'राजतरंगिणी' लिखा और वह सामान्यतः भारत के सर्वश्रेष्ठ इतिहासकारों में गिना जाता है । 'राजतरंगिणी' एक श्रेष्ठ कृति है, क्योंकि इसमें ऐतिहासिक विश्लेषण की दृष्टि से असाधारण स्पष्टता एवं परिपक्वता दिखाई देती है ।

एक दूसरा पर्वतीय राज्य नेपाल था, जिसने इस काल में महत्ता प्राप्त की । सन् 878 ई. में नेपाल ने तिब्बत की सत्ता के विरुद्ध विद्रोह किया और तभी से नेपाल की स्वाधीनता की स्मृति में एक नया संवत् आरंभ हुआ । स्वतंत्रता का अर्थ राजनीतिक स्वतंत्रता ही नहीं था बल्कि इसका परिणाम ठोस आर्थिक प्रगति के रूप में भी हुआ । क्योंकि नेपाल भारत से तिब्बत के मार्ग पर था, इसलिए भारत से होनेवाला चीन और तिब्बत का व्यापार इस नए राज्य से होकर ही जाता था । ग्य।रहवीं शताब्दी में गुणकामदेव के शासनकाल में काठमांडू, पाटन तथा शंक

जैसे नए नगरों का निर्माण मुख्यतया व्यापार से होनेवाली आय से ही हुआ। परंतु नेपाल के राजाओं को भी शक्तिशाली जमींदारों—राणाओं—के कारण कष्ट उठाने पड़े। जब तुर्कों ने काश्मीर पर विजय प्राप्त करके एक नए राजवंश की स्थापना की थी तो उन्होंने काश्मीरी जमींदारों की शक्ति को कुचल दिया। परंतु नेपाल पर किसी भी विदेशी शक्ति ने विजय प्राप्त नहीं की जो शायद राणाओं की शक्ति को कम कर देती। अतः राजा तथा राणाओं की स्थिति में इस प्रकार का अस्थिर संतुलन नेपाली राजनीति की विशेषता बनी रही।

कामरूप (असम) एक और पर्वतीय प्रदेश था जो व्यापार के आधार पर एक स्वतंत्र राज्य बन गया, क्योंकि वह पूर्वी भारत, पूर्वी तिब्बत तथा चीन के बीच एक कड़ी था। कामरूप का अधिकतर भाग सन् 1253 ई. में अहोमों—शान जाति के लोगों—ने जीत लिया था जो दक्षिण-पूर्वी असम के पर्वतों से आए थे। उन्हीं लोगों ने इस क्षेत्र को असम का नाम दिया क्योंकि असम शब्द 'अहोम' से निकला है।

नवीं शताब्दी में एक तुर्क परिवार—शाहिया—काबुल की घाटी और गंधार में राज्य करता था। शाहिया राजा का मंत्री एक ब्राह्मण था जिसने राजसिंहासन पर अधिकार करके हिंदू शाहिया राजवंश की स्थापना की। अन्य अफगान राजाओं ने उसे पूर्व की ओर धकेल दिया, और अंत में उसने अटक में अपना राज्य स्थापित किया। इस प्रकार यह राज्य उत्तरी भारत और अफगानिस्तान के बीच एक अंतस्थ राज्य बन गया। उसके वंशज जयपाल ने अपने राज्य का एकीकरण किया, और वह सारे पंजाब के मैदानी इलाके का स्वामी बन गया। जब ग्यारहवीं शताब्दी में उत्तरी भारत पर ग़ज़नी के राजा ने आक्रमण किया था तो जयपाल ने ही उसकी सेनाओं का सामना किया था।

इसी काल में राजपूतों ने भारतीय इतिहास के मंच पर पदार्पण किया। राजपूतों का जन्म कहाँ और कैसे हुआ, यह संदिग्ध है। उनकी उत्पत्ति विदेशी थी, इसका पता इस बात से चलता है कि ब्राह्मणों ने उन्हें राजीय वंश-परंपरा का बताने और उन्हें 'क्षत्रिय' का स्थान दिलाने का पूरा प्रयत्न किया, और इस बात का आग्रह राजपूतों ने भी आवश्यकता से अधिक बल देकर किया। ब्राह्मणों ने उनके लिए ऐसी वंशावलियाँ तैयार कीं जिसमें उनका संबंध सूर्य या चंद्र वंश से बताया गया, और इसके द्वारा उन्होंने राजपूतों को पुराणों की परंपरा के अनुकूल सर्वाधिक राजकीय सम्मान प्रदान किया। राजपूतों ने नवीं या दसवीं शताब्दी में महत्त्व प्राप्त किया और वे अनेक वंशों में बँट गए, जिनमें से चार अपने को विशेष महत्त्वपूर्ण मानने लगे। ये चार थे—प्रतीहार अथवा परिहार (ये मुख्य प्रतीहारों से भिन्न थे, पर उनसे इनके संबंध थे), चहमान (जिन्हें साधारणतया चौहान कहा जाता है), चालुक्य (ये दक्खन के चालुक्यों से भिन्न थे) अथवा सोलंकी और परमार या पँवार। ये चारों वंश अपना पूर्वज उस रहस्यमय व्यक्ति को मानते हैं जो राजस्थान में माउंट आबू के निकट एक विशाल यज्ञीय अग्निकुंड से उत्पन्न हुआ था। अतएव ये चारों वंश अपने-आपको 'अग्निकुल' का मानते हैं। यह संभवतः पहला

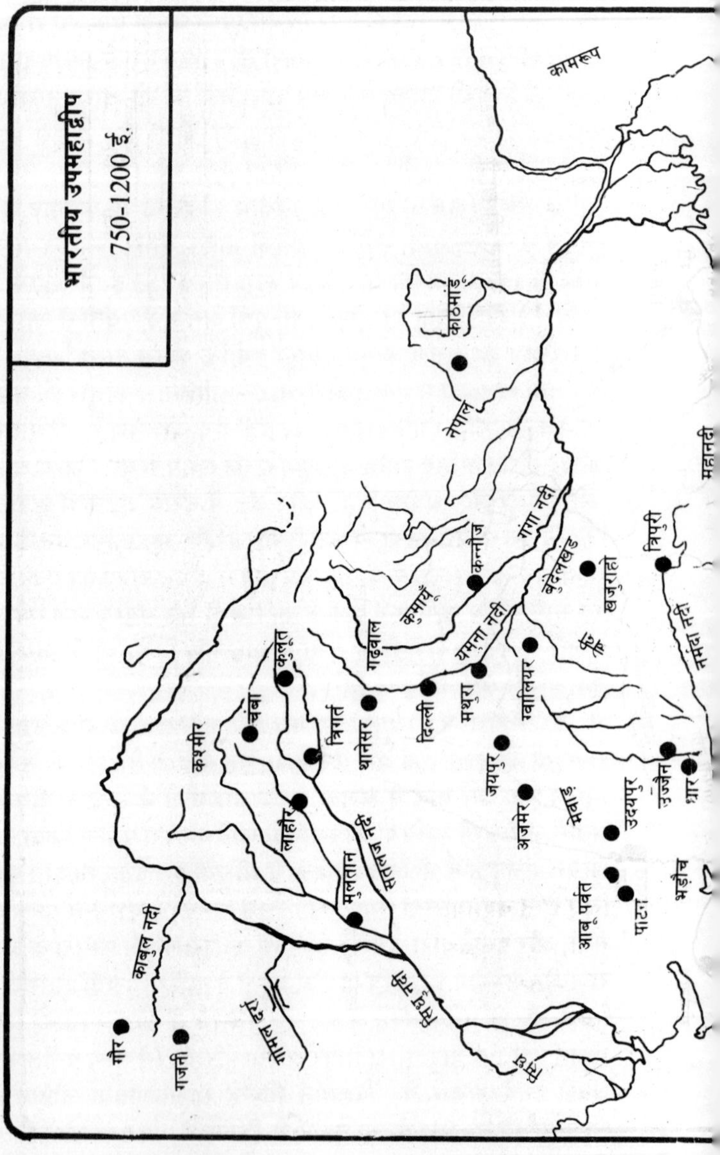
भारतीय उपमहाद्वीप
750-1200 ई.
कामरूप
काठमांडू
नेपाल
महानदी
त्रिपुरी
गंगा नदी
कन्नौज
बुंदेलखंड
खजुराहो
कुमायूँ
यमुना नदी
गढ़वाल
मथुरा
ग्वालियर
नर्मदा नदी
दिल्ली
थानेसर
कुलूत
चंबा
त्रिगर्त
कश्मीर
जयपुर
अजमेर
मेवाड़
उदयपुर
उज्जैन
धार
लाहौर
सतलज नदी
मुलतान
आबू पर्वत
पाटन
भड़ौच
काबुल नदी
सिंधु नदी
गोमल दर्रा
गौर
गजनी

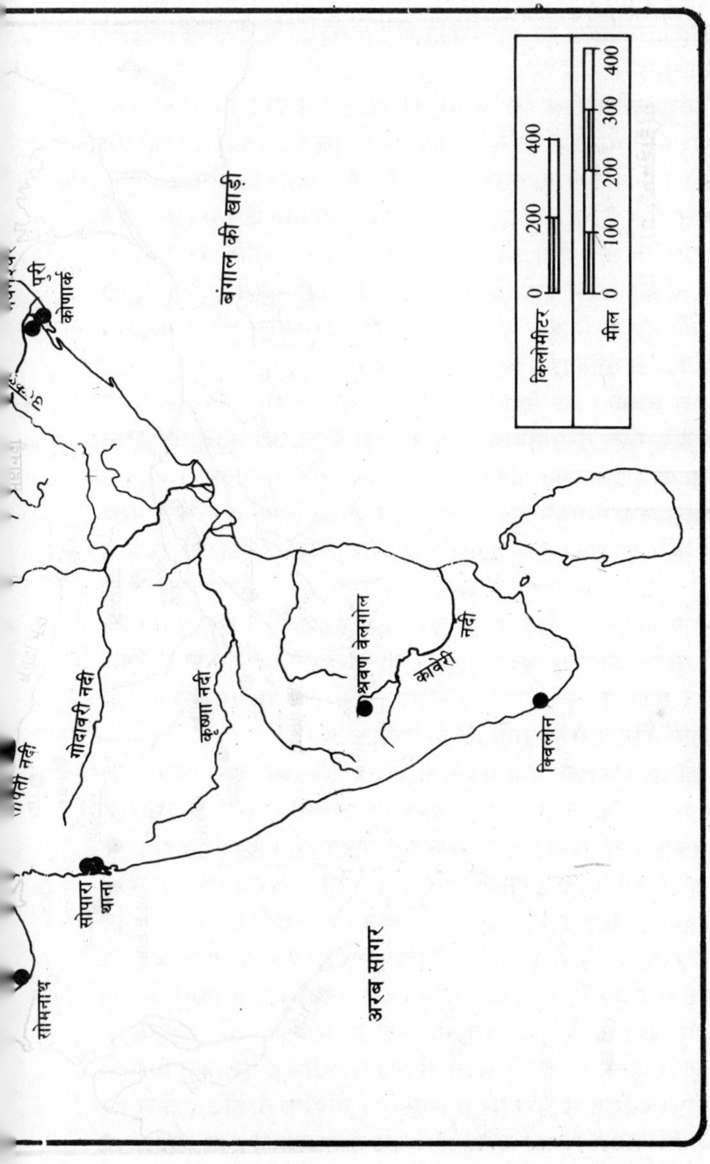
सोमनाथ
सोपारा
थाना
अरब सागर
गोदावरी नदी
कृष्णा नदी
श्रवण बेलगोल
कावेरी नदी
क्विलोन
बंगाल की खाड़ी
पुरी
कोणार्क
किलोमीटर 0 200 400
मील 0 100 200 300 400

अवसर था जब राजाओं ने अपनी क्षत्रिय हैसियत प्रमाणित करने के लिए जान-बूझकर सजग प्रयास किया। विगत राजवंशों ने अपनी जातीय स्थिति को महत्त्व दिए बिना शासन किया था, और राजा होने के कारण उन्हें उच्च वर्णों का सदस्य मान लिया गया था।

अधिकांश अधिकारी लेखक इस विचार को स्वीकार करते हैं कि राजपूत या तो उत्तरी तथा पश्चिमी भारत में बसनेवाले हूणों के वंशज थे, अथवा उन जातियों और लोगों के वंशज थे जो हूण आक्रमणकारियों के साथ भारत में आए थे। गुप्त शिलालेखों से ज्ञात होता है कि हूणों के आगमन तक राजस्थान क्षेत्र में छोटे-छोटे प्रजातंत्रों की परंपरा चलती रही थी। इन जातियों का प्रजातंत्रीय राज्यों में आत्मसात होना अधिक सरल रहा होगा, क्योंकि संभवतः उनमें परंपराओं का बंधन राजतंत्रों की तुलना में कम था। उत्तर-पश्चिमी भारत की अनिश्चित स्थिति ने विलय की इस प्रक्रिया में अवश्य सहयोग दिया होगा।

'अग्निकुल' से उत्पत्ति का दावा करनेवाले ये चारों राजपूत वंश आरंभ में अधिक सक्रिय रहे। पहले के प्रतीहार राज्य के क्षेत्रों में ही उन्होंने अपने-अपने राज्यों की स्थापना की। इस प्रकार परिहार दक्षिण राजस्थान में बस गए। चौहानों ने दिल्ली के दक्षिण-पूर्व में पूर्वी राजस्थान क्षेत्र में राज्य किया। उन्होंने मुख्य प्रतीहार राजाओं के सामंतों के रूप में अपनी प्रगति प्रारंभ की, और अरबों को आगे बढ़ने से रोकने में प्रतीहारों की सहायता की। बाद में उन्होंने अपनी स्वतंत्रता की घोषणा कर महाराजाधिराज-जैसी शाही उपाधियाँ ग्रहण कीं। इस प्रकार की उपाधियाँ किसी सामंत का एक स्वतंत्र राज्य स्थापित करने की प्रक्रिया की ओर इंगित करती थीं। सभी राजपूत घरानों के मुख्य परिवार की शाखाओं ने पड़ोसी क्षेत्रों में राज्य किया और ये सभी प्रतीहारों के जागीरदार रहे।

सोलंकियों की सत्ता काठियावाड़ प्रदेश में केंद्रित रही, और इस परिवार की शाखाएँ मालवा, छेदी, पाटन तथा भड़ौच में फैल गईं। दसवीं शताब्दी के उत्तरार्द्ध तक सोलंकी अपने लगभग सभी पड़ोसियों से युद्ध में रत रहे। पँवारों ने इंदौर के निकट धार को अपनी राजधानी बनाकर मालवा में अपने राज्य की स्थापना की। वे प्रारंभ में राष्ट्रकूटों के सामंत थे, परंतु उन्होंने दसवीं शताब्दी के अंत में अपने स्वामियों के विरुद्ध विद्रोह किया। यद्यपि प्रारंभिक पारंपरिक कथाओं के अनुसार पँवार राष्ट्रकूटों से संबंधित थे, परंतु बाद की परंपरा उनके नाम के विषय में एक दिलचस्प कहानी बताती है, जो चौहानों की अग्निबलि की कहानी से मिलती-जुलती है। कहानी यह है कि महर्षि वशिष्ठ के पास एक कामधेनु थी जिसे एक दूसरे ऋषि विश्वामित्र ने चुरा लिया। इस पर वशिष्ठ ने माउंट आबू पर यज्ञीय अग्नि को भेंट चढ़ाई, जिससे अग्नि में से एक वीर उत्पन्न हुआ और उसने कामधेनु छीनकर वशिष्ठ को लौटा दी। वशिष्ठ ने उस वीर को परमार (शत्रु को मारनेवाले) की उपाधि प्रदान की, और इससे ही परमार वंश का जन्म हुआ। स्पष्टतः यह अग्निकुल की कथा से इस वंश के उद्भव की कथा को मिलाने का

प्रयत्न था, जिसका (अग्निकुल की कथा का) विकास बाद में हुआ था। परंपरा की दृष्टि से अग्नि संस्कार शुद्धीकरण का प्रतीक था, और राजपूतों के अनिश्चित उद्भव के कारण अग्निकुल की कथा पर जो विशेष बल दिया जाता है, उसका महत्त्व स्पष्ट है।

अन्य राजपूत वंश, जो स्वयं को सूर्य और चंद्रवंशी कहते थे, स्थानीय राजाओं के रूप में पश्चिमी तथा मध्य भारत के विविध भागों में स्थापित हो गए। इनमें चंदेल भी थे जिन्होंने खजुराहो प्रदेश में दसवीं शताब्दी में महत्ता प्राप्त की। चौहान राज्य के दक्षिण में स्थित मेवाड़ के गुहिलों ने अरबों के विरुद्ध अभियान में भाग लिया था। अरबों की गतिविधियों ने राष्ट्रकूटों तथा प्रतीहारों की शक्ति की दुर्बलता को प्रकट कर दिया था, और पश्चिमी भारत में उनके सामंतों को उनसे संबंध-विच्छेद करके स्वतंत्रता का दावा करने के लिए प्रोत्साहित किया था। चौहानों के उत्तर-पूर्वी पड़ोसी तोमर थे, जो प्रतीहारों के सामंत भी थे और दिल्ली के चारों ओर के हरियाणा क्षेत्र पर शासन करते थे, जिसमें हर्ष का घर थानेसर भी सम्मिलित था। दिल्लिका (दिल्ली) नगर की स्थापना तोमरों ने सन् 736 ई. में की थी। बारहवीं शताब्दी में चौहानों ने तोमरों को पराजित कर दिया। एक और भी परिवार था जिसका प्रारंभ प्रतीहारों के सामंत के रूप में हुआ था, परंतु उसने शीघ्र ही स्वाधीनता प्राप्त कर ली थी। यह परिवार त्रिपुरी (जबलपुर के निकट) के कलछुरियों का परिवार था।

उत्तरी भारत दीर्घकाल तक विदेशी आक्रमणों से बचा रहा था। हूणों के आक्रमणों का प्रभाव भूला जा चुका था, और अरबों के आक्रमणों को सरलता से विफल कर दिया गया था। चार शताब्दियों से अधिक समय तक केवल आंतरिक युद्ध होते रहे। छोटी-छोटी घटनाओं को बड़े-बड़े कारण बनाकर अनंत युद्ध लड़े गए जिससे प्रत्येक राजवंश उन युद्धों में उलझा रहा और उनकी आर्थिक स्थिति खराब हो गई। सत्ताधारी राजाओं से संबंध विच्छेद कर लेने के पश्चात छोटे राजाओं के लिए सब ओर युद्धों द्वारा अपनी स्वाधीनता बनाए रखना आवश्यक हो गया। ज्यों-ज्यों स्थानीय मामलों में व्यस्तता बढ़ती गई, बाहरी जगत से संबंध अधिकाधिक सीमित होते गए। पश्चिम से व्यापार कम हो गया, और संसार के इस भाग में भारत को रुचि लेने की आवश्यकता कम हो गई। भारत में आत्मसंतोष की भावना व्याप्त रही। राजनीति में स्थानीय घटनाओं की ही प्रमुखता रही। इस आत्मसंतोष और संकीर्ण प्रवृत्ति पर प्रहार ग्यारहवीं शताब्दी में हुआ। राजेंद्र चोल ने पूर्वी तट और उड़ीसा प्रदेश पर सफल आक्रमण किए, और उसकी सेनाएँ उत्तर में गंगा नदी तक पहुँच गईं। इसके अतिरिक्त इस उपमहाद्वीप के उत्तर-पश्चिम से महमूद ग़ज़नवी के आक्रमण प्रारंभ हुए।

अफगानिस्तान का एक प्रदेश, ग़ज़नी, सन् 977 में उस समय महत्त्वपूर्ण हो गया जब एक तुर्क सरदार ने मध्य एशिया के निकटवर्ती भागों और शाहिया राज्य के सिंधुपार के प्रदेशों को अपने राज्य में सम्मिलित कर लिया। उसके पुत्र महमूद

ने इक्कीस वर्ष पश्चात ग़ज़नी को मध्य एशिया की राजनीति में एक अजेय शक्ति बनाने का निश्चय किया। भारत में महमूद की रुचि का आधार इस देश की अपार संपत्ति तथा पंजाब के मैदानों की उर्वरता थी, जो हिंदूकुश के बंजर पर्वतों की तुलना में और अधिक समृद्ध तथा आकर्षक प्रतीत होती थी। इस समय अफगानिस्तान की राजनीति भारत की अपेक्षा मध्य एशिया की राजनीति से अधिक घनिष्ठ रूप से संबंधित थी—महमूद की दृष्टि से भारत में होनेवाले आक्रमण आनुषंगिक थे और उनका कोई स्थायी महत्त्व नहीं था। चीन और मध्य सागर के बीच होनेवाले व्यापार के कारण, उत्तरी भारत की अपेक्षा ख्वारज़्म तथा तुर्किस्तान पर राजनीतिक सत्ता कायम रखना अधिक लाभदायक था—और ऐसा ग़ज़नवियों ने कुछ वर्ष तक किया भी। भारत में होनेवाले आक्रमण मुख्यतः ग़ज़नी का कोष भरने के लिए किए गए थे। जिस गति से महमूद भारत के आक्रमण से हटकर मध्य एशिया के अन्य आक्रमणों पर लग जाता था, वह विशेष रूप से ध्यान देने योग्य है।

ये आक्रमण महमूद के लिए लगभग वार्षिक कार्यक्रम बन गए थे। सन् 1000 ई. में उसने शाहिया राजा जयपाल को परास्त किया। अगले वर्ष उसका आक्रमण सेस्तान पर हुआ। सन् 1004-6 के दौरान उसने मुलतान पर बारंबार आक्रमण किया, क्योंकि यह शहर सामरिक दृष्टि से इसलिए महत्त्वपूर्ण था कि इस पर अधिकार होने से सिंधु नदी के निचले भाग पर नियंत्रण रखा जा सकता था। सन् 1008 में महमूद ने एक बार फिर पंजाब पर आक्रमण किया और अपार धनराशि लेकर ग़ज़नी लौट आया। अगले वर्ष उसे घूर (अफगानिस्तान में ग़ज़नी तथा हिरात के बीच का क्षेत्र) के शासक से संघर्ष करना पड़ा। स्पष्टतः महमूद की सेना अधिक गतिशील और समर्थ थी, अन्यथा वह इन दूर-दूर बसे हुए क्षेत्रों के वार्षिक आक्रमणों में सफल न हुआ होता। पूरी सावधानी से बनाई गई आक्रमणों की योजनाओं के फलस्वरूप ही फसल के दिनों में अफगान सेना भारत में आ जाती थी। इससे रसद पहुँचाने की व्यवस्थाओं की आवश्यकता नहीं रहती थी और सेना की गतिशीलता बढ़ जाती थी।

मंदिरों में—धर्मात्मा व्यक्तियों द्वारा दिए गए दान से उपलब्ध—नकद स्वर्ण, प्रतिमाओं एवं रत्नों के रूप में अपार धन राशि होती थी, और उत्तरी भारत में धन की खोज करनेवाले किसी गैर-हिंदू के लिए ये मंदिर स्वाभाविक लक्ष्य थे। स्वर्ण के लिए महमूद की तृष्णा कभी नहीं मिटी थी। सन् 1010 से 1026 ई. तक महमूद के आक्रमण मंदिर वाले नगरों—मथुरा, थानेसर, कन्नौज तथा अंत में सोमनाथ—पर हुए। सोमनाथ के मंदिर में बहुत अधिक धन होने की बात दूर-दूर तक प्रसिद्ध थी, इसलिए उस पर महमूद का आक्रमण अनिवार्य था। धन की इच्छा के साथ-साथ धार्मिक प्रेरणा भी थी, क्योंकि इस्लाम धर्म के कट्टर अनुयायियों के लिए मूर्ति तोड़ना एक अत्यंत प्रशंसनीय कार्य समझा जाता था। सोमनाथ मंदिर का विनाश भयानक रूप से हुआ, और इस घटना की अमिट छाप हिंदू मस्तिष्क पर शताब्दियों

तक रही। इसके अलावा महमूद, और कभी-कभी मुस्लिम शासकों के चरित्र का मूल्यांकन भी, इसी घटना के प्ररिप्रेक्ष्य में होता रहा। तेरहवीं शताब्दी के एक अभिलेख में इस घटना का वर्णन इस प्रकार किया गया है :

सोमनाथ भारत का एक विशाल नगर था जो समुद्र-तट पर स्थित था, और समुद्र की लहरें उसे छूती थीं। उस स्थान की आश्चर्यजनक वस्तुओं में, वहाँ का एक मंदिर था जिसमें सोमनाथ की मूर्ति स्थापित थी। यह मूर्ति मंदिर के बीच में बिना किसी सहारे के खड़ी थी—न इसके नीचे कोई आधार था और न ही ऊपर कुछ सहारा देने के लिए था। हिंदुओं में इसका बड़ा आदर था, और जो भी इसे वायु में तैरता देखता—वह चाहे मुसलमान हो या विधर्मी—आश्चर्यचकित रह जाता था। चंद्रग्रहण पड़ने पर हिंदू लोग इसकी यात्रा पर जाते थे, और वहाँ लाखों की संख्या में एकत्रित होते थे। उनका विश्वास था कि मनुष्यों की आत्माएँ अपने शरीर से पृथक् होकर वहाँ एकत्रित होती थीं, और यह मूर्ति अपनी इच्छानुसार उन्हें दूसरे शरीरों में—पुनर्जन्म के सिद्धांतों के अनुसार—प्रविष्ट करा देती थी। ज्वार-भाटे को समुद्र द्वारा की गई मूर्ति की उपासना समझा जाता था। सर्वाधिक मूल्यवान वस्तुएँ भेंट के रूप में यहाँ चढ़ती थीं, और मंदिर के पास दान में प्राप्त दस हजार से अधिक गाँव थे। यहाँ एक नदी (गंगा) थी जो पवित्र मानी जाती थी और उसमें और इस मंदिर के बीच की दूरी दो सौ 'परसंगों' से अधिक थी। वे प्रतिदिन इस नदी का पानी मंदिर में लाकर मंदिर को धोते थे। मूर्ति की पूजा करने और दर्शकों की देखभाल के लिए एक हजार ब्राह्मण नियुक्त थे, तथा पाँच सौ कुमारियाँ इसके द्वार पर नाचती-गाती थीं। इन सब का खर्च मंदिर को प्राप्त दान से चलता था। यह मंदिर शीशा जड़ी सागवान की लकड़ी के छप्पन स्तंभों पर खड़ा था जिन पर राँगा चढ़ा हुआ था। मूर्ति का पूजागृह अंधकारमय था, परंतु वह अत्यंत मूल्यवान रत्नजड़ित झाड़फानूस से प्रकाशित था। उसके निकट दो सौ मन की सोने की एक जंजीर थी। जब रात्रि का एक पहर समाप्त होता था तो पूजा के लिए ब्राह्मणों के एक दूसरे दल को जगाने के लिए यह जंजीर हिलाकर घंटियों की तरह बजाई जाती थी। जब सुल्तान धार्मिक युद्ध के लिए भारत में आया, तो इस आशा में कि हिंदू लोग मुसलमान बन जाएँगे, उसने सोमनाथ पर अधिकार करने और उसे नष्ट करने के लिए बहुत प्रयत्न किए। वह सन् 1025 ई. के दिसंबर के मध्य में यहाँ आया। भारतीयों ने डटकर उसका मुकाबला किया। वे रोते-चिल्लाते हुए मंदिर में सहायता के लिए जाते और फिर रणभूमि में आकर युद्ध करते-करते अपने प्राणों का उत्सर्ग कर देते। मरनेवालों की संख्या 50,000 से अधिक थी। सुल्तान मूर्ति को देखकर आश्चर्यचकित हुआ, और फिर उसने सारा माल-खजाना लूटने का आदेश दिया। इनमें सोने और चाँदी की अनेक प्रतिमाएँ तथा रत्नजटित पात्र थे, और यह सब-के-सब भारत के बडे-बड़े आदमियों द्वारा दान में दिए गए थे। मंदिर से प्राप्त वस्तुओं और मूर्तियों का मूल्य बीस हजार दीनार से अधिक था। जब सुल्तान ने अपने समर्थकों से मूर्ति के चमत्कार के विषय में पूछा, और बिना किसी सहारे के खड़े रहने के विषय में उनका अनुमान जानना चाहा, तो अनेक व्यक्तियों की राय यह थी कि वह किसी गुप्त वस्तु के सहारे पर खड़ी थी। इस पर सुल्तान ने अपने एक साथी को आदेश दिया कि वह चारों ओर, तथा ऊपर-नीचे भाला घुमाकर इस बात का पता लगाए। उसने ऐसा ही किया, परंतु भाले में अटकनेवाली कोई वस्तु नहीं मिली। फिर एक सेवक ने यह राय प्रकट की कि मंदिर का मंडप तो चुंबक पत्थर का बना है और मूर्ति लोहे की, तथा किसी कुशल कारीगर ने ऐसी व्यवस्था की है कि चुंबक किसी भी ओर अधिक दबाव न डाले—अतएव यह मूर्ति बीच में लटकी है। कुछ व्यक्तियों ने इससे अपनी सहमति प्रकट की और कुछ ने असहमति। इस तथ्य को निश्चय करने के लिए मंडप की छत से कुछ पत्थर निकालने की सुल्तान से अनुमति ली गई। जब ऊपर के दो पत्थर निकाले गए तो मूर्ति एक ओर झुक गई। जब और पत्थर निकाले गए तो वह और झुक गई, और अंत में पृथ्वी पर आकर टिक गई।[1]

सन् 1030 में महमूद की मृत्यु हो जाने पर उत्तर भारत के लोगों को शांति मिली, क्योंकि उसका नाम प्रतिवर्ष आक्रमण करने और मूर्ति तोड़नेवालों में से था। फिर भी उसने भारत में लूटमार से प्राप्त धन को अपने चरित्र के दूसरे रूप, जो कि एक सुसंस्कृत कुलीन का रूप था, की अभिव्यक्ति में खर्च किया। उसने एक पुस्तकालय और संग्रहालय की स्थापना की तथा ग़ज़नी में एक ऐसी मस्जिद का निर्माण कराया जिसमें संसार-भर के तत्कालीन सर्वश्रेष्ठ इस्लामी शिल्प का समावेश किया गया था। अपने ख्वारिज़्म के अभियान में महमूद अलबरूनी नामक एक ऐसे विद्वान को अपने साथ लाया था जो संभवतः उस समय मध्य एशिया में सबसे अधिक प्रतिभाशाली था, और जो महमूद के आदेश से भारत में दस वर्ष तक रहा। भारत के विषय में अलबरूनी की कृति 'तहकीके-हिंद' में भारतीय सभ्यता पर ऐसी टीका-टिप्पणी दी गई है, जो विशेष रूप से तीखी तथा पैनी है।

महमूद के आक्रमणों ने भारत को उत्तर-पश्चिमी संसार से अथवा वहाँ होनेवाली घटनाओं से परिचित नहीं कराया। महमूद के आक्रमण होने पर उसको रोकने के लिए संघ तो बने परंतु यह संघ राष्ट्रीय आधार पर प्रतिरक्षा की दृष्टि से नहीं संगठित किए गए जिसमें इस उपमहाद्वीप के विभिन्न भागों अथवा उत्तर भारत के ही साधनों का उपयोग किया गया हो। इस समय प्रतिरक्षा का मुख्य ध्येय यह होता था कि राजाओं को सहायता दी जाए ताकि वे अपने राज्य की रक्षा कर सकें। इस बात को भली प्रकार नहीं समझा गया कि महमूद के हमलों ने उत्तर-पश्चिम से बाद में होनेवाले आक्रमणों का मार्ग प्रशस्त कर दिया था। समझा यह गया कि शकों और हूणों की भाँति महमूद भी एक और म्लेच्छ है, और जैसे शक और हूण यहाँ घुलमिल गए वैसे महमूद और उसकी सेनाएँ भी यहाँ के जीवन में आत्मसात हो जाएँगी। बहरहाल, महमूद की मृत्यु के बाद—विशेषतया उसके उत्तराधिकारियों की उत्तरी भारत के मैदानों में विशेष रुचि न होने के कारण—उत्तर-पश्चिमी सीमा पर सतर्क रहने की आवश्यकता नहीं समझी गई। भारतीय शासक फिर आंतरिक कलह में व्यस्त हो गए। जब बारहवीं शताब्दी के अंत में मुहम्मद गोरी के नेतृत्व में दूसरा आक्रमण उत्तर-पश्चिम से हुआ तो भारत—व्यावहारिक रूप से—इस आक्रमण का सामना करने के लिए उतना ही अप्रस्तुत था जितना कि वह महमूद ग़ज़नवी के आक्रमण के समय था।

कन्नौज पर महमूद का आक्रमण होने के बावजूद भी पूर्वी गंगा का मैदान उस प्रकार विघटित नहीं हुआ जैसे पंजाब हुआ था। कन्नौज पुनः हिंदू अधिकार में आ गया, और उसने फिर वही वैभव प्राप्त किया जिसके फलस्वरूप उसे विविध राज्यों—चालुक्यों और उसके पश्चात गाहडवालों के, जो अपने राजपूत होने का दावा करते थे—के निरंतर आक्रमणों का सामना करना पड़ा। बिहार पर कर्नाटक वंश—जो नाम से दक्षिण का प्रतीत होता था—का आधिपत्य हो गया। जैसा कि उस समय के शिलालेखों से स्पष्ट है, दक्षिण के विभिन्न भागों के अधिकारियों की नियुक्ति पूर्वी भारत में हुई थी, और उनमें से कुछ ने यहाँ अपने

राज्य भी स्थापित कर लिए। जबलपुर के निकट त्रिपुरी में कलछुरी वंश के राजा शासन करते रहे, और उनके राज्य की कोई घटना उल्लेखनीय नहीं है। सेनों के समय में अल्पकाल के लिए बंगाल में कुछ प्रगति अवश्य हुई, परंतु तेरहवीं शताब्दी के आरंभ में तुर्की सेनापति मुहम्मद खिलजी ने आक्रमण कर बंगाल पर अपना आधिपत्य जमा लिया, और सेन वंश समूल ध्वस्त हो गया।

राजपूत जातियाँ ग्यारहवीं और बारहवीं शताब्दी में एक-दूसरे के विरुद्ध निरंतर युद्ध करती रहीं। किसी भी राज्य पर स्थायी अधिकार रखना एक कठिन कार्य था, और इस समय प्रदेशों के लिए परस्पर होड़ एक चिरस्थायी बात बन गई थी। सामान्यतः युद्ध करना अब शौर्य का एक अंग बन चुका था। इस प्रकार परमारों ने अपनी शक्ति मालवा में बढ़ा ली। सोलंकी काठियावाड़ के चारों ओर गुजरात में जमे रहे; चंदेल, परमारों और कलछुरियों के विरुद्ध युद्ध में व्यस्त रहे। बारहवीं शताब्दी में चौहानों ने उन पर आक्रमण किया। गुहिला राजपूत मेवाड़ और आधुनिक उदयपुर के चारों ओर के क्षेत्रों पर अपना आधिपत्य जमाए हुए थे। एक अन्य वंश—कच्छपघट—ग्वालियर और उसके चारों ओर के जिलों पर शासन कर रहा था।

चौहानों की शक्ति—जिन्होंने दिल्ली प्रदेश के तोमर राज्यों पर अधिकार कर लिया था—इस समय अनेक पराजयों के बावजूद भी यथावत रही। अंतिम चौहान राजा पृथ्वीराज तृतीय, कन्नौज की राजकुमारी से प्रेम करने तथा विवाह करने की घटना से एक रोमांटिक नायक बन चुका है। चारण चंदबरदाई द्वारा रचित एक बड़े महाकाव्य 'पृथ्वीराजरासो' में इस घटना का वर्णन है, जो इस प्रकार है: कन्नौज के राजा की पुत्री का विवाह होने को था। जैसी कि प्रथा थी, एक स्वयंवर रचा गया जिसमें विवाह के इच्छुक प्रत्याशी दरबार में उपस्थित हुए, और इन्हीं उपस्थित राजकुमारों में से राजकुमारी को अपने पति का चुनाव करना था। लेकिन वह पहले ही अपना हृदय वीर पृथ्वीराज को समर्पित कर चुकी थी, जो दुर्भाग्य से उसके पिता का शत्रु था। कन्नौज के राजा ने पृथ्वीराज का अपमान करने के लिए केवल इतना ही नहीं किया कि उसे निमंत्रण नहीं दिया, बल्कि अपने दरबार के द्वारपाल के रूप में उसकी प्रतिमा भी स्थापित करवा दी। जब कन्नौज की राजकुमारी ने वहाँ उपस्थित समस्त राजकुमारों को ठुकराकर अपनी इच्छा की अभिव्यक्ति उस पतिमा के गले में माला डालकर की तो दरबार में उपस्थित सारे लोग चकित रह गए। जब तक दरबारी वस्तुस्थिति को समझें तब तक पृथ्वीराज—जो वहीं कहीं निकट में छिपा हुआ था—घोड़े पर राजकुमारी को बिठाकर अपने राज्य की ओर भाग गया, जहाँ उन दोनों का विवाह हो गया। परंतु वे कभी सुख से नहीं रह सके क्योंकि उत्तर-पश्चिम से होनेवाले—मुहम्मद गोरी के—दूसरे आक्रमण के कारण जो युद्ध हुआ उसमें पृथ्वीराज पराजित होकर मारा गया।

गोरी के सुल्तान मुहम्मद ने योजना बनाकर भारत पर आक्रमण किया। उसने

सिंध के मैदान में गोमल दर्रे से प्रवेश किया—अधिक उत्तर में स्थित खैबर दर्रे से नहीं, जहाँ से कि अब तक आक्रमणकारी आते रहे थे—और सन् 1182 ई. तक सिंध के शासकों ने उसका आधिपत्य स्वीकार कर लिया। परंतु मुहम्मद लूटमार से संतुष्ट होने के बजाय भारत में एक राज्य स्थापित करना चाहता था। उसने समझ लिया था कि उत्तरी सिंधु घाटी और पंजाब के प्रदेश अधिक संपन्न हैं, इसलिए उसने उन्हें जीतने की योजना बनाई।

यह आक्रमण उत्तरी मार्ग से हुआ और सन् 1185 ई. में मुहम्मद ने लाहौर जीत लिया। इससे उसे भारत में और विजय प्राप्त करने की प्रेरणा मिली। अतएव अब गंगा के मैदान पर नियंत्रण रखनेवाले राजपूत राज्यों पर उसने आक्रमण किया। आंतरिक प्रतिद्वंद्विता और कलह को न भूलते हुए भी राजपूत यथाशक्ति संगठित हुए, और उन्होंने पृथ्वीराज के नेतृत्व में सन् 1191 ई. में तराईन के मैदान में मुहम्मद गोरी से प्रथम युद्ध किया जिसमें राजपूतों की विजय हुई। मुहम्मद ने कुछ और सैनिक जुटाए और कुछ महीने के बाद 1192 ई. में उसी स्थान पर दूसरा युद्ध हुआ। पृथ्वीराज की पराजय हुई, दिल्ली राज्य पर मुहम्मद का अधिकार हो गया, और उसने आगे बढ़कर दिल्ली और अजमेर दोनों जीत लिए। परंतु सन् 1206 ई. में मुहम्मद की हत्या कर दी गई। पहले की भाँति, इस बार तुर्क-अफगान भारत से चले नहीं गए। मुहम्मद ने भारत के अधिकृत भागों को अपने अधिकार में बनाए रखने का दृढ़ निश्चय कर लिया था, और उसके उत्तराधिकारियों ने उसकी इस नीति का पालन किया।

अब प्रश्न उठता है कि अपने भारतीय आक्रमणों में अफगान सेनाओं* को इतनी सफलता कैसे मिली। अफगानों के पहले के छुटपुट हमले उत्तेजक किस्म के थे और उनके होने का वास्तविक अर्थ अथवा उनसे क्या स्थायी राजनैतिक डर हो सकता था, यह पता न चल सका। सुदूर उत्तर की अफगान विजय धीमी गति से हुई, इसलिए कुछ समय तक उनकी विजय के परिणाम स्पष्ट न हो पाए। अफगान सेनाओं को सीमा पार से सेनाएँ और घोड़े मँगाकर अपने को सुदृढ़ करने की सुविधा थी, परंतु भारतीय सेनाओं की शक्ति अधिकतर स्थिर रही। अफगान सैनिक लड़ने को इच्छुक रहते थे, तथा लूटमार का प्रलोभन उन्हें लड़ते रहने की प्रेरणा प्रदान करता था, जबकि भारतीय सैनिक अब तक युद्ध करके थक चुके थे और अनेक आंतरिक संघर्षों से परेशान हो चुके थे।

मध्य एशिया के अच्छे घोड़े जरूरत पड़ने पर मिल जाने से अफगानों की घुड़सवार सेना भारतीय सेना की अपेक्षा अच्छी होती थी, और जमकर होनेवाली

* तथाकथित दिल्ली सल्तनत के प्रारंभिक शासक और उनके अधिकतर अनुयायी—कुलीनवंशी तथा अन्य—तुर्क (मुख्यतः मध्य एशिया निवासी) थे, जो अफगानिस्तान में बस गए थे तथा इनमें कुछ अफगान सरदार भी थे। जिस सेना से उन्होंने भारत पर आक्रमण किया था, उसमें तुर्क, फारसी तथा अफगान पेशेवर सैनिक थे, परंतु सुविधा की दृष्टि से—यह मानकर कि अधिकांश सैनिक अफगान थे—उसे अफगान सेना कहा गया है।

लड़ाइयों में अफगानों ने इसका अच्छा उपयोग भी किया। भारतीय सेना में घटिया नस्ल के घोड़े होने के कारण वह सदैव घाटे में रहती थी और इसीलिए वह घुड़सवार सेना पर बहुत अधिक निर्भर नहीं रहती थी। भारतीय सेनापति हाथियों पर अधिक विश्वास रखते थे, जो मध्य एशिया के तेज घोड़ों के सामने बराबरी से युद्ध नहीं कर पाते थे। अफगान लोग मध्य एशिया की सैनिक रणनीति का प्रयोग करते थे जिसमें फुर्ती और हल्के हथियारों पर बल दिया जाता था, जिससे युद्ध में आवश्यकता पड़ने पर चालबाजी से काम लिया जा सके। भारतीय सेना विजय के लिए अपनी शक्ति पर विश्वास करते हुए ठोस संगठित दल बनाकर युद्ध करती थी, परंतु अफगानों के आकस्मिक आक्रमण की नीति के आगे सफल नहीं होती थी। अफगान लोग सामरिक दृष्टि से महत्त्वपूर्ण दुर्गों पर अधिकार करने का अधिकाधिक प्रयत्न करते थे, जिसके फलस्वरूप भारतीय सेना को पहाड़ी प्रदेशों में प्रतिरक्षात्मक युद्ध करना पड़ता था, जिसमें उन्हें कष्ट भी होता था। अफगान सेनाओं को—विशेषतया जब वे आगे बढ़ रही हों तो—परेशान करने का एक अच्छा साधन गुरिल्ला (छापामार) युद्ध-प्रणाली हो सकती थी, परंतु ऐसा प्रतीत होता है कि इसका सफलतापूर्वक उपयोग नहीं किया गया।

युद्ध के संबंध में दोनों शक्तियों का मनोवैज्ञानिक रवैया भी भिन्न-भिन्न था। अफगानों के लिए युद्ध जीवन-मरण का प्रश्न होता था, जबकि भारतीय राजाओं के लिए यह लगभग एक खेल होता था, जिसे खेलने के अपने नियम थे। छोटे-छोटे युद्धों में मध्यकालीन नैतिक दानवीरता दिखलाने से युद्ध की नीरसता अवश्य कम हो जाती होगी, परंतु अफगानों से लड़े जानेवाले युद्ध पूर्णतया भिन्न प्रकार के होते थे, और संभवतः प्रारंभ में इस तथ्य को ठीक तरह से नहीं समझा गया। भारतीय सेनाओं की संगठन-रचना ने उनकी दुर्बलताओं को और बढ़ा दिया। प्रत्येक सेना में सैनिकों का एक स्थाई अंग होता था, परंतु अधिकांश सैनिक सामंतों द्वारा भर्ती कर लिए जाते थे, जिन्होंने एक सुगठित सेना के रूप में पहले युद्ध नहीं किया होता था।

सबसे बड़ी पहेली यह है कि शताब्दियों तक विभिन्न भारतीय शासकों द्वारा संगठित होकर उत्तर-पश्चिम के रास्तों की रक्षा के लिए कोई प्रयास क्यों नहीं किया गया। समय-समय पर अनेक आक्रांताओं ने इन दर्रों से होकर भारत में प्रवेश किया, फिर भी उन्हें रोकने के लिए कोई प्रयत्न नहीं किया गया। इस क्षेत्र की रक्षा का भार स्थानीय राजाओं पर ही—उनकी इच्छानुसार—रहा। यदि चीनियों की तरह एक बड़ी दीवार बनाना संभव नहीं था, तो कम-से-कम दर्रों के किनारे दुर्गों का निर्माण तो हो ही सकता था। संभवतः प्रतिरक्षा की आवश्यकता के संबंध में ध्यान ही नहीं दिया गया।

मुहम्मद की मृत्यु के पश्चात् अफगानिस्तान में गोरी राज्य अधिक समय तक नहीं चला, परंतु इस राज्य के भारतीय भाग में एक नई राजनीतिक सत्ता—दिल्ली सल्तनत—तुर्क और अफगान सुल्तानों के लिए आधार-बिंदु बन गई। मुहम्मद

अपने राज्य के भारतीय प्रदेश अपने एक सेनापति कुतबुद्दीन ऐबक की देख-रेख में छोड़ गया था। मुहम्मद की मृत्यु के पश्चात् वह इन प्रदेशों का शासक बन गया, और उसने एक ऐसे राजवंश की नींव डाली जो गुलाम वंश कहलाता है, क्योंकि इस वंश का संस्थापक कभी गुलाम रह चुका था। कुतबुद्दीन ने चौहानों द्वारा नियंत्रित क्षेत्रों को उनसे मुक्त करके तथा ग्वालियर एवं उत्तरी दोआब (यमुना और गंगा नदियों के मध्य के उपजाऊ प्रदेश) को संगठित करके दिल्ली में अपनी स्थिति सुदृढ़ कर ली। राजस्थान—जिसके महत्त्व से वह परिचित था—पर अधिकार जमाने के लिए उसने अनेक प्रयत्न किए परंतु राजपूतों की गतिशीलता के कारण वह सफल न हो पाया।

सन् 1193 ई. और सन् 1206 ई. के बीच के अनिश्चित काल में—जब मुहम्मद गोरी और कुतबुद्दीन दोनों ही अपने भारतीय प्रदेशों में असुरक्षित थे—उनके विरुद्ध मोर्चा लेना और उन्हें भारत से निकाल बाहर करना संभव था। यह आश्चर्य की बात है कि यह अवसर भी हाथ से निकलने दिया गया। यदि अफगानिस्तान से होनेवाले आक्रमणों के आशय को घरेलू और विदेशी राजनीति की दृष्टि से भली-भाँति समझ लिया गया होता तो संभवतः इन आक्रमणों को रोकने का प्रयत्न किया जाता। परंतु इस तथ्य को समझना कठिन था, क्योंकि सतलज के उत्तर में स्थित पंजाब का क्षेत्र शताब्दियों तक अफगानिस्तान और मध्य एशिया की राजनीति में उलझा रहा था। इस घनिष्ठ संबंध के कारण पंजाब के राज्य मध्य एशिया की राजनीति का सही दृष्टि से मूल्यांकन नहीं कर सके। तुर्कों को भी उसी भाँति देखा गया जिस प्रकार शकों, कुषाणों और हूणों को देखा गया था, और समझा यह गया कि मध्य एशियावासियों की भाँति वे भी केवल पंजाब पर अपना नियंत्रण बढ़ाना चाहते हैं। सतलज के दक्षिण में बसे हुए उत्तर भारत के राज्यों ने भी यह पूरी तरह नहीं समझा कि वास्तव में तुर्क लोग भारत में अपना राज्य स्थापित करना चाहते थे।

एक दूसरी बाधा पंजाब को छोड़कर उत्तरी भारत के उन प्रदेशों का रवैया था, जिसके कारण वे इस नए तत्त्व का सही मूल्यांकन नहीं कर सके। संभवतः इस रवैये का सर्वश्रेष्ठ सार अलबरूनी की कृति के प्रथम अध्याय में मिलता है, जिसमें वह लिखता है :

> ...भारतवासी विश्वास करते हैं कि उनके देश के अतिरिक्त और कोई देश नहीं है, उनके राष्ट्र जैसा कोई राष्ट्र नहीं है, उनके राजा जैसा कोई राजा नहीं है, उनके धर्म जैसा कोई धर्म नहीं है, उनके विज्ञान जैसा कोई विज्ञान नहीं है... जो कुछ वे जानते हैं, उसे दूसरे को बताने में स्वभावतः वे संकोचशील हैं, और वे इस बात का बहुत ध्यान रखते हैं कि वे अपने ही लोगों में भी अन्य जाति के लोगों को न बताएँ और किसी विदेशी को तो कदापि न बताएँ।[2]

भारतीयों के ज्ञान के विषय में वह लिखता है :

> वे अत्यंत विभ्रम की स्थिति में हैं, उनके ज्ञान में कोई तर्कसंगत क्रम नहीं है तथा उस ज्ञान में सामान्य जनता द्वारा माने गए बहुत से मूर्खतापूर्ण विचार शामिल हैं। मैं उनके गणित-संबंधी

> और खगोल-संबंधी ज्ञान की तुलना मोतियों तथा खट्टे छुहारों के मिले हुए ढेर से अथवा मोती और गोबर के मिश्रित ढेर से, या बहुमूल्य पत्थर और साधारण कंकड़ों के मिलेजुले ढेर से ही कर सकता हूँ। यह दोनों प्रकार की वस्तुएँ उनकी दृष्टि में समान हैं, क्योंकि उन्हें निगमन की वैज्ञानिक प्रणाली का कोई ज्ञान नहीं है…

यह निःसंदेह दुर्भाग्य की बात है कि अलबरूनी ने भारत की ऐसे समय में यात्रा की जब ज्ञान की अवनति हो चुकी थी। यदि वह चार शताब्दी पहले आता तो उसके जैसे प्रतिभाशाली व्यक्ति ने तब चलनेवाले जोरदार विवादों में उत्साह से भाग लिया होता। ग्यारहवीं शताब्दी में प्रत्येक स्तर पर संकुचित विचारों का होना उत्तरी भारत की विशिष्टता थी, और इन संकुचित विचारों के कारण ही तुर्कों और अफगानों का इस देश में आना संभव हुआ। सौभाग्य से इसका परिणाम पूर्ण रूप से विनाशकारी नहीं हुआ। इसने यहाँ की जीवन-पद्धति में एक नई स्फूर्ति का सूत्रपात किया।

11. प्रादेशिक राज्यों में सामंतवाद

लगभग 800-1200 ई.

इस काल में उत्तरी भारत और दक्खन में प्रादेशिक राज्यों के रूप में जो राजनीतिक विखंडन हुआ उसका कारण अनेक घटनाएँ थीं जिनसे समान संस्कृति और इतिहास पर आधारित प्रादेशिक निष्ठा को बढ़ावा मिला। वृहत्तर और पूरी तरह केंद्रित पूर्ववर्ती राज्यों का अंत हो जाने से अब न तो किसी केंद्रीय सत्ता के होने की कोई मजबूरी रह गई और न ही कोई आर्थिक दबाव जिससे कि स्थानीय भावना में कमी आती। अतएव, अब सारा ध्यान अधिक तात्कालिक स्थानीय हितों और साधनों पर केंद्रित किया जाने लगा। स्थिति यह हो गई कि इस पूरे प्रदेश में राष्ट्रीय मामलों के स्थान पर स्थानीय मामलों पर ही ध्यान दिया जाने लगा।

इस नए दृष्टिकोण का एक परिणाम ऐतिहासिक लेखन में वृद्धि था। तुलनात्मक दृष्टि से काश्मीर जैसे छोटे भौगोलिक प्रदेशों और नेपाल जैसे और भी छोटे राजवंशों के अनेक पारिवारिक इतिहास लिखे गए। किसी भी राजा को प्रशस्ति पाने के लिए समुद्रगुप्त जैसा बनने की आवश्यकता नहीं थी—छोटे-छोटे राजाओं का उल्लेख उसी उत्साह से किया जाता था जिस उत्साह से महत्त्वपूर्ण राजाओं का। साधारण महत्त्वहीन राजवंशों की वंशावली को आकर्षक एवं प्रभावपूर्ण बनाने की दृष्टि से उनका संबंध पूर्ववर्ती ऐतिहासिक व्यक्तियों से, और कभी-कभी देवताओं से भी जोड़ने का प्रयत्न किया गया। स्थानीय गौरव की अभिव्यक्ति स्थानीय राजाओं से संबंधित वीरकाव्यों एवं महाकाव्यों में हुई, और इनमें संभवतः 'पृथ्वीराजरासो' अपने तरह की सर्वाधिक लोकप्रिय कृति है (यद्यपि प्रचलित संस्करण बाद की रचना है)।

पहले के केंद्रित दृष्टिकोण में इस प्रकार के महत्त्वपूर्ण परिवर्तन का कारण मुख्यतया एक ऐसे नए राजनीतिक-आर्थिक ढाँचे का विकास था जो पहले उत्तर में और आगे चलकर दक्षिणी भारत में सबल हुआ। मोटे रूप में इसे सामंतवाद कह सकते हैं। इस शब्द के प्रयोग पर आपत्ति की गई है, क्योंकि भारत में इन शताब्दियों में सामंतवाद का जो प्रचलित रूप था, वह संसार के अन्य भागों में विद्यमान सामंतवाद-जैसा नहीं था। अतएव कुछ इतिहासकारों ने इसे अर्द्ध-सामंतवाद या सामंतवादी कहना उचित समझा है। इस प्रकार की शब्दावली प्रयोग करना व्यर्थ में सतर्क रहने की कोशिश मात्र है, विशेषकर जब यह पहले ही स्पष्ट कर

दिया गया है कि सामंतवाद का भारतीय रूप, विश्व के दूसरे सामंतवादी रूपों से मुख्य रूप में समान होते हुए भी कुछ रूपों में उससे भिन्न है। उदाहरण के लिए, भारतीय सामंतवाद में आर्थिक अनुबंध पर उतना बल नहीं दिया गया जितना यूरोपीय सामंतवाद के कुछ रूपों में दिया जाता था। लेकिन, यह अंतर इतना उल्लेखनीय नहीं है कि केवल इसी कारण से सामंतवाद शब्द का प्रयोग इस काल में भारत में प्रचलित स्थितियों के लिए न हो सके।

भारत में सामंती व्यवस्था की आधारभूत अपेक्षाएँ उपस्थित थीं। राजा अपने अधिकारियों अथवा चुने हुए जमींदारों को कम या अधिक मात्रा में भूमि से मिलनेवाली आय प्रदान करता था और उनकी हैसियत वही होती थी जो यूरोप में जागीरदारों की होती थी। सातवीं शताब्दी से नकद वेतन के स्थान पर दिए जानेवाले भूमि अनुदान ने सामंती प्रक्रिया को बल प्रदान किया। कृषि का कार्य कृषकों, आमतौर पर शूद्रों द्वारा ही किया जाता था, जो वास्तव में भूमि से बँधे होते थे और अपनी पैदावार का एक निश्चित अंश जमींदार को देते थे। सामंत, राजा द्वारा मिली हुई अपनी भूमि किसानों को लगान पर उठा सकते थे जिनसे वे एक ऐसा राजस्व वसूल करते थे जो दोनों की सहमति से निश्चित हुआ हो। इस राजस्व का एक भाग वे राजा को भेज देते थे। जागीरदार से यह आशा की जाती थी कि शेष भाग में से वह एक सामंती सेना रखेगा जिसे—राजा के प्रति ली हुई निष्ठा की शपथ के अनुसार—वह राजा की सेवा में भेजने के लिए वचनबद्ध था। शपथ भंग करना एक घृणास्पद कार्य समझा जाता था। वह अपनी पुत्री का विवाह राजा से करने के लिए भी बाध्य किया जा सकता था; वह अपने स्वामी की मुद्रा का उपयोग करता था, और जिन स्मारकों, शिलालेखों आदि का वह निर्माण कराता था उनमें वह कर्तव्यवश अपने राजा के नाम का उल्लेख करता था।

इस प्रकार जागीरदार का राजा से संबंध घनिष्ठ परंतु अधीनस्थ का था, और इस संबंध की शर्तें मुख्यतः इस बात पर निर्भर करती थीं कि संबंध की शुरुआत किस प्रकार हुई। उदाहरणार्थ, युद्ध में जीते हुए जागीरदारों को स्वतंत्रतापूर्वक कार्य करने की गुंजाइश नहीं होती थी। इसके विपरीत कुछ अधिक शक्ति-संपन्न जागीरदारों को राजा से अनुमति लिए बिना ही भूमि प्रदान करने का अधिकार था। इस प्रकार के सामंतों के बहुधा अपने उप-सामंत होते थे, और इससे एक पूरी सामंत-परंपरा निर्मित होने लगती थी। गुप्त काल के बाद के समय के एक शिलालेख में इसका उल्लेख मिलता है, और यह सामंती परंपरा के प्रारंभ का प्राचीनतम प्रमाण है। गुप्त सम्राट का सुरश्मिचंद्र नामक एक सामंत था, और उसका मातृविष्णु नामक उप-सामंत था। बाद के चालुक्यों के शिलालेखों में इस परंपरा का बार-बार उल्लेख हुआ है।

अपने देयों का एक भाग राजा को नियमित रूप से देने और राजा के लिए एक निश्चित संख्या में सैनिकों को रखने के अतिरिक्त जागीरदारों को दूसरे कई दायित्व भी पूरे करने पड़ते थे। कुछ निश्चित अवसरों पर—जैसे राजा के जन्म दिवस

पर—उनका दरबार में उपस्थित होना अनिवार्य था। विभिन्न दरबारों में इसी प्रकार के विभिन्न अवसर होते थे जिनमें सामंतों का उपस्थित होना अनिवार्य होता था। अपनी संपत्ति के प्रबंध में कोई परिवर्तन करने पर छोटे सामंतों को राजा की अनुमति लेनी पड़ती थी। इसके बदले में सामंतों को उपाधि और सामंती महत्त्व के विभिन्न प्रतीकों—जैसे सिंहासन, पताका, विशेष रूप से निर्मित पालकी, राजकीय जुलूसों में हाथी की सवारी, पाँच विशेष वाद्यों से उनकी सूचना देने आदि—के प्रयोग की अनुमति दी जाती थी। सामंतों की हैसियत के अनुसार उनकी उपाधियों में भी अंतर होता था। अधिक महत्त्वपूर्ण सामंत 'महासामंत', 'महामंडलेश्वर' आदि उपाधियाँ ग्रहण कर लेते थे। छोटे सामंत 'राजा', 'सामंत', 'राणका', 'ठाकुर', 'भोक्ता', आदि उपाधियाँ ग्रहण करते थे। इनमें से कुछ का प्रयोग गुप्त काल से होता आया था, यद्यपि बाद की शताब्दियों में इनकी स्वीकृति अधिक सुनिश्चित हो गई।

जब विभिन्न राज्यों में युद्ध बहुधा होने लगे तो सामंती संबंधों का सैनिक रूप—राजा द्वारा माँगे जाने पर सैनिकों के संभरण का सामंतों का दायित्व—अधिकाधिक महत्त्वपूर्ण होता गया। कभी-कभी राजाओं को सैनिक देने के बदले में वार्षिक भेंट दी जाने लगी, परंतु साधारणतया ऐसा नहीं होता था। जब भी राजा युद्ध की घोषणा करता था तो यह आशा की जाती थी कि सामंत अपनी इच्छा से सैनिक और सैनिक-उपकरण भेजेंगे। शांति-काल में राजा अपने स्वामित्व की पुष्टि करने तथा इन सामंती सैनिकों का निरीक्षण करने के लिए समय-समय पर सामंती सैनिकों की परेड आयोजित किया करता था। किलों और सैनिक छावनियों में हमेशा पर्याप्त सैनिक रखे जाने पर बल दिया जाता था ताकि सुरक्षा तैयारी हर वक्त उपलब्ध रहे।

इन दायित्वों के कारण सामंतवादी पद्धति का सैनिक रूप सबल बना, जिससे राजपूत वंशों के उत्थान में प्रशंसनीय सहयोग प्राप्त हुआ। सन् 1000 ई. के पश्चात् सैनिक दायित्व अधिक महत्त्वपूर्ण हो गए क्योंकि इस समय पिछली शताब्दियों की अपेक्षा अधिकारियों को छोटी-छोटी भूमियों का अनुदान अधिक मात्रा में दिया जाने लगा था। पूर्व काल में बहुसंख्यक सामंती किराएदार ऐसे व्यक्ति होते थे जिनका संबंध धर्म—ब्राह्मण या बौद्ध प्रतिष्ठानों—से होता था और ये कर तथा सैनिक अपेक्षाओं दोनों से मुक्त होते थे।

सिद्धांत रूप में सामंतों को केवल भूमि का राजस्व ही दिया जाता था, भूमि नहीं, और यदि वह अनुदान की शर्तों का पालन करने में असमर्थ होते थे तो राजा उनकी भूमि को जब्त कर सकता था। यह अनुदान एक व्यक्ति को जीवन-भर के लिए दिया जाता था, और उसकी मृत्यु होने पर वह पुनः अन्य व्यक्ति को दिया जा सकता था। परंतु व्यावहारिक रूप में सामंत को प्राप्त भूमि पीढ़ी-दर-पीढ़ी चलती रहती थी, विशेषतया उस स्थिति में जबकि राजाओं का नियंत्रण कमजोर हो जाता था। एक ब्राह्मण मंत्री परिवार के विषय में यह प्रमाण मिलता है कि वह पाँच पीढ़ी

तक भूमि का लाभ उठाता रहा और परिवार का मुखिया उन्हीं कार्यों का कर्त्ता रहा जो उसके प्रारंभिक अनुदान प्राप्तकर्त्ता पूर्वज ने किए थे। किसी व्यक्ति की भूमि को पैतृक समझ लेने पर यह मान लेना बहुत आसान होता था कि उसे भूमि का राजस्व प्राप्त करने का ही नहीं बल्कि उसे बेचने का भी अधिकार है, यद्यपि वैधानिक रूप से उसे ऐसा करने की अनुमति नहीं थी।

किसी क्षेत्र की आय का कर-निर्धारण करने के लिए दक्खन के राज्यों में दस-दस की इकाइयों में और सुदूर उत्तर में—विशेषतया कुछ राजपूत राज्यों में—बारह या सोलह अथवा उसके गुणकों की इकाइयों में ग्रामों को विभक्त कर दिया जाता था। पाल अनुदानों में इस बात का उल्लेख है कि अनुदान प्राप्तकर्त्ताओं को दस ग्रामों का राजस्व (दशग्रामिका) मिलता था। प्रतीहार प्रशासन में ग्रामों को 84-84 की इकाइयों में बाँटा जाता था। आगे चलकर ऐसे ही ग्राम-समूह राजस्थान में किसी वंश के सरदार के राज्य का मानक बन गए, जिससे—दसवीं शताब्दी की इन प्रशासकीय इकाइयों से—कुछ बाद के वंश-राज्यों के उद्भव का पता लगाना संभव हो सका। अन्य क्षेत्रों में सामान्यतः बारह ग्रामों की इकाई होती थी और इनसे चौरासी इकाई का समूह बनाना सरल होता था।

अर्थतंत्र की दृष्टि से ग्राम आत्म-निर्भर होते थे, जहाँ उत्पादन स्थानीय जरूरतों के अनुरूप होता था, व्यापार अथवा विनिमय के लिए कुछ भी फालतू उत्पादन की कोशिश नहीं होती थी। अतिरिक्त उपज से कृषकों को कुछ लाभ न होता, क्योंकि इससे जमींदार अधिक भाग की माँग करते। जो स्थिति थी उसमें कम-से-कम पैदावार करना ही ठीक समझा गया था, क्योंकि उत्पादन बढ़ाने के लिए कहीं से प्रोत्साहन नहीं मिलता था। ज्यों-ज्यों कृषकों पर दबाव बढ़ता गया, केवल जीवन-निर्वाह के लिए उत्पादन करना अधिक लाभदायक रहा। इस मामले में प्रोत्साहन के अभाव का संबंध भारतीय कृषकों के भाग्यवादी दृष्टिकोण से जोड़ना—जैसा कि कुछ लेखकों ने लिखा है—ठीक नहीं है। उस समय जो आर्थिक माहौल था उसके कारण ही ऐसा हुआ। सीमित उत्पादन और व्यापार के अभाव के फलस्वरूप सिक्कों के प्रयोग में कमी आई तथा अनेक प्रकार के स्थानीय बाटों और मापों के प्रचलन से व्यापार में और भी बाधा पड़ी। इन कारणों से दूर के क्षेत्रों से व्यापार करना कठिन हो गया। सामंतों और राजाओं का अतिरिक्त धन वस्तु उत्पादन अथवा व्यवसाय में नहीं लगता था—वह सारा का सारा फिजूल की चीजों पर खर्च कर दिया जाता था। सामंतों के प्रासाद सरीखे भवन अत्यधिक अलंकृत होते थे और उनकी अधिकांश आय भव्य मंदिरों के निर्माण में व्यय होती थी, जिनके खर्च के लिए वे खूब दान देते थे और कभी-कभी दान की यह मात्रा उतनी ही ऊँची और दिखाऊ होती थी जितनी ऊँची और दिखाऊ उपाधियाँ उन्हें मिला करती थीं। इसमें कोई आश्चर्य नहीं कि इन मंदिरों ने ऐसे आक्रांताओं को आकृष्ट किया जिनकी इच्छा लूट के लालच की अपेक्षा मूर्तियों को नष्ट करके धार्मिक पुण्य कमाने की कम होती थी।

इस सामंती ढाँचे में विविध स्तरों पर उप-सामंतों की वृद्धि के कारण भूमि से प्राप्त होनेवाली आय अनेक छोटे-छोटे टुकड़ों में बिखर जाती थी। इससे दोनों छोरों पर स्थित व्यक्तियों—कृषक और राजा—की स्थिति दुर्बल हो गई और बिचौलियों के हाथों में आय चली जाने से उन्हें क्षति उठानी पड़ी। राजस्व की क्षति के परिणामस्वरूप—राजनीतिक दृष्टि से—राजा की स्थिति अपने सामंतों के मुकाबले में शोचनीय हो गई, क्योंकि राजा का पूरा दारोमदार इसी बात पर था कि सामंत उसके प्रति अपने कर्त्तव्यों का पालन करते हैं या नहीं। इससे कृषकों की आर्थिक स्थिति भी खराब हुई। बिचौलियों की संख्या में वृद्धि होने से कृषकों को भूमि-कर के अतिरिक्त अन्य कई प्रकार के कर भी देने पड़े। विगत शताब्दियों में केंद्रीय सत्ता को दिए जानेवाले राजस्व का एक भाग सड़कों, सिंचाई आदि सार्वजनिक निर्माण कार्यों के रखरखाव पर व्यय होता था, लेकिन सामंती प्रथा में भूमि कर के अतिरिक्त ऐसे कार्यों के लिए अन्य कर सामंतों द्वारा लगाए गए। मंदिरों के अधिकारियों ने भी अतिरिक्त कर लगा दिए। ब्राह्मणों को दिए जानेवाले भूमि-अनुदान कर-मुक्त थे, इसलिए इन भूमियों से होनेवाली राजस्व की क्षति की पूर्ति अन्य स्रोतों से की गई। कारीगरों द्वारा तैयार किए गए माल पर भी कर लगाया गया, और इसके अतिरिक्त उन पर और भी अनेक कर लगाए जा सकते थे। चौहानों के इतिहास से संबंधित शिलालेखों में अनेक प्रकार के करों का उल्लेख है, और अधिकांश सामंती राज्यों में ऐसी ही स्थिति थी। कुछ भी हो, भूमि-कर अधिक था। कुछ कृषक तो उत्पादन के एक-तिहाई मूल्य के बराबर कर जमींदारों को देते थे, यद्यपि सामान्य रूप से उत्पादन का छठा भाग ही कर के रूप में लिया जाता था। इन करों और बेगार की प्रथा ने, तथा इस बात ने कि जैसे-जैसे बिचौलिए सामंतों की शक्ति बढ़ती गई उन्होंने गाँव के चरागाहों आदि पर अधिकार करना आरंभ कर दिया, कृषकों की स्थिति निराशाजनक बना दी।

प्रशासकीय दृष्टिकोण से सामंती पद्धति का एक लाभ यह था कि इसके होने से केंद्र से प्रशासित नौकरशाही की आवश्यकता नहीं रह जाती थी। राजस्व सामंतों द्वारा एकत्रित किया जाता था जो न्याय का कार्य भी कर सकते थे, क्योंकि वे इतने शक्तिशाली होते थे कि विवादग्रस्त मामलों में अपनी शक्ति का उपयोग कर सकें। इसलिए सामंतों के कर्त्तव्य राजनीतिक भी थे और प्रशासनिक भी, जबकि अनुदान प्राप्तकर्ता ब्राह्मणों पर—जिन्हें बहुधा नई बस्तियों में भूमि प्रदान की जाती थी—संस्कृतजन्य संस्कृति के प्रचार के लिए निर्भर रहा जा सकता था।

सारे राज्य को सामंतों के बीच ही नहीं बाँट दिया जाता था। राजा भूमि का एक काफी बड़ा क्षेत्र राजकीय भूमि के रूप में अपने पास रख लेता था जिस पर वह सीधा शासन करता था। प्रशासन की सुविधा के लिए राज्य प्रांतों में विभक्त होता था, और फिर हर प्रांत अनेक निश्चित संख्यावाले ग्रामों की इकाइयों में बाँटा जाता था। किसी भी प्रांत में जागीरदार तथा राज्य दोनों की भूमि हो सकती थी। राजा के प्रशासकीय अधिकारियों तथा सामंतों के अधिकार तथा कर्त्तव्य स्पष्ट रूप से

वर्णित होते थे और उनका पालन किया जाता था। जमींदारों को प्राप्त सुविधाओं और अधिकारों के कारण प्रशासकीय मामलों में ग्राम की स्वायत्तता में स्वभावतः बाधा पड़ती थी। जमींदारों और ग्राम-अधिकारियों के संबंध भिन्न-भिन्न स्थानों पर भिन्न-भिन्न होते थे। एक उल्लेख मिलता है कि एक चौहान ग्राम के ठाकुर को स्थानीय मंदिर के लिए नया कर लगाने के वास्ते ग्राम-सभा की स्वीकृति लेनी पड़ी थी। अन्य करों अथवा अन्य ग्रामों के विषय में भी ऐसा ही हो, यह आवश्यक नहीं था।

कुछ क्षेत्रों में ग्राम-सभाएँ अब भी थीं, परंतु उनकी अधिकांश शक्ति का लोप हो चुका था। सामंतों के ग्रामों में वे धीरे-धीरे समाप्त हो गईं और प्रतिनिध्यात्मक राजनीतिक संस्थाओं के रूप में उनका महत्त्व कुछ भी नहीं रहा। प्रत्यक्ष शासित ग्रामों में वे प्रशासन में सहायता देती थीं। एक ग्राम की ग्राम-सभा में ग्राम के प्रत्येक वार्ड से चुने हुए व्यक्ति थे, परंतु चूँकि निर्वाचन के लिए नामांकित व्यक्ति की स्वीकृति राजा से लेनी पड़ती थी, इसलिए वे वास्तव में प्रशासन के हाथ के खिलौने मात्र थे। सभा का एक छोटा अंग जिसे 'पंचकुल' समिति कहा जाता था, राज्य का राजस्व एकत्रित करती थी, धार्मिक तथा धर्म-निरपेक्ष अनुदानों का अभिलेख रखती थी, माल की बिक्री और व्यापार का निरीक्षण करती थी, और पंच बनकर झगड़ों को निबटाती थी। यह समिति पंचायत का प्रारंभिक स्वरूप रही होगी जिसका प्रचलन बाद की शताब्दियों में अधिक हुआ।

सामंतों की गिनती कुलीन वर्ग में होती थी और इसमें ब्राह्मण भी शामिल होते थे। ब्राह्मणों को दिए जानेवाले अनुदान स्पष्टतः धार्मिक पुण्य-प्राप्त करने की कामना पर आधारित होते थे। ब्राह्मण राजा के लिए बलि चढ़ाते थे, और स्वीकृत सिद्धांत के अनुसार ऐसे धार्मिक कार्यों के पुण्य का छठा भाग राजा को मिलता था। इसीलिए ब्राह्मणों को संरक्षण देने के लिए राजा लोग सदैव तत्पर रहते थे, और ब्राह्मण इसके बदले में अपनी कृतज्ञता प्रदर्शित करने के लिए राजाओं की काल्पनिक वंशावली का निर्माण करते थे।

साधारण सामंत उन परिवारों के होते थे जिन्होंने सैनिक शक्ति के बल पर उन्नति की थी। राजपूतों को अपने क्षत्रिय होने का दावा करने का मोह ही उन्हें लड़ने-भिड़ने तथा अपने को सैनिक जाति का साबित करने के लिए प्रेरित करता था। इस कल्पना को मूर्त रूप देने के लिए बार-बार युद्ध करना और सैनिक पराक्रम की प्रतिष्ठा स्थापित करना अनिवार्य था। जब लूटमार की इच्छा ही युद्ध का एकमात्र पर्याप्त बहाना नहीं होती थी तब एक लंबी-चौड़ी आचारसंहिता का निर्माण किया जाता था और इसके विरुद्ध यदि किसी सरदार के विषय में कोई भी अशिष्ट बात कह दी जाती थी तो उस सरदार के लिए युद्ध करना उचित समझा जाता था। कुछ राजनीतिक सिद्धांतों का शाब्दिक प्रयोग—जैसे, उदाहरण के लिए, इस बात पर बल कि अंतर-राज्यीय राजनीति 'मंडल' पद्धति पर आधारित होनी चाहिए (जिसका अर्थ होता था कि किसी राज्य का एक पड़ौसी स्वभावतः उसका

शत्रु है)—भी कुछ सीमा तक युद्धों के लिए उत्तरदायी था। अब युद्ध एक महान् समारोह बन गया, और समर भूमि में मृत्यु महानतम सम्मान माना जाने लगा। चंदेला राज्य में युद्ध में मरनेवाले सैनिकों के परिवारों के पालन के लिए गाँव दान में दिए जाते थे। गाँव अनुदान में देने का कारण यह भी था कि ऐसा करने से पर्याप्त सैनिक मिल सकेंगे, और सामंती पद्धति इसी बात पर आधारित भी थी। बच्चे में जन्म से ही वीरता के संस्कार डाले जाते थे और जो व्यक्ति युद्ध से झिझकता था, उसे घृणा से देखा जाता था। स्त्रियों को भी वीर योद्धाओं की प्रशंसा करना सिखाया जाता था। किसी स्त्री को अपने पति के युद्ध में मारे जाने पर स्वयं भी मरने के लिए प्रस्तुत रहना पड़ता था, और—स्वेच्छा से हो या विवश होकर—सती होना एक रिवाज बन गया था।

सरदारों द्वारा अपेक्षित नेतृत्व के औचित्य के लिए भूमि का स्वामित्व अनिवार्य था, क्योंकि भूमि पर स्वामित्व और जाति ही उन्हें शेष समाज से पृथक् करती थी। भूमि के झगड़ों के फलस्वरूप बहुधा पारिवारिक बदले लिए जाते थे जो पीढ़ियों तक चलते थे। राजपूतों में अलग-अलग वंशों का होना और फिर जातीय संबंध रक्त-संबंधों की भावना पर बल देते थे, और यह भावना अन्य सामंत सरदारों की अपेक्षा राजपूतों में अधिक थी।

ये सरदार बड़ी-बड़ी उपाधियों का प्रयोग करना पसंद करते थे। न्यूनतम महत्त्व रखनेवाला शासक भी 'महाराजाधिराज'-जैसी उपाधि—जो किसी समय शाही उपाधि थी—ग्रहण करता था, और इसका प्रयोग बहुधा प्रशस्तिपूर्ण एवं शब्दाडंबरयुक्त शब्दावलियों में किया जाता था। अधिक महत्त्वपूर्ण राजा लोग तो उपाधियों का आविष्कार करने में बाजी मार ले जाते थे। पृथ्वीराज तृतीय, जो समस्त भारत पर राज्य करने की महत्त्वाकांक्षा रखता था, स्वयं को 'भारतेश्वर' (भारत का स्वामी) कहता था। कन्नौज का एक बारहवीं शताब्दी का शासक स्वयं को 'अत्यंत महामहिम, महाराजाधिराज, श्रेष्ठ स्वामी, अश्व, गज तथा नृपति, त्रिलोकीनाथ…' आदि कहता था। राजाओं की वास्तविक राजनीतिक स्थिति को देखते हुए यह असंगत था—वे स्पष्टतः अपने सपनों से निर्मित संसार में रहते थे। छोटे-छोटे कार्यों का इतना अधिक विस्तृत विवरण दिया जाता था कि वे वीरता के प्रमुख कार्य प्रतीत हों, और निम्नतम स्तर की चापलूसी भी दरबारी व्यवहार की दृष्टि से सामान्य समझी जाती थी, यद्यपि अधिक बुद्धिमान राजा होशियारी से की गई चापलूसी पसंद करते थे।

कुलीन वर्ग स्वयं कृषि न करके भी कृषि की आय पर निर्भर करता था। अनेक ब्राह्मण जमींदार कृषकों को नौकर रखते थे, क्योंकि जातीय विधान के अनुसार वे स्वयं खेती नहीं कर सकते थे। बौद्ध विहार भी अपनी भूमि पर खेती कराते थे। जुताई का वास्तविक कार्य पूर्णतया किसान करते थे, जो सामान्यतः शूद्र वर्ण के होते थे। इस प्रकार किसान सामंत सरदारों के अधीन थे और इसके फलस्वरूप कुछ ही व्यक्तियों के हाथों में राजनीतिक तथा आर्थिक सत्ता का केंद्रीयकरण एक

नई बात थी। इसके पहले सत्ता अनेक हाथों में होती थी क्योंकि अधिकारी वर्ग तथा व्यापारिक एवं नागरिक समुदायों के नेता–जैसे वणिकों एवं शिल्पी श्रेणियाँ–भी इसमें भागीदार होते थे। ग्रामों की बढ़ती हुई आत्मनिर्भरता–जिसके कारण इनका और ग्रामों से संपर्क कम रह गया–के कारण ही समय के साथ-साथ सत्ता कुछ लोगों के हाथ में केंद्रित हो गई। इससे ही श्रम-विभाजन पर कड़ी दृष्टि रखने में सुविधा, और कृषकों की गतिशीलता में कमी हुई–और ये दोनों ही बातें कृषकों पर सामंत सरदारों का नियंत्रण बढ़ाने में सहायक हुईं।

राजा की अपने सामंतों पर राजस्व एवं सैनिकों के लिए निर्भरता के बावजूद उनके आपस के शक्ति-संतुलन में उतार-चढ़ाव हो सकता था क्योंकि यह संतुलन सामंतों पर राजा की नियंत्रण-क्षमता पर आधारित होता था। सौभाग्य से यह संतुलन साधारणतया उसी के पक्ष में रहता था क्योंकि उसे राजनीतिक विचारकों–ज्यादातर ब्राह्मणों–का समर्थन प्राप्त होता था, जिनका हित राजा की सत्ता के समर्थन में ही था जो उनकी रक्षा करता था। राजा के लिए इससे भी अधिक सौभाग्य की बात यह थी कि पुराने धर्मग्रंथ भी मोटे रूप से उसी के दावे का समर्थन करते थे। इस प्रकार पैतृक राजत्व के सिद्धांत पर खूब बल दिया गया। राजाओं का स्वतः प्राप्त होनेवाला उत्तराधिकार सामंतों के हस्तक्षेप को रोकने का एक सफल साधन था, क्योंकि इसके अभाव में सामंत नए राजा के निर्वाचन में हस्तक्षेप कर सकते थे और स्वयं अधिक सत्ता हथिया सकते थे। इसलिए यह स्वाभाविक था कि राजा का निर्वाचन–जैसा कि पाल राजा गोपाल के मामले में हुआ–एक हलचल मचा देता था। इस काल में राजत्व की दैवी उत्पत्ति की संकल्पना पर विशेष बल दिया गया। साथ-ही-साथ क्षत्रिय वर्ण की रक्षा करना भी राजा का दायित्व समझा गया और इस दायित्व ने ही सामंतों को उनके अधीनस्थ स्थिति प्रदान की। चूँकि राजा से अब कोई प्रत्यक्ष संपर्क नहीं था, इसलिए प्रजा ने अपनी निष्ठा अपने निकटतम संरक्षक–सामंतों–को स्थानांतरित कर दी, जिससे सामंतों की सत्ता में वृद्धि हुई। इस प्रवृत्ति का विरोध करने के लिए प्रजा की रक्षा करने के राजा के युग-युग से पोषित दायित्व को समय-समय पर निरंतर दुहराया जाता रहा।

इस समय के अधिकतर राजनीतिक सिद्धांत भाष्य के रूप में तात्कालिक घटनाओं से संबंधित प्राचीन धर्मग्रंथों के अनुच्छेदों पर आधारित होते थे। इसका एक महत्त्वपूर्ण अपवाद एक जैन मतावलंबी हेमचंद्र (1089-1173) की कृतियों में मिलता है जो पश्चिमी भारत में रहता और कार्य करता था। जैन-धर्म के शुद्धतावादी विचारों ने उसके राजनीतिक विचारों को पूरी तरह प्रभावित किया था, और उसके विचार स्थापित व्यवस्था से समझौता करने की सामान्य प्रवृत्ति से बहुत हद तक अप्रभावित रहे। उसकी एक धारणा रूढ़िवादी स्थिति को सीधी चुनौती थी, क्योंकि उसने यह मत व्यक्त किया कि उचित विधान बनाकर समाज में सुधारात्मक परिवर्तन किया जा सकता है। इससे यह तर्कसंगत परिणाम निकलता

था कि विद्यमान व्यवस्था ऐसी पवित्र नहीं थी कि उसमें परिवर्तन लाना पाप समझा जाए।

विधि से संबंधित कृतियों में तत्कालीन प्रथाओं के लिए प्राचीन स्रोतों से समर्थन प्राप्त करने की प्रवृत्ति परिलक्षित होती है। इसके फलस्वरूप मनु के 'धर्मशास्त्र'-जैसे प्राचीन मानक माने जानेवाले ग्रंथों के विस्तृत भाष्य लिखे गए। दसवीं शताब्दी में मेधातिथि और तेरहवीं शताब्दी में कुल्लुक के भाष्यों का सर्वाधिक उपयोग हुआ। कभी-कभी प्राचीन ग्रंथ को मानक मानकर उसका उल्लेख करने का अर्थ था—तत्कालीन समस्याओं से संबंधित रूपों पर बल देते हुए उस ग्रंथ का पुनः संपादन करना। विधि-संस्थाओं पर हुआ विवेचन संभवतः तकनीकी साहित्य को इस युग की सबसे मूल्यवान देन है।

भूमि के विभाजन तथा भूमि के उत्तराधिकार की समस्याओं पर विशेष ध्यान दिया गया (क्योंकि सर्वाधिक धनी परिवारों में भूमि ही अब मुख्य आर्थिक संपत्ति थी)। परिवार की संपत्ति के संबंध में दो विधि-प्रणालियाँ—'दायभाग और मिताक्षर'*—प्रचलित थीं : यही दीवानी कानून का आधार बनीं और अभी पिछले दिनों तक चलती रहीं। दोनों प्रणालियाँ संयुक्त हिंदू परिवार में संपत्ति के अधिकारों से संबंध रखती हैं, और इनमें से अधिकतर जमींदार परिवारों में मिताक्षर प्रणाली ही मान्य थी।

भूमि पर स्वामित्व होने का यह अर्थ नहीं था कि और कोई व्यवसाय किया ही न जाए, हालाँकि भूमि से प्राप्त आय को उच्च प्रतिष्ठा प्राप्त थी क्योंकि वह सुरक्षित भी थी और नियमित भी। ग्राम की आर्थिक आत्मनिर्भरता के परिणामस्वरूप व्यापार की अवनति हुई, जिससे नगरों के विकास में बाधा पड़ी। वे नगर जिन्होंने पहले ही कुछ आर्थिक महत्त्व प्राप्त कर लिया था, उनका अस्तित्व तो बना रहा परंतु नए नगरों का निर्माण पहले की अपेक्षा कम हो गया। अरब भूगोलवेत्ताओं ने इस काल के विषय में लिखते हुए चीन के मुकाबले भारत में कम नगरों के होने का उल्लेख किया है। निरंतर होनेवाले युद्धों ने भी व्यापार को क्षति पहुँचाई। लेकिन तटीय क्षेत्रों में समुद्री व्यापार होने के कारण विशेषतया गुजरात, मलाबार और तमिल तट पर स्थित बंदरगाह नगर समृद्ध थे, क्योंकि विदेशों से उनका व्यापार काफी बढ़ी-चढ़ी हालत में था।

तटीय नगरों की समृद्धि का कारण एक हद तक उन विदेशी वणिकों का यहाँ बस जाना था जो भारत और पश्चिम एशिया के अधिकांश व्यापार पर नियंत्रण रखते थे, और अब पूर्वी व्यापार के क्षेत्र में भी घुसने का प्रयत्न कर रहे थे। अरब व्यापारियों ने सीधे चीन तथा दक्षिण-पूर्वी एशिया से व्यापार कर भारत और चीन

---

* दोनों पद्धतियाँ अन्य बातों के साथ-साथ उस संपत्ति की ओर भी संकेत करती हैं जिस पर परिवार के पुरुषों का संयुक्त अधिकार होता था। 'दायभाग' प्रणाली के अनुसार केवल पिता की मृत्यु पर ही पुत्र संपत्ति पर अधिकार का दावा कर सकते हैं, जबकि मिताक्षर प्रणाली में पुत्र अपने पिता के जीवन काल में भी इस अधिकार का दावा कर सकते हैं। दोनों प्रणालियों में से किसी में भी पिता का संपत्ति पर पूर्ण अधिकार नहीं होता।

के बीच होनेवाले व्यापार से भारतीय बिचौलियों को खत्म करने की कोशिश की। भारत के पश्चिमी तट पर स्थित बंदरगाहों में—जिनका अरब भूगोलों में देबल (सिंधु डेल्टा में), कैंबे, थाना, सुपारा तथा कौलम (क्विलोन) के नाम से उल्लेख हुआ है—मुख्यतया अरब जलयान आते थे जो पश्चिम को या तो भारत द्वारा तैयार किया हुआ माल ले जाते थे या वह माल ले जाते थे जो भारतीयों द्वारा पूर्व के विभिन्न स्थानों से लाया जाता था। मध्य एशिया के मार्ग से चीन से होनेवाला उत्तरी भारत का स्थल-व्यापार फारस और पश्चिम एशिया के व्यापारियों के लिए मध्य एशिया के खुल जाने से धीरे-धीरे कम हो गया। तेरहवीं शताब्दी में जब मंगोलों के आक्रमणों ने मध्य एशिया से भारत को पृथक् कर दिया तो इस व्यापार का पूर्णतया अंत हो गया।

आंतरिक व्यापार पूर्णतया समाप्त नहीं हुआ था, क्योंकि उसकी एक न्यूनतम सीमा बनी रही। दस्तकार ग्रामों और नगरों दोनों स्थानों पर कार्य करते थे, परंतु अधिकतर उत्पादन-कार्य नगरों में ही होता था, क्योंकि व्यावसायिक संगठन वहीं अभिस्वीकृत थे। नागरिक केंद्रों में श्रेणियों और संगठनों का पहले-जैसा महत्त्व नहीं रह गया था। सत्ता जमींदारों के हाथों में आ गई थी जो नगरों के दस्तकारों के संगठनों को कुछ संदेह की दृष्टि से देखते थे, क्योंकि ये संगठन ग्रामीण संगठनों की अपेक्षा अधिक स्वतंत्र होते थे। वास्तविक सत्तासंपन्न श्रेणियाँ अब केवल दक्षिण भारत में ही सिमटकर रह गई थीं।

पूर्वी भारत में दो कारणों से नगरों की समृद्धि में अवनति नहीं हुई। पहला यह कि बारहवीं और तेरहवीं शताब्दी में दक्षिण-पूर्वी एशिया से इतना काफी व्यापार होता था कि वह नगरों को व्यस्त रखने के लिए पर्याप्त था। इस व्यापार के कारण ही मुद्रा का प्रचलन भी पर्याप्त मात्रा में रहा और शनैः-शनैः सेनों के समय भूमि-कर नकदी के रूप में वसूल किया जाने लगा। नगरों की समृद्धि में गिरावट न आने का दूसरा कारण यह था कि अतिरिक्त उत्पादन की (यद्यपि वह एक सीमित किस्म का था) अधिक अच्छी संभावनाओं के साथ मुद्रा-अर्थतंत्र के पुनः प्रारंभ होने से नगर एक बार फिर व्यापार तथा वितरण के केंद्र बनने में समर्थ हो सके। परंतु इसका अर्थ यह नहीं था कि व्यापारिक अर्थतंत्र अब स्थाई हो गया था, क्योंकि बहुधा देखने में यह आता है कि इस काल की मुद्रा में गुप्त मुद्राओं की अपेक्षा धातु में मिलावट अधिक हो गई थी। सोने और चाँदी की मुद्राओं में ऐसा विशेष रूप से हुआ, और यहाँ तक कि सोने के सिक्कों में तो कहीं-कहीं मिलावट का अनुपात बढ़कर पचास प्रतिशत तक हो गया।

व्यापार से संबंधित व्यवसायों में केवल साहूकारों की एक ऐसी श्रेणी थी जिनकी समृद्धि में वृद्धि हुई। ऋण पर ब्याज की दर साधारणतया पंद्रह प्रतिशत होती थी, परंतु चौहान स्रोतों से ऐसे भी उदाहरण मिलते हैं जिनसे ज्ञात होता है कि यह दर तीस प्रतिशत तक हो सकती थी, तथा राष्ट्रकूटों के समय में यह दर पच्चीस प्रतिशत थी। संभवतः व्यापार में अवनति और रुपए की कमी के कारण ब्याज की

दर ऊँची थी। ऐसा प्रतीत होता है कि रुपया उधार देने के मामले में जाति संबंधी विचारों ने अब एक स्थाई रूप ले लिया था—एक ही पूँजी पर ब्राहमणों से दो प्रतिशत और शूद्रों से पाँच या अधिक प्रतिशत ब्याज लिया जाता था। यह भी एक कारण था जिसने कृषकों की गतिशीलता कम कर दी क्योंकि वे ऋण से स्वयं को मुक्त नहीं कर सकते थे।

ग्रामीण अर्थतंत्र में श्रम का विशिष्टीकरण होने से ग्रामों में उपजातियों की संख्या बढ़ी। इस प्रकार किसी ग्राम का एक संगठित रूप में विकसित होना कठिन हो गया, क्योंकि विविध जातियों एवं उपजातियों में अपने-अपने पृथक् संगठन बनाने की प्रवृत्ति थी। इस प्रकार जातीय संगठनों के कारण राजनीतिक निष्ठा में कमी हो गई। बाद की शताब्दियों में जातियों का पूर्ण पृथक्करण हो गया, और जातीय पंचायतों की संस्था में यह चरम सीमा पर पहुँच गया, जिसके अनुसार ग्राम में प्रत्येक जाति की पृथक् पंचायत होती थी और प्रत्येक पंचायत उस जाति के लिए सर्वोच्च समझी जाती थी।

ब्राह्मण स्रोतों में जातीय ढाँचों में परिवर्तन होने का उल्लेख है। पुराने धर्म-ग्रंथों का सहारा लेने के कारण ब्राह्मण और भी पृथक् हो गए और सैद्धांतिक दृष्टि से जातीय ढाँचा और अधिक दृढ़ हो गया। ब्राह्मणों और वणिक समुदायों में प्रमुखता के लिए जो संघर्ष हुआ उसमें भू-स्वामी बनकर राजनीतिक सत्ता प्राप्त कर लेने के कारण ब्राह्मण विजयी हुए। वणिक वर्ग के पतन के कारण बौद्धों की स्थिति भी कमजोर हो गई क्योंकि बौद्ध आर्थिक सहायता के लिए अधिकतर वणिकों पर निर्भर होते थे। केवल पूर्वी भारत के क्षेत्र में बौद्ध धर्म का प्रभुत्व अब भी रहा क्योंकि यहाँ उसे राजकीय संरक्षण प्राप्त था। इस प्रकार ब्राह्मणों के मुख्य धार्मिक प्रतिद्वंद्वी महत्त्वहीन हो गए। ब्राह्मणों की पृथक् रहने की इच्छा के फलस्वरूप ब्राह्मण विशेष रूप से निम्न वर्णों से अलग हो गए। चांडाल का स्पर्श भ्रष्ट कर देनेवाला ही नहीं था, बल्कि ब्राह्मण के मार्ग पर उसकी छाया पड़ जाने से भी ब्राह्मण को अपनी शुद्धि करनी पड़ती थी। इस प्रकार के नियमों ने शूद्रों और अछूतों की स्थिति और भी खराब कर दी। धीरे-धीरे उच्च वर्ण के उन कट्टर नास्तिक मतावलंबियों को भी शूद्रों में गिना जाने लगा जो ब्राह्मणों के विरोधी थे।

किंतु इस प्रकार के संकेत मिलते हैं कि मध्यवर्ती वर्ण—क्षत्रिय तथा वैश्य—वर्ण-नियमों के पालन में उतने कठोर नहीं थे जितनी ब्राह्मण उनसे अपेक्षा करते थे। ऐसी अनेक उपजातियों की उत्पत्ति की चर्चाएँ हैं जो आगे चलकर वर्ण-संकर मानी गईं। इनमें से कायस्थ भी थे जो प्रशासन में लिपिक होते थे और दस्तावेज लिखते तथा अभिलेखों को सुरक्षित रखते थे। जब ग्यारहवीं शताब्दी के लगभग वे एक उपजाति माने गए तो उनके मूल वर्ण के विषय में भ्रम रहा। कुछ लोग उन्हें क्षत्रिय मानते थे और कुछ ब्राह्मण-शूद्र, संयोग से उत्पन्न जाति। कायस्थों के मिली-जुली जाति से उत्पन्न होने की कल्पना कुछ लोगों ने बाद में की, और इस विचार से की कि ऐसा करने से उन्हें जाति-व्यवस्था में सम्मिलित करना

संभव हो सकेगा। राजाओं के संपर्क से उन्हें सामाजिक महत्त्व प्राप्त हुआ—कभी-कभी भूमि का अनुदान भी मिला और वे समृद्ध जमींदार हो गए।

तकनीकी व्यवसायों—जैसे शल्य चिकित्सा, चिकित्सा या गणित का ज्ञान रखनेवालों— से संबंधित अनेक नई उपजातियाँ भी थीं। इस काल के ब्राह्मणों द्वारा लिखी गई कृतियों में उन व्यवसायों को बुरा बताया गया जिनमें तकनीकी ज्ञान अनिवार्य था। मेधातिथि दस्तकारी को निम्न व्यवसाय मानता है। इस काल के मनु के भाष्यों के अनुसार यांत्रिक कार्य भी लघु पाप-कर्मों में शामिल था और इस श्रेणी के कार्यों में जल प्रवाह के नियंत्रण के लिए पुलों तथा बाँधों का निर्माण भी सम्मिलित था। संभवतः सत्तासंपन्न व्यक्ति तकनीकी ज्ञान में निहित शक्ति से परिचित थे।

कुछ जातियाँ अपनी उत्पत्ति ऐसे सम्मानित पूर्वजों से मानती थीं जिन्हें आर्थिक आवश्यकता के कारण अपना व्यवसाय बदलना पड़ा था। 'खत्री' जो अब भी उत्तरी भारत में एक महत्त्वपूर्ण जाति है—अपनी उत्पत्ति क्षत्रियों से मानते हैं, परंतु चूँकि उन्होंने वाणिज्य अपना लिया इसलिए उनके जातीय बंधु उनकी अवहेलना करने लगे। इस प्रकार उन्हें वैश्य की स्थिति स्वीकार करनी पड़ी। गुर्जर, जाट तथा अहीर सभी अपना उद्भव क्षत्रियों से मानते थे जिन्होंने अपनी जातीय स्थिति गँवा दी थी। नई जातियों का प्रादुर्भाव प्रारंभ से ही, वर्ण-व्यवस्था की विशेषता रही है। परंतु प्रारंभिक ग्रामीण समुदायों में जातियों का विकास मंद गति से हुआ था। व्यापारिक गतिविधियों और जनसंख्या की चलनशीलता ने इस प्रक्रिया को गति प्रदान की। चार मुख्य वर्ण अब भी एक छाते के समान थे जिसकी छाया में उप-जातियाँ जन्म लेतीं और अपने अंतःजातीय संपर्क बनाती रहीं जिनमें—यद्यपि मोटे रूप से वे सैद्धांतिक ढाँचे के अनुकूल थीं—स्थानीय अपेक्षाओं और औचित्य के अनुसार संशोधन होते रहे।*

वर्ण का ढाँचा समाज की शिक्षा-पद्धति से घनिष्ठता के साथ जुड़ा हुआ था। ब्राह्मणों के केंद्रों में दी जानेवाली और संस्कृत ग्रंथों में वर्णित औपचारिक शिक्षा अधिकाधिक धार्मिक होती जा रही थी। ऐसे विद्यालय और केंद्र जिनको पर्याप्त राजकीय संरक्षण प्राप्त था, सैद्धांतिक रूप से तीनों उच्च वर्णों के लिए खुले थे, परंतु वास्तव में उनका उपयोग केवल ब्राह्मणों के लिए होता था जिन्हें उन्होंने धार्मिक गुरुकुलों में परिवर्तित कर लिया था।

अधिकांश बड़े ग्रामों में विद्यालय स्थानीय मंदिर के साथ संलग्न होते थे। उच्च अध्ययन के लिए महाविद्यालयों को विशेष दान प्राप्त होता था, और यही बात शैव तथा वैष्णव धर्म से संबंधित मठों के विषय में थी, जो उत्तरी भारत में

---

* यह एक विचित्र बात है कि भारतीय समाज के वर्णों का उल्लेख करते हुए विदेशी इतिहासकार प्रचलित चार वर्णों की नहीं, सात वर्णों की चर्चा करते हैं। ये सात वर्ण सैद्धांतिक रूप से चार वर्णों और तीन जातियों को मिलाकर होते हैं। अरब लेखक अल इदरीसी बारहवीं शताब्दी में ये सात वर्ण गिनाता है—कुलीन, ब्राह्मण, सैनिक, कृषक, शिल्पी, गायक तथा मनोरंजनकर्ता—और इस प्रकार वह मेगास्थनीज़ से भी अधिक उलझा हुआ चित्र प्रस्तुत करता है।

लगभग सभी तीर्थ स्थानों में बने हुए थे। ब्राह्मणों की परंपरा के सुदृढ़ होने और प्राचीन धर्म-ग्रंथों पर बल दिए जाने से औपचारिक शिक्षा रटत विद्या बनकर रह गई थी जिसमें तथ्यों पर तर्क करके जिज्ञासा शांत करने की कोई गुंजाइश नहीं थी। इस ढाँचे में जो अपवाद हुए वे दुर्भाग्य से इतने दुर्बल थे कि बौद्धिक गतिविधि के ढाँचे में कोई महत्त्वपूर्ण परिवर्तन करने में असमर्थ रहे। तकनीकी ज्ञान की अवहेलना इस रुख का स्वाभाविक परिणाम था।

अ-ब्राह्मणों के लिए श्रेणियों में प्रशिक्षण की अथवा शिल्पकारों के साथ प्रशिक्षुओं के रूप में काम करने की प्राचीन प्रणाली चालू रही, और यह शिक्षा केवल व्यावसायिक प्रशिक्षण तक सीमित रही। बौद्ध विहारों ने अवश्य धर्म-निरपेक्ष शिक्षा पर कुछ बल दिया था तथा अनेक अ-भारतीय विद्वानों की उपस्थिति के कारण उसमें अधिक उदार दृष्टिकोण को प्रोत्साहन मिला था, परंतु ये भी केवल बौद्ध-शिक्षा के केंद्रों में परिवर्तित हो रहे थे। ऐसे विहारों का मुख्यतः पूर्वी भारत में अस्तित्व था, जिनमें नालंदा सर्वाधिक प्रसिद्ध था। तुर्कों द्वारा नालंदा को नष्ट कर दिए जाने पर भारत में बौद्ध-शिक्षा के संस्थानों का वास्तव में अंत हो गया। भावना की दृष्टि से ब्राह्मण केंद्रों की अपेक्षा जैन-शिक्षा केंद्र बौद्ध केंद्रों के अधिक निकट थे, और वे पश्चिमी भारत में सौराष्ट्र, गुजरात, राजस्थान तथा मैसूर के श्रवणबेलगोल में स्थित थे, जहाँ अब भी जैन मत के बहुत-से—विशेषतया वणिक वर्ग में—अनुयायी थे।

ब्राह्मणों की शिक्षा-पद्धति में धर्म की शिक्षा पर अत्यधिक बल का बौद्धिक परंपरा पर बुरा प्रभाव पड़ा, यद्यपि वह ब्राह्मणों के उद्देश्य के लिए सराहनीय रूप से उपयुक्त था। इसका एक कारण यह भी था कि शिक्षा का माध्यम संस्कृत थी जो इस काल के अंत तक केवल ब्राह्मणों और उन कुछ सुविधाप्राप्त व्यक्तियों के पढ़ने और लिखने की भाषा रह गई थी जिन्होंने औपचारिक शिक्षा प्राप्त की थी। इसका परिणाम त्रुटिपूर्ण बौद्धिक पोषण था, जिसने ब्राह्मणों की परंपरा को पृथक् एवं दुर्लभ कर दिया। अतः उदीयमान प्रादेशिक भाषाएँ लोकप्रिय अभिव्यक्ति का माध्यम बन गईं। तकनीकी शिक्षा की निंदा होना इस काल की शैक्षिक परंपरा में विच्छेद होने का एक दृष्टांत है, और इसके कारण औपचारिक और तकनीकी शिक्षा दोनों अशक्त हो गईं। इस काल की वैज्ञानिक कृतियाँ मुख्यतया प्रारंभिक कृतियों—जैसे चरक और सुश्रुत के चिकित्सा-ग्रंथों—के भाष्य थे अथवा अनुभवसिद्ध ज्ञान की चर्चा का प्रयत्न किए बिना उनके सैद्धांतिक विश्लेषण थे। जहाँ कहीं भी प्रयोग किए गए, उनके व्यावहारिक परिणाम निकले, जैसा कि चिकित्सा के क्षेत्र में लोहे तथा पारे के उपयोग से हुआ। खगोल-शास्त्र को ज्योतिष का एक उप-विभाग समझा जाने लगा था। गणित में बीजगणित इस काल की एकमात्र प्रमुख देन समझी गई।

विविध प्रकार का साहित्य संस्कृत में लिखा जाता रहा। इसका अधिकांश पांडित्यपूर्ण एवं पूर्ववर्ती ग्रंथों का अनुकरण था, जिसमें केवल शाब्दिक अलंकार

एवं भाषाशास्त्रीय प्रवीणताएँ थीं। गीति-काव्यों तथा गद्य में—जो अत्यंत प्रचलित रूप थे—साधारणतया महाकाव्यों एवं पुराणों से परिचित कथाओं को मुख्य विषय के रूप में ग्रहण किया जाता था, ताकि वर्णनात्मक पक्ष भाषायी पक्ष का अनुगमन कर सके। अलंकार और छंदशास्त्रों के सूक्ष्मतापूण अध्ययन पर जोर रहा। विभिन्न राजाओं के दरबारों में संस्कृत के लेखकों तथा कवियों का स्वागत होता था क्योंकि वे समझते थे कि उनके द्वारा प्राचीन दरबारों के वैभव को—चाहे छोटे पैमाने पर ही सही—पुनः जाग्रत किया जा सकता है।

अब गद्य कथाएँ कम कृत्रिम और मनगढ़ंत होती थीं। विषय-वस्तु पारंपरिक स्रोतों से ली गई परिचित कथाएँ होती थीं, और वे उस समय की अत्यधिक भावुकता-प्रधान शैली में लिखी जाती थीं। सोमदेव का कथा-संग्रह 'कथा-सरित्सागर' इसका अपवाद था। यद्यपि वह कविता के रूप में ग्यारहवीं शताब्दी में लिखा गया था, तो भी वह आज तक लोकप्रिय है।

गद्य रोमांसों से संबंधित और प्रादेशिक निष्ठा की बढ़ती हुई भावना के फलस्वरूप ऐतिहासिक ग्रंथों की रचना हुई, और उन्हें एक नए प्रकार का महत्त्व प्राप्त हुआ। वे या तो पद्य में होते थे या गद्य में, यद्यपि गद्य-रूप अधिक प्रचलित था। उनमें से अधिकांश ऐतिहासिक जीवन-चरित्र थे जैसे पद्मगुप्त लिखित मालवा के राजा की जीवनी अथवा बिल्हण लिखित चालुक्य राजा विक्रमादित्य षष्ठम् की जीवनी 'विक्रमांक-देवचरित'। अन्य ग्रंथ प्रदेशों के ऐतिहासिक विवरण थे, जैसे कल्हण की 'राजतरंगिणी' अथवा ऐतिहासिक व्यक्तियों तथा संस्थाओं का सामान्य वर्णन करनेवाले ग्रंथ थे, जैसे हेमचंद्र का 'परिशिष्टपर्वण'।

दरबार से संबद्ध होने के बावजूद नाट्य विद्या ने पूर्ववर्ती नाटकों के कुछ तत्त्वों को सुरक्षित रखा। विशाखदत्त का 'मुद्राराक्षस'—जिसका विषय मौर्यकालीन राजनीतिक प्रपंच है—पहले के रोमांटिक हास्य नाटकों से भिन्न था। इसके पश्चात्, भवभूति के नाटकों में न्यूनतम हास्य प्रभावों के साथ कोमलता एवं मनोरंजन की नाटकीय विशेषता परिलक्षित होती है। उसके बाद के नाटककारों—मुरारी, हस्तीमल्ल, राजशेखर तथा क्षेमेश्वर—ने ऐसे नाटक लिखे जो रंगमंच पर अभिनीत होने की अपेक्षा पढ़ने में अधिक सफल प्रतीत होते हैं।

एक अन्य प्रकार का गीति-काव्य—उपरोक्त रचनाओं की अपेक्षा कम परिष्कृत और अधिक व्यक्तिगत—भी लिखा गया। संभवतः इस युग का सर्वाधिक काव्य श्रृंगारकाव्य था—जैसे भर्तृहरि की एकश्लोकी कविताएँ। संभवतः कुछ श्रृंगारात्मक कविताएँ भक्ति संप्रदायों की प्रतीकात्मकता (जिसमें राधा और कृष्ण का प्रेम अंकित किया गया) के कारण भी लिखी गईं। बारहवीं शताब्दी में लिखा गया जयदेव का 'गीतगोविंद' राधा के लिए विष्णु के अवतार कृष्ण के प्रेम का मुक्त ऐंद्रिक वर्णन करता है और इस काव्य का गीति-वैभव अभूतपूर्व है। अन्य कवियों जैसे गोवर्धन, अथवा बिल्हण ने अपने 'चौरपंचाशिका' में ऐसा स्पष्ट और प्रत्यक्ष काम वर्णन किया है कि धार्मिक कथा-वस्तु से उसे छिपाने की आवश्यकता ही नहीं रह गई।

कामकला का साधना-पंथ अब पूर्णतया विकसित हो चुका था, और वह भी केवल कविता में नहीं बल्कि मंदिर की मूर्तियों एवं तांत्रिक अनुष्ठानों में भी। इस काल में भारत में अभिरुचि की कलुषता, वासना की वृद्धि तथा नैतिक पतन के विषय में बहुत कुछ कहा और लिखा जा चुका है। फिर भी इन कामुक विषय-वस्तुओं में पर्याप्त संवेदनशीलता एवं सौंदर्य है जैसा कि 'गीतगोविंद' अथवा खजुराहो की मूर्तियों में परिलक्षित होता है। यह मान्यता है कि अवनति काल में प्रत्येक संस्कृति काम-प्रसंगों में अस्वस्थ रुचि का परिचय देती है, तो भी किसी संस्कृति का स्पष्ट विश्लेषण बताता है कि ऐसे आचरण का विवरण एवं चित्रण अनेक स्तरों तथा कालों में दृष्टिगोचर होता है, यद्यपि इसके रूप और प्रतीकों का प्रकार भिन्न हो सकता है। यह स्वच्छंदता का युग था जिसमें बौद्ध धर्म (जो भोगविलास को पाप समझता था) के पवित्रतावादी सिद्धांतों का कोई महत्त्व नहीं रह गया था, और इस कारण अब साहित्य एवं कलाओं में कामुकता का प्रयोग बेरोक-टोक हुआ। सामंती शौर्य के कारण उच्च वर्णों के समाज में नारियों की अलग रहने की प्रथा ने पुरुषों और स्त्रियों के अत्यंत साधारण संबंधों के चारों ओर भी एक भावुकतापूर्ण वातावरण बुन दिया। कुछ अन्य संस्कृतियों में इसके द्वारा उभारी गई इच्छाएँ परिष्कृत रूप में सामने आईं, परंतु भारत में उनकी अभिव्यक्ति बेरोक-टोक की गई, और यह एक अस्वाभाविक सामाजिक परंपरा के विरुद्ध विरोध करने का तरीका था। भारतीय संस्कृति के संबंध में जो लेखक यौन-प्रतीकों के साथ 'आध्यात्मिक' व्याख्याएँ जोड़ने का यत्न करते हैं वह इस युग की कविता और कला के संबंध में बिलकुल सही नहीं है।

संस्कृत की सीमाओं के बावजूद इसी भाषा में दरबारी साहित्य समृद्ध हुआ, क्योंकि उत्तर की कोई भी प्रादेशिक भाषा इतनी अधिक विकसित नहीं हुई थी कि वह परिष्कृत विचारों एवं साहित्यिक अभिव्यक्ति के लिए सक्षम होती। पालि में कुछ स्थानीय इतिहासों, भाष्यों, व्याकरणों एवं विधि-ग्रंथों के अतिरिक्त कुछ नहीं था और उसके पाठकों की संख्या सामान्यतः बौद्धों तक सीमित थी। प्राकृत की भी यही स्थिति थी और वह संस्कृत तथा उदीयमान भाषाओं के बीच में उलझकर रह गई थी। जैन भी—जिनका अधिकांश धार्मिक साहित्य प्राकृत में था—संस्कृत को अपनाने लगे थे, और अलंकारपूर्ण संस्कृत शैली प्राकृत साहित्य को प्रभावित करने लगी थी। कन्नौज के यशोवर्मन की जीवनी वाक्पति का 'गौड़वध' प्राकृत साहित्य की प्राचीन परंपरा में अंतिम मुख्य रचना थी।

परंतु पालि और संस्कृत के विरुद्ध प्राकृत से अपभ्रंश एवं अंत में नवीन प्रादेशिक भाषा का विकास दिखाने की दृष्टि से प्राकृत का भाषायी महत्त्व है। प्राकृत बोली के ही एक विकृत रूप अपभ्रंश (जिसका शाब्दिक अर्थ है 'गिरते जाना') का जन्म उत्तर-पश्चिम में माना जाता है, जहाँ से वह हूण आक्रमणों के पश्चात् उन लोगों के साथ आई जो बिखरकर मध्य और पश्चिमी भारत में बस गए। जैनियों द्वारा प्रयुक्त प्राकृत पर अपभ्रंश का भारी प्रभाव था, और यहीं पर

प्राचीन तथा नवीन भाषाओं के परस्पर संपर्क की पुष्टि होती है, और यह संपर्क जैनियों की महाराष्ट्री तथा गुजराती में और भी स्पष्ट रूप से दीखता है।

भक्ति-संप्रदाय के महाराष्ट्रीय संतों द्वारा अपनाई जाने पर मराठी का विकास तेजी से हुआ। आधुनिक सौराष्ट्र में बोली जानेवाली गुजराती को जैन साधुओं तथा प्रसिद्ध रासलीला नृत्य के साथ गाई जानेवाली लोकप्रिय कविताओं ने प्रोत्साहन दिया, और ये ही कविताएँ प्रारंभिक गुजराती का साहित्यिक केंद्रबिंदु बनीं। बंगाली, असमी, उड़िया (उड़ीसा में बोली जानेवाली) तथा बिहार की बोलियों (भोजपुरी, मैथिली तथा मागधी) की उत्पत्ति उस प्राकृत से हुई जो पहले मगध में बोली जाती थी। प्रादेशिक भाषाओं के विकास को बढ़ावा देने में नए धार्मिक मतों ने महत्त्वपूर्ण योग दिया क्योंकि वे जनसाधारण से लोकप्रिय भाषा में संपर्क रखना चाहते थे।

प्रादेशिक रुचियों एवं विविधताओं की अभिव्यक्ति अनेक रूपों में हुई जिनमें शिल्पकला एवं मूर्तिकला भी थी, और यह बात इस काल के मंदिरों में—जो शास्त्रीय नमूनों से भिन्न हैं—स्पष्ट है। उत्तर में ऐसे तीन प्रदेश हैं जहाँ बड़े किंतु भव्य मंदिर मिलते हैं : पश्चिमी भारत में राजस्थान तथा गुजरात, मध्य भारत में बुंदेलखंड, और पूर्व में उड़ीसा। कुल मिलाकर वास्तुकला की शैली एक ही है जो 'नागर' अथवा उत्तर भारतीय शैली के सदृश है, परंतु इसमें स्थानीय विविधता भी दिखलाई पड़ जाती है। 'नागर' मंदिर प्रचना में वर्गाकार होता था, परंतु चारों दिशाओं में से प्रत्येक के मध्य में विभक्त ऊँचाई के कारण वह स्वस्तिकाकार आकृति ग्रहण कर लेता था। उसका केंद्रीय बुर्ज ऊँचा होता था और वह उन्नतोदर गोलाई में धीरे-धीरे अंदर की ओर झुकता था। माउंट-आबू पर सफेद संगमरमर से निर्मित जैन मंदिर पश्चिम भारतीय मंदिर-समूह का प्रतिनिधित्व करते हैं। वे मूर्तिकला से खूब सजाए गए हैं, परंतु इसके बावजूद वे केवल वास्तुकला के सहायक हैं।

खजुराहो के मंदिर बुंदेलखंड के सर्वश्रेष्ठ उदाहरण हैं, और ये भी मूर्तिकला से खूब सजाए गए हैं। इन मंदिरों में आकार और आकृति का संतुलन है जो इन्हें भव्य बनाता है। खजुराहो की कामुक मूर्तियों (जैसी कि कोणार्क में भी हैं) के कारण इन मंदिरों को कामोत्तेजक कला का प्रदर्शन मात्र समझा जाता है, और इन कामुक दृश्यों को देखने की उत्सुकता बहुधा दर्शकों का ध्यान वास्तुकला तथा मूर्तिकला दोनों की सौंदर्य विषयक विशेषताओं से हटा देती है। भुवनेश्वर, पुरी एवं कोणार्क स्थित उड़ीसा के मंदिर और विशाल हैं : इनके बुर्ज अधिक ऊँचे हैं और इनकी ऊँचाई में घुमाव अधिक स्पष्ट एवं सुरुचिपूर्ण हैं।

उत्तर के मंदिरों में मंदिर का अहाता द्रविड़ मंदिरों की अपेक्षा बहुत छोटा होता था। उत्तर भारत के मंदिर दक्षिणी भारत के मंदिरों जितने नागरिक तथा सहकारी जीवन के केंद्र नहीं थे। खजुराहो-जैसे मंदिरों का उपयोग अधिकतर उच्च वर्ग के लोगों के लिए होता था। लोकप्रिय पंथों के देवी-देवताओं की पूजा मुख्य मंदिर में

नहीं होती थी, यद्यपि कभी-कभी वह मूर्तियाँ मंदिर के अहाते में ले आई जाती थीं। उत्तरी भारत में मंदिरों के शिल्प का विकास इन मंदिरों के पश्चात् रुक गया क्योंकि बाद के मंदिर मुख्यतया प्राचीन मंदिरों के अनुकरण मात्र होते थे।

पूर्वी भारत में पत्थर और धातु से निर्मित मूर्तियों की एक अलग शैली का जन्म हुआ। गहरा भूरा अथवा काला पत्थर पॉलिश करने पर धातु के सदृश चमकने लगता था। नालंदा की बौद्ध मूर्तियों ने एक मानक स्थापित किया और हिंदू मूर्तियों को भी पालों का संरक्षण प्राप्त हुआ। इस काल की जो थोड़ी-सी चित्रकला जहाँ कहीं भी उपलब्ध है, उससे ज्ञात होता है कि वह मूर्तिकला की भाँति उच्चकोटि की नहीं थी। ललित कलाओं के क्षेत्र में मुख्यतः मूर्तिकला ही भारत की देन थी। यदि उसने एक स्वतंत्र रूप सुरक्षित रखा होता तो बाद की शताब्दियों में उसने अपनी निजी शैली का विकास जारी रखा होता, परंतु वास्तुकला का ही अंग समझे जाने के कारण बाद की शताब्दियों के मंदिरों के साथ सौंदर्य की दृष्टि से उसका भी ह्रास होता गया।

उत्तर भारत के उच्च वर्ग अपनी धार्मिक पद्धति में लोकप्रिय देवताओं को सम्मिलित करने में हिचकिचाते थे। विशिष्ट वर्ग के और जनता के धर्मों में इस काल में अंतर और अधिक स्पष्ट हो गया। फिर भी लोकप्रिय देवताओं का पूर्णतया बहिष्कार नहीं किया जा सका। समाज के उच्चतर स्तरों पर हिंदू धर्म का अधिक परिष्कृत रूप प्रचलित था। अरबों-तुर्कों के आगमन के पश्चात्—जो भारत उपमहाद्वीप के निवासियों को मुख्यतः हिंदू कहकर पुकारते थे—'वैष्णव' और 'शैव' दोनों मतानुयायियों को हिंदू कहा जाने लगा।* इस प्रकार वे अपने—इस्लाम धर्म के अनुयायियों के—और इन गैर-इस्लामी मतावलंबियों के बीच भेद करते थे। यह नाम चलता रहा, और अब यह इस महाद्वीप के ब्राह्मण धर्म से संबद्ध हो गया। अरब और तुर्क हिंदुओं तथा बौद्धों, जैनों आदि में भेद करते थे, परंतु यह भेद अस्पष्ट था, और बौद्ध तथा जैनों का शनैः-शनैः ह्रास होने से इस शब्द का प्रयोग केवल वैष्णवों और शैवों के लिए होने लगा जो ब्राह्मण-धर्म के दो प्रमुख मत थे।

इस काल के अंत तक ये दोनों मत उत्तरी भारत में प्रमुख रहे। जैन मत पश्चिम तक सीमित था, जहाँ आधुनिक काल में भी जैनियों का सबसे बड़ा समुदाय है। बौद्धमत—जो लगभग पूर्वी भारत तक सीमित था—के अनुयायी तेजी से कम हो रहे थे। बुद्ध को हिंदू देवताओं में विष्णु के अवतार के रूप में सम्मिलित कर लिया गया था। जनसाधारण ने इसे कभी पूर्णतया स्वीकार नहीं किया और गैर-बौद्धों द्वारा बुद्ध की पूजा करना भगवान् के साथ एक औपचारिक एवं सम्मानास्पद संबंध बनाए रखना समझा गया। सामंती प्रथा के सैनिक मूल्यों के कारण बौद्धों एवं जैनों की अहिंसा का पाठ अमान्य था। हिंदू देवता-गण—शिव और विष्णु के दोनों अवतार (कृष्ण और राम)—अहिंसा का उपदेश नहीं देते थे। केवल भक्ति-संप्रदाय के नेताओं में ही अहिंसा का विचार बच रहा था, जो हिंसा का

* इस उपमहाद्वीप के लिए अरबी नाम 'अल-हिंद' यूनानी 'इंडस' और फारसी 'सिंधु' से निकला है।

विरोध उसी कारण से करते थे जिस कारण से बुद्ध ने किया था।

कट्टर धार्मिक विश्वास एवं अधिक लोकप्रिय व्यक्तिगत धर्म में समझौते के फलस्वरूप इस समय हिंदू धर्म में अनेक परिवर्तन हुए। मूर्ति पूजा में उल्लेखनीय वृद्धि हुई और अनेक नए देवी-देवताओं का सूत्रपात हुआ, जिसके फलस्वरूप उनको स्थापित करने के लिए पूजा-स्थलों और मंदिरों का निर्माण आवश्यक हो गया। विष्णु के अवतार अधिक लोकप्रिय हो गए और पुराणों तथा महाकाव्यों में, विशेषतया प्रादेशिक भाषाओं के माध्यम से, ली जानेवाली अभिरुचि ने ऐसी परंपरा डाली जिसमें अवतारों की दंतकथाओं को सम्मिलित कर लिया गया।

संभवतः सर्वाधिक लोकप्रिय अवतार कृष्ण का था। इससे पूर्व की कथाओं में कृष्ण को वीर-देवता—'भगवद्गीता' का द्रष्टा माना गया था। अब उनके अनुयायियों को उनका ग्वाले का रूप तथा काम-विषयक रूप प्रभावित करने लगा। कृष्ण का अर्थ होता है 'साँवला' और इसलिए कृष्ण का संबंध बाँसुरी-वादक तमिल देवता 'मेयन' (साँवलिया) से समझा जाता है, जो ग्वाले के रूप में गोपियों के साथ काफी समय बिताता था। मथुरा के ग्वालों की गाथा उत्तरी भारत की परंपरा में कृष्ण से इसी प्रकार जुड़ी है। ऐसा विश्वास है कि इस प्रायद्वीप की चरवाहा जाति के आभीर जब उत्तर में जाकर मध्य एवं पश्चिमी भारत में बस गए तो वह इस देवता को भी अपने साथ लेते आए। यह पंथ मथुरा प्रदेश में लोकप्रिय हो गया, जहाँ से शीघ्रता के साथ यह उत्तर भारत के अन्य भागों में फैलता गया। लोकप्रिय स्तर पर कृष्ण और उसकी प्रिय गोपी राधा की उपासना इस विचार से की जाती थी कि उनकी उपासना करने से जनन-क्षमता बढ़ सकती है। इस जनन-क्षमता सप्रदाय को एक परिष्कृत रूप तब मिला जब कृष्ण के लिए राधा के प्रेम की व्याख्या इस रूप में की गई कि उनका यह प्रेम आत्मा का परमात्मा से मिलने का ही एक रूप था।

दार्शनिक शास्त्रार्थ, जिसका कार्यक्षेत्र पहले दक्षिण था, अब उत्तर की ओर बढ़ गया था, यद्यपि संभवतः सर्वाधिक विवाद अब भी दक्षिणी केंद्रों में ही होता था। दर्शन की छह विचारधाराएँ अब भी वाद-विवाद करती रहीं परंतु अब प्रवृत्ति आस्तिकतावादी व्याख्याओं की ओर स्पष्ट थी। अब बौद्ध दर्शन का विरोध करने के लिए कट्टर ब्राह्मण विचारधाराओं का संगठन हुआ—उदाहरण के लिए, वाचस्पति मिश्र तथा उदयन की बाद की कृतियों में यह बात साफ दिखलाई पड़ती है। इन छह विचारधाराओं में 'वेदांत' शनैः-शनैः प्रमुखता प्राप्त कर रहा था। कुछ दार्शनिक शास्त्रार्थों का विषय वैष्णव तथा शैवों की प्रतिद्वंद्विता थी जिसमें शंकर और रामानुज की शिक्षाओं को प्रारंभिक बिंदु मानकर शास्त्रार्थ हुए।

दक्षिणी भारत और दक्खन से भक्ति-संप्रदाय की लहर उत्तर की ओर बढ़ी, और कुछ क्षेत्रों में पुराने नास्तिक मतों के अनुयायी अब भक्ति-संप्रदाय में निष्ठा रखने लगे जिसका कारण पूर्ववर्ती मतों के सामाजिक रवैयों के प्रति सहानुभूति थी। वैष्णवों और शैवों दोनों का समर्थन पाकर इसने हिंदू धर्म के इन दो संप्रदायों में ही

नहीं, अपितु धर्म के गोपनीय तथा लोकप्रिय स्तरों के मध्य भी सेतु का कार्य किया। भक्ति-संप्रदाय व्यावसायिक वर्गों का अधिक विशुद्धतावादी विरोध प्रदर्शित करने का माध्यम था। लोकप्रिय संप्रदाय तथा मत कभी-कभी कालमुखों एवं कापालिकों के अनुष्ठानों-जैसे अधिक चौंकानेवाले ढंग से अपना विरोध प्रदर्शित करते थे। परंतु उनके कुछ अनुष्ठानों की जड़ समाज के अस्पृश्य वर्गों के आदिम, अटूट अनुष्ठानों में थी, जिनका ब्राह्मणों द्वारा प्रचारित हिंदू धर्म से कोई परिचय नहीं था और इसलिए वास्तव में अपने अनुष्ठानों द्वारा वे उनका विरोध नहीं करते थे बल्कि अपने विश्वासों के अनुसार उपासना करते थे। अतः ब्राह्मण रूढ़िवाद को अपनी स्थिति बनाए रखने के लिए धार्मिक अभिव्यक्ति की इस विकट शक्ति के साथ अपना तालमेल बैठाना पड़ा। ब्राह्मणवाद ने यह कार्य सर्वाधिक सफलता से किया और यह तालमेल उसका मुक्तिदाता सिद्ध हुआ। अब स्थिति यह थी कि जब कोई संप्रदाय या मत लोकप्रिय हो जाता था तो उसे किसी स्तर पर रूढ़िवादी प्रणाली में सम्मिलित करके प्रतिष्ठा प्रदान कर दी जाती थी। जटिलताएँ तभी उत्पन्न होती थीं, जबकि यह नया आंदोलन ब्राह्मणवाद का राजनीतिक या आर्थिक धरातल पर विरोध करता था।

शैवों में विशेष रूप से अनेक मत थे जिनमें शंकर के अनुयायियों की कठिन क्रियाओं से लेकर जादुई तांत्रिक क्रियाएँ शामिल थीं। संभवतः तांत्रिक संप्रदाय, जिसका नाम उसके धर्म-ग्रंथ 'तंत्रों' के कारण पड़ा—इनमें सबसे अधिक विचित्र था, और इसने शैवों तथा बौद्धों के आचरण को प्रभावित किया।

तंत्रवाद का जन्म छठी शताब्दी में हुआ था, परंतु उसका प्रचार आठवीं शताब्दी से हुआ। उत्तरी-पूर्वी भारत में यह अधिक शक्तिशाली था और तिब्बत से इसका घनिष्ठ संबंध था। इसमें संदेह नहीं कि इसके कुछ अनुष्ठान तिब्बती क्रियाओं से लिए गए थे। इसका दावा था कि यह मत वैदिक मान्यताओं का सरल रूप है। समस्त वर्णों तथा स्त्रियों को इसे अपना लेने की अनुमति थी, और इसलिए यह एक प्रकार से कट्टरता-विरोधी आंदोलन था। तांत्रिक रीति में प्रार्थना, रहस्यमय सिद्धांतों, जादू के मंत्रों तथा प्रतीकों एवं एक विशिष्ट देवता की उपासना पर बल दिया जाता था। तंत्रवाद में माता की धारणा को बहुत सम्मान दिया जाता था, क्योंकि जीवन की सृष्टि माँ के गर्भ से हुई थी। इस विषय में उसका संबंध 'शाक्त-शक्ति' संप्रदाय से भी था जो किसी भी कार्य के लिए स्त्री की सृजनात्मक शक्ति को अनिवार्य मानता था।*

तांत्रिक मत के सदस्य बनने के इच्छुक व्यक्तियों को एक गुरु से दीक्षा लेनी पड़ती थी। तांत्रिक अनुष्ठानों के अनुसार पंच मकारों—'मद्य' (शराब), 'मत्स्य' (मछली), 'मांस', 'मुद्रा' (अनाज) और 'मैथुन'—का उपभोग करना आवश्यक

---

* 'शक्ति' और देवीमाता पर दिए जानेवाले बल से ज्ञात होगा कि तांत्रिक मत की जड़ें आर्यों से पूर्व की संस्कृति में निहित थीं, और इस बात को देखते हुए कि अनिवार्य रूप से इसका जन्म अनार्य क्षेत्रों में हुआ, यह बात असंगत प्रतीत नहीं होती।

माना जाता था। शुद्धीकरण की अंतिम स्थिति में प्रत्येक मनुष्य एवं प्रत्येक वस्तु को समान समझा जाता था। यद्यपि इस कारण से तांत्रिक संप्रदाय की निंदा की जाती है परंतु इसका जन्म कट्टर हिंदू कर्मकांड और समाज की ब्राह्मणी व्यवस्था के विरोध के लिए हुआ, जिसकी अभिव्यक्ति उसने 'शक्ति' की पूजा-जैसे रूढ़ि-विरोधी विश्वास को स्वीकार करके, और सामाजिक आचरण के स्थापित मापदंडों का विरोध करके की। दैवी चमत्कार में तांत्रिक अभिरुचि होने के फलस्वरूप विशेषतया रसायनों एवं धातुओं पर प्रयोग करने से कुछ अर्द्ध-वैज्ञानिक तथ्यों की खोजें हुईं। तांत्रिकों का दावा था कि कुछ रसायनों के साथ पारा खाने से आयु बढ़ती है। इसमें संदेह नहीं कि उन्होंने कीमियागरी (साधारण धातुओं को सोने में परिवर्तित कर देने की कला) के प्रयोग भी किए होंगे—जैसा कि इस विषय पर तेरहवीं शताब्दी में लिखे गए ग्रंथों से ज्ञात होता है—और ये प्रयोग उस समय काफी लोकप्रिय थे।

बौद्धमत पर तांत्रिक विचारों का प्रभाव 'वज्रयान' बौद्धमत में स्पष्ट है। इस मत की धारणा के अनुसार 'बोधिसत्व' की पत्नी तारा को वही सम्मान प्राप्त था जो 'शक्ति' को। अनेक जादुई मंत्रों में एक मंत्र जो 'वज्रयान' बौद्धों ने लोकप्रिय बना दिया था वह बार-बार कही जानेवाली तिब्बती प्रार्थना 'ओम मणि पद्मे हुम्' (देखो कमल में रत्न है) है जो ईश्वरीय मैथुन की प्रतीकात्मक अभिव्यक्ति है।

ब्राह्मण रूढ़िवाद ने छोटे मतों और संप्रदायों को पूर्णतया बहिष्कृत नहीं कर दिया था। इनमें से कुछ मत चलते रहे, कुछ को उन पुरोहितों ने प्रोत्साहन दिया जो अपनी जीविका प्राप्त करने के लिए इन कर्मकांडों में भाग लेते थे। दूर के धर्माचार्यों की अपेक्षा स्थानीय पुरोहित लोकप्रिय धर्मों के प्रति सदैव सहानुभूति रखते हैं। संभवतः पारसी लोग पश्चिमी भारत में अपने साथ जो जोरास्त धर्म लाए थे, उससे प्रभावित होकर इस समय के लगभग सूर्य देवता की पूजा फिर से होने लगी थी। अब विद्यमान देवताओं को नया महत्त्व प्राप्त हुआ और नए देवताओं का प्रादुर्भाव हुआ। ग्रामों के पूजा-स्थलों में आज भी पूजे जानेवाले देवता गणेश या गणपति लोकप्रिय हो गए। प्रारंभ में ऐसे देवता को—जो एक पशु का रूप धारण कर सकता था—ब्राह्मणों ने सम्मानित देवी-देवता का पुत्र माना और उसे शिव तथा पार्वती की संतान बताया। जनन-क्षमता संप्रदाय से संबंधित देवी-माता की पूजा उसी भाँति चलती रही।

प्राचीन निरीश्वरवादी मतों में से जैन मत का मैसूर में उस समय अंत हो गया जब 'लिंगायतों' ने ऐसे व्यक्तियों का समर्थन प्राप्त कर लिया जो अन्यथा जैन मतावलंबी होते। पश्चिमी भारत में जैन मुख्यतया वणिक वर्ग के थे। कुल मिलाकर जैन समुदाय एक छोटा परंतु समृद्ध समुदाय बना रहा। चूँकि उन्हें व्यवसाय के रूप में कृषि को अपनाने की अनुमति नहीं थी, इसलिए व्यापार से वे जो कुछ भी लाभ कमाते थे उसे पुनः व्यापारिक कार्यों में विनियोजित कर देते थे। जैनों को दृढ़ता प्रदान करनेवाला एक तत्त्व यह भी था कि उनको गुजरात के राजदरबार

का संरक्षण प्राप्त था। सन् 1230 ई. में—सोमनाथ के मंदिर के विनाश के दो सौ वर्ष पश्चात्—माउंट आबू में एक भव्य जैन मंदिर का निर्माण किया गया। परंतु अब तक जैन मत एक कम महत्त्ववाला मत हो चुका था और उसे एक हिंदू मत ही समझा जाने लगा था।

बौद्ध मत की गिनती अब गौण धर्मों में भी नहीं होती थी। उसका पतन धीरे-धीरे पर निश्चित रूप से हुआ, और तेरहवीं शताब्दी में इस पतन में तेजी आ गई। बौद्ध मत का चमत्कारिक संप्रदायों के साथ गठबंधन एक भ्रम उत्पन्न करनेवाला विकास था, क्योंकि उसकी अधिकांश प्रारंभिक नैतिक शिक्षाएँ अब कर्मकांड के साथ घुल-मिल गई थीं। पाल राजाओं की सहायता पाकर पूर्वी भारत में उसका अस्तित्व बना रहा और राजसी संरक्षण के कारण उड़ीसा, काश्मीर तथा उत्तर-पश्चिमी भारत के कुछ भागों में वह चलता रहा, परंतु उसका यह जीवन जन-साधारण की सहायता पर टिका हुआ था। इस्लाम का आगमन उस पर अंतिम आघात था। बौद्धमत और इस्लाम, दोनों संस्थागत दीक्षा देनेवाले धर्म होने के कारण संभाव्य अनुयायियों को अपनी ओर आकर्षित करने की शक्ति रखते थे। इससे दोनों में कड़ा विरोध हो गया और मठों पर आक्रमण होने के कारण बौद्धों को पूर्वी भारत से दक्षिण-पश्चिमी एशिया में जाना पड़ा। भारत के भूतपूर्व बौद्ध क्षेत्रों—उत्तर-पश्चिम और पूर्व—में बहुत-से लोगों ने इस्लाम धर्म स्वीकार कर लिया। चौदहवीं शताब्दी से उत्तर भारतीय समाज में भक्ति संप्रदाय एक महत्त्वपूर्ण शक्ति बन गया और कुछ सीमा तक उसने बौद्धों के पलायन से होनेवाली रिक्तता की पूर्ति की, क्योंकि उसने व्यावसायिक जातियों को अपनी ओर आकर्षित किया।

अरबों, तुर्कों तथा अफगानों के आगमन से उनके साथ भारत में एक बिलकुल नया धर्म—इस्लाम—आया। मुस्लिम धर्माचार्यों के अतिरिक्त, धार्मिक क्षेत्र में इस्लाम का मूल प्रभाव फारस से मुस्लिम सूफियों का आगमन था। 'सूफी' पहले सिंध और पंजाब में बसे और वहाँ से धीरे-धीरे उनकी शिक्षाएँ गुजरात, दक्खन तथा बंगाल में पहुँचीं। प्रारंभ में, भारत में सूफी, रहस्यवाद की फारसी विचारधारा के प्रचारक थे, परंतु बाद में भारतीय और इस्लामी विचारों के सम्मिश्रण से एक भारतीय विचारधारा का जन्म हुआ। सूफी एकांत में रहते थे, और ईश्वर को देखने-पाने का साधन ढूँढ़ने में अपना समय व्यतीत करते थे। मुस्लिम धर्माचार्य उन्हें बहुधा नापसंद करते थे क्योंकि उनके विचार से सूफी पद्धतियाँ और विश्वास अत्यधिक प्रगतिशील थे। परंतु भारत में उन लोगों को सूफी विचारों से सहानुभूति और रुचि हुई जिनकी रुचि रहस्यवाद एवं तपस्या की ओर थी। इसके तत्काल बाद की शताब्दियों में भक्ति-संप्रदाय पर सूफी संप्रदाय का उल्लेखनीय प्रभाव पड़ा।

आठवीं से तेरहवीं शताब्दी तक के काल को कभी-कभी 'अंधकार-युग' कहा जाता है, जब हिंदुओं की उच्च संस्कृति का ह्रास हुआ और राजनीतिक विशृंखलता

के फलस्वरूप एक पूर्णतया विदेशी शक्ति को इस उपमहाद्वीप में विजय प्राप्त करने में सुविधा हुई। परंतु यह अंधकार-युग न होकर निर्माणात्मक युग था जिसका विस्तृत अध्ययन लाभप्रद हो सकता है, क्योंकि आज के भारत की अनेक संस्थाएँ इसी युग में स्थायी रूप ग्रहण करने लगी थीं।

राजनीतिक-आर्थिक ढाँचे के आधार के रूप में सामंतवाद मोटे रूप में अभी हाल तक जीवित रहा है और समाज के विकास को प्रभावित करता रहा है। इस काल में जन्म लेनेवाली अनेक जातियाँ सामाजिक क्षेत्र में अब भी सक्रिय हैं। भारत के विभिन्न भागों में आज भी बोली जानेवाली भाषाएँ तेरहवीं शताब्दी की विभिन्न प्रादेशिक भाषाओं से निकली हैं। स्थापित धर्मों से सर्वथा पृथक् अनेक धार्मिक पंथ जो आज ग्रामीण जनता (भारत की बहुसंख्यक जनता) पर छाए हुए हैं, इसी युग में उद्भूत हुए थे। इतना ही नहीं, इस काल के ऐतिहासिक साक्ष्य की पूर्णता इस समय के पूर्ण चित्रण के पुनर्निर्माण की सुविधा प्रदान करती है।

12. प्रादेशिक राज्यों का पुनर्गठन

लगभग 1200 से 1526 ई.

महमूद गज़नवी और मुहम्मद गोरी के सफल आक्रमणों ने भारतीय उपमहाद्वीप में एक नए राजनीतिक तत्त्व का सूत्रपात किया, क्योंकि उन्होंने यहाँ तुर्कों और अफगानों का शासन प्रारंभ किया। इस बात का बोध तो हुआ कि एक बिलकुल नई शक्ति ने भारतीय मंच पर प्रवेश किया है, परंतु इस संबंध में कहीं कोई उत्सुकता नहीं थी। यह बात तो सब मानते थे कि राजनीतिक क्षेत्र में देशी शासकों का स्थान विजेता ग्रहण कर लेंगे, परंतु यह भली-भाँति नहीं समझा गया कि नवागंतुक भारतीय संस्कृति के रूप को परिवर्तित एवं संशोधित कर सकेंगे।

तुर्कों और अफगानों ने दिल्ली प्रदेश में—जहाँ से उन्होंने राज्य किया—अपने पैर जमा लेने पर सारा ध्यान केंद्रित किया। युद्ध की दृष्टि से दिल्ली की स्थिति सामरिक महत्त्व की थी जहाँ से गंगा की घाटी और मध्य तथा पश्चिमी भारत—दोनों स्थानों तक पहुँचा जा सकता था। इसी क्षेत्र से चौहानों ने तुर्कों का प्रतिरोध किया था और वे यह समझ गए थे कि वास्तव में दिल्ली ही प्रतिरोध का मुख्य केंद्र है। इसके अतिरिक्त दिल्ली अफगानिस्तान से आनेवाले मार्ग पर एक सुविधाजनक स्थान था। दिल्ली से होनेवाले तुर्कों के शासन को दिल्ली सल्तनत कहा जाता है और तेरहवीं से सोलहवीं शताब्दी तक उत्तरी भारत के इतिहास को साधारणतया इसी नाम से पुकारा जाता है। यह सुविधाजनक तो लगता है, लेकिन यह पूरी तरह सही नहीं है क्योंकि इससे ऐसा लगता है कि वह एक संगठित राज्य था जो सारे उत्तरी भारत में फैला हुआ था लेकिन वास्तव में ऐसी बात नहीं थी, यद्यपि उस समय इस सल्तनत को प्रमुख राजनीतिक स्थान प्राप्त था।

तुर्कों और अफगान शासन का प्रारंभिक प्रभाव उत्तरी भारत के अन्य भागों—गुजरात, मालवा, जौनपुर, बंगाल तथा उत्तरी दक्खन पर पड़ा, जहाँ भारतीय संस्कृति पर इस्लामी संस्कृति अधिक सरलता से प्रभाव जमा सकी। प्रारंभ में दिल्ली दरबार अपनी प्रतिष्ठा को सुरक्षित रखने के प्रयत्न में भारतीय जीवन से पृथक् रहा। सल्तनत को कायम रखने और प्रशासन चलाने के लिए आदमियों की आवश्यकता थी और इसके लिए हिंदुस्तानियों को नहीं चुना गया, अपितु मध्य और पश्चिमी एशिया से आनेवाले आब्रजक—मंगोल, अफगान, तुर्क, फारसी तथा अरब—लोगों ने सल्तनत में स्थान पाया। इन साहसी तथा

धन-लोलुपों ने या तो सल्तनत के उच्च अधिकारियों में अपना स्थान बना लिया और अवसर पाकर राजसिंहासन पर अधिकार कर लिया अथवा धन एकत्रित करके अपने देशों को लौट गए। इस काल के उत्तरार्द्ध में सल्तनत की स्थिति केवल एक प्रांतीय राज्य की रह गई।

प्रारंभिक काल में निःसंदेह दिल्ली के सुल्तानों ने सारे भारत पर अधिकार करके साम्राज्य की स्थापना करने का विचार किया। सभी दिशाओं में सेनाएँ भेजकर आक्रमण किए गए। इस कार्य में दक्खन सबसे बड़ी बाधा सिद्ध हुआ और उसको अपने अधिकार में न रख सकने के फलस्वरूप ही सुल्तानों को अनिच्छापूर्वक साम्राज्य के विचार का परित्याग करना पड़ा। अंतिम रूप से साम्राज्य स्थापना के इस लक्ष्य को छोड़ देने के बाद ही प्रांतीय राजतंत्र अपनी राजनीतिक स्वाधीनता स्थापित कर सके। परंतु दिल्ली के सुल्तानों ने इस विचार को कभी नहीं छोड़ा, और सोलहवीं शताब्दी में मुगलों के आगमन पर यह विचार फिर प्रबल हुआ और साम्राज्य का स्वप्न तब साकार हुआ।

सत्ता के लिए होनेवाली इस प्रतिद्वंद्विता में सल्तनत का उद्‌भव एक निर्णायक तत्त्व के रूप में हुआ और उसने प्रादेशिक शक्तियों को बढ़ने से रोकने का प्रयत्न किया। अपनी महत्त्वपूर्ण स्थिति के कारण दिल्ली दरबार ने अनेक राजनीतिक विचारकों और लेखकों को अपनी ओर आकर्षित किया। फलतः राजनीतिक संस्थाओं एवं कार्यों की जानकारी देने के लिए सल्तनत की कार्य-पद्धति के विषय में पर्याप्त साहित्य उपलब्ध है। सल्तनत के समय की इन संस्थाओं और कार्यपद्धतियों का विचार अरब और फारसी लेखकों की उच्च मुस्लिम परंपराओं से ही नहीं लिया गया था बल्कि इसका बहुत कुछ व्यावहारिक औचित्य एवं भारतीय प्रतिक्रिया पर भी आधारित था। अतः जिन राजनीतिक तथा प्रशासनिक पद्धतियों का विकास सल्तनत के अधीन हुआ वे तुर्कों एवं अफगानों द्वारा शासित प्रादेशिक राजतंत्रों में विद्यमान पद्धतियों से बहुत कुछ मिलती-जुलती थीं।

सल्तनत के इतिहास के संबंध में मुख्य जानकारी उन इतिहासकारों और कवियों से मिलती है जो दिल्ली दरबार से संबंधित थे। चूँकि उनका संबंध मुख्यतः दरबार से और उससे भी अधिक सुल्तान से था, इसलिए उन्होंने इस संकुचित क्षेत्र से बाहर के जीवन के विषय में लगभग कुछ नहीं कहा है। अनेक लेखक सुल्तान के संरक्षण पर आश्रित थे, इसलिए सल्तनत के विषय में उन्हें तटस्थ लेखक नहीं माना जा सकता। इस्लामी जगत् के विद्वानों की ऐतिहासिक रचनाएँ उनका आदर्श थीं, और यद्यपि वे ऐतिहासिक घटनाओं को धर्म के अधीन समझते थे, तो भी उन सबने इन घटनाओं की व्याख्या अल्लाह की मर्जी ही मानकर नहीं की, जो इतिहासकार बरनी के दृष्टिकोण से बहुत स्वाभाविक व्याख्या प्रतीत होती थी। परंतु बरनी ऐसे युग में हुआ था, जब यह माना जाता था कि कुछ सुल्तानों के सनकी कार्यों के कारण ही खुदा ने उन्हें सल्तनत से हटा दिया था। अमीर खुसरो, इसामी तथा अफीफ-जैसे अन्य इतिहासकार इस संबंध में कुछ कम कटु थे।

सौभाग्य से, इतिहासकार ही इस काल की जानकारी के एकमात्र स्रोत नहीं हैं। फरिश्ता तथा बदायूनी की रचनाओं में, जो सल्तनत के बाद की हैं, एवं सूफी साहित्य सहित अन्य साहित्य में भी इस काल के विषय में यत्र-तत्र चर्चाएँ मिलती हैं। इन शताब्दियों में भारत आनेवाले यात्रियों के विवरण अधिक निष्पक्ष हैं। इनमें सर्वाधिक विख्यात उत्तरी अफ्रीका का अरब इब्नबतूता है जो 1333 ई.से 1346 ई. तक भारत में रहा था। कुछ समय तक उसने न्यायाधीश के रूप में कार्य किया, जिसके पश्चात् वह सुल्तान की ओर से चीन भेजा गया। 1348 ई. में वह उत्तरी अफ्रीका को लौट गया और वहाँ से नाईजर नदी की खोज पर निकला, जहाँ से वह टिंबकटू गया। अपने भारत में बिताए गए वर्षों सहित जीवन में उसने जो कुछ किया, उस सबका उसने विस्तृत विवरण लिखा है। उसका यह वर्णन आकर्षक एवं पठनीय है क्योंकि वह निजी तथा सार्वजनिक दोनों मामलों में साहसी था। उसका जीवन रोमांचकारी घटनाओं से पूर्ण था जिनमें लुटेरों से साक्षात्कार, जहाज का नष्ट होना, ऊँचे पद तथा असंख्य पत्नियाँ सम्मिलित थीं।

कुछ अरब भूगोलवेत्ताओं तथा व्यापारियों ने उन देशों के विषय में, बिना वहाँ की यात्रा किए, सूचनाएँ एकत्रित की हैं जिनमें उनकी रुचि थी तथा जिनसे वे व्यापार करते थे, और भारत भी उनमें से एक था। बाद में अनेक यूरोपीय यात्री, उदाहरण के लिए मार्कोपोलो तथा एथेनेसियस निकीतिन, भी स्वर्ण की खोज में तथा साहसिक कार्य के लिए भारत आए, परंतु वे दक्खन के राज्यों के तटीय क्षेत्रों से आगे न बढ़े और उत्तरी राज्यों के संबंध में उन्होंने किसी महत्त्वपूर्ण बात का उल्लेख नहीं किया। यही बात बहमनी दरबार में समरकंद के राजदूत अबुदर्रज्जाक के लेखों के विषय में भी ठीक है।

सन् 1206 ई. में मुहम्मद गोरी की मृत्यु पर उसका सेनापति कुतुबुद्दीन ऐबक भारत में उसके द्वारा अधिकृत क्षेत्रों का सुल्तान बन बैठा। इसका महत्त्व यह था कि सल्तनत अफगान राज्य का एक अंग होने के स्थान पर एक भारतीय राज्य मानी जाने लगी। परंतु भारत के तुर्कों ने स्वयं को असुरक्षित अनुभव किया, क्योंकि उनके अपने विरुद्ध राजपूतों का एक संघ बन जाने की आशंका बनी रहती थी, यद्यपि वास्तव में ऐसा कभी हुआ नहीं। अपनी स्वयं की विभाजित निष्ठा के कारण भी वे अपने को सुरक्षित महसूस नहीं कर सकते थे। पंजाब को अपने राज्य में मिलाने की गज़नी के शासक की इच्छा स्पष्ट थी और उसकी चाल को विफल करने के लिए कुतुबुद्दीन को अपनी राजधानी लाहौर ले जानी पड़ी, जो दिल्ली की अपेक्षा अफगानिस्तान के अधिक निकट थी। किंतु दिल्ली के तुर्क सरदार—दिल्ली का गुट—अन्य गुटों से अधिक शक्तिशाली सिद्ध हुए, और कुतुबुद्दीन की मृत्यु पर उन्होंने उसके दामाद इल्तुतमिश को सुल्तान बनाया और राजधानी दिल्ली ले गए।

इल्तुतमिश ने अनुभव किया कि यदि भारत स्थित तुर्क राज्य को सुरक्षित रखना है तो उसे सल्तनत को सुदृढ़ बनाकर तुर्क सरदारों को संबंध-विच्छेद करके

नए राज्य स्थापित करने से रोकना होगा। 1220 ई. तक उसने सिंधु नदी के साथ-साथ सल्तनत की उत्तरी सीमा स्थापित कर ली और सरदारों पर अपना आधिपत्य जमा लिया। परंतु अब तक राजपूत जाग्रत हो चुके थे और उन्होंने रणथंभौर का प्रसिद्ध किला पुनः प्राप्त कर लिया था जिस पर पहले तुर्कों का अधिकार हो चुका था। इल्तुतमिश ने राजपूतों के विरुद्ध सैनिक अभियान प्रारंभ किया और तुर्कों तथा राजपूतों के मध्य होनेवाले अनेक अनिर्णीत युद्धों में यह पहला था।

सल्तनत की उत्तरी सीमा गजनवियों से भले ही सुरक्षित हो गई हो परंतु मंगोलों से, जो अब तक अपने देश से मध्य एशिया में बहुत आगे बढ़ चुके थे, वह सुरक्षित न रह सकी। 1229 से 1241 ई. के बीच उन्होंने अनेक आक्रमण करके पश्चिमी पंजाब पर आधिपत्य जमा लिया, और इल्तुतमिश उन्हें रोकने में असमर्थ रहा। इल्तुतमिश की मृत्यु के पश्चात् तुर्कों में परस्पर वैमनस्य बढ़ गया, लेकिन जब उसकी बेटी रज़िया ने शासन सँभाला तब उस संक्षिप्त मध्यांतर में थोड़ा स्थायित्व आया। एक समकालीन इतिहासकार सिराज ने लिखा है :

> सुल्ताना रज़िया महान् शासक थी। वह बुद्धिमान, न्यायप्रिय तथा उदार, अपने राज्य की हितैषी, न्याय करनेवाली, प्रजा की रक्षक तथा सेना की नेता थी। उसमें एक सुयोग्य राजा के सब गुण थे, परंतु वह पुरुष वर्ग से नहीं थी और इसलिए पुरुषों की दृष्टि में उसके ये सब गुण व्यर्थ थे।[1]

दो कारणों से उसका विरोध हुआ—एक तो यह कि वह स्त्री थी और दूसरे यह कि समस्त शासन का नियंत्रण उसने अपने हाथ में रखा था। अंत में उसकी हत्या कर दी गई। 1265 ई. में बलबन के मंत्री से सुल्तान बनने तक दरबारी षड्यंत्र अबाध रूप से चलते रहे।

इस समय सल्तनत के राजनीतिक अस्तित्व को कायम रखने के लिए एक दृढ़संकल्प राजा की आवश्यकता थी। तुर्क सरदार सल्तनत से संबंध-विच्छेद करने के लिए अत्यधिक उत्सुक रहते थे, विशेषकर सल्तनत के सीमावर्ती क्षेत्रों में। छोटे राजपूत सरदारों तथा स्थानीय नेताओं ने सुल्तान की सेना को परेशान करने के लिए गुरिल्ला युद्ध-पद्धति की प्रभावात्मकता को समझ लिया था। अतः उनका सफाया करने के लिए सेनाएँ भेजना आवश्यक हो जाता था, जो न केवल व्ययसाध्य था बल्कि जब सेना को किसी अपरिचित प्रदेश में जाना पड़ता था तो यह विपदाजनक भी होता था। मंगोलों के पंजाब में लगभग 1270 ई. तक उपस्थित रहने का अर्थ था अफगानिस्तान से संबंध-विच्छेद हो जाना। अब भारत में तुर्कों की शक्ति को संगठित करना आवश्यक हो गया था, और यही कार्य बलबन ने सफलतापूर्वक किया। उसने विद्रोहों को बड़ी दृढ़ता और कठोरता के साथ कुचला, और जिन क्षेत्रों में निरंतर विद्रोह होते रहते थे वहाँ उसने सैनिक कृषकों के समूह बसा दिए जो गुप्तचर का कार्य भी करते थे और स्थानीय शासन पर नियंत्रण भी रखते थे। अब प्रशासनिक पद्धतियाँ समान और व्यवस्थित बना दी गईं। जाति

एवं राजनीति की दृष्टि से तुर्कों की श्रेष्ठता पर इतना अधिक बल दिया गया कि भारतीय मुसलमानों को राजनीतिक पदों से वंचित रखा गया। षड्यंत्रों का अंत करने और तुर्क सत्ता के प्रतीक सुल्तान के प्रति निष्ठा उत्पन्न करने के लिए तुर्क शक्ति को संगठित रखने पर बल दिया गया।

यद्यपि बलबन ने किसी राजवंश की नींव नहीं डाली, फिर भी दिल्ली सल्तनत जीवित रही। तुर्कों के एक अन्य समूह—खिल्ज़ियों ने 1290 ई. में सत्ता प्राप्त की। जो असंतुष्ट अफगान सरदार पूर्ववर्ती सुल्तानों द्वारा उपेक्षित रहे थे, उनकी निष्ठाओं को प्राप्त करने के लिए खिल्ज़ियों ने अपने अफगानवंशी होने का लाभ उठाया। खिल्ज़ी शासक भारतीय मुसलमानों को भी उच्च पद देने के पक्ष में थे और इस संबंध में उन्होंने बलबन की नीति उलट दी। इस नए राजवंश को विद्रोहों का सामना करना पड़ा, राजपूतों और मंगोलों के विरुद्ध सैनिक अभियान भेजने पड़े, परंतु सल्तनत की दृढ़ नींव बलबन द्वारा डाली जा चुकी थी और खिल्ज़ियों के लिए अब केवल अपने पाँव मजबूती से जमाकर सल्तनत को मजबूत बनाना ही शेष रह गया था।

वृद्ध खिल्ज़ी सुल्तान का एक महत्त्वाकांक्षी भतीजा अलाउद्दीन था, जिसने पूर्वी भारत और दक्खन में सफल आक्रमण किए थे। 1296 ई. में उसने देवगिरि नगर पर आक्रमण किया, जो अब भी यादवों के हाथ में था। यादव राजा ने हार स्वीकार कर ली और संधि की शर्त के अनुसार अलाउद्दीन को बहुत-सा सोना दिया। अब अलाउद्दीन उत्तर को लौटा, सुल्तान की हत्या करवा दी, और यादव राजा से प्राप्त स्वर्ण से सरदारों की निष्ठा खरीदकर स्वयं को सुल्तान घोषित किया। राज्य के क्षेत्रफल की दृष्टि से और सुल्तान की शक्ति की दृष्टि से भी अलाउद्दीन का राज्य सल्तनत के सर्वोच्च राजनीतिक उत्कर्ष का बिंदु था। अपनी नीति के अंतर्गत उसने प्रत्येक को अपनी राय रखने की स्वतंत्रता दी, जो कि सल्तनत के अन्य शासकों की तुलना में प्रायः अद्वितीय थी।

इल्तुतमिश ने बग़दाद के ख़लीफ़ा से ख़िलअत प्राप्त की थी। यह मात्र सद्भावना प्रदर्शन नहीं था, क्योंकि यद्यपि ख़लीफ़ा को इस सल्तनत से कोई खास सरोकार नहीं था, पर वह इस्लामी दुनिया का प्रधान था और सारे सुल्तान उसके अधीन होते थे। इसलिए पारिभाषिक रूप से दिल्ली का सुल्तान ख़लीफ़ा का महाराज्यपाल था। व्यावहारिक रूप से सुल्तान सर्वोच्च सत्तासंपन्न था। वैसे तो न्याय के क्षेत्र में उसकी सत्ता सर्वोच्च थी, परंतु वह 'शरीअत' (इस्लाम धर्म के पवित्र नियम) द्वारा सीमित थी। 'शरीअत' के नियम प्रत्येक देश और प्रत्येक काल के लिए भिन्न-भिन्न थे, लेकिन भारतीय परिस्थितियों में ये हमेशा अत्यंत अनुकूल नहीं थे, अतः धर्माचार्यों ने 'शरीअत' में ऐसे मामूली संशोधन करने की अनुमति दे दी जिन्हें वे स्वीकार करें। इस प्रकार यदि सुल्तान को इन काज़ियों और मुल्लाओं का समर्थन मिल जाता था तो उसके अधिकार को सैद्धांतिक रूप में कोई चुनौती नहीं दे सकता था। परंतु उसे वस्तुतः दूसरी ओर से, अपने सरदारों और सामंतों से, चुनौती मिली।

सल्तनत की स्थापना हो जाने पर भू-राजस्व के प्रश्न की जाँच आवश्यक थी, क्योंकि यह राज्य की आय का आधार था। भू-राजस्व और सैनिकों की उपलब्धि को एक-दूसरे से संबंधित और सल्तनत के लिए अनिवार्य माना जाता था। सल्तनत में भूमि की पट्टेदारी का रूप उस रूप से कुछ अधिक भिन्न नहीं था जो पहले अस्तित्व में था, हालाँकि यह इस्लामी पद्धति में प्रचलित विचारों और भारत में कार्यशील पद्धतियों का सम्मिश्रण था।

'शरीअत' के मुताबिक शासक चार भिन्न-भिन्न स्रोतों से आय प्राप्त कर सकता था : कृषि-उत्पादन पर कर, गैर-मुस्लिम जनसंख्या पर कर, काफिरों के साथ युद्ध में लूट से प्राप्त माल का पाँचवाँ भाग, और मुस्लिमों द्वारा दिया जानेवाला अतिरिक्त कर, जिसका उपयोग मुस्लिम समुदाय के हित के लिए, खासकर धार्मिक परोपकार में किया जाता था। कृषि-उत्पादन पर कर सल्तनत की नियमित आय थी, जो उत्पादन का पाँचवाँ भाग होता था, यद्यपि कभी-कभी यह आधे तक पहुँच जाता था।

गैर-मुस्लिम जनसंख्या पर लगनेवाला कर 'जज़िया' सुल्तानों की सनक के अनुसार भिन्न-भिन्न होता था, और आय का प्रमुख स्रोत नहीं माना जाता था। सैद्धांतिक दृष्टि से अनेक श्रेणियों के लोग इस कर से मुक्त होते थे, लेकिन यह करमुक्ति सर्वत्र एक-सी नहीं थी। बहुधा इस कर को राजस्व बढ़ाने के एक वैध साधन के रूप में वसूल किया जाता था और अनिवार्यतः गैर-मुस्लिम जनसंख्या को दंडित करना इसका उद्देश्य नहीं था। जज़िया देनेवाले व्यक्ति को इस्लाम धर्म स्वीकार कर लेने पर यह कर नहीं देना पड़ता था; फलतः अधिक मतपरिवर्तन का अर्थ राजस्व में घाटा होना था। शायद इसीलिए सुल्तान बड़े पैमाने पर मतपरिवर्तन को प्रोत्साहित करने के लिए उत्सुक नहीं थे। सैद्धांतिक दृष्टि से जज़िया मुख्यतः नागरिक व्यवसायों एवं शिल्पियों पर लगाया जाता था, क्योंकि भूमि-कर के रूप में इतनी ही राशि बढ़ा देने से कृषकों की दशा और भी खराब हो जाती।

इसी प्रकार मुस्लिमों से लिया जानेवाला विशेष कर भी सुल्तान की इच्छा पर निर्भर था। युद्ध की लूट का भाग भी नियत से अधिक लिया जाता था, और बहुधा सुल्तान इसका 4/5 भाग स्वयं ले लेता था। आय के अन्य स्रोत व्यापार के माल पर ली जानेवाली चुंगी और आयात-कर होते थे जो वस्तु के मूल्य के ढाई प्रतिशत से दस प्रतिशत तक होते थे।

सल्तनत प्रांतों में बँटी हुई थी और प्रत्येक प्रांत एक राज्यपाल के अधीन होता था जो साधारणतया 'मुक्ती' कहलाता था, और वह प्रांत के प्रशासन तथा राज्य को सीधा लगान देनेवाले कृषकों से लगान वसूल करने के लिए उत्तरदायी होता था। 'मुक्ती' की नियुक्ति स्थाई नहीं होती थी, और सुल्तान की इच्छानुसार वह राज्य के किसी भी भाग में स्थानांतरित किया जा सकता था। राजस्व का एक निश्चित भाग उसका वेतन होता था और शेष भाग उसे सुल्तान को भेजना पड़ता था। 'मुक़्ती'

को राजस्व के अपने भाग में से कुछ घोड़े और पैदल सैनिक रखने पड़ते थे जिनका उपयोग आवश्यकता होने पर सुल्तान कर सकता था। 'मुक़्ती' की सहायता के लिए अधिकारी होते थे जिनका मुख्य कार्य कर-निर्धारण और राजस्व-संग्रह होता था। 'मुक़्तियों' द्वारा वसूले गए राजस्व के अतिरिक्त सुल्तान 'खालसा' (राजकीय भूमि) की आय का भी अधिकारी होता था। यह आय सुल्तान की आवश्यकताओं के लिए सुरक्षित होती थी और उसका सारा प्रबंध राजस्व-विभाग के हाथ में होता था।

इसके अलावा अपने अधिकारियों को उनकी सेवाओं के लिए पुरस्कारस्वरूप अथवा नकद वेतन के बदले अनुदान देने के लिए सुल्तान के पास बहुत-सी भूमि होती थी। इसे 'इक़्ता' या भूमि-अनुदान पद्धति कहते थे और यह सल्तनत काल से पहले के उत्तरी भारत में प्रचलित ग्रामीण पद्धति से बहुत-कुछ मिलती-जुलती थी। विस्तार की दृष्टि से 'इक़्ता' ग्राम से प्रांत तक भिन्न हो सकता था। इसकी अनेक श्रेणियाँ भी होती थीं जिनमें से सर्वाधिक प्रचलित श्रेणी नकद वेतन के बदले में दी जानेवाली भूमि की होती थी। पूर्व-प्रचलित पद्धति की भाँति किसी को भी भूमि का स्वामित्व नहीं दे दिया जाता था बल्कि केवल उससे प्राप्त राजस्व ही दिया जाता था। अनुदान का जारी रहना सुल्तान की इच्छा पर होता था, क्योंकि कोई भी 'इक़्ता' पैतृक संपत्ति नहीं मानी गई थी। इजारेदारी की प्रथा भी प्रचलित थी और इसके अंतर्गत किसी क्षेत्र का प्रशासनिक अधिकारी एक निश्चित वार्षिक रकम सुल्तान को देने की जिम्मेदारी लेता था, परंतु इस बात से कोई संबंध नहीं होता था कि उस क्षेत्र से वास्तव में उसने कितना लगान वसूल किया। अधिकारी के बेईमान होने पर इस पद्धति का दुरुपयोग भी हो सकता था। सुल्तानों द्वारा दी गई भूमि में साधारणतया कोई हस्तक्षेप उस समय तक नहीं किया जा सकता था जब तक कि भूमि प्राप्त करनेवाला व्यक्ति विद्रोह करके, जो कोई असाधारण बात नहीं थी, सुल्तान को अप्रसन्न—न कर दे। 'इक़्ता' पद्धति विद्यमान छोटे सरदारों तथा भूमि रखनेवालों को नए प्रशासन में सम्मिलित करने की दृष्टि से पर्याप्त लचीली थी।

'मुक़्तियों' और 'इक़्तादारों' को सुल्तान के लिए सैनिकों की व्यवस्था करनी पड़ती थी, अर्थात् उन्हें किसानों में से सैनिक भर्ती करने पड़ते थे। दिल्ली सल्तनत की सेना में कई प्रकार के सैन्य दल थे। सुल्तान की स्थायी सेना में उसके अंगरक्षक, जो बहुधा उसके व्यक्तिगत दासों में से चुने जाते थे, और कुछ दूसरी सैनिक टुकड़ियाँ होती थीं जिनमें से कुछ राजधानी में रखी जाती थीं और शेष सीमा-स्थित दुर्गों एवं छावनियों में रहती थीं। स्थायी सेना के सैनिकों को या तो वेतन नकद दिया जाता था या उन्हें छोटे-छोटे भूमिक्षेत्र दे दिए जाते थे जिसके लगान से वे जीविका चलाते थे। 'मुक़्तियों' और 'इक़्तादारों' द्वारा रखे गए सैनिकों की संख्या स्थायी सेना के सैनिकों से अधिक होती थी। सैद्धांतिक रूप से ये सुल्तान के स्वामिभक्त होते थे परंतु ये स्वतंत्र होने को प्रवृत्त भी रहते थे और कभी-कभी ये 'मुक़्ती' के प्रति

निष्ठावान हो जाते थे।

जब अलाउद्दीन सिंहासन पर बैठा तब राज्य की यही स्थिति थी। इक़्तादारों की सुविधाएँ समाप्त कर अपनी स्थिति को सुदृढ़ करने के लिए सुल्तान ने ग्रामीण-पद्धति में जो परिवर्तन किए उससे स्पष्ट है कि उसे अपनी अधिकार-सत्ता पर विश्वास था। उसने एक निर्भीक कदम उठाकर पूर्ववर्ती सुल्तानों द्वारा दिए गए समस्त अनुदान—उपहार में दिए गए स्वामित्व के अधिकार, पेंशन अथवा धार्मिक दान—रद्द कर दिए। भूमि का पुनः मूल्यांकन किया गया (जो उत्पाद में वृद्धि या कमी का निश्चय करने के लिए समय-समय पर आवश्यक था) और नए अनुदान दिए गए। पूर्ववर्ती अनुदानों को रद्द करने का उद्देश्य यह सिद्ध करना था कि 'इक़्ता' कोई स्थायी अधिकार नहीं है। राजस्व में राज्य का भाग बढ़ाकर उत्पादन का आधा कर दिया गया और उसमें कोई रियायत नहीं दी गई। इसके अतिरिक्त उन क्षेत्रों में चराई-कर लगा दिया गया जहाँ ग्रामवासी पशुपालन कर अपनी आय बढ़ाते थे। किसी विशिष्ट क्षेत्र के उत्पादन पर वहाँ की औसत पैदावार के आधार पर कर निर्धारित किया गया, जो उन वर्षों के लिए तो ठीक होता था जब उपज अच्छी होती थी, परंतु उपज खराब होने पर किसानों को बड़ी कठिनाई होती थी।

अलाउद्दीन का लक्ष्य यह था कि अतिरिक्त आय सरकारी कोष में पहुँचे, इक़्तादारों के पास नहीं, जिन्हें आय के रूप में कोई अतिरिक्त कर लगाने की अनुमति नहीं थी। अपने सरदारों की सक्रिय विरोधी शक्ति बनने की संभावना कम करने के लिए मदिरापान का निषेध कर दिया, क्योंकि इस प्रकार के समारोहों में सुल्तान के विरुद्ध विद्रोह का सूत्रपात हो सकता था। सरदारों में परस्पर वैवाहिक संबंधों के लिए सुल्तान की अनुमति लेना आवश्यक था, और संभवतः इसका कारण ऐसे वैवाहिक संबंधों को रोकना था जिनकी प्रकृति राजनीतिक थी। यह स्वाभाविक ही है कि इस नीति को कारगर बनाने के लिए कुशल गुप्तचरों का होना अनिवार्य था।

सैनिक शक्ति के निर्माण के लिए अधिक आय की आवश्यकता थी। मंगोलों और राजपूतों के संभावित आक्रमणों और दक्खन के सैनिक अभियानों का सामना करने के लिए एक बड़ी स्थाई सेना जरूरी थी जो पर्याप्त अतिरिक्त राजस्व होने पर ही रखी जा सकती थी। इस भय से कि उसकी ग्रामीण कर-नीति कहीं समस्याएँ उत्पन्न न कर दे, अलाउद्दीन ने लगभग सारे बाजार पर मूल्य-नियंत्रण करने का प्रयत्न किया। अनाज का राशन करके मूल्य निश्चित कर दिए गए। उच्च कोटि के वस्त्रों के क्रय-विक्रय पर प्रतिबंध लगा दिया गया, परंतु यह नियंत्रण दिल्ली में और उसके आस-पास के उन क्षेत्रों में ही सफल हो सका जहाँ माल के यातायात, संभरण तथा मूल्य पर नजर रखी जा सकती थी और अपराधियों को दंड दिया जा सकता था।

मंगोल 1306 ई. तक सल्तनत को परेशान और उत्तरी भारत को आतंकित

करते रहे, जब तक कि ट्रांसोक्सियाना की घरेलू परेशानियों ने उन्हें मध्य एशिया को लौटने के लिए विवश नहीं कर दिया। इस बीच में अलाउद्दीन ने गुजरात और मालवा पर आक्रमण किया, रणथंभौर और चित्तौड़ में राजपूतों के दो महत्त्वपूर्ण दुर्गों पर अधिकार किया, और दक्षिण पर धावा बोल दिया था हालाँकि यह धावा असफल रहा। वह अब भी इस प्रायद्वीप को सल्तनत के अधीन करने का स्वप्न देखता था। उसने दक्षिण में एक चढ़ाई अपने एक अधिकारी मलिक काफूर—जो इस्लाम धर्म स्वीकार करनेवाला एक सुंदर गुजराती था—के नेतृत्व में की और उसे अत्यधिक सफलता प्राप्त हुई। अब दक्खन को उत्तरी भारत में एक नई शक्ति के अस्तित्व का बोध हुआ। मलिक काफूर ने प्रत्येक दिशा में आक्रमण किया और अनेक शांति-संधियों के साथ उसके आक्रमणों का अंत हुआ। उसने पांड्यों की राजधानी मदुरई पर भी आक्रमण किया था और यह एक ऐसा कार्य था जिसे अभी तक उत्तरी भारत के किसी शासक ने नहीं किया था। अब ऐसा लगा कि अलाउद्दीन एक स्थाई साम्राज्य बनाने में सफल हो जाएगा परंतु अपने उत्तरी राज्य में होनेवाले षड्यंत्रों ने उसकी योजना को सफल न होने दिया। जब एक-एक करके गुजरात, चित्तौड़ और देवगिरी सल्तनत से अलग हो गए तो साम्राज्य का स्वप्न धूमिल होने लगा। 1316 ई. में अलाउद्दीन एक निराश व्यक्ति की मौत मरा।

आगामी चार वर्षों में एक के बाद एक कई सुल्तान गद्दी पर बैठे। इनमें से अंतिम शासक इस्लाम धर्म स्वीकार करनेवाला एक नीच जाति का हिंदू था, जो सुल्तान का प्रियभाजन बन गया था और जिसने सिंहासन प्राप्त करने के लिए सुल्तान की हत्या कर दी। इतिहासकारों ने उसके नीच जाति से उत्पन्न होने पर विशेष बल दिया है जबकि सैद्धांतिक दृष्टि से इस बात पर बल देना कोई माने नहीं रखता क्योंकि इस्लामी समाज में ऊँच-नीच का भेद नहीं माना जाता था। उसकी भारतीयता और नीच जाति के होने का लाभ एक तुर्क परिवार ने उसके विरुद्ध सफल विद्रोह करके उठाया। उत्तर में सेना के एक नायक गयासुद्दीन तुग़लक ने इस विद्रोह का नेतृत्व किया, और सन् 1320 ई. में उसने स्वयं को दिल्ली का सुल्तान घोषित करके तुग़लक राजवंश की स्थापना की।

नए सुल्तान की महत्त्वाकांक्षाएँ भी अलाउद्दीन के सदृश ही थीं और उसके वारंगल, उड़ीसा तथा बंगाल पर किए गए आक्रमणों ने साम्राज्य के स्वप्न को पुनः जीवित कर दिया लेकिन उसकी आर्थिक नीति उसकी राजनीतिक महत्त्वाकांक्षाओं के अनुकूल नहीं थी। उसके समय में अलाउद्दीन द्वारा किए गए फैसले या तो रद्द कर दिए गए या उसमें ढिलाई बरती गई। बाजार पर से मूल्य-नियंत्रण हटा दिया गया, भूमि-कर कम कर दिया गया और इक्तादारों को अपनी जमीन पर अनेक करों के लगाने की अनुमति फिर से दे दी गई। इक्तादारों पर लगाया गया प्रांतीय राज्यपालों का नियंत्रण संदिग्ध था क्योंकि वे उनके साथ भलीभाँति साँठ-गाँठ कर सकते थे। धीरे-धीरे सत्ता पुनः सरदारों के हाथ में आ गई।

ग़यासुद्दीन तुग़लक के पश्चात् मुहम्मद-बिन-तुग़लक सिंहासनासीन हुआ

और यह एक विवादास्पद व्यक्ति था। कुछ इतिहासकार उसके अपरंपरागत कार्यों के कारण उसे पागल कहते हैं। यद्यपि उसकी कुछ नीतियाँ कई बार उसके सनकी दिमाग की तरंग मात्र प्रतीत होती हैं, तो भी उनके पीछे कुछ तर्क अवश्य था।

संभवतः अलाउद्दीन के विचारों से प्रेरित होकर मुहम्मद भी एक भारतव्यापी साम्राज्य स्थापित करना चाहता था। इसके अतिरिक्त वह एक सैनिक अभियान मध्य एशिया में खुरासान पर अधिकार करने के लिए भी भेजना चाहता था। इसीलिए उसकी आर्थिक नीति इन महत्त्वाकांक्षाओं पर आधारित थी। उसका पहला कार्य दोआब (यमुना और गंगा नदियों के बीच के उपजाऊ मैदान) पर राजस्व में वृद्धि करना था। जब अलाउद्दीन ने लगान बढ़ाया था तब तो किसानों ने उसे मान लिया था पर इस बार उन्होंने बढ़ा हुआ लगान देना नामंजूर कर दिया और व्यापक स्तर पर विद्रोह करके अपना रोष प्रदर्शित किया। अतः इस विद्रोह को दबाना और कर-नीति में परिवर्तन करना अब आवश्यक हो गया। मुहम्मद के दुर्भाग्य से जिस समय उसने लगान बढ़ाया उसी समय दोआब में अकाल पड़ गया।

मुहम्मद का अगला कदम सुदूर दक्षिण में दक्षिणी प्रांतों और दक्षिण के उन राज्यों के निकट, जिन्हें वह अपनी सल्तनत में मिलाना चाहता था, एक नई राजधानी की स्थापना करना था और यह कार्य सर्वथा तर्कसंगत प्रतीत होता था। क्योंकि उत्तरी दक्खन उसकी सल्तनत के अधीन था, अतः उसने दरबार की नई राजधानी दौलताबाद—यादवों के पुराने देवगिरि—में स्थानांतरित करने का आदेश दिया और यह कार्य 1327-30 में संपन्न हुआ। यदि यह स्थानांतरण केवल दरबार का होता तब तो ठीक था, परंतु कहते हैं कि मुहम्मद ने दिल्ली की समस्त प्रजा को वहाँ जाने का आदेश दिया। सौभाग्य से इसमें वह असफल रहा क्योंकि राजधानी के लिए दौलताबाद अनुपयुक्त पाया गया और इसलिए दिल्ली फिर राजधानी बन गई।

इसी बीच और परेशानियाँ पैदा हो गईं। चित्तौड़ का किला राजपूतों ने पुनः ले लिया, बंगाल के राज्यपाल ने विद्रोह कर दिया और मंगोलों ने सिंध को लूट लिया जिससे उन्हें धन देकर शांत करना पड़ा। इन समस्याओं से निपटकर मुहम्मद ने पुनः मध्य एशिया में सेना भेजने का विचार किया, परंतु इसके लिए और अधिक धन की आवश्यकता थी। इस पर सुल्तान ने पीतल और ताँबे के सिक्के जारी करने का निश्चय किया। संभवतः उसने फ़ारस और चीन की मुद्रा-प्रणाली के विषय में सुन रखा था जहाँ संकेत-मुद्राएँ प्रचलित थीं। यह नया विचार उसकी आर्थिक समस्याओं का कुछ समाधान कर देता, परंतु दुर्भाग्य से वह सिक्कों की टकसालों पर नियंत्रण नहीं रख सका। इसके फलस्वरूप आर्थिक अव्यवस्था फैल गई और व्यापारी अंधाधुंध नकली सिक्के बनाने लगे। अतएव दुःख के साथ उसे खुरासान पर आक्रमण का विचार छोड़ना पड़ा। इसके स्थान पर, हिमालय प्रदेश स्थित काँगड़ा की पहाड़ी पर एक सामान्य-सा आक्रमण करके मुहम्मद ने संतोष कर लिया। यह आक्रमण बिलकुल निरुद्देश्य नहीं था क्योंकि पहाड़ियों के सरदार

बहुधा मैदानों से भागे हुए विद्रोहियों को शरण देते थे, और काँगड़ा के इस आक्रमण ने उनके लिए चेतावनी का कार्य किया।

दौलताबाद से राजधानी का स्थानांतरण फिर दिल्ली करना एक प्रकार से प्रतीकात्मक था। अलाउद्दीन ने इस बात को अनुभव कर लिया था कि सल्तनत समस्त प्रायद्वीप पर विजय प्राप्त नहीं कर सकती, और इसलिए सर्वोत्तम व्यवस्था यह हो सकती है कि दक्षिण के राज्य सल्तनत की सीमा के बाहर तो रहें, परंतु सल्तनत को कर दें, जिससे सल्तनत को आर्थिक लाभ हो सके क्योंकि उन पर नियंत्रण रखने में राजनीतिक दृष्टि से सल्तनत को नुकसान ही होता। लेकिन इस प्रकार की व्यवस्था स्थाई नहीं हो सकती थी। मुहम्मद इस बात से परिचित था और उसने दक्खन पर प्रभावशाली नियंत्रण रखने का निश्चय किया। उसकी दृष्टि में इसको साकार रूप देने का तरीका यह था कि राजधानी को दक्खन में ले जाया जाए ताकि सल्तनत का अधिकार वहाँ रखा जा सके। मुहम्मद तो दिल्ली लौट आया, किंतु दक्खन में सल्तनत का आधार स्थापित करना पूर्णतया निष्फल नहीं रहा, क्योंकि इससे बहमनी वंश को—जिसका उद्भव बाद में उत्तरी दक्खन में हुआ—पैर जमाने के लिए स्थान मिल गया। सन् 1334 ई. में पांड्यों के राज्य (मदुरई) ने सल्तनत की सत्ता को अस्वीकार कर दिया और इसके पश्चात उत्तर में वारंगल में भी ऐसा ही हुआ। इस प्रकार दक्षिण के तटीय प्रदेश स्वतंत्र हो गए। सन् 1336 ई. में विजयनगर राज्य की स्थापना हुई, और आगामी दो शताब्दियों तक वह दक्षिण में एक शक्तिशाली राज्य बना रहा। इस प्रकार साम्राज्य का स्वप्न भंग हो गया।

सल्तनत की जिन दरारों को अलाउद्दीन ने बड़ी कुशलता से पाटा था, वे पुनः दिखने लगीं। प्रांतीय राजधानियों में विद्रोह होने लगे और दिल्ली के आसपास पड़े अकाल के कारण जाट तथा राजपूत किसानों और जमींदारों ने विद्रोह कर दिया। दरबार के मुल्लाओं—धर्म और राजनीतिक सत्ता के ठेकेदारों—ने मुहम्मद की नीतियों की निंदा करना प्रारंभ कर दिया। मुहम्मद सन् 1357 ई. में सिंध में विद्रोह का दमन करते समय बुखार से पीड़ित होकर मर गया— उसकी महत्त्वाकांक्षाएँ उसके साधनों की तुलना में सदैव अधिक थीं।

दरबार के सरदारों और मुल्लाओं ने उसके भतीजे फिरोज़शाह को अगला सुल्तान चुना। उसका पहला कार्य विद्रोहों को शांत करना था, परंतु उसके अधिकांश युद्धों के बावजूद कई प्रांत वास्तव में स्वतंत्र हो गए, जैसाकि बंगाल में हुआ। दरबारियों और मुल्लाओं की सहायता से सुल्तान बनने के कारण उसे उन्हें पर्याप्त राजनीतिक सत्ता सौंपकर—जो कृषि संबंधी मामलों में काफी उदार नीति पर आधारित थी—संतुष्ट करना पड़ा। विगत शासकों के समय में धर्म-खाते की जो संपत्ति सल्तनत ने ले ली थी वह पुनः भूतपूर्व स्वामियों अथवा उनके वंशजों को सौंप दी गई। यह पैतृकता के सिद्धांत को एक अप्रत्यक्ष रियायत थी। असैनिक और सैनिक अधिकारियों को भूमि-अनुदान देने और कृषि-भूमि इजारेदारी पर देने के

मामले में फिरोज़ उदार था। अतः कर-निर्धारण का निश्चय करने के लिए भूमि का पुनः मूल्यांकन करना आवश्यक था। इसे पूरा करने में छह वर्ष लग गए और उसका कुल मूल्य लगभग छह करोड़ टंका आँका गया। चाँदी का 'टंका' चाँदी के 172 ग्रेन के बराबर था और लगभग एक रुपए (एक शिलिंग चार पेंस) मूल्य का था। परंतु टंके का क्रय-मूल्य बहुत अधिक था क्योंकि इससे लगभग पचहत्तर किलोग्राम गेहूँ खरीदा जा सकता था। सोने के टंके भी ढाले जाते थे परंतु उनका उपयोग केवल भेंट में देने के लिए होता था। एक टंके में अड़तालीस 'जीतल' होते थे।

दिल्ली के कुछ सुल्तान मंदिर तोड़नेवाले और मूर्तिभंजक के रूप में बदनाम हुए। इतिहासकारों ने इन कार्यों का बड़े विस्तार से वर्णन किया है—संभवतः ऐसा करके वे इस्लाम के प्रति अपने संरक्षकों की भक्ति सिद्ध करना चाहते थे। वास्तव में इसमें धर्मनिष्ठा के अलावा भी और बातें रही होंगी। कभी-कभी फिरोज़ का वर्णन भी मूर्तिभंजक के रूप में किया गया है। उड़ीसा पर आक्रमण करके लौटते समय उसने पुरी में स्थित जगन्नाथ मंदिर को नष्ट किया था।

सुल्तान को—इस्लाम धर्म के कट्टर धर्मानुयायियों का सम्मान दिलाने के लिए इतिहासकारों को यह सिद्ध करना पड़ा कि सुल्तान ने काफ़िरों का जीना दूभर कर दिया था। महमूद के आक्रमणों का कारण तो उसका विशुद्ध धार्मिक मूर्तिभंजक होना समझा जा सकता है, हालाँकि वहाँ भी संभवतः धार्मिक उद्देश्य की अपेक्षा धन का आकर्षण अधिक प्रबल था, परंतु शासन करनेवाले किसी राजा के लिए धार्मिक ख्याति प्राप्त करने के उद्देश्य से मंदिर का विनाश करना हद दर्जे की मूर्खता प्रतीत होती है।

सिंध में रहनेवाले अरबों से संबंधित एक दस्तावेज मूर्तिभंजन के एक स्पष्ट उद्देश्य का विवरण देता है। सिंध के अरब विजेता मुहम्मद बिन-कासिम ने अपने एक उच्च अधिकारी को एक पत्र लिखा जिसका उसे निम्नलिखित उत्तर प्राप्त हुआ :

> मेरे प्रिय भतीजे मुहम्मद बिन-कासिम का पत्र मिला और उसके तथ्यों को समझा गया। ऐसा प्रतीत होता है कि ब्राहमणवाद के मुख्य निवासियों ने बुद्ध के मंदिर की मरम्मत करने और अपना धर्म पालन करने की अनुमति चाही है, क्योंकि उन्होंने आत्म-समर्पण कर दिया है, खलीफा को कर देना स्वीकार कर लिया है, अतएव उनसे कुछ और अपेक्षा करना उचित नहीं है। वे हमारे संरक्षण में ले लिए गए हैं और हम किसी भी दशा में उनके जीवन या संपत्ति को नुकसान नहीं पहुँचाएँगे। उन्हें अपने देवताओं की उपासना करने की अनुमति दी जाती है। किसी को भी अपने धर्म का पालन करने से मना करने की अनुमति नहीं है। वे अपने घरों में जैसे चाहें, वैसे रह सकते हैं...[2]

इस बात को मानते हुए भी कि अरब तुर्कों की अपेक्षा अधिक सभ्य और उदार थे,

उनका मूर्तिभंजन भारतीय जनता पर विदेशी शासकों की श्रेष्ठता को प्रमाणित करने में सहायक सिद्ध होता था।*

कुल जनसंख्या को देखते हुए मुसलमानों की आबादी बहुत कम थी और मुसलमानों के विशिष्ट वर्ग ने स्वयं को पूर्णतया सुरक्षित नहीं पाया होगा। प्रारंभ में जिन्होंने इस्लाम धर्म स्वीकार किया, वे छोटी जाति के हिंदू थे। उन्होंने इस विश्वास के साथ हिंदू समाज का परित्याग कर इस्लाम धर्म ग्रहण किया था कि वे छोटी जाति के हिंदू रहने की अपेक्षा मुसलमान होकर अधिक अवसर प्राप्त कर सकेंगे। ऐसे मुसलमान शासन करनेवाले मुसलमान की कोई सहायता नहीं कर सकते थे। उच्च वर्ग के हिंदुओं में से धार्मिक सहानुभूति के कारण इस्लाम धर्म बहुत कम व्यक्तियों ने ग्रहण किया। अधिकांश व्यक्तियों ने अवसरवादिता को महत्त्व दिया और यह समझकर ही इस्लाम धर्म स्वीकार किया कि इससे वे आर्थिक तथा सामाजिक उन्नति अथवा राजनीतिक सत्ता प्राप्त कर सकेंगे। धर्म बदलने पर उन्हें महत्त्व तो मिला परंतु वास्तव में—और स्वभावतः—तुर्क एवं अफगान सरदारों ने उन्हें संदेह की दृष्टि से ही देखा।

कट्टर हिंदू और मुसलमान दोनों ने ही धर्म के क्षेत्र में एक-दूसरे के प्रभाव का समान रूप से विरोध किया। यद्यपि मुसलमानों ने काफ़िरों पर शासन किया, फिर भी काफ़िर उन्हें असभ्य कहते थे। मुसलमानों के लिए हिंदू मंदिर केवल काफ़िर धर्म और उसके झूठे देवताओं के प्रतीक ही नहीं थे, अपितु वे इस बात का भी निरंतर स्मरण दिलाते थे कि उनकी राजनीतिक सत्ता के बावजूद जिस देश पर वे शासन करते थे, उसमें जीवन के कुछ ऐसे क्षेत्र भी थे जहाँ उनका प्रवेश पूर्णतया निषिद्ध था। मंदिर केवल धार्मिक अनुष्ठानों के लिए ही नहीं थे, बल्कि वे दीर्घकाल से ग्राम के हिंदू सामाजिक जीवन के केंद्र रहे थे। मंदिर ऐसा स्थान था जहाँ हिंदू एकत्र होते थे, और चूँकि ये विद्रोह के केंद्र बन सकते थे, इसलिए शासकगण लोगों के मंदिर में इकट्ठा होने से डरते थे। (यही कारण है कि समय-समय पर दिल्ली सल्तनत सूफी शिक्षा के केंद्रों को भी संदेह की दृष्टि से देखती थी।) मंदिर बैंक, जमींदार, असंख्य शिल्पियों एवं नौकरों का स्वामी, विद्यालय, वादविवाद का केंद्र, ग्राम का प्रशासन-केंद्र तथा समारोहों के रूप में प्रमुख मनोरंजनों का स्थान था। शासक (मुस्लिम) वर्ग इस सबसे वंचित था, और मंदिर को देखते ही उसे मंदिरों से अपने बहिष्कार का स्मरण हो आता था। अपनी राजनीतिक सत्ता गँवाने के पश्चात् मुसलमानों से अपने आत्मसातीकरण को रोकने के लिए कट्टर हिंदुओं के पास बहिष्कार ही एकमात्र साधन था।

भारत के विगत ऐतिहासिक एवं सांस्कृतिक काल में फिरोज़ की अत्यधिक रुचि को देखते हुए उसका मूर्तिभंजक होना कुछ असंगत लगता है। काँगड़ा के एक

* अथवा एक राज्य पर दूसरे राज्य की सत्ता प्रदर्शित करने के लिए भी ऐसा किया जाता था, जैसा कि एक बाद के सुल्तान सिकंदर लोदी के मामले में हुआ, जो अपनी सत्ता के प्रदर्शन के लिए जौनपुर के शासक की मस्जिदें तोड़ना चाहता था। इस मामले में विरोधी धर्मों की कोई बात नहीं थी क्योंकि दोनों शासक मुसलमान थे।

पुस्तकालय को देखने के पश्चात् उसने हिंदू धर्म पर लिखी गई अनेक पांडुलिपियों का संस्कृत से फ़ारसी व अरबी में अनुवाद कराने का आदेश दिया था। उसने मेरठ और तोपरा में अशोक के स्तंभ देखे, जिन्हें देखकर वह इतना मुग्ध हो गया कि उसने उन्हें दिल्ली लाने का आदेश दिया। यह कार्य काफी कठिन था परंतु फिर भी उनमें से एक उसके दुर्ग की छत पर शानदार तरीके से स्थापित किया गया। शिलालेख में क्या लिखा हुआ था, यह जानने के लिए वह उत्सुक था, परंतु अशोक के समय से लिपि में परिवर्तन हो जाने के कारण उसे कोई नहीं पढ़ सका। उसे बताया गया कि यह जादू का मंत्र है और इसका संबंध धार्मिक कर्मकांड से है। यदि काफ़िरों की पूजा की वस्तुओं से फिरोज़ को वास्तव में इतनी घृणा होती तो वह उन स्तंभों को महत्त्वपूर्ण स्थानों पर स्थापित करने के स्थान पर उन्हें नष्ट कर देता।

मंगोलों का सबसे जबरदस्त आक्रमण सन् 1398 ई. में मध्य एशिया के कुख्यात तुर्क तैमूर (तैमूरलंग) के नेतृत्व में हुआ। उसके अनुसार तुग़लक वंश वाले सच्चे मुसलमान नहीं थे, इसलिए उन्हें दंड दिया जाना चाहिए। गुजरात, मालवा और जौनपुर के प्रांतों ने इस स्थिति का लाभ उठाकर अपनी स्वतंत्रता की घोषणा कर दी। दिल्ली को लूटकर तैमूर मध्य एशिया लौट गया और पंजाब पर राज्य करने के लिए अपना नामांकित शासक छोड़ गया। इसके तत्काल पश्चात् तुग़लक राजवंश का अंत हो गया परंतु सल्तनत चलती रही, हालाँकि अब वह विगत सल्तनत की एक छाया-मात्र रह गई थी। तैमूर के नामांकित व्यक्ति ने दिल्ली पर अधिकार करके स्वयं को नया सुल्तान घोषित कर दिया, जो उस सैयद वंश का पहला शासक था जिसने पंद्रहवीं शताब्दी के पूर्वार्द्ध में शासन किया। सल्तनत जीवित रही, परंतु केवल नाम के लिए।

जब तक एक अधिक सुयोग्य राजवंश ने सिंहासन नहीं सँभाल लिया तब तक सैयद राजवंशीय सुल्तान इस सल्तनत को चलाते रहे। उत्तरी प्रांत के एक राज्यपाल बहलोल लोदी ने अवसर पाकर सन् 1451 ई. में सैयदों को हटाकर स्वयं को दिल्ली का सुल्तान घोषित किया और सल्तनत का उत्तराधिकारी बन बैठा। लोदी शासक शुद्ध अफगान थे और इस कारण अब तुर्क सरदारों का पतन हो गया।

अफगान सरदार तुर्कों की अपेक्षा सत्ता के सम्मुख कम झुकनेवाले थे, और अपनी जातीय स्वाधीनता की बड़ी तत्परता से रक्षा करना अपना धर्म समझते थे। फिर भी वे लोदी सुल्तानों की सत्ता के मुख्य आधार रहे। उन्हें बड़ी-बड़ी 'इक़्ताएँ' प्रदान करके संतुष्ट करने का प्रयत्न किया गया। प्रथम दो लोदी सुल्तानों ने सल्तनत की निरंकुशता को कम करके अफगानों को अपने प्रति निष्ठावान बनाया, परंतु अंतिम लोदी शासक इब्राहीम ने सुल्तान की निरंकुश सत्ता पर बल दिया और जातीय भावना का सम्मान नहीं किया। इससे वे उसके शत्रु हो गए। इनमें से कुछ तो भुनभुनाकर ही चुप रहे परंतु कुछ ने खुलकर विरोध किया। जब इब्राहीम का विरोध बढ़ा तो अफगानों ने अपनी जातीय और वंशगत स्पर्द्धाएँ भुला दीं, और यह

स्थिति उस समय अपने चरम बिंदु पर पहुँच गई जब सरदारों ने उसे पदच्युत करने के लिए विदेशी सहायता माँगने का निश्चय किया। उन्हें आशा थी कि ऐसा होने पर सुल्तान से उनकी समानता और सल्तनत के अंतर्गत उनकी स्वाधीनता पुनः स्थापित हो सकेगी। पंजाब और सिंध के राज्यपालों ने बाबर से, जो तैमूरलंग और चंगेज का वंशज था और अफगानिस्तान में अपना भाग्य आजमा रहा था, सहायता की माँग की। उत्तरी भारत में अपनी सेना भेजने में बाबर को अत्यधिक प्रसन्नता हुई क्योंकि वह पंजाब को अपने राज्य में मिलाना चाहता था। केवल अफगानों ने ही बाबर को सहायता नहीं दी, एक राजपूत राजा भी दिल्ली से राज्य करने का स्वप्न देख रहा था और उसने बाबर से संधि कर ली। सन् 1526 ई. में बाबर का पानीपत के मैदान में इब्राहीम से सामना हुआ। विजय बाबर के हाथ लगी। इब्राहीम मारा गया और उसी के साथ लोदियों के शासन का भी अंत हो गया। बाबर ने भारत में अपने निजी राजवंश की नींव डाली और उसके वंशजमुगलों ने पूरे भारत पर शासन करने के दिल्ली सुल्तानों के स्वप्न को साकार किया।

सल्तनत की पराजय के साथ ही प्रांतीय राज्यों ने भी स्वतंत्र होने के प्रयत्न किए। इनमें से कुछ ने मुगल सत्ता की स्थापना से पूर्व की अव्यवस्था का सफलतापूर्वक लाभ उठाया। कुछ ने यह अनुभव करते हुए कि चूँकि उनका भाग्य हमेशा से सल्तनत के भाग्य से घनिष्ठता से जुड़ा रहा है, मुगलों को आत्मसर्पण कर दिया। सल्तनत की सीमाओं पर छोटे-बड़े अनेक राज्य उभर आए थे जिनकी महत्त्वाकांक्षाएँ उतनी ही महान् थीं जितनी कि सुल्तानों की। उनमें से कुछ, जैसे गुजरात, मेवाड़, मारवाड़, जौनपुर तथा बंगाल ने अपनी स्वाधीनता को सल्तनत के लगभग समस्त उत्तरार्द्ध में बनाए रखा था हालाँकि दिल्ली के सुल्तानों ने इसे रोकने का प्रयास किया। परंतु इन प्रयत्नों ने इन राज्यों में संगठित होकर विरोध करने की भावना जाग्रत नहीं की और जब वे सुल्तान से युद्ध में रत नहीं रहते थे तो आपस में लड़ा करते थे। मैत्री और युद्ध धर्म की विभिन्नता पर आधारित नहीं होते थे। किसी अन्य हिंदू राजा से युद्ध करने के लिए किसी मुस्लिम शासक से संधि करना और सहायता प्राप्त करना एक हिंदू राजा के लिए असाधारण बात नहीं थी, और यही बात मुस्लिम राजवंशों के संबंध में थी। जब तक किसी निश्चित राजनीतिक उद्देश्य की सिद्धि न होती हो, धर्म पर कोई ध्यान नहीं दिया जाता था किंतु जहाँ संभव होता था, धर्म का पूरा-पूरा लाभ उठाया जाता था।

छोटे राज्यों का उत्थान-पतन बड़ी द्रुत गति से हुआ और उनमें से कुछ राज्यों की उत्पत्ति राजाओं द्वारा दिए गए भूमि-अनुदान से संबंधित थी। यह पूर्णतया अवसरवादिता का युग था जिसमें लगातार संधियाँ की और तोड़ी जाती थीं। परंतु सांस्कृतिक दृष्टि से इन्हीं क्षेत्रों में भारतीय संस्कृति और इस्लामी संस्थाओं का परस्पर विलय हुआ। इन क्षेत्रों में दिल्ली की भाँति तुर्क या अफ़गान सरदारों की पृथकता को सुरक्षित रखना आवश्यक नहीं था—वास्तव में सत्ताधारियों के लिए तो यह बुद्धिमत्तापूर्ण बात थी कि वे अपने शासितों में घुलें-मिलें ताकि उन्हें उनकी

अधिक निष्ठा प्राप्त हो सके।

गुजरात राज्य का जन्म सल्तनत के विरुद्ध एक राज्यपाल के विद्रोह से हुआ और अहमदशाह के नेतृत्व में गुजरात शक्तिशाली हो गया। मालवा की स्थापना सन् 1401 ई. में गोरी-वंश के एक सदस्य द्वारा हुई थी। हुशंगशाह (1405-35) के शासनकाल में मालवा शक्तिशाली हो गया और उसने विंध्य पर्वतमाला पर एक छोटे दुर्ग मांडू में अपनी राजधानी बनाई। गुजरात और मालवा के मध्य प्रतिद्वंद्विता पूरी पंद्रहवीं शताब्दी में चलती रही। राजपूतों की मैत्री के बावजूद भी मालवा ने गुजरात के आगे घुटने टेक दिए।

इसी बीच गुजरात को एक अन्य विपत्ति का सामना करना पड़ा। इस बार यह पश्चिम से और समुद्री मार्ग से आई—यह विपत्ति थी पुर्तगालियों का भारत में आगमन। सबसे पूर्व वे सन् 1498 ई. में भारत के पश्चिमी तट पर वास्कोडिगामा की सफल समुद्री यात्रा के साथ आए। यह स्पष्ट था कि वे व्यापारिक स्थानों पर अधिकार करना और छोटी बस्तियाँ बसाना चाहते थे। यह भी स्पष्ट था कि वे पूर्ववर्ती अरब व्यापारियों के विपरीत इस उद्देश्य के लिए युद्ध करने को भी तत्पर थे, जबकि अरब व्यापारी व्यावसायिक केंद्रों में सिर्फ बस जाना चाहते थे। कैंबे और भड़ौच के धनी बंदरगाहों सहित गुजरात का समुद्री तट पुर्तगालियों का स्पष्ट लक्ष्य था। गुजरात के अंतिम राजा की समझौते की बातचीत के दौरान ही पुर्तगालियों द्वारा हत्या कर दी गई थी, और सन् 1537 ई. में गुजरात को मुगलों ने अपने साम्राज्य में मिला लिया था। इससे पूर्व पुर्तगालियों को रोकने के लिए गुजरात ने मिस्री जहाजी बेड़े से सहायता माँगी थी परंतु अंतःस्थलीय क्षेत्र में गुजरात इतना व्यस्त रहा कि वह पुर्तगालियों के विरुद्ध अपने तट की रक्षा नहीं कर सका।

इस काल के राजपूत शासक साधारणतया छोटे-छोटे राज्यों के सरदार थे, जिनमें से कुछ राज्यों को सल्तनत ने अपने राज्य में मिला लिया था, यद्यपि ऐसा होने पर भी इन शासकों की हैसियत सामंतों की-सी बनी रही। इनमें से दो राज्य ऐसे थे जिन्होंने अपनी स्वाधीनता ही सुरक्षित नहीं रखी बल्कि वे दिल्ली के राज्य को भी हस्तगत करने की महत्त्वाकांक्षा रखते थे। ये राज्य मेवाड़ और मारवाड़ थे। इनके वंशज आधुनिक समय में राजस्थान के उदयपुर एवं जोधपुर के शासकों के रूप में अधिक परिचित हैं।

जब दिल्ली के सुल्तान अलाउद्दीन ने चितौड़ के किले को घेर लिया था, तब गुहिला परिवार का एक राजपूत जिसका नाम हमीर था, दुर्ग से भाग निकला था और उसने अरावली की पहाड़ियों में सल्तनत की सेनाओं के विरुद्ध छापामार युद्ध शुरू कर दिया था। हमीर ने ही मेवाड़ राज्य की स्थापना की, चित्तौड़ पर पुनः अधिकार किया और चित्तौड़ की इस विजय को सल्तनत के विरुद्ध एक अप्रतिम विजय माना गया। तैमूर के आक्रमण के पश्चात सल्तनत के दुर्बल हो जाने के कारण राजपूतों के राज्यों की स्थापना और उनका विस्तार हुआ। राठौर वंशी

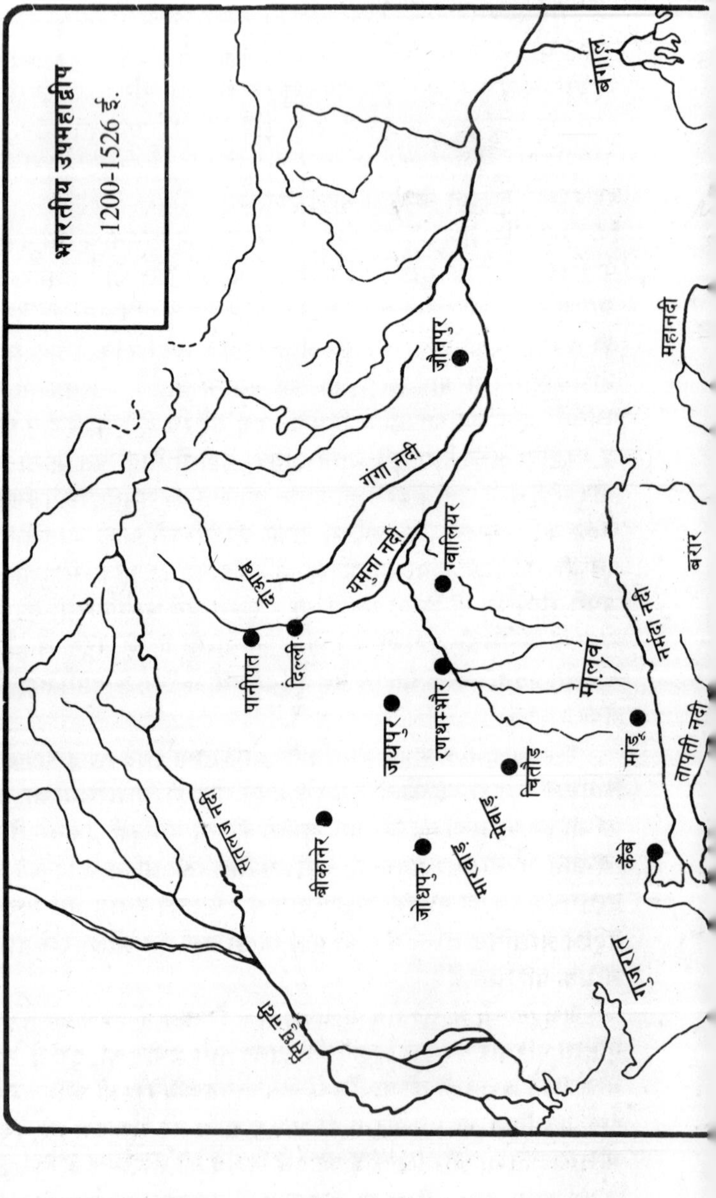
भारतीय उपमहाद्वीप
1200-1526 ई.
बंगाल
महानदी
जौनपुर
गंगा नदी
ग्वालियर
दोआब
यमुना नदी
बरार
नर्मदा नदी
मालवा
पानीपत
दिल्ली
रणथम्भौर
जयपुर
माण्डू
ताप्ती नदी
चित्तौड़
मेवाड़
बीकानेर
मारवाड़
जोधपुर
सतलज नदी
कैंबे
गुजरात
सिंधु नदी

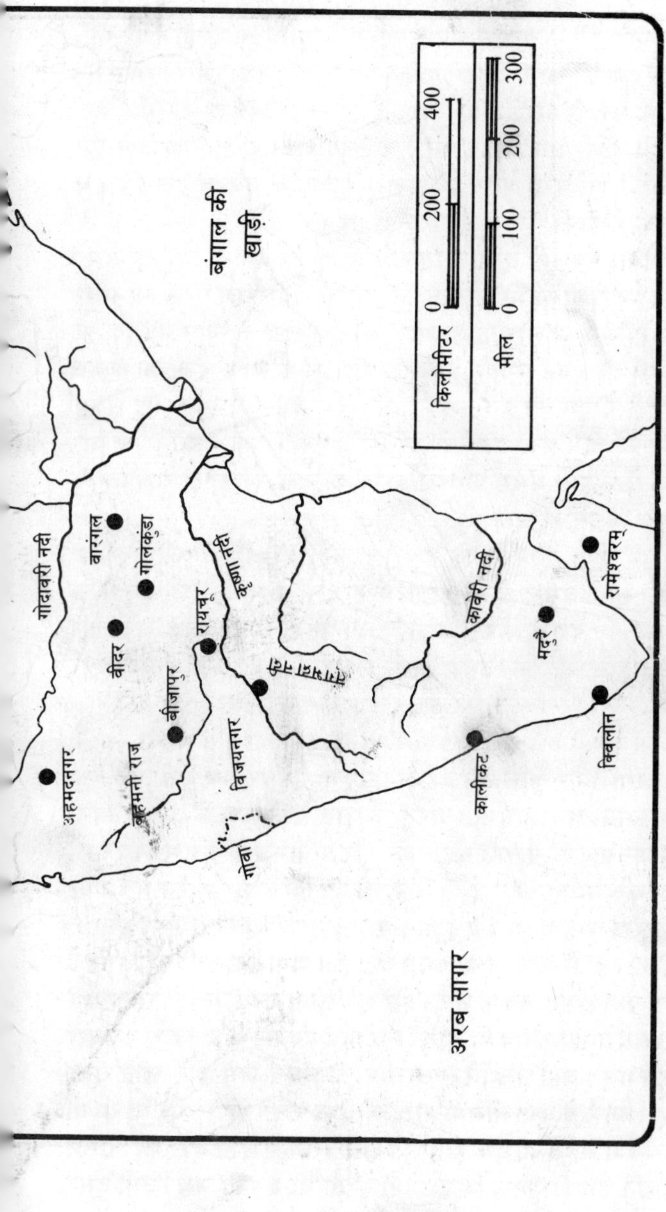
बंगाल की खाड़ी
अरब सागर
गोदावरी नदी
कृष्णा नदी
कावेरी नदी
अहमदनगर
बहमनी राज
बीजापुर
बीदर
वारंगल
गोलकुंडा
रायचूर
विजयनगर
गोवा
कालीकट
क्विलोन
मदुरै
रामेश्वरम्
किलोमीटर
0
200
400
मील
0
100
200
300

रावल—जो स्वयं को कन्नौज के गाहड़वाल राजाओं का वंशज कहता था—के प्रयत्नों से मारवाड़ राज्य की स्थापना हुई थी। मारवाड़ मेवाड़ के पश्चिम में जोधपुर नगर के अंचल में है जिसकी स्थापना रावल के प्रपौत्र जोधा जी ने की थी। मेवाड़ में चाँदी और राँगे की खानों की खोज से यह समृद्ध हो सका, और ऐसा लगने लगा कि राजपूत पुनः उत्तरी भारत में प्रमुख शक्ति के रूप में खड़े हो जाएँगे। दोनों राज्यों के पारस्परिक संबंधों को सुदृढ़ करने के लिए दोनों राजपरिवारों में एक विवाह संपन्न किया गया, परंतु शीघ्र ही उत्तराधिकार के एक जटिल प्रश्न के संबंध में दोनों के बीच काफी कटुता उत्पन्न हो गई।

इस संघर्ष में मेवाड़ विजयी हुआ। इसका एक कारण यह था कि उस समय मेवाड़ के सिंहासन पर राणा-कुंभा आसीन था, जो एक विलक्षण पुरुष था। वह नाटककार एवं साहित्यिक आलोचक था और उसने जयदेव के 'गीत गोविंद' की सर्वश्रेष्ठ टीका लिखी थी। वह संगीत-प्रेमी था और दुर्ग-निर्माण कला का अच्छा जानकार था। उसके जीवन का अंत दुखद हुआ—वह पागल हो गया और उसके पुत्र ने उसकी हत्या कर दी। परंतु इससे मेवाड़ का अंत नहीं हुआ—उसने एक बार फिर कुछ समय के लिए उस समय प्रतिष्ठा प्राप्त की जब उत्तर पर राजपूतों के अधिकार की आशा जाग्रत हो उठी थी।

सन् 1509 ई. में राणा साँगा मेवाड़ का राजा बना और दिल्ली की सत्ता का विरोध करने लगा। लोदी सम्राट अपने आंतरिक मामलों में इतने उलझे हुए थे कि वे मेवाड़ की ओर ध्यान न दे सके और साँगा ने दिल्ली पर आक्रमण करने का विचार किया। साँगा ने इब्राहीम लोदी के विरुद्ध बाबर से मैत्री कर ली, और इस बात पर सहमत हो गया कि जब बाबर दिल्ली पर उत्तर से आक्रमण करेगा तो वह दक्षिण व पश्चिम से आक्रमण कर देगा। उसे विश्वास था कि ऐसा करने से वह राजधानी पर अधिकार कर लेगा, और अधिकार हो जाने पर वह बाबर से संबंध तोड़ देगा और सल्तनत का स्वामी बन जाएगा। परंतु गुजरात में उपद्रव के कारण साँगा अपने समझौते के अनुसार कार्य नहीं कर सका और पानीपत के युद्ध में बाबर की विजय हुई। साँगा को यह जानकर बहुत निराशा हुई कि बाबर भारत में रहकर दिल्ली पर राज्य करना चाहता था। इस बात पर साँगा की बाबर से मैत्री समाप्त हो गई और सन् 1527 ई. में साँगा ने बाबर से युद्ध छेड़ दिया। उसकी पराजय हुई और साँगा की मृत्यु के पश्चात् मेवाड़ धीरे-धीरे एक छोटा राज्य बनकर रह गया।

मारवाड़ भी इससे कुछ वर्ष पूर्व ही टूटने लगा था। दरबार के अनेक राजकुमार पड़ोसी क्षेत्रों में चले गए। वहाँ उन्होंने सातलमेर, बीकानेर-जैसे छोटे-छोटे राज्य स्थापित कर लिए, जिनमें से कुछ बीसवीं शताब्दी तक चलते रहे। राजपूत राज्यों में अपने वंश की चेतना बहुत अधिक होती थी। जब तक एक ही वंश का शासन रहता था, उसके प्रति उनकी अटल निष्ठा बनी रहती थी। परंतु जब किसी दूसरे वंश का आविर्भाव होता था तो कलह उत्पन्न हो जाती थी। वंशगत स्पर्द्धाओं पर नियंत्रण करना अत्यंत कठिन था और संभवतः शत्रुता उत्पन्न करने के वे सबसे

सबल साधन थे। परंतु यह काल राजपूतों के लिए अस्थायी संकट का था, क्योंकि बाद की शताब्दियों में उनका उत्थान फिर से हुआ।

चौदहवीं शताब्दी के अंत में जौनपुर राज्य की स्थापना प्रथम शर्की शासक के नेतृत्व में हुई, जो सल्तनत का एक भूतपूर्व पदाधिकारी था। पश्चिम में सल्तनत और पूर्व में बंगाल होने के कारण जौनपुर राज्य की स्थिति बड़ी दुविधापूर्ण थी, क्योंकि दोनों से ही जौनपुर के संबंध अनिश्चित थे। जब सल्तनत की शक्ति क्षीण हो रही थी, उस समय शर्कियों ने दिल्ली पर अधिकार करने की अनेक योजनाएँ बनाईं, परंतु ये योजनाएँ कभी कार्यान्वित न हो सकीं। शर्की शासकों ने लोदियों को निरंतर उत्तेजित किया, परंतु अंत में जौनपुर का शासक परास्त होकर बंगाल भाग गया, जहाँ उसकी मृत्यु हो गई।

दिल्ली से दूर होने और बंगाल तथा दिल्ली के बीच ऐसे क्षेत्रों के होने से जिनसे सल्तनत के अधिकारियों के संबंध सदैव अच्छे नहीं रहते थे, बंगाल ने अपनी स्वतंत्रता बनाए रखी। वह तेरहवीं शताब्दी में उस समय स्वतंत्र हो गया था जब एक स्थानीय राज्यपाल ने विद्रोह कर दिया था। सल्तनत ने बंगाल पर बार-बार अधिकार करने अथवा कम-से-कम बंगाल की सीमा का विस्तार रोकने के अनेक प्रयत्न किए, परंतु उसे कभी सफलता नहीं मिली। बंगाल के सुल्तानों के वंश का अंत उस समय हुआ जब उत्तरी बंगाल का एक जमींदार राजा गणेश शक्तिशाली मंत्री बन गया और उसने कुछ ऐसी जोड़-तोड़ बिठाई कि उसका पुत्र—जिसने इस्लाम धर्म स्वीकार कर लिया था—सन् 1419 में सुलतान बना दिया गया और उसने सोलह वर्ष तक शासन किया। उसे क्योंकि इतने वर्ष तक शासन करने दिया गया, इससे जाहिर है कि उसे मुस्लिम सरदारों का विश्वास प्राप्त था। इस संबंध में दिलचस्प बात यह है कि उसने ब्राह्मणों को अपना मंत्री बनाया और दरबार में एक पुरोहित भी रखा। स्पष्टतः उसके मुसलमान होने के कारण ब्राह्मण उसके विरुद्ध नहीं थे, अन्यथा वे उससे कोई सम्मान स्वीकार न करते, और कम-से-कम एक धर्म-त्यागी हिंदू से तो कदापि नहीं करते।

इस काल के बंगाल की समृद्धि का वर्णन चीन के मिंग सम्राटों के इतिहास-आलेखों में किया गया है, जो भारत उपमहाद्वीप के विभिन्न भागों को व्यापारी तथा राजदूत भेजते रहते थे। इन आलेखों में सन् 1421 और 1431 ई. में बंगाल में चेंग-हो के आने की बात लिखी है। पंद्रहवीं शताब्दी के उत्तरार्ध में बंगाल को कई शासकों का रूप देखने को मिला। राजमहल के अबीसीनियायी अंगरक्षकों ने विद्रोह किया और उनके सेनापति ने सिंहासन पर अधिकार कर लिया। आगे चलकर अबीसीनिया के इस सेनापति का स्थान अरब वंश के एक साहसी व्यक्ति ने लिया जिसने असम और उड़ीसा के कुछ भाग अपने राज्य में मिला लिए। इब्राहीम लोदी के समर्थक अफगानी लोग पानीपत में परास्त होकर पूर्व की ओर भागे, और सन् 1538 ई. में एक अफगान सरदार शेर खाँ सूर ने तत्कालीन सुल्तान को अपदस्थ करके सिंहासन पर अधिकार कर लिया।

काश्मीर का राज्य सल्तनत से स्वतंत्र रहा और दिल्ली से उसका उस समय तक कोई संबंध नहीं रहा जब तक कि मुगलों ने उसे अपने राज्य में न मिला लिया। सिंध कुछ सीमा तक स्वाधीन बना रहा, क्योंकि थार मरुस्थल राजस्थान और दिल्ली से होनेवाले आवागमन के मार्ग में बाधक था। ऐसा प्रतीत होता है कि जिन अरबों ने आठवीं शताब्दी में सिंध पर विजय प्राप्त की थी, उन्होंने अनेक पराजयों के फलस्वरूप भारत स्थित अपने राज्य के विस्तार में रुचि लेना बंद कर दिया था। सल्तनत के समय में कुछ अनजान जातियाँ सिंध पर राज्य करती थीं—अंत में सोलहवीं शताब्दी में इस पर मुगलों का नियंत्रण हो गया।

अब तक इस उपमहाद्वीप के अधिकतर भाग पर तुर्क तथा अफगान वंशों का शासन था। एक बार तो तत्कालीन शासकों से उन्होंने जिस आसानी से राज्य प्राप्त किया, वह आश्चर्यजनक प्रतीत होता है परंतु वास्तव में यह एक शासकवर्ग द्वारा दूसरे शासकवर्ग को सत्ता हस्तांतरण के अतिरिक्त और कुछ नहीं था। महमूद गज़नवी के आक्रमण और सल्तनत की स्थापना के बीच दो सौ वर्ष का अंतर था, और यह अवधि भारतीयों को तुर्कों तथा अफगानों से परिचित होने के लिए इतनी काफी थी कि जब वे भारत में बसे तो वे भारत के लिए पूर्णतया अपरिचित नहीं रह गए थे।

उत्तर के राज्यों का पारस्परिक अलगाव इतना अधिक था कि सल्तनत भी साम्राज्य होने का दावा नहीं कर सकती थी। सरदारों की महत्त्वाकांक्षाएँ अपने वैभव एवं शक्ति प्राप्त करने की कल्पना के साथ स्वतंत्र राज्य स्थापित करने की दिशा में निरंतर उन्मुख रहती थीं। उन्हें अपने नियंत्रण में रखने की केंद्र की कोई सुनिश्चित नीति नहीं थी, और राजवंशों के बार-बार बदलने से भी राजनीतिक अविच्छिन्नता भंग हो जाती थी।

इन राजवंशों के परिवर्तन का सर्वाधिक प्रभाव समाज के उच्च वर्गों पर पड़ा जिनमें बहुधा तीव्र असंतोष व्यक्त होता रहता था। इसके विपरीत शेष समाज ने नए शासकों को स्वीकार कर लिया। राजनीतिक तथा प्रशासकीय मामलों में प्रमुख परिवर्तन बहुत कम हुए। अधिकांश स्थानों पर स्थानीय शासक और सरदार बरकरार रहे, हालाँकि उनकी आय शायद कम हो गई। भूमि-पद्धति भी मूल रूप में अपरिवर्तित रही—कृषक भूमि जोतते रहे और लगान राजा के अधिकारियों अथवा स्थानीय जमींदारों को देते रहे। उन्हें सुल्तान के बदलने से कोई सरोकार नहीं था, न ही आबादी का वैसा विस्थापन हुआ जैसा कि हूणों के आक्रमण के पश्चात् हुआ था। तुर्क और अफगानों की अल्पसंख्या के कारण छोटे प्रशासकीय अधिकारियों में कोई परिवर्तन नहीं हुआ। फिर भी इस्लाम की नई संस्कृति ने भारतीय सभ्यता के क्षेत्र में निचले स्तरों पर प्रवेश किया और उस पर सबसे अधिक प्रभाव डाला।

13. आत्मसातीकरण कसौटी पर

लगभग 1200-1526 ई.

जैसा कि हम देख चुके हैं, उत्तरी भारत विदेशी आक्रमणों से सुरक्षित नहीं रह सका। इस पर यूनानियों, सीथियनों, पार्थियनों और हूणों का काफी-काफी समय तक आधिपत्य रहा। वे विदेशियों की भाँति आए थे, और राज्य करने के लिए आए थे, फिर भी उन्हें आत्मसात कर लिया गया। और जब तक इन 'मलेच्छों' को तत्कालीन संस्थाओं में आत्मसात किया जा सका, इस बात को नजरंदाज किया गया कि वे 'म्लेच्छ' हैं। वैसे यह सत्य है कि ये प्रारंभिक आक्रमणकारी ऐसे क्षेत्रों में बसे जो परंपरानिष्ठ हिंदुओं के गढ़ नहीं थे। सामाजिक संस्थाओं के विभिन्न स्तरों में प्रवेश पाना अपेक्षाकृत सरल था और यही कारण था कि नवागंतुकों के बहिष्कार तथा अस्वीकार की प्रवृत्ति भारतीय धर्माचार्यों में अधिक मुखर नहीं थी। बौद्धों ने धर्म-परिवर्तन कराने में तत्परता दिखाई और वे सफल हुए।

यह भी सत्य है कि यूनानी, सीथियन तथा हूण अपने साथ अपने धर्माचार्यों को नहीं लाए थे, और न उनके आगमन से दो सुदृढ़ और जमे हुए धर्मों के बीच संघर्ष की जरूरत पड़ी, जैसा कि इस्लाम और हिंदू धर्म के मामले में हुआ था। इस्लाम अपने साथ एक नई जीवन-पद्धति लेकर आया। प्रारंभिक आक्रांताओं के संपर्क के फलस्वरूप हिंदू धर्म एवं बौद्ध धर्म में जो परिवर्तन हुए वे इन दोनों के परंपरानिष्ठ रूप को स्वीकार्य थे, या कम-से-कम वे इस विषय में समझौता करने को तत्पर थे। लेकिन इस्लाम धर्म के साथ ऐसा नहीं हुआ। फिर भी, आत्मसातीकरण तो हुआ ही, जो केवल बाहरी तौर-तरीकों, जैसे तुर्कों द्वारा खानपान और वेशभूषा की स्थानीय आदतों के स्वीकार, तक ही सीमित नहीं था, बल्कि जीवन के अपेक्षाकृत बुनियादी क्षेत्रों में भी इसका प्रभाव दिखाई दिया जहाँ नए सामाजिक विचार भारतीय जीवन-पद्धति में प्रविष्ट होकर उसके अभिन्न अंग बन गए।

मंगोलों ने अफगानिस्तान और पश्चिम एशिया से भारी संख्या में होनेवाले आव्रजन की संभावना समाप्त करके इस आत्मसातीकरण की प्रक्रिया में अप्रत्यक्ष योग दिया। प्रति वर्ष समुद्री मार्ग से कुछ मुट्ठी-भर व्यापारी आते थे, और पश्चिमी तट के बंदरगाहों में बस जाते थे। इसलिए इस्लाम को धर्म-परिवर्तन करनेवाले हिंदुओं पर ही अधिक निर्भर करना पड़ा। तत्कालीन भारतीय जनता इस्लाम धर्म को आसानी से नहीं अपनाती थी। यह तथ्य कि भारत में मुसलमान सदैव

अल्पसंख्यक रहे हैं, इस बात का द्योतक है—जैसा कि अन्यत्र बताया जा चुका है—कि अधिकांश हिंदू इतनी हताशा की स्थिति में नहीं थे कि धर्म-परिवर्तन करना पसंद करते। संभवतया समाज के निम्न स्तरों पर धर्मपरिवर्तन से उपलब्ध होनेवाले लाभ अधिक नहीं थे। मुस्लिम समुदाय में मुख्यतः वे लोग थे। जिन्होंने हिंदू-धर्म को छोड़कर मुस्लिम धर्म स्वीकार किया था। इसलिए उनकी जीवन-पद्धति उस बड़े समुदाय की जीवन-पद्धति से सर्वथा भिन्न नहीं हो सकती थी जिसके बीच वे रह रहे थे।

इससे आत्मसातीकरण सरल हो गया। शिल्पियों के दो समूह जो पीढ़ी-दर-पीढ़ी एक ही जाति अथवा श्रेणी के अंग रहकर इकट्ठे काम करते रहे थे, एक समूह के धर्मपरिवर्तन कर लेने पर भी अपने सब संबंधों को नहीं तोड़ सकते थे। किंतु शासक वर्गों में दो विचारधाराओं के सांस्कृतिक विलयन के संबंध में कुछ भी कहना कठिन था, और दोनों धर्मों के आचार्य तथा अनेक अवसरों पर कुलीन वर्ग के राजनीतिक महत्त्वाकांक्षी भी उनके अलगाव पर जोर देते थे। मुस्लिमपरस्ती अथवा हिंदुत्व के नारे को सदैव धर्मेतर उद्देश्यों की पूर्ति में इस्तेमाल किया जा सकता था और सुविधानुसार इस भावना को उभारकर अपने स्वार्थ की पूर्ति की जा सकती थी।

राजनीतिक स्तर पर सचेतन आत्मसातीकरण के अभाव पर हिंदू धर्माचार्यों ने कोई ध्यान नहीं दिया। इसका कारण कुछ तो सामाजिक व्यवस्था बनाए रखने का आग्रह था जिसे राजनीतिक गतिविधियों पर वरीयता दी जाती थी, और कुछ यह कि सल्तनत के अधीन जिन राजनीतिक संस्थाओं का विकास हुआ उनकी प्रकृति पूर्ववर्ती युग की संस्थाओं की प्रकृति से मिलती-जुलती थी। ये संस्थाएँ सदैव उन संस्थाओं के सदृश नहीं होती थीं जिनका वर्णन इस्लाम के राजनीतिक दार्शनिकों ने किया था। उदाहरण के लिए देवत्व एव राजत्व का सबंध कुरान में नहीं मिलता। तुर्कों का इस विचार से परिचय फारस के ससाानयन राजाओं के माध्यम से हुआ था। भारत आने पर उन्हें ज्ञात हुआ कि यहाँ राजत्व में दैवी गुणों का विचार पहले से ही मान्य था, और सल्तनत के राजनीतिक ढाँचे में इसे सम्मिलित करने के लिए केवल इस्लामी धर्माचार्यों की स्वीकृति अपेक्षित थी।

'उल्मा' लोग कुरान से ऐसे अनुच्छेद प्रस्तुत करने और उनकी इस प्रकार व्याख्या करने के लिए तैयार थे जिससे इन विचारों को अधिकृत रूप मिल जाए, पर शर्त यह थी कि सुलतान इन उल्माओं को राज्य के मामलों में धार्मिक एवं कानूनी निर्णायक मान लें। धर्म और राज्य के बीच यह समझौता हो गया और 'उल्मा' एक ऐसी राजनीतिक शक्ति बन गए जिसकी उपेक्षा नहीं की जा सकती थी। यह विश्वास किया जाने लगा कि स्वयं राज्य के अस्तित्व और उसकी सुरक्षा के लिए भी सुलतान का होना आवश्यक है, क्योंकि उसके बिना अराजकता फैल जाएगी—यह ऐसा विश्वास था जो हिंदुओं के राजा और राज्य से संबंधित विचारों से भिन्न नहीं था। अब सुलतान को, चाहे दिखावे के रूप में ही सही, इस्लामी संस्थाओं और

विशेषतः 'उल्मा' के प्रति सम्मान प्रकट करना पड़ता था। इसके परिणामस्वरूप सुलतान को धार्मिक कार्यों के लिए अनुदान और उल्माओं को पद देने पड़ते थे, मस्जिदों का निर्माण और कभी-कभी मूर्ति-भंजन जैसे कुफ्र-विरोधी कार्यों का प्रदर्शन करना पड़ता था।

प्रत्येक सुलतान ये रियायतें देने को तैयार नहीं होता था, और ऐसे मामलों में उल्माओं को बड़ी चतुराई बरतनी होती थी क्योंकि विधर्मियों के देश में अपने आंतरिक मतभेदों का सार्वजनिक प्रदर्शन करना अविवेकपूर्ण होता। सामान्यतः सुल्तानों को राजनीतिक तथा धार्मिक विचारों की बारीकियों से कोई लगाव नहीं होता था। वे मुख्यतः साहसी सैनिक होते थे, जो अपने शासन को यथासंभव लंबा करने तथा प्रत्येक प्रकार की विलासिता का आनंद उठाने में दिलचस्पी रखते थे। राजनीतिक विचारकों और लेखकों का दरबार में स्वागत होता था परंतु शर्त यह थी कि वे सुलतान से अपने विचारों के अनुरूप कार्य करने का आग्रह न करें। बरनी ने शिकायत की थी कि सुलतान अपने पद की ओर—जो एक असाधारण पद था, और वास्तव में ईश्वर की सत्ता को प्रयोग में लाने का स्थान था—आवश्यक ध्यान नहीं देते थे। इस बात पर बरनी को निर्वासित कर दिया गया। यह उल्लेखनीय है कि जिन उल्मा लोगों से ऐसी शिकायतों की आशा की जाती थी, वे मौन रहे।

सुलतान का दरबार विशाल संपत्ति का प्रदर्शन करता था और प्रतिदिन भव्य समारोह किए जाते थे, जिनमें से अधिकांश जान-बूझकर बहुत बढ़ा-चढ़ाकर किए जाते थे ताकि शासक और शासित में दूरी को और स्पष्ट किया जा सके। राजकीय भूमि से प्राप्त राजस्व का उपयोग प्रासादों, हरमों, दास-दासियों तथा दरबारियों के विशाल समूह के रख-रखाव पर किया जाता था। सुलतान के रजवाड़े के लिए बहुत-से कर्मचारियों की आवश्यकता होती थी जिनमें उसके निजी अंगरक्षकों की संख्या भी कम नहीं होती थी। सुलतान को अपदस्थ करने के इच्छुक गुट के लिए इनकी सहायता प्राप्त करना अनिवार्य था। शाही कारखानों का अध्यक्ष भी प्रतिष्ठा-प्राप्त व्यक्ति होता था। सुलतान के राज-परिवार के लिए अपेक्षित वस्तुएँ—व्यक्तिगत उपयोग और पुरस्कार में देने के लिए दोनों ही—इन्हीं कारखानों में बड़ी मात्रा में निर्मित होती थीं। उदाहरण के लिए, सुलतान द्वारा अपने अफसरों की सेवा की सराहना के रूप में जो खिल्वतें दी जाती थीं उनका निर्माण प्रति वर्ष लाखों की संख्या में इन्हीं कारखानों में होता था।

सल्तनत में इस्लाम के मूल कानूनों—'शरीअत'—का 'उल्मा' की व्याख्या के अनुसार पालन होता था। सुलतान—मुख्य काजी जिसका परामर्शदाता होता था—सर्वोच्च न्यायाधीश होता था और मृत्युदंड संबंधी समस्त मामले सुलतान के समक्ष पेश किए जाते थे। नया कानून प्रारंभ में दरबार में और ऐसे नगरों में लागू किया गया जहाँ पर्याप्त मुस्लिम प्रजा रहती थी। ग्रामों में पुराना कानून चलता रहा। गैर-मुस्लिमों को अपनी निजी कानूनी संस्थाएँ रखने की स्वतंत्रता थी, जिसके फलस्वरूप अनेक जटिलताएँ उत्पन्न हो जाती थीं। अंत में यह निर्णय हुआ

कि यदि ऐसा करने से राज्य पर कोई विपत्ति नहीं आती तो गैर-मुस्लिम संहिता का प्रयोग गैर-मुस्लिमों के लिए किया जा सकता है। इस संहिता की व्याख्या अस्पष्ट रखी गई और इसीलिए निर्णय कानून के बजाय कार्य-साधकता के आधार पर लिए जाते थे। उदाहरण के लिए, स्त्रियों के सती होने के प्रश्न पर कुछ वाद-विवाद हुआ। 'शरीअत' के अनुसार आत्महत्या गैर-कानूनी है और सती होना आत्महत्या का कार्य था, परंतु हिंदू स्त्रियों को इसकी अनुमति दे दी गई।

कानून की दृष्टि से सुलतान खलीफा का प्रतिनिधि था। हालाँकि वास्तव में वह पूर्ण स्वतंत्र था फिर भी सुलतान की सर्वोच्च सत्ता पर कुछ प्रतिबंध थे। उदाहरण के लिए, सबसे स्पष्ट प्रतिबंध तो यही था कि अंतिम रूप में उसे इस्लाम धर्मावलंबियों की सहायता पर निर्भर करना पड़ता था। इस प्रकार उसे सार्वजनिक रूप से 'शरीअत' और इस्लामी परंपराओं के अनुकूल कार्य करना पड़ता था। सोलहवीं शताब्दी में अकबर ने इस परंपरा की उपेक्षा करते हुए अपनी स्वतंत्र विचारधारा—'दीने-इलाही'—की घोषणा की थी। इससे यह ज्ञात होता है कि उस समय तक राजनीतिक नीति और धर्म के पारस्परिक संबंधों में पर्याप्त परिवर्तन हो चुका था। उल्माओं, सरदारों तथा स्थाई सेना के सैनिकों—सबको संतुष्ट रखना आवश्यक था। कुछ कालों में सुलतानों के जल्दी-जल्दी परिवर्तन होने से ज्ञात होता है कि सुलतान सर्वोच्च तथा सर्वसत्ता संपन्न नहीं थे।

सेना में विभिन्न कौम के लोग होते थे और तुर्क, अफगान, मंगोल, फारसी, तथा भारतीय एक ही झंडे के नीचे युद्ध करते थे। चूँकि प्रत्येक 'इक्तादार' को सैनिक देने पड़ते थे, इससे ज्ञात होता है कि सेना में भारतीयों का प्रतिशत काफी ऊँचा रहा होगा, क्योंकि प्रांतीय सैनिक अधिकतर भारतीय ही होंगे। हिंदू सैनिकों के सेना में भर्ती होने पर कोई रोक नहीं थी। युद्ध करनेवाली इकाइयों का गठन 50, 100, 500 तथा 1000 की इकाइयों में होता था, और इसी पद्धति का प्रचलन मंगोलों में था।

नागरिक शासन का मुखिया 'वजीर' होता था जो राजस्व-संग्रह, लेखा-जाँच, व्यय की व्यवस्था की देख-रेख करता था। राजस्व संबंधी मामलों के अतिरिक्त अन्य मामलों पर सुलतान के परामर्शदाता के रूप में उसका महत्त्व सुलतान से उसके निजी संबंधों पर निर्भर करता था। 'वजीर' और तीन अन्य मंत्री राज्य के चार स्तंभ माने जाते थे। अन्य तीन मंत्रियों में एक सैनिक विभाग का अध्यक्ष होता था जो सुलतान की सेना एवं सामंतों से प्राप्त सैनिकों तथा सैनिक साज-समान का विवरण रखता था। दूसरा अंतर्राज्य-संबंधों के विभाग का अध्यक्ष होता था। अंतिम मंत्री (चांसलर) राज्य के पत्राचार तथा दरबार एवं प्रांतीय अधिकारियों के संबंधों का विभाग सँभालता था। इसके अपने एजेंट राज्य के विभिन्न भागों में रहते थे जो राज्य के हित से संबंधित समस्त मामलों की सूचना उसे देते रहते थे।

प्रांतीय राज्यपालों के अधिकार राजधानी की समीपता और दरबार के एजेंटों की उपस्थिति से सीमित हो जाते थे। परंतु बहुधा कुछ सैद्धांतिक प्रतिबंध भी होते

थे, क्योंकि सत्ता व्यक्तिगत संबंधों पर निर्भर करती थी। प्रांतीय प्रशासन में दरबार के विविध प्रशासकीय विभागों के अधिकारी रहते थे। 'परगना' छोटी प्रशासकीय इकाई होता था जो संभवतः सर्वाधिक महत्त्वपूर्ण था क्योंकि इसी स्तर पर अधिकारी कृषकों के सीधे संपर्क में आते थे। प्रत्येक 'परगने' में अधिकारियों का एक समूह होता था जिसमें कार्यकारी अधिकारी परगने का सर्वोच्च पदाधिकारी होता था। इसके अलावा एक मूल्यांकन तथा उत्पादन का लेखा रखनेवाला अधिकारी, कोषाध्यक्ष, और दो पंजीकरण अधिकारी होते थे जिनमें से एक फारसी में अभिलेख रखता था और दूसरा हिंदी में। विशेष रूप से नियुक्त एक अधिकारी 'मुंसिफ' होता था जो मुख्य राजस्व-समाहर्ता तथा कर-निर्धारण अधिकारी होता था और उसे ग्रामीण झगड़ों का निर्णय करने का भी अधिकार था। (मौर्यकाल के 'राजुका' को भी लगभग ये ही अधिकार प्राप्त थे, और यह समानता आश्चर्यजनक है।) गाँव प्रशासन की सबसे छोटी इकाई होती थी जिसमें तीन मुख्य अधिकारी होते थे—मुखिया, पटवारी और चौधरी। नगर क्षेत्रों में बँटे हुए होते थे और प्रत्येक क्षेत्र का प्रशासन दो अधिकारियों के हाथ में होता था, जो मुख्य नगर प्रशासन के प्रति उत्तरदायी होते थे।

इस प्रकार सल्तनत का नागरिक प्रशासन उसी प्रकार चलता रहा जैसे पहले था, और उसमें आधारभूत परिवर्तन लाने का कोई प्रयास नहीं किया गया। पदों के नाम बदलकर उन्हें फारसी नाम अवश्य दे दिए गए, क्योंकि नए शासक इन नामों से अधिक परिचित थे। ग्राम-स्तर पर और परगनों में भी काफी सीमा तक अनेक अधिकारी आज भी हिंदू ही थे और ये प्रशासन से संबंधित परिवारों के होते थे। सल्तनत की पद्धति की कुछ विशेषताएँ अब तक चलती रही हैं—आज भी ये नाम और पद उतने ही परिचित हैं जितने सल्तनत के समय थे।

प्रशासन की कुशलता कुछ अंशों में संचार-व्यवस्था पर निर्भर करती थी। इब्नबतूता ने तुग़लकों की यातायात व्यवस्था और डाक-सेवा की अत्यधिक सराहना की है क्योंकि एक यात्री होने के कारण उसे इसका निजी ज्ञान था। सड़कें पत्थर की बनी होती थीं और बैलगाड़ियों का प्रचलन सबसे अधिक था। सामंत-वर्ग घोड़ागाड़ियों का प्रयोग करते थे। जिन्हें बड़े आराम से धीरे-धीरे जाना होता था, वे पालकियों में यात्रा करते थे। मार्ग की नियमित मंजिलों पर सराय, दुकानें तथा चौकीदारों एवं घोड़ों के ठहरने के स्थान होते थे। दिल्ली से दौलताबाद तक की यात्रा में चालीस दिन लगते थे। सबसे तेज डाक-सेवा घोड़ों द्वारा संपन्न होती थी यद्यपि सामान्यतः पैदल डाकियों का प्रयोग होता था। दोनों के लिए नई टोली लगाने का प्रबंध लगभग प्रत्येक ग्राम में होता था। डाक-सेवा का प्रयोग राज्य तथा संपन्न व्यक्ति ही करते थे। पैदल डाकिए अपने साथ एक डंडा रखते थे जिसमें घंटियाँ लगी होती थीं और जिसका उद्देश्य जंगल के मार्गों पर जानवरों को भगाना और गाँव में डाकिए के आगमन की सूचना देना था। पिछली शताब्दी तक भारत के ग्रामों में डाक का प्रबंध इसी प्रकार के डाकियों द्वारा होता था।

बाहर से आनेवाले तुर्कों और अफगानों के नगरों में बस जाने के कारण एक जीवंत नागरिक संस्कृति का प्रादुर्भाव हुआ । ग्रामों और ग्रामीण क्षेत्रों ने बहुत सीमा तक अपनी स्थानीय स्वायत्तता को बनाए रखा, फिर भी उन्हें राजस्व देना पड़ता था । ग्राम आधारभूत आर्थिक इकाई रहे और उत्पादन मुख्यतः स्थानीय उपभोग के लिए होता था । प्रत्येक ग्राम के अपने निजी कारीगर होते थे जो सूत कातते और कपड़ा बुनते थे, हल, जुवे, लकड़ी के पहियोंवाली गाड़ियाँ, पानी लाने के लिए मशकें, मिट्टी के बर्तन, रस्से, चटाइयाँ, टोकरियाँ, धातु के बर्तन, घोड़े की नाल, चाकू, कटार, तलवार तथा गाँव में काम आनेवाली सब प्रकार की वस्तुओं का निर्माण करते थे । कारीगरों के काम करने के तौर-तरीके प्रारंभिक युग के थे, परंतु उनके अपने सीमित उत्पादन के लिए ये पर्याप्त थे । शिल्पी, शिल्पी-जातियों में संगठित होते थे और इस्लाम ग्रहण करनेवालों में भी यह जाति-भेद चलता रहा । प्रारंभ में संभवतः उच्च वर्ण के हिंदू लोग मुसलमानों को भी एक नया उपवर्ण समझते थे जिनका वर्ण-व्यवस्था में नीचा स्थान था। परंतु प्रशासन में जब मुस्लिमों को प्रमुख स्थान प्राप्त होने लगे तब हिंदू लोग उनको अधिक सहनशीलता से स्वीकार करने लगे । जाति से संबंधित होने के कारण शिल्प-श्रम हिंदू और मुसलमान दोनों धर्मों के माननेवाले शिल्पियों में पैतृक हो गया ।

परंतु धीरे-धीरे इसमें परिवर्तन हुआ और जब माल की माँग बढ़ी तो शहर फिर समृद्ध होने लगे । तुर्कों एवं अफगानों के आक्रमणों ने उत्तरी भारत को व्यापार के लिए खोल दिया था । मंगोल लोग भारत को मध्य एशिया के और निकट संपर्क में लाए । जो संपर्क सैनिकों और सुलतानों ने तोड़ दिया था, उसे व्यापारियों तथा वणिकों ने पुनः स्थापित किया। देश में ही कुलीन जीवन के ढाँचे ने माल के विनिमय को प्रोत्साहित किया । कुछ क्षेत्रों में ग्रामीण उत्पादन निकटवर्ती नगरों से संबद्ध हो गया। समुद्र-तटीय क्षेत्र निर्यात के लिए उत्पादन कर ही रहे थे। विनिमय के लिए उत्पादन में वृद्धि आकस्मिक और तीव्र गति से नहीं हुई थी, किंतु पहले की अपेक्षा यह बहुत अधिक थी ।

नागरिकों की आवश्यकताओं की पूर्ति नगर में कार्य करनेवाले शिल्पी करते थे । कुछ क्षेत्रों ने निर्यात के लिए उत्पादन में विशिष्टता प्राप्त कर ली थी और यहाँ उत्पादन की तकनीक अधिक उन्नत अवस्था में थी । गुजरात और बंगाल के नगरों में सफेद सूती कपड़े, रेशम, मखमल, साटन, तोशक आदि विविध प्रकार के वस्त्रों का निर्माण होता था। कैंबे के सूती वस्त्र अपनी श्रेष्ठता, प्रचुर उपलब्धि तथा सस्तेपन के कारण वस्त्र-व्यवसाय में विख्यात थे । नगर आंतरिक और विदेशी दोनों व्यापारों के केंद्र बन गए । दरबार की बढ़ती हुई माँगों के कारण विलासिता की वस्तुओं का आंतरिक उपभोग बढ़ गया, और प्रांतीय तथा सीमावर्ती राज्यों के कुलीन वर्गों में भी इस प्रकार की वस्तुओं की माँग बढ़ गई ।

प्रत्येक नगर में एक बाजार होता था, जहाँ व्यवसायी और वणिक एकत्र होते थे और नियमित मेले लगा करते थे। कई जातियाँ अब व्यापार से संबद्ध हो गई

थीं–जैसे गुजराती बनिए जो सुदूर दक्षिण में मलाबार तक बस गए थे, मुल्तान के मुल्तानी तथा राजस्थान के मारवाड़ी वणिकों के रूप में अपनी प्रतिष्ठा स्थापित करने लगे थे। बनजारे भ्रमणशील व्यवसायी थे और उनके पास बड़े-बड़े काफ़िले होते थे जिनका उपयोग अन्य व्यापारी भी यातायात के लिए करते थे। मंदी के वर्षों में उन पर बहुधा चोरी का अभियोग लगाया जाता था और वे यूरोप के जिप्सियों की भाँति समझे जाने लगे। सौदागर खच्चरों पर माल लादकर घर-घर जाकर बेचते थे, अथवा यदि वे अपनी बस्ती से बाहर यात्रा करते थे, तो नगर की सराय का उपयोग अस्थाई दुकान के रूप में करते थे। वणिकों के आने-जाने से सराय बाजार की भाँति ही वणिज्य के लिए भी महत्त्वपूर्ण बन गई थीं।

स्थानीय प्रशासन के केंद्र होने के कारण प्रांतीय राजधानियों में विशाल बाजार विकसित हो गए थे। दिल्ली का बाजार विशेष रूप से समृद्ध कहा जाता था, क्योंकि उसे देशी तथा विदेशी दोनों प्रकार के व्यापार से माल प्राप्त होता था। इब्नबतूता दिल्ली का वर्णन मुस्लिम जगत् में सबसे अधिक वैभवशाली नगर के रूप में करता है, जिसका वैभव केवल सुलतान और उसके दरबार के कारण ही नहीं था, अपितु एक धनी व्यापारिक वर्ग के कारण भी था। अनेक राजकीय कारखाने भी दिल्ली में थे और ये आंतरिक उत्पादन में महत्त्वपूर्ण योग देते थे। इनमें, उदाहरणार्थ, एक रेशम की बुनाई का कारखाना भी था जिसमें चार हजार बुनकर कार्य करते थे।

परंतु सर्वाधिक लाभ विदेशी व्यापार में था, और यह तटीय प्रदेशों में केंद्रित था, जहाँ विदेशी वणिकों की बस्तियों ने नगरों को सर्वदेशीयता का स्पर्श दे दिया था। अनेक व्यक्तियों को यह व्यापार इतना लाभप्रद लगा कि उन्होंने स्थानीय स्त्रियों से विवाह कर लिए और स्थाई रूप से इन्हीं नगरों में बस गए। तटीय नगरों में बड़े-बड़े व्यापारिक प्रतिष्ठान थे जिनकी शाखाएँ विदेशों में थीं। धनी साहूकार ऋण देकर ऋण-पत्र लिखवा लेते थे और बहुत-से लोगों का तो जीवन-यापन ही व्यापारियों को दिए गए ऋण पर ब्याज की आमदनी से होता था। परिस्थितियाँ कुछ अनिश्चित होने के कारण यह उम्मीद की जा सकती थी कि छल-प्रपंच और जालसाजी आम रही होगी परंतु व्यापारी और यात्री दोनों समान रूप से प्रमाणित करते थे कि भारत में ऊँचे दर्जे की ईमानदारी थी।

भारत के समुद्रपारीय व्यापार के कारण यूरोप तथा एशिया से संपर्क स्थापित हुए। यही वह युग भी था जब चीन, भारत और पूर्वी अफ्रीका से व्यापार से लाभ उठाने के लिए प्रतिस्पर्धा कर रहा था, और यूरोप अरबों से आगे बढ़ने के लिए एशिया के साथ प्रत्यक्ष व्यापार का मार्ग खोज रहा था। भारत पूर्वी और पश्चिमी दोनों व्यापारों पर से अपना एकाधिकार धीरे-धीरे गँवाता जा रहा था। इस प्रक्रिया की गति धीमी रही परंतु ऐसा होना अनिवार्य था। भारतीय व्यापारी दक्षिण-पूर्व एशिया से मसाले लाते थे; और जबकि पहले भारतीय जहाज इन्हें पश्चिमी एशिया के बंदरगाहों तक पहुँचाते थे, अब पश्चिमी भारत और पश्चिमी एशिया के मध्य परिवहन व्यापार का एकाधिकार अरबों के पास पहुँच गया, जिससे

भारतीय व्यापार को क्षति पहुँची। परंतु भारत-निर्मित माल के निर्यात में वृद्धि होने से कुछ सीमा तक इसकी क्षतिपूर्ति हो गई। धीरे-धीरे भारतीय व्यापारियों का कार्य-क्षेत्र आंतरिक व्यापार तक सीमित हो गया जिस पर अधिकतर हिंदुओं का नियंत्रण था, क्योंकि तुर्क और अफगान, युद्ध तथा शासन करने में इतने अधिक व्यस्त थे कि वे व्यापारिक गतिविधियों में हिस्सा नहीं ले सकते थे। परंतु राजनीतिक सत्ता में संलग्न व्यक्तियों एवं विदेशी व्यापार के प्रमुख व्यावसायिक स्वार्थ में कम-से-कम एक भावना समान थी। कुछ अरब वंशियों के भारत में बस जाने से समुद्रपारीय व्यापार से प्राप्त कम-से-कम कुछ लाभांश देश में रह जाता था।

समुद्र के व्यापारिक मार्गों में बहुत कम परिवर्तन हुआ। पुराने मार्गों का आज भी अनुसरण होता था : भारत के पश्चिमी तट से फारस की खाड़ी और ईराक होकर भूमध्यसागर तक अथवा लालसागर तथा मिस्र होकर भूमध्यसागर तक। एकमात्र अतिरिक्त मार्ग अफ्रीका के पूर्वी तट पर मलिंदे, मोंबासा तथा किल्वा-जैसे स्थानों पर बंदरगाह बन जाने के फलस्वरूप खुला था। भारतीय बंदरगाहों से जानेवाले जलयान ओरमुज, अदन तथा जिद्दा में माल उतारते थे, जो उस समय पश्चिम एशिया की अत्यंत महत्त्वपूर्ण मंडियाँ थीं। कुछ जहाज इससे आगे पूर्व अफ्रीका तक भी जाते थे जहाँ कैंबे के वस्त्र देकर स्वर्ण प्राप्त किया जाता था।

भारत में आयात की सबसे अधिक व्यय-साध्य अकेली वस्तु घोड़े ही रहे। तुर्किस्तान में आज भी सर्वश्रेष्ठ घोड़े होते थे जो अरब के श्रेष्ठ घोड़ों का मुकाबला करते थे, और इनमें से कुछ उस समय जब मंगोलों के आक्रमण नहीं हो रहे होते थे, उत्तर-पश्चिम के स्थल मार्ग से भारत भेज दिए जाते थे। परंतु घोड़ों के आयात का अधिक नियमित मार्ग समुद्र था। अरब से जहाज घोड़ों के अतिरिक्त इत्र, मूँगा, पारा, सिंदूर, राँगा, सोना, चाँदी, फिटकिरी, मजीठा रंग तथा केसर भी लाते थे। गुजरात से भारतीय निर्यात में मुख्यतः चावल, वस्त्र, बहुमूल्य रत्न तथा नील होते थे।

बंगाल का दक्षिण-पूर्व एशिया से व्यापार अक्षुण्ण रहा। मलक्का में एशिया के समस्त भागों से आनेवाले व्यापारियों की बस्तियाँ बन जाने से यह अब दक्षिण-पूर्व एशिया का सबसे बड़ा बंदरगाह और व्यापारिक केंद्र बन गया था। भारतीय जहाज पीपल, अगरु धूप, कपड़े, केसर तथा पारा लेकर बराबर इस बंदरगाह में जाते रहते थे। इनमें से कुछ माल पुनः जहाजों पर लाद कर जावा, सुमात्रा, तिमोर तथा बोर्नियो को भेज दिया जाता था। लौटते समय ये जहाज स्वर्ण, लौंग, सफेद चंदन, जायफल, जावित्री, कपूर तथा मुसब्बर नामक जड़ी भारत लाते थे। इसमें से अधिकांश माल जहाज द्वारा भारत के पश्चिमी तट को भेज दिया जाता था, परंतु कुछ हिस्सा बंगाल भी जाता था।

चीनियों ने भारत से व्यापार करने के अपने प्रयत्न जारी रखे। पूर्वी अफ्रीका से चीनी व्यापार का विस्तार होने के कारण यह अधिक सुविधाजनक और नियमित हो

गया, क्योंकि भारत उसके मार्ग में पड़ता था। चीनी जहाज बंगाल और मलाबार दोनों प्रदेशों के बंदरगाहों पर आते थे पर मलाबार में इनका आवागमन अधिक था। चेंग-हो ने दक्षिण एशिया और पूर्व अफ्रीका की सात यात्राएँ की थीं और दो यात्राओं के दौरान यह थोड़े समय के लिए बंगाल में ठहरा था। चीनी जहाज रेशम, ताफता, सारन, लौंग, नील तथा सफेद चीनी मिट्टी के बरतन, सोना तथा चाँदी लाते थे, और ये ऐसी वस्तुएँ थीं जिनकी भारतीय व्यापारियों में माँग रहती थी।

व्यापार ने मुद्रा के प्रयोग को प्रोत्साहन दिया, जिसका प्रचलन उत्तरी भारत के समस्त नगरों में हुआ। दिल्ली प्रदेश में जारी की जानेवाली मुद्राएँ चौहानों और गाहड़वालों द्वारा जारी की गई मुद्राओं की अनुकृतियाँ थीं, और स्थानीय लोगों में नई मुद्रा के प्रति विश्वास उत्पन्न करने का यह विवेकपूर्ण तरीका था। यहाँ तक कि शैव संप्रदाय से संबद्ध नंदी की आकृति को भी मुद्राओं में रहने दिया गया, जिन पर सुल्तान का नाम देवनागरी में अंकित होता था। इस काल की मुद्राओं में जीतल और टंका का सर्वाधिक उल्लेख हुआ है। जीतल ताँबे की मुद्रा थी और टंका चाँदी की (172.8 ग्रेन)। टंका को सुल्तान इल्तुतमिश ने जारी किया था। टंका सुल्तानों की मानक मौद्रिक इकाई बन गया, और यह आधुनिक भारतीय रुपए का प्राचीन रूप था। मोहर नामक स्वर्ण मुद्रा का प्रयोग अधिकतर व्यापारिक उद्देश्यों के लिए अथवा विशेष अवसरों पर होता था। सल्तनत काल में राज्य के विभिन्न भागों में टकसालें थीं। प्रांतीय राज्यों ने अपने निजी सिक्के चलाए थे, जो सल्तनत के सिक्कों से भिन्न नाम अथवा भिन्न भार के होते थे। दिल्ली के मानकीकृत तौल मन, सेर, छटाँक थे, और वर्तमान मीट्रिक प्रणाली प्रारंभ होने से पूर्व उत्तरी भारत में प्रचलित तौलों को यह नाम वहीं से मिला था। कुलीन वर्ग के शान-शौकत से रहने में होनेवाले विशाल व्यय तथा नागरिक केंद्रों के विकास के कारण मुद्रा प्रचलन को प्रोत्साहन मिला। तुर्कों और अफगानों को भारत में खूब धन मिला और उन्होंने उसे खूब खर्च भी किया। यह वैभवपूर्ण उपभोग का युग था—सुल्तान और दरबारियों के लिए भी और प्रांतों के कुलीन वर्ग के लिए भी।

मुस्लिम समाज का भारत में जिस प्रकार विकास हुआ, उसमें वह मोटे तौर पर तीन भागों में बँटा हुआ था—धर्म-निरपेक्ष तथा धार्मिक दोनों प्रकार के दरबारी, शिल्पी तथा कृषक। दरबारी वर्ग में विभिन्न जातियाँ—तुर्क, अफगान, फ़ारसी तथा अरब—सम्मिलित थीं, जिनमें से पहली दो प्रमुख थीं, क्योंकि राजनीतिक सत्ता उनके पास थी। प्रारंभ में आनुवंशिक लगावों ने उन्हें विभाजित रखा, परंतु जब एक बार उन्हें विवश होकर भारत को अपना स्थाई घर स्वीकार करना पड़ा तो वे काफी हद तक सजातीय समूह के रूप में गठित होने लगे। इस देश में उनके अल्पसंख्यक होने के तथ्य ने इस प्रक्रिया में सहायता दी।

दरबारी वर्ग में शामिल होने का द्वार सबके लिए खुला था, और बहुत-से अत्यंत उच्चासीन दरबारियों ने सुल्तान के भृत्य के रूप में अपने जीवन का प्रारंभ किया था। उपाधियाँ और पद पैतृक नहीं थे और वे सुल्तान की इच्छा पर निर्भर

करते थे। बाद में जब उन्हें पैतृक समझा जाने लगा तो दरबारियों ने यह सिद्ध करने के लिए कि वे कुलीन वंश के हैं, विस्तृत वंशावलियों का सहारा लिया, तथा जिन भारतीयों ने इस्लाम धर्म स्वीकार किया था, वे स्वयं को विदेशी पूर्वजों का वंशज बताने लगे। यह अनिवार्य समझा गया, क्योंकि तुर्क या अफगान रक्त से संबंधित होना ही श्रेष्ठता का प्रमाण था, और जातीय योग्यता महत्त्वपूर्ण समझी जाती थी। किंतु भारतीय मुसलमानों के साथ अंतर्जातीय विवाहों की उत्तरोत्तर बढ़ती हुई संख्या के फलस्वरूप दरबारियों में यह मनोवृत्ति कम हो गई।

सरदारों की आमदनी का जरिया 'इक्तों' से प्राप्त राजस्व था और जो लोग दरबार से संबद्ध थे, उनकी आमदनी दरबार में उनके पद से होती थी। सैनिक टुकड़ियाँ रखने की बाध्यता के बावजूद, 'इक्ते' की आमदनी विलासितापूर्ण रहन-सहन के लिए पर्याप्त थी। सुल्तान को भले ही यह संदेह हो जाए कि सरदारों को अत्यधिक आय हो रही है, परंतु इसे रोकने के लिए वह कुछ नहीं कर सकता था। राज्य के निरीक्षक भरोसे के काबिल नहीं थे, क्योंकि उन्हें रिश्वत दी जा सकती थी। अलाउद्दीन ने सरदारों की आय में कटौती करने के लिए गंभीर प्रयत्न किया, परंतु उसके बाद यह नीति चल नहीं सकी। सुल्तान और उसके सरदारों के पारस्परिक संबंध उनकी परस्पर-सापेक्ष शक्ति पर निर्भर थे। यही बात राजपूत सरदारों और अन्य स्थानीय शासकों के विषय में थी। सल्तनत काल में जब यह देखा गया कि उनके साथ समझौता करना जरूरी है, तो धीरे-धीरे उन्हें दरबारियों के वर्ग में शामिल कर लिया गया।

कार्य की दृष्टि से दरबारी दो श्रेणियों में विभक्त थे, जिन्हें 'अहले-सैफ़' (योद्धा) और अहले-कलम' (लेखक) कहा जाता था। 'अहले-सैफ़' या तो सेनापति होते थे या उनकी सत्ता सैनिक-शक्ति पर आधारित होती थी। 'अहले-क़लम' धार्मिक नेता तथा प्रशासक होते थे, और इनमें प्रशासक की अपेक्षा धार्मिक नेता निःसंदेह अधिक शक्तिशाली थे। ये मुख्यतः उलमा अथवा धर्माचार्य थे, जिनमें से कुछ सुल्तान के परामर्शदाता और शेष न्यायाधीशों के पद पर आसीन होते थे। वे इस्लाम के अधिक कट्टर सुन्नी संप्रदाय के अनुयायी और शिया संप्रदाय के विरोधी थे, जो सामान्यतः अधिक उदार संप्रदाय था।

सिद्धांततः सूफी अथवा संत लोगों की गणना भी धार्मिक श्रेणी में की जाती थी। ये लोग सांसारिक लगावों से अलग रहकर भी महत्त्वपूर्ण राजनीतिक भूमिका निभा सकते थे। निजामुद्दीन औलिया, जो दिल्ली के निकट रहते थे, इस बात का एक उदाहरण हैं। उनकी राय एक खास वजन रखती थी और उन्होंने सुल्तान को सहयोग न देकर उसकी अवहेलना की, परंतु इसके बावजूद सुल्तान औलिया की राय की उपेक्षा नहीं कर सकता था। सिद्दी मौला ने दिल्ली के निकट एक सराय बनवाई जो ख़िल्ज़ियों के विरुद्ध तुर्क विद्रोह का केंद्र बन गई, यद्यपि इस मामले में इसमें संदेह है कि सिद्दी मौला एक सच्चा संत था अथवा केवल छलिया, जिसने एक धार्मिक नेता में विश्वास करने की जनता की तत्परता का अनुचित लाभ उठाया।

यदि यह मान लिया जाए कि वह केवल एक धूर्त व्यक्ति था, तो भी उसका सूफ़ी भेष धारण करके एक राजनीतिक लक्ष्य प्राप्त करने का प्रयत्न अपने-आपमें एक महत्त्वपूर्ण बात है।

भारत में इस्लाम के आगमन से पूर्व गुरुओं और संन्यासियों की जो परंपरा थी, उसने उनके मुस्लिम समकक्ष पीरों और शेखों को स्वीकार करने के लिए भूमि तैयार कर दी थी। वे एकांत में रहते थे और ऐसा विश्वास किया जाता था कि उन्हें अथाह धार्मिक सिद्धियाँ प्राप्त हैं। इसलिए उन्हें निश्चित रूप से जनता का समर्थन प्राप्त था, वे जब चाहें उसे इस्तेमाल कर सकते थे और सरकार उनकी इस शक्ति से अनभिज्ञ नहीं थी। 'संत' के प्रति सुल्तान द्वारा प्रदर्शित सम्मान में यह मौन प्रार्थना निहित थी कि वह जनता की निष्ठा को सुल्तान की ओर निर्दिष्ट करे। कभी-कभी संतों को ऐसे अनुदान भी प्राप्त होते थे जिनसे उनका और उनके शिष्यों का जीवन सुरक्षित एवं आनंदमय हो जाता था।

नगर की मुस्लिम जनता में अधिकतर शिल्पी थे और कुछ यायावर जनसंख्या व्यवसायियों की थी। व्यवसायी साधारणतया अरब अथवा फ़ारसी थे और अपना स्वतंत्र व्यापार करते थे। शिल्पियों के अतिरिक्त दरबार में या शाही कारखानों में काम करनेवाले शाही दासों की संख्या इतनी अधिक थी कि सल्तनत की राजधानी तथा अन्य प्रमुख नगरों की नागरिक मुस्लिम आबादी में एक बडा हिस्सा इन्हीं लोगों का था। इस काल के उत्तरार्द्ध में खेतिहर-आबादी में मुस्लिम जनसंख्या की वृद्धि हुई। मुख्य रूप से कृषकों का रहन-सहन, चाहे वे हिंदू हों या मुसलमान, लगभग समान था।

इस्लामी संस्कृति का तत्कालीन भारतीय संस्कृति में जो सम्मिश्रण हुआ उसकी स्पष्ट अभिव्यक्ति नगरों के शिल्पियों तथा कृषकों की गतिविधियों में हुई, जैसा कि उस समय के सामाजिक-धार्मिक विचारों एवं आधारभूत शिल्प-कार्यों—जैसे स्मारकों के निर्माण से ज्ञात होता है। इस युग की वास्तुकला में भी यह मिश्रण स्पष्ट है। इन दोनों श्रेणियों में रहन-सहन का ढर्रा उच्च वर्ग की अपेक्षा कहीं अधिक अंतःसंबंधित था। घरेलू समारोह तथा जन्म, विवाह एवं मृत्यु से संबंधित अनुष्ठान एक-दूसरे से घुलमिल गए थे। इस्लाम धर्म अपनानेवाले हिंदू भी हिंदुओं में प्रचलित प्राचीन अनुष्ठानों को धर्म-परिवर्तन के बावजूद मानते रहे। इस्लाम धर्म के कुछ शुभ माने जानेवाले धर्मानुष्ठान हिंदुओं के अनुष्ठानों में प्रवेश कर गए।

यद्यपि सैद्धांतिक दृष्टि से इस्लाम जातिवाद को स्वीकार नहीं करता था, फिर भी मुस्लिम सामाजिक जीवन में उसकी उपेक्षा नहीं की जा सकी। जाति संबंधी इन भेदभावों से भी मुस्लिम जातियों का विकास प्रारंभ हुआ। विदेशी वंशों के परिवार—जैसे अरब, तुर्क, अफ़गान तथा फ़ारसियों के वंशज—सबसे ऊँची जाति के माने गए, और आगे चलकर 'अशरफ' (अरबी में 'अशरफ' का अर्थ 'प्रतिष्ठित' होता है) कहलाने लगे। इसके बाद दूसरी श्रेणी में वे मुस्लिम आते थे जिन्होंने उच्च

हिंदू वर्ग छोड़कर इस्लाम ग्रहण किया था, जैसे मुस्लिम राजपूत लोग। व्यावसायिक जातियों से दो अंतिम जातियाँ बनीं और वे 'स्वच्छ' तथा 'अस्वच्छ' जातियों में विभक्त हो गईं। प्रथम में शिल्पी तथा अन्य व्यावसायिक लोग गिने जाते थे और द्वितीय में भंगी तथा ऐसे लोग जो अपवित्र कार्य से संबंधित होते थे।* जिस प्रकार हिंदू जातियों में किसी व्यक्ति की स्थिति में सुधार तभी हो सकता था जबकि संपूर्ण जाति सामाजिक प्रतिमानों से ऊपर उठे, वही बात यहाँ भी लागू होती थी। आपसी खानपान पर अधिक प्रतिबंध नहीं थे, यद्यपि यह सुविधा केवल स्वच्छ जातियों को ही प्राप्त थी। परंतु विवाह संबंधों में जाति का बहुत महत्त्व था। व्यवसाय के साथ जाति का संबंध अब तक इतना घनिष्ठ और सुदृढ़ हो चुका था कि कोई अल्पसंख्यक संप्रदाय उससे विलग हो जाने की आशा ही नहीं कर सकता था, और यह सामाजिक संबंधों का मूल आधार था। परंतु जाति-प्रथा का पालन मुस्लिमों, जैनों, सीरियाई ईसाइयों तथा नास्तिक मतों की अपेक्षा हिंदुओं में बड़ी कठोरता से किया जाता था, नास्तिक मत वाले तो जाति-प्रथा को बिलकुल नहीं मानते थे।

दरबारी लोग अधिकतर विदेशी वंश के थे, इसलिए उनका मिश्रण वास्तविक न होकर सतही था। तुर्क और अफगान जान-बूझकर अपनी पृथक् स्थिति बनाए रखना चाहते थे। भारतीय वस्त्र और भोजन को अपना लेने के कारण धीरे-धीरे उनकी पृथकता का लोप होने लगा। स्थानीय परिवारों में विवाह करने की आवश्यकता ने इस प्रक्रिया को और तीव्र किया। अब अनेक ऐसी रियायतों और शिरकत का सूत्रपात हुआ जो कट्टर इस्लाम धर्म में पहले नहीं थीं। उत्तरी भारत के शास्त्रीय संगीत में जो आज अनेक विशिष्ट रूप दिखाई देते हैं उनका प्रारंभ इस काल के मुस्लिम उच्च वर्ग ने ही किया था। पोलो, घुड़दौड़ों, जुआ तथा शिकार-जैसे उनके प्रिय मनोरंजन कभी-कभी इस्लाम की मूल शिक्षाओं का उल्लंघन करते थे, परंतु ऐसे मामलों में उल्मा लोग चालाकी से कुरान की बारीक व्याख्या करके समझौता कर लेते थे।

समस्त वर्गों में—हिंदू हो या मुसलमान—पुत्र को प्राथमिकता देना यह बतलाता था कि समाज में औरतों का स्थान नीचा था। मीराबाई और रज़िया-जैसी उच्च कुल की नारियों को अपनी प्रतिभा का उपयोग करने की अधिक स्वतंत्रता प्राप्त थी। परंतु मीराबाई जोगिन बनकर और रज़िया पुरुष शासकों का रूप धरकर ही ऐसा कर सकी थी। एक हिंदू राजकुमारी देवलरानी के सल्तनत के शहजादे खिज्रखाँ से प्रेम, अथवा रूपमती के बाजबहादुर से प्रेम की गाथाएँ लिखी गईं मगर रोमांसपूर्ण भावनाओं तथा नारियों का गुणगान कविताओं तथा गाथा-गीतों तक ही सीमित रहा। वास्तव में स्त्रियाँ पर्दों में घर के एक पृथक् भाग में—जिसे जनानाँ

---

* अभी पिछले वर्षों तक उत्तर प्रदेश में मुस्लिम जातियों का लगभग यही ढाँचा था। इस पद्धति की जड़ें निःसंदेह सल्तनत काल तक जाती हैं।

कहते थे—रहती थीं, जिसके बाहर उन्हें बिना पर्दे के निकलने की अनुमति नहीं थी।

हिंदू और मुस्लिम कुलीन वर्ग ने अपनी स्त्रियों को जीवन के अप्रिय एवं बहुधा आदिम रूप से बचाए रखने का जो प्रयत्न किया उसके कारण उनकी स्त्रियों में एक अजीब अकेलापन और खोखलापन आ गया। ऐसो स्थिति में समय काटने के लिए वे अपना समय या तो गुप्त प्रेम-संबंधों अथवा राजनैतिक कुचक्रों में लगाती थीं। कृषक एवं शिल्पी वर्ग की नारियों को अपने समाज के अंदर अपेक्षाकृत अधिक स्वाधीनता प्राप्त थी, और निःसंदेह इसका कारण आर्थिक आवश्यकता थी। विवाह जातीय नियमों पर आधारित लगभग पूर्णतया सामाजिक दायित्व समझा जाता था। दोनों की जन्म-कुंडलियाँ मिलने पर अथवा संपत्ति का ध्यान रखते हुए विवाह किए जाते थे। संपत्ति परिवार में ही रखने की दृष्टि से मुस्लिमों में चाचा-ताऊ की संतानों के बीच विवाह को प्रोत्साहन दिया जाता था।

मुस्लिम उच्च वर्ग का एक समुदाय ऐसा था जो मिश्रण के प्रत्येक प्रयत्न से पृथक् रहा, और यह वर्ग उल्माओं का था। अलगाव की यही भावना ब्राह्मणों में भी थी। धर्म पर अपना प्रभाव डालने के साथ-साथ मुस्लिम शासन ने ब्राह्मणों की राजनीतिक एवं आर्थिक महत्ता भी कम कर दी थी। ब्राह्मणों को दिया जानेवाला भूमि अनुदान भी कम हो गया था, क्योंकि मुस्लिम शासकों को अपने निजी धर्माचार्यों की आवश्यकताओं को पूरा करना पड़ता था। ब्राह्मणों को अब कर देने पड़ते थे, जिनकी उन्हें पहले छूट मिली हुई थी। उन्हें पहले की भाँति दरबारों में राजनीतिक सत्ता भी प्राप्त नहीं थी। उल्मा इस बात से भलीभाँति अवगत थे कि अपनी स्पष्ट स्थिति बनाए रखकर ही वे अपनी राजनीतिक सत्ता और आर्थिक सुरक्षा बनाए रख सकते थे। मस्जिदों और मंदिरों में धार्मिक क्रिया-कलाप स्पष्ट रूप से पृथक्-पृथक् रहे, और उनके अनुष्ठानों में तनिक भी सामंजस्य नहीं हुआ। इस पृथक्ता को दोनों समुदायों के आचार्यों ने पूरी कट्टरता से निभाया।

शिक्षा-प्रणाली को इस पृथक्ता के कारण सबसे अधिक क्षति हुई। मंदिरों व मस्जिदों से संबद्ध विद्यालयों में औपचारिक शिक्षा दी जाती थी जो धार्मिक प्रशिक्षण पर बल देती थी। उच्च शिक्षा के केंद्र अन्य विषयों का बहिष्कार करके केवल धर्म तथा भाषाशास्त्र पर ध्यान देते थे। अधिकांश मुस्लिम मदरसों को राज्य से वित्तीय अनुदान मिलता था। यह स्पष्ट है कि सुल्तान लोग शिक्षा को उदारतापूर्वक संरक्षण प्रदान करते थे, क्योंकि यह अनुमान लगाया जाता है कि तुग़लक काल में केवल दिल्ली में ही एक हजार शैक्षिक संस्थाएँ थीं। यह दुर्भाग्य की बात है कि यह संरक्षण वास्तव में केवल धार्मिक शिक्षा को प्राप्त था।

फिर भी, दोनों ओर के धर्म-निरपेक्ष क्षेत्रों में भारतीय तथा अरब विद्यालयों में अभिरुचि थी, और इसलिए कुछ सीमा तक बौद्धिक विनिमय अनिवार्य था। आयुर्विज्ञान के क्षेत्र में इस प्रकार का विनिमय विशेष रूप से लाभप्रद रहा।

भारतीय चिकित्सा-पद्धति पश्चिमी एशिया में लोकप्रिय हुई और इन भागों से उपलब्ध चिकित्सा-पद्धति का, जिसे यूनानी हिकमत कहा जाता है, भारत में आयुर्वैदिक पद्धति के साथ-ही-साथ खूब प्रचार हुआ, और ये दोनों पद्धतियाँ आज भी भारत में लोकप्रिय हैं। तकनीकी ज्ञान की बात और थी—उसे औपचारिक शिक्षा के पाठ्यक्रम में सम्मिलित नहीं किया गया। व्यावसायिक शिक्षा या तो शिल्पियों के हाथों में अथवा राजकीय कारखानों में सीमित रही। बौद्धिक विनिमय समाज के कुछ वर्गों तक ही सीमित रहा और उसने शैक्षिक परंपरा को प्रभावित नहीं किया। एक प्रकार से दिल्ली पर तैमूर के आक्रमण से ज्ञान का प्रसार हुआ, क्योंकि अनेक विद्वान राजधानी से भागकर प्रांतों में चले गए।*

सोलहवीं शताब्दी तक रहन-सहन का एक ऐसा ढाँचा विकसित हो चुका था जिसमें पर्याप्त आत्मसातीकरण हो चुका था। फिर भी उच्च वर्गों में कुछ क्षोभ शेष था। अपने दैनिक जीवन में हिंदू कितने ही स्वतंत्र रहे हों, सैद्धांतिक दृष्टि से वे मुस्लिम नागरिकों के समकक्ष नहीं थे। जो बात सबसे अधिक खटकती थी वह यह थी कि सामाजिक दृष्टि से निम्न वर्ग के होने पर भी भारतीय मुस्लिम हिंदुओं से श्रेष्ठ स्थिति में थे। यदि मुसलमान केवल एक विदेशी समुदाय ही बने रहते तो उच्च वर्ग के हिंदू उनकी विचारधारा को सहर्ष स्वीकार कर लेते।†

अपनी विशिष्टता को सुरक्षित रखने की प्रक्रिया में ब्राह्मणों ने अपने निजी आंतरिक स्रोतों तथा पारंपरिक साहित्य पर ही ध्यान दिया। इसके फलस्वरूप प्राचीन धर्मग्रंथों का पुनः अध्ययन होने लगा और विस्तृत भाष्य तथा सार लिखे जाने लगे। जब नए शासकों ने हिंदुत्व का कानूनी आधार एवं व्याख्या जाननी चाही तो ब्राह्मणों ने पूर्ववर्ती ग्रंथों पर आधारित ऐसी सामग्री प्रस्तुत की जो सैद्धांतिक रूप से एक ऐसे आदर्श राज्य का वर्णन करती थी जिसमें समाज में कोई संघर्षात्मक विभाजन नहीं था। उसमें ऐसे किसी भी शक्तिशाली समूह को अभिस्वीकृति नहीं दी गई थी जो वर्ण-तंत्र के अनुकूल न बैठता हो।

हिंदू धर्म के दो प्रमुख संप्रदाय, वैष्णव तथा शैव, हिंदू धर्म-परायणता के दो मुख्य आधार-स्तंभ थे, हालाँकि इन दोनों संप्रदायों में भी ऐसे अनेक छोटे-छोटे मत थे जिनकी मान्यताएँ एक-दूसरे से भिन्न थीं। वैष्णव-संप्रदाय उत्तर में अधिक लोकप्रिय रहा, हालाँकि रामानुज तथा वल्लभ-जैसे उसके अनेक अग्रणी-उपदेशक

---

* यदि तुर्कों के स्थान पर अरबों ने राजनीतिक सत्ता प्राप्त की होती तो भारत में बौद्धिक विकास की संभावनाओं पर विचार करना दिलचस्प बात होती। तब बौद्धिक विनिमय अधिक निश्चयात्मक होता जिसके फलस्वरूप वास्तविक प्रगति होती। समकालीन अरबों की जिज्ञासु भावना और निर्णयात्मक ज्ञान के प्रति उत्सुकता ने भारत के पारंपरिक विद्वत्ता के केंद्रों को प्रेरित किया होता, और उन्हें लगभग जड़ता की स्थिति से बचा लिया होता।

† इस दृष्टि से जैसुइट ईसाई लोग बुद्धिमान थे जिन्होंने एशिया के दसवें भाग को अपने अधीन करने के स्थान पर एशिया के सम्राट को ईसाई बनाना उचित समझा। यदि वे ऐसा न करते तो उन्हें एशिया के उच्च वर्गों का तिरस्कार सहना पड़ता, जैसाकि एशिया में बाद में पहुँचनेवाले ईसाई धर्मप्रचारकों के साथ हुआ।

दक्षिण भारत के थे। उत्तर में वैष्णव आंदोलन के सुधारकों पर उनका पर्याप्त प्रभाव पड़ा था। इनमें से कुछ सुधारक भक्ति-संप्रदाय से संबंधित थे। परंतु जिनकी शिक्षाओं पर इस्लामी विचारों का भी प्रभाव पड़ा था उन्हें स्पष्ट रूप से पहचाना जा सकता है। हिंदू धर्म के इन दो बड़े संप्रदायों की उन्मुखता स्पष्ट रूप से एक-दूसरे से पृथक् थी, यद्यपि उनकी धार्मिक अभिव्यक्ति की मूल भावना शायद एक समान रही हो। कुछ, विशेषतया वैष्णवों, ने हिंदुओं की धार्मिक गतिविधियों में अधिक व्यक्तिगत तत्त्वों का सूत्रपात करके संतोष कर लिया। रामानंद ने इसकी सर्वश्रेष्ठ अभिव्यक्ति की है :

> मैं चंदन तथा अन्य नैवेद्य लेकर ब्रह्म का पूजन करने के लिए जाना चाहता था। परंतु गुरु ने बताया कि ब्रह्म तो मेरे हृदय में ही हैं। जहाँ कहीं मैं जाता हूँ मैं पानी और पाषाण की पूजा होते देखता हूँ, परंतु वह तू है जिसने उन सबको अपनी उपस्थिति से भर दिया है। वे तुझे व्यर्थ ही वेदों में खोजते हैं। मेरे अपने सच्चे गुरु, तूने मेरी समस्त असफलताओं और माया का अंत कर दिया है। तू धन्य है। रामानंद अपने स्वामी ब्रह्म में विलीन हो गया है। गुरु के शब्दों से ही कर्म के लाखों बंधनों का नाश होता है।

बंगाल का एक अध्यापक चैतन्य (1486-1533) एक विचित्र उन्मादक समाधि का अनुभव करके कृष्ण का भक्त हो गया। वह भक्त सत्संग की व्यवस्था करता था, जिसमें भजन गाए जाते थे और वैष्णव मान्यताओं की व्याख्या की जाती थी। राधा और कृष्ण की भक्ति के माध्यम से उसने देश-भर की यात्रा करके जनता में वैष्णव मत की शिक्षाओं का प्रचार किया। चैतन्य का एकमात्र लक्ष्य अधिक-से-अधिक व्यक्तियों तक वैष्णव धर्म के उपदेश पहुँचाना था, और वह केवल धार्मिक भावनाओं से ही प्रेरित था।

एक अन्य समूह भक्ति में अधिकाधिक विश्वास करता था और उसके माननेवालों के लिए ईश्वर की खोज के प्रयत्न में आत्म-त्याग का ही महत्त्व था। इस एक लक्ष्य के सम्मुख प्रत्येक वस्तु गौण थी। सोलहवीं शताब्दी की राजपूत राजकन्या मीराबाई—जो कृष्ण के प्रति अपने प्रेम के गीत गाती हुई संन्यासिनी की भाँति घूमा करती थी—अथवा आगरा के अंधे कवि सूरदास के भजनों का और काश्मीरी कवियत्री लल्ला की—जिसने अपने भजन शिव को समर्पित कर दिए थे—रहस्यमय कविताओं का यही संदेश था।

विशुद्ध धार्मिक विचारों की अपेक्षा सामाजिक विचारों पर अधिक गहरा प्रभाव डालनेवाले भक्ति-आंदोलन के नेता ऐसे व्यक्ति थे जिन पर इस्लाम का और विशेषतया सूफ़ी उपदेशों का प्रभाव पड़ा था।

मुख्यतया गैर-मुस्लिम देश में इस्लाम ने जिस संयुक्त मोर्चे को बनाने का प्रयत्न किया था, वह अधिक समय तक नहीं टिक सका। जब सल्तनत अपनी शक्ति स्थापित करने की प्रक्रिया में व्यस्त थी, सांप्रदायिक संघर्ष प्रारंभ हो गए, और इनमें से एक ने तो स्वयं सल्तनत को ही संकट में डाल दिया था। यह घटना रज़िया सुल्ताना के शासनकाल में हुई। इस्लाम के दो प्रमुख संप्रदाय सुन्नी और

शिया* थे, और चूँकि सुल्तान सुन्नी होते थे और उन्हें सुन्नी धर्माचार्यों की सहायता प्राप्त होती थी, इसलिए वे शियाओं को नापसंद करते थे। शिया भारत में उस समय आए थे जब अरबों ने सिंध पर विजय प्राप्त की थी। इसलिए वे सिंध तथा मुलतान में शक्तिशाली थे। महमूद ग़जनवी ने मुलतान में शियाओं की शक्ति को नष्ट करने का प्रयत्न किया था, परंतु इसमें वह असफल रहा। तुर्कों की शक्ति ने भारत में शिया प्रभाव होने की संभावना को कम कर दिया। शियाओं ने अन्य भेद-मूलक संप्रदायों के साथ रज़िया के शासनकाल में सल्तनत के विरुद्ध असफल विद्रोह किया, जिसके पश्चात् सल्तनत काल में शिया सुन्नी प्रभुत्व को चुनौती नहीं बन सके।

किंतु सुन्नियों को मुसलमानों के एक अन्य समूह से चुनौती मिली जिसका प्रभाव—अप्रत्यक्ष ही सही—ऐसा शक्तिशाली था कि उसको नजरंदाज नहीं किया जा सकता था। यह मत सूफ़ियों का था—संतों और रहस्यवादियों का—जो भारत में तुर्क सत्ता की स्थापना से पूर्व आए थे। उन्होंने अपने-आपको समाज से पृथक् कर लिया, और इस पृथक्ता का एक ऐतिहासिक कारण है जो कुछ अंशों में भारतीय स्थिति के अनुकूल है। सूफ़ी लोगों ने परमात्मा के प्रेम के द्वारा परमात्मा से मिलन होने की अपनी रहस्यवादी दार्शनिक स्थापना के साथ फ़ारस में दसवीं शताब्दी में महत्ता प्राप्त की थी।

कट्टर इस्लाम ने ऐसी नीतियों का विरोध किया और सूफ़ी विधर्मी समझे जाने लगे। इससे वे और भी रहस्यवादी हो गए तथा एकांत में रहने लगे। इनकी भाषा अत्यधिक प्रतीकात्मक तथा गोपनीय हो गई। कभी-कभी वे किसी पीर या शेख—जो हिंदुओं के गुरु के सदृश होता था—के अधीन एक संघ बना लेते थे जिसके सदस्य फ़कीर या दरवेश कहलाते थे। कुछ संघों ने विशेष धार्मिक क्रियाएँ अपना लीं जो सम्मोहक-जैसी होती थीं, जैसे तब तक नृत्य करते रहना जब तक भाव-समाधि न आ जाए। भारत ने अपनी तपश्चर्या के पूर्ववर्ती अनुभव, उपनिषदों के दर्शन तथा भक्ति संप्रदाय के कारण सूफ़ियों को एक सहानुभूतिपूर्ण वातावरण प्रदान किया। भारत के सूफ़ियों के तीन मुख्य संघ थे : 'चिश्ती' जिसके अनुयायियों में इतिहासकार बरनी तथा कवि अमीर खुसरो थे और जो दिल्ली के चारों ओर तथा दोआब में लोकप्रिय था; 'सुहरावर्दी' जिसके अधिकतर अनुयायी सिंध में थे, और 'फिरदौसी' जो बिहार में लोकप्रिय था।

भारत के सूफ़ियों ने उल्माओं द्वारा कुरान की तथाकथित गलत व्याख्या के विरोधस्वरूप बहुधा अपने-आपको रूढ़िवादिता के स्थापित केंद्रों से पृथक् रखा। उनका विश्वास था कि उल्मा धर्म को राजनीति के साथ मिलाकर और सुल्तानों को

---

* इस्लाम में मुख्य फूट तो प्रारंभिक युग में खलीफा के उत्तराधिकार के नियम पर ही उत्पन्न हो चुकी थी। शिया चाहते थे कि वह अली के द्वारा पैतृक हो जाए और सुन्नी चाहते थे कि खलीफा निर्वाचित हो। तब से और भी अनेक मतभेद उत्पन्न हुए। शियाओं में से ही सूफी और दरवेश-जैसे भिन्न-भिन्न मत निकले। सुन्नी अधिक रूढ़िवादी माने जाते हैं।

सहयोग देकर कुरान के मूल जनसत्तात्मक तथा समतावादी सिद्धांतों से विचलित हो रहे थे। उल्मा सूफ़ियों की उनके उदार विचारों के कारण निंदा करते थे और सूफ़ी उल्माओं पर धार्मिक प्रलोभनों के आगे घुटने टेकने का आरोप लगाते थे। जो सूफ़ी अब भी समाज के संपर्क में थे, उन पर विद्रोही होने का संदेह किया जाता था, परंतु सूफ़ियों ने कभी गंभीरता से विद्रोह का विचार नहीं किया, क्योंकि जिन बातों का उन्होंने विरोध किया उनसे वे मन-कर्म से पृथक् रहे। इस समय सूफ़ी यह विश्वास भी करने लगे थे कि स्वर्णयुग आनेवाला है और इस्लाम के मौलिक विश्वास को पुनः उत्पन्न करने के लिए 'महदी' आएगा। दुनियावी मामलों से दूर रहनेवाले संन्यासियों की स्थिति भारत में परिचित थी और इस प्रकार सूफ़ी एक स्थापित परंपरा के अंग थे। इसलिए इसमें आश्चर्य नहीं कि हिंदू सूफ़ी पीरों का उतना ही सम्मान करते थे जितना हिंदू गुरुओं और संन्यासियों का। उनकी नजर में पीर और गुरु एक ही साँचे के ढले होते थे।*

समानता पर इस्लाम जो बल देता था, उसका सम्मान सूफ़ी लोग उल्मा से अधिक करते थे। इसके परिणामस्वरूप शिल्पी तथा कृषक वर्ग ऐसे रहस्यवादी धर्म-संघों के संपर्क में आया। इस प्रकार कृषकों के लिए सूफ़ी उल्मा की अपेक्षा अधिक प्रभावशाली धार्मिक नेता बन गए। सूफ़ी बहुधा समाज के प्रतिकूल तत्त्वों पर, और कभी-कभी तर्कसंगत शक्तियों पर भी विचार करते थे, क्योंकि उनका रहस्यवाद प्रत्येक स्थिति में धार्मिक पलायनवाद नहीं था। अनुभवसिद्ध पर्यवेक्षण पर आधारित ज्ञान की प्राप्ति के लिए कुछ सूफ़ी समाज का परित्याग कर देते थे। ऐसा वे उस समय करते थे जब उन्हें यह प्रतीत होता था कि तर्कसंगत धारणा की सुस्थापित परंपरा रूढ़िवादियों की कठोर नीतियों में उलझ गई है। उदाहरण के लिए, निजामुद्दीन औलिया ने गतिशीलता के नियमों की जाँच की, जो अनुभवसिद्ध विचार का अच्छा परिचय देती है। लोकप्रचलित धारणाओं के अनुसार कभी-कभी यह भी विश्वास किया जाता था कि ये रहस्यवादी संत जादू के करिश्मे भी दिखा सकते हैं। सिद्दी मौला की आय का कोई प्रत्यक्ष साधन नहीं था, फिर भी निर्धन व्यक्तियों को वह बड़ी उदारता से दान देता था, और इससे यह संदेह हुआ कि वह कीमियागर था। यह हो सकता है कि इसके पास यह धन ऐसे विद्रोही सरदारों से आता हो जो उसकी सराय को सल्तनत का विरोध करने के लिए अड्डे के रूप में प्रयोग करते थे। इन सारी बातों को ध्यान में रखते हुए यह बतला देना आवश्यक है कि विगत शताब्दियों में भारतीय समाज में ऐसे लोग थे जिन्हें सूफ़ियों का अग्रदूत कहना ठीक रहेगा।

---

* आज भी हिंदुओं के एक अत्यंत प्रसिद्ध तीर्थस्थान कुरुक्षेत्र में तुलनात्मक दृष्टि से अप्रसिद्ध एक पीर की कब्र पर प्रतिवर्ष मेला लगता है जिसमें चारों ओर के गाँवों के हजारों हिंदू ग्रामीण उस कब्र की पूजा करने के लिए एकत्रित होते हैं। ये ही ग्रामीण लगभग आधे मील पर स्थित एक ऐसे स्थान की ओर संकेत करते हैं जहाँ पवित्र सरोवर के मध्य में स्थित एक द्वीप पर एक हिंदू मंदिर के अवशेष दिखाई देते हैं, जिसके बारे में यह विश्वास किया जाता है कि असहिष्णु मुस्लिम राज्यपाल ने उसे नष्ट कर दिया था।

यह दुर्भाग्य की बात है कि सूफ़ी लोग, जो पहले के संकटकालीन समय में राजनीति तथा धर्म दोनों क्षेत्रों में अत्यधिक सफल मूल विचारक थे, उन्होंने सामाजिक क्षेत्र से स्वयं को पृथक् कर लिया। यदि उन्होंने समाज में रहकर ही ऐसा योग दिया होता तो उनका प्रभाव अधिक प्रत्यक्ष होता और वे ऐसा समर्थन प्राप्त कर लेते जो पूर्णतया धार्मिक न होता। इससे भक्ति-आंदोलन के अंतर्गत एक नई सामाजिक-धार्मिक चेतना का विकास करनेवाले नेताओं को पर्याप्त सहायता मिलती। यद्यपि इस प्रकार की चेतना प्राचीन भक्ति संप्रदाय का एक प्रवाह ही थी तो भी सूफ़ी विचारों ने इसकी मान्यताओं पर प्रभाव डाला। ऐसा ही कुछ विशिष्ट सामाजिक न्याय संबंधी मुस्लिम धारणाओं ने किया।

सूफ़ी और भक्ति विचारधाराएँ तथा आचरण बहुत सीमा तक एक से ही थे। परमात्मा से मिलन की आवश्यकता में विश्वास दोनों में समान था। साथ ही परमात्मा से संबंध स्थापित करने के प्रश्न पर दोनों ही प्रेम पर बल देते थे। दोनों ही यह भी विश्वास करते थे कि कम-से-कम प्रारंभिक स्तर पर गुरु अथवा पीर का होना आवश्यक था। परंतु सूफ़ियों के रहस्यवाद को भक्ति-संप्रदाय के समस्त संतों ने* प्रोत्साहित नहीं किया, क्योंकि इन संतों का उद्देश्य जनता से पृथक् रहना नहीं था, बल्कि वे अपने उपदेशों को इतना सरल बनाना चाहते थे कि साधारण बुद्धिवाला मनुष्य भी उन्हें समझ सके।

भक्ति-संप्रदायों की भाँति भक्त संत भी विभिन्न पृष्ठभूमियों से आए। उनमें से अनेक जन्म से शिल्पी वर्ग के थे अथवा वे साधारण कृषक परिवारों से आए थे। कुछ ब्राह्मण भी भक्ति-आंदोलन में सम्मिलित हो गए, परंतु इनके अधिकांश अनुयायी छोटी जातियों के व्यक्ति थे। भक्त संतों ने संस्थागत धर्म और वस्तुओं की पूजा पर आक्षेप किए, वर्ण की उपेक्षा की, महिलाओं को सभाओं में सम्मिलित होने के लिए प्रोत्साहित किया—और अब प्रवचन पूर्णतया स्थानीय देशी भाषाओं में होने लगे।

ऐतिहासिक दृष्टि से भक्ति-आंदोलन को सर्वाधिक महत्त्वपूर्ण योग इस काल में कबीर और नानक ने दिया, जिन्होंने नगरों में नागरिक वर्ग की और ग्रामों में ऐसे शिल्पियों की भावनाओं को अभिव्यक्त किया जो नगरों के संपर्क में थे। कबीर और नानक ने अपने विचार तात्कालिक तथा इस्लामी परंपराओं से लिए थे, और इस्लामी परंपरा के विचारों के समावेश के कारण ही वे भक्ति-आंदोलन के अन्य नेताओं से अलग थे। भक्ति-आंदोलन का यह रूप अनिवार्यतः नगरों पर आधारित था—यह बात उस पूर्ववर्ती युग से तुलना करने पर स्पष्ट हो जाती है, जब भक्ति-संप्रदाय एक बड़े नागरिक वर्ग का समर्थन प्राप्त न कर सकने के कारण

---

* भक्ति आंदोलन के नेता 'संत' कहलाते थे जिसका अर्थ था सुयोग्य एवं चरित्रवान; परंतु आधुनिक अँगरेजी भाषा में इन्हें 'धर्मात्मा' संबोधित किया जाता है, और यही शब्द उनके लिए भी प्रयुक्त होता है जो पहले के तमिल भक्ति-संप्रदाय से संबंधित थे।

लोकप्रिय नहीं हो पाया था। रहस्यवादी मतों का जन्म अनिवार्यतः नगरों में नही हुआ था।

कहते हैं कि कबीर (1440-1518) एक विधवा ब्राह्मणी की अवैध संतान थे। उनका पोषक एक जुलाहा था और इसलिए कबीर को भी इसी व्यवसाय को अपनाना पड़ा। जुलाहे के रूप में अपने अनुभव के फलस्वरूप जब कबीर ने पद्य लिखने प्रारंभ किए तो उसमें जुलाहे के कार्य से संबंधित अनेक उपमाओं का प्रयोग हुआ। वे वैष्णव सुधारक रामानंद के शिष्य हो गए, परंतु आगे चलकर उन्होंने रामानंद का परित्याग कर अपनी शिक्षा का प्रचार किया। कबीर ने धार्मिक सुधारों के अतिरिक्त और भी अनेक बातों में रुचि ली। वह समाज को बदलना चाहते थे। उन्होंने अपने विचारों को सरल दोहों में अभिव्यक्त किया, जिन्हें आसानी से कंठस्थ किया जा सकता था और जिनमें ऐसी कल्पना थी जिसे आसानी से समझा जा सकता था। उनकी मृत्यु पर दो संग्रहों में उनके पद संकलित किए गए, जो उनके विचारों को प्रस्तुत करते हैं।

नानक (1469-1539) ग्रामीण थे और गाँव के एक पटवारी के घर में जन्मे थे। नानक की शिक्षा एक मुस्लिम मित्र की उदारता के कारण हुई थी और उसके पश्चात् अफगान प्रशासन में भंडारी के रूप में उनकी नियुक्ति हुई थी। स्त्री और तीन बच्चे होते हुए भी उनका परित्याग करके नानक ने सूफ़ियों की संगत ग्रहण कर ली। परंतु कुछ समय पश्चात् सूफ़ियों को छोड़कर उन्होंने सारे देश की यात्रा की। यह भी विश्वास किया जाता है कि नानक ने मक्का की भी यात्रा की थी। अंत में नानक ने अपने परिवार में पुनः सम्मिलित होकर पंजाब के एक ग्राम को अपना निवास-स्थान बनाया, जहाँ उन्होंने उपदेश दिया, अपने शिष्यों को एकत्रित किया, और वहीं पर प्राण त्याग किया। नानक के उपदेश व वाणी 'आदि ग्रंथ' में सगृहीत हैं।

कबीर और नानक के कारण भक्ति आंदोलन ने एक नया मोड़ लिया। न तो उन्होंने उपासना-पद्धति पर आक्षेप करके संस्थागत हिंदू धर्म में सुधार करना चाहा और न ही समर्पण में अपनी चेतना को लीन करके पलायन करना चाहा। कबीर और नानक ने परमात्मा के विचार का जिस प्रकार वर्णन किया है उससे इस नए रवैये को संभवतया भली भाँति समझा जा सकता है। कबीर ने या तो ईश्वर संबंधी हिंदुओं और मुसलमानों की धारणा को अस्वीकार किया या उनको समान मानकर उन्हें समकक्ष ठहराया :

> मोकों कहाँ ढूँढ़े बंदे,
> मैं तो तेरे पास में।
> ना मैं देवल ना मैं मस्जिद,
> ना काबे कैलास में।
> ना तो कौने क्रिया-कर्म में,
> नहीं योग बैराग में।

खोजी हो तो तुरतै मिलिहों,
पलभर की तालास में।
कहँ कबीर सुनो भाई साधो,
सब स्वाँसों की स्वाँस में।

जो खोदाय मसजीद बसतु है,
और मुलकु केहि केरा।
तीरथ-मूरत राम-निवासी
बाहर करे की हेरा।
पूरब दिशा हरी का बासा,
पच्छिम अलह मुकामा।
दिल में खोज दिलहि में खोजौ,
इहैं करीमा-रामा।
जेते औरत-मरद उपानी,
सो सब रूप तुम्हारा।
कबीर पोंगड़ा अलह-राम का,
सो गुरु पीर हमारा।

नानक ने इससे भी एक कदम आगे बढ़कर हिंदू या मुस्लिम धारणाओं का उल्लेख किए बिना ईश्वर का वर्णन किया है।

सत्य आदि में था, सत्य प्रारंभिक युग में था
सत्य आज भी है हे नानक! सत्य भविष्य में भी रहेगा।
उसकी आज्ञा से शरीर पैदा होते हैं, उसकी आज्ञा वर्णनातीत है
उसकी आज्ञा से शरीरों में आत्माएँ फूँकी जाती हैं,
उसकी आज्ञा से महानता प्राप्त होती है,
उसकी आज्ञा से मनुष्य ऊँचे या नीचे हैं, उसकी आज्ञा से
वे पूर्व निश्चित दुःख-सुख पाते हैं
उसकी आज्ञा से कोई पुरस्कार पाते हैं; उसकी आज्ञा से कुछ
पुनर्जन्म लेते रहते हैं।
सब उसकी आज्ञा के अधीन हैं; उससे कोई मुक्त नहीं है।
हे नानक! जो परमात्मा की आज्ञा समझता है,
कभी अहंकार नहीं करता।

कबीर और नानक हिंदू और मुसलमानों के बीच की खाई को ऐसी उदार विचारधारा से पाटने का प्रयत्न नहीं कर रहे थे जिसमें जान-बूझकर दोनों धर्मों के तत्त्वों का सम्मिश्रण हो। इस प्रकार का विचार तो आगे चलकर सम्राट अकबर के 'दीन इलाही' में भी आया। कबीर और नानक एक ऐसे नए धार्मिक समूह का नेतृत्व कर रहे थे जिसमें परमात्मा राम या अल्लाह की कोई पुनःनिर्मित प्रतिमा मात्र नहीं उभरी थी, किंतु जिसमें ईश्वर की एक नई व्याख्या की गई थी। ईश्वर की इस नई व्याख्या का आधार तात्कालिक दो धर्म थे, परंतु इनमें से किसी ने भी

इस नई व्याख्या का अपने धर्म से सामंजस्य बैठाने की कोशिश नहीं की। इससे विशेषतया इन दो भक्त नेताओं के विरुद्ध ब्राह्मणों तथा उल्माओं का विरोध प्रकट होता है, क्योंकि वे समझते थे कि ये दोनों एक नए धर्म के प्रचारक हैं।

कबीर और नानक के अनुयायियों ने दो स्वतंत्र धार्मिक समुदायों—कबीरपंथ तथा सिक्ख-मत की स्थापना की। दोनों के अनुयायी शिल्पी तथा किसान थे जो सादा जीवन एवं अगम्य धार्मिक कर्मकांडों के अभाव से अत्यधिक आकर्षित हुए। इन दोनों व्यक्तियों की कृतियों में सीधा-सादा साधारण ज्ञान तथा व्यावहारिकता पर्याप्त मात्रा में थी, जिसमें रहन-सहन के अत्यधिक दुर्बोध ढाँचे को अस्वीकार करके सामान्य संतुलित जीवन को उस समाज के अंग के रूप में स्वीकार किया गया था जिसमें वे उत्पन्न हुए थे। उदाहरण के लिए, जो योगी जीवन से अत्यधिक वैराग्य प्रदर्शित करते थे उनका कबीर ने उपहास किया है।

इन नए संगठनों की लोकप्रियता केवल धार्मिक कारणों से ही नहीं थी। कबीर तथा नानक भारतीय समाज की दशा से चिंतित थे जहाँ जाति-भेद तथा संगठित धर्म में अभिव्यक्त हिंदू और मुस्लिम वर्ण-विभेद मनुष्य को मनुष्य से पृथक रखता था। उनका बल समानतावादी दृष्टि से समाज के पुनर्गठन पर था न कि विरोधी विचारधाराओं के केवल सहअस्तित्व पर। सामाजिक समानता की बात एक शक्तिशाली आकर्षण था, और उसकी अभिव्यक्ति कबीर तथा नानक दोनों द्वारा वर्ण की कठोर निंदा में हुई थी। जाति से बचने की एक रीति जाति-रहित समूह में सम्मिलित हो जाना था जिसमें किसी की भी जाति विलीन हो जाती थी, जैसा कि भूतकाल में अनेक मतों और संप्रदायों के साथ हुआ था। कबीर और नानक ने जाति के विषय में जो कुछ कहा उसका शिल्पियों ने तत्परता से स्वागत किया होगा, क्योंकि वे उच्च जाति के हिंदुओं और उच्च श्रेणी के मुस्लिमों, दोनों से अपमानित होते रहे थे।

यदि सिक्ख कबीरपंथियों की अपेक्षा सफल रूप में एक स्वतंत्र धार्मिक समुदाय के रूप में जीवित रहे, तो इसका कारण यह था कि इन दोनों की शिक्षा में अंतर था। कबीर हिंदू और मुस्लिम ईश्वरों के प्रति उदासीन रहे हों, परंतु इन दोनों धर्मों से परिचित नामों द्वारा ईश्वर की बार-बार चर्चा करके उन्होंने स्वयं को दोनों धर्मों के उदार रूढ़िवादी सदस्यों से संबद्ध कर लिया। समय के साथ कबीरपंथी मत एक हिंदू मत समझा जाने लगा, यद्यपि आज भी साधारणतया कबीर एक मुस्लिम नाम है। नानक का अनुयायी होने के लिए हिंदू धर्म अथवा इस्लाम के बाह्य रूपों का अधिक सीमा तक परित्याग करना आवश्यक था। इससे सिखों में एक सशक्त सामुदायिक भावना उत्पन्न हुई। नानक ने इस बात पर आग्रह किया कि यह नया समुदाय समाज में सक्रिय भाग ले और एक और एकांतवासी मत न बन जाए। नानक की मृत्यु के पश्चात् सिक्खों की उत्पत्ति एक अलग धर्म के रूप में हुई। आगे चलकर अनेक स्पष्ट प्रतीकों को अपनाने से उनकी पृथकता और बढ़ गई।*

* जैसे पंच ककारों का रखना—'केश', 'कंघा', 'कड़ा', 'कृपाण' तथा 'कच्छा'।

समस्त भक्त संतों में एक बात समान रूप से यह थी कि वे अपने पद्य ऐसी भाषा में लिखते थे जो उन लोगों द्वारा भली-भाँति समझी जाती थी जिनको कि वे शिक्षा देना चाहते थे। इससे भक्ति-साहित्य में ही उनकी रुचि नहीं बढ़ी, अपितु पूर्ववर्ती उस धार्मिक साहित्य का अनुवाद करने की ओर भी रुचि बढ़ी जो पहले केवल संस्कृत में ही उपलब्ध था और जिसे अधिकांश व्यक्ति नहीं समझ सकते थे। इन ग्रंथों में सर्वाधिक प्रिय ग्रंथ, महाकाव्य और पुराण थे, और इसका कारण उनका वर्णनात्मक रूप था। भगवद्‌गीता-जैसे पवित्र ग्रंथों की टीकाएँ भी लिखी गईं, और इनमें दार्शनिक तत्वों को सरल भाषा में समझाने का प्रयत्न किया गया। एक माने में प्रादेशिक भाषाओं का साहित्य संस्कृत साहित्य से बहुत अधिक भिन्न था—यह उतना ही सहज, स्वाभाविक और हार्दिक भावना से ओतप्रोत था जितना कि संस्कृत साहित्य आडंबरयुक्त एवं कृत्रिम हो गया था। इस नए साहित्य के विषय एक से अधिक क्षेत्रों के लिए समान रुचिकर थे, और नई साहित्यिक प्रवृत्तियाँ द्रुतगति से और दूर-दूर उत्तरी भारत में पहुँच गईं।

भाषाओं के पूर्वी समूह में बंगाली का प्रयोग चैतन्य और कवि चंडीदास ने किया था जिन्होंने राधा और कृष्ण के प्रेम पर विस्तारपूर्वक लिखा। सामयिक रुचि की घटनाओं पर भ्रमणशील चारणों द्वारा लिखे गए वीर-काव्य भी इतने ही लोकप्रिय थे। बंगाल के तुर्क शासकों ने—दिल्ली के सुल्तानों की अपेक्षा—अपनी मातृभूमि से अधिक दूर होने के कारण इस प्रदेश के जीवन से तादात्म्य स्थापित कर लिया था। उन्हें बंगाली साहित्य में वास्तविक रुचि थी, जिसके कारण बंगाली में लिखनेवालों को पर्याप्त प्रोत्साहन मिला, क्योंकि अब उन्हें राजकीय सहायता मिलने का विश्वास प्राप्त था।

भक्ति-संप्रदाय के एक नेता शंकरदेव ने भी पंद्रहवीं शताब्दी में ब्रह्मपुत्र की घाटी में असमिया भाषा के प्रयोग को लोकप्रिय बनाया। उन्होंने अपने विचारों के प्रचार के लिए सर्वथा नए माध्यम का प्रयोग किया—पुराणों से विषय लेकर नैतिकतावादी नाटिकाओं-जैसे अनेक छोटे-छोटे एकांकी लिखे। उड़ीसा में पुरी स्थित जगन्नाथ मंदिर में ऐसी पांडुलिपियों का संग्रह है जो बारहवीं शताब्दी की हैं और जिनकी भाषा में ऐसे तत्त्व हैं जिनका आगे चलकर इस प्रदेश की भाषा उड़िया के रूप में विकास हुआ। चैतन्य ने अपने अंतिम वर्ष पुरी में बिताए, और इसमें संदेह नहीं कि उन्होंने अपने अनुयायियों को संस्कृत के स्थान पर उड़िया का प्रयोग करने के लिए प्रोत्साहित किया। आधुनिक बिहार प्रदेशों में बोली जानेवाली मैथिली भाषा भी वैष्णव तथा भक्ति-साहित्य से संबंधित थी।

पश्चिमी भारत में जैन उपदेशकों द्वारा—जिन्होंने प्राचीन गुजराती में लिखे गए समस्त जैन साहित्य को तत्परता से संकलित किया था—गुजराती का प्रयोग किया गया। गुजराती और राजस्थानी में घनिष्ठ संबंध था। मारवाड़ की भाषा—जो डिंगल कहलाती थी—साधारणतया राजस्थान के अधिकांश भागों में बोली जाती थी और आधुनिक गुजराती की निकटतम पूर्वज थी। मीराबाई ने

अपने भजन राजस्थानी में लिखे, परंतु वह उन अन्य भक्त-कवियों से प्रभावित थी जिन्होंने हिंदी में लिखा था।

हिंदी दिल्ली के चारों ओर के प्रदेश मे तथा आधुनिक उत्तर प्रदेश में बोली जानेवाली भाषा थी, परंतु पूर्वी और पश्चिमी हिंदी में थोड़ा अंतर था। प्रारंभ में इसका विकास ऐतिहासिक महाकाव्यों के साथ हुआ जिनकी रचना स्थानीय चारणों ने राजपूत राजाओं के दरबार में की। ये रचनाएँ थीं—'पृथ्वीराज रासो', 'बीसलदेव रासो' आदि। जब सूफ़ी इस प्रदेश में बस गए तो वे बड़ी सभाओं में भाषण करने के लिए हिंदवी—जैसा कि वे उस समय की हिंदी को कहते थे—का प्रयोग करते थे। इससे हिंदी की लोकप्रियता में वृद्धि हुई। बाद में इसका प्रयोग भक्ति-आंदोलन के नेताओं, विशेषतः कबीर, नानक, सूरदास तथा मीराबाई ने किया जिससे इसकी प्रतिष्ठा में वृद्धि हुई। इससे पूर्व इसका प्रयोग अमीर खुसरो—सल्तनत का एक कवि, जो साधारणतया फ़ारसी में लिखता था—जैसे लेखकों ने किया था। इसे अधिक महत्त्व इसलिए भी प्राप्त हुआ कि यह उर्दू की सह-जननी थी। उर्दू, जिसका शाब्दिक अर्थ छावनी की भाषा है, सल्तनत की राजभाषा बनती जा रही थी, क्योंकि इसका विकास हिंदी की वाक्य-रचना तथा फ़ारसी-अरबी शब्दावली से हुआ था। अनिवार्यतः जो उर्दू का प्रयोग करते थे, वे हिंदी से परिचित थे।

फ़ारसी बोलनेवाले एक विशिष्ट वर्ग के शासन के कारण फ़ारसी भाषा भारत में आई। वह केवल सरकारी भाषा नहीं रही बल्कि इसका साहित्यिक प्रभाव भी पड़ा। सरकारी भाषा के रूप में फ़ारसी ने संस्कृत को उत्तरी भारत के अनेक राज्यों में अपदस्थ कर दिया, जिससे प्रादेशिक भाषाओं के प्रयोग को प्रोत्साहन मिला क्योंकि फ़ारसी एक अपरिचित भाषा थी। अरबी भाषा का प्रयोग कम होता था। भारत में लिखे गए प्रारंभिक फ़ारसी साहित्य में वे ही विधाएँ और कल्पनाएँ होती थीं जो फ़ारसवालों को अधिक परिचित थीं। धीरे-धीरे उसमें भारतीय तत्त्व प्रधान हो गया। ऐसा या तो मूल भारतीय साहित्य के परिचय से अथवा अनुवादों के द्वारा हुआ। इस दृष्टि से अमीर खुसरो की रचनाएँ महत्त्वपूर्ण हैं, क्योंकि वह भारतीयता पर आधारित फ़ारसी एवं इस्लामी साहित्य का प्रतिनिधित्व करता है।

अमीर खुसरो तुर्क वंश का था, यद्यपि उसका जन्म भारत में हुआ था। उसने दिल्ली के निकट रहनेवाले सूफ़ी संत निजामुद्दीन औलिया के पास रहकर अध्ययन किया और इसके पश्चात् दिल्ली में बस गया, जो उस समय उसके-जैसी प्रतिभावाले नवयुवकों के लिए एक आकर्षक नगर था। उसकी पहुँच दरबार तक हो गई और व्यक्तियों तथा घटनाओं का वर्णन करनेवाली अपनी कविता के कारण उसे दरबार में सम्मान तथा प्रतिष्ठा मिली। उसकी भावुकता दरबारी जीवन की विलासिता से कुंठित नहीं हुई और उस पर निजामुद्दीन की शिक्षा का प्रभाव आजीवन रहा। उसकी अधिकांश कविताएँ—जिसमें अनेक प्रकार की विधाएँ, गीत, संबोधि-गीत, महाकाव्य तथा शोकगीत सम्मिलित हैं, तथा ऐतिहासिक

कृतियाँ फारसी में थीं। जहाँ तक शैली का प्रश्न है, उसने फ़ारसी शैली को अपनाया, परंतु भावना की दृष्टि से उसकी कविताएँ भारतीय थीं। अमीर खुसरो की कल्पना उन वस्तुओं पर आधारित थी जिन्हें उसने चारों ओर पाया। उसने उस प्रकार का सम्मान प्राप्त करने की चेष्टा नहीं की जो कविता के विषय में विदेशी आदर्शों को अपनानेवाले कवियों को प्राप्त था। परंतु फ़ारसी में उच्चतम साहित्यिक क्षेत्रों में उसकी कृतियों की जो प्रशंसा हुई उसने भारत में फ़ारसी रचनाओं के लेखकों को खूब प्रोत्साहित किया।

समस्त उद्देश्यों के लिए प्रादेशिक भाषाओं के प्रयोग के फलस्वरूप संस्कृत में लिखने का कार्य बंद नहीं हुआ। अब भी ऐसे राजा थे जो संस्कृत कवियों को संरक्षण देना पसंद करते थे, क्योंकि वे उन्हें नई भाषाओं में लिखनेवाले कवियों से अधिक लब्धप्रतिष्ठ समझते थे। ऐसा विशेषतया उनके साथ था जो अपने परिवार का इतिहास शास्त्रीय संस्कृत में अपने गुणगान के लिए लिखवाना चाहते थे। जिस युग में राजवंशों का तेजी से उत्थान-पतन हो रहा था, ये प्रशस्तियाँ लगभग एक निश्चित परिपाटी पर तैयार की जा सकती थीं। फिर भी इस प्रवृत्ति के फलस्वरूप असंख्य इतिहास लिखे गए जिनमें से कुछ स्थानीय व्यक्तियों के थे और कुछ प्रदेशों के। जैन विद्वान् नयचंद्र सूरी ने अंतिम चौहान नरेश हमीर के जीवन पर एक काव्य लिखा था। संस्कृत में ऐतिहासिक कविताएँ केवल हिंदू नरेशों तक ही सीमित नहीं थीं। प्रादेशिक इतिहास तथा स्थानीय व्यक्तियों के बारे में लिखकर आत्म-गौरव की अनुभूति पाना उचित था। इसके अलावा एक अधिक विस्तृत क्षेत्र के इतिहास की अपेक्षा स्थानीय इतिहास लिखना और समझाना आसान भी था। उदयराज गुजरात के सुल्तान महमूद बघर्रा का राजकवि था और उसका काव्य 'राजविनोद' सुल्तान का जीवनवृत्त है।* ऐतिहासिक साहित्य से संबंधित ऐसे भी अर्द्ध-ऐतिहासिक ग्रंथ थे जो 'प्रबंध' कहलाते थे और जो इस समय बड़ी संख्या में लिखे गए। इनमें पर्याप्त भिन्नता है, और इनमें से कुछ दंतकथाओं और सुंदर कल्पनाओं से ओत-प्रोत हैं, जबकि अन्य—जैसे मेरुतुंग का 'प्रबंध चिंतामणि' और राजशेखर का 'प्रबंधकोष'—उपयोगी ऐतिहासिक सामग्री प्रस्तुत करते हैं।

मिथिला (उत्तरी बिहार) में—जो अन्य अधिकांश स्थानों की अपेक्षा अधिक समय तक तुर्क आक्रमणों से अछूता रहा था—एक संस्कृत विद्या के केंद्र का विकास हुआ, क्योंकि वहाँ भारी संख्या में ब्राह्मण एकत्रित हो सके जिन्होंने अपनी कृतियों में संस्कृत साहित्य की परंपरा को सुरक्षित रखा। बंगाल में ब्राह्मण विद्वानों और गुजरात में जैन विद्वानों ने भी संस्कृत में रुचि बनाए रखी, यद्यपि सजीव बौद्धिक महत्त्व की भाषा के रूप में वह मुख्यतः दक्षिण भारत के कुछ स्थानों तक सीमित रही। संस्कृत को ब्राह्मण वहीं सुरक्षित रख सके जहाँ उन्हें ऐसे संरक्षक मिल सके

शासन करनेवाले राजाओं की जीवनी लिखने की परंपरा अभी पिछले दिनों तक चलती रही है, जैसा कि महारानी विक्टोरिया का जीवन चरित्र वर्णन करनेवाली कृति 'विक्टोरिया चरित्र' से स्पष्ट है।

(अब भी यह मिल जाते हैं) जो धन से सहायता करने को तैयार थे। परंतु मुख्य रूप से इस युग की बौद्धिक धारा में संस्कृत के लिए कोई स्थान नहीं था।

जैनों ने गुजरात में अपनी पांडुलिपियाँ ताड़-पत्र पर लिखीं और उस पर छोटे-छोटे चित्र भी बनाए। चित्र अत्यंत उच्च कोटि के हैं, जिनमें मानवीय आकृति प्रमुख है और पृष्ठभूमि तथा कार्य गौण है। चेहरों की जो रूपरेखा इन चित्रों में देखने को मिलती है वह सारे चित्रों में एक-सी है। इन चित्रों की रेखाएँ कोणीय हैं और गहरे रंगों की पृष्ठभूमि पर काले रंग में बनाई गई हैं, आँखों को उभरे हुए चित्रित करना इन चित्रों की एक अन्य विशेषता है जिसके कारण इनमें लोक-कला के लक्षण दिखाई पड़ते हैं।

ऐसा प्रतीत होता है कि जैनों के इन लघु-चित्रों का विकास नवीं शताब्दी के पश्चात् दक्खन तथा दक्षिणी भारत के मंदिरों की दीवारों पर बनाए गए भित्ति-चित्रों से हुआ है। दुर्भाग्य से ऐसे अवशिष्ट भित्ति-चित्रों की संख्या इतनी अधिक नहीं है जिससे इनके संबंधों को पूर्ण रूप से समझा जा सके, परंतु इसमें कोई संदेह की गुंजाइश नहीं है कि जैन लघु-चित्रों और दक्षिणी भित्ति-चित्रों में एक प्रकार का संबंध अवश्य है। संभवतः दक्षिण में जैन प्रभाव क्षीण होने पर जैन मुनि अपने पश्चिमी भारत के जैन केंद्रों में चित्रकला की रुचि अपने साथ-साथ लाए। भित्ति-चित्रों के स्थान पर पांडुलिपियों में चित्रण का प्रचार बढ़ा। बंगाल और बिहार में नवीं से बारहवीं शताब्दी तक बौद्ध पांडुलिपियाँ भी छोटी-छोटी आकृतियों से चित्रित की जाती थीं, परंतु यह भिन्न शैलियों की होती थीं। ये दक्षिण भारत की शैलियों की अपेक्षा दक्खन के भित्ति-चित्रों के अधिक निकट थीं। तुर्क आक्रमण के समय नालंदा का पुस्तकालय नष्ट कर दिया गया था, अतएव ऐसी कुछ पांडुलिपियाँ जो शेष बच रही थीं, वे नेपाल में सुरक्षित रख दी गई थीं। शैली की दृष्टि से इनमें पश्चिमी भारत की जैन लघु आकृतियों से कोई समानता नहीं है। पांडुलिपियों में चित्र बनाने की शुरुआत संभवतः इसलिए भी हुई कि समय बदलने के साथ-साथ पुनः धर्म से संबंधित कठोर पवित्रतावाद में अब शिथिलता आ गई थी।

जैन धर्म ग्रंथों को सुरक्षित रखने की आवश्यकता के फलस्वरूप पुराने धर्म ग्रंथों को पुनः लिखा गया और प्राचीन ग्रंथों के आधार पर नए ग्रंथ लिखे गए। ताड़-पत्र लंबे और संकीर्ण होते थे, अतएव चित्र एक छोटे वर्ग में बनाए जाते थे जिससे आकृतियाँ अधिक सटी हुई दीखती थीं। पंद्रहवीं शताब्दी तक जैन लघु-चित्रों में दो मुख्य परिवर्तन हुए। अरब व्यापारियों ने पश्चिमी भारत में कागज का प्रयोग आरंभ कर दिया था और अब जैन पांडुलिपियाँ कागज पर लिखी जाने लगी थीं। पृष्ठ की आकृति लंबी और संकीर्ण होने के स्थान पर अब चौड़ी-चौकोर हो गई, जिससे चित्र बनाने के लिए अधिक स्थान मिल जाता था। अब आकृति को सटाकर बनाने की आवश्यकता नहीं थी और पृष्ठभूमि अधिक पूर्णता से अंकित की जा सकती थी। पांडुलिपियों की नकल करनेवाले चित्रकार

नहीं होते थे, संभवतः चित्र प्रशिक्षित शिल्पियों द्वारा बनाए जाते थे।

दूसरा नवीन परिवर्तन तुर्कों के माध्यम से आया जो उत्तरी भारत में फ़ारसी संस्कृति का प्रारंभ करने की प्रक्रिया में अपने साथ फ़ारसी कलाकारों द्वारा श्रेष्ठ आकृतियों से सज्जित पुस्तकें लाए, और ये फ़ारसी कलाकार अन्य बातों के साथ-साथ रंगों के सम्यक् मिश्रण में अद्वितीय थे। भारतीय चित्रकारों ने रंग के इस प्रकार के मिश्रण पर ध्यान दिया। ईंट जैसी लाल या नीली चौरस खाली जगह—जो प्रारंभिक जैन लघु आकृतियों में खूब प्रचलित थी—का स्थान अब अधिक विविध रंगों ने ले लिया, जैसा अजंता के प्रारंभिक भित्ति-चित्रों में था। जैन लघु-चित्रों के इस नए रूप ने राजस्थान की सोलहवीं शताब्दी के पश्चात् की लघु-चित्रकला को प्रभावित किया।

भारतीय लैंडस्केप में सबसे अधिक स्पष्ट परिवर्तन तुर्कों द्वारा भवन-निर्माण की नई शैली के सूत्रपात से हुआ, जिनमें मस्जिद तथा मकबरे मुख्य थे। मस्जिद की प्ररचना इस्लाम में नमाज से संबंधित धार्मिक कृत्यों की आवश्यकता को पूरा करती थी। प्रारंभ में वह केवल एक घिरा हुआ क्षेत्र होता था जहाँ मुसलमान नमांज पढ़ने के लिए एकत्रित हो सकते थे। यह वर्गाकार अथवा चौकोर एवं ऊपर से खुला हुआ हो सकता था जिसमें तीन ओर छायादार रास्ता होता था तथा अंदर आने के लिए जगह होती थी। पश्चिम की दीवार—जिसकी ओर मुँह करके नमाज पढ़ी जाती थी—अलंकृत होती थी और उसमें प्रार्थना के लिए आले बने होते थे जिनमें बैठकर इमाम नमाज पढ़ता था। इनके ऊपर बहुधा छोटे-छोटे गुंबद होते थे। मस्जिद में एक मीनार होती थी—अथवा बाद की मस्जिदों में प्रत्येक कोने पर एक-एक मीनार होती थी जिसका प्रयोग 'मुअज्जिन' द्वारा नमाजियों को दिन में पाँच बार पुकारने के लिए किया जाता था। केवल गुंबद ही मस्जिद का ऐसा भाग था जिसका धार्मिक कृत्यों से कोई प्रत्यक्ष संबंध नहीं था। यह गुंबद भवन को भव्यता प्रदान करते थे जिनके सर्वश्रेष्ठ उदाहरण फ़ारस में मिलते हैं। अब तक बननेवाले मकबरे बिलकुल सादे होते थे। यह एक अष्टकोण या वर्गाकार कक्ष से घिरे होते थे जिसके ऊपर एक गुंबद होता था।

तुर्क अपने साथ भवन-निर्माण कला की अरबी तथा फ़ारसी—विशेष रूप से फ़ारसी—परंपराएँ लाए। फ़ारसी विशेषताओं में नुकीली महराब, आड़े तहखाने, गुंबद तथा गुंबद के नीचे भवन की अष्टकोण आकृति सम्मिलित थी। भारतीय भवन निर्माण-कला के लिए ये सब चीजें नई थीं, क्योंकि यहाँ की इमारतों में मेहराब के ऊपर लिनटैल होता था या उसमें गोलाई होती थी और मंदिरों के शिखर टोड़ेदार होते थे। इस्लामी भवनों में महराब और गुंबद का संयोजन उन्हें एक ऐसी विशिष्टता प्रदान करता था जो हिंदू तथा बौद्ध भवन कला, दोनों से भिन्न थीं। कंक्रीट का अधिक प्रयोग होने से पहले की अपेक्षा अब इमारतें बनाने के लिए ज्यादा जगह इसतेमाल की जा सकती थी। ये दोनों पृथक्-पृथक् शैलियाँ शनैः शनैः एक-दूसरे में मिल गईं, यद्यपि ऐसा पूरी तरह से नहीं हुआ। दोनों शैलियों का

आपस में मिल जाने का कारण भारतीय शिल्पियों को भवन निर्माण-कार्य में लगाना था। भवन निर्माण-कार्य में उन्हें फ़ारसी रूप-विधान के प्रयोग के लिए प्रशिक्षित किया गया था, परंतु उन्होंने इसमें धीरे-धीरे हेर-फेर कर लिया। यहाँ यह बात याद रखना आवश्यक है कि भवनों की सजावट भारत में विद्यमान तकनीक पर ही आधारित थी। भारतीय कला के अंगीभूत लक्षणों, जैसे विभिन्न रूपों में कमल का प्रयोग नए बननेवाले भवनों में होने लगा। भारतीय कला के ये अंगीभूत लक्षण शास्त्रीय इस्लामी सजावटी अंगीभूत लक्षणों—ज्यामितीय नमूनों, सज्जा कार्यों तथा सुलेखीय रूपों—के साथ-साथ प्रयोग किए गए।

भारत में इस्लामी वास्तुकला का प्राचीनतम एवं सर्वाधिक दिलचस्प उदाहरण मंदिर के स्थान पर मस्जिद का निर्माण है। दिल्ली में स्थित कुव्वत-उल-इस्लाम मस्जिद ऐसा होने का एक उदाहरण है। इस स्थान पर चौहानों द्वारा दसवीं शताब्दी में बनवाया हुआ मंदिर था। मंदिर का केंद्रीय देवालय हटाकर केवल चारों ओर के बारजे रहने दिए गए। मंदिर के पश्चिमी भाग में नमाज पढ़ने के लिए आला बनवाया गया था और इस प्रकार मंदिर मस्जिद के रूप में प्रयुक्त होने के लिए तैयार हो गया। ऐसा ही अन्य मंदिरों के साथ हुआ। परंतु बारजों के स्तंभों पर खुदी हिंदू मूर्तियाँ मस्जिद में नमाज पढ़ने के लिए आनेवाले तुर्कों को पसंद नहीं थीं। इसे छिपाने के लिए पश्चिमी भाग के सामने पाँच महराबों की एक आड़ बनाई गई। इन महराबों की मूल भारतीयता फैली हुई चार शिलाओं के स्थान पर टोड़ेदार छज्जों के प्रयोग तथा सज्जात्मक चेष्टाओं से—जो कमल की नक्काशी और सुंदर अरबी लेख नमूनों का मिश्रण है—स्पष्ट है। सल्तनत के प्रारंभिक काल में इस मस्जिद का निरंतर विस्तार होता रहा और इसमें वास्तुकला की पठान शैली की शुरुआत हुई। इस भारतीय इस्लामी-शैली को ही पठान-शैली कहा जाता था।

तुग़लकों के शासन काल में सल्तनत की भवन-निर्माण कला में परिवर्तन हुआ। रेखाओं की सरलता, सजावट की अधिकतम कमी और बड़े-बड़े पत्थरों के प्रयोग—सबने मिलकर इसमें शक्ति एव सादगी का प्रभाव पैदा किया। भारतीय और इस्लामी शैलियों के सम्मिश्रण से जो एक विलक्षण रूप प्रकट हुआ वह गयासुद्दीन की कब्र में परिलक्षित होता है। इसमें महरावें नुकीली और वास्तविक हैं, परंतु महराब के आरपार एक लिंटल है जिसका कोई उपयोग नहीं दिखाई पड़ता। संभवतः वह हिंदू महराब का स्मृति-चिह्न मात्र है।

लोदियों ने एक अधिक परिष्कृत शैली का अनुसरण किया। वास्तव में उनके शिल्पी अनुपात के सौंदर्य से इतना प्रभावित थे कि उन्होंने दोहरे गुंबदों का प्रयोग किया। चूँकि उनके भवनों की दीवारें बहुत मोटी होती थीं अतः यह निर्णय करना कठिन था कि गुंबद का संतुलन किधर होना चाहिए—बाहरी ऊँचाई और आकार के अनुपात में या भीतरी भाग में। दोहरे गुंबदों ने इस समस्या को सुलझा दिया, क्योंकि बाहरी गुंबद बाहरी अनुपातों के अनुकूल बन जाता था। अब एक नए प्रकार की सजावट—इनेमेल की हुई खपरैलों—का सूत्रपात हुआ और यह भी फ़ारस

से उधार ली गई थीं। ये खपरैलें भूरे रेतीले पत्थरों के स्मारकों पर बड़ी प्रभावशाली लगती थीं।

दिल्ली की शैली पर ही, परंतु निर्माण सामग्री की उपलब्धि के अनुसार स्थानीय परिवर्तन करके, प्रांतीय वास्तुकला का विकास हुआ। बंगाल में—जहाँ पत्थर सरलता से नहीं मिलता था और ईंटों का बहुधा प्रयोग किया जाता था—विशेषतया ऐसा हुआ, यद्यपि इससे भवनों की ऊँचाई कम हो जाती थी। पकी हुई मिट्टी से निर्मित सजावटी कार्य—जो बौद्ध भवनों में बहुत अधिक प्रयुक्त होता था— मस्जिदों और प्रासादों पर होता रहा। गुजरात तथा मालवा की वास्तुकला ने सौंदर्य की दृष्टि से ऊँचा स्थान प्राप्त किया क्योंकि अन्य क्षेत्रों की अपेक्षा यहाँ देशी परंपरा अधिक सक्रिय थी, और कला के संरक्षक वास्तुकला की शैलियों में प्रयोग करने के लिए अधिक उत्सुक रहते थे। राजस्थान में भी—जहाँ घरेलू वास्तु-कला बाहर की ओर मूर्तिकला संबंधी भ्रम कम ही उत्पन्न करती है—नई वास्तुकला का प्रभाव पड़ा और कुछ सज्जात्मक विशिष्टताओं, (जैसे इनेमेल की हुई खपरैलों) के प्रयोग से ज्ञात होता है कि उसे पठानशैली से लिया गया है।

विशेषतया मस्जिदों और मंदिरों की वास्तुकला में मुस्लिम और देशी प्रविधियों का जो सम्मिश्रण हुआ, वह दोनों ओर की रूढ़िवादी विचारधारा से काफी परे था। कमल-जैसी अनिवार्य रूप से हिंदू मानी जानेवाली धारणाओं का जो उपयोग हुआ उस पर किसी ने ध्यान नहीं दिया। इस प्रकार का सम्मिश्रण अनेक रीतियों से हिंदू-मुस्लिम एकरूपता का प्रतीक है। उल्मा एवं ब्राह्मणों तथा दरबारी इतिहासकारों के कथनों के बावजूद—जो दोनों (हिंदू और मुसलमानों) की पृथक् स्थिति को सुरक्षित रखना चाहते थे—धीरे-धीरे हिंदू-मुस्लिम एकरूपता स्थापित हो सकी।

अंतिम पचास वर्षों में यह सिद्ध करने के अनेक प्रयत्न किए गए हैं कि हिंदू और इस्लामी संस्कृति में किसी प्रकार का एकीकरण नहीं हुआ, और अनेक शताब्दियों तक जब वे एक साथ रहे तब भी—हिंदू और मुसलमान—दो पृथक् समुदायों की भाँति रहे। 'ऐतिहासिक झपेट' का यह एक स्पष्ट उदाहरण है जिसके अनुसार समकालीन रवैयों को सिद्ध करने के लिए भूतकाल की स्वीकृति माँगी जाती है। इस काल में इस बात की संकल्पना भी नहीं थी कि हिंदू और मुसलमान दो अलग-अलग समुदाय हैं अथवा राष्ट्रीयता की दृष्टि से यह दो हैं। यदि तुर्क और अफ़गानों ने अपनी विदेशी विशिष्टता सुरक्षित रखी होती और उन्होंने विदेशियों के रूप में मुस्लिमों का बहुमत बनाया होता तो ऐसी पृथक् राष्ट्रीयता संभव हो सकती थी, परंतु वास्तव में मुसलमानों में से अधिकांश लोग हिंदू थे जिन्होंने इस्लाम धर्म स्वीकार कर लिया था।

मुसलमानों की पृथक् राष्ट्रीयता साबित करनेवाले तर्क उन धर्माचार्यों तथा दरबारी इतिहासकारों की रचनाओं से लिए गए हैं जो जान-बूझकर हिंदुओं और मुसलमानों के अंतर पर जोर देते थे. क्योंकि ऐसा करना उनके हित में था। इस

प्रकार के स्रोतों को बिना छान-बीन किए स्वीकार नहीं किया जा सकता, क्योंकि उनके रवैयों में उनका पक्षपात स्पष्ट है। कुछ भी हो, दो संस्कृतियों के मिश्रण के संबंध में निर्णय ऐसे पूर्वाग्रही अल्पसंख्यकों के लेखों से नहीं लिया जा सकता जो अपनी पृथकता साबित करने के लिए कटिबद्ध हों। इसका निर्णय कुल मिलाकर समाज के सांस्कृतिक ढाँचे से ही किया जा सकता है। सल्तनत युग के सामाजिक ढाँचे से यह स्पष्ट है कि दोनों संस्कृतियों का संश्लेषण हुआ, यद्यपि यह संश्लेषण प्रत्येक स्तर पर और समान तीव्रता से नहीं हुआ। इसके अतिरिक्त समाज के जिस ढाँचे का आविर्भाव हुआ, वह सल्तनत के बाद के काल में परिपक्व हुआ।

इस्लाम के आगमन से राजनीतिक संस्थानों में कोई बड़े परिवर्तन नहीं हुए, परंतु जैसा कि भक्ति-आंदोलन के विकास से स्पष्ट है, सामाजिक ढाँचे को प्रबल चुनौती का सामना करना पड़ा। चूँकि राजनीतिक निष्ठा की अपेक्षा जाति-निष्ठा सशक्त थी इसलिए इस्लाम का वास्तविक महत्त्वपूर्ण प्रभाव सामाजिक ढाँचे पर पड़ा, और इस कारण उन जातियों में जो इस्लामी विचारों से बहुत प्रभावित थीं नई उपजातियों और नए मतों का जन्म हुआ। इस सीमा तक विदेशियों के प्रारंभिक आत्मसातीकरण की पुनरावृत्ति हुई। अपने समतावादी दर्शन के बावजूद इस्लाम के प्रभाव ने जातियों को मिटाया नहीं। भारत में इस्लाम ने जातियुक्त समाज के सम्मुख घुटने टेककर उसे स्वीकार कर लिया और इस तथ्य ने इस्लाम की सामाजिक गतिशीलता को कम कर दिया। जब शेखों और सैयदों (उच्च 'अशरफ' वर्ण के सदस्यों) की जातीय स्थिति वही हो जो द्विजों की थी तो वर्ण-व्यवस्था को कड़ी चुनौती मिलने का सवाल नहीं पैदा होता। अधिकार और सामाजिक प्रतिष्ठा पारंपरिक रूप से सत्ता से संबंधित जातियों के पास ही रही। वर्णवाले समाज में शीर्षस्थ गतिशीलता न होने के कारण वर्ण पृथक् हो गए और इसके फलस्वरूप वर्णों के अंदर विचारों में संकीर्णता आ गई। इसका परिणाम यह हुआ कि इस काल में राजनीतिक दृष्टि से भक्ति-आंदोलन प्रभावहीन रहा। किंतु इसके बाद की शताब्दियों में, उदाहरण के लिए, नानक के अनुयायी एक प्रभावशाली राजनीतिक समुदाय के रूप में विकसित हुए। परंतु रूढ़िवादिता का पारंपरिक विरोध उन्नीसवीं शताब्दी के अंत तक चलता रहा, जबकि विभिन्न कारणों से भारतीय मध्य-वर्ग का उद्‌भव होने पर एक नए सामाजिक तथा राजनीतिक साँचे का विकास होने लगा।

14. दक्षिण का समनुरूपण

लगभग 1300-1526 ई.

दिल्ली सल्तनत एक अखिल भारतीय साम्राज्य स्थापित करने में असफल रही, परंतु दक्षिण पर विजय प्राप्त करने के उसके प्रयत्न का, समस्त भारतीय प्रायद्वीप पर अप्रत्यक्ष प्रभाव पड़ा। चौदहवीं शताब्दी में दक्खन और दक्षिणी भारत में जिन राज्यों का उदय हुआ, वे दक्षिणी प्रदेशों को विजित करने के लिए सल्तनत की चेष्टा और असफलता दोनों के परिणाम थे। उस समय उत्तर में जो कुछ हुआ उसका अप्रत्यक्ष प्रभाव दक्षिण भारत की घटनाओं पर पड़ा। इसी प्रकार जो घटनाएँ दक्षिण भारत में घटीं, उनकी प्रतिक्रिया उत्तरी भारत में भी हुई। और यह सब इस सीमा तक हुआ जितना इससे पूर्व कभी नहीं हुआ था, और यह सब केवल राजनीतिक घटनाओं तक सीमित नहीं था। अनेक क्षेत्रों में समानांतर संस्थाओं के विकास के फलस्वरूप उत्तर और दक्षिण की समान प्रवृत्तियों में निकटता बढ़ी।

तेरहवीं शताब्दी में दक्षिण भारत को अपने नियंत्रण में लाने के लिए सल्तनत की महत्त्वाकांक्षाओं से, जिनके फलस्वरूप सैनिक संघर्ष भी हुए, एक अनिश्चितता का वातावरण उत्पन्न हो गया, और इस प्रायद्वीप के असंख्य छोटे-छोटे राज्यों को बराबर यह आशंका रही कि कहीं तुर्कों द्वारा विजित होना ही उनकी नियति न हो। परंतु चौदहवीं शताब्दी में यह वातावरण बदल गया, क्योंकि सल्तनत की दुर्बलता प्रकट हो चुकी थी। दक्खन के तुर्क राज्यपाल ने विद्रोह करके बहमनी राजवंश की स्थापना कर ली और इस राजवंश ने उत्तरी दक्खन पर दो शताब्दियों तक राज्य किया। इससे एक दशक पूर्व विजयनगर का स्वतंत्र राज्य सुदूर दक्षिण में स्थापित हो चुका था, जहाँ कभी होयसल राजाओं का शासन था। विजयनगर राज्य की स्थापना का अप्रत्यक्ष संबंध इस तथ्य से भी था कि प्रायद्वीप को अपने आधिपत्य में लाने में सल्तनत असफल रही थी।

बहमनी राज्य और विजयनगर की विभाजन-रेखा कृष्णा नदी थी। दक्खन के और दक्षिणी राज्यों में संघर्ष, जो अब तक लगभग पारंपरिक बन चुका था, चौदहवीं शताब्दी में पुनरुज्जीवित हो गया। यह संघर्ष कृष्णा तथा उसकी सहायक नदी तुंगभद्रा के मध्यवर्ती रायचूर दोआब के उपजाऊ क्षेत्र पर अधिकार को लेकर था। यह क्षेत्र खनिज पदार्थों की दृष्टि से भी समृद्ध था। इसके अतिरिक्त गोलकुंडा की हीरे की खानों का आकर्षण भी था, जिस पर दोनों ही अधिकार जमाना चाहते

थे। इस प्रकार चौदहवीं, पंद्रहवीं तथा आरंभिक सोलहवीं शताब्दी में दक्षिण भारत में राजनैतिक इतिहास की प्रधान घटना यह संघर्ष और प्रायद्वीप के सीमावर्ती राज्यों की बदलती रहनेवाली निष्ठा थी।

इन्हीं शताब्दियों में भारत में एक नए तत्त्व का प्रवेश हुआ—यह तत्त्व था यूरोपवासियों का व्यापार की खोज में यहाँ आना। अरब व्यापारियों का नियंत्रण केवल उसी व्यापार पर नहीं था जो पश्चिमी एशिया में उन्हीं के द्वारा स्थापित बंदरगाहों द्वारा होता था, बल्कि उस व्यापार पर भी था जिसे वे सुदूर पूर्व में चलाते थे, और यही एकाधिकार यूरोपीय व्यापारियों के असंतोष का कारण था। कुछ साहसी व्यक्तियों और छिटपुट वणिकों ने, जिन्होंने एशिया की यात्रा की थी (और इनमें मार्कोपोलो, निकोलोकोंटी, अथेनेसियस निकीतन तथा डुआर्ट बारबोसा जैसे व्यक्ति सम्मिलित थे), लौटकर ऐसी कहानियाँ सुनाईं जो यूरोपीय व्यापारियों के लिए भारी प्रलोभन देनेवाली थीं, और उन्होंने यह अनुभव किया कि यदि वे अरब मध्यस्थों का सहारा छोड़कर सीधे एशिया पहुँच जाएँ तो कहीं अधिक लाभार्जन कर सकते हैं। इस प्रकार यहाँ आनेवाले व्यापारियों की संख्या उत्तरोत्तर बढ़ती गई और उनके साथ धर्मप्रचारक आए जिनमें से अधिकांश रोमन कैथोलिक थे। पथ-प्रदर्शक के रूप में सर्वप्रथम पुर्तगाली यहाँ आए क्योंकि पुर्तगाली नाविकों ने केप ऑफ गुडहोप होकर एशिया आने का एक नया मार्ग ढूँढ़ निकाला था, और इन्होंने यहाँ व्यापार करने तथा लोगों को ईसाई बनाने दोनों ही बातों में भारी उत्साह दिखाया। पंद्रहवीं शताब्दी के अंतिम वर्षों में पुर्तगाली मलाबार तट पर पहुँचे और जो बस्तियाँ उन्होंने बसाईं उनके साथ वे बड़ी दृढ़ता से अंत तक चिपके रहे। अपने आगमन के कुछ ही वर्षों में उन्होंने एशिया के व्यापार के लिए अपने-आपको अरबों के गंभीर प्रतिद्वंद्वी के रूप में स्थापित कर लिया।

इस युग का आरंभ होने के समय दक्षिण भारत इस्लाम से भलीभाँति परिचित हो चुका था। पश्चिमी तट पर आठवीं शताब्दी से बसे हुए अरब लोग व्यापार की खोज में इस क्षेत्र के आंतरिक भागों में पहुँच गए थे। फिर भी, अरबों का जमाव अधिकतर तट पर ही था, जहाँ उनका स्वागत और सम्मान हुआ था और वे मोपला अथवा मलाबारी मुसलमान समुदाय के रूप में रहने लगे थे। उन्हें घोड़ों के आयात पर एकाधिकार प्राप्त था और इससे वे बड़ी तेजी से समृद्ध हो गए। एक घोड़े के आयात पर 220 दीनार का लाभ होता था और प्रतिवर्ष 10,000 घोड़ों के हिसाब से आयात करके वे दौलतमंद हो गए। इब्नबतूता ने चौदहवीं शताब्दी में मलाबार की यात्रा करते हुए लिखा है कि इस तट पर असंख्य मस्जिदें हैं, और प्रत्येक मस्जिद एक समृद्धिशील मुस्लिम समुदाय का प्रेरकबिंदु है। दक्षिण भारत में इस्लाम का आत्मसातीकरण उत्तर की अपेक्षा अधिक सरलता से हुआ, क्योंकि अरब लोग यहाँ मात्र व्यापारी थे, राजनीतिक सत्ता के दावेदार नहीं; और फलतः वे अपनी अलग सत्ता बनाए रखने के लिए उत्सुक नहीं थे।

सन् 1311 में मलिक काफूर के अधीन तुर्क शासकों के सैनिक अभियानों में

दिल्ली सल्तनत की सेना मदुरई तक पहुँची और इससे दक्षिण भारत में अव्यवस्था फैल गई। जब सल्तनत की सेना मदुरई से वापस चली गई, तो क्विलोन (मलाबार) का शासक अपनी सेना के साथ, कांचीपुरम् तक के प्रदेशों को अपने राज्य में मिलाता हुआ, पूर्वी तट तक पहुँच गया, और इस प्रकार उसने दक्षिण को सल्तनत के भावी आक्रमणों का सामना करने के लिए संगठित होने का अवसर प्रदान किया। जैसा कि पहले बताया जाता रहा है, ये संधियाँ मूलतः मुसलमानों के विरुद्ध नहीं की गई थीं। क्विलोन का शासक अरब व्यापार पर इतना अधिक निर्भर था कि ऐसी बात वह सोच ही नहीं सकता था। यह मोर्चा केवल तुर्कों के विरुद्ध था, क्योंकि तुर्क दक्षिण भारत में विदेशी समझे जाते थे। उनका यहाँ उपस्थित होना तटीय व्यापार के लिए खतरा पैदा करता था और इस व्यापार के बिना दक्षिण के समुद्रतटीय राज्य बड़े घाटे में रहते। कांची के उत्तर में सुल्तान की लौटती हुई सेनाएँ नए राज्यों के उद्‌भव के लिए मैदान खुला छोड़ गई थीं, और इस अवसर का लाभ बहमनी तथा विजयनगर—दोनों राजवंशों के संस्थापकों ने उठाया।

बहमनी राज्य की स्थापना उसी परिचित प्रक्रिया से हुई थी, जिसमें एक राज्यपाल विद्रोह करके अपने-आपको दिल्ली सल्तनत से स्वतंत्र घोषित कर देता था। दक्खन पर शासन करने के लिए दिल्ली सुल्तान ने दौलताबाद में ज़फरखाँ को राज्यपाल नियुक्त किया था और उसने स्वयं को उत्तरी दक्खन का शासक घोषित करके बहमनशाह की उपाधि ग्रहण कर ली। परंतु दक्षिण में मदुरई तक अपने राज्य का विस्तार करने की बहमनशाह की महत्त्वाकांक्षा दो नए राज्यों—आंध्र में वारंगल और तुंगभद्रा के दक्षिण में विजयनगर के उद्‌भव के कारण पूरी न हो सकी।

जब उसने वारंगल पर आक्रमण किया तो वारंगल के राजा ने वार्षिक कर देना स्वीकार कर लिया, जो आगे चलकर स्थाई संघर्ष का कारण बन गया। जब-जब वारंगल का शासक कर देने से इनकार कर देता, तब-तब उसे वसूल करने के लिए बहमनियों को अपनी सेनाएँ भेजनी पड़तीं। विजयनगर को अपने अधीन करने की चेष्टाओं का नतीजा भी बहमनियों और विजयनगर के बीच अनेक युद्धों के रूप में सामने आया। इन युद्धों में आसपास के राज्यों ने भी भाग लिया और वे अवसर देखकर अपनी निष्ठाएँ एक-दूसरे के प्रति बदलते रहे। बहमनी राज्य दिल्ली सल्तनत की अपेक्षा प्रायद्वीप के मामलों में अधिक उलझा रहा।

वारंगल पर आक्रमण के दौरान सल्तनत की सेना दो स्थानीय राजकुमारों—हरिहर तथा बुक्का—को बंदी बनाकर दिल्ली ले आई थी, जहाँ उन्हें मुसलमान बना लिया गया, और बाद में सल्तनत की सत्ता को पुनः स्थापित करने के लिए उन्हें वापिस दक्षिण भेज दिया गया। दोनों राजकुमार अपने इस कार्य में सफल हुए, परंतु उनमें अपने निजी राज्य स्थापित करने की इच्छा प्रबल हो गई। 1336 ई. में हरिहर हस्तिनावती (आधुनिक हंपी) का राजा बना और आगे चलकर जो राज्य

विजयनगर कहलाया उसकी स्थापना के मूल में हस्तिनावती ही था। इसके अतिरिक्त, इन दोनों भाइयों ने पुनः हिंदू धर्म ग्रहण करने का अत्यंत असाधारण कदम उठाया। यह कार्य राज्य प्राप्त करने से भी अधिक दुष्कर रहा होगा, क्योंकि इस्लाम ग्रहण करने से वे जाति-बहिष्कृत हो गए थे, और तत्कालीन वर्ण-व्यवस्था के अनुसार पुनः वर्ण-मर्यादा प्राप्त करना असंभव था। परंतु उस क्षेत्र के एक समादृत धर्माचार्य विद्यारण्य ने इन दोनों भाइयों को न केवल वर्ण-व्यवस्था में ही पुनः सम्मिलित कर लिया, अपितु समस्त बाधाओं का निराकरण यह कहकर कर दिया कि हरिहर वास्तव में स्थानीय देवता विरूपाक्ष का प्रतिनिधि है और इसलिए जिसे दैवी समर्थन प्राप्त हो, उस पर आपत्ति कैसे की जा सकती है। व्यवहारतः हरिहर उतना ही हिंदू शासक था जितना कोई दूसरा हो सकता था, और उसकी राजनीतिक शक्ति के कारण उसकी स्थिति को चुनौती देनेवाला कोई नहीं था।

विजयनगर के राजा उस अक्षमता के प्रति जागरूक थे जिससे इस राजवंश का प्रारंभ हुआ था, और उन्होंने धार्मिक संस्थाओं को जो संरक्षण प्रदान किया उसका अधिकांश धार्मिक नेताओं का मुँह बंद करने की इच्छा से प्रेरित रहा होगा ताकि इस राजवंश के संस्थापक की धर्मभ्रंशता का उपयोग राजवंश के विरुद्ध न किया जा सके। बहुधा यह कहा जाता रहा है कि विजयनगर दक्षिण में हिंदू-पुनरुज्जीवन का प्रतिनिधित्व करता है, परंतु इसका कोई प्रमाण उपलब्ध नहीं है। पुराने मंदिरों का जीर्णोद्धार और नए मंदिरों का निर्माण अधिकांशतया राजकीय संरक्षण के कारण हुआ, और इसका संबंध मुस्लिम- विरोधी भावना उत्पन्न करने से नहीं था जिसकी आशा उस युग के हिंदू-पुनरुत्थानवाद से की जाती थी। हिंदू राज्यों ने मुसलमानों के विरुद्ध कोई मैत्री नहीं की, और विजयनगर के राजाओं ने जहाँ कहीं हिंदू राजाओं को अपने मार्ग में बाधक पाया वहाँ उन पर आक्रमण करने में वे नहीं झिझके। दक्षिण के छोटे राज्यों के साथ अक्सर यही हुआ। उदाहरण के लिए, 1346 ई. में उन्होंने होयसल राज्य से युद्ध किया और इसमें सफलता मिलने के फलस्वरूप विजयनगर राज्य दक्षिण की प्रमुख शक्ति बन गया।

हरिहर ने हंपी के निकट विजयनगर का निर्माण किया, जिसे 1343 ई. में राजधानी बनाया गया और फिर पूरे राज्य का नाम ही विजयनगर पड़ गया। परंतु हरिहर का राज्य चारों ओर से शत्रुओं से घिरा था। आंध्र के राजा, तटीय राज्य, और बाद में बहमनी राज्य जो उत्तर में विजयनगर का स्थाई शत्रु बन गया था—ये सभी उसके शत्रु थे। एक स्थाई शत्रु के लिए प्रतिरक्षा की बड़ी तैयारियाँ जरूरी होती हैं और इनके लिए बहुत अधिक धन की आवश्यकता भी होती है। अतः राजस्व बढ़ाना अनिवार्य हो गया और ऐसा करने के लिए जंगल साफ किए गए तथा नई भूमियों को प्रयोग में लाया गया। साथ ही विद्यमान भूमि-कर प्रणाली और राजस्व-संग्रह के कार्य को अधिक सक्षम बनाया गया। सिंचाई के लिए बड़े-बड़े जलाशय और नदियों पर बाँध बनाए गए जिनमें जल-अभियंत्रण (हाइड्रॉलिक इंजीनियरिंग) की बहुत बड़ी भूमिका थी। इस प्रकार बढ़ी हुई सेवाओं पर

अतिरिक्त व्यय के लिए आय में वृद्धि की गई। भारी संख्या में घोड़ों का आयात करके और तुर्क सैनिकों को विजयनगर की सेनाओं में भर्ती होने के लिए प्रोत्साहन देकर अश्व सेना को शक्तिशाली बनाया गया। स्थाई सेना में वृद्धि की गई और सामंतों से प्राप्त होनेवाली सैनिक टुकड़ियों पर कड़ा नियंत्रण रखा गया।

विजयनगर तथा बहमनी राज्य में संघर्ष अनिवार्य था, और दोनों के बीच शत्रुता 1358 ई. में उस समय प्रारंभ हुई जब दोनों राज्यों ने रायचूर दोआब पर अधिकार का दावा किया। प्रत्येक युद्ध के परिणामस्वरूप राज्य-सीमा बदलती रही। विजयनगर ने 1370 ई. में मदुरई पर विजय प्राप्त करके अपनी दक्षिणी सीमाओं को तो सुरक्षित कर लिया परंतु पूर्वी तट के राज्यों, उड़ीसा तथा वारंगल पर अधिकार करना कठिन कार्य था। व्यापार से प्राप्त होनेवाले राजस्व के अलावा, गोवा पर विजयनगर का अधिकार सामरिक दृष्टि से भी महत्त्वपूर्ण था। यदि पूर्वी तट भी विजयनगर के अधिकार में आ जाता तो इस तट से उस तट तक पूरे प्रदेश पर नियंत्रण रखना संभव हो जाता और केवल उत्तरी सीमाओं की रक्षा करना ही शेष रह जाता। इससे दक्षिणी मामलों में बहमनियों का सक्रिय हस्तक्षेप भी समाप्त हो जाता।

पंद्रहवीं शताब्दी के उत्तरार्द्ध में बहमनियों ने घरेलू मामलों तथा अंतर्राज्यीय संबंधों में एक अधिक सकारात्मक नीति अपनाई, जिसका श्रेय मुख्यतया बहमनी राज्य के वजीर महमूद गवाँ के प्रयत्नों को है। गुजरात की सहायता लेकर मालवा को बहमनी राज्य की उत्तरी सीमा से निष्कासित कर दिया गया, जिससे मालवा से होनेवाले आक्रमणों की संभावना कम हो गई। इसके तुरंत बाद गवाँ ने विजयनगर से गोवा को फिर जीत लिया और इस प्रकार वहाँ का व्यापार फिर बहमनी राज्य से होने लगा। विजयनगर को पूर्वी तट पर भी उड़ीसा राज्य से हार खानी पड़ी, जिसने कुछ समय के लिए दक्षिण में कावेरी के मुहाने तक अपनी सत्ता का प्रसार कर लिया था। राजवंशीय उलझनों ने और गड़बड़ी पैदा की, जो तब तक चलती रही जब तक 1485 ई. में राजवंश के बदलने पर सालुवा परिवार ने सिंहासन पर अधिकार नहीं कर लिया।

बहमनी राज्य का प्रशासन एक आंतरिक संकट के कारण अस्त-व्यस्त हो गया था जिसे रोकने का प्रयत्न गवाँ ने किया, परंतु अंत में वह स्वयं उसका शिकार हो गया। बहमनी राज्य के मुस्लिम सरदार दो गुटों में बँट गए थे–एक, 'दक्खनी' जिसमें बाहर से आकर वहाँ स्थाई रूप से बस जानेवाले तथा वे स्थानीय लोग शामिल थे जिन्होंने इस्लाम धर्म ग्रहण कर लिया था, और दूसरे 'परदेसी' जो अस्थाई नौकरी में थे अथवा हाल ही में विदेशों से आए थे। 'परदेसी' अधिक साहसी और सफल थे, अतः 'दक्खनी' उनसे क्षुब्ध थे, और अकारण ही उन्होंने 'परदेसियों' का कत्ले-आम करवा दिया। गवाँ को भी 'परदेसी' समझा जाता था, और चूँकि उसकी हत्या करके ही उसकी शक्ति को समाप्त किया जा सकता था, इसलिए दक्खनियों ने 1481 ई. में उसकी हत्या करके सारा नियंत्रण अपने हाथ में

ले लिया। अगले वर्ष सुल्तान के मरने और एक नाबालिग के गद्दी पर बैठने से उनका यह नियंत्रण और अधिक मजबूत हो गया।

'दक्खनियों' और 'परदेसियों' में प्रतिद्वंद्विता केवल दो स्थानीय राजनीतिक गुटों की लड़ाई नहीं थी, क्योंकि इससे एक ऐसा आंतरिक संकट उत्पन्न हुआ जिसने बहमनी राज्य की शक्ति को क्षीण कर दिया। प्रांतीय राज्यपालों ने अपनी शक्ति इतनी बढ़ा ली कि बहमनियों का आधिपत्य नाम मात्र के लिए ही रह गया और विजयनगर की सेनाओं के निरंतर आक्रमणों से उनकी शक्ति और घट गई। 1538 ई. में पुराने बहमनी राज्य ने पाँच नए राज्यों—बीजापुर, गोलकुंडा, अहमदनगर, बीदर तथा बरार को जन्म दिया।

अनेक दृष्टियों से बहमनी राज्य दिल्ली सल्तनत के सदृश था। उसकी आय बहुत बड़े परिमाण में भूमि से प्राप्त होती थी और प्रशासन का मुख्य कार्य लगान तय करना और वसूल करना था। राज्य चार प्रांतों में विभक्त था। प्रत्येक प्रांत का एक राज्यपाल होता था जो राजस्व का संग्रह करता था और राजा के लिए निश्चित संख्या में सैनिकों की व्यवस्था करता था। इसके अतिरिक्त उसे नागरिक तथा सैनिक नियुक्तियाँ करने का भी अधिकार था, जिससे राज्यपाल बहुधा प्रांतों को अपनी ही रियासत समझने लगते थे। निरंतर चलनेवाले युद्धों के कारण यह आवश्यक हो गया था कि राज्यपाल बराबर सैनिक टुकड़ियाँ भेजते रहें, और इसीलिए सुल्तान प्रांतीय प्रशासन में बहुत अधिक हस्तक्षेप नहीं कर सकता था। युद्धकाल में स्थानांतरण तथा निरीक्षण जैसे सामान्य नियंत्रण स्थगित कर देने पड़ते थे। अंततः बहमनी राज्य का विखंडन अनिवार्य था।

गवाँ की मृत्यु के साथ बहमनी राज्य का पतन शुरू हो गया, किंतु विजयनगर के लिए. विशेष रूप से कृष्णदेव राय का शासनकाल (1509-30 ई.), दक्षिणी भारत में सर्वोच्च शक्ति का युग था। बहमनियों ने 1509 ई. में रायचूर दोआब को अपने राज्य में मिलाने का अंतिम प्रयास किया, परंतु कृष्णदेव राय ने उन्हें पीछे खदेड़ दिया और उनके राज्य में भीतर तक पहुँच गया। बहमनी राज्य को समाप्त करने के लिए इतना ही काफी था, परंतु कृष्णदेव ने यह समझकर कि बहमनी सुल्तान के रहने से प्रांतीय राज्यपाल अपनी स्वाधीनता की घोषणा नहीं कर सकेंगे और चार छोटे किंतु शक्तिशाली राज्यों की अपेक्षा बहमनियों का एक दुर्बल राज्य विजयनगर के अधिक हित में है, उसे फिर से बहाल कर दिया। बहमनी सुल्तान भी अब यह जान गया था कि उसका मुख्य अवलंब विजयनगर ही है, अतः उसने विजयनगर पर आक्रमण नहीं किया, और इस प्रकार कृष्णदेव के शासन में यथास्थिति बनी रही। बाद में इस नीति की सांघातिक प्रतिक्रिया हुई, क्योंकि इसके परिणामस्वरूप विजयनगर के विरुद्ध उन पाँच राज्यों का मेल हो सका जिनका उदय बहमनी राज्य के पश्चात् हुआ था।

कृष्णदेव ने उड़ीसा के विरुद्ध एक शानदार युद्ध करके पूर्वी तट को अपने अधिकार में कर लिया। पश्चिमी तट पर उसने पारस्परिक सहायता के आधार पर

पुर्तगालियों से मैत्रीपूर्ण संबंध बनाए रखे। कृष्णदेव घोड़ों के लिए पुर्तगाली व्यापारियों पर निर्भर करता था, क्योंकि घोड़ों का व्यापार पुर्तगालियों के हाथ मे आ गया था, और पुर्तगालियों का दक्षिण भारतीय व्यापार सामान्यतया विजयनगर की समृद्धि पर निर्भर करता था। पुर्तगालियों ने गुजरात और बहमनी राज्य के विरुद्ध कृष्णदेव से राजनीतिक संधि करने के अनेक प्रयत्न किए, परंतु उसने ऐसा करना अस्वीकार कर दिया। उसके लिए पुर्तगाली मूलत: घोड़े उपलब्ध कराने का साधन थे, और वह उनसे किसी प्रकार के राजनीतिक संबंध नहीं रखना चाहता था।

उत्तरी दक्खन के पाँचों राज्य विजयनगर पर आक्रमण करने के लिए मौके की तलाश में थे, और यह अवसर 1564 ई. में आया जब इनमें से चार राज्य विजयनगर पर आक्रमण करके उसे नष्ट करने के लिए एक हो गए। परंतु ऐसा करके उन्होंने अनजाने ही अपने विनाश का पथ प्रशस्त कर लिया। इस प्रक्रिया में दक्षिण निढाल हो चुका था, और उत्तर में एक नई शक्ति, मुगलों, ने अपने पैर जमा लिए थे जो अब नए क्षेत्रों पर विजय प्राप्त करने के लिए तैयार हो रहे थे।

सीमावर्ती राज्यों की स्थिति डावाँडोल थी। मलाबार तट पर छोटे-छोटे अनेक राज्य थे, जिन पर हिंदू और मुस्लिम दोनों शासकों का राज्य था और वे पश्चिमी व्यापार पर जीवित थे। इनमें कालीकट के ज़मोरी, जो स्वयं को केरल के प्राचीन पेरूमल शासकों के वंशज बताते थे, सबसे अधिक शक्तिशाली थे। उनकी शक्ति अधिकांशतया इस तथ्य पर आधारित थी कि कालीकट का व्यापार पश्चिम और पूर्व एशिया दोनों से—यमन, फ़ारस, मालद्वीप, श्रीलंका, जावा तथा चीन से—होता था। परंतु पुर्तगालियों के आने से इन राज्यों के संबंधों में परिवर्तन हुआ। सामने के तट पर पांड्य राज्य की स्थिति बहुत डावाँडोल थी। यह राज्य बार-बार विजित होता था और फिर अपनी स्वतंत्र सत्ता स्थापित कर लेता था। पुराने पांड्य राज्य के एक भाग—मदुरई क्षेत्र—पर एक स्थानीय मुस्लिम राज्यपाल ने 1334 ई. में माबर का स्वतंत्र राज्य कायम किया, परंतु 1364 ई. तक वह विजयनगर राज्य में सम्मिलित कर लिया गया।

तटवर्ती राज्य अधिकतर व्यापार पर निर्भर थे, किंतु आंतरिक क्षेत्र के अपेक्षाकृत बड़े राज्य अपने राजस्व का अधिकांश भूमि से प्राप्त करते थे। विजयनगर राज्य का अर्थतंत्र चोल पद्धति पर चलता रहा और उसकी आय कृषि तथा व्यापार से प्राप्त होती रही। प्रशासनिक ढाँचा अब अधिक स्तरबद्ध और अर्थतांत्रिक ढाँचे के साथ ज्यादा निकट से जुड़ा हुआ था। यह एक ऐसी प्रवृत्ति थी जिसका प्रादुर्भाव चोल काल में होने लगा था। स्थूलरूप से यह ढाँचा उत्तरी भारत के ढाँचे के सदृश था। अंतर केवल इतना था कि दक्षिण में व्यापार अधिक होने के फलस्वरूप यहाँ आनुपातिक दृष्टि से नगर अधिक थे, जो प्रधानतया तटीय क्षेत्रों में केंद्रित थे। विजयनगर के आर्थिक ढाँचे पर टिप्पणी करते हुए फरनो नूनिज लिखता है :

...इस राजा चित्रांव के पदारोहियों का वेतन उसके सरदारों द्वारा दिया जाता है, और वे छह लाख सैनिक, अर्थात् 6,00,000 पुरुष और 24,000 घोड़े रखने को विवश हैं । ये सरदार लगानदाताओं के सदृश हैं जिनके पास समस्त भूमि राजा की आज्ञा से है और उन्हें इन व्यक्तियों को रखने के अतिरिक्त इनकी लागत भी देनी पड़ती है; उन्हें प्रति वर्ष राजकीय देय के रूप में 60 लाख राजा को देने पड़ते हैं । वे कहते हैं कि उन्हें भूमि से 120 लाख की प्राप्ति होती है जिसमें से उन्हें 60 लाख राजा को देने पड़ते हैं, और शेष वे सैनिकों के वेतन तथा उन हाथियों के व्यय के लिए रख लेते हैं जो उन्हें रखने पड़ते हैं... उसकी दावतों में और मंदिर को दान देते समय इन समस्त सरदारों को, जो लगानदाताओं के सदृश हैं, सदैव दरबार में उपस्थित रहना पड़ता है, और इनमें से जो सदैव उसके साथ रहते हैं और दरबार में उसके साथ जाते हैं, उनकी संख्या 200 से अधिक है । उन्हें सदैव राजा के साथ रहना पड़ता है और निश्चित संख्या में सैनिकों को रखना पड़ता है, क्योंकि यदि उसे ज्ञात हो जाए कि उनके पास सैनिकों की संख्या कम है, तो उन्हें कठोर दंड दिया जाता है और उनकी रियासतें जब्त कर ली जाती हैं । इन सरदारों को कभी नगरों या कस्बों में नहीं बसने दिया जाता, क्योंकि इससे वे उसकी पहुँच से बाहर हो जाते हैं । वे वहाँ कभी-कभी ही जाते हैं । परंतु जो राजा उसके अधीन हैं उन्हें यह रियायत मिली हुई है कि वे दरबार में जाने को बाध्य नहीं हैं और बुलान पर ही उनका जाना आवश्यक होता है । उन्हें यह छूट है कि वे अपने शहरों से ही लगान तथा कर राजा को भेज दें... जब वह अपने सरदारों को अथवा जिनसे उसने अच्छी सेवा प्राप्त की है या करने की इच्छा रखता है उन्हें प्रसन्न करना चाहता है तो वह उनके व्यक्तिगत उपयोग के लिए सम्मानास्पद दुपट्टा प्रदान करता है, जो अपने-आपमें एक बड़ा सम्मान है, और ऐसा वह प्रतिवर्ष उस समय करता है जब उसके सरदार उसे भूमि का लगान देते हैं । ऐसा सितंबर मास में होता है जब वे नौ दिन तक भारी समारोह मनाते हैं... इन नौ दिनों में राजा को वे समस्त कर दे दिए जाते हैं जिनका वह अपने राज्य में हकदार है; क्योंकि, जैसाकि पहले कहा जा चुका है, समस्त भूमि राजा की होती है जो वह सरदारों को देता है । वे इसे कृषकों को दे देते हैं जो अपने स्वामी को 9/10 भाग देते हैं । उनके पास अपनी कोई भूमि नहीं होती क्योंकि सारा राज्य ही राजा का होता है । सैनिकों का समस्त भार केवल सरदारों पर पड़ता है क्योंकि वे राजा को सैनिक देते हैं जिनके लिए राजा ने उन्हें उत्तरदायी बना दिया है और जो उन्हें अपनी सेवा के रूप में राजा को देने पड़ते हैं...[1]

उच्चतम बोली बोलनेवाले को लगान एकत्रित करने का ठेका देने की पद्धति भी प्रचलित थी । यह प्रथा केवल कृषि भूमि तक ही सीमित नहीं थी, अपितु व्यापारिक महत्त्व के स्थानों को भी इसी प्रकार नीलाम किया जाता था जैसे विजयनगर के नगर-द्वार का समीपवर्ती क्षेत्र, जहाँ वणिक एकत्र होते थे । इसके विषय में नूनिज लिखता है :

क्योंकि इन दो नगरों में जो भी वस्तु आएगी उसे इसी द्वार से आना पड़ेगा, क्योंकि बिसनगर में आने के लिए इसके अतिरिक्त और कोई सड़क नहीं है, शेष सब सडकें यहीं मिलती हैं । यह द्वार प्रतिवर्ष 1200 'परदाव' पर किराए पर उठा दिया जाता है और इस द्वार से कोई भी स्थानीय व्यक्ति या विदेशी उस समय तक प्रवेश नहीं कर सकता जब तक कि वह उतनी राशि नहीं दे देता जितनी कि ठेकेदार माँगता है । इन दोनों नगरों में किसी प्रकार की कोई खाद्य-सामग्री अथवा अन्य बिक्री की वस्तु पैदा नहीं होती है । प्रत्येक वस्तु बैलों पर लदकर बाहर से आती है, क्योंकि इस देश में बोझा लादने के लिए सदैव पशुओं का उपयोग किया जाता है । इन दरवाजों से प्रतिदिन 2000 बैल प्रवेश करते हैं और उनमें से प्रत्येक बैल के लिए 3 'विनती' दी जाती हैं—केवल बिना सींग वाले बैलों के लिए इस राज्य के किसी भी भाग में कुछ नहीं देना पड़ता...[2]

राष्ट्रीय राजस्व में अनेक प्रकार के कर सम्मिलित थे। व्यापार से प्राप्त आय के बावजूद भूमि-कर ही राष्ट्र का सर्वाधिक महत्त्वपूर्ण स्रोत रहा। कृष्णदेव के शासन काल में भूमि के संबंध में एक ब्योरेवार सर्वेक्षण और कर निर्धारण किया गया था, और कराधान की दर एक-तिहाई और छठे भाग के बीच, भूमि की गुणवत्ता के आधार पर, निश्चित की गई थी। व्यापारिक करों में निर्मित व्यापारिक वस्तुओं पर कर, चुंगी तथा सीमा-कर सम्मिलित थे और इनसे काफी आमदनी होती थी इसके अतिरिक्त संपत्ति-कर भी था। जो लोग कृषि-इतर व्यवसायों में लगे हुए थे उन्हें एक व्यावसायिक कर देना पड़ता था। कारखानों के निजी स्वामी औद्योगिक कर देते थे। विवादों पर विशेष कर तथा मंदिरों की आवश्यकताओं के हेतु लिए जानेवाले कर सामाजिक कर-योजना की सूची में सम्मिलित थे। समय-समय पर एक प्रकार का सैनिक-कर भी दुर्गों और छावनियों के रखरखाव हेतु लिया जाता था। न्यायपालिका के अर्थदंड राज्य की आय का एक अतिरिक्त स्रोत थे। अंत में, विशेष कार्यों, जैसे सिंचाई जलाशय के निर्माण के लिए बेगार ली जा सकती थी। ग्राम अब भी पृथक और आत्म-निर्भर थे, और यह एक ऐसी संकीर्णता थी जो इस प्रथा से और बढ़ गई कि एक स्थान पर जो पैदावार होती थी उसका प्रक्रियायन भी वहीं होता था। उदाहरण के लिए, किसी ग्राम में पैदा की गई ईख उसी ग्राम में या उसके निकटवर्ती निश्चित ग्रामों में ही पेरी जा सकती थी। उसे अन्यत्र ले जाना अवैध ही नहीं था, अपितु उसका लगभग निषेध था। पर एक ग्रामीण संस्था ऐसी थी जिसने ग्राम के अलगाव को कम किया, और यह संस्था थी स्थानीय मेला। मेले समय-समय पर लगते रहते थे और उनमें केवल अतिरिक्त उत्पादन बेचने का अवसर ही नहीं मिलता था अपितु वे ग्रामीणों तथा नागरिकों को एक-दूसरे के संपर्क में लाने के साधन भी थे।

तमिल देश में परिचित ग्राम परिषदों की परंपरा 'ब्रह्मदेय' ग्रामों में अब भी विद्यमान थी। अब ग्रामों में बदलती हुई व्यवस्था के कारण परिषदें छिन्न-भिन्न होती जा रही थीं, और सत्ता अनुदान प्राप्त करनेवालों के हाथों में आती जा रही थी। उत्तरी भारत की भाँति एक निश्चित क्षेत्र में राजनीतिक निष्ठा की अपेक्षा वर्ण-निष्ठा अधिक महत्त्व प्राप्त करती जा रही थी। ऐसा कृषकों की शक्ति घटने और जमींदारों का महत्त्व बढ़ने से हुआ। व्यावहारिक रूप में मंदिर, मठ तथा अन्य धर्मनिरपेक्ष अनुदानग्राही भूमि के स्वामी थे और श्रमिक तथा पट्टेदार किसान भूमि जोतते थे। श्रमिकों को फसली मजदूरी दी जाती थी और, वे सैद्धांतिक दृष्टि से काम करने के लिए एक ग्राम से दूसरे ग्राम को जा सकते थे, यद्यपि व्यावहारिक रूप से ऐसा करना संभव नहीं था, क्योंकि प्रत्येक गाँव अपने-आपमें एक स्वतंत्र इकाई होता था और उसकी आवश्यकताएँ वहीं पूरी हो जाती थीं। पट्टेदार किसान जमींदारों को उपज के मूल्य का आधे से तीन-चौथाई तक देते थे। उनकी गतिशीलता भी कम ही होती थी।

ग्रामीण ऋण-व्यवस्था अब भी मंदिरों के अधिकारियों के हाथ में थी, जो

व्यक्तियों अथवा ग्रामों को ऋण देते थे। ऋण पर ब्याज की दर बारह से तीस प्रतिशत तक होती थी। जब कर्जदार ऋण नहीं चुका पाता था तो उसकी भूमि मंदिर की हो जाती थी। मंदिर ग्रामीण जीवन में एक महत्त्वपूर्ण भूमिका निभाते रहे। गाँवों में मंदिर सबसे बड़े नियोक्ता होते थे और वे सभी प्रकार के लोगों को नौकरियाँ देते थे। बहुधा, किसी एक क्षेत्र में मंदिर ही सबसे बड़े जमींदार और उपभोक्ता होते थे। मंदिर ही बंजर भूमि खरीदकर और उस पर जुलाहों को बसाकर, अथवा सिंचाई योजनाओं का निरीक्षण करके या ऐसे ही दूसरे अनेक कार्य करके ग्राम विकास को प्रोत्साहन देते थे। इससे मंदिर की आय में वृद्धि होती थी। चूँकि मंदिरों के पास धन और शक्ति दोनों होती थीं इसलिए वे स्वभावतः अपने क्षेत्र में प्रभावशाली हो सके, और इस कारण ही राजा तथा धार्मिक सत्ता के संबंध और सुदृढ़ हो सके।

शिल्पियों की स्थिति, चाहे वह नगरों में रहते हों या ग्रामों में, अब तक वैसी ही रही जैसी चोलों के समय थी। सुनारों, लुहारों और बढ़इयों की हैसियत समाज में ऊँची थी, किंतु जुलाहों और कुम्हारों का स्थान नीचा था यद्यपि सामुदायिक जीवन के लिए वे भी उतने ही अनिवार्य थे। तेलियों, कलालों तथा चमारों की हैसियत भी समाज में नीची थी। शिल्पी श्रेणियों में संगठित होते थे, परंतु शिल्पि-श्रेणियाँ शक्तिशाली वणिक-श्रेणियों के लिए कार्य करती थीं जिनका विनिमय के लिए तैयार होनेवाले माल पर पूरा नियंत्रण होता था। वस्तुतः शिल्पि-श्रेणियाँ उन्हें अपना स्वामी समझती थीं। वणिक-श्रेणियों का कार्य-क्षेत्र शिल्पि-श्रेणियों की अपेक्षा अधिक व्यापक था, जैसाकि चोलों के काल में भी था। वे व्यापारिक वस्तुओं में पूँजी लगाने के साथ-साथ वितरक भी थे। इन कारणों से शिल्पि-श्रेणियों की स्वतंत्रता सीमित हो जाती थी। आंतरिक व्यापार स्थानीय ही रहा यद्यपि इसका क्षेत्र धीरे-धीरे विस्तृत हो रहा था। विदेश व्यापार करनेवाले अरब व्यापारी इस उपमहाद्वीप के प्रत्येक भाग की आवश्यकताओं को पूरा करते थे। भारतीय व्यापारियों की बढ़ती हुई गतिशीलता का अनुभव इस काल के अंत तक किया जाने लगा था, यद्यपि इस प्रकार की गतिशीलता अब भी मुख्यतः तटीय क्षेत्रों तक सीमित थी।

आर्थिक शक्ति ने वणिक-श्रेणियों को देश में राजनीतिक दृष्टि से एक महत्त्वपूर्ण स्थिति प्रदान की, जो दरबार में उनके प्रभाव से अभिव्यक्त होती थी। उदाहरण के लिए, कर-नीति में परिवर्तन और संबधित मामलों पर श्रेणियों के नेताओं से विचार-विमर्श किया जाता था, और धीरे-धीरे वे लोकमत का प्रतिनिधित्व करने लगे। वणिक-श्रेणियों की शक्ति ने जमींदारों तथा दरबार के अधिकारियों की शक्ति को संतुलित कर दिया। इन वणिकों और बिचौलियों में चेट्टी अधिक प्रसिद्ध थे जो मैसूर, आंध्र एवं मद्रास प्रदेशों में कार्य करते थे और चोल काल में अपने पूर्वजों द्वारा स्थापित परंपराओं को बनाए हुए थे। आज भी उनके

वंशज़ उनका अनुसरण करते हैं । इनमें से कुछ दक्षिण-पूर्व एशिया में चले गए और अपना पारिवारिक धंधा विदेशों में करते रहे ।

विदेशी व्यापार से उपलब्ध हो सकनेवाली भारी संपत्ति से राज्य भली-भाँति अवगत था । कृष्णदेव ने इसकी चर्चा अपनी तेलुगु कविता 'अमुक्तमलयद' में की है :

> राजा को अपने देश के बंदरगाहों का सुधार करना चाहिए और इस प्रकार अपने व्यापार का विकास करना चाहिए कि घोड़ों, हाथियों, बहुमूल्य रत्नों, चंदन की लकड़ी, मोतियों तथा अन्य वस्तुओं का उसके देश में मुक्त रूप से आयात हो सके । उसे ऐसी व्यवस्था करनी चाहिए कि तूफ़ान, रोग तथा थकावट के कारण जो विदेशी नाविक उसके देश में उतरें उनकी देखभाल उनकी राष्ट्रीयता के उपयुक्त हो सके । ...दूरवर्ती विदेशी राज्यों के वणिकों को, जो हाथियों तथा अच्छे घोड़ों का आयात करते हैं, उनसे प्रतिदिन भेंट करके, उपहार देकर तथा अच्छा लाभ कराकर अपने साथ मिला लेना चाहिए । फिर वे वस्तुएँ तुम्हारे शत्रुओं के पास कभी नहीं भेजी जाएँगी...[2]

विजयनगर राज्य को इस बात का विशेष ध्यान रहता था कि कहीं व्यापार उसके शत्रु के हाथ में न चला जाए । पुर्तगालियों से मैत्रीपूर्ण संबंध बनाए रखने का कारण मूलतः यही था । विदेशी व्यापारियों को सुविधाएँ तथा रियायतें दी गई थीं, कुछ वस्तुओं पर ही चुंगी लगाई जाती थी जो बहुत ज्यादा नहीं थी । चुंगी वस्तु के विक्रय मूल्य पर ढाई से पाँच प्रतिशत तक होती थी । आयात किए हुए वस्त्र और तेल पर चुंगी अधिक (दस और पंद्रह प्रतिशत) थी, जिसका उद्देश्य उनके आयात को कम करना था, क्योंकि इन दोनों वस्तुओं का उत्पादन देश में होता था । मलाबार तट पर बसे हुए राज्यों ने उस आय को कम कर दिया जो साधारणतया विजयनगर को होती, क्योंकि माल पहले उनके पास पहुँचता था और वे कर वसूल कर लेते थे । समृद्धि के काल में संभवतः विजयनगर के लिए यह क्षति मामूली थी, परंतु आर्थिक मंदी के काल में यह स्थिति गंभीर हो सकती थी ।

विजयनगर में होनेवाले आयात में श्रीलंका तथा पेगू से सोना-चाँदी, हाथी (बहमनियों ने उत्तरी भारत से हाथियों के व्यापार के लिए रास्ता बंद कर दिया था) तथा घोड़े सम्मिलित थे । घोड़ों का संभरण आरंभ में अरब करते थे, परंतु सोलहवीं शताब्दी में जब पुर्तगालियों ने अरब बंदरगाहों पर कब्जा कर लिया जहाँ से घोड़ों का निर्यात होता था, तो इस व्यापार पर पुर्तगालियों का नियंत्रण हो गया । मसाले दक्षिण-पूर्व एशिया से आते थे । मखमल. बेलबूटेदार रेशमी वस्त्र तथा साटन-जैसे भारी वस्त्र जिद्दा, अदन एवं चीन से आयात किए जाते थे । निर्यात होनेवाला माल मुख्यतः फ़ारस, अफ्रीका, चीन और श्रीलंका को जाता था, तथा उसमें चावल, चीनी, नारियल, ज्वार, रंग (सिंदूर, मेंहदी, नील, हर्र), चंदन की लकड़ी, सागौन की लकड़ी, मिर्च, लौंग, अदरक और दालचीनी, सूती वस्त्र, और छपे हुए कपड़े होते थे ।

यद्यपि भारतीय जहाजों में माल का लाना-ले जाना कम हो चुका था, किंतु

मालद्वीप के जहाजी कारखाने फिर भी लंबी समुद्री यात्राओं के लिए कुछ बड़े जहाज बनाते रहे। कौंटी के अनुसार, भारतीय जहाज इटली के जहाजों से बड़े परंतु चीनी जहाजों से छोटे होते थे। चीनी जहाज भारतीय बंदरगाहों पर आनेवाले समस्त जहाजों में श्रेष्ठ थे, क्योंकि उनका निर्माण खतरनाक समुद्रों में होकर लंबी यात्राएँ करने के लिए किया जाता था। जहाज द्वारा यात्रा कष्टप्रद थी क्योंकि प्रतिदिन औसतन चालीस मील के आसपास यात्रा हो पाती थी, और तटवर्ती बंदरगाहों पर बहुधा ठहरना पड़ता था। कालीकट से श्रीलंका तक की समुद्री यात्रा में पंद्रह दिन लगते थे। एली, कालीकट और क्विलोन ऐसे बंदरगाह थे जहाँ पूर्व और पश्चिम दोनों के व्यापारिक केंद्रों से जहाज बहुधा आते रहते थे।

विदेशी व्यापार में वस्तु-विनिमय की अपेक्षा मुद्रा की अधिक आवश्यकता होती थी। विजयनगर राज्य में अनेक टकसालें थीं, तथा प्रत्येक प्रांतीय राजधानी की अपनी टकसाल थी। सिक्के बहुत सुंदर होते थे—वे एक साँचे में ढाले जाते थे और उन पर कन्नड़ तथा नागरी लिपि में दंतकथाएँ अंकित होती थीं। स्थानीय मुद्राओं के अतिरिक्त विदेशी मुद्राएँ जैसे पुर्तगाली 'क्रुज़ेडो', फ़ारसी 'दीनार' तथा इटली के 'फ्लोरिन' और 'डुकेट' भी तटीय क्षेत्रों में प्रचलित थीं।

उच्च वर्गों की भौतिक समृद्धि से सांस्कृतिक क्षेत्र में विचारों में कोई नवीनता नहीं आई। इसके विपरीत वे पुरानी पद्धतियों और विचारों से ही चिपके रहे। फलतः इस समय की संकल्पनाओं में एक प्रकार का बासीपन आ गया, और महत्त्वहीन बातों पर अधिक बल दिया जाने लगा, जिसका प्रमाण इस काल की वास्तुकला में मिलता है। विजयनगर में एक पूरा नगर बसाया गया जिसमें भव्य मंदिर निर्मित किए गए, परंतु इनके अवशेषों से ज्ञात होता है कि बहुमूल्य और प्रचुर सज्जा उनकी विशिष्टता थी। पत्थर की अपेक्षा अब ईंटों और प्लास्टर का उपयोग होने लगा था जिससे मंदिरों का अतिशय अलंकरण सरलता से किया जा सकता था। खंभे अब ऐसे बनने लगे कि वे मूर्तियों का संग्रह लगते थे। मंदिर-पूजा में ऐसी अनेक धार्मिक क्रियाएँ सम्मिलित हो गईं जिनके लिए पूजा-स्थलों के समूह अपेक्षित थे। 'गोपुरम्' अथवा मुख्य द्वार अब मंदिर के प्रमुख अंग बन गए। प्रमुख मंदिरों में एक खुला मंडप, 'कल्याण मंडपम्', होता था जहाँ देवी-देवताओं के विवाहोत्सव आडंबरपूर्वक मनाए जाते थे। इसी समय उत्तर की तरफ गोलकुंडा में 'गोल गुंबज' का विशाल गुंबद बनाया गया था जिसे एक अद्वितीय अभियांत्रिक सफलता माना गया, परंतु इसने विजयनगर की वास्तुकला को प्रभावित नहीं किया।

यह कहा जाता था कि विजयनगर के राजा शैव देवता विरूपाक्ष के नाम पर शासन करते हैं और इस प्रकार राजकीय संरक्षण मिलने से प्रायद्वीप में शैवों की विद्यमान लोकप्रियता को बल मिला। अब तक भक्ति-संप्रदाय हिंदू धर्म का एक स्वीकृत अंग बन चुका था, और इसकी गतिविधियों का केंद्र अब तमिल देश न होकर मैसूर और उत्तर तथा पश्चिम में महाराष्ट्र तक पहुँच चुका था। ज्ञानदेव

उन प्रारंभिक महाराष्ट्रीय संतों में थे जिन्होंने मराठी भाषा में गीता का प्रचार किया था। चौदहवीं शताब्दी में नामदेव ने उनका अनुसरण किया, जिन्होंने कठोर शब्दों में मूर्तिपूजा का खंडन किया और जिनके अनुयायियों में पूर्ववर्ती महाराष्ट्रीय उपदेशकों की अपेक्षा अनेक वर्गों के व्यक्ति थे। उनकी शिक्षा अधिक क्रांतिकारी थी तथा कबीर और नानक के विचारों के निकट थी। कृष्णदेव ने भक्ति-संप्रदाय की बढ़ती हुई शक्ति को पर्याप्त प्रोत्साहन दिया क्योंकि उसने महाराष्ट्र के प्रारंभिक भक्त उपदेशकों के एक लोकप्रिय इष्ट 'विठोबा' की पूजा भी उसमें सम्मिलित कर ली।

प्रादेशिक भाषाएँ—तमिल, तेलुगु, कन्नड़ तथा मराठी—पूर्णतया स्वीकृत और परिपक्व हो चुकी थीं। यद्यपि तमिल को छोड़कर इन समस्त भाषाओं के साहित्य में संस्कृत रचनाओं, विशेषकर महाकाव्यों और पुराणों, का रूपांतरण प्रस्तुत किया गया, फिर भी वे सांस्कृतिक प्रचार का माध्यम बन रही थीं और इसका अधिकांश श्रेय भक्ति आंदोलन को था। उत्तरी दक्खन में बहमनियों ने फ़ारसी और अरबी भाषाओं का प्रचार किया था जिससे यह प्रदेश भाषा की दृष्टि से सल्तनत के निकट आ गया था। मलाबार में एक अन्य भाषा मलयालम ने स्वतंत्र स्थिति प्राप्त कर ली थी, जो आज भी केरल में बोली जाती है। यद्यपि इसका जन्म तमिल की एक बोली के रूप में हुआ था, परंतु मलाबार का तमिलनाडु से राजनैतिक अलगाव होने के कारण तथा विदेशियों द्वारा लाए गए भाषाई रूपों का संपर्क पाकर उसका स्वतंत्र विकास हुआ, जो तमिल पर आश्रित नहीं था।

उत्तरी भारत की भाँति संस्कृत समाज के कुछ वर्गों में उच्च ज्ञान प्राप्त करने की भाषा रही। दरबारी क्षेत्रों ने ऐतिहासिक विवरणों तथा होयसल एवं विजयनगर के राजाओं के जीवनवृत्तों के लेखन को प्रोत्साहन दिया। वेदों पर सायण के भाष्यों जैसी रचनाओं ने विद्वानों का ध्यान आकर्षित किया। हेमाद्रि ने अपने जीवन का अधिकांश समय धर्मशास्त्रों के, व्याख्या सहित, भाष्य लिखने में लगाया, जो उसके उत्तर भारतीय समकालीनों से बहुत मिलते-जुलते हैं। परंतु सामाजिक संस्थाओं की प्रगति में ऐसी रचनाओं का योगदान कम था।

सांस्कृतिक एवं बौद्धिक दृष्टि से यह दक्षिण भारत में विजयनगर के लिए गत्यावरोध का काल था। व्यापार और भूमि से खूब धन प्राप्त हुआ और ऊँचे वर्गों के लोगों का जीवन यदि विलासितापूर्ण नहीं, तो सुखी अवश्य था। इस्लाम का आत्मसातीकरण प्रच्छन्न रूप से होता रहा, और तथाकथित हिंदू 'पुनरुत्थान' के फलस्वरूप कोई बौद्धिक अथवा अन्य प्रकार के नाटकीय संघर्ष नहीं हुए। हिंदू धर्म के पुनरुत्थान के लिए कोई सचेतन प्रयास हुआ था, यह बात अत्यंत विवादास्पद है। विजयनगर के राजाओं द्वारा हिंदू संस्थाओं को मिलनेवाले संरक्षण का श्रेय इस तथ्य को देना ज्यादा सही होगा कि हिंदू राजाओं द्वारा शासित यही एकमात्र सबल राज्य था और ये राजा इतने धनी थे कि हिंदू संस्थानों को दान दे सकें। ऐसा ही कुछ, परंतु छोटे पैमाने पर, मेवाड़ और मारवाड़ के राजपूत राज्यों में भी हुआ। परंतु यदि

कोई वास्तविक हिंदू पुनरुस्थान हुआ होता तो कम-से-कम धार्मिक क्षेत्रों में इसके असंदिग्ध चिह्न अवश्य मिलते, पर इनका विजयनगर की संस्कृति में स्पष्ट अभाव है।

प्रायद्वीप के इतिहास में विजयनगर का महत्त्व इसलिए है कि इसने एक ऐसे ढाँचे के विकास को प्रोत्साहन दिया जिसका जन्म यद्यपि स्वतंत्र रूप से हुआ था, किंतु जो मोटे तौर पर उत्तरी भारत के ढाँचे से मिलता था। यह सादृश्य जानबूझकर किए गए प्रयत्नों का परिणाम नहीं था, और न ही ऐसा होना पूर्णतया आकस्मिक था। ऐसा इसलिए हुआ कि उत्तर और दक्षिण दोनों में एक-सी सामंती पद्धति का आविर्भाव हुआ।

एक जैसी संस्थाओं के समान दायरे में प्रादेशिक संस्कृतियों के उद्‌भव के फलस्वरूप स्थानीय निष्ठाओं तथा मतभेदों का जन्म हुआ, फिर भी विविध संस्कृतियों की व्यापक समानता के भीतर एकताबद्ध करनेवाला एक समान सूत्र विद्यमान था। वे लोग जो बंगाली बोलते थे, कन्नड़भाषियों की बात नहीं समझ सकते थे, परंतु इन अलग-अलग देशी भाषाओं को जन्म देनेवाली अंतर्निहित परिस्थितियाँ बिलकुल एक-जैसी थीं। और फिर, धार्मिक क्षेत्र में भक्ति-संप्रदाय का योगदान भी उत्तर और दक्षिण में एक ही प्रकार का था, हालाँकि एक सामाजिक प्रतिवाद के रूप में भक्ति आंदोलन दक्षिण में जल्दी समाप्त हो गया। एक प्रकार से शंकर तथा रामानंद जैसे सुधारकों की शिक्षा ने सामान्य विश्वासों का व्यापक प्रसार करके सारे भारत को एकता के सूत्र में बाँध दिया था। किसी धर्मपरायण हिंदू के लिए सात धार्मिक तीर्थस्थान थे और इनमें से एक, बद्रीनाथ, हिमालय क्षेत्र में था और दूसरा, रामेश्वरम्, सुदूर दक्षिण में। तटीय व्यापार से व्यापारियों में गतिशीलता बढ़ी और गुजराती व्यापारियों के मलाबारी व्यापारियों से प्रतिस्पर्द्धा करने पर कोई रोक नहीं थी। स्थानीय विभिन्नता के बावजूद समस्त उपमहाद्वीप में अब एक प्रकार की समानता दृष्टिगोचर होती थी, एक ऐसा वातावरण जो किसी सर्व-समावेशित राज्य की स्थापना के लिए परिपक्व था।

सोलहवीं शताब्दी में भारत के इतिहास में दो नए तत्त्वों का समावेश हुआ—मुगल, जो थल मार्ग से आए और उत्तर में प्रतिष्ठित हुए; तथा पुर्तगाली, जो जलमार्ग से आए और दक्षिण व पश्चिम में प्रतिष्ठित हुए। इन दोनों नए तत्त्वों ने भारतीय इतिहास की धारा को प्रभावित किया—पुर्तगालियों ने भारत के समुद्रपारीय व्यापार पर एकाधिकार प्राप्त करने का प्रयत्न करके, और मुगलों ने एक साम्राज्य की स्थापना करके। हालाँकि पुर्तगालियों को अपने प्रयत्न में असफलता मिली और मुगलों को सफलता, किंतु इन दोनों के बीच भारत ने एक नए युग में पदार्पण किया।

घटनाओं का तिथिक्रम

प्राचीन भारत में घटनाओं का तिथिक्रम निर्धारित करते समय एक समस्या यह सामने आती है कि उस समय जो विभिन्न संवत् प्रचलन में थे उनकी सही तिथि निश्चित नहीं हो पायी है । प्रारम्भिक काल के अधिकांश महत्त्वपूर्ण राजवंशों ने काल-गणना के लिए अपनी निजी प्रणाली का प्रवर्तन किया था, जिसके फलस्वरूप अनेक असम्बद्ध संवत् चालू हो गये । इनमें सबसे ज्यादा परिचित सम्भवतः विक्रम संवत् (57 ई, पू.), शक संवत् (78 ईस्वी) तथा गुप्त सवत् (319-20 ईस्वी) हैं । इसके संबंध में जानकारी पुरालेखों तथा साहित्यिक स्रोतों से प्राप्त होती है । बौद्ध स्रोतों में सामान्यतया बुद्ध की निर्वाण-तिथि से गणना की जाती है, किन्तु दुर्भाग्यवश इस घटना की तीन वैकल्पिक तिथियाँ मिलती हैं—544 ई. पू., 486 ई. पू., तथा 483 ई. पू. । यद्यपि इनमें से अन्तिम दो तिथियाँ ही अधिक प्रचलित हैं, पर तीन वर्ष का अन्तर तो इनमें भी है ही । विदेशी यात्रियों के विवरण से कभी-कभी संवतों की गणना में सहायता मिल जाती है, क्योंकि उनमें तिथियों के परीक्षण के लिए अन्य प्रमाण भी मिल जाते हैं । ईसा की दसवीं शताब्दी के पश्चात् जब अनेक आंचलिक राज्यों ने अपने अलग-अलग संवत् चालू कर दिये, तो उलझन और अधिक बढ़ गयी । पर तुर्कों और उनके उत्तराधिकारियों ने तेरहवीं शताब्दी से आगे बराबर इस्लामी तारीख हिजरी सन् का ही इस्तेमाल किया, जिसका आरम्भ 622 ई. से होता है ।

ईस्वी पूर्व

लगभग	2500	हड़प्पा संस्कृति
"	1500	आर्यों का भारत में आगमन
"	800	लोहे का उपयोग । आर्य संस्कृति का प्रसार
"	600	मगध का उत्थान
"	519	फ़ारस के एकेमेनिड सम्राट् साइरस द्वारा पश्चिमोत्तर भारत के हिस्से पर विजय
	493	मगध के राजा अजातशत्रु का राज्यारोहण
	486	बुद्ध की मृत्यु
लगभग	468	जैनमत के प्रवर्तक महावीर की मृत्यु
	413	शिशुनाग राजवंश
	362-21	नन्द राजवंश
	327-5	मकदूनिया का अलैक्जैण्डर भारत में
	321	मौर्य वंश के संस्थापक चन्द्रगुप्त का राज्यारोहण
लगभग	315	मेगस्थनीज़ की भारत यात्रा
	368-31	अशोक का शासन-काल
लगभग	250	पाटिलपुत्र में सम्पन्न तृतीय बौद्ध परिषद
	185	मौर्यों का पतन । मगध में एक शुंग राजा का राज्यारोहण
	180-65	पश्चिमोत्तर का इण्डो-यूनानी राजा दिमित्रियस द्वितीय

	155-30	पश्चिमोत्तर का इण्डो-यूनानी राजा मेनाण्डर
	128-10	सातकरनी के अधीन सातवाहन सत्ता का अभ्युदय
लगभग	80	पश्चिमी भारत में पहला शक राजा
लगभग	50	कलिंग का राजा खारवेल
ईस्वी सन्		
लगभग	50	ई. पू. से 100 ई. दक्षिण भारत के साथ रोम का व्यापार
लगभग	50	सन्त थामस का भारत-आगमन
''	78	पश्चिमोत्तर के कुषाण राजा कनिष्क का राज्यारोहण
	150	शक राजा रुद्रदामन, जिसका शासन पश्चिमी भारत में था
	86-114	सातवाहन राज्य का शासक गौतमीपुत्र
	114-21	सातवाहन राज्य का शासक वाशिष्ठिपुत्र
	319-20	गुप्त वंश की स्थापना तथा चन्द्रगुप्त प्रथम का राज्यारोहण
	335	समुद्रगुप्त का राज्यारोहण
	375-415	चन्द्रगुप्त द्वितीय
	405-11	फाहियान की भारत-यात्रा
	476	ज्योतिर्विद् आर्यभट का जन्म
	505	ज्योतिर्विद् वराहमिहिर का जन्म
लगभग	500	पश्चिमोत्तर भारत पर हूणों का नियन्त्रण
	606-47	कन्नौज का राजा हर्षवर्धन
	630-44	ह्वेन-त्सांग भारत में
	600-30	महेन्द्रवर्मन प्रथम के अधीन पल्लव सत्ता की स्थापना
	608-42	पुलकेशिन द्वितीय के अधीन चालुक्य सत्ता की स्थापना
लगभग	620	पुलकेशिन द्वितीय के हाथों हर्ष की पराजय
	642	पल्लव राजा नरसिंहवर्मन के हाथों पुलकेशिन द्वितीय की पराजय
	712	सिन्ध पर अरबों की विजय
	736	दिल्ली के पहले नगर की स्थापना
	740	चालुक्यों द्वारा पल्लवों की पराजय
लगभग	750	पूर्वी भारत में गोपाल द्वारा संस्थापित पाल वंश
''	757	राष्ट्रकूटों द्वारा चालुक्यों की पराजय
''	800	दार्शनिक शंकराचार्य
''	814-80	राष्ट्रकूट राजा अमोघवर्ष का शासन-काल
''	840	राजा भोज के आधीन प्रतीहारों का अभ्युदय
''	907	दक्षिण भारत में चोल सत्ता की स्थापना
	985-1014	राजराज प्रथम द्वारा चोल सत्ता का विस्तार
	997-1030	पश्चिमोत्तर भारत पर महमूद ग़ज़नी के हमले
	1023	राजेन्द्र चोल का उत्तरी अभियान
	1030	अल्बरूनी भारत में
लगभग	1050	दार्शनिक रामानुज
	1077	चीन के लिए चोल व्यापारियों का प्रतिनिधिमण्डल
	1110	विष्णुवर्धन तथा होयसल सत्ता का अभ्युदय

1192	मोहम्मद ग़ोरी के हाथों पृथ्वीराज चौहान की पराजय
1206	कुतुबुद्दीन ऐबक के अधीन गुलामवंश की स्थापना
1211-26	इल्तुतमिश का शासन-काल
1265	बलबन का शासन
1288-92	मार्कोपोलो द्वारा दक्षिण भारत की यात्रा
1296-1316	अलाउद्दीन खिलजी का शासन-काल
1302-11	दक्षिण भारत पर मलिक काफूर के आक्रमण
1325-51	मोहम्मद बिन तुगलक का शासन-काल । इब्नबतूता भारत में
1336	विजयनगर राज्य की स्थापना
1345	बहमनी राज्य की स्थापना
1357	फ़ीरोजशाह तुग़लक सत्ता में
1414-50	दिल्ली पर सैयदों का शासन
1411-41	अहमदशाह का गुजरात में शासन
1421-31	चेंग-हो की बंगाल-यात्रा
1451	दिल्ली में बहलोल लोदी का राज्यारोहण
1440-1518	भक्ति आन्दोलन के सन्त कबीर
1469-1530	भक्ति आन्दोलन के सन्त नानक
1485-1530	भक्ति आन्दोलन के सन्त चैतन्य
1481	महमूद गवाँ का वध
1498	पुर्तगालियों का भारत में आगमन
1509	मेवाड़ का राणा साँगा सत्ता में
1509-30	विजयनगर का राजा कृष्णदेवराय
1526	पानीपत की पहली लड़ाई

उद्धरणों के संदर्भ

अध्याय 1

1. V. Smith, *Early History of India* (1924), p. 442.

अध्याय 2

1. *Rig-Veda*, x, transl. A. L. Basham, *The Wonder That Was India*, *pp. 240-41.*
2. *Rig-Veda*, x, 129, transl. A. L. Basham, *The Wonder That Was India*, *pp. 247-8.*
3. *Chhandogya Upanishad*, vi, 13, transl. A. L. Basham, *The Wonder that Was India*. pp. 250-51.

अध्याय 3

1. Ktesias, quoted in Pausanius, ix, 21, transl. J. W. McCrindle; *Ancient India as Described in Classical Literature*, Westminster, 1901.
2. Nearchus, quoted in Arrian, *Indica*, xvi, transl. J. W. McCrindle *Ancient India as Described by Megasthenes and Arrian*, London, 1877.
3. Strabo, *Geography*, transl. H. L. Jones, *The Geography of Strabo*, Harvard.
4. *Dighanikaya*, I, 55, transl. A. L: Basham, *The Wonder That Was India*, p. 296.

अध्याय 4

1. Rock Edict xiii, transl. R. Thapar, *Asoka and the Decline of the Mauryas*, p. 255.
2. Naqshi-i-Rustam Inscription, transl. R. Ghirshman, *Iran*, p. 153.
3. Rock Edict III, transl. R. Thapar, *Asoka and the Decline of the Mauryas*, p. 251.
4. Quoted Diodorus, ii. 41, transl. J. W. McCrindle, *Ancient India as described in Classical Literature*, Westminster, 1901.
5. Rock Edict xii, transl. R. Thapar, *Asoka and the Decline of the Mauryas*, p. 255.
6. Pillar Edict vii, transl. R. Thapar, *Asoka and the Decline of the Mauryas*, p. 265.

अध्याय 5

1. Junagadh Rock Inscription of Rudradaman, *Epigraphia Indica*, viii, pp 37 ff.

अध्याय 6

1. Nasik Cave Inscription No. 10, *Epigraphia Indica*, viii, pp. 78 ff.

अध्यय 7

1. Bana, *Harshacharita*,transl. Cowell, p. 101.

अध्याय 8

1. Kasakudi Plate of Nandivarman, *South India Inscriptions*, ii, 3, p. 360.
2. Pattuppattu, Tirumunganarrupadai, 285-90, transl. A.L. Basham, *The Wonder That Was India*, p. 330.
3. Kingsbury and Phillips, *Hymns of the Tamil Saints*, pp. 89, 127.
4. Ibid., p. 54

अध्याय 9

1. Uttaramerur Inscription, *Archaeological Survey of India Report* (1904-5), pp. 138 ff.
2. K.A. Nilakantha Sastri; *The Colas*, p. 577.
3. Marco Polo, *Travels*, p. 237 (Pelican Edition).
4. Basavaraja, transl. *Sources of Indian Tradition* (ed Th. de Bary), p. 357.

अध्याय 10

1. Al Kazwini, transl. Eliot and Dowson, *The history of India as Told by its Own Historians*, Vol. I, p. 97.
2. Alberuni, *Tahqiq-i-Hind*, transl. Sachau, *Alberuni*.

अध्याय 12

1. Eliot and Dowson, *The History of India as Told* by its *Own Historians*, Vol. I, p 332.
2. Ibid, p. 185.

अध्याय 13

1 *Cultural Heritage of India*, Vol. II, p. 249.
2. R. Tagore (transl), *Songs of Kabir*, pp. 45,112.
3. M. A. Macauliffe, *The Sikh Religion*, I, pp. 195-6.

अध्याय 14

1. *Fernao Nuniz*, transl. Sewell, *A Forgotten Empire*, pp. 373-4.
2. Ibid.
3. *Amuktamalyada*, IV, V, 245-58.

सहायक ग्रंथ

V. Smith, *Oxford History of India* (Oxford, 1958).
A.L. Basham, *The Wonder That Was India* (London, 1954).
D.D. Kosambi, *The Culture and Civilisation of Ancient India in Historical Outline* (London, 1965).
Th. de Bary ed., *Sources of Indian Tradition* (New York, 1958).
A.B.M. Habibullah, *Foundation of Muslim Rule in India*, (Lahore, 1945).
P.V. Kane, *History of the Dharmashastra* (Poona, 1930-46).
K.M. Ashraf, *Life and Condition of the People of Hindustan* (Delhi).
J.N. Farquhar, *Outline of the Religious Literature of India* (Oxford, 1920).
Tarachand, *Influence of Islam on Indian Culture* (1954).
J.E. Charpentier, *Theism in Medieval India* (1919).
A. Bose, *Social and Rural Economy of Northern India* (Calcutta, 1961).
U.N. Ghoshal, *The Agrarian System in Ancient India* (Calcutta, 1930).
T. Moreland, *Agrarian System of Muslim India* (Cambridge, 1929).
K.A. Nilakantha Sastri, *A History of South India* (London, 1958).
A. Cunningham, *The Ancient Geography of India* (Calcutta, 1924).
J. Filliozat, *La Doctrine Classique de la Medicine Indienne* (Paris, 1949).
A. Cunningham, *A Book of Indian Eras* (Calcutta, 1883).
A.K. Coomaraswami, *History of Indian and Indonesian Art* (London, 1927).
B. Rowland, *The Art and Architecture of India* (London, 1953).
G.T. Garratt ed., *The Legacy of India* (Oxford, 1937).
K.M. Pannikar, *Geographical Factors in Indian History* (Bombay, 1959)

संदर्भ सामग्री पर टिप्पणी

प्रस्तुत पृष्ठों में उल्लिखित संदर्भ-सामग्री के अंतर्गत उन कृतियों की चर्चा की गई है, जो इस पुस्तक के विभिन्न अध्यायों में विवेचित विचारों के लिए प्रासंगिक हैं। जहाँ कहीं संभव हुआ है, संदर्भ सामग्री के अंग्रेजी अनुवादों का उल्लेख कर दिया गया है। अधिक महत्त्वपूर्ण पत्र-पत्रिकाओं की सूची भी इस खंड के अंत में दी गई है।

अध्याय 1

James Mill की *The History or British India* (London 1826) में उन यूरोपीयों के दृष्टिकोण प्रतिफलित हुए हैं जो भारत का अध्ययन अपने देश में प्रचलित प्रतिमानों के आधार पर करते थे, और उसे कसौटी पर खरा उतरता हुआ नहीं पाते थे। Max Muller के *Collected works* (1903) में दूसरा दृष्टिकोण प्रस्तुत किया गया है, जिसमें भारतीय वस्तुओं के लिए उत्साहपूर्ण समर्थन है। V. smith की *The Oxford History of India* (Ist ed. 1919) तथा *Early History of India* (1924) एक प्रशासक के दृष्टिकोण से लिखे गए इतिहास हैं। *K. P. Jayaswal* की Hindu polity (Calcutta, 1924) में अतीत की सजग राष्ट्रीय दृष्टिकोण से की गई व्याख्या है। अधिकांश स्तरीय पाठ्य-पुस्तकों में भारतीय इतिहास का कालविभाजन हिंदू-मुस्लिम-ब्रिटिश के आधार पर किया गया है। स्मिथ की उपरोक्त पुस्तक में भी काल विभाजन का यही आधार है, और R. C. Majumdar, H. C. Ray Chaudhuri तथा K. K. Datta की बहुत अधिक उपयोग में आनेवाली पुस्तक *An Advanced History of India* (London, 1961) में भी।

भारतीय स्रोत-सामग्री के विश्लेषण में समाजशास्त्रीय सिद्धांतों के प्रयोग की एक झलक Max Weber की पुस्तक *The Religion of India* (Glencoe, 1958) में देखी जा सकती है। वैबर के सारे विश्लेषण पूरी तरह स्वीकार्य नहीं हैं, लेकिन इतना अवश्य है कि उसमें धर्म को समाज से और उन लोगों से जोड़ने की चेष्टा की गई है जो उसका पालन करते हैं। यही अपने आप में एक ऐसी बात है जिससे अनेक बुनियादी और महत्त्वपूर्ण प्रश्न हमारे सामने आते हैं।

विभिन्न स्रोतों के माध्यम से भारत के प्राचीन अतीत की खोज पर एक उपयोगी पुस्तक J. Cumming (ed.) की *Revealing India's Past* (London 1939) है। इसका अधिकांश प्रारंभिक पुरातत्त्वीय कार्य से संबंधित है। भारतीय उपमहाद्वीप के प्राक्-इतिहास और प्रारंभिक इतिहास पर हाल के वर्षों में अनेक पुस्तकें लिखी गई हैं। इनमें B. Subbarao की *The Personality of India* (Baroda, 1958), B. E. M. Wheeler की *Early India and Pakistan* (London 1958), S. Piggott की *Prehistoric India* (Harmondsworth, 1962) और H. D. Sankalia की *The Prehistory and Protohistory of India and Pakistan* (Bombay, 1963) उल्लेखनीय हैं। खुदाइयों पर सबसे ज्यादा अद्यतन जानकारी आर्केलॉजीकल सर्वे ऑफ इंडिया द्वारा प्रकाशित दो पत्रिकाओं में उपलब्ध है : *Ancient India* और Indian Archaeology, a Review; साथ ही, विभिन्न विश्वविद्यालयों के इतिहास और पुरातत्त्व विभागों तथा दकन कॉलिज, पूना द्वारा प्रकाशित आलेखों में भी यह जानकारी मिलती है। प्रारंभिक खुदाइयों पर Sir John Marshall की रिपोर्ट *Mohenjodaro and the Indus Civilisation* (London, 1931) में हड़प्पा संस्कृति के बारे में तथ्यपरक और विस्तृत सूचना दी गई है किंतु R. E. M. Wheeler की *The Indus Civilisation* (Cambridge, 1953) अपेक्षाकृत नई रिपोर्ट है। B. S. Guha की *An outline of the Racial Fthnology of India* (Calcutta 1937) इस विषय की एक श्रेष्ठ कृति है।

अध्याय 2

तुलनात्मक भाषाविज्ञान के प्रारंभिक शोधकर्ताओं में सर विलियम जोन्स थे, जिन्होंने अठारहवीं शताब्दी के अंतिम चतुर्थांश में कार्य किया था। 1784 में उन्होंने एशियाटिक सोसायटी ऑफ बंगाल की स्थापना की थी, और उनका अपना तथा अन्य शोधकर्ताओं का कार्य इस सोसायटी की पत्रिका *Asiatic Researches* में समाविष्ट है।

आर्य संस्कृति विषयक सूचना के स्रोत वे कई प्रकार के साहित्य हैं जिन्हें वैदिक साहितय के सामान्य शीर्षक से अभिहित किया जाता है। इनमें ऐतिहासिक स्रोत-सामग्री के रूप में सबसे ज्यादा प्रासंगिक हैं: *The Hymns of Rig-Veda*, transl. R. T. H. Griffiths (Banaras, 1896-7), *Aitareya Brahmana*, Transl. A. B. Keith (HOS XXV. Cambridge, Mass, 1920), *Shatapatha Brahmana, Transl.* J. Eggeling (Oxford, 1882-1900), *Taittiriya Brahmana, ed.* R. Mitra (Calcutta, 1855-70), *Thirteen Principal Upanishads*, transl. F. Max Muller (Oxford, 1921), *The Griha Sutras*, transl. H. Oldenberg (Oxford), *The Dharma-Sutras*, transl. G. Buehler (Oxford).

Gordon Childe ने *The Aryans* (London, 1926), और *New light on the most Ancient East* (London, 1952) में भारत-यूरोपियों के मूल-स्थान और आर्य संस्कृति से संबद्ध कबीलों के प्रसार विषयक पुरातत्त्वीय सामग्री का अध्ययन किया है। *Cambridge History of India*, Vo. I (1922) के प्रासंगिक अध्यायों में आर्य संस्कृति का उपयोगी विवरण प्राप्त होता है। H. C. Raychaudhuri की *The Political History of Ancient India* (Calcutta, 1953) और *History and Culture of Indian people*, Vol. I, *The Vedic Age* (Bombay, 1951) में इस काल के राजनीतिक इतिहास को पुनर्निर्मित करने का प्रयत्न किया गया है। A. A. Macdonnell की *Vedic Mythology* (Strassbourg, 1987). और A. B. Keith की *Religion and Philosophy of the Vedas and Upanishads* (Cambridge, Mass. 1925) में आर्यों के पौराणिक साहित्य और धर्म का विस्तृत अध्ययन किया गया है। C. Drekmeier की *Kingship and Community in Early India* (Stanford, 1962) में यज्ञ की राजनीतिक और सामाजिक भूमिका पर कई रोचक अध्याय हैं। धार्मिक पक्ष का अधिक विस्तृत विवेचन M. Mauss और H. Hubert की *Melange d'histoire des religions* (Paris, 1929) में किया गया है, J. H. Hutton की *Caste in India* (Cambridge, 1946) में जाति के विकास का सर्वेक्षण है, जो आज भी उपयोगी है। I. Karve की *Hindu Society: an Interpretation* (Poona, 1961) में जाति-विषयक अद्यतन समाजशास्त्रीय अनुसंधान का पर्याप्त समावेश है।

अध्याय 3

इस काल की घटनाओं से संबंध रखनेवाले स्रातों का विषय-क्षेत्र बहुत व्यापक है। ब्राह्मण स्रोतों के अलावा बौद्ध और जैन ग्रंथ तो हैं ही, यूनानी विवरणों और विभिन्न नगर-स्थलों की खुदाइयों से भी सूचनाएँ मिलती हैं।

बौद्ध स्रोत हैं: *Anguttara Nikaya* (London, 1932-6), *Dhammapada*, transl. Max Muller (Oxford, 1898), *Digha Nikaya*, transl. T. W. Rhys Davis (London, 1899), *Jataka*, ed. E. B. Cowell (Cambridge, 1893-1913), और *Vinaya Pitaka*, transl. H. Oldenberg एवं T. W. Rhys Davis (Oxford, 1881-5)। जैन ग्रंथों में *Parishishtaparavan*, *Uvasagadasao*, *Kalpsutra* तथा *Acharanga* उल्लेखनीय हैं, जिनके प्रासंगिक भागों का अनुवाद H. Jacobi ने *Jain Sutras* (Oxford, 1884-95) में किया है।

परवर्ती काल मे लिखे गए कुछ पुराणों में भी इस काल का उल्लेख मिलता है। इनमें *Vishnu Purana*, trans. H. H. Wilson (London, 1864-70) और x13Bhagavata Purana, transl. E. Bournouf (Paris, 1840-98) उपयोगी हैं। पाणिनी की व्याकरण-रचना अष्टाध्यायी में प्रासंगिक उल्लेख हैं। यूनान के यात्रियों और दूसरे लोगों द्वारा प्रस्तुत किए गए विवरणों को J. W. McCrindle ने कई पुस्तकों में

एकत्र और अनूदित किया है—*Ancient India as described by Ktesias the Knidian* (Calcutta, 1882), *Ancient India as Described in Classical Literature* (Westminster, 1901) तथा *The Invasion of India by Alexander the Great* (Westminster, 1896)। इसके अतिरिक्त, Herodotus की *History* (Oxford, 1913-14) में पश्चिमोत्तर भारत के उल्लेख हैं।

J. Marshall, *Taxila* (Cambridge, 1951), A. Ghosh, *Rajagriha*, G. R. Sharma, Kaushambi (Allahabad, 1960) खुदाई की रिपोर्टें हैं। B. C. Law की *Geography of Early Buddhism* (London 1932) इस सिलसिले में उपयोगी है।

B. C. Law की पुस्तक *Some Kshatriya Tribes in Ancient India* (Calcutta, 1924) में प्रजातांत्रिक राज्यों का वर्णन है। H. C. Raychaudhuri की *Political History of Ancient India* (Calcutta, 1953) में इस काल के राजनीतिक इतिहास का विवेचन है। Y. Mishra की *An Early History of Vaishali* (Delhi, 1962) में एक अंचल विशेष का अधिक विस्तृत वर्णन है। T. W. Rhys Davis की *Buddhist India* (London, 1903) और R. Fick की *Social Organisation of North-Eastern India in the Buddha's Time* (Calcutta, 1920) में इस काल के समाज और अर्थतंत्र पर सामग्री मिलती है। D. Chanana की *Slavery in Ancient India* (Delhi, 1960) तथा R. S. Sharma की *Shudras in Ancient India* (Delhi, 1958)—दोनों प्राचीन भारत के सामाजिक इतिहास पर बहुत हाल की पुस्तकें हैं जिनमें इस काल का उल्लेख भी है। E. Conze af पुस्तक *Buddhism: its Essence and development* में बौद्धमत का अच्छा परिचय है, और E. G. Thomas कृत *Early Buddhist Scriptures* (London, 1935) में चुने हुए बौद्ध ग्रंथों का अनुवाद है। जैन शिक्षा का एक सर्वोत्तम सार S. Stevenson की *The Heart of Jainism* (Oxford 1915) में मिलता है।

अलैक्जैंडर के आक्रमणों का विस्तृत वर्णन V. Smith की *Early History of India* (Oxford, 1924) में है। W. W. Tarn की पुस्तक *Alexander the Great* (Cambridge, 1950) एक श्रेष्ठ जीवनचरित है।

अध्याय 4

ऐतिहासिक युग में प्रवेश करने के साथ परंपरागत स्रोतों की अन्य ऐतिहासिक स्रोत-सामग्री, उदाहरणार्थ अभिलेख-सामग्री से तुलना संभव हो जाती है। इनमें से पहले प्रकार की सामग्री का संकलन F. E. Pargiter की पुस्तक *Dynasties of the Kali Age* (London, 1913) में है। इस काल की प्रमुख पुरालेखीय साक्षी अशोक के अभिलेखों का समूह है, जिनका संपादन और अनुवाद E. Hultzsch ने *Corpus Inscriptionum, Indicasrum*, Vol. I (London, 1925) में किया है। हाल ही में खोजे गए ब्राह्मी और ग्रीक दोनों भाषाओं के अभिलेख विभिन्न पांडित्यपूर्ण पत्रिकाओं में प्रकाशित हुए हैं।

कौटिल्य के *Arthashastra* का संपादन T. Ganapati Sastri ने और अनुवाद R. Shamasastri (Mysore, 1958) ने किया है। विशाखदत्त के नाटक *Mudrarakshas का संपादन K. H. Dhruva (Poona, 1923) ने किया है।*

मौर्यकाल विषयक बौद्ध स्रोत हैं: *Dipavamsa*, ed. Oldenberg (London, 1879), *Mahavamsa*, ed. Geiger (London, 1908), *Divyavadana*, ed. Cowell तथा Neil (Cambridge, 1886) और J. Przyluski कृत *La Legende del'Empereur Acoka* (Paris, 1923), जो उत्तरी बौद्ध अनुश्रुति एवं चीनी स्रोतों से उपलब्ध अशोक संबंधी कथाओं का संकलन है।

Megasthenes के *Indica का अनुवाद J. W. McCrindle ने Ancient India as Described by Megasthenes and Arrian* (Calcutta, 1877) में किया है।

मौर्यकाल के नगरों की खुदाइयों के वर्णन *Ancient India* में प्रकाशित इन स्थलों की रिपोर्टों में मिलता है, उदाहरण के लिए हस्तिनापुर और शिशुपालगढ़ आदि की रिपोर्टें। मौर्यों पर लिखे गए आलेखों के लिए देखें: V. Smith, *Ashoka* (Oxford 1903): K. A. Nilkantha Sastri, *The Age of the Nandas and Mauryas* (Banaras, 1952); R. Thapar, *Asoka and the Decline of the Mauryas* (Oxford,

1961), एवं *History and Culture of the Indian People*, Vol. II, *The Age of Imperial Unity (Bombay, 1951)*

अध्याय 5

शुंगों के संबंध में जानकारी Pargiter द्वारा *Dynasties of the Kali Age* में दी गई पौराणिक राजाओं की सूची से और कालिदास के नाटक *मालविकाग्निमित्रम्* में मिलती है। एक संक्षिप्त विवरण Raychaudhuri की *Political History of Ancient India* (Calcutta, 1953) में भी हैं। खारवेल का हाथीगुंफा शिलालेख R. Mitra कृत *Antiquities of Orissa*, Vol. II (1880) में प्रकाशित है।

इंडो-यूनानियों का इतिहास अधिकांशतया मुद्राशास्त्रीय तथा पुरालेखीय साक्ष्य पर आधारित है। मुद्राशास्त्रीय साक्ष्य के लिए A. Cunningham, *Coins of Alexandar's Successors in the East*", R. B. Whitehead. *Catalogue of Coins in the Punjab Museum, Lahore*, Vol. I (Oxford, 1914), V. Smith, *Catalogue of Coins in the Indian Museum Calcutta*, Prart I (Oxford, 1906); J. Allan, *Catalogue of Coins in the British Museum, Greek and Scythic Kings* (London, 1886) को पढ़ा जा सकता है। इस सामग्री का सबसे ज्यादा अद्यावधि अध्ययन A. K. Narain की पुस्तक *The Indo-Greeks* (London, 1957) में मिलता है, वैसे W. W. Tarn की पुस्तक *The Greeks in Bactria and India* (Cambridge, 1951) पहले प्रकाशित हो चुकी थी। इस काल से संबंधित पुरालेखीय साक्ष्य की जानकारी S Konow की पुस्तक *Corpus Inscriptionum Indicarum*, Vol. II (Oxford, 1929) में मिलती है। 'मिलिंदपान्हो' का अनुवाद *The Questions of King Malinda* (Oxford, 1890-94) में किया गया है। सीथियनों से संबंधित स्रोतों का विवेचन J. E. Van Lohuizen de Leeuw की पुस्तक *The 'Scythian' Period.* (Leiden, 1949) में उपलब्ध है। कुषाणों के अध्ययन के लिए R. Ghirshman की पुस्तक *Begram* (Cairs, 1946) उपयोगी है।

सातवाहन काल के अधिक महत्त्वपूर्ण पुरालेखों को *Epigraphia Indica* में प्रकाशित किया गया है, विशेष रूप से उसके Vol. VII और VIII में। *Epigraphia Indica* के Vol. X में इन तथा अन्य संबंधित पुरालेखों की एक अनुक्रमणिका दी गई है। E. J. Rapson ने *Catalogue of Coins in the British Museum, Andhras and Western Kshatraps* (London, 1908) में मुद्राशास्त्रीय साक्ष्य जुटाए गए हैं। G. Yazdani द्वारा संपादित *The Early History of the Deccan* तथा D. Barratt की *Sculpture from Amaravati in the British Museum* (London, 1954) में सातवाहनों से संबंधित अध्याय में सातवाहन इतिहास तथा घटनाक्रम पर नवीनतम सामग्री का समावेश है।

'तमिल संगम' साहित्य का स्तरीय अंग्रजी रूपांतर J. V. Chelliah कृत *Ten Tamil Idylls* (Colombo, 1947) है। इस काल में दक्षिण इतिहास के लिए P. T. S. Aiyangar की *History of the Tamils to 600 A. D.* (Madras, 1929) और K. N. Shivaraja Pillai की *Chronology of the Early Tamils* (Madras, 1932) उल्लेखनीय है।

मार्गों के संबंध में जानकारी जातकों, Pliny की *Natural History* और Ptolemy की *Geography* जैसे अनेक स्रोतों से प्राप्त की जा सकती है, और इन स्रोतों का विवेचन W. W. Tarn की पुस्तक *Hellenistic Civilisation* (London, 1930) में हुआ है। मध्य एशिया तथा चीन के साथ भारतीय संपर्कों का विवेचन P. C. Bagchi की *India and China* (Calcutta, 1944) तथा N. P. Chakravarti की *India and Central Asia* (Calcutta, 1927) में, और साथ ही Aurel Stein की पुस्तकों *Ancient Khotan* (Oxford, 1907) तथा *Serindia* (Oxford, 1921) में किया गया है।

अध्याय 6

इस काल की श्रेणियों से संबंधित जानकारी कई स्रोतों से संकलित करनी पड़ती हैं। इनमें बौद्ध तथा जैन स्रोत हैं जिनका उल्लेख पहले किया जा चुका है। इन स्रोतों में श्रेणियों से संबंधित प्रसंग और विवरण दिए गए हैं तथा शिलालेखों का उल्लेख किया गया है, जैसे सातवाहनों के नासिक शिलालेख, और धर्मशास्त्रों में भी श्रेणियों का

उल्लेख तथा उनके कार्य का विवरण है। धर्मशास्त्रों में सबसे अधिक प्रसिद्ध हैं : G. Buehler द्वारा मनुस्मृति का अनुवाद *The Laws of Manu* (Oxford, 1886) और J. Jolly द्वारा अनूदित *The Institutes of vishnu* (Oxford, 1880)।

अरिकामेदु पर व्हीलर, कृष्ण देव तथा घोष द्वारा लिखी गई खुदाई की रिपोर्ट *Ancient India*, 2, 1946 में प्रकाशित हुई है। कावेरीपत्तनम की खुदाई भी हुई है, लेकिन उनकी रिपोर्ट अभी प्रकाशित होनी है। रोम के व्यापार का विवेचन R. E. M. Wheeler ने अपनी पुस्तक *Rome Beyond the Imperial Frontier* में तथा E. H. Warmington ने अपनी पुस्तक *Commerce Between the Roman Empire and India* (Cambridge, 1929) में किया है। J. W. McCrindle ने *Ancient India as Described by Ptolemy* (Calcutta, 1927) में Ptolemy की पुस्तक के भारत से संबंधित अंशों का अनुवाद प्रस्तुत किया है, और W. H. Schoff ने *Periplus of the Erythrean Sea* (London, 1912) का अनुवाद किया है। R. K. Mookerjee की पुस्तक *History of Indian Shipping* (London, 1912) इस विषय पर एकमात्र आलेख है लेकिन इसमें तकनीकी सटीकता का अभाव है।

J. Marshall की पुस्तक *Gandhara Art* में इस कला-शैली का सुंदर सर्वेक्षण प्रस्तुत किया गया है। बौद्ध स्थापत्य शैलियों के विकास का विवेचन P. Brown की पुस्तक *Indian Architecture* (Buddhist and Hindu) (Bombay, 1949) में हुआ है। महायान बौद्ध ग्रंथों के चुने हुए अंशों का अनुवाद *Buddhist Mahayana Sutras* (Oxford 1894) में उपलब्ध है। बौद्ध धर्म पर Conze की पुस्तक के अलावा, एक और उपयोगी पुस्तक T. W. Rhys Davids की *Buddhist : its History and Literature* (London, 1923) है। Cambridge History of India, Vol. I में जैनमत पर एक अध्याय है जिसमें जैन धर्म का इतिहास दिया गया है। H. C. Raychaudhuri, *Early History of the Vaishnava Sect* (Calcutta, 1926) तथा एस. राधाकृष्णन द्वारा अनूदित *Bhagavat Gita* (London) से वैष्णव संप्रदाय में होनेवाले परिवर्तनों का पता लगता है। थॉमस की भारत-यात्रा से संबंधित किंवदंती पर A. E. Medlycott की पुस्तक *India and the Apostle Thomas* (London, 1905) में विचार किया गया है।

अध्याय 7

गुप्त काल से संबंधित पुरालेखों का संपादन तथा अनुवाद J. Fleet ने *Corpus Inscribtionum Indicarum*, Vol. III (Calcutta, 1888) में किया है। सिक्कों से प्राप्त होनेवाले साक्ष्यों का अध्ययन J. Allan कृत *Catalogue of the Coins of the Gupta Dynasty in the British Museum* (London, 1914) में तथा A. S. Altekar कृत *Catalogue of the Gupta Gold Coins in the Bayana Hoard* (Bombay, 1954) में किया जा सकता है। फाहियान की भारत-यात्राओं के विवरण का अनुवाद H. A. Giles ने *The Travels of Fa-hien* (Cambridge, 1923) में किया है। साहित्यिक कृतियाँ हैं विशाखदत्त की 'देवीचंद्रगुप्तम', कालिदास का 'अभिज्ञान शाकुंतलम्', अनुवादक W. Jones (London, 1790); 'कुमारसंभव', अनु. R. T. H. Griffiths (London, 1789); 'मेघदूतम्', अनु. C. King (London, 1930) तथा अन्य, जिनका विवेचन A. B. Keith ने *History of Sanskrit Literature* (Oxford, 1920) में किया है। वात्सयान का 'कामसूत्र', जिसका अनुवाद B. N. Basu (Calcutta, 1944) ने किया है, एक अन्य स्रोत हैं। अन्य साहित्यिक कृतियाँ हैं *Kamandaka Nitisara*, ed. T. Ganapati Shastri (Trivandrum, 1912), *Vishnu Puran*, transl. H. H. Wilson (London, 1864-70) और कई धर्मशास्त्र, जो मुख्यतया दो अनुवादों में उपलब्ध हैं—G. Buehler कृत *Sacred Laws of the Aryas* (Oxford, 1879-82) और J. Jolly कृत *The Minor Law Books* (Oxford, 1889)।

हर्ष के शासन काल का विवरण प्रस्तुत करनेवाली पुस्तकें हैं बाण कृत *Harshcharita* (London, 1898); व्हेन-त्सांग द्वारा अपनी भारत-यात्रा का विवरण *On Yuan Chwang's Travels in India*, ed. Watters (London, 1904-5); S. Beal की *Life of Hiuen Tsiang by the Shaman Hwui Li*

(London, 1911) तथा S. Beal की *Si Yu Ki, Buddhist Records of the Western World* (London, 1883) । R. K. Mukerjee कृत *Harsha* (London, 1926) यद्यपि कुछ पुरानी पड़ गई है, लेकिन इस विषय पर अब तक एक एकमात्र आलेख है ।

गुप्तोत्तर राजवंशों के राजनीतिक इतिहास की पुनर्रचना (उपरिलिखित साहित्यिक साक्ष्यों के अलावा) पुरालेखीय तथा मुद्राशास्त्रीय स्रोतों के आधार पर की जा सकती है, लेकिन इनका संकलन किसी एक आलेख में नहीं किया गया है । ऐसे स्रोतों की सूची के लिए *History and Culture of the Indian People*, Vol. III, *The Classical Age* (Bombay, 1954), पृष्ठ 678-84 को देखा जा सकता है । इस काल पर दो स्तरीय आलेख हैं R. C. Majumdar कृत *The Gupta-Vakataka Age* (London, 1946) और B. P. Sinha कृत *The Decline of the Kingdom of Magadh* (Patna, 1954) । F. A. von Schiefer ने एक तिब्बती भिक्षु तारानाथ द्वारा लिखे गए भारत में बौद्ध धर्म के इतिहास का अनुवाद *Geschichte des Buddhismus in Indicn* (St. Petersberg, 1869) शीर्षक से किया है, जिससे भारतीय इतिहास की कुछ घटनाओं पर प्रकाश पड़ता है । विभिन्न स्थलों पर गुप्तकाल से संबंधित खुदाइयों की रिपोर्ट *Ancient India* में उपलब्ध हैं ।

प्रशासन तथा कृषि प्रणाली की जानकारी पुरालेखों और धर्मशास्त्रों से संग्रहीत की जा सकती है । U. N. Ghoshal ने *The Agrarian System in Ancient India* (Calcutta, 1930) में सारी सामग्री को व्यवस्थित करने का प्रयास किया है। प्रारंभिक भारतीय राजनीतिक चिंतन का उपयोगी सार-संक्षेप J. Spellman की पुस्तक *Political Theory of Ancient India* (Oxford, 1964) में उपलब्ध है । B. Brown की पुस्तक *Indian Architecture: Hindu and Buddhist* (Bombay, 1944) में मंदिर स्थापत्य के विकास का विवेचन किया गया है । इस काल के धार्मिक विश्वास में होनेवाले परिवर्तनों के अध्ययन के लिए ये सब पुस्तकें आवश्यक हैं : R. G. Bhandarkar, *Vaishnavism, Shaivism and the Minor Religious Sects* (Strassbourg, 1913); A. Avalon, *Shakti and Shakta* (Madras, 1929); और H. M. Eliot, *Hinduism and Buddhism* (London, 1922); और T. D. Suzuki द्वारा अनूदित *Lankavatara-sutra* (London, 1932) । S. Radhakrishnan कृत *Indian Philosophy* (London, 1923-7) और S. N. Das Gupta कृत *History of Indian Philosophy* (Cambridge, 1923-49) दोनों ही भारतीय दर्शन की व्याख्या करने वाली स्तरीय पुस्तकें हैं । R. Le May, *The Culture of South-East Asia* (London, 1954), C. Coedes, *L'Etat Hindouise d'Indochine d'Indonesie* (Paris, 1948), R. C. Majumdar, *Hindu Colonies in the Far East* (Dacca, 1927) और H. G. Quaritch Wales, *The Making of Greater India* (London, 1951) में दक्षिण-पूर्व एशिया में भारतीय संस्कृति के प्रसार का वर्णन है । इस काल के वैज्ञानिक विकास का सुंदर परिचय G. Thibaut की *Indische Astronomie and mathematik* (Strassbourg, 1899) में मिलता है ।

अध्याय 8

राजनीतिक तथा प्रशासनिक इतिहास के लिए बड़े परिमाण में पुरालेखीय साक्ष्य उपलब्ध है । अधिक महत्त्वपूर्ण पुरालेखों को *South Indian Inscriptions* शीर्षक आलेखमाला में संपादित किया गया है और *Annual Report of Indian Epigraphy* में भी इनका उल्लेख है । पूर्वोक्त आलेखमाला के निम्नलिखित संस्करण प्रासंगिक हैं : K. V. S Aiyer (Madras, 1928, 1933), E. Hultzsh (Madras, 1890-1929), H. K. Shastri (Madras, 1924-6), V. V. Ayyar (Madras, 1943) । इनके अलावा, R. Sewell और S. K. Aiyangar ने *Historical Inscriptions of south India* (Madras, 1932) का संपादन किया है ।

G. Yazdani द्वारा संपादित *The Early History of the Deccan* (London, 1960) और D. C. Sircar कृत *Successors of the Satvahansa* (Calcutta, 1939) में दक्खन में सातवाहनोत्तर काल का इतिहास प्रस्तुत किया गया है । G. M. Moraes की *Kadamba Kula* (Bombay, 1931) दक्षिण के एक

छोटे राजवश का इतिहास है।

पल्लवों के इतिहास का विस्तृत अध्ययन प्रस्तुत करनेवाली पुस्तकें हैं : R. Gopalan, *History of the Pallavas of Kanchi* (Madras, 1928); A. Jouveau-Dubreuil. *The Pallavas* (Pondicherry, 1917) और *Pallava Antiquities* (London, 1916) तथा C. Minakshi, *Administrative and Social Life under the Pallavas* (Madras, 1938).

तमिल संतों के पदों का अनुवाद F. Kingsbury व G. E. Phillips ने *Hymns of the Tamil shaivite saints* (Calcutta 1921) शीर्षक से और J. S. M. Hooper ने *Hymns of the Alvars* (Calcutta, 1929) शीर्षक से किया है। 'संगम्' संग्रहों के परवर्ती लेकिन क्लासिकी तमिल साहित्य के पूर्ववर्ती काल के साहित्य का अनुवाद G. U. Pope ने *Naladiyar* (Oxford, 1893) और *The Sacred Kural* (London, 1888) शीर्षकों से किया है।

दो कालजयी कृतियाँ अनुवाद में उपलब्ध हैं : *Manimegalai*, transl. K. A. Aiyangar (London, 1928) और *Shilappadigaram*, transl. V. R. R. Dikshitar, *The Lady of the Anklet* (Oxford, 1939)। दंडिन के 'दशकुमारचरित' का अनुवाद A. W. Ryder (Chicago, 1927) ने किया है।

G. Yazdani की पुस्तक *Ajanta* (London, 1930, 33, 46), जंगलों के भित्तिचित्रों का एक सचित्र अध्ययन है। A. H. Longhurst कृत *Pallava Architecture* (Memoirs of the Archaeological Survey of India, Nos. 17 and 13, 1924, 28) में पल्लव स्थापत्य का उपयोगी अध्ययन है। स्थापत्य पर दो और बड़ी पुस्तकें हैं : P. Brown, *Indian Architecture* और J. Fergussen *History of Indian and Eastern Architecture* (London, 1910).

अध्याय 9

इस काल की पुरालेखीय सामग्री फिर अनेक प्रकाशनों में बिखरी हुई हैं। चोल काल के महत्त्वपूर्ण पुरालेखों की सूची *History and Culture of the Indian People*, Vol. IV., *The Age of Imperial Kanauj*, pp. 486 ff., और Vol. V, *The struggle for Empire*, pp. 819 ff. (Bombay, 1955, 1957) में दी गई है। इस संबंध में *South Indian Inscriptions*, *Epigraphia Carnatica* और *Epigraphia Indica* भी देखे जा सकते हैं। प्रासंगिक सामग्री के दूसरे संकलन हैं : R. S. Panchmukhi, *Karnataka Inscriptions* (Dharwar, 1941, 51); L. Rice, *Mysore and Coorg from the Inscriptions* (London, 1909); V Rangacharya, *Inscriptions of the Madras Presidency* (Madras, 1919)। राष्ट्रकूटों से संबंधित पुरालेखों की सूची *History and Culture of the Indian people*, Vol. IV, *The Age of Imperial Kanauj*, P. 470 में दी गई है।

W. Elliot की *Coins of Southern India* (Strassbourg, 1897) में दक्षिण के अधिक महत्त्वपूर्ण सेक्कों का उल्लेख है।

इस काल के लिए अन्य सहायक कृतियां है : A. S. Altekar, *The Rashtrakutas and thier times* (Poona, 1934); D. Derrett, *The Hoysalas* (Oxford, 1957); T. V. Mahalingam, South Indian polity (Madras, 1955); K. A. Nilkantha Shastri द्वारा चोल काल का विस्तृत अध्ययन *The Cholas* (Madras, 1955) और उसी लेखक की *The Pandyan Kingdom* (London, 1928) तथा *A History of South India* (London, 1958)। अन्य दक्षिण भारतीय भाषाओं के संदर्भ में तमिल साहित्य के विकास के लिए M. S. Purnalingam Pillai कृत *Tamil Literature* (Tinevelly, 1929) और V. R. R. Dikshitar कृत *Studies in Tamil Literature and History* (London, 1930) देखी जा सकती हैं। धार्मिक आंदोलनों पर कई पुस्तकें हैं, जैसे S. K. Aiyangar, *Some Contributions of South India to Indian Culture* (Calcutta, 1942); C. V. N. Ayyar, *Origin and Early History of Shaivism in South India* (Madras, 1936), और K. R. Subramaniam, *Origin of Shaivism and its History in the Tamil Land* (Madras, 1941)। R. E. Latham द्वारा

सम्पादित और अनूदित *The travels of Marco Polo* (Harmondsworth, 1958) इस काल से सम्बन्धित है।

अध्याय 10 और 11

पुरालेखीय साक्षी का संकलन फिर अनेक प्रकाशनों से करना पड़ता है। पाल इतिहास से सम्बद्ध पुरालेखों की सूची N. G. Majumdar की *Inscriptions of Bengal*, Vol. I-III में तथा *History and Culture of Indian People*, Vol. IV में पृष्ठ 473 पर है। उड़ीसा से संबंधित पुरालेखों की सूची इसी खंड के पृष्ठ 476 पर और प्रतीहार पुरालेखों की सूची पृष्ठ 472 पर दी गई है। कश्मीर-विषयक आधारभूत स्रोत कल्हण की राजतरंगिणी है, जिसका अनुवाद M. Stein (London, 1900) ने किया है। कन्नौज के राजा यशोवर्मन के वाक्पति कृत जीवनचरित *Guadavadha* को S. P. Pandit (Bombay, 1887) ने संपादित किया है। इस काल पर दूसरे साहित्यिक स्रोत हैं : सोमदेव का कथा सरित्सागर, transl. C. H. Tawney (Calcutta., 1880-87), सोमदेव सूरि का नीतिवाक्यामृतम्, ed. R. Soni (Bombay, 1929), मेधातिथि का मनुभाष्य, transl. G. Jha (Calcutta, 1922-29), बिल्हण का विक्रमांकदेव- चरित, ed. G. Buehler (Bombay, 1875), राजशेखर कृत कर्पूरमंजरी, transl. C. R. Lanman (Cambridge, Mass., 1901), मेरुतुंग कृत प्रबंधचितामणि, Transl. C. H. Tawney (Calcutta, 1901); और चंदबरदाई कृत पृथ्वीराजरासो, ed. S. S. Das (Banaras, 1904), J. Tod, *Annals and Antiquities of Rajasthan* (London, 1960) में राजपूत इतिहास की प्रारंभिक परंपराओं के पर्याप्त उल्लेख हैं। A. Cunningham ने एक ग्रंथ का संपादन किया है *The Coins of Medieval India* (London, 1894).

इस काल में आकर ही भारत पर फारसी तथा अरबी में पुस्तकें लिखी गईं, या फिर इन दोनों भाषाओं के विद्वानों की कृतियों से भारत-विषयक संदर्भों का संकलन किया जा सकता है। ऐसे स्रोतों में सबसे ज्याद उल्लेखनीय अल्बरूनी की पुस्तक 'तहक़ीक़े-हिंद' है जो अंग्रेजी अनुवाद में उपलब्ध है, अनुवादक हैं E. C Sachau, *Alberuni's India* (London, 1914)। सिंध पर अरबों की विजय और पश्चिमोत्तर से होनेवाले हमलों से संबंधित अन्य स्रोतों का संकलन H.M. Eliot तथा J. Dowson ने *The History of India as Told by its own Historians, Vol. I* में किया है। इस पुस्तक में अनेक अरबी तथा फारसी रचनाओं से भारत के संबंध में प्रासंगिक चर्चाओं का समावेश भी किया गया है। गजनी के महमूद पर महत्त्वपूर्ण आलेख हैं M. Habib, *Sultan Mahmud of Ghazni* (Bombay, 1927) और M. Nazim, *Life and Time of Sultan Mahmud of Ghazni*. G. F Hourani कृत *Arab Sea-faring in the Indian Ocean in Ancient and early Medieval Times* (Princeton University Press, 1951) में भारत में अरब नौमैनिक गतिविधियों का अध्ययन तत्कालीन अरब संसार के व्यापक परिप्रेक्ष्य में किया गया है।

इस काल के लिए सहायक कृतियाँ हैं : *History and Culture of the Indian People, Vols. IV and V— The Age of Imperial Kanauj and the struggle for Empire* (Bombay, 1954, 1955). अधिक विस्तृत आलेख हैं R. S. Tripathi, *History of Kanauj* (Banaras, 1937); H. C. Ray, *Dynastic History of Northern India* (Calcutta, 1931), R. C. Majumdar, *History of Bengal* (Dacca, 1943); E. Pires, *The Maukharis* (Madras, 1934); C. V. Vaidya, *History of Medieval Hindu India* (Poona, 1921-26), R. D. Banerji, *History of Orissa* (Calcutta, 1931); A. C. Banerji, Rajput studies (Calcutta, 1944); D. Sharma, *Early Chauhan Dynasties* (Delhi 1959); D. C. Ganguli *History of the Paramara Dynasty* (Dacca, 1943); A. K. Majumdar, *The Chalukyas of Gujerat* (Bombay, 1956); S. K. Mitra, *The Early Rulers of Khajuraho* (Calcutta, 1958); और B. P. Majumdar, *Socio-Economic History of Nothern India* (Calcutta, 1960)। R. S. Sharma ने इस काल की भूमि-व्यवस्था की एक नई व्याख्या प्रस्तुत की है, जिसका विवेचन उन्होंने *Indian Feudalism C. 300-1200 A. D.* (Calcutta, 1965) में किया है। एक और नई पुस्तक L. Gopal कृत *The Economic*

Life of Northern India (Varansi, 1965) है।

अध्याय 12 तथा 13

इस काल के महत्वपूर्ण स्रोतों का संकलन, अनुवाद और संपादन H. M. Eliot तथा J. Dowson ने *The History of India as told by its Own Historians*, Vols. II, III और IV (Cambridge, 1931) में किया है। इन खंडों में उस समय के प्रमुख इतिहासकारों तथा इस काल पर लिखनेवाले कुछ परवर्ती लेखकों की चुनी हुई रचनाएँ दी गई हैं। (इन लेखकों की संपूर्ण रचनाएँ अलग से संपादित की गई हैं।) कुछ अरब भूगोलवेत्ताओं की कृतियों में भारत की जो चर्चा है, उसे भी इन खंडों में समाविष्ट किया गया है। M. Hussain ने इब्नबतूता कृत *Rehla* के संबंधित अंशों का अनुवाद किया है (GOS, cxxii, 1953)। फीरोजशाह के शासन पर लिखी गई पुस्तक Futuhat-i-Firuz Shahi का अनुवाद *Islamic Culture,* Vol. XV में उपलब्ध है। फरिश्ता के इतिहास का अनुवाद J. Briggs (Calcutta, 1908) ने और मिनहाज-ओ-सिराज की पुस्तक *Tabaqat-i-Nasiri* का अनुवाद H. G. Raverty (1881) ने किया है। O. Spies कृत *An Arab Account of India in the Fourteenth Century* (Stuttgart, 1936) अल-क़लक़शंदी के ग्रंथ का अनुवाद है। 982 ई. में किसी अज्ञात लेखक की भूगोल विषयक रचना *Hudud-ul-Alam* का अनुवाद V. Minorsky (London, 1937) ने किया है। A. S. Beveridge ने मुगल बादशाह बाबर की पुस्तक *Babar-nama* (London, 1922) का अनुवाद किया है। *Annals and Antiquities of Rajasthan* (London, 1960) में J. Todd द्वारा अभिलिखित परंपराओं से इस काल के राजपूत राज्यों के उद्‌भव का पता चलता है। मेरुतुंग कृत *Prabandh Chintamani,* transl, C. H. Tawney (Calcutta, 1901) तथा राजशेखर कृत *Prabandhakosh,* ed. J. Muni (Shantiniketan, 1935) इस काल के विषय में अतिरिक्त साहित्यिक स्रोत हैं। सल्तनत के समकालीन उत्तर भारतीय राज्यों से संबंधित बिखरे हुए साहित्यिक स्रोतों की अधिक विस्तृत जानकारी *History and Culture of Indian People, Vol. VI, The Delhi Sultanate,* pp. 963-76 में उपलब्ध है। C. J. Rodgers, *Catalogue of Coins in the Indian Museum,* Part I (Calcutta, 1894) और S. Lane-Poole, *The Coins of the Sultans of Delhi* (London, 1884) में इस काल की मुद्राशास्त्रीय सामग्री का उल्लेख है, और H. N. Wright, *The saltans of Delhi, their Coinage and Metrology* (Delhi, 1936) का अध्ययन पूरक सिद्ध होगा तथा रोचक भी।

भारत से संबंधित चीनी सामग्री के अनुवाद *Toung pao,* XVI, 1915, transl W. W. Rockhill; *Vishwabharati Annals,* I, 117-27, Transl, P. C. Bagchi; और J. Duyvendak, *Ma-Ḥuan Re-examined* (Amsterdam, 1933) में प्रकाशित हुए हैं।

सूफी रचनाओं का अनुवाद और संपादन J. Arberry ने *Doctrine of the sufis* (Cambridge, 1935) में किया है। कबीर की रचनाएँ 'बीजक', 'बानी' और 'साखी' शीर्षक तीन संग्रहों में प्राप्त होती हैं। उनकी कुछ रचनाओं का अनुवाद रवींद्रनाथ टैगोर ने किया है, *One hundred Poems of Ḳabir* (London, 1914)। नानक की वाणी को गुरु अर्जुन ने 'आदि-ग्रंथ' में संकलित किया था।

इस काल की वास्तुकला के लिए P. Brown कृत *Indian Architecture—Islamic* एक स्तरीय ग्रंथ है। J. H. Marshall ने *Cambridge History of India,* Vol. III में Monuments of Muslim India शीर्षक एक अध्याय के रूप में इस काल की वास्तुकला का अच्छा संक्षिप्त विवरण प्रस्तुत किया है।

इस काल के लिए अन्य सहायक कृतियाँ हैं A. B. M. Habibullah, *Foundation of Muslim Rule in India* (Lahore, 1945); A. S. Tripathi, *Some Aspects of Muslim Rule in India* (Allahabad, 1956); K. S. Lal, *History of the Khaljis* (Allahabad, 1950), और उसी लेखक की *The Twilight of the Sultanate* (1963); M. Hussain, *Life and Times of Muhammad Bin Tughluq* (London, 1938); T. Moreland, *Agrarian System of Muslim India* (Cambrige, 1929); I. H. Qureshi, *The Administration of the Sulatnate of Delhi*

(Lahore, 1945); K. M. Ashraf, *Life and Condition of the People of Hindustan* (Delhi); M. Hasan, *Kashmir under the Sultanate* (Calcutta, 1959); K. A. Nizami, *Some Aspects of Religion and Politics in India during the Thirteenth Century* (Aligarh, 1961), M. Habib, *Hazrat Amir Khusrau of Delhi* (Bombay, 1927); Tarachand, *Influence of Islam on Indian Culture* (1954); Y. Hussain, *Glimpses of Medieval Indian Culture* (Bombay, 1957); K.M. Sen, *Medieval Mysticism in India* (London, 1936); J.E. Charpentier, *Theism in Medieval India* (1919); G.H. Westcott, *Kabir and the Kabirpanth* (Calcutta, 1953); M.A. Macauliffe, *The Sikh Religon* (Oxford, 1909); Khushwant Singh, *History of the Sikhs*, Vol. I (Princeton, 1963).

अध्याय 14

बहमनी और विजयनगर राज्यों के इतिहास के लिए प्रमुख स्रोत पुरालेख और विदेशी यात्रियों के विवरण हैं। विजयनगर से संबंधित पुरालेख *Epigraphia Carnatica*, Vols. III-XII में तथा *South Indian Inscriptions*, Vols. IV-VI, XII part ii में उपलब्ध हैं।

R. Sewell ने अपनी पुस्तक *A Forgotten Empire* (London, 1900) में विजयनगर पर Domingo Paez तथा Fernao Nuniz के लेख और Nicolo Conti के विवरण से कुछ अंश संकलित किए हैं। H. Yule और H. Cordier ने *Cathay and the Way Thither* (London, 1915-16) में विभिन्न विवरणों को सम्मिलित किया है। R. H. Major की पुस्तक India in the Fifteenth Century में रूसी यात्री Athanasius Nikitin के अनुभवों का अनुवाद दिया गया है। M. L. Dames ने *The Book of Duarte Barbosa* (London, 1918, 1921) में Duarte Barbosa के विवरण का अनुवाद दिया है। Marco Polo की पुस्तक The Travels, Transl. R. E. Lathem (Penguin Books, 1958) सूची को पूर्णता देती है। S. Krishnaswami Aiyyangar की पुस्तक *Sources of Vijayanagara History* (Madras, 1946) इस काल के स्रोतों का उपयोगी सर्वेक्षण है। दुर्भाग्य से कृष्ण देव राय कृत 'अमुक्तमलयद' का अच्छा अनुवाद उपलब्ध नहीं है। T. V. Mahalingam ने अपनी दो कृतियों *Administrative and Social Life under Vijayanagara* तथा *Economic Life in the Vijayanagara Empire* (Madras, 1951) में इन स्रोतों पर विस्तारपूर्वक लिखा है। B. A. Saletore की पुस्तक *Social and Political life in the Vijayanagara Empire* (Madras, 1934) को भी देखा जा सकता है। तटवर्ती क्षेत्रों के अध्ययन K. K. Krishna Ayyar कृत *The Zamorine of Calicut* (Calcutta, 1938) और K. M. Pannikar कृत *Malabar and the Portuguese* (Bombay, 1929) में उपलब्ध हैं।

बहमनी इतिहास से संबंधित घटनाओं का उल्लेख फरिश्ता, निज़ामुद्दीन तथा रफ़ीउद्दीन शीराजी की कृतियों में हुआ है। राजदूत अब्दूर्रज्जाक का विवरण H. M. Eliot और J. Dowson कृत *History of India as told by its own Historians*, Vol. IV में उपलब्ध है। प्रासंगिक चर्चाएँ ऊपर उल्लिखित यूरोपीय यात्रियों के विवरणों में भी मिलती हैं। बहमनी राज्य पर H. K. Sherwani ने कई पुस्तकें प्रकाशित की हैं, जिनमें *The Great Bahmani Wazir Mahmud Gavan* (Bombay, 1942) और *The Bahmani Kingdom* (Bombay, 1947) उल्लेखनीय हैं। S. K. Aiyangar ने अपनी पुस्तक *South India and her Muhammadan Invaders* (Madras, 1921) में दक्षिण पर होनेवाले आक्रमणों का संबंध सल्तनत की राजनीति से स्थापित किया है।

पत्र-पत्रिकाएँ

Annals of the Bhandarkar Oriental Research Institute
Acta Orientalia
Ancient India
Indian Archaeology, a Review
Bulletin of the School of Oriental and African Studies
Ceylon Historical Quarterly
East and West
Indian Antiquary
Indian Culture
Indian Economic and Social History Review
Indian Historical Quarterly
Islamic Culture
Journal Asiatique
Journal of the Asiatic Society of Bengal
Journal of Asian Studies
Journal of the American Oriental Society
Journal of the Economic and Social History of the Orient
Journal of the Numismatic Society of India
Journal of the Royal Asiatic Society
Journal of the Bombay Branch of the Royal Asistic Society
Journal of the Bihar Research Society
Man in India

नामानुक्रमणिका